D1432101

Né à Florence en 1938, Tiziano Terzani a été pendant près de trente ans le correspondant en Asie de plusieurs journaux européens, dont *Der Spiegel* et le *Corriere della Sera*. Il a vécu notamment à Singapour, Hong Kong, Pékin, Tokyo, Bangkok, Delhi. Depuis la chute de Saigon, dont il fut le témoin et qu'il a raconté dans son premier livre, il a assisté à tous les grands tournants de l'histoire à l'Est de l'Europe jusqu'à sa disparition en 2004. Marqué par l'Inde et sa spiritualité, il s'est détaché de son métier durant les années 1990, pour méditer sur la vie.

La Chute de Saîgon : 30 avril 1975
Fayard, 1977

Un devin m'a dit
Maisonneuve et Larose, 1997

Lettres contre la guerre
Liana Levi, 2002

India notes
*(photographies Raghu Rai
choix des textes Armand de Saint-Sauveur)
Intervalles, 2007*

Un devin m'a dit : voyages en Asie
Intervalles, 2010

Tiziano Terzani

LE GRAND VOYAGE DE LA VIE

DE LA VIE

Un père raconte à son fils

Avec la collaboration
de Folco Terzani

Traduit de l'italien
par Fabienne-Andréa Costa

Préface de Christophe André

Les Arènes/Éditions Intervalles

Une première édition de cet ouvrage est parue
aux Éditions Les Arènes-Éditions Intervalles, sous le titre :
La fin est mon commencement.
Un père raconte à son fils le grand voyage de la vie

TEXTE INTÉGRAL

TITRE ORIGINAL
La fine è il moi inizio
Un padre racconta al figlio il grande viaggio della vita
© 2006 by Folco Terzani

ISBN 978-2-7578-1627-1
(ISBN 978-2-35204-064-4, 1re publication)

© Éditions des Arènes et Éditions Intervalles, 2008,
pour la traduction française
© Éditions Points pour la préface

PRÉFACE
de Christophe André

Comme beaucoup d'humains, j'aime les cimetières. Ils m'apaisent. Et j'apprécie cet apaisement car, comme beaucoup d'humains, je ne suis pas si tranquille, face à l'idée de ma mort future.

De temps en temps, il m'arrive ainsi de me rendre avec des patients dans le cimetière situé non loin de l'hôpital où je travaille. Nous marchons et discutons au milieu des tombes, dans les allées silencieuses où nous parvient le murmure assourdi du tumulte parisien. Pour certains de ces patients, il s'agit d'arriver à surmonter leur peur de la mort, et le faire là, au milieu des fantômes, représente un exercice utile. Pour d'autres, l'enjeu est simplement de réévaluer leurs angoisses, de les reconsidérer à la lumière de ce qui ressemble à la pire des adversités. Pour tous, la magie opère : la quiétude de ces lieux nous sérénise, eux et moi, et nous aide à réfléchir avec davantage de calme, et sans doute de clairvoyance.

J'ai retrouvé dans ce livre le même sentiment de sérénité que j'éprouve en marchant et en méditant dans les cimetières ; un sentiment de plénitude et de paix ; le sentiment que tout est à sa place, que tout est bien ainsi. Que la vie peut s'accommoder de l'idée de la mort. Que notre esprit peut l'accueillir, cette idée ; et devenir ainsi plus qu'un esprit, une âme.

Tiziano Terzani est aujourd'hui mort. Il nous semble pourtant qu'il vit dans ces pages. Vraiment. Il ne nous cache rien de ses souffrances physiques, ni de la déchéance de son corps, et ses paroles néanmoins nous apaisent. Irrésistiblement.

Alors, que se passe-t-il entre le commencement et la fin de cet ouvrage ? Que se passe-t-il, qui explique qu'en le refermant nous soyons à ce point touchés ? Et peut-être transformés ?

L'histoire d'une vie

Ce livre est d'abord un récit captivant : celui de la vie d'un journaliste engagé, qui fut témoin des grands événements politiques qui ont secoué et transformé le demi-siècle qui vient de s'écouler. Son métier lui a permis de vivre de très près ces événements, mais il nous les raconte sans se mettre en scène, ni se valoriser. Il nous donne simplement le sentiment d'avoir traversé à ses côtés ces moments intenses. Avec lui, on se met à la fenêtre, et on regarde passer l'Histoire : la reconstruction de l'Europe après la seconde guerre mondiale, la guerre froide, la décolonisation, les guerres du Vietnam, l'effondrement des régimes communistes…

Terzani nous donne son avis, ne nous cache rien de ses engagements, de ses quêtes et de ses désillusions. Il y a quelques années, dans un entretien avec sa consœur, la journaliste française Florence Aubenas, il déclarait ainsi : « Je croyais que la guerre était la confrontation la plus extrême où chercher la vérité. Je me suis trompé. La guerre ne produit que la guerre. »

C'est que tant d'années en Orient, un amour fou pour la Chine, une fascination pour la sagesse indienne, une dépression au Japon et une révélation dans l'Himalaya, toutes ces expériences ont transformé l'auteur : à la fin de son existence, il n'est plus le baroudeur téméraire et superficiel de ses débuts, mais un homme empli de spiritualité. Il n'a plus qu'à puiser en lui-même tous les enseignements que la vie lui a apportés. Sans cette spiritualité, ce livre serait seulement le livre de souvenirs d'un grand reporter. Intéressant, passionnant, mais pas émouvant. Or il renferme d'autres enjeux et d'autres affrontements : Terzani s'y efforce de regarder en face à la fois sa vie qui s'échappe, et sa mort qui s'approche.

La mort qui vient doucement

Car la grande ombre qui donne relief à ces récits, c'est bien sûr la mort à venir, précédée par le cortège habituel des souffrances liées à la maladie et à l'affaiblissement du corps. Même si elle n'occupe pas la plus grande place du livre, la proximité de la mort donne bien évidemment une densité singulière aux propos de l'auteur lorsqu'il se retourne sur ce que fut sa vie.

Là encore, il y a un ton unique. Terzani parle de sa disparition prochaine tranquillement, sans peur et sans emphase. Comme d'une chose normale, une chose banale. Il en arrive presque, par moments, à nous rassurer et on pense à la réplique célèbre du *César*, de Marcel Pagnol : « La mort, c'est tellement obligatoire que c'est presque une formalité. » Nous avons tous besoin d'être rassérénés. Ainsi que le ferait un thérapeute, l'auteur nous parle de tout ce qui importe dans ce moment que nous affronterons tous un jour.

Il nous rappelle que la mort est avant tout une expérience universelle : « Le fait d'avoir un peu appris à mourir avant de mourir, le fait d'avoir renoncé aux désirs, et le fait d'avoir extrait de la terre sacrée de l'Inde le sentiment que l'Inde nous donne, à savoir que tant de gens sont nés, sont morts, sont nés, sont morts, et que cette expérience du naître, du vivre et du mourir, est l'expérience la plus commune à tous les hommes. »

Il nous montre que cette expérience universelle n'a rien d'absurde, ni de révoltant, à condition que l'on s'y prépare, qu'elle soit pensée, ordonnée, méditée. Pour cela, il s'est retiré dans les montagnes de son enfance, à l'Orsigna, pour vivre pleinement sa mort. Il veut être tranquille, mourir tranquille. Il veut rester centré sur ces moments si denses de la fin de sa vie, et non pas se distraire, se *changer les idées*. Alors, il s'isole et refuse les visites : « Non, Tiziano n'est pas là, il s'est retiré en lui-même… Non, je ne sais pas pour combien de temps, peut-être quelques mois, peut-être plus… Il ne parle avec personne. Non, ce n'est pas la peine que vous me laissiez votre numéro de téléphone parce qu'il ne vous rappellera pas… » Dans ces passages, Terzani me fait penser à Charles Quint, cet empereur tout-puissant qui, dans les dernières années de sa vie, abandonna son trône et se retira du Monde pour rejoindre le monastère de Yuste, perdu en Estrémadure, province pauvre et reculée d'Espagne. Et dont on raconte qu'il fit procéder aux répétitions générales de son enterrement, allongé dans son propre cercueil. Par curiosité ou pour conjurer la peur ?

Dans ces mêmes circonstances, Terzani choisit la voie du milieu, entre recueillement et transmission. Il sort régulièrement de sa boîte en bois à lui, la toute petite cabane au fond de son jardin qui lui sert de thébaïde, pour parler avec son fils, Folco. Et tout au long de ces dialogues se dégage pour nous une sorte d'enseignement. Il ne veut évidemment pas donner de leçons, ce n'est pas son genre. Mais nous, nous les entendons, ces leçons ; nous les recevons précieusement de la part de ce vieil homme fatigué, placé aux avant-postes. Il me semble qu'elles nous montrent trois voies : achèvement, détachement et curiosité.

La première voie est celle de l'achèvement. Terzani a vécu une vie pleine, qu'il a totalement aimée : « Honnêtement, Folco, ce monde est une merveille. Il n'y a rien à faire, c'est une merveille. » Mais il est aussi pleinement prêt à la quitter : « Je suis préparé à appareiller pour le grand océan de la paix. Je ne vois pas pourquoi, maintenant, je devrais reprendre ma barque et me remettre à pêcher et à lever les voiles. Ça ne m'intéresse pas. » Et plus loin : « Je vais très bien. Je suis dans une merveilleuse disposition de l'âme. Tout ce que je vois, en attendant ma fin, ferme le cercle. Tu sais, il y avait un célèbre maître zen à qui on demanda un jour : "Quel est le sens de tout cela ?" Et le maître zen prit un pinceau chinois, le plongea dans l'encre et dessina un cercle. J'ai moi aussi ce rêve. C'est beau, non ? Fermer le cercle. » Oui, c'est beau, Tiziano. Surtout quand c'est toi qui nous le racontes, de là où tu te trouves, à ce moment de ton récit.

La deuxième voie est celle du détachement : « Pense à la mort tibétaine, quelle beauté ! Il y a d'un côté le moribond, de l'autre tous les membres de sa famille qui pleurent. Puis arrive le lama qui les chasse tous à coups de pied au cul : "Dehors !" Il s'adresse ensuite au mourant, et lui murmure : "Détache-toi, ne reste pas attaché. Pars, pars. Maintenant, tu es libre. Pars !" » Il n'y a cependant pas dans ce récit le moindre embellissement de ce qu'est mourir. Terzani n'occulte pas le corps qui devient fardeau et source de souffrances. Il n'encombre pas son récit de plaintes, mais il ne cache pas non plus le rôle que ce corps qui meurt joue dans son désir de quitter la vie : « Je me porte merveilleusement bien. Je ris tout le temps. Mais mon corps se liquéfie de toutes parts et commence à pourrir. C'est pour cela que, ces trois ou quatre dernières années, je me suis exercé à me détacher de mon propre corps, à le laisser ici et à m'en aller. Le laisser ici. » Et on pense alors à cette phrase de Cioran « La mort, quel déshonneur ! Devenir soudain objet. » Pourtant, il n'y a pas de déshonneur si on a accompli tranquillement ce travail de détachement de son corps…

La troisième voie est celle de la curiosité : « Voilà pourquoi je dis que je ne désire plus demeurer dans cette vie, parce que je ne suis plus curieux de cette vie. Je l'ai vue de l'extérieur et de l'intérieur, je l'ai vue de tous les côtés, et les désirs qui devraient me faire vibrer ne m'intéressent plus. Alors la mort devient réellement… la seule chose *nouvelle* qui puisse m'arriver, parce que cela, je ne l'ai jamais vu, je ne l'ai jamais vécu. » Mais alors, mourir, ce n'est pas seulement quitter, perdre ?

Un dialogue entre père et fils

Si nous sommes atteints et nourris par ce livre, c'est parce qu'il est aussi celui d'une rencontre : celle d'un père et d'un fils. Parce qu'il est celui d'une transmission, d'un héritage offert à qui veut le recueillir. Terzani sait que, désormais, tout ce qui lui arrive lui arrive pour la dernière fois. Chaque instant est unique et ne se reproduira jamais plus. D'où la grande émotion qui irrigue certains passages. Comme dans la lettre qu'il adresse à son fils, pour lui proposer leur ultime dialogue : « Une fois que tu seras ici, tout nous bouleversera. […] Ne tarde pas, parce que je ne pense pas qu'il me reste beaucoup de temps. » Ou comme dans l'étonnement du fils : « Toutes ces histoires que je n'ai jamais entendues ! C'est drôle, c'est comme si nous n'avions jamais eu le temps d'en parler auparavant. » Et puis : « C'est la première fois que nous parlions de ces sujets qui étaient pour moi – pour nous, je crois – les plus importants de tous. »

Ce dialogue n'est pas un monologue, et le fiston n'est pas toujours d'accord avec le papa. Car Terzani ne prend pas une pose de héros ou de sage. Il ne cache pas, ou peu, ses défauts : il s'avoue narcisse, joueur, colérique. Et on le devine aussi écrasant pour ses enfants, notamment pour ce fils qui recueille affectueusement ses paroles. Il ne dissimule pas non plus son côté vieux grincheux, qui s'exprime parfois dans son discours sur la *décivilisation*. Ces paroles traduisent peut-être son besoin, touchant finalement, de penser que tout s'achève avec lui, et qu'il a connu le meilleur, le pire étant à venir. Mais qu'il est émouvant, quand il explique ce que fut pour lui son *métier de père* ! « Pour moi, être père, c'était être un homme qui semait des souvenirs, qui semait des expériences, des odeurs, des images de beauté et des modèles de grandeur qui pourraient vous aider, vous, mes enfants. »

Vivre conscients

Il y a eu de nombreuses désillusions dans la vie de Terzani, notamment politiques : « Si je regarde aujourd'hui le Vietnam, Saigon en particulier, où je suis retourné il y a de nombreuses années, j'ai envie de dire quelque chose d'horrible, que je dirais également de la Chine actuelle : si les autres avaient gagné, cela aurait été presque mieux. Parce que les autres sont mieux placés pour créer ce type de société. Si on doit faire du capitalisme avec l'autoritarisme communiste, alors, il vaut mieux que ce soient les capitalistes qui le fassent, car ils savent bien mieux comment fonctionne le capitalisme. » Et ces désillusions ont conduit l'auteur à se tourner vers d'autres voyages et d'autres quêtes : « – Ma conclusion est que ça ne sert à rien. – Les révolutions ne servent à rien ? – C'est là que j'ai franchi le pas jusqu'à la seule révolution qui serve à quelque chose, celle qui se vit à l'intérieur de soi. »

Après avoir ouvert si grand les yeux sur le monde matériel, celui de l'Histoire en marche, Terzani ouvre les yeux de son esprit sur d'autres mondes et d'autres histoires : « C'est à peine croyable : j'avais passé la moitié de ma vie en Asie sans me soucier de la méditation. Cela me semblait destiné à des gens désorientés en quête d'évasion. En fait, il faut trouver des champs de réflexion, pas de bataille. » Il le racontait ainsi un jour, dans un entretien plein d'humour : « Il y avait des années que je vivais en Asie, achetant des Bouddha ici et là, et je ne m'étais jamais demandé ce qu'il faisait là, celui-là, assis les yeux fermés et les mains sur le ventre. » Mais il a fini par se le demander…

Et la méditation devient alors pour lui une pratique régulière, même s'il reconnaît ses difficultés en la matière (qui sont celles de *tous* les pratiquants honnêtes) : « En fait – je le répète –, je suis un piètre méditant. Pourtant, cette demi-heure, ces dix minutes, parfois même cette heure entière que je m'offre le matin, ces moments sont ceux de la pure joie du silence : laisser le mental se calmer et regarder ses pensées défiler comme si elles étaient à l'extérieur. »

L'air de rien, notre auteur nous livre de belles remarques sur cette pratique méditative, comme ce pertinent passage sur les *vols d'attention* : « Aujourd'hui, nous sommes énormément sollicités, si bien que notre mental n'est jamais en paix. Le bruit de la télévision, le son de la radio dans la voiture, le téléphone qui sonne, le panneau publicitaire sur l'autobus qui passe juste devant. On n'arrive pas à avoir de pensées longues. Nos pensées sont courtes. Nos pensées sont courtes parce que nous sommes très souvent interrompus. »

Les pensées de Terzani, elles, sont de plus en plus *longues*, au sens où elles deviennent de plus en plus remuantes et interpellantes pour ses lecteurs, au fur et à mesure qu'il se rapproche de sa fin. Les repères se brouillent : « La Vérité est une terre sans sentiers… » Ils se dissolvent : « Abandonne tout, abandonne tout ce que tu connais, abandonne, abandonne, abandonne. Et n'aie pas peur de rester sans rien, car, à la fin, ce rien est ce qui te soutient. » Et notre héros (désolé, ça m'a échappé, mais c'est bien ce qu'il devient peu à peu aux yeux du lecteur), notre héros tout à coup disparaît ; avant même d'avoir pu boire sa dernière tasse de thé. Nous voici seuls, maintenant. Notre vieux guide est parti.

Je me souviens : j'ai terminé la relecture de ce livre un après-midi de la fin du mois d'août 2009, alors que j'étais seul dans la maison. Une de ces journées que j'aime, paisible et incertaine, où l'on sent que l'on passe tout doucement d'une saison à une autre. J'ai quitté mon bureau et mes notes, je suis descendu dans le jardin, je me suis assis dans l'herbe. J'ai regardé passer les nuages. Ressenti combien l'air était tiède. De temps en temps, une pensée me traversait l'esprit : « Allez, vieux, c'est bon, tu t'es accordé un moment de repos, retourne au boulot. » Mais je la laissais passer, je l'observais se dissoudre dans la contemplation du ciel et des nuages. Et je continuais de rester là. Avec l'impression tranquille de me dissoudre, moi aussi, dans cet air incroyablement doux et tiède de la fin de l'été.

Christophe André est médecin psychiatre à l'hôpital Sainte-Anne, à Paris. Dernier ouvrage paru : Les États d'âme, un apprentissage de la sérénité *(Éditions Odile Jacob).*

Mon très cher Folco,

Tu sais combien je déteste le téléphone et combien il m'est difficile, désormais, d'écrire ne serait-ce que quelques lignes, car je suis à bout de forces. Donc, pas de « lettre », mais un télégramme avec les deux ou trois choses auxquelles je tiens encore et qu'il est important que tu connaisses.

Je suis terriblement affaibli, mais tout à fait serein. J'adore vivre dans cette maison et je compte ne plus bouger d'ici. J'espère te voir bientôt, mais seulement lorsque tu auras fini ton travail. Une fois que tu seras ici, tout nous bouleversera, surtout si tu acceptes cette idée à laquelle j'ai longuement réfléchi. La voici :

Et si nous nous retrouvions, toi et moi, tous les jours pendant une heure ?

Tu me poserais les questions que tu as toujours voulu me poser, et moi je te répondrais à bâtons rompus, sur tout ce qui me tient à cœur, depuis l'histoire de ma famille jusqu'à celle du grand voyage de la vie. Un dialogue entre un père et son fils, si différents et si proches, un livre-testament que tu devras ensuite mettre en forme.

Ne tarde pas, parce que je ne pense pas qu'il me reste beaucoup de temps. Fais tout ce que tu as à faire et, de mon côté, j'essaierai de survivre pendant quelque temps encore pour ce très beau projet, si tu es d'accord.

Je t'embrasse,

ton papa

LE COUCOU

Folco, Folco, viens par ici ! Il y a un coucou dans le châtaignier. Je ne le vois pas, mais il est là, qui chante sa chanson :

Coucou, coucou, l'hiver n'est plus,
Avec le chant du coucou, le mois de mai est revenu.

C'est magnifique, écoute !

Quelle joie, mon fils. J'ai soixante-six ans et le grand voyage de ma vie touche à sa fin. Je suis en fin de parcours, mais j'y arrive sans aucune tristesse, au contraire, cela m'amuse presque. L'autre jour, ta mère m'a demandé : « Si quelqu'un appelait et nous disait qu'il avait découvert une pilule qui te permettrait de vivre encore dix ans, la prendrais-tu ? » Je lui ai répondu du tac au tac : « Non ! » Non, je n'en voudrais pas, je ne voudrais pas vivre encore dix ans. Pour refaire tout ce que j'ai déjà fait ? Je suis allé dans l'Himalaya : je me suis préparé à appareiller pour le grand océan de paix. Je ne vois pas pourquoi, maintenant, je devrais reprendre ma barque et me remettre à pêcher et à lever les voiles. Ça ne m'intéresse pas.

Regarde la vie dans ce pré, regarde-la bien et écoute-la. Là-bas, le coucou ; dans les arbres, une nuée de petits oiseaux – qui peuvent-ils bien être ? – qui pépient et gazouillent ; dans l'herbe, les grillons ; le vent qui passe entre les feuilles. Un grand concert qui suit son propre rythme, totalement indifférent, détaché de ce qui m'arrive, de la mort que j'attends. Les fourmis continuent d'aller et venir, les oiseaux de chanter pour leur dieu, et le vent de souffler.

Quelle leçon ! C'est pour cela que je suis serein. Depuis des mois, à l'intérieur de moi, je sens un halo de joie qui irradie. J'ai l'impression que je n'ai jamais été aussi léger, aussi heureux. Si tu me demandais : « Comment vas-tu ? », je te répondrais : « Je vais très bien, ma tête est libre, je me sens merveilleusement bien. » À part ce corps qui s'étiole, qui se liquéfie littéralement de toutes parts, ce corps qui pourrit. La seule chose à faire, c'est bien de s'en détacher et de l'abandonner à son destin de *matière* en voie de putréfaction, qui redevient poussière. Sans angoisse, comme la chose la plus naturelle au monde.

Pourtant, et justement parce qu'il me reste peu de temps à vivre, il y a peut-être encore une seule chose qui me procure du plaisir : c'est de parler avec toi qui, pendant trente-cinq ou trente-quatre ans – quel âge as-tu exactement ? –, as fait partie de ma vie et as été le spectateur de ce long voyage, toi qui l'as vu d'en bas, du point de vue du fils. Tu étais toujours là, mais je sais bien que tu ne connais pas tout de ma vie. Au fond, je ne connaissais pas non plus la vie de mon père, et je regrette en fin de compte de n'avoir pas passé plus de temps avec lui pour en parler.

Folco : Alors, Papa, tu as vraiment accepté de mourir ?

Tiziano : Tu sais, je voudrais vraiment éviter ce verbe « mourir ». Je préfère de loin l'expression indienne « quitter son corps », que tu connais aussi bien que moi. En fait, mon rêve est de disparaître, comme si le moment du détachement n'existait pas.

L'acte ultime de la vie, que l'on nomme la mort, ne m'inquiète pas parce que je m'y suis préparé. J'y ai réfléchi. Bien sûr, je ne dis pas que ce serait la même chose à ton âge. Mais à mon âge ! J'ai soixante-six ans, j'ai fait tout ce que j'ai voulu faire, j'ai vécu une vie très intense, je n'ai donc aucun regret. Je ne ressens pas le besoin de dire : « Ah, j'aimerais avoir encore du temps pour faire ceci ! » Et puis, je n'ai pas d'inquiétude car je connais deux ou trois choses – d'après moi, fondamentales – que tous les grands et tous les sages d'autrefois avaient déjà bien comprises.

Qu'est-ce qui fait que nous avons si peur de la mort ?

Ce qui nous fait peur, ce qui nous glace lorsque l'on pense à ce moment, c'est l'idée que tout ce à quoi nous sommes tellement attachés disparaîtra en un instant. Et tout d'abord, le corps. Nous avons fait du corps une obsession. Tu imagines : un homme grandit avec ce corps, il s'y identifie. Regarde-toi, tu es jeune, tu es fort, musclé. Oh, j'étais comme toi, moi aussi ! Tous les jours, je courais des kilomètres pour rester en forme, je faisais de la gymnastique, mes jambes étaient droites, j'avais une moustache, et la tête couverte de cheveux noirs comme la nuit. J'étais un bel homme. On dit « Tiziano Terzani » et on pense à ce corps-là.

Laisse-moi rire ! Regarde-moi maintenant. La peau sur les os, squelettique, les jambes gonflées, le ventre comme un ballon. La géométrie de mon corps s'est inversée. Au début, on a les épaules larges et une taille étroite ; maintenant, j'ai des épaules étriquées et une taille immense. Donc, je ne peux pas être attaché à ce corps. Et puis, quel corps au juste ? Un corps qui change tous les jours, qui perd ses cheveux, qui s'estropie, qui s'affaisse, qui est taillé en pièces par le chirurgien ?

Le corps, ce n'est pas nous. Alors que sommes-nous ?

Nous croyons être tout ce que nous avons peur de perdre en mourant. On s'est identifié à son identité – journaliste, avocat, directeur de banque –, et l'idée que tout ceci puisse disparaître, que l'on ne soit plus ce grand journaliste, ce bon directeur de banque, que la mort emporte tout cela avec elle, cette idée nous bouleverse. On *possède* une bicyclette, une voiture, un beau tableau acheté avec les économies de toute une vie, un terrain, une petite maison à la mer. C'est *à soi* ! Et soudain, on meurt et on perd tout cela. La raison pour laquelle on a si peur de la mort, c'est parce que la mort nous oblige à *renoncer* à tout ce qui nous tenait tant à cœur, propriétés, désirs, identité. Moi, je l'ai déjà fait. Toutes ces dernières années, je n'ai fait que jeter tout cela à la mer, et il n'est plus rien à quoi je sois lié.

Parce que, naturellement, je ne suis pas mon nom, je ne suis pas ma profession, je ne suis pas cette petite maison que je possède au bord de la mer. Et si l'on apprend à mourir durant sa vie, comme nous l'ont enseigné les sages du passé – les soufis, les Grecs, nos *rishis* bien-aimés de l'Himalaya –, alors on s'habitue à ne pas se reconnaître dans toutes ces choses, et à en reconnaître au contraire la valeur extrêmement limitée, transitoire, ridicule et impermanente. Si la maison qu'on s'est offerte au bord de la mer – vlan ! – est emportée par la marée ; si un fils, un fils comme toi qui as été à moi pendant tant de temps et à qui j'ai consacré mes pensées, parfois mes souffrances et mes angoisses, si ce fils sort de chez lui, reçoit une tuile sur la tête et – vlan ! –, c'est fini ! Alors on comprend que ce n'est pas possible que l'on soit toutes ces choses qui disparaissent si simplement.

Et si, de son vivant, on commence à comprendre que l'on n'est pas toutes ces choses, alors, tout doucement, on s'en détache, on les abandonne. On abandonne même ce qui nous est le plus cher, comme l'amour que j'ai pour ta mère. J'ai aimé ta mère pendant les quarante-sept années que nous sommes restés ensemble, et lorsque je dis que je me détache d'elle, je ne veux pas dire que je ne l'aime plus, mais que cet amour n'est plus un esclavage : que je ne suis plus dépendant de cet amour ; que je suis, là aussi, détaché. Cet amour fait partie de ma vie, mais je ne *suis* pas cet amour.

Je suis tant d'autres choses… ou peut-être rien. Mais je ne suis pas cette chose-là. Et l'idée que je perdrai cet amour en mourant, que je perdrai cette maison à l'Orsigna, que je vous perdrai, toi et Saskia, que je perdrai mon identité, cette idée ne m'inquiète plus, ne me fait absolument plus peur, parce que je m'y suis habitué. L'Himalaya, la solitude tout là-haut, la nature, la chance que m'offre cette maladie en me donnant l'occasion de réfléchir à tout ceci, ont été de grands maîtres.

L'autre aspect qui me semble essentiel dans la vie d'un homme qui grandit et mûrit, comme j'espère y être arrivé d'une manière ou d'une autre, c'est la relation aux désirs. Les désirs sont notre principal moteur. Si Colomb n'avait pas eu le désir de trouver une autre route pour les Indes, il n'aurait pas découvert l'Amérique. Tout le progrès, si on peut le nommer ainsi, ou toute la régression, toute la civilisation ou la dé-civilisation de l'homme sont les fruits du désir. Des désirs de toutes sortes, à commencer par le plus simple, le désir charnel, celui de posséder la *chair* d'un autre.

Le désir est un grand moteur, je ne le nie pas. Il est important et il a déterminé l'histoire de l'humanité. Mais si on y regarde de plus près, que sont ces désirs, ces désirs auxquels on n'échappe jamais ? Spécialement aujourd'hui, dans notre société qui nous pousse seulement à désirer, et à ne choisir que les désirs les plus banals, les désirs matériels, en d'autres termes : ceux du supermarché. Le désir qui sous-tend ces choix-là est inutile, il est banal, dérisoire.

Le vrai désir, si on veut n'en choisir qu'un, c'est celui d'être soi-même. La seule chose qu'un homme puisse désirer, c'est de ne plus avoir de choix, parce que le vrai choix n'est pas de choisir entre deux dentifrices, entre deux femmes, entre deux voitures. Le vrai choix, c'est de choisir d'être soi-même. Avec l'habitude et l'entraînement, si on réfléchit – si on y réfléchit vraiment ! –, on comprendra que ces désirs sont une forme d'esclavage. Parce que plus on désire, plus on se crée de limitations. On désire une chose au point de ne plus penser à autre chose, on ne fait rien d'autre, on devient esclave de ce désir.

On peut, quand vient l'âge adulte, l'âge mûr, commencer à voir tout cela…

Il rit.

et se mettre à rire des désirs que l'on a, à rire des désirs que l'on a eus, à rire en voyant que ces désirs ne servent à rien, qu'ils sont éphémères comme tout le reste qu'est la vie. Alors, on apprend petit à petit à les perdre, à s'en débarrasser. Y compris le désir ultime, celui que tout le monde a, le désir de longévité. On dit : « D'accord, je ne veux plus d'argent, je ne cherche plus la renommée, je ne veux plus rien acheter ; mais je veux au moins une pilule qui me fera vivre encore dix ans ! »

Même ce désir-là, je ne l'ai plus, je ne l'ai vraiment plus.

J'ai de la chance. Les années de solitude dans cette hutte dans l'Himalaya m'ont fait comprendre que je n'avais plus rien à désirer. J'avais besoin d'un peu d'eau pour la soif, et je la trouvais là, dans la source où s'abreuvaient les animaux. Je mangeais un peu de riz et quelques légumes cuits sur le feu. Quels autres désirs aurais-je pu avoir ? Certainement pas celui d'aller au cinéma pour voir le dernier film. Qu'est-ce que ça peut bien me faire ? Qu'est-ce que ça change dans ma vie ? Rien, au point où j'en suis, rien. Parce que, ce que j'ai devant moi à cet instant, c'est peut-être la chose la plus étrange, la plus curieuse, la plus inédite qui me soit jamais arrivée.

Voilà pourquoi je dis que je n'ai plus envie de demeurer dans cette vie, parce que je ne suis plus curieux de cette vie. Je l'ai vue de l'extérieur et de l'intérieur, je l'ai vue de tous les côtés, et les désirs qui devraient me faire vibrer ne m'intéressent plus. Alors la mort devient réellement…

Il rit.

la seule chose *nouvelle* qu'il puisse m'arriver, parce que cela, je ne l'ai jamais vu, je ne l'ai jamais vécu. Je l'ai vu seulement chez les autres.

Ce n'est peut-être rien, peut-être comme lorsqu'on s'endort le soir. Car, en vérité, nous mourons tous les soirs, n'est-ce pas ? La conscience de l'homme éveillé qui fait qu'il s'identifie, justement, à son corps et à son nom, qui fait qu'il désire, qu'il téléphone et sort dîner en ville, cette conscience, au moment où il s'endort – pfttt ! – disparaît. Pourtant, d'une certaine façon, elle demeure dans le sommeil, parce qu'on rêve.

Mais qui est le rêveur ?

Qui est le témoin silencieux de mes rêves ?

Bah, peut-être se passe-t-il dans la mort quelque chose qui ressemble au sommeil. Ou peut-être ne se passe-t-il rien. Mais je t'assure que je ne m'approche pas de ce rendez-vous comme si j'allais à la rencontre d'une femme vêtue de noir et munie d'une faux – cette image qui m'a toujours fait horreur. Je m'approche de ce rendez-vous – que je considère comme un rendez-vous de paix – le cœur léger, comme vraiment je ne me suis jamais senti auparavant. Et peut-être cet état vient-il de cette conjonction d'événements que je t'ai expliquée : le fait d'avoir un peu appris à mourir avant de mourir, le fait d'avoir renoncé aux désirs, et le fait d'avoir extrait de la terre sacrée de l'Inde le sentiment que l'Inde nous donne, à savoir que tant de gens sont nés, sont morts, sont nés, sont morts, et que cette expérience du naître, du vivre et du mourir, est l'expérience la plus commune à tous les hommes.

Pourquoi le fait de mourir devrait-il nous faire si peur ? C'est ce que tous les hommes ont toujours accompli ! Des milliards et des milliards et des milliards d'hommes – les Assyro-Libanais, les Hottentots –, tous y sont passés. Mais quand vient notre tour, ah ! nous sommes perdus.

Mais quoi ? Ils y ont tous passés.

Si on y réfléchit bien, c'est un beau sujet sur lequel beaucoup d'hommes se sont déjà penchés, naturellement : la terre sur laquelle nous vivons n'est, en réalité, qu'un vaste cimetière. Un vaste, un immense cimetière rempli de tout ce qui a été. Si nous creusions, nous trouverions partout des ossements réduits en poussière, des restes de vie. Tu imagines les milliards de milliards de milliards d'êtres qui sont morts sur cette terre ? Ils sont tous là ! Nous marchons continuellement sur un énorme cimetière. C'est étrange, les cimetières tels que nous les concevons sont des lieux de douleur, de souffrance et de pleurs, entourés de cyprès noirs. Mais, en vérité, le grand cimetière de la terre est splendide, parce que c'est la nature. Des fleurs poussent, des fourmis et des éléphants courent sur cette terre.

Il rit.

Si on considère les choses sous cet angle, et si on redevient une partie de ce tout, peut-être que ce qui reste de nous est cette vie indivisible, cette force, cette intelligence – à qui l'on peut mettre une barbe et que l'on peut appeler Dieu –, qui est quelque chose que notre esprit ne peut pas comprendre, et qui, peut-être, est le grand esprit qui tient tout ensemble.

Qu'est-ce qui tient tout ensemble ?

Donc, je vais à ce rendez-vous – parce que c'est comme ça que je le sens et que cela m'ennuierait de le rater, c'est comme si j'avais déjà mis mes plus beaux habits –, le cœur léger et avec une curiosité presque journalistique. Moi qui ai cessé depuis longtemps de faire du journalisme, je sens que je suis poussé par une curiosité, que je nomme journalistique pour m'amuser, mais qui est la curiosité humaine du : « Qu'est-ce que c'est ? »

On se pose cette question quand on perd son père. Je me souviens que, lorsque mon père est mort, ce qui m'a frappé, c'est que c'était moi qui étais dorénavant au premier rang. Tu sais, à la guerre, il y en a toujours un qui est devant toi, il y a une première ligne, comme pendant la Première Guerre mondiale, une première tranchée. Lorsque ton père meurt, il n'y a plus cette première tranchée, c'est ton tour.

Eh bien, mon tour est venu maintenant. Et lorsque je serai mort, c'est toi qui te sentiras dans la première tranchée.

En attendant, tu es venu pour me tenir la main, et ta venue nous donne l'occasion de parler du voyage de ce petit garçon, né dans un lit de via Pisana, un quartier populaire de Florence, qui se retrouva par la suite pris dans les grands événements de son temps – la guerre du Vietnam, la Chine, la chute de l'empire soviétique –, puis se rendit dans l'Himalaya, et qui est ici, maintenant, dans son petit Himalaya, pour attendre cette heure qui lui paraît douce.

Alors, c'est la fin, mais c'est aussi le commencement d'une histoire qui est celle de ma vie, et dont j'aimerais encore parler avec toi pour que nous nous demandions, ensemble, si finalement tout ceci a un sens.

MA JEUNESSE

Nous sommes assis à l'ombre d'un grand érable devant la maison de l'Orsigna. Devant nous, l'étendue de la prairie, puis la vallée qui descend abruptement vers le fleuve ; et, au-delà du fleuve, les forêts qui se recouvrent de vert. C'est le printemps. On perçoit le souffle d'un petit vent frais. Papa est étendu sur une chaise longue, avec un béret de laine violette sur la tête et une couverture indienne sur les jambes.

FOLCO : Alors, on y va ? Tu es installé confortablement ? Attends, je regarde si le magnétophone fonctionne.

TIZIANO : On entend quelque chose ?

FOLCO : Oui. Mais sais-tu comment tu veux t'y prendre ?

TIZIANO : Hum, grosso modo, oui. Je veux te parler de mon enfance parce qu'elle comporte un ensemble de choses que je n'ai pas eu le temps de raconter. J'ai envie de laisser un souvenir de la vie que je menais quand j'étais enfant, pas tellement pour toi, mais pour ton fils, par exemple, parce qu'il ne sait pas comment ont grandi les gens de ma génération, ni quels étaient les rapports entre les gens, quel était le monde qui nous entourait.

FOLCO : D'accord, allons-y.

TIZIANO : Je suis né dans un quartier populaire excentré de Florence. Je suis né chez moi, c'était courant à l'époque. Je ne me souviens pas comment je suis né, évidemment, mais quelques années après, j'ai vu plus ou moins comment mon cousin est né, et je crois que ça s'est passé de la même manière au moment de ma naissance. C'était magnifique. Toutes les femmes de la famille étaient là. Ma mère, je l'imagine dans le lit matrimonial, où, du reste, elle est également morte, et où elle m'a conçu. Les femmes faisaient bouillir des fiasques dont on avait enlevé la paille. C'est quelque chose qui m'a toujours frappé : on enlevait la paille autour de la bouteille de vin et on faisait bouillir au bain-marie l'eau du robinet, qui, une fois bouillie, devenait de l'eau distillée. C'est avec cette eau qu'on lavait le nouveau-né. C'est comme cela que je suis né, tout simplement. Il y avait aussi une sage-femme, je crois.

Mon oncle – qui fut par la suite une présence constante durant mon enfance – arriva sur-le-champ. C'est lui qui arriva le premier. Il voulut fourrer son nez là-dedans et annonça que j'étais un garçon. C'était mon oncle Vannetto qui, à l'époque, était fasciste. C'était un point qui posait problème dans ma famille car mon père était de gauche.

Je suis né dans ce quartier auquel sont liés tous mes souvenirs d'enfance. C'était un monde petit, un monde étriqué. N'oublie pas que là où nous vivions, c'était déjà la campagne. Nous habitions dans un lotissement de maisons alignées le long de la route où passait un tramway guidé par des rails. Au début, le tram était encore tiré par des chevaux et, d'ailleurs, l'une des tâches de mes parents était de nettoyer les rails. Un cousin de mon père, qu'on appelait « oncle » mais qui était en fait un cousin – il s'appelait Terzani comme nous –, nettoyait le crottin du cheval qui tirait le tram. Et comme il devait faire ce travail toute l'année, y compris l'hiver, il portait toujours une veste que lui avait donnée la mairie, une veste en coton épais que j'eus la chance de recevoir en héritage lorsque j'étais étudiant : grâce à cette veste, je pouvais rester à la maison, qui n'avait pas de chauffage, pour étudier sur la table de la cuisine.

Notre maison était très simple. On entrait par un petit portail et on empruntait des escaliers qui menaient directement à un minuscule appartement. Comme on disait à l'époque, nous avions un salon de passage : on entrait, et on était déjà dans le salon. Il y avait la cuisine, où nous mangions, et la chambre à coucher, où nous dormions tous les trois. Moi, je dormais dans un petit lit à côté du lit de mes parents, celui où je suis né.

C'était un monde très spécial qui évoque pour moi quelque chose de limité, de familier. Rends-toi compte, dans cette maison que je t'ai décrite, tout avait été acheté pour le mariage de mes parents en 1936. Et rappelle-toi que mes parents étaient pauvres, très pauvres. Pour leur voyage de noces, ils étaient allés à Prato, à quinze kilomètres de Florence, mais pour eux, c'était un grand voyage. C'est le voyage le plus long qu'ils aient fait, avant que je les invite à venir à New York, puis en Asie.

La maison était décorée selon l'usage de l'époque. On se mariait quand on avait un trousseau. Le trousseau se composait d'un lit et d'une armoire où l'on rangeait les affaires, très méticuleusement – je me souviens de l'odeur de la lavande et du savon que ma mère glissait entre les draps –, et il y avait aussi une commode qui m'inspirait un mélange de joie et de douleur. Lorsque mon père avait terminé le mois et réuni la somme qu'il avait gagnée et partagée avec son associé, l'argent était rangé dans la commode au milieu des draps. Personne n'avait de compte en banque. Je me souviendrai toujours que, lorsque nous étions aux alentours du 15, 17 ou 20 du mois, il y avait une sorte de rituel qui consistait à aller voir – moi secrètement, ma mère un peu moins secrètement – combien d'argent il restait entre les draps. Il n'y en avait jamais assez, et, à la fin du mois, il nous arrivait souvent de ne pas avoir assez d'argent pour acheter à manger.

C'était un monde simple. Dans la chambre, il y avait l'armoire, la commode et le lit. Dans le salon, il y avait une grande vitrine qui était vraiment très belle, parce qu'elle était en verre, avec de nombreux motifs incrustés de style *Biedermeier* ou *Art nouveau*. Il y avait le « beau » service, comme on disait, les assiettes et les coupelles Ginori qu'on ne sortait que pour les grandes occasions. C'est un état d'esprit que vous, les jeunes, vous ne pouvez même pas comprendre. La vie était divisée en jours ordinaires et jours de fête. Par exemple, certains vêtements – une culotte courte, une chemise et un veston –, je n'avais le droit de les porter que le dimanche. Sinon, on portait les habits de tous les jours. Mais le dimanche, après avoir pris un bain de cette si belle manière… dans une grande cuve en étain, où moi, le héros de la famille, le personnage le plus important des trois, je me lavais en premier… On chauffait l'eau sur la gazinière, on versait l'eau dans la cuve et on me lavait avec du savon. Puis c'était au tour de ma mère, et mon père se lavait en dernier.

FOLCO : Dans la même eau ?

TIZIANO : Oui, dans la même eau. Puis nous mettions tous nos habits du dimanche et, ma mère et moi, nous allions à la messe. Mon père n'y mettait même pas un pied, à l'église ! C'était le dimanche. Nous déjeunions et, dans l'après-midi, nous partions à pied rendre visite à la famille, parfois nous prenions même le tram. Nous allions régulièrement voir une cousine à l'asile psychiatrique ; j'étais terrorisé par les cris de tous ces fous derrière les barreaux.

Dans la cuisine, il y avait une table de marbre, froide l'hiver, qui m'a servi de bureau jusqu'à mes dix-huit ans, et une cuisinière à gaz. Non, pendant la guerre, nous n'avions pas de gaz, nous avions du charbon. On allumait le feu et on cuisinait sur des réchauds. Le gaz arriva bien plus tard, si je me souviens bien. Puis il y avait un buffet où l'on gardait la nourriture. J'adorais les fruits, mais je n'avais le droit d'ouvrir la merveilleuse porte de ce meuble – derrière laquelle se trouvaient les pommes – qu'une fois par jour : je n'avais droit qu'à une seule pomme.

Mon père avait une vieille bicyclette qu'il prenait pour aller travailler et avec laquelle il rentrait à la maison, dans sa combinaison qui puait le cambouis. Il tenait énormément à sa bicyclette, tellement qu'il ne la laissait *jamais*, ni dans la rue bien sûr, ni même au bout de l'escalier, derrière le portail qui restait pourtant fermé. Tous les soirs, il la portait sur ses épaules et la montait dans les escaliers jusqu'au salon, pour être sûr que cette bicyclette resterait bien la sienne. Sur le cadre, où je m'asseyais lorsque j'étais petit, il attachait un sac dans lequel il rangeait la gamelle que Maman lui préparait tous les jours : une portion d'omelette, un morceau de pain, ce qu'il y avait et qui composait son repas lorsqu'il travaillait à l'atelier.

À la maison, il n'y avait rien d'autre, rien de ce à quoi nous sommes habitués désormais. On n'avait pas de passe-temps. Tu te rends compte, il n'y avait pas la radio, et encore moins la télévision qui n'existait même pas. En fait, la radio, elle, existait déjà. Pendant la guerre, les gens écoutaient la BBC, ils écoutaient la voix des régions libérées de l'Italie, mais nous, nous n'avions pas assez d'argent pour acheter une radio. Et nous n'avions évidemment pas le téléphone. Tout arriva en temps et en heure.

Nous avons commencé par acheter une radio. Ce fut un épisode merveilleux. Je me souviens du jour où, après avoir mis de côté de nombreuses économies, nous avons acheté cette première radio, en plusieurs versements, parce qu'on achetait les choses à crédit. Mon Dieu, quel événement ! Nous étions allés dans un magasin dont je me souviens parfaitement, à l'angle de via Maggio et de piazza Pitti.

FOLCO : Quel âge avais-tu ?

TIZIANO : Je ne sais pas, peut-être sept ou huit ans. Mon père, bien que communiste, bien que de gauche, faisait quelque chose de magnifique, une chose que de nombreux Florentins font encore de nos jours : il était volontaire à la Miséricorde[1]. On disait qu'il était « journalier » du vendredi. Tous les vendredis, il se rendait à la Compagnie, coiffé d'une cagoule, ce qui me faisait toujours peur. Cette coutume était née pendant la peste de Florence, lorsque les *monatti* commencèrent à se vêtir tout de noir et à porter une cagoule noire sur le visage pour ne pas être reconnus, et peut-être aussi pour se protéger, lorsqu'ils devaient transporter les morts et les pestiférés dans les lazarets.

Cette tradition a été maintenue par cette belle institution qui se trouve devant le Dôme et qui se nomme la Miséricorde. Belle parce que c'était une ouverture sociale, et parce que tous les Florentins, toutes classes confondues, des gens de la noblesse aux pauvres hères comme mon père, servaient l'institution avec la même dignité, les mêmes droits et les mêmes devoirs. Mon père faisait son heure – parce qu'on ne faisait qu'une heure –, il était là de garde. Lorsque quelqu'un arrivait à vélo et disait : « Oh, ma grand-mère se sent mal ! », ou même plus tard, au temps du téléphone, lorsque

---

1. Compagnie de la Miséricorde de Florence (*toutes les notes sont de la traductrice*).

quelqu'un appelait, les volontaires partaient à pied ou, quelques années plus tard, en ambulance, pour aller chercher le blessé ou le malade et le transporter à l'hôpital.

Pour mon père, cette garde, c'était une façon de s'intégrer, lui qui était très timide, qui avait un peu peur des autres et qui était très impressionné par les riches, les nobles et les puissants. À la Miséricorde, tout le monde était ensemble. Ils étaient dans cette belle salle – je m'en souviens, j'y suis allé tellement de fois lorsque j'étais enfant, avec ma mère, pour regarder mon père habillé comme un *monatto* avec ce truc noir –, et, là, mon père parlait avec des comtes, avec les gens des autres classes sociales qui rendaient comme lui ce service.

Donc, avant d'acheter cette radio, mon père avait dû faire une grande étude de marché auprès de ses amis de la Miséricorde pour savoir dans quel magasin on pouvait être sûr que la radio serait de qualité, etc.

Maintenant que j'y pense, j'avais certainement plus de douze ou treize ans quand la radio est arrivée chez nous. J'étais souvent malade lorsque j'étais petit, cette histoire, je l'ai déjà racontée. Nous étions faibles, nous mangions peu, j'avais ce qu'on appelait les « ganglions », une sorte de tuberculose naissante chronique ; donc je tombais souvent malade et je devais garder le lit. Mon père, qui était un homme merveilleux par bien des côtés et un excellent bricoleur dans des tas de domaines, m'avait fabriqué – parce qu'on ne pouvait pas en acheter, je crois qu'il l'avait faite de ses propres mains – quelque chose que tu ne peux même pas imaginer : une radio à galène.

Le poste à galène était un drôle de truc : c'était une radio, en réalité, mais elle fonctionnait sur le principe d'un quartz reposant sur une aiguille. Je ne sais même pas comment elle était faite exactement. Je me souviens qu'il fallait un quartz et qu'il y avait une aiguille – comme sur un Gramophone –, attachée avec un ressort, qui se déplaçait sur le quartz. Maintenant, je comprends que c'était ce système qui permettait à la fréquence de se déplacer. C'était un système artisanal, et si l'on réussissait à mettre l'aiguille, on pouvait écouter la radio ! On enfilait de gros casques de pilote – je me demande où mon père avait bien pu se les procurer – parce qu'il n'y avait pas de haut-parleur. Et moi, je restais dans mon lit, bien au chaud, pendant que ma petite maman m'apportait du lait ou du bouillon, et j'écoutais le poste à galène. J'écoutais les nouvelles.

Alors, la radio fut une belle promotion : du poste à galène à la radio ! On appuyait sur le bouton et – boum ! –, on entendait les émissions.

FOLCO : Ce fut le premier pas vers la modernité.

TIZIANO : Oui, lorsque la radio arriva, ce fut un événement. Cette radio, si nous l'avions encore aujourd'hui, on la revendrait à un antiquaire pour un paquet d'argent, tellement elle était belle, en bois verni, avec des manivelles qu'on tournait à la main, et non pas ces touches numériques auxquelles on ne comprend jamais rien. Il y avait une petite lumière verte qui s'éteignait ou s'allumait dès qu'on s'éloignait ou qu'on s'approchait d'une fréquence. Elle était de forme bombée, toute ronde, avec des poignées en os, et non en plastique. Cette radio fut le premier symbole du luxe dans ma famille.

Je voudrais que tu comprennes le monde où j'ai grandi : une route sans aucun trafic, où ne passait qu'un tram tiré par des chevaux, qui devint électrique après la guerre ; et ce tram tournait juste devant notre maison. Il partait de chez nous et allait jusque dans le centre, à San Frediano. Puis il tournait. Il avançait et reculait entre le quartier où nous habitions et Florence, qui était comme un autre pays. Ce que je veux dire, c'est que

Florence était loin en ce temps-là. Entre le centre et le quartier où nous vivions, les « faubourgs », c'était la campagne.

En fait, c'est la tragédie de toute la vie de ma mère : avoir épousé un homme qui l'avait emmenée dans le faubourg, en dehors de Florence, loin du centre où elle était si fière d'être née. Ma mère avait toujours gardé ce je-ne-sais-quoi d'aristocratique, et elle n'aimait guère aller dans ce monde-là – la rue avec le tram, les gens qui circulaient parfois à bicyclette, et un trottoir qui ressemblait un peu à la place du village – parce qu'elle ne voulait pas rester là « à bavarder », comme elle disait. Pourtant, l'été, tous les soirs, les autres femmes sortaient leur petite chaise empaillée, s'asseyaient et regardaient les enfants comme moi, les petits qui jouaient à cache-cache ou à la marelle sur la rue pavée.

C'est là que s'est accomplie toute ma socialisation. Ma première enfance, je l'ai passée devant la porte de la maison, avec ma mère qui faisait toujours très attention à ce que je ne me salisse pas et que je ne me fasse pas taper dessus. Voilà, c'était mon monde, un monde bourré de préjugés, naturellement, et plein de restrictions sociales. « Fais attention à ce type !… La femme de cet autre type est une moins que rien, il vaut mieux ne pas trop lui parler… » Mais c'était aussi un monde sûr, un monde balisé, parce que c'était un monde limité. Il n'y avait pas d'inconnues.

FOLCO : On dirait que beaucoup d'explorateurs viennent d'un monde comme le tien.

TIZIANO : Oui. Tout était très précis. Tout le monde savait tout sur tout le monde. Tout le monde savait que la buraliste avait été violée par des soldats américains pendant qu'elle allait chercher du bois sur l'Arno…

FOLCO : Comment ?!

TIZIANO : Lorsque les Américains arrivèrent et abattirent tous les arbres de Florence, ils abattirent également une très belle forêt de chênes verts et de platanes, sans doute pour pouvoir creuser des tranchées et créer des chemins de fer, mais ils rasèrent cette splendide plantation qu'on appelait « l'Albereta ». C'est devenu l'un des quartiers les plus populaires de Florence, mais il n'y a plus un seul arbre : ce quartier s'appelle l'Isolotto. Lorsque j'étais petit, c'était encore un terrain vague. Comme les Américains taillaient les arbres avec d'énormes hachettes, chaque coup de hachette emportait des morceaux de bois qui avaient beaucoup de valeur. J'allais chercher avec ma mère – comme les autres – ces bouts de bois que nous utilisions pour allumer le feu, pour cuisiner. On disait donc que c'était là que la buraliste… Et cette rumeur la poursuivit pour le restant de ses jours.

Tout cela pour te dire que, dans cette société, l'individu n'avait pas beaucoup de liberté ; au contraire, il était extrêmement contrôlé. Mais cette étroitesse donnait aussi de nombreuses garanties car tout le monde savait tout sur tout le monde. Et il y avait donc une grande solidarité : les gens s'aidaient les uns les autres. Par exemple, si on allait acheter le pain, et qu'on n'avait pas assez d'argent, on nous faisait crédit ; en fait, je crois même que personne ne payait avant de toucher sa paie au début du mois. Chacun avait un cahier sur lequel le commerçant notait : « trois kilos de farine… », comme Bettina le fait encore avec nous, ici, à l'Orsigna. L'honnêteté était une valeur extrêmement importante. C'est incroyable comme il fallait être honnête avec l'argent. Si la Tecla – la boulangère – rendait par erreur une demi-lire en trop, on devait la lui ramener. C'étaient les règles de l'époque, qui seraient quasiment inconcevables de nos jours.

J'ai donc grandi dans ce monde extrêmement limité. Florence me semblait très loin. J'y allais de temps à autre avec mon père et ma mère, le dimanche. J'allais – cette histoire, tu l'as déjà entendue…

FOLCO : … manger une glace.

TIZIANO : Non. J'allais *regarder* les riches en train de manger une glace. C'est l'une des choses dont je me souviendrai toute ma vie. Bien propre sur moi, avec mes habits du dimanche et mes chaussures cirées – il fallait toujours cirer ses chaussures avant de sortir –, j'allais à pied de Monticelli à piazza della Signoria avec ma mère et mon père, qui portait une veste croisée et une cravate.

Tu ne peux pas imaginer ce que c'était à l'époque, vous qui êtes si négligés. En fait, je dois t'expliquer quelque chose. Je dis toujours : « Nous étions pauvres, il n'y avait rien à manger… » Et puis tu nous vois sur les photographies, toujours bien habillés. Mais ces vêtements que tu vois, nous ne les mettions que le dimanche !

FOLCO : On n'a pas de photo de toi avec les habits du mardi ?

TIZIANO : Non. Sur l'une des plus connues, j'avais mon petit tablier et je glissais mon doigt à travers l'une des poches. Mais elle a été jetée. Ma mère ne voulait pas qu'on voie que j'avais un tablier usé, qu'il était troué.

Il y avait un grand restaurant piazza della Repubblica, Paskowski, avec des tables dehors, qui existe encore aujourd'hui. Autour des tables, il y avait une haie de buis plantés dans de grands cache-pots en bois qui protégeaient les clients. Mes parents m'autorisaient à lorgner à travers les haies de buis pour regarder les riches manger leur glace. Tu te rends compte, nous sortions de chez nous pour aller voir les riches en train de manger une glace ! Pour vous, c'est quelque chose d'inconcevable, mais c'est là toute mon enfance.

Je dois ajouter que j'ai grandi dans le bonheur. Les problèmes étaient présents, mais je ne sentais pas leur poids. J'avais de la peine pour ma mère que je voyais souffrir quand il n'y avait plus d'argent, mais c'est toujours à travers ses yeux à elle que j'ai essuyé mes premières humiliations.

Je vais te raconter une histoire. C'est vrai qu'il arrivait très souvent qu'il n'y ait plus d'argent avant la fin du mois. Non loin de via del Porcellana, où ma mère était née, se trouvait ce qu'on appelait le mont-de-piété – ce nom à lui seul est une splendeur ! – où l'on amenait n'importe quel objet de valeur en échange d'un minuscule prêt à terme avec de gros intérêts. On pouvait récupérer l'objet lorsqu'on restituait l'argent.

Je me souviens que nous n'avions rien. Ma mère n'avait même pas de bagues, de bijoux en or. La seule chose en or qu'elle avait, c'était son alliance, et elle ne l'aurait jamais mise au clou, comme on disait. Mais elle avait des draps dans son trousseau qui n'avaient jamais été utilisés : quand une jeune fille se mariait, elle recevait quatre ou cinq paires de draps en lin, avec ses initiales brodées – T pour Terzani, et ainsi de suite –, et dans ce beau grand coffre aux senteurs de lavande et de savon où l'on cachait les sous, étaient rangées peut-être deux ou trois paires de superbes draps en lin. Et quand on n'avait vraiment plus d'argent, on allait les mettre en gage au mont-de-piété. Je me souviens – c'est l'une de mes premières grandes émotions négatives – que ma mère me tenait fermement par une main – j'étais encore un tout petit garçon –, et que, dans son autre main, elle tenait le sac avec le paquet de draps. Elle regardait tout autour d'elle pour être sûre que personne ne puisse nous reconnaître et nous voir entrer dans cet endroit de malheur, de honte et de perdition.

Je me souviens encore quand elle disait : « Bon, on peut y aller ! », et – zoum ! – on entrait, on allait devant ces grands guichets où l'on déposait nos draps. Il y avait toujours le même employé qui disait : « Hum, pour ces draps, trois, quatre lires… » Il ne nous donnait pas un centime de plus, c'est-à-dire que, si les draps valaient cinquante lires, il nous en donnait cinq. Mais ces cinq lires-là étaient juste ce qu'il fallait pour nous faire vivre. Au bout de deux semaines, on rendait les cinq lires, avec les intérêts, et on nous redonnait nos draps. Et le fait de retourner là-bas était une nouvelle tragédie parce qu'il fallait vérifier si quelqu'un nous voyait.

Ce sont les premières grandes émotions de mon enfance : l'humiliation de devoir aller au mont-de-piété, le sentiment que m'inspirait cette famille adorable et merveilleuse avec moi, mais qui était, au fond, faible et vulnérable.

Il rit.

Ces émotions ont été le moteur de toute ma vie. Je me souviens que, d'une certaine façon, depuis tout petit, je sentais que je devais sortir de cette étroitesse, qui était aussi une étroitesse physique : une petite maison, sans cabinets – on faisait dans un trou qui donnait juste en dessous, il n'y avait pas d'eau courante – et, comme je te l'ai dit, nous nous lavions tous les trois dans la même vasque. Je me sentais à l'étroit dans cet endroit, je sentais que je devais m'en échapper, partir.

FOLCO : Mais comment pouvais-tu savoir qu'il y avait un autre monde ?

Papa se met à rire.

41

TIZIANO : La première fois que j'ai connu autre chose, c'était à travers le plus grand menteur de la famille, le fils de celui qui balayait les crottins des chevaux, le cousin de mon père. Il avait été recruté dans la marine. Il avait donc quitté Monticelli et s'était retrouvé sur un navire de guerre – parce que c'était la guerre –, et il allait en Espagne, à Gibraltar, dans tout le pourtour méditerranéen. Il se vantait de ses voyages, et rentrait en racontant qu'il était allé dans un endroit où il y avait des poissons tout à fait étranges qui venaient manger ses chaussettes s'il mettait un pied hors du bateau. Il en racontait de toutes les couleurs et, moi, j'étais fasciné par cet homme qui non seulement portait un uniforme – un vrai marin ! – mais qui était aussi un incroyable menteur.

Mario le marin. Oui, c'est lui qui le premier m'a fait sentir qu'il y avait cette « autre » possibilité. Je crois, en un sens, que c'est lui qui m'a fait prendre conscience qu'il y avait un autre monde. Après, bien sûr, en grandissant, ce monde s'est nourri de bien d'autres visages.

FOLCO : Si je repense à mon enfance, je me souviens surtout de mes amis. Dans ton enfance, au contraire...

TIZIANO : Non, je n'ai pas eu beaucoup d'amis dans mon enfance parce que ma mère m'interdisait de jouer à de vrais jeux de garçons, comme le ballon. C'est une autre des grandes humiliations que j'ai éprouvées. Ma mère voulait une fille, pas un garçon ; donc, les quatre ou cinq premières années de ma vie, je les ai passées habillé en fille, avec des jupes. Tu sais, à cette époque, les vêtements étaient plutôt unisexes : les garçons portaient un tablier pour aller à l'école, comme les filles ; ils portaient des culottes courtes. Donc, j'ai passé les premières années de ma vie habillé en fille.

Mais il y avait un autre problème. Ma mère était obsédée par la propreté. Jouer au foot, c'était sale, parce qu'on tombait par terre. Donc, elle contrôlait toujours ce que je faisais. Et je me souviens combien j'étais malheureux : lorsque j'avais six, sept ou huit ans, je restais à la fenêtre via Pisana, et je regardais mes camarades, tout mignons, tout crasseux, qui allaient jouer au ballon. Là, devant chez nous, il y avait un terrain vague où, après la guerre, on avait entreposé un tas de ferraille et des carcasses de tanks ; plus tard, il fut transformé en esplanade. Et moi je devais rester à ma fenêtre et les regarder !

FOLCO : Ça ne te cassait pas les pieds ?

TIZIANO : Si, énormément, j'étais terriblement frustré, au point que je m'étais inventé moi aussi tout un monde à moi. Ma mère, qui était habile de ses mains, pour se faire pardonner sa méchanceté de ne pas m'autoriser à jouer dehors, m'avait confectionné des gants et des genouillères. Alors, j'allais jouer via di Soffiano en lui tenant la main et, lorsque les autres me demandaient : « Hé, toi, tu veux jouer ? », je répondais : « Non, je suis gardien de but ! », et je faisais semblant d'être le gardien de but d'une équipe d'un autre quartier.

Il rit.

Mais là-bas non plus, je ne jouais pas : je ne pouvais pas jouer puisque ma mère me l'interdisait. Jusqu'à ce fameux jour où Bombolino me lança un caillou et me dit : « Enlève-le, ça se voit ! », c'est-à-dire : enlève ton zizi qui ne te sert à rien, on voit bien que tu n'en as pas, que tu es une femmelette. Ce caillou me laissa ma première cicatrice sur le visage.

Voici le monde où j'ai grandi, le monde d'où je me suis échappé dès que j'ai pu.

FOLCO : Grand-père ne voulait pas que tu joues au ballon ?

TIZIANO : Mon père avait un rôle très limité dans la vie quotidienne car il partait très tôt le matin et rentrait tard le soir. Je passais toutes mes journées seul avec ma mère. En plus, ma mère était très bizarre, elle était un peu sournoise. Je me suis fait mes plus grosses peurs quand je faisais des bêtises, comme en font tous les enfants. Un jour, avec une balle, ou un ballon, ou autre chose – j'étais un enfant et il m'arrivait de me défouler, mon Dieu, j'étais tellement frustré –, je brisai la fameuse vitrine qui faisait partie de ce satané trousseau de mariage. Boum ! Tout tomba en mille morceaux. Ma mère n'eut pas le courage de me donner une gifle et de m'enfermer dans ma chambre dans le noir pour me punir, comme on faisait à l'époque. Elle me dit : « Attends le retour de Papa. Ce soir, c'est lui qui te punira ! » C'était terrible de devoir rester six ou sept heures à attendre que mon père vienne me donner une gifle.

FOLCO : Et il t'a giflé ?

TIZIANO : Je ne m'en souviens pas. Ce sont des choses dont on ne se souvient pas.

Ma mère était extrêmement protectrice et je dois avouer que, par la suite, toute ma vie a consisté à fuir loin d'elle. Mon père était différent. Il était timide, il avait peur du pouvoir, de l'autorité ; mais il était intelligent, et il a toujours été d'une grande générosité. Ce sont des choses qui te collent à la peau. N'oublie pas que c'était lui qui dirigeait tout dans la famille : il travaillait, il apportait de l'argent. Mais au dîner, la côtelette la plus grosse, c'est moi qui la mangeais. Néanmoins, c'était lui le chef de famille, ça ne se discutait pas.

Il y a une chose que je voudrais ajouter, sur l'origine de ma famille, l'endroit d'où elle vient. Surtout pour ton fils, sinon il ne saura jamais d'où vient le nom de Terzani.

Les Terzani viennent d'un endroit qui s'appelle Malmantile, à peu près à vingt ou vingt-cinq kilomètres de

Florence, sur l'Arno, près de Pontedera. Le plus drôle, c'est que j'ai découvert tout à fait par hasard cette petite ville, dont je n'avais jamais entendu parler. Je savais que les Terzani avaient été tailleurs de pierre. Mais tailleur de pierre, ça voulait dire plein de choses. Dans ce cas, naturellement, ça voulait dire tailler la *pietra serena*[1], qui servait à paver les rues, et surtout à faire les trottoirs de tout Florence, à tailler aussi les pierres pour les maisons, les seuils, et ainsi de suite. Ainsi, lorsque j'ai rencontré pour la première fois les Guichardin, du haut de leur palais qui regarde Florence, j'ai dit : « Cette ville, nous l'avons faite ensemble. Vous, avec vos idées et votre argent, nous, avec notre main-d'œuvre. Car les pierres de ce palais, ce sont mes ancêtres qui les ont taillées. »

Nous découvrîmes une chose étrange à Malmantile : il y avait un lieu qui s'appelait la Cava Terzani[2], où cette famille, pendant des siècles, avait extrait la pierre, l'avait taillée et transportée à Florence. Tu imagines, transporter ces pierres jusqu'en ville, c'était un travail d'Égyptiens construisant les pyramides !

Ce qui nous impressionna le plus lorsque nous y sommes allés, ta mère et moi, c'est que les Terzani demeuraient à l'intérieur des murs de Malmantile, c'est-à-dire dans un taudis sombre, sans lumière, dans lequel on entrait par une toute petite porte. Je remarquai aussitôt une immense table en bois : il était impossible qu'elle ait été amenée à l'intérieur car les murs étaient en pierre solide. On nous dit que nos ancêtres l'avaient construite dans la maison et que c'était la table où mangeait la famille.

Mon grand-père Livio était né dans cette maison. Il avait une belle moustache blanche ; c'était un homme

---

1. Pierre grise de Florence.
2. Carrière Terzani.

droit, mais soupe-au-lait, et toujours plein de belles histoires. J'ai beaucoup pris de lui. Il avait quatre fils, Gerardo, Gusmano, Vannetto et Annetta, et deux autres qui sont morts par la suite. Il y avait aussi sa femme, ma grand-mère Eleonora : quand elle devait sortir, elle attachait quatre de ces six petits voyous aux quatre pieds de la table de la cuisine, et les deux autres aux deux pieds d'un banc en bois. Ils devaient rester là sans bouger jusqu'à son retour. Une histoire magnifique, non ? L'école maternelle n'existait pas.

Lorsque la famille avait un peu d'argent d'avance, ils achetaient un œuf. Tous les enfants étaient assis sur ce banc et chacun devait gober l'œuf une seule fois, car l'œuf frais était considéré comme extrêmement nourrissant.

Mon père, Gerardo, devint tourneur. Il était allé jusqu'en neuvième, je crois – il commença à travailler très tôt. Il savait écrire et lire, mais ce n'était pas un domaine qui lui était très familier. Plus tard, il apprit à faire ses comptes sérieusement, car il avait à gérer un petit garage qu'il avait créé avec un associé. Et, de nouveau, des histoires de pauvres, merveilleuses. Il rencontra Lina, ma mère, parce qu'elle habitait via del Porcellana et qu'elle était chapelière à Porta del Prato : tu sais, en ce temps-là, les femmes portaient des chapeaux. Tous les jours, il voyait passer cette belle femme – grand-mère Lina était très belle, elle avait le teint clair, une peau de velours et des cheveux noirs de jais –, et lui, qui était un homme modeste, réussit à la conquérir.

Ma mère n'était pas très intelligente. Elle était limitée, pleine de préjugés. « Ah mais moi, je suis de Florence, hein ! Mon père à moi travaillait chez les marquis de Gondi ! C'étaient pas les boulangers de Monticelli, hein ! » Elle détestait Monticelli parce que c'était le faubourg, et non le centre de Florence. Elle avait l'impression d'être en exil, si bien qu'elle ne restait pas avec ces grossières campagnardes de Monticelli. Elle était comme ça. Elle avait cette aspiration – et je dois dire qu'elle me l'a transmise, en quelque sorte – à être autre chose.

Elle ne s'est jamais entendue avec ma grand-mère Eleonora, sa belle-mère. Elles se disputaient continuellement. Ma grand-mère l'accusait de faire la grande dame, de se prendre pour je ne sais qui. Une fois, ma mère avait mis un petit chapeau – elle aimait être élégante –, et elles se tenaient dans une boutique lorsque ma grand-mère lui donna une petite tape pour qu'elle l'enlève. « Mais qu'est-ce que vous croyez ? Vous vous prenez pour une dame ?! » Et – paf ! –, elle le lui ôta.

Relations typiques entre belle-mère et belle-fille.

Ma mère portait en elle toutes les broutilles des pauvres aspirant à devenir un peu plus riches. Bref, les histoires que je t'ai racontées sont magnifiques, non ? Elle était fière de son père, mon grand-père Giovanni, qui était cuisinier. Il était cuisinier chez le marquis de Gondi, dont il était le favori : un jour, le marquis découvrit que la marquise l'avait trompé, il ouvrit son tiroir et prit un pistolet pour la tuer. Mon grand-père intervint et enleva le pistolet de la main du marquis. Quel immense courage, pour un cuisinier, d'enlever le pistolet de la main d'un marquis ! Le marquis lui en fut reconnaissant pour le restant de ses jours, et fut toujours extrêmement courtois avec le cuisinier Giovanni, surtout vers la fin de sa vie, qui survint assez tôt, parce que, comme deux autres sœurs de ma mère, mon grand-père mourut de tuberculose.

Après son enterrement, on jeta des fenêtres du troisième étage tous les objets appartenant à sa famille, et on les brûla en faisant un feu dans la rue pour que le mal ne contamine personne. Ma grand-mère s'installa alors chez nous : elle n'avait que ce qu'elle portait sur elle, et un balluchon avec des vêtements noirs et une broche en or ornée de quelques perles. Ma merveilleuse grand-mère Elisa qui m'a tant appris ! Elle avait des yeux d'un bleu très clair, une jolie peau diaphane et un nez un peu aplati comme le mien et celui de Saskia. Elle était sage, merveilleusement sage, et elle avait une vraie conscience d'elle-même, une modestie et même une confiance en elle qui lui permirent de se créer un espace dans cette nouvelle famille où elle vécut pendant presque dix ans.

Tu ne sais pas ce que mon père lui fit ? Quel homme adorable, il avait beaucoup de génie ! Il créa pour Grand-mère une pièce que l'on reconstruisait tous les soirs. Il planta une barre de fer dans le plancher du salon et, entre la barre et le mur, il attacha un rideau avec deux crochets. Grand-mère Elisa dormait là, c'était sa chambre à coucher. Le matin, dès qu'elle se levait, elle démontait tout, la barre de fer était replacée sous le lit et le rideau replié. Le soir, lorsque la vie de famille était terminée, je l'aidais à remonter son rideau et elle se retirait là derrière. Elle est morte derrière ce rideau.

Pense à tout l'espace que nous avons aujourd'hui, pense à nos maisons !

Folco : En Inde, beaucoup de gens vivent encore de cette manière.

Tiziano : Et pour vivre de cette manière, avec dignité et propreté – elle était d'une propreté absolue, elle sentait toujours une bonne odeur de talc –, il faut une immense discipline, une immense discipline que ma mère en revanche n'avait pas.

Ma mère s'enorgueillissait tellement de ce que son père avait été le favori d'un marquis qu'elle me dit un jour, moi qui étais un enfant : « Le marquis aimait tellement Grand-père qu'il lui donnait les restes de sa nourriture. » Manger était extrêmement important. Lorsque le marquis avait fini de manger son poulet, il donnait les restes à mon grand-père, et cette histoire était citée dans la famille comme un exemple de grande générosité de la part du marquis et d'immense prestige pour mon grand-père. Moi, tout cela me gonflait déjà un peu… J'étais un anarchiste.

FOLCO : Déjà ?

TIZIANO : Il se peut qu'on naisse anarchiste, que ce soit inscrit dans nos gènes. J'ai toujours été anarchiste. Je voyais un uniforme de policier et j'avais envie de lui donner des coups de pied. J'ai toujours été hostile au pouvoir. J'ai toujours été allergique au pouvoir.

FOLCO : C'est bizarre parce que Grand-père et Grand-mère n'avaient absolument rien de rebelle.

TIZIANO : Non, mais il y avait l'autre côté de la famille, ma grand-mère Elisa et son frère, l'oncle Torello, qui étaient fous. Ils étaient paysans, mais ils se prenaient pour des bourgeois. Ils circulaient en cabriolet, ils étaient différents. C'étaient des gens qui avaient une vitesse en plus.

FOLCO : Donc tu avais d'autres exemples.

TIZIANO : Oui, il y avait cette autre partie de la famille un peu plus dingue, que nous voyions souvent parce qu'ils venaient nous rendre visite. Comme nous n'avions pas de distractions, la seule chose à faire était de se rendre visite les uns les autres le dimanche. En faisant toujours attention à ne pas y aller au moment du repas ! Il fallait arriver *après* qu'ils avaient mangé, et même si on nous offrait quelque chose – j'aurais dévoré du chocolat, des biscuits –, il fallait dire au moins trois, quatre ou cinq fois : « Non, merci. »

C'est l'éducation qu'on m'a donnée. Et il n'y avait rien à faire. Moi, toujours rebelle, je me souviens avoir reçu une gifle une fois, parce qu'une sœur de ma grand-mère Elisa – qui m'adorait – m'embrassait dès qu'elle arrivait, et moi, j'avais aussitôt essuyé mes joues de ses baisers huileux et baveux. Mes parents avaient honte de moi. Je vais te l'avouer, je ne m'entendais pas avec ces gens-là.

FOLCO : Tu n'avais pas l'impression de faire partie de la famille ?

TIZIANO : Non. Et depuis que j'étais tout petit, tout le monde avait compris que je ne faisais pas partie de cette bande. Je n'avais vraiment rien à voir avec eux. En fait, je me souviens que mon crétin d'oncle, Vannetto, faisait des allusions comme quoi, au fond, est-ce qu'on savait si j'étais vraiment le fils de mon père ? Il plaisantait, bien sûr, mais on voyait bien que je n'étais pas des leurs. Leur monde n'était pas mon monde. J'avais toujours à l'esprit que je devais fuir.

Ils pensaient – une idée courante à l'époque – que, lorsque j'aurais terminé l'école primaire, j'irais travailler avec mon père qui était mécanicien. C'était comme ça que ça marchait. On était apprenti et on allait à l'usine, on commençait par nettoyer l'huile, puis on assemblait les pièces. Et c'est ainsi que naissait un nouveau mécanicien. Chez moi, on disait : « Quand tu auras fini l'école, vas-y ! Comme ça, tu pourras aider ton père. » Et même mon père y tenait, parce que la vie était ainsi faite, et c'est ainsi qu'ils la voyaient, eux.

Mais moi j'avais de tout autres idées.

J'avais souvent la coqueluche et les quintes de toux m'étouffaient. On m'emmenait alors boire de l'eau d'un puits ; on disait que saint François y était passé et avait laissé une de ses sandales au fond. L'eau était bénite et ma mère me la faisait boire en disant que j'irais mieux. Puis nous montions la côte vers Bellosguardo. Tu te rends compte, quitter ces deux petites pièces à Monticelli et aller jusqu'à la Torre di Montauro, à la Villa dell'Ombrellino et à la Torre di Bellosguardo ! C'était un autre monde. Et je sentais que ce monde m'appartenait. Je ressentais le besoin d'aller jusque-là. Je regardais les belles villas et je me disais : « Putain, mais qui peut bien habiter dans ces beaux quartiers ? » Et ma mère me disait : « Hé, c'est un peintre allemand qui habite là, et là-bas, c'est un sculpteur anglais. » Parce qu'elle savait, elle ; les femmes parlaient. Alors, je pensais à toutes ces maisons qui appartenaient à des étrangers – je plaisante maintenant, mais bon... –, et cette idée a fait son chemin : c'est pour cela que je suis devenu à mon tour un étranger, pour pouvoir me permettre de rentrer et de vivre dans l'une de ces maisons.

C'est ainsi que j'ai passé les premières années de ma vie. Sans grands traumatismes ni grandes émotions, à part les petites émotions dont je t'ai parlé. J'ai passé cinq ans à l'école primaire de Monticelli, près de notre maison, et chaque fois que je sortais, ma mère était dehors à m'attendre. Je ne pouvais même pas rentrer seul chez moi, ma mère m'accompagnait à l'école en me tenant par la main. Je me souviens de gars comme Bombolino – mon Dieu ! –, à peine sortis de l'école, de ces coups de règles ! Ils passaient près de moi et – tac ! – ils me donnaient un coup sur la tête. Et je ne pouvais même pas réagir car ma mère me tenait la main.

Il rit.

FOLCO : Alors, vu que tu ne pouvais pas jouer, tu étudiais ?

TIZIANO : Oui, j'étudiais, mais finalement pas tant que ça. J'étais bon élève, pourtant, j'étais toujours le premier de la classe. Tu sais, là-bas, il n'y avait que des ouvriers.

FOLCO : Tes parents y tenaient ? Ils te poussaient ?

TIZIANO : Ma mère y tenait énormément, mon père moins. Il disait que, de toute manière, il fallait que je travaille plus tard. Mais ils n'avaient pas besoin de me pousser, j'étudiais, c'était quelque chose à quoi je m'identifiais totalement. Et puis, j'aimais bien être le premier de la classe, on me donnait un ruban, une cocarde. L'école était obligatoire jusqu'en septième, et puis, adieu, au boulot. Ma chance fut que mon dernier maître, à l'école primaire, dise à mes parents : « Lui, faites-le étudier, envoyez-le au moins au collège. »

Ma libération a commencé avec le collège. Je suis allé à celui de Ponte Santa Trinità. Le tram, qui passait et tournait devant chez nous, est devenu mon tram. Je suis monté dans le tram, seul cette fois, parce que ma mère ne pouvait plus vraiment se permettre de m'accompagner, et j'ai passé mes trois premières années de liberté. C'est alors que j'ai commencé à m'intégrer. J'ai connu Baroni, le fils d'un dentiste et neveu d'un prêtre qui lui avait légué une belle bibliothèque…

FOLCO : Ah, les voici, les livres !

TIZIANO : Tu comprends mon rapport aux livres, Folco. À la maison, il n'y a jamais eu un seul livre, jamais. Il n'y avait pas de livres. Mais mon oncle Gusmano, le frère de mon père, était relieur. Pour se faire plus d'argent, il travaillait « au noir », dirait-on aujourd'hui ; bref, il faisait des heures supplémentaires chez lui et reliait des livres pour des gens riches, des médecins surtout. Les premiers livres que j'ai vus de toute ma vie, les premiers que j'ai eus entre les mains, c'était une *Histoire d'Italie* en fascicules, que je trouvais magnifique avec toutes ses illustrations en couleurs : Mutius Scaevola mettant sa main dans le feu, l'assassinat de Jules César, Néron incendiant Rome. Je lisais ces livres en cachette : mon oncle, adorable, me passait les fascicules avant de les relier et de les glisser entre deux couvertures en cuir. Quelles grandes émotions ! Ces ouvrages sont les premiers livres que j'ai touchés de toute ma vie.

FOLCO : Tu les as aussitôt appréciés ?

TIZIANO : Aussitôt. C'est de cette époque que vient mon fétichisme pour les livres. C'est pour cela, vois-tu, que notre maison en est aujourd'hui remplie.

Alors, le fait d'aller au collège a été une libération ; cela signifiait que je devenais un homme. Il n'y avait plus tous ces garçons qui me donnaient des claques. Ce tram me reliait au monde. J'entrais dans Florence. Je devenais l'ami des riches. La bibliothèque de l'oncle de Baroni, le prêtre, quelle merveille ! Nous allions faire nos devoirs chez lui et, de temps à autre, je lui piquais quelques livres que j'emportais chez moi pour les lire. C'étaient ces beaux livres, tu sais, avec une couverture en cuir et des caractères en or. Nous étions plusieurs – moi, Gambutti et deux autres – à lui prendre des livres : cela l'agaçait. Alors, il finissait par nous fouiller !

Puis, en quatrième, j'avais donc quatorze ans, ce fut Cremasco qui joua un rôle déterminant dans ma vie.

FOLCO : Qui était Cremasco, un professeur ?

TIZIANO : Oui, mon professeur du collège. J'écrivais des rédactions dont il dit aujourd'hui : « Je le savais depuis le début que tu serais écrivain ! » C'est cet homme de quatre-vingt-seize ans qui m'écrit encore et à qui j'ai envoyé récemment *Un altro giro di giostra*[1] avec cette dédicace : « Cher Professeur, jamais je n'aurais écrit ce livre si vous n'aviez pas été là. » Je lui dois tout parce que c'est lui qui a pris la décision capitale d'*appeler* mes parents. Tu sais, en ce temps-là, aller chez un professeur… Tu imagines, ma mère et mon père convoqués par le professeur Cremasco au

1. Tiziano Terzani, *Un altro giro di giostra. Viaggio nel male e nel bene del nostro tempo* [*Un autre tour de manège. Voyage dans le bien et le mal de notre temps*], Longanesi, 2004.

collège Machiavelli, situé dans ce palais superbe près du Ponte Santa Trinità. Le professeur leur a dit : « Écoutez, vous devez faire des sacrifices. Vous devez l'envoyer au lycée. »

FOLCO : Je ne comprends pas d'où t'est venu ce vif intérêt pour les études. Personne dans ta famille n'était porté sur les études. D'après toi, c'était un don inné ?

TIZIANO : C'est sans doute mon oncle qui avait raison : je ne pouvais pas être le fils de mon père. Mais tu sais, nous ne sortons certainement pas tous du même moule. Chacun a son propre monde et mon monde était celui-là. C'était l'époque où l'on commençait à lire *L'Iliade*, Homère. J'adorais cet univers.

Mes parents acceptèrent de m'envoyer au lycée. Et c'est le fameux épisode du premier pantalon acheté à crédit. Tout commença par cette opération merveilleuse : nous allâmes chez un tailleur, un membre de la Miséricorde, comme mon père, qui nous vendit mon premier pantalon de velours. Tous les mois, ma mère allait payer une traite à ce monsieur. Mon Dieu, pour un simple pantalon !

FOLCO : Tu n'avais qu'un seul pantalon ?

TIZIANO : Mais oui, bien sûr. Maman le lavait le dimanche et je le remettais le lundi pour aller au lycée. C'était comme ça, Folco, c'était comme ça. Et j'ai été au lycée dans l'un des plus beaux quartiers de Florence, je ne sais pas si je te l'ai montré, piazza Pitti. C'est là que j'ai lu Dante, Manzoni – tu entends ? – en regardant le Palazzo Pitti. C'était beau ! On entrait dans un autre monde, cette belle langue… Tu sais, l'histoire d'amour entre Renzo et Lucia était magnifique. L'Azzeccagarbugli, les pauvres trahis par les riches, les puissants et les prêtres, c'étaient des sujets qui m'intéressaient énormément, tout cela me nourrissait.

FOLCO : Et quelles autres passions avais-tu à cette époque ?

TIZIANO : Les femmes, les femmes ! Je découvrais les femmes pour la première fois de ma vie. Avant, nous étions séparés les uns des autres. Les filles, on ne les voyait même pas, ni à l'école primaire, ni au collège. Donc lorsque je suis entré en troisième, dans ce palais magnifique, dès que j'ai aperçu une blonde au premier rang, je me suis aussitôt assis à côté d'elle. Elle a été ma fiancée pendant trois ans. Elle s'appelait Isa. On nous a obligés à nous fiancer parce que nous sortions ensemble, mais nous étions encore des enfants, ce n'était pas comme maintenant, on ne « couchait » pas. Après les cours, l'après-midi, on se promenait main dans la main sur le viale dei Colli. Un jour, son père, qui était entrepreneur dans le bâtiment et avait une voiture – mon Dieu, il avait une voiture ! –, nous coinça et me dit : « Bon, maintenant, vous vous fiancez officiellement parce que je ne veux pas que ma fille… »

FOLCO : Vous avez dû réellement vous fiancer ?

TIZIANO : Oui, nous nous sommes fiancés officiellement. J'ai même dû obliger le pauvre Gerardino – mon père – à aller à pied, avec un bouquet de fleurs, de Porta Romana jusqu'à leur villa pour qu'il fasse la connaissance de ces imbéciles. Et puis, tu penses bien, j'allais à l'Orsigna et j'avais encore vingt autres copines.

Au bout de deux ans, je suis allé au lycée Galileo, le grand lycée classique de Florence, près du Duomo.

FOLCO : Pourquoi as-tu choisi la filière classique ? C'était moins utile.

TIZIANO : Non, non, non ! Je voulais vraiment aller au lycée classique. Et puis, cette idée de l'utile n'existait pas, on n'étudiait pas pour trouver un bon travail. On étudiait parce qu'on aimait étudier.

Et c'est alors qu'ont commencé toutes mes histoires compliquées. Je suis devenu l'amant d'une femme beaucoup plus âgée que moi. Tu sais, c'était comme si j'avais encore le feu au cul, le sentiment, en somme, de… putain !

FOLCO : À ce moment-là, tu savais déjà que tu te ferais la malle ?

TIZIANO : Non, ça, je ne le savais pas. On ne sait jamais ce genre de choses. Mais je savais que je n'avais pas pour destin d'être un simple Florentin.

En première – j'avais seize ans –, je rêvais de partir à l'étranger. Alors, je suis allé à la gare avec un ami, Cleto Menzella, pour acheter le *Journal de Genève* : nous voulions travailler en Suisse pendant les vacances. J'ai une histoire très amusante à te raconter. J'apprenais le français, je faisais semblant de le comprendre et j'ai lu : « *Cherche garçon d'office* » dans un grand hôtel de Bey-sur-Vevey. Malgré les pleurs de ma mère, j'ai sauté les vacances d'été à l'Orsigna pour aller travailler en Suisse avec Menzella. Nous nous sommes occupés de notre carte de travailleur, du passeport et du contrat de travail avec ce grand hôtel. Lorsque nous sommes arrivés, l'homme qui dirigeait le personnel nous a dit : « Eh bien, installez-vous dans cette pièce avec tous les autres serveurs ; je vous emmènerai ensuite voir l'*office*. »

J'ai compris alors que le mot « *office* », en français, n'était pas le bureau[1] où moi, jeune lycéen aux grands airs, je pourrais taper à la machine. C'était l'endroit où on lavait la vaisselle ! Je me suis donc retrouvé à la plonge – dans une de ces puanteurs ! –, en train de laver les assiettes du matin au soir. L'affaire n'a pas duré longtemps : ça me gonflait. Je me suis fait un ami, et on m'a placé au ménage. J'ai appris alors un autre mot français : *encaustiquer*, qui veut dire cirer les parquets ; c'était ce que je faisais.

1. Bureau se dit « *ufficio* » en italien.

56

Puis, au bout d'un mois et demi environ, nous nous sommes fait payer et nous nous sommes enfuis, parce que nous n'en pouvions plus de rester là-haut dans les montagnes. Nous sommes partis, et ce fut le début d'une autre merveilleuse aventure. Nous avons fait de l'autostop à travers l'Europe et nous sommes arrivés à Paris. Ah, la place Pigalle, la première fois que j'ai vu le *Moulin-Rouge* ! Nous nous promenions, nous dormions dans des auberges de jeunesse, nous rencontrions des filles qui nous invitaient chez elles. Puis nous sommes allés en Belgique, et nous sommes rentrés en Italie en passant par l'Allemagne. C'était ma première sortie dans le monde. C'était la première fois que je passais la frontière, et je compris que ma voie était d'aller voir le monde. Depuis ce temps, ce désir est toujours resté gravé en moi. Je trouvais n'importe quelle excuse pour partir. Tout ce qui était différent me plaisait énormément. Je sens encore l'odeur de cet *office*, l'odeur de la cire sur ces grands couloirs en parquet. Tu sais, tout était différent : l'odeur de la nourriture, l'odeur dans les rues. Nous étions en 1955, je venais de Florence, la Suisse, c'était autre chose. Et Paris !

Au lycée, lorsque nous sommes rentrés, tout le monde nous enviait, nous étions comme des héros. Tu sais, nous étions allés à Paris, nous avions eu notre carte de travailleurs saisonniers. Et nous avions été assez débrouillards.

FOLCO : Tu commençais à n'en faire qu'à ta tête. Et tes parents, qu'est-ce qu'ils en pensaient ?

TIZIANO : Tu sais, mon père continuait son petit bonhomme de chemin, ma mère aussi. Lorsque j'étais au lycée, j'allais parfois à la maison, mais j'étudiais surtout dans les superbes salles de la bibliothèque Marucelliana, remplie d'incunables et de vieux livres. J'étudiais, j'étudiais, j'aimais ça.

Mon oncle Vannetto passait tous les soirs avant le dîner et, du bas de l'escalier, demandait : « Qu'est-ce qu'il a fait aujourd'hui, ce fainéant ? » Pour lui, je n'étais qu'un fainéant. Qu'est-ce que je foutais ? Je ne travaillais pas, je ne gagnais pas un centime, j'étais un petit minet, toujours très élégant, avec un foulard autour du cou, et je fumais la pipe. Alors, il entrait et disait : « Qu'est-ce qu'il a fait aujourd'hui, ce fainéant ? » Et ma mère se mettait en rogne parce qu'il me traitait de fainéant.

Je fus l'un des meilleurs candidats reçus au baccalauréat de Florence. Je crois que j'eus une moyenne de 8 sur 10, avec un 9 en philosophie et un 9 en italien, ce qui était exceptionnel. La Banca Toscana m'écrivit une lettre qui fit défaillir ma famille : tu imagines, ils m'invitaient à aller à un colloque ! J'y allai, et on m'offrit un travail *à la banque* ; c'était un peu comme si je devenais pape aux yeux de mon père, lui qui n'avait jamais eu de compte en banque. À la maison, c'était comme si Jésus m'avait dit : « Suis-moi ! » sur la route de…

Moi, j'étais terrorisé. Pour moi, c'était la mort civile. Mais toute ma famille était contre moi. L'oncle Vannetto s'est mis à insister pour que j'aille travailler à la banque.

FOLCO : Ah, c'est pour ça que travailler à la banque a toujours été pour toi le symbole du mal !

TIZIANO : Le symbole de tout de ce qu'il ne faut pas faire.

Je me suis mis alors à parier au grand jeu de l'École normale de Pise : ou je gagnais un poste à Normale, ou je devais arrêter mes études et accepter le travail qu'on me proposait à la Banca Toscana. Je suis allé à cet examen l'esprit très tranquille – je ne me souviens pas d'avoir été angoissé –, mais je savais que toute ma vie en dépendait. C'était un examen très important où ne pouvaient se présenter que ceux qui avaient eu les meilleurs résultats au baccalauréat en Italie. Nous étions deux cents candidats et il n'y avait que huit postes. Je fus reçu, et cette réussite changea le cours de ma vie.

À la fin de l'été, je suis parti pour Pise. J'avais une chambre dans le Collège médico-juridique, tout était payé, mes repas, les droits d'inscription, les livres. Mes parents acceptèrent parce qu'ils ne pouvaient plus dire non.

C'est aussi le fameux été où j'ai rencontré ta mère.

Papa se met à tousser.

FOLCO : Tu es fatigué ?

TIZIANO : Oui, je suis fatigué maintenant. Nous nous arrêtons ?

FOLCO : Toutes ces histoires que je n'avais jamais entendues ! C'est drôle, c'est comme si nous n'avions jamais eu le temps d'en parler auparavant.

TIZIANO : C'est intéressant pour toi qui ne sais pas d'où tu viens. Ce que j'aimerais que tu comprennes, non seulement toi, mais également Saskia et vos enfants, c'est ce qu'était la culture de cette époque, quelles étaient les valeurs des gens comme mes parents. Des valeurs très simples, mais des valeurs très fortes : l'honnêteté, et puis ce sens de la dignité. On va chez les autres, ceux qui ont de l'argent, mais on *ne mange pas*, on dit : « Non, merci, j'ai déjà mangé. » Tu sais, ça te donne de la force tout ça, ça te forge le caractère. On s'habille bien. On ne va pas chez les autres si on n'est pas présentable, sinon on se fait baiser. Tu es pauvre, tu es faible, et en plus tu te fais baiser ? Ah non ! Je suis aussi élégant que toi. Et je ne mange pas de ton pain, j'ai déjà mangé. L'autre grande valeur, c'était la famille. En réalité, la visite quotidienne de mon emmerdeur d'oncle faisait partie du décor. La famille était toujours là. On pouvait compter sur la famille. Mes parents ont grandi avec ces valeurs, et on peut dire qu'ils me les ont transmises.

PISE ET OLIVETTI

FOLCO : Poursuivons notre voyage.

TIZIANO : J'aime beaucoup cette image du grand voyage, qui est en réalité le voyage de la vie, mais aussi le voyage à travers une époque.

Je vais essayer de te raconter cette aventure avec la plus grande sincérité possible, car je crois que c'est la seule véritable qualité sur laquelle tu puisses compter. Ne nous racontons pas d'histoires. Nous ne faisons pas de littérature. Réfléchis : toute ma vie, j'ai manipulé des mots, je pourrais en manipuler encore tant que je veux, cela m'est si facile désormais. Mais ce que j'aimerais pouvoir raconter, maintenant, c'est... c'est la vérité qui se cache derrière les mots.

Alors, où nous sommes-nous arrêtés hier ?

FOLCO : Tu entrais à l'École normale de Pise. Mais pourquoi as-tu choisi le droit ? Tu ne voulais pas devenir journaliste ?

TIZIANO : Si, j'ai toujours été attiré par le journalisme.

Je me souviens de la joie que je ressentais lorsque, à quinze ou seize ans, je suivais les sportifs sur ma Vespa avec une pancarte sur laquelle était écrit le mot « journaliste ».

Florence était une ville bigote. Moi, j'étais un lycéen et je n'avais rien à voir avec cette ville. Je ne passais pas mes dimanches à dansoter dans les salons de la bourgeoisie, une fois chez l'un, une fois chez l'autre, où, tout d'un coup, on éteignait les lumières et on se bécotait. Jamais ! Ta maman se souviendra toujours que, lorsqu'elle allait dans ces fêtes – c'était avant que nous ne nous connaissions –, elle entendait dire : « Tiziano viendra peut-être, peut-être que Tiziano viendra aujourd'hui... » Mais on ne me voyait jamais parce que, moi, je prenais ma Vespa et j'allais travailler, j'allais faire ce qui me plaisait. Je couvrais les parties de foot, Folco, et je suivais les courses qui passaient dans la région.

FOLCO : Les courses à pied ?

TIZIANO : Non, les courses cyclistes à l'Abetone. Je prenais la Vespa du grand-père et je suivais les courses ; puis j'écrivais des papiers pour le journal *Il Mattino*. Je me souviens de cette joie et de ce sentiment de puissance que je ressentais du simple fait de porter autour du cou une pancarte avec le mot « journaliste ». J'allais dans des villages de montagne, je me présentais au maire et aux organisateurs, et ils criaient : « Laissez passer, voilà le journaliste ! » Cette phrase – « Laissez passer, voilà le journaliste ! » – a été toute ma vie. Pouvoir être en première ligne et poser le pied là où se déroulaient les événements, et avoir le droit d'y être ! J'avais le *droit* d'être en première ligne, de voir ce qui se passait dans la salle des commandes.

Mais très vite je me suis rendu compte que c'était une situation merdique, une planque. Ceux qui faisaient ce métier étaient pistonnés par des prêtres ou des communistes, c'étaient les ratés de toutes les professions. Ceux qui ne décrochaient pas leur diplôme de fin d'études devenaient journalistes. Il suffisait d'avoir un oncle prêtre pour se faire pistonner auprès d'un journal démocrate chrétien : on y entrait et on y restait toute sa vie. Et moi, je les ai bien connus, tous ces journalistes, parce que, lorsque je travaillais au *Mattino* de Florence, c'étaient mes rédacteurs en chef.

C'est pourquoi, lorsque je suis parti faire mes études supérieures à l'École normale de Pise – qui était vraiment le *nec plus ultra* –, j'ai choisi de faire du droit. Mes collègues étaient des hommes comme Giuliano Amato, de futurs Premiers ministres, etc. Je devais donc suivre le destin qui m'était tombé dessus le jour où j'avais été reçu à Normale : c'était la voie royale pour devenir académicien, homme politique ou quelque chose dans ce genre. C'est pour cela que, pendant des années, j'ai refusé de penser sérieusement au journalisme.

FOLCO : Et ce choix de la filière juridique ?

TIZIANO : C'était pour des raisons très simples dans le fond. J'étais pauvre et je voulais défendre les pauvres contre les riches. J'étais faible et je voulais défendre les faibles contre les puissants. Il me semblait que la seule façon de le faire était de devenir avocat et d'apprendre à défendre les droits des pauvres.

FOLCO : Mais où voyais-tu toute cette injustice entre les pauvres et les riches ?

TIZIANO : Mais partout, enfin ! Mon père, les marquis de Gondi… Partout autour de moi. Mon père qui travaillait du matin au soir et n'avait jamais assez d'argent pour terminer le mois, oh ? Et le père d'Isa qui venait chercher sa fille avec son auto, qui m'obligeait à me fiancer officiellement, qui avait une belle villa, mais qui était-il ?

Et puis, c'était une période de grands conflits sociaux, Folco. Tu ne dois pas oublier que l'Italie était à deux doigts de devenir communiste. La CIA, les Américains et l'Église ont investi des milliards pour pouvoir manipuler les élections italiennes. Il y avait deux camps – les démocrates-chrétiens et les communistes –, armés l'un contre l'autre, si bien que, en 1948, Togliatti fut victime d'un attentat. Je dois te raconter une belle histoire à ce propos. On fit une découverte : mon père avait une mitrailleuse !

FOLCO : Grand-père avec une mitrailleuse ?

TIZIANO : Non, pas vraiment, mais il s'était passé une chose que l'on ne m'avait pas bien expliquée. Je me souviens qu'un jour, quelqu'un était venu et avait dit : « Dehors, maintenant on casse les murs ! » En clair, cela signifiait qu'on sortait les armes qu'on avait emmurées pour les cacher, et qu'on faisait la révolution. Je ne sais pas qui était cet homme. Mais depuis ce jour-là, c'est là que mon cœur a élu domicile, et c'est là qu'il est toujours resté. C'est comme cela qu'on pensait, à cette époque, tu comprends. C'est sans doute parce que, depuis tout petit, j'avais entendu les discours de mon père – des discours anticapitalistes – mais, effectivement, je ne pouvais pas croire que la société occidentale dans laquelle je vivais, et qui me plaisait aussi, était le seul modèle possible pour l'humanité. Le capitalisme, la démocratie, notre société libérale, un modèle pour tous les pays du monde ? Mais c'était de la folie ! Le mot « globalisation » n'existait pas encore, c'est un mot très récent, apparu il y a quelques années seulement, mais c'était déjà de ce processus qu'il s'agissait.

Ce que j'aimerais essayer de t'expliquer, c'est que les gens de ma génération, même ceux qui n'étaient pas marxistes-léninistes, comme moi, qui ne l'ai jamais été – j'ai lu Marx comme on lisait Victor Hugo, mais je n'ai jamais été un marxiste-léniniste –, ont été inspirés par cette vision du monde qui influençait l'ensemble de la société.

La question de fond était la suivante : l'Europe était en ruine et l'après-guerre était un désastre. La pauvreté, les villes à reconstruire… ; même à Florence, les ponts avaient été détruits. Il fallait construire la paix, créer des institutions qui puissent sauvegarder l'harmonie européenne et garantir le « plus jamais ça », et c'est ce qui s'est passé par la suite. Bien sûr, les idées étaient importantes, mais il y avait aussi la matière – ce n'est pas un hasard si on parlait de matérialisme historique –, et cette matière, en tant que matière précisément, avait ses lois chimiques et ses lois physiques, ses lois naturelles. Et elle avait également ses lois historiques. En somme, on pensait que la « matière sociale » pouvait être manipulée et influencée tout comme une réaction chimique peut produire un changement dans la matière organique.

Or, la matière des matières, c'était l'homme, et la matière de la matière des matières, c'était la société. L'idée, donc, était qu'on pouvait changer la société. On n'avait que cette idée en tête, les gens de ma génération du moins. Je repense à mes camarades d'université : nous étudiions tous – qui le droit, qui les sciences politiques, qui la médecine, qui l'économie – pour apporter notre contribution à la société. On étudiait parce qu'on se sentait, comment dire, investis d'une mission qui consistait à agir sur notre société, détruite et malade, et injuste du reste, pour la changer. Certains voulaient devenir avocats pour défendre les pauvres, d'autres voulaient faire de la politique, d'autres encore devenir diplomates. Personne n'étudiait pour devenir conseiller financier, comme désormais tant de jeunes. Ce type de branche, on ne soupçonnait même pas son existence. Notre attitude n'était pas une attitude altruiste, nous ne considérions pas les choses sous cet angle. Nous agissions par devoir. Nous sentions que nous faisions partie d'une élite, nous nous considérions comme des privilégiés qui avaient la chance de faire des études ; et cela nous semblait naturel, et surtout pas idéologique, de vouloir en quelque sorte rendre à la société ce que la société nous avait donné. Bien sûr, nous agissions aussi par intérêt, mais, je le répète, nous étudiions tous dans des domaines qui nous permettaient d'apporter une contribution à la société.

À cette époque, il y avait deux grandes alternatives idéologiques : Gandhi ou Mao. Et moi qui étais jeune, je ne pouvais pas ne pas être fasciné par ces hommes qui, avec un matériau social aussi vaste, un matériau composé de centaines de millions de personnes – ce n'était pas l'Andorre, ce n'était pas la *Cité du Soleil* de Campanella, c'était l'Inde, c'était la Chine ! –, je disais donc que je ne pouvais pas ne pas être fasciné, honnêtement, par ces hommes qui essayaient de construire une société qui ne soit pas fondée sur les critères du profit, de l'argent et du matérialisme. C'est pour cela que je lisais Gandhi, c'est pour cela que je lisais Mao.

N'oublie pas qu'on parlait d'« ingénierie sociale » ! Que faisait Mao ? Une expérience dans l'ingénierie sociale. De même qu'on construit un pont selon certains critères, pour éviter qu'il ne tombe, de même on peut refaire la société, la remettre sur pied en quelque sorte, la transformer pour qu'elle ne tombe pas. À cette époque, la Chine était en train de faire la plus grande expérience d'ingénierie sociale au monde. C'est de là que viennent non seulement ma curiosité pour ces phénomènes, mais également mon intérêt profond pour les questions qui touchent les moyens de changer la société.

Tu dois comprendre, Folco, que c'est aussi l'histoire d'une revanche. Je suis né pauvre et j'ai dû m'affranchir de cette pauvreté. Non pas du point de vue économique, mais du point de vue social, en m'engageant socialement. Et c'est toute l'histoire de ma vie.

Mais que ce soit bien clair : il ne faut pas croire que les gens comme moi voulaient importer ce modèle en Occident. C'était un modèle conçu pour le tiers-monde. On parlait tellement du tiers-monde, c'était justement l'époque de la décolonisation. On s'identifiait au tiers-monde en s'opposant au monde capitaliste ; on s'identifiait aux opprimés, à la classe des déshérités. Cela faisait partie de notre revanche sociale. On s'identifiait à Frantz Fanon en Algérie, à ses *Damnés de la terre*.

C'était l'époque de la décolonisation. Tu sais ce que ça voulait dire ! Lorsque Roosevelt et Churchill se rencontrèrent à Terranova, Churchill fit tout son possible pour que Roosevelt entre en guerre ; Roosevelt, lui, n'était pas vraiment convaincu. Il lui dit : « D'accord, j'entre en guerre », mais il fit signer à Churchill une clause disant que, si l'Amérique entrait en guerre pour aider la Grande-Bretagne à combattre le nazisme, la Grande-Bretagne devrait, à la fin de la guerre, renoncer à toutes ses colonies. Churchill fit comme si de rien n'était, mais, en son for intérieur, décida qu'il ne le ferait pas. L'Histoire, pourtant, lui força la main.

Ma génération a assisté à la fin de l'empire britannique, à la fin de toutes les colonies, qui disparaissaient les unes après les autres : les colonies hollandaises, françaises et surtout anglaises. Ça alors, tu te rends compte ! Le monde entier était traversé par de grands bouleversements sociaux. Nous étions de plus en plus convaincus que, si l'on connaissait la matière, si on en connaissait les règles historiques, on pourrait intervenir pour faire de ces nouvelles sociétés des sociétés plus justes, plus avancées, plus modernes, plus socialistes, si tu veux, c'est-à-dire des sociétés où il y aurait plus d'égalité et moins d'injustice.

Et il y eut tellement de cas, Folco ! Tu ne le sais peut-être pas, mais il y eut en France une histoire extraordinaire qui impliqua des écrivains comme Henri Alleg. Alleg avait écrit un livre célèbre, *La Question*, qui révélait au grand jour que les parachutistes français torturaient les *fedayin*, les rebelles du Front de Libération nationale algérien. Car les Algériens faisaient ce qu'on n'appelait pas encore du terrorisme : ils lançaient des bombes dans les cafés de Paris. C'était la guerre. On dévoila les preuves des tortures terribles commises par les assassins du général Massu qui commandait les troupes françaises. La France se révolta et – sous la conduite d'intellectuels comme Camus et d'autres – fit preuve d'une grande dignité en déclarant l'indépendance de l'Algérie.

Folco : On s'identifie aux passions de son temps. C'était le temps de la décolonisation du tiers-monde et, pendant que les puissances occidentales déblayaient le terrain, on a vu la possibilité de créer un nouveau type de société, un modèle de développement différent de celui représenté par l'Occident.

Et l'Union soviétique, ne représentait-elle pas ce modèle ?

Tiziano : Il était clair que l'URSS était vouée à l'échec.

Folco : C'était déjà clair ?

Tiziano : Oui. Réfléchis : en 1956, au XXᵉ Congrès du PCUS, Khrouchtchev révéla les crimes de Staline. Puis ce fut l'invasion de la Hongrie et de la Tchécoslovaquie, les révoltes dans les pays d'Europe de l'Est. Il était évident que l'Union soviétique ne pouvait plus être un noble idéal.

Folco : Et les États-Unis ?

Tiziano : Les États-Unis étaient un pays horrible aux yeux de jeunes comme moi. La guerre du Vietnam avait déjà commencé. Les États-Unis étaient tout le contraire de ce qui remplissait nos rêves. N'oublie pas non plus que j'ai grandi avec le Che, avec Che Guevara.

Folco : Ah, c'était l'époque du Che ?

Tiziano : Et du mythe de ce barbu, avocat de bonne famille…

Folco : Fidel Castro ?

Tiziano : Oui, Castro était à la tête d'une bande de va-nu-pieds qui s'opposait à la toute-puissance américaine qui, elle, soutenait le dictateur Batista. Il renversa le dictateur et déclara Cuba république socialiste. Intéressant, non ?

Mais il y avait quelqu'un d'encore plus intéressant : un homme qui croyait en la révolution permanente et voulait l'exporter dans toute l'Amérique latine, lui qui était argentin. À la fin de la révolution cubaine, Castro le nomma ministre, ambassadeur, tout ce qu'il voulait. Mais le Che repartit avec un fusil sur l'épaule et quatre compagnons pour libérer l'Amérique latine où, dans chaque pays, il y avait un dictateur soutenu par les États-Unis. Tu sais, c'est pour ça que les jeunes, encore aujourd'hui, sans même le savoir, portent le visage du Che sur leur T-shirt. C'était un héros ! Plus tard, sa mort est devenue un mythe. On publia son journal. Le journal de Che Guevara, c'était le livre le plus émouvant qu'on n'avait jamais lu. Et nous avons grandi avec ces héros.

Excuse-moi, Folco, je dois m'arrêter. Je vais dormir un peu ; aujourd'hui, ce n'est pas le jour.

Folco : Arrête-toi, arrête-toi. On reprendra plus tard notre discussion.

Papa se lève et se dirige lentement vers sa gompa *au fond du jardin pour faire une sieste. Il se fatigue facilement, désormais, mais nous ne sommes pas pressés. Les journées sont longues et nous ne sommes pas interrompus ; le téléphone ne sonne presque jamais, nous n'avons pas de visites. Papa revient au bout d'une heure.*

Tiziano : Folco ! Oh, Folco !

Folco : Tu as fait de beaux rêves ?

Tiziano : « *It is here, it is here, it is here !* Si le paradis existe sur terre, il est ici, ici, ici ! » Il n'est pas au Cachemire, il n'est pas dans les jardins de Soliman.

FOLCO : Qui prononçait cette phrase, un empereur moghol ?

TIZIANO : Hum. C'était merveilleux. J'ai passé une heure merveilleuse.

FOLCO : Nous disions donc, Papa, quand tu étais à Pise, tu connaissais déjà Maman, non ?

TIZIANO : Oui, nous nous sommes connus à Florence après le baccalauréat. Puis elle est partie faire ses études à Munich, en Allemagne. Et, comme beaucoup de jeunes couples, nous nous écrivions énormément. Mais, tu sais, la vie est souvent un peu compliquée, et il y eut des crises, beaucoup de hauts et de bas. Un jour, j'en ai eu assez. La situation m'était devenue impossible. Alors, je suis allé à Munich sans la prévenir : j'avais gagné mon billet de train en écrivant des centaines d'adresses pour un connard d'antiquaire qui envoyait des lettres aux prêtres : « Si vous avez de vieilles chaises, des commodes, des bancs, donnez-les-moi, et je vous donnerai en échange un téléviseur… »

Il rit.

FOLCO : Tu écrivais ces lettres ?

TIZIANO : Seulement les adresses, que je copiais sur un annuaire de la curie. Bref, je suis allé à Munich. J'ai pris mon courage à deux mains et je lui ai dit : « Écoute, ou nous vivons ensemble, ou ça ne pourra pas marcher. »

Et nous sommes rentrés en Italie. Ta maman avait hérité de sa grand-mère – une grand-mère haïtienne – deux bagues splendides du XIXe siècle, ornées d'émeraudes et de rubis, qui circulent encore dans la famille. Nous les avons prises avec nous, nous sommes allés au mont-de-piété – j'étais un connaisseur, tu te souviens – et les avons mises au clou. On nous en donna, je ne sais pas, cinquante mille lires, beaucoup d'argent, et, grâce à un ami mécanicien, nous nous sommes acheté une

Topolino 500. Ta maman alla chez elle et vola deux matelas que nous avons mis dans la voiture, avec ma guitare et les livres pour ma thèse de doctorat, et nous sommes partis à la mer, Marina di Massa ! Et, comme toujours, la chance nous a souri. Il y avait là-bas une famille de marbriers qui nous proposa une petite maison de pêcheurs, vide, au beau milieu d'un champ de tomates. Deux pièces et une cuisine à trois kilomètres de la mer, une mer encore sauvage, où nous nous baignions tous les jours. Nous avons mis les matelas par terre. Puis, nous avons pris la Topolino et nous nous sommes promenés dans les alentours, nous avons ramassé des briques sur la plage et des planches de navires amenées par les flots, et nous nous sommes construit deux tables et deux étagères. J'ai rangé mes livres et installé ma machine à écrire Lettera 22[1] pour écrire mon mémoire de fin d'études.

FOLCO : Et tu as obtenu la note la plus élevée.

TIZIANO : Oui, et même les félicitations du jury. J'étais très doué, j'écrivais des conneries. Pour moi, la thèse n'était pas une fin en soi, ce n'était que le commencement. Je devais trouver un système pour gagner ma vie, mais je ne voulais pas travailler comme tout le monde, je voulais faire quelque chose de différent, je voulais continuer à étudier. Nous avons acheté un de ces gros pavés de l'UNESCO avec la liste de toutes les universités du monde, de Tombouctou à Cambridge. Avec l'aide de ta maman – qu'est-ce qu'elle a travaillé, ta mère : je parlais très mal anglais et je l'écrivais encore plus mal –, j'ai envoyé des dizaines de lettres dans le monde entier dans lesquelles je racontais mon parcours et demandais une bourse d'études. La seule université qui nous répondit, ce fut celle de Leeds, dans le Yorkshire. Mon Dieu ! C'était comme si nous

1. Une machine à écrire Olivetti.

touchions le ciel du bout des doigts. Ils nous payaient pendant un an et je pouvais faire un master de droit international !

Dès le mois de décembre, nous avons quitté l'Italie pour l'Angleterre, ce qui rendit le grand-père Anzio, le père de ta maman, très malheureux, car il voulait absolument que l'on se marie avant de partir. Je fus même pris à part par le médecin de famille, un ami du grand-père, qui me dit : « Écoute, tu ne peux pas faire une chose pareille, ils vont très mal le prendre. » Mais moi, j'étais un révolutionnaire, je ne voulais rien savoir. À quoi bon se marier, au diable les institutions ! J'ai envoyé promener tout le monde et nous sommes partis.

À Leeds, nous vivions dans un coin pourri. Nous partagions une de ces petites maisons toutes bien alignées, toutes identiques, en brique sombre, construites pendant la révolution industrielle. Il y avait une prostituée au rez-de-chaussée qui nous déposait son gamin quand elle avait des clients, et un vieux marin, Sam, qui avait perdu ses doigts pendant la Seconde Guerre mondiale – ils avaient gelé dans la mer Arctique. Nous ne mangions que du riz et du ketchup. Un jour, nous nous sommes autorisés à aller au marché avec Sam pour acheter une tranche de mouton australien, tu sais, le mouton congelé qu'on coupe avec une scie électrique qui fait hiiiiiii ! Lorsque nous l'avons mis à bouillir, la maison entière puait le mouton.

Nous avions de drôles d'amis, tous révolutionnaires. Ils venaient d'Afrique, du Nigeria, du Ghana, et voulaient que l'Angleterre leur donne leur indépendance. Il y avait un Nigérian qui, à la fin de n'importe quelle manifestation publique – conférence, film, repas officiel –, au moment où l'on entonnait *God Save the Queen*, l'hymne national britannique, sortait précipitamment de la salle pour ne pas devoir se lever comme le reste du public.

Folco : Ah, c'étaient vraiment des années de combat !

Tiziano : Et moi j'ai appris à sortir comme lui. Une fois, à la fin d'un repas important offert par l'université, où tout le monde était en habit de soirée, je fus le seul à ne pas porter mon verre à mes lèvres pour trinquer à la santé de la reine, comme de juste.

Une vie d'aventure et de misère. Au bout de trois ou quatre mois, ta maman tomba gravement malade : elle avait une sévère infection rénale. Moi qui n'avais pas un sou, je me sentais une grande responsabilité. Alors, nous sommes rentrés en Italie, tête basse, nous qui étions partis triomphalement. Nous n'avons même pas terminé l'année universitaire à Leeds. Mais pour moi, le plus grand échec aurait été de devoir ramener ta mère chez elle, car le grand-père voulait toujours que nous nous mariions. J'ai donc cherché un travail au Conseil de l'Europe, puis j'ai fini par accepter un poste chez Olivetti.

Nous avons emménagé ensemble. Je me suis occupé de ta maman et elle a guéri. J'ai réalisé que, si nous nous mariions, elle aurait elle aussi une couverture sociale, et que ma société lui paierait ses voyages. Bon sang, en un mois nous étions mariés ! Mariés d'une façon merveilleuse. Je cherchais un endroit où le maire ne fût pas démocrate-chrétien, et le premier que nous avons trouvé était à Vinci. C'était un maire communiste qui se présenta – adorable – avec l'écharpe tricolore, et comme il savait que ta maman était d'origine allemande, il recouvrit avec le drapeau – l'Italie, de nouveau ! – une plaque mentionnant le nombre de partisans massacrés par les Allemands dans le village de Vinci. Nous avons partagé notre repas de mariage avec mes parents, les parents de ta mère, son frère et deux témoins : nous étions huit ou neuf en tout. Et puis, en route ! À l'Orsigna pour notre voyage de noces.

Chez Olivetti, mon premier poste fut de vendre des machines à écrire. Tu te rends compte : moi qui étais diplômé, je me suis retrouvé vendeur en train de faire du porte-à-porte ! Je fus chargé ensuite de diriger ceux qui vendaient les machines à écrire. Puis, on me demanda de former ceux qui apprenaient à vendre les machines à écrire. Enfin, je fus muté dans le bureau du service du personnel à Ivrea : je travaillais avec un type qui avait pris la place de Furio Colombo – un mythe pour moi, car il écrivait dans les journaux – et avec ce grand écrivain italien qui s'appelait Paolo Volponi, et qui était le directeur du personnel.

FOLCO : Si l'on considère la culture de gauche et la vision du monde de ton époque, cela n'était pas trop pesant pour toi de travailler chez Olivetti ?

TIZIANO : Non, tu vas être surpris. Je ne plaisante pas quand je dis que beaucoup de jeunes de ma génération, reçus à leur diplôme de fin d'études avec la meilleure note et les félicitations du jury, se retrouvèrent soit au parti communiste, soit chez Olivetti, parce que l'un et l'autre offraient la possibilité de faire quelque chose dans le social.

Olivetti n'était pas seulement une entreprise qui fabriquait des machines à écrire, c'était une entreprise qui fabriquait des machines qui devaient permettre de construire une société dans laquelle l'homme pourrait vivre à sa dimension. Les plus grands intellectuels italiens sont passés par là, moins attirés par le maigre salaire que par l'idée de participer à un grand projet. Parmi le petit groupe d'amis que j'avais à Pise, quatre ou cinq, peut-être même sept ou huit, choisirent Olivetti, parce que Olivetti était la seule entreprise qui n'agissait pas uniquement selon des critères purement commerciaux, mais qui voulait refaire la société en utilisant une part des bénéfices de la vente des machines à écrire.

Olivetti attirait tous ceux qui, idéologiquement, n'étaient pas liés au parti communiste et à toutes ses règles extrêmement dures, y compris celle consistant à suivre l'école du parti pendant des mois et à verser au PCI une partie de ses revenus. Ne pense pas, en effet, que le communisme ait été uniquement ce qu'en ont raconté les anticommunistes à propos de certaines expériences tragiques, comme en Chine et au Cambodge. Le communisme a été aussi un noble idéal qui a poussé des millions de personnes et de nombreux intellectuels à se sacrifier pour améliorer les conditions matérielles de la société.

Figure-toi que j'ai été ouvrier chez Olivetti pendant quelque temps, pour essayer. Tu te rends compte : ouvrier à la chaîne de montage avec les autres ouvriers, alors que j'avais obtenu mon diplôme de fin d'études ! J'ai été chef de service, une expérience qu'un jeune d'aujourd'hui ne peut même pas imaginer. L'idée, c'était qu'il fallait approcher la base de cette sacrée société pour la comprendre, et mettre la main à la pâte pour la changer ; car nous n'étions pas chez Olivetti pour produire des machines à écrire, mais pour produire une nouvelle société. L'entreprise avait une maison d'édition, elle proposait des spectacles de théâtre et de danse et, surtout, il y avait une bibliothèque qui organisait le soir des activités culturelles. C'est là que ta mère et moi avons connu Pasolini, venu à Ivrea pour parler aux ouvriers. Voilà, Olivetti avait ce rêve-là.

FOLCO : Mais d'où venait ce désir de créer une nouvelle société ?

TIZIANO : En regardant autour de soi, la société qu'on voyait était une société de merde. Dans l'après-guerre, le conflit social était d'autant plus visible qu'il y avait une réelle exaspération idéologique. Même si la façon de s'y prendre était erronée, je m'en rends compte à présent.

Folco : À cette époque, Olivetti ne produisait que des machines à écrire ?

Tiziano : Et des calculatrices. L'entreprise a disparu quand la globalisation a fait entrer dans le marché les grandes entreprises américaines comme IBM, qui l'ont mise dehors. Olivetti, cette société qui réinvestissait ses bénéfices dans les domaines sociaux et culturels, ne faisait désormais plus de bénéfices car la concurrence était féroce. En l'espace de quelques années, elle est devenue une entreprise comme toutes les autres, qui devait licencier ses ouvriers parce qu'ils étaient trop nombreux.

Après ma période d'essai, je fus chargé par Olivetti de recruter de jeunes cadres dynamiques pour ses filiales à l'étranger. Pendant quelques mois, nous avons vécu au Danemark, au Portugal, à Francfort et en Hollande où Olivetti avait acheté une société. Et là, j'ai connu une énorme crise. Je me suis retrouvé chef du personnel, en train de licencier des gens, de leur hurler dessus. Nous avons passé des soirées extrêmement dures : je crois même que ta mère a reçu une gifle lorsqu'elle m'a dit : « Pourquoi ne démissionnes-tu pas pour devenir journaliste ? C'est ce que tu voulais faire. »

« Et pourquoi pas président de la République ? »

J'avais perdu toute confiance en moi.

Folco : Le métier de journaliste te semblait un rêve impossible ?

Tiziano : Impossible. Comment aurais-je pu entrer dans le monde du journalisme ? Je ne connaissais personne. Ta mère me disait : « Fais-le, essaie au moins ! » Elle me poussait parce qu'elle voyait que j'étais malheureux. Mais cela voulait dire renoncer à un salaire et recommencer tout à zéro. Comment faire, comment faire ?

C'était justement la période où nous faisions construire notre maison à l'Orsigna. Et c'est peut-être l'aspect *magique* de cette maison qui m'a redonné confiance en moi. Nous avions pu acheter notre maison car nous économisions sur tout. Nous allions prendre un cappuccino et j'attendais toujours que les autres paient, tout le contraire de ce que j'ai toujours fait par la suite dans ma vie. L'argent, j'en avais besoin pour acheter une nouvelle chaise, un lit. « Mais qu'est-ce que tu as dans les poches, de la dynamite ? », me disait Pasini, l'administrateur de Olivetti à La Haye, un type sympathique.

Puis j'ai eu l'opportunité d'aller en Afrique du Sud. Le voyage devait être court, je devais visiter les filiales du Cap, de Durban, de Port Elizabeth et de Wilderness ; en réalité, j'y suis resté plusieurs semaines. Et c'est là que, pour la première fois, je me suis mis à écrire, et que je me suis senti journaliste. Tu te rends compte, j'étais jeune, j'étais de gauche, j'étais en Afrique, sur un nouveau continent : qu'est-ce que je pouvais en avoir à faire, moi, d'Olivetti ?

Dès que j'ai atterri à Johannesburg, j'ai loué une voiture et j'ai fait, seul, le tour de toute l'Afrique du Sud : j'ai pris la Garden Road et je suis remonté jusqu'au Botswana, dans le Lesotho, j'ai vécu des choses merveilleuses aux frais d'Olivetti. Très vite, je me suis intéressé à l'apartheid, et c'est à ce moment-là que j'ai été arrêté pour la première fois de ma vie. Un soir, des gens proches du NDC de Nelson Mandela – je le comprends seulement maintenant – me demandèrent de me rendre dans une gare où arrivaient une multitude de Noirs embauchés dans les mines d'or ; je ne me suis pas fait prier et je suis parti. Moi qui étais on ne peut plus blanc, je me suis mis à prendre des photographies et, au bout de quelques minutes, quatre policiers, grands et corpulents, m'ont mis la main dessus et m'ont emmené.

Le plus drôle, c'est que, le lendemain, je devais rencontrer le Premier ministre Verwoerd, pour le compte d'Olivetti qui avait des entreprises et des établissements en Afrique du Sud. Je suis entré dans son bureau avec un air de défi, comme toujours lorsque je suis en présence d'une autorité, et je lui ai dit : « Drôle de pays que le vôtre ! Hier, quatre policiers m'ont arrêté et m'ont jeté en prison. »

« Ah, mais vous avez beaucoup de chance ! » me dit-il. « Lorsque j'étais ministre de l'Intérieur et que j'avais besoin de deux policiers, il m'arrivait souvent de ne pas en trouver un seul. Et vous, vous en avez trouvé quatre d'un coup ! »

Je suis resté en Afrique du Sud pendant plusieurs semaines, j'ai pris de nombreuses photos et rassemblé des documents. De retour à Ivrea, je souffris le martyre car, après le travail, j'essayais d'écrire une série d'articles sur l'apartheid : c'était très difficile, car c'était la première fois. J'ai fini par terminer mes papiers et, un jour, nous avons découvert chez le marchand de journaux *L'Astrolabio* qui titrait : « L'Afrique divisée… » de Tiziano Terzani, avec mes photographies en prime ! J'étais tellement heureux que nous avons fêté cet événement, ta maman et moi, dans un beau restaurant dans le Canavese. Nous étions heureux car nous sentions enfin qu'il y avait une ouverture vers autre chose, la possibilité pour moi de cesser d'être un employé dans une entreprise.

Mes articles firent du bruit et je connus un grand succès. Mais ils me créèrent également pas mal d'emmerdements avec l'ambassade d'Afrique du Sud à Rome qui se rendit compte que j'étais allé voir le Premier ministre « sous de faux prétextes » : je m'étais présenté comme employé d'Olivetti, alors que, en réalité, je l'avais interviewé pour divulguer ensuite toutes ses paroles par écrit. Je crus comprendre que je devais démissionner. Mais Olivetti – entreprise de gauche ouverte au monde et libérale – ne pouvait évidemment pas accepter le chantage du gouvernement sud-africain ; et c'est ainsi que je m'en suis sorti chez Olivetti.

Et j'ai commencé à collaborer avec *L'Astrolabio*.

FOLCO : C'est de cette façon que tu es entré dans le journalisme ?

TIZIANO : Non, je ne me croyais pas encore capable d'y arriver. Mais c'est à cette époque qu'est née l'idée de me refaire une virginité en ajoutant un autre maillon à mon cursus École normale-Leeds, pour pouvoir me présenter sur le marché avec quelque chose que les autres n'avaient pas : le chinois. Qui donc connaissait le chinois en ce temps-là ?

Je voulais aller en Chine, mais j'ai mis beaucoup de temps avant de trouver la voie qui allait m'y mener. Et c'est la chance qui a fini par me montrer le chemin.

FOLCO : La chance, vraiment ?

TIZIANO : Eh bien, il se passa quelque chose de fabuleux. J'avais été nommé « chercheur de talents » et j'avais pour mission de voyager dans le monde entier à la recherche de « jeunes cadres dynamiques » que je devais embaucher pour Olivetti. Mais je vais te dire une chose : ceux que j'embauchais partaient au bout d'un an parce que je n'embauchais que des gars comme moi !

Donc, en 1966, on m'envoya à une rencontre de jeunes managers européens à l'université Johns Hopkins de Bologne ; le thème de la conférence était le Vietnam. Et moi – tu vas voir ! –, au lieu de garder le silence et de chercher s'il n'y avait pas quelqu'un d'intelligent dans l'assemblée que j'aurais pu embaucher, je me suis levé et j'ai fait un long discours anti-américain. À la fin, un monsieur est venu vers moi et m'a dit : « Mais, excusez-moi, pourquoi êtes-vous tellement antiaméricain ? »

« Peut-être parce que je ne connais pas l'Amérique. Je n'y suis jamais allé. »

« Voulez-vous y aller ? »

C'est ainsi que j'ai obtenu une bourse d'études de deux ans qui a changé ma vie. Est-il possible que la vie soit déterminée par une simple réponse ? Dans mon cas, oui.

NEW YORK

De Florence, où se trouvent des armoires remplies de photographies en noir et blanc, nous avons ramené de grandes boîtes dans lesquelles Papa plonge à présent ses mains avec beaucoup de plaisir. Elles lui rappellent tellement d'épisodes de sa vie. Au moment où j'arrive, il est en train de regarder ses photos de Chine.

TIZIANO : Chaque vie a sa voie qui lui est propre, mais le plus drôle c'est qu'on ne s'en aperçoit que lorsqu'elle est finie. On se retourne et on se dit : « Ah, mais tiens, il y a un fil ! » Tout au long de sa vie, on ne le voit pas, ce fil, pourtant il est là. Toutes les décisions que l'on prend, tous les choix que l'on fait, sont déterminés – croit-on – par notre libre arbitre, mais ça aussi, c'est un mensonge. Nos actes sont déterminés par quelque chose que l'on porte en nous et qui n'est autre que notre instinct, et peut-être par quelque chose que tes amis indiens nomment le karma[1], terme avec lequel ils expliquent tout, même ce que, nous, nous considérons comme inexplicable. Ce concept a sans doute un fondement, car certains événements de notre vie ne s'expliquent pas autrement que par une accumulation d'actes – des mérites aussi bien que des fautes – commis dans des vies précédentes.

1. La loi du karma est la loi de l'existence qui fait que tout

FOLCO : Même à la fin d'une vie, il y a encore des questions qui restent inexpliquées ?

TIZIANO : Oui, je le crois vraiment. C'est ce que je pense. Pourtant, je regarde ma vie et je me dis : « Tiens, il y a un fil ! » Ce que je veux dire, c'est que je voulais être avocat, et puis je me suis enfui comme un voleur. J'ai essayé d'être cadre dans une grande entreprise comme Olivetti, qui possédait une orientation sociale et beaucoup de choses qui auraient pu me plaire, mais je ne pensais qu'à fuir – bon sang ! –, c'était une obsession. J'ai mis cinq ans avant de m'échapper, le temps qu'il m'a fallu pour que je trouve ma voie, ce que je considère comme ma voie. Donc il y a un sens. Tu le vois, tu le sens ? J'étais cadre chez Olivetti, je suis allé à une conférence où l'on parlait du Vietnam…

FOLCO : Et tu as gagné une bourse d'études pour New York. Mais comment se fait-il que les Américains aient choisi un type de gauche comme toi ?

TIZIANO : J'avais été interviewé par un monsieur qui embauchait de jeunes Européens pour la Harkness Foundation, des jeunes sur lesquels les Américains pourraient compter dans l'avenir, et qu'ils amenaient aux États-Unis pour les américaniser.

C'est évident, non ? C'était l'époque où les États-Unis essayaient d'apprivoiser la gauche italienne, et même toute la gauche européenne en réalité. Et si on

---

acte est producteur d'effets, que chaque destinée dépend d'actes rituels, d'actions intentionnelles. À grande échelle, cette loi est la loi même de l'existence cosmique. C'est une sorte de justice immanente, c'est-à-dire qu'elle découle naturellement des actes accomplis. Des actions passées ont laissé des traces en nous : je porte une mémoire en moi, qui ne date pas uniquement de ma naissance, et ce que je fais aujourd'hui détermine mon futur. On se croit libre alors qu'on ne fait que réagir à cette mémoire.

regarde autour de soi, on se rend compte qu'ils étaient forts pour deviner qui était un leader en puissance, bref, qui allait jouer un rôle d'avant-garde dans nos sociétés. Tous les ans, ils piquaient cinq ou six individus dans chaque pays : ils étaient aux petits soins avec eux, puis ils les emmenaient aux États-Unis pour les américaniser. Tu te rends compte : j'y suis allé, mais Lim Chong Keat, de Singapour, qui est devenu l'un des plus grands architectes d'Asie, y est allé également ; et aussi William Shawcross, qui a écrit *Sideshow*, l'un des livres les plus importants sur la guerre d'Indochine ; Giorgio La Malfa, le chef du parti républicain d'Italie ; et encore tant d'autres dont j'ai oublié les noms. Ils sont pour la plupart devenus des personnages importants dans leur pays. Le truc étrange, c'est que les Italiens – à l'exception de quelques-uns – ont tous viré plus à gauche qu'ils ne l'étaient à l'origine. En même temps que moi était arrivé un type très sympathique, qui est aujourd'hui le directeur du département de sociologie dans un institut à Naples : il est devenu révolutionnaire en Amérique, son séjour aux États-Unis l'a foutu dans une colère noire !

FOLCO : Qu'est-ce qu'on vous offrait ?

TIZIANO : Dès qu'on arrivait, on recevait un salaire et une voiture. On pouvait étudier ce qu'on voulait, où l'on voulait. Mais moi – dommage pour ceux qui m'avaient choisi –, au lieu de m'américaniser, je me suis inscrit à la Columbia University de New York et je me suis mis à apprendre le chinois et l'histoire de la Chine, à leurs frais.

Lorsque je suis parti pour les États-Unis, j'étais curieux de connaître ce pays. Pourtant, de même que nous avons été ensuite déçus par la Chine – le paradis des travailleurs était un enfer, et mon rêve d'étudiant était leur cauchemar –, les États-Unis se sont avérés un pays épouvantable. Oui, bien sûr, moi, je vivais bien, on me payait, j'avais une voiture ; mais si je regardais autour de moi – nous habitions à deux pas de Harlem, le quartier noir –, je voyais une société profondément raciste, profondément injuste et terriblement violente.

Folco : Raciste envers qui ?

Tiziano : Envers les minorités, et surtout envers les Noirs. Lorsque je suis arrivé aux États-Unis, en 1967 – mon Dieu ! –, la situation des Noirs était vraiment cauchemardesque.

Les premières personnes que nous avons rencontrées, c'étaient les Noirs. Ta mère s'occupait du théâtre des révolutionnaires noirs. Nous étions entrés en contact avec les Black Panthers, nous étions devenus des amis de Carmichael. Mais même ces gens-là nous ont déçus : le chef des Panthères noires voulait des mocassins fabriqués à Florence. Nous cherchions des révolutionnaires et nous sommes tombés sur des imbéciles, qui le sont restés du reste. Et qui se sont fait manger tout crus par les Blancs.

Oui, les États-Unis sont intrinsèquement racistes, les États-Unis sont intrinsèquement injustes et discriminatoires. C'est inhérent à leur système. Les Indiens d'Amérique – les vieux Peaux-Rouges, donc – le disent bien : « Chaque fois que nous gagnions, c'était un massacre ; chaque fois qu'ils massacraient des femmes et des enfants, c'était une victoire. »

Il en a toujours été ainsi. Les Blancs sont arrivés sur ce continent, persuadés que Dieu le leur avait confié, qu'il était de leur droit d'avancer – peu importaient les massacres, peu importaient les obstacles à éliminer – pour atteindre le Far West qui leur appartenait de droit divin. Et cette histoire continue. Elle est en eux. Tous les discours, le *Bill of Rights*, mais à quoi ça sert ? À rien ! C'est comme ça en réalité. Il y a, dans la société américaine, quelque chose de profondément malade ; les Américains ont cette prétention d'être les oints du

Seigneur qui leur permet tout. Le respect de l'autre n'existe absolument pas. Il n'existe pas, il n'existe pas, il n'existe pas. Et aujourd'hui, l'histoire des tortures en Irak n'est que l'indice révélateur de cet état de fait.

Aujourd'hui, les États-Unis sont discriminatoires comme ils l'ont toujours été. Toujours, toujours, toujours. Alors qu'ils représentaient la liberté pour tant d'immigrants – et même si certains d'entre eux y ont tout de même réussi –, les États-Unis sont un pays d'une grande injustice sociale. Enfin, c'est comme ça que je voyais les choses. Au sein de ma génération, la vision que nous avions des États-Unis était négative ; aujourd'hui, au contraire, tout est faussé, et on ne peut plus rien dire sans qu'on nous rétorque : « Ah, tu es antiaméricain ! » comme si c'était une injure.

Et puis, c'était l'époque des grands conflits entre les Noirs et les Blancs et la police. Notre ami Shaw Sinming, par exemple, nous l'avons connu lorsque nous avons échappé à la police qui nous poursuivait dans le campus de la Columbia University. Ta mère avait du mal à courir parce qu'elle était enceinte de toi ; il y avait aussi ce Chinois avec qui nous avons sympathisé et qui est devenu notre ami par la suite.

Et toi, Folco, tu as failli naître à Cuba car je ne voulais pas que mon fils naisse sur le territoire américain. Nous avions déjà pris contact avec le représentant cubain des Nations unies : nous voulions obtenir deux visas pour La Havane afin que ta mère accouche là-bas.

FOLCO : Et pourtant je suis né à New York. Vous ne vouliez pas m'appeler Mao ? Heureusement que l'employé de l'état civil a dit que ce prénom n'était pas acceptable…

TIZIANO : … Et tu t'en es sorti malgré tout.

Les Américains avec qui nous étions amis étaient tous de gauche. Par la suite, beaucoup sont devenus de véritables révolutionnaires, et ont mal fini. Un grand intellectuel, un type sympathique, s'est suicidé parce que, tu sais… Ils rêvaient de Che Guevara. Une femme, Carol Brightman, une très chère amie à nous, est devenue la chef des Weatherwomen. Un autre de nos grands amis était John McDermott, qui dirigeait *Viet-Report*, le journal le plus antibelliqueux que les États-Unis aient pu produire. Et il y avait aussi J.J. Jacobs, qui a fini en prison pour avoir lancé des bombes.

N'oublie pas non plus que, en ce temps-là, le monde était submergé par une vision américaine capitaliste et dictatoriale. C'étaient les années les plus terribles de la politique nord-américaine en Amérique latine : les dictatures les plus atroces étaient soutenues par les États-Unis qui imposaient leur volonté comme s'ils étaient dans leur arrière-cour, sans aucun respect pour les pauvres de ces pays ; c'était l'époque où les États-Unis finançaient, payaient et entraînaient des escadrons de la mort pour faire disparaître tous ceux qui s'opposaient à la position américaine ; et c'est ce qui s'est passé jusqu'à l'époque des gouvernements militaires en Argentine et de Pinochet au Chili.

Et puis, alors que nous étions à New York, Che Guevara a été assassiné. Nous étions, ta mère et moi, à la bibliothèque de la Columbia University – je m'en souviens comme si c'était hier – lorsque nous avons appris dans le *New York Times* que Che Guevara avait été tué.

Folco : C'est fou tout ce qui s'est passé dans ces années-là !

Tiziano : C'était une période historique intéressante. En 1968, nous étions à New York. Paris s'embrasait, la révolution était dans les rues, avec Cohn-Bendit et, tous les jours, des affrontements entre étudiants et policiers. Le slogan était : « L'imagination au pouvoir ! » Tu sais, pour un jeune, c'était une immense inspiration. C'est ce qui manque aujourd'hui. J'éprouve une certaine compassion, une certaine commisération pour les jeunes d'aujourd'hui qui ne croient en rien, qui ne s'engagent pour aucun idéal et qui, pour finir, se tournent vers le foot, la mode, le motocyclisme ou le sport. Mais tu crois vraiment que l'âme d'un jeune et ses espérances doivent être liées à l'amour qu'il voue à une équipe de foot ? Il y a quelque chose qui cloche. Pense, au contraire, qu'à cette époque, il y avait des jeunes mus par leur amour pour Che Guevara ! Après, bien sûr, on peut se demander si le Che était un homme politique juste ou pas ; mais il y avait en tout cas quelque chose de grand en lui.

FOLCO : Dans son engagement social ?

TIZIANO : Oui, et parce qu'il recherchait la justice. Partout où nos yeux se posaient, on voyait un monde injuste, injuste. Alors, le fait que quelqu'un lutte contre ces injustices était vraiment exaltant.

FOLCO : Pourquoi voulais-tu tellement étudier la culture chinoise ?

TIZIANO : Je cherchais une alternative au monde occidental ; en fait, je cherchais un modèle qui, à mes yeux, devait être différent.

Il y a une chose fondamentale qu'on doit comprendre, notamment pour expliquer les erreurs de jugement qu'on a pu faire. Il est important que tu te représentes cette époque, y compris sur les plans politique et idéologique. Les Chinois possédaient une incroyable machine de propagande, qui s'était mise en branle après 1949 ; et c'est pour cela qu'il y avait tant de documents et de textes à lire, outre le « Petit Livre rouge » de Mao. Il y en avait des substances à digérer ! J'étudiais l'histoire de la Chine à la Columbia University, le plus grand centre d'études chinoises de l'époque, avec les meilleurs spécialistes de la Chine. Les deux années que j'ai passées à New York ont été une orgie d'études sur le rêve que j'avais d'une autre société, d'une société autre. Et à bien des aspects – sur le papier, du moins –, la Chine était différente.

En ce temps-là, la Chine avait une façon extraordinaire de se présenter au monde. Les délégations qui arrivaient en Occident étaient toutes habillées de la même manière, très sérieuses, très concentrées ; les revues publiées à Pékin dans toutes les langues – comme la *Peking Review*, *China Reconstructs* – étaient extraordinaires, avec des photographies en couleurs, les descriptions d'un monde nouveau. Pour ceux qui venaient du monde occidental, matérialiste, lié au profit, où tout était lié à l'argent, là-bas, au contraire, on avait l'impression qu'il y avait une société où, au beau milieu d'une journée de travail, les ouvriers des grandes usines s'arrêtaient pour discuter de Confucius dans le cadre de la nouvelle campagne politique contre le confucianisme. Intéressant pour quelqu'un comme moi qui venait d'Olivetti, qui avait essayé de faire quelque chose de semblable avec sa petite entreprise de machines à écrire, non ? Si tu penses, au contraire, à une entreprise comme Fiat, où tout le monde était là, en train de faire « deng-deng-deng » comme dans *Les Temps modernes* de Charlie Chaplin…

La Chine qu'on nous décrivait sur le papier était une Chine où les ouvriers ne travaillaient pas pour gagner de l'argent. Il y avait, bien sûr, des cartes à points avec lesquelles on pouvait acheter des choses ; mais un des éléments de la rétribution était l'incitation *morale*. Donc, cette vision d'un homme nouveau – il devait être forcément nouveau, cet homme qui ne travaillait pas uniquement pour l'argent, mais qui était également engagé dans une grande cause – ne pouvait pas ne pas nous fasciner. Tu étais un modèle pour le peuple, et tu travaillais parce que tu voulais construire un nouveau pays. Et il faut dire qu'ils ont, en partie, réalisé ce modèle pour de vrai ; nous l'avons vu nous aussi lorsque finalement nous nous sommes installés en Chine. Avec des conséquences tragiques et misérables, mais les gens y avaient cru. Les gens étaient allés travailler dans les camps pétroliers de Daqing, dans des conditions épouvantables ; ils avaient dormi dans des trous creusés dans la neige pour construire les puits de pétrole qui allaient lancer l'avenir de la Chine. Et ils ne le faisaient pas parce qu'ils étaient mieux payés que ceux qui travaillaient à l'usine, mais parce que c'était un honneur de travailler pour le progrès de la Chine.

FOLCO : Une nouvelle société, vraiment.

TIZIANO : Oui. Le maoïsme s'était réellement intéressé à la possibilité de créer une société où les injustices seraient tenues sous contrôle, et qui pourrait offrir des conditions de vie décentes à un peuple forcément extrêmement pauvre. Et puis, si l'on regarde ce que faisait Mao, on se rend compte qu'il n'était pas aussi stupide qu'on l'a dit, non ? Tout le monde mangeait à sa faim parce qu'il y avait ce qu'on appelait le « bol de riz en fer » : on allait au village et, tous les jours, il y avait une assiette fumante avec du riz et quelques légumes qui attendait tout un chacun. Pour les paysans qui, pendant des siècles, étaient morts de faim et avaient été victimes de la famine, c'était une grande conquête.

Après, ces Chinois tous vêtus de bleu, tous avec la même casquette et les mêmes chaussures, nous ont fait sourire. Mais pense un peu à ce que cela signifiait ! Il suffit de regarder mes photos : tu verras que, même dans les coins les plus pauvres, Mao avait réussi à donner à chacun le strict nécessaire. Nous aussi, lorsque nous sommes arrivés en Chine et que nous avons voulu nous acheter des pantalons chinois en coton, nous avons dû nous procurer notre carte à points. Et nous ne pouvions pas nous acheter vingt pantalons simplement parce que nous étions riches ; nous pouvions en acheter seulement un ou deux. Tu te rends compte ! Et le fait d'offrir à un peuple qui travaillait, aux ouvriers des usines, aux paysans, ces beaux blousons doublés, un pantalon et une veste, tu sais, ces vestes bleues, un peu moches mais correctes, une casquette et des chaussures – malheureusement elles étaient souvent en coton, donc elles prenaient l'eau –, c'était déjà beaucoup.

Ensuite, les gens aspiraient à acheter « les trois mouvements » : la montre, la bicyclette et la machine à coudre. Bref, dans cette société, personne ne voulait de Mercedes parce que seuls quelques rares individus auraient pu en avoir une.

Tout cela était fascinant pour quelqu'un comme moi. Tellement fascinant que, je dois t'avouer une chose, tu trouveras dans mes papiers, si tu fouilles dedans, des feuilles jaunes tapées à la machine, une Lettera 22 : ce sont les pages d'un futur livre – que je n'ai jamais publié, heureusement – sur Mao.

Folco : Je n'étais pas au courant !

Tiziano : C'était un éloge de Mao.

Mais, que les choses soient claires, je le répéterai sans cesse : je n'ai jamais été maoïste, je n'ai jamais appartenu à aucun groupe, à aucun parti. Néanmoins, j'étais fasciné par cette idée, spécialement vue de l'extérieur. Enfin, je te l'ai dit : en relisant Mao – l'Histoire est terrible, elle broie ses propres acteurs –, on s'aperçoit que c'était un grand poète, un grand stratège, mais aussi un grand assassin. Lui aussi a commis d'énormes erreurs. Une erreur mène à une autre. Pourtant, si on relit le « Petit Livre rouge », qui plus tard nous a fait rire, on s'aperçoit que c'est un texte extrêmement intéressant, c'est une petite bible. Pour un homme des campagnes chinoises qui savait à peine lire, ce petit livre contenait toute une série d'indications, de vérités, de visions consolatrices de la vie dans laquelle lui aussi, bien que paysan, jouait un rôle.

Ainsi, vue sous l'angle de la Columbia University – où j'étudiais ces textes dans des salons, alors que, dehors, c'était la grande révolte contre la guerre du Vietnam, à laquelle j'ai participé moi aussi –, la fascination qu'exerçait le maoïsme est compréhensible. Puis, lorsque la Révolution culturelle a éclaté en Chine – qui s'est avérée par la suite une immense tragédie, avec des victimes, des massacres épouvantables et tout ce que tu veux –, théoriquement, dans les livres, cela semblait extrêmement intéressant.

Sur le papier, tout cela avait un sens, c'était ce qui m'intéressait. Mais, je le répète : c'étaient les années de la contestation de la jeunesse, de la révolution de l'imagination en France. Et le livre que j'avais écrit était un hymne à la folie de Mao, à sa tentative de construire un homme nouveau et une nouvelle société.

Je n'en étais pourtant pas totalement convaincu : cela prouve bien que je n'ai jamais été un fidéiste. Lorsque nous sommes rentrés en Italie – tu n'avais que trois semaines –, je suis allé voir les rédacteurs de *Nuova Italia*[1] qui étaient prêts à publier mon livre. Mais j'avais des doutes. Et j'ai décidé de ne pas le publier. En revanche, j'ai publié une analyse – qui n'était finalement pas si mal – sur la signification de la Révolution culturelle. Parce que c'était une révolution dans plusieurs sens du terme. Un pays de paysans, tout le monde habillé pareil, avec des soldats habillés comme les paysans, sauf qu'au lieu d'être en bleu, ils sont habillés en vert, mais sans grades, sans galons.

FOLCO : Ah, il n'y avait pas de galons ?

TIZIANO : Non. Les officiers avaient un stylo-plume dans leur poche parce qu'ils savaient écrire, et c'est à ce détail qu'on les reconnaissait. La guerre de Corée a eu lieu sans que les Américains aient jamais su qui

1. Revue de droit et d'économie.

étaient les officiers, si bien qu'ils se trouvaient en grande difficulté lorsqu'ils capturaient des militaires. Les mêmes chaussures, les mêmes vêtements, tous avec une seule étoile rouge sur la casquette. Et c'était comme ça un peu dans tout le pays. Comment pouvait-on ne pas être fasciné ?

Cela devrait t'aider à comprendre mon voyage. J'avais choisi d'étudier le chinois parce que j'étais curieux, parce que j'étais journaliste. Ce n'était pas un hasard. Et désormais rien d'autre n'avait plus d'importance. Je voulais aller voir ce monde-là, je voulais aller en Chine.

À cette époque, il n'y avait ni diplomate ni représentant de la république populaire de Chine aux États-Unis. Alors, avec ta mère, nous avons fait plusieurs voyages inimaginables jusqu'au Canada, qui était comme toujours un peu plus indépendant : il y avait à Montréal un bureau commercial – en fait, ce n'était même pas un bureau diplomatique – dirigé par l'ancien secrétaire de Zhou Enlai. Nous sommes allés le voir et nous l'avons prié à genoux de nous autoriser à nous rendre en Chine pour y enseigner l'italien, devenir cuisiniers, faire n'importe quel métier. Mais il n'y avait rien à faire.

FOLCO : Tu en as bavé !

TIZIANO : Là-bas, aux États-Unis, j'étais devenu un vrai journaliste : chaque semaine, j'écrivais de très longs papiers – tu les retrouveras là-haut dans le grenier – pour *L'Astrolabio*, ce bel hebdomadaire de la gauche indépendante dirigé par Ferruccio Parri.

Ferruccio Parri – un ancien partisan, une très belle personne – m'avait beaucoup aidé lorsque je tâtonnais encore chez Olivetti et que j'écrivais des articles sur l'Afrique du Sud qui ont paru précisément dans son journal. Il était content de mon travail et m'avait reçu au Sénat au moment où je m'apprêtais à partir pour les

États-Unis. Il m'avait dit : « Je t'en prie, écris, cela me ferait très plaisir. » Et moi, pendant deux ans, j'avais écrit toutes les semaines sur l'Amérique, les élections, les Noirs, la protestation contre la guerre du Vietnam, la marche sur Washington et les assassinats de Robert Kennedy et de Martin Luther King.

Je veux te parler d'un sujet qui me tient à cœur : le sens du journalisme. Pour moi, la redécouverte du journalisme a commencé avec ces tout premiers articles que j'ai écrits sur l'Afrique du Sud et qui m'ont tant fait souffrir (j'ai travaillé énormément pour ces quelques lignes). Je me rendais compte de l'importance de ce genre de communication ; la vision que j'avais eue du journalisme, lorsque j'étais adolescent, à travers le journalisme sportif qui me semblait une chose plutôt inutile accomplie par des ratés, a beaucoup changé lorsque j'ai commencé à coucher sur le papier des idées auxquelles je tenais, sur l'injustice notamment. Il me semblait que le journalisme permettait un type d'action avec laquelle je me sentais tout à fait en accord ; sans oublier que ce métier impliquait entre autres de voyager, et que cette idée m'avait toujours plu.

Mais il y avait quelque chose d'important dans le fait de *faire* du journalisme. Je dois dire que les États-Unis ont été en ce sens extrêmement importants : c'est en étudiant l'histoire de la Chine que je me suis rendu compte de l'importance du journalisme. Comme je vivais à New York et que je lisais ce journal splendide qu'était – et est en partie resté – le *New York Times*, je me rendais compte de l'immense importance que signifiait former l'opinion des gens en écrivant, en ayant compris un peu plus que les autres, en étant les yeux et les oreilles du lecteur, et en disant des choses que le lecteur ne pourrait pas comprendre de lui-même.

En ce sens, New York a été pour moi absolument vital. Tu te rends compte que j'ai même fait un stage au *New York Times* ! Je n'étudiais pas le journalisme. J'étudiais la Chine, le chinois, les sciences politiques, mais je ressentais une attirance très forte pour le journalisme. Et c'est là, aux États-Unis, en lisant les journaux américains, qui m'ont inspiré un immense respect, que mes héros ont vu le jour. Car c'est l'un des aspects les plus beaux, les plus généreux, les plus intelligents et les plus forts de la société américaine : cette liberté d'expression, ce manque de respect envers le pouvoir, qui correspondait du reste à ma vision anarchique du monde.

Je me souviens, par exemple, que je lisais, avec une réelle dévotion, des hommes comme James Reston et Walter Lippmann, qui attaquaient le pouvoir en tant que tel, « l'arrogance du pouvoir », comme on disait à l'époque. Cela me convenait. Et je sentais qu'il y avait de l'espace pour moi, qu'il y avait pour moi une sorte de mission.

Alors, un jour, je suis allé, tout seul, au *New York Times*. Je me suis présenté : « Je suis étudiant à la Columbia University, bla bla bla », et j'ai demandé à passer une semaine avec eux. J'ai passé une semaine merveilleuse parce qu'on m'a fait travailler : je flânais au milieu des bureaux de la rédaction, puis de l'international, et c'est là que j'ai fait une découverte fantastique. J'étais conscient qu'il m'était difficile d'écrire, que j'avais vraiment du mal à écrire, une difficulté qui, en partie, m'est restée toute ma vie. Et puis, j'ai découvert que, dans la rédaction, il y avait une porte toujours fermée l'après-midi, et j'ai demandé :

« Mais qui occupe ce bureau ?

– Ah, là, c'est James Reston ! »

James Reston restait quatre, cinq ou six heures, enfermé dans cette pièce, pour écrire ses cent vingt

lignes. Bon sang ! Apprendre que cet homme qui semblait avoir écrit l'article le plus simple, le plus coulant
et le moins laborieux du monde – quand on le lisait le
matin – était un homme qui mettait cinq ou six heures
pour écrire son petit machin de rien du tout m'apportait
une très grande consolation.

C'est aussi en vivant aux États-Unis, en étudiant
l'histoire de la Chine, en lisant les classiques, que je
suis tombé réellement amoureux, que je suis devenu
l'admirateur sans bornes d'un homme qui a été réellement très important dans ma vie, un vrai mythe : Edgar
Snow. J'ai lu tout Edgar Snow. Non seulement *Étoile
rouge sur la Chine* : un livre qu'un homme qui s'intéresse au journalisme – comme moi à cette époque –
rêverait d'écrire une fois dans sa vie, ne serait-ce que
vingt pages. Mais j'ai lu également, avant de partir en
Chine, ses correspondances, ses voyages en Inde… Un
homme extraordinaire, à fleur de peau, qui considérait
son métier également comme une grande mission :
faire comprendre aux Américains un monde lointain
et incompréhensible. Tu imagines, faire comprendre
l'Asie aux Américains de 1940, de 1945, leur faire comprendre Mao !

Ce fut un échec terrible pour lui parce que les Américains n'ont jamais cherché à comprendre Mao.
S'ils l'avaient fait, l'histoire du monde aurait été très
différente, tout comme celle de la Chine sous de nombreux aspects. Mais au lieu de cela, ils s'obstinèrent à
défendre Chiang Kai-shek, le leader des nationalistes
qui avait un atout que les communistes n'avaient pas :
sa femme. Cette *starlette* qui parlait anglais, qui était
belle et qui appartenait à la haute société fascinait les
Américains. C'est ce qui fit pencher la balance américaine pour Tchang Kaï-chek dans le sens anticommu-
niste.

Je me suis rendu compte plus tard que le modèle d'Edgar Snow a été une grande motivation dans ma vie. Faire du journalisme comme lui, en dehors des règles du temps et du pouvoir, en dehors des schémas habituels, à la recherche de cette vérité dont j'ai compris seulement des années après, à l'âge adulte, qu'elle n'existait peut-être pas, mais qui alors était pour moi tellement importante, faire du journalisme de cette manière pouvait être une aide précieuse pour la société. Plus tard, lorsque j'ai commencé à écrire pour *Der Spiegel*, dont, en Allemagne, un seul numéro était lu par six millions de personnes – tu sais, tu écris une chose à la place d'une autre et tu inverses le sens de l'opinion publique –, j'ai eu l'impression que c'était une grande mission.

INTERLUDE

Il crachine. Nous sommes assis dans la gompa, la petite maison en bois que Papa a décorée avec des images tibétaines. Au-dessus du lit, il y a un tableau de Mahakala, le Grand Noir, symbole de la mort. Maman arrive avec un plat de pommes de terre fumantes.

TIZIANO : Merci, Angelina. Je ne suis plus bon à rien. Même éplucher une pomme de terre me pèse.

Papa ajoute un peu d'huile et coupe la pomme de terre avec sa fourchette.

TIZIANO : Celle-ci est dure comme du bois. Mange-la, toi. Elle est dure !

ANGELA : Elle est dure ?

TIZIANO : Serait-il possible de manger des pommes de terre normales, cuites comme il faut ?

ANGELA : Bon, Tiziano, prends celle-là. Ce sont des pommes de terre de l'Orsigna, elles sont farineuses à l'extérieur et dures à l'intérieur.

TIZIANO : Hum.

Papa ne se sent pas bien aujourd'hui. Il a peu dormi et son estomac gonflé l'indispose.

FOLCO : Aujourd'hui, on n'est pas obligés de travailler. Plus tard, peut-être, vers quatre ou cinq heures, nous pourrons reprendre le fil de notre discussion. Ou alors, nous resterons tranquillement à papoter sur l'univers, la pluie et le beau temps, à bâtons rompus.

TIZIANO : Hum, tout à fait tranquillement.

ANGELA : L'alternative ?

TIZIANO : Il n'y a pas d'alternative. L'alternative est d'être dans le silence.

On rit.

FOLCO : Tu as sans doute remarqué qu'on ne reçoit plus de coups de téléphone.

TIZIANO : Oui, c'est extraordinaire. On est tellement bien dans le silence. « Non, Tiziano n'est pas là, il s'est retiré en lui-même… Non, je ne sais pas pour combien de temps, peut-être quelques mois, peut-être plus… Il ne parle avec personne. Non, ce n'est pas la peine que vous me laissiez votre numéro de téléphone parce qu'il ne vous rappellera pas. »

On rit. Papa mange une autre pomme de terre de l'Orsigna, toujours aussi mauvaise à son goût.

TIZIANO : Raconte-moi quelque chose. Racontez-moi des histoires, amusez-moi. Je vous ai amusés tant de fois, moi !

Maman rit.

FOLCO : Papa, tu n'en veux plus ?

TIZIANO : Non. Frissons dans le dos… Et toi, tu ne mets même pas de maillot de corps, hein ? C'est un ascète, un *sadhu* !

ANGELA : Nous sommes tellement plus habillés que toi, Folco.

TIZIANO : Mais nous ne sommes pas des *sadhu*, nous. Nous sommes de vulgaires couillons.

FOLCO : *Sadhu no cold !*

C'est ce que disait mon ami Kalu Baba lorsqu'il marchait pieds nus dans la neige. On devrait apprendre de lui. « *Sadhu no cold* » est une de leurs règles. Le *sadhu* ne doit jamais avoir froid car, au fond, le froid n'est qu'une illusion.

TIZIANO : La pneumonie aussi est une illusion.

FOLCO : Non, mais vraiment, ils se promenaient dans les montagnes enveloppés simplement d'une petite couverture.

ANGELA : Nos moines étaient également assez peu habillés. Tandis que les prêtres portaient des manteaux très chauds.

TIZIANO : Hum. Tous ces frissons dans le dos, mon Dieu !

ANGELA : Des frissons, vraiment ?

TIZIANO : Ce qu'il faudrait, c'est un bon petit film, et je me mettrais devant, tranquillement.

ANGELA : Tiziano, mange ces pommes de terre cuites. Elles sont encore bien tièdes.

TIZIANO : Mais il n'y a pas un bon film ?

FOLCO : *La Reine Margot*, c'est un beau film.

TIZIANO : Qui était la reine Margot ? Il y a des morts ou pas ?

FOLCO : Oui, beaucoup.

TIZIANO : Ah, alors c'est pour moi.

FOLCO : Ce film traite même du plus grand massacre que la France ait jamais connu, qui s'est passé au XVIe siècle. C'est un bon film.

       Maman se frotte les mains, avec ironie.

ANGELA : Mmm !

TIZIANO : Bon, mais pas pour toi, Angelina. Toi, tu ne pourras pas comprendre parce que tu ne devines jamais qui est l'assassin.

FOLCO : Les assassins, ce sont les catholiques et les protestants.

TIZIANO : Bien sûr, voyons.

FOLCO : C'est un beau film, on peut le regarder. Il a même reçu des prix.

TIZIANO : Aïe, aïe, aïe…

Il fait semblant de parler à quelqu'un à l'extérieur.

Maman, j'arrive, hein. Attends-moi ! Mais est-ce qu'il y aura mon grand-père ?

FOLCO : Dans l'au-delà ? Comme ça, tu pourras vérifier avec lui l'histoire de la famille.

Papa ricane.

TIZIANO : Mais, putain, où est-il allé, mon grand-père ?

FOLCO : Moi aussi, j'aurais quelques questions à lui poser. Je n'y comprends rien, parfois, avec l'ascendance. On pourrait la vérifier avec lui.

ANGELA : Comment ?

FOLCO : On va voir chacun de ses ancêtres et on lui demande : « Qui était ton papa ? » Et ainsi de suite, en remontant jusqu'au singe.

TIZIANO : Aïe, aïe, aïe…

ANGELA : Qu'est-ce qui te prend, Tiziano ?

TIZIANO : Il y aura aussi mon papa ?

Mais vous, qu'est-ce que voulez faire avec mon corps ?

Je finis de mastiquer.

FOLCO : Le brûler dans le jardin.

TIZIANO : Ce serait magnifique, mais tu ne pourras pas le faire. On t'arrêterait aussitôt.

FOLCO : On allume un feu de bois…

TIZIANO : Superbe, près du fleuve !

ANGELA : Mon Dieu !

FOLCO : Puis, toi, tu t'assois sous un arbre et tu restes là à regarder.

Tiziano : Hum. Mais qu'est-ce que vous voulez faire, une cérémonie ? Non, il n'y a rien de drôle.

Folco : Mais dis-le-nous, toi. Au moins jusque-là, c'est à toi de décider, non ?

Tiziano : Non, c'est à vous.

Folco : Non, ce sont encore tes affaires. Il s'agit de ton corps.

Tiziano : Non, non. La cérémonie sert à la « gestion de la douleur » !

On rit.

Angela : Finissez-en.

Tiziano : Oui, c'est ce que disent les croque-morts.

Il ricane. Maman lui offre d'autres pommes de terre.

Non, ça suffit. Ça ne passe plus.

Folco : Je me souviens de l'enterrement le plus étrange de ma vie…

Tiziano : De qui ?

Folco : De ce journaliste français qui se pissait dessus.

Tiziano : Ah, machin… Tu y étais ?

Folco : Tout le monde défilait devant le cercueil ouvert et regardait à l'intérieur. Et lorsque mon tour est venu – j'étais jeune –, je me suis mis soudainement à rire. J'avais envie de me tordre de rire en le voyant là, avec cette tête immobile. C'était hyper-gênant. J'ai dû sortir en courant pour ne pas faire de scandale. Et, entre-temps, pendant la cérémonie super-solennelle, les autres défilaient devant le cercueil, tous en silence, avec un visage…

Tiziano : … de circonstance.

Folco : Et moi qui avais du mal à me retenir de rire. Bien sûr, c'était autrefois un monsieur adorable, mais là-dedans, dans cette boîte, en train de me regarder de cette façon, il ressemblait à un crapaud.

TIZIANO : Moi, j'aimerais disparaître. Vraiment ! Sans que personne ne sache quoi que ce soit. Puis, au bout d'un mois, quelqu'un téléphonera et dira : « Comment va Tiziano ? » « Ah, tu ne le savais pas ? Il a quitté son corps il y a un mois ! »

FOLCO : Tu sais que, si on veut vraiment une disparition progressive de ce genre, il y a bien un moyen.

TIZIANO : Allez, allez, dis-le-moi !

FOLCO : La technique des lamas tibétains. C'est une technique magnifique. Ils s'assoient là, immobiles, dans la posture du lotus, les yeux entrouverts, et personne ne sait quand ils s'en vont.

On rit.

Lorsque je vivais avec eux, dans ce monastère tibétain en France, ils m'ont raconté l'histoire d'un vieux lama qui était resté assis pendant deux semaines après sa mort, sans tomber, avant qu'on l'emmène. C'était un casse-tête pas possible parce que la loi française interdit de laisser un corps mort sans sépulture pendant tout ce temps. L'inspecteur de police local est arrivé et il s'est vite rendu compte que c'était un cas très particulier : bien que mort d'après les médecins, ce lama ne se comportait absolument pas comme un cadavre, il tenait encore sa tête droite et on sentait très fortement sa présence dans la pièce. Alors, on l'a laissé là jusqu'à ce qu'il termine sa méditation.

TIZIANO : Bon, j'ai décrit moi aussi ce phénomène dans le *Giro di giostra*[1]. Je dis dans mon livre que Goenka est resté assis là, à Koh Samui. On lui a juste mis des lunettes parce qu'il n'avait plus d'yeux…

1. Voir note 1, p. 53.

… et depuis ce jour, il y a ce type qui reste là, assis sur une estrade, avec des lunettes de soleil !

Le fou rire l'empêche presque de terminer son histoire.

Angela : Ils sont incroyables !

Tiziano : Oui, oui, mais c'est une hypothèse qui me plaît beaucoup. Le problème, c'est si j'ai des douleurs, ce sera emmerdant.

Folco : Ce qui compte, c'est de ne pas avoir de douleurs parce que les douleurs nous distraient. La clef pour éviter les douleurs, c'est de se détacher de son corps et d'en devenir l'observateur.

Tiziano : Oui, bien sûr.

Folco : Je sais que ça doit être très difficile de chasser la douleur quand elle te prend. Mais, tu sais, c'est ce qu'on disait du froid. J'ai demandé à l'un de mes *sadhu* préférés – il est fou à lier, mais très drôle, un esprit réellement libre, un de ceux qui se promènent dans les montagnes toujours pieds nus, un type qui n'a pas de chaussures, pas d'argent, pas de projets : « Mais là-haut, dans la neige, tu n'as pas froid ? » Et il m'a répondu : « Je ne sens pas le froid. Je sens ta-ta-ta-ta-ta. » Tu observes la sensation et, au lieu de te dire : « J'ai froid, là, je dois me couvrir », tu te dis : « Maintenant je sens ta-ta-ta… », comme si tu sentais de petites aiguilles sous tes pieds, et alors, ça devient presque amusant. Ils font ce genre d'exercices pour s'endurcir petit à petit.

Angela : Splendide.

Tiziano : Je suis d'accord, en partie. Cette nuit, par exemple, j'ai été pris par des crampes dans le ventre. Je sais comment faire, non ? Je me concentre, je vais dans mon ventre avec ma conscience, je me demande si les crampes sont carrées, si elles sont rondes, si elles sont rouges, si elles sont jaunes…

FOLCO : Ah, oui, c'est amusant ! Où as-tu appris cela ?

TIZIANO : La douleur, on doit se demander comment elle est. Ton ami dit qu'elle fait « ta-ta-ta »… On doit se demander si elle est ronde ou carrée, si elle fait du bruit, si elle lance ou pas ; si c'était une couleur, quelle couleur serait-elle ? Ainsi, on se distrait un petit peu. Mais si la douleur est forte, à un moment donné, on n'y arrive plus. D'ailleurs, je m'apprêtais à aller te réveiller.

ANGELA : Et pourquoi ne l'as-tu pas fait ?

TIZIANO : Ce n'était pas nécessaire, comme tu peux le voir. Ça s'est quand même bien passé.

FOLCO : Et ceux qui se font torturer et ne parlent pas, comment font-ils ? Hier, je regardais dans les boîtes remplies de photos. Il y a le médecin du dalaï-lama qui a eu son compte quand les Chinois l'ont attrapé.

TIZIANO : Maintenant, il est tout tordu.

FOLCO : Comment a-t-il fait pour résister ?

TIZIANO : Ah, la foi…

FOLCO : Si tu te mets à crier, tu es fini. Tu dois vraiment t'absenter de tout ce qui t'arrive.

TIZIANO : Là, je crois que c'était un peu différent. Ce qui compte, c'est moins la psychologie que la détermination de l'âme. Tu sais, trahir est quelque chose d'énorme. Certains ne veulent pas le faire. Dis-toi que, à Florence, les nazis arrachaient les ongles des partisans pour les faire avouer, et les partisans se les faisaient arracher. Tu entends bien, se faire arracher les ongles ! Dans un endroit appelé Villa Triste.

FOLCO : C'est de la folie. Il faut être décidé à mourir. Et, même, il vaudrait mieux mourir.

TIZIANO : Hum. C'est pour cela qu'on ne les laisse pas mourir.

Folco : Au Sri Lanka, les guérilleros des Tigres tamouls[1] savent comment régler le problème, non ? Ils gardent toujours autour du cou une petite ampoule de cyanure et, quand ils sont sur le point d'être capturés par des soldats du gouvernement, ils la mordent.

Tiziano : Tu te souviens de cette belle histoire chinoise, l'histoire du condamné à mort aux mille coupures ? Sa famille avait de l'argent, elle paya le bourreau qui, en un seul coup, commença par le tuer, puis lui taillada tout le corps.

Folco : Ah oui ?

Papa a du mal à respirer.

Tiziano : Mon espace respiratoire s'est réduit. Mon ventre est extrêmement gonflé désormais.

Folco : Ces expériences, tu dois vraiment les faire toutes en même temps. La douleur ne t'était pas très familière.

Tiziano : J'ai eu beaucoup d'opérations, y compris quand j'étais petit. J'ai été ouvert tant de fois.

Angela : Folco, toi, ça te ferait peur, n'est-ce pas ?

Folco : Mon Dieu !

Tiziano : Quand va-t-elle accoucher, ta sœur ?

Folco : Dans les jours qui viennent. L'enfant peut naître dans les jours qui viennent.

Tiziano : Bonne nouvelle.

Folco : Comment vont-ils l'appeler ?

Angela : Nicolò.

Folco : Magnifique ! Et très florentin comme prénom.

Angela : Eh oui, Machiavel.

Tiziano : Maintenant, je vais lui parler, à mon corps. Je dois rester par ici encore quelque temps.

---

1. Le mouvement des Tigres de libération de l'Eelam Tamoul est une organisation indépendantiste tamoule du Sri Lanka fondée en 1976.

ANGELA : Oui ! Tu ne voudrais quand même pas t'en aller le lendemain de la naissance de ton dernier petit-fils ? Non, non, ce ne serait pas une bonne idée.

TIZIANO : Je pourrais m'en aller la *veille* et me réincarner dans l'enfant.

On rit.

FOLCO : Malheureusement, je crois que ça ne marche qu'au moment de la conception, pas au moment de la naissance. Il est déjà trop tard.

TIZIANO : Ouf, je vais m'asseoir ici, si ça ne vous gêne pas.

ANGELA : Et Folco va te mettre *La Reine Margot*.

TIZIANO : Je suis épuisé aujourd'hui, excusez-moi.

ANGELA : Veux-tu un thé chaud, Tiziano ?

TIZIANO : Plus tard.

Il réfléchit.

Tu te rends compte, c'était un des plus grands journalistes, il avait dirigé un journal, l'avait transformé, et le souvenir qu'on garde de lui, c'est cet homme qui se pissait dessus…

Il rit.

Mais ainsi va le monde, non ?

MON APPRENTISSAGE

Pendant plusieurs jours, avec la grisaille et le froid, Papa n'a eu ni l'envie ni la force de poursuivre nos bavardages. Mais voici que, ce matin, un rayon de soleil a pointé dans le ciel, et Papa est allé à pied jusqu'au Fosso pour retrouver ses amis bergers, Mario et Brunalba. Il est revenu avec un petit chat dans les bras, un chaton tigré blanc et marron, aux poils extrêmement doux.

TIZIANO : Où est le chat ? Je crois qu'il est là, sous ma couverture indienne, en train de dormir bien au chaud. Il est mignon, ce petit chat. Regarde-le, Folco, regarde-le : il est près de mes pieds, il s'est glissé jusque-là ! À cet endroit, il fait une chaleur de tous les diables.

FOLCO : Il est encore tout petit, il a sans doute besoin de coup dormir.

*Papa allume une baguette d'encens
avant de prendre la parole.*

TIZIANO : Nous étions aux États-Unis. En septembre 1969, nous avons quitté New York par bateau, à bord du *Léonard de Vinci*, et nous avons traversé l'Atlantique pour rentrer en Italie, avec toi qui venais de naître.

En quittant les États-Unis, j'étais bien décidé à continuer de chercher le moyen d'aller en Chine comme journaliste. Or, en Italie, même si on a cinq diplômes et qu'on connaît quarante langues, on ne peut pas devenir journaliste si on ne fait pas un stage de dix-huit mois dans un journal. J'ai eu la chance extraordinaire d'être engagé comme stagiaire à *Il Giorno* de Milan, qui était alors le plus grand journal indépendant d'Italie. Je m'étais présenté à ce journal alors que je ne connaissais personne, en me jetant à l'eau, comme je l'ai toujours fait, et je suis entré dans le bureau du directeur, Italo Pietra.

Pietra était un homme très spécial, droit et sévère. Pendant la guerre, il avait été officier dans les chasseurs alpins, partisan et même espion des Italiens ; et Mattei, le président de l'ENI[1] qui possédait *Il Giorno*, lui avait demandé de diriger le journal. Pietra le dirigeait très bien. C'était tout de même l'homme qui s'était impliqué dans l'exécution de Mussolini : c'était lui qui, au dernier moment, avait envoyé un groupe de personnes pour capturer le Duce avant qu'il ne puisse s'échapper.

Après la guerre, Pietra avait beaucoup travaillé dans le pétrole. Tu dois bien comprendre ce que je vais te dire, Folco, sinon tu ne pourras pas comprendre l'Italie : le monde de cette époque était dominé par ce qu'on appelait les « Sept Sœurs » ; on peut dire que les problèmes actuels – l'Irak, Bush, les compagnies pétrolières – ont toujours existé ! Sept grandes compagnies pétrolières, toutes directement contrôlées par les Américains, dominaient le marché mondial du pétrole et faisaient tout pour ne pas le laisser filer. Et les Italiens, à travers ce génie qu'était Enrico Mattei, que faisaient-ils ? Ils finançaient la guérilla algérienne

---

1. Ente nazionale Idrocarburi (Société Nationale des Hydrocarbures). Enrico Mattei dirigea l'entreprise à partir de 1953. Il mourut dans un accident d'avion le 27 octobre 1962.

contre les Français, pour pouvoir accéder au pétrole d'Algérie, une fois que la guerre serait finie. Et c'est ce qui s'est passé. L'Italie devint l'un des rares pays à posséder une source de pétrole qui n'était pas contrôlée par les « Sept Sœurs » ; et c'est pour cela que Mattei mourut dans un accident d'avion tout à fait mystérieux. Pour appuyer la cause qu'il défendait, Mattei avait fondé un journal qui faisait partie de la grande stratégie qu'il avait mise en place : mon Dieu, on est en Méditerranée, on est sur la botte qui pointe vers l'Afrique, on crée des liens avec ceux qui seront les maîtres de cette région – Kadhafi, Ben Bella, Nasser.

Comme tu peux le voir, l'Italie était entre les mains d'hommes issus de la résistance. C'étaient tous d'anciens partisans qui avaient une immense loyauté réciproque et avaient inventé une politique indépendante intéressante. Oui, les Italiens étaient dans l'ONU avec les Américains, mais – pfff ! – ils pensaient à leurs propres intérêts, ils ne voulaient pas être les serviteurs des Américains. C'était le temps de la décolonisation, comme je te l'ai déjà dit ; et Pietra, qui était très sensible à la question du tiers-monde, dirigeait bien son journal, qui était, grâce à lui, un journal de combat, un journal intelligent et ouvert.

Pendant notre entretien, il s'est passé quelque chose de drôle. Lorsque j'écrivais encore pour *L'Astrolabio*, il y avait un éditorialiste doué, très doué même, qui écrivait chaque semaine un éditorial intelligent, complètement à gauche, et qui signait Aladino. Bien. Lorsque je suis entré dans le bureau de Pietra, celui-ci m'a salué très froidement. Moi, très pressé de me vendre, j'ai attaqué aussitôt : « Eh bien, je m'appelle Tiziano Terzani, j'ai fait telles et telles études… » Alors, un vieux monsieur qui était assis là s'est levé et s'est exclamé : « Tu es Tiziano Terzani ? Moi je suis Aladino ! » Et il y a eu cette embrassade magnifique entre nous deux. Pietra – qui ne lisait pas vraiment *L'Astrolabio* – s'est trouvé dans une situation embarrassante, admiré par ce vieux qui m'admirait moi ; c'est ainsi qu'il m'a embauché au pied levé, et m'a donné un travail.

Aladino – dont le vrai nom était Umberto Segre – était un homme merveilleux, un juif, qui mourut peu de temps après ; j'héritai de sa place à la rédaction de *Il Giorno*.

C'est à partir de là qu'est née mon immense admiration pour Bernardo Valli. Valli était un homme exceptionnel, avec une vie de courage et d'aventures, une vie romantique. Tu sais, j'écrivais mes papiers à New York, sans bouger de chez moi, tandis qu'il avait, lui, vécu personnellement la décolonisation, il avait été dans tous ces pays. Il allait sur le terrain et envoyait des télégrammes ; l'une de mes premières tâches, au journal, fut de réécrire Valli. Nasser venait de mourir : c'était le chef d'une Égypte nationaliste et indépendante, et c'était lui qui, en 1956, avait fermé le canal de Suez pour le nationaliser et le prendre aux Anglais. Valli était au Caire pour un enterrement, mais il ne pouvait pas envoyer son papier comme on le ferait aujourd'hui, et il ne pouvait pas non plus envoyer de télex. Il le transmettait par télégramme. Tu n'as pas connu les anciens télégrammes. On recevait de grandes feuilles vertes, sur lesquelles était collée la bande qui sortait des petites machines et qui disait : MARDI STOP NASSER MORT DOUZE HEURES STOP GRANDES FUNÉRAILLES STOP MILLIONS DE PERSONNES STOP… C'était comme ça, tu comprends ? Il s'agissait de faire un article à partir de ce message, et comme j'étais l'un des meilleurs, c'était à moi que mon rédacteur en chef confiait ces missions importantes. Alors je réécrivais Valli.

FOLCO : Il n'envoyait que les faits ?

TIZIANO : Valli envoyait les télégrammes, et moi, à partir des télégrammes, je devais écrire le papier de Valli. C'est de cette manière que j'ai fait sa connaissance. Puis, un jour, tout beau, tout pimpant, il est venu à la rédaction pour me rencontrer ; et c'est ainsi qu'est née entre nous une grande amitié, en même temps que la grande et profonde admiration que j'ai pour cet homme. Parce que c'était un homme courageux, doué, précis, et que ses papiers arrivaient toujours au bon moment. Tu sais, la rédaction s'occupe de la mise en pages des articles. À neuf heures, le journal ferme ses portes, et personne ne veut savoir si on est en train de tirer sur l'envoyé spécial, on s'en fout. À neuf heures, l'article doit aller sous presse, sinon le journal aura un blanc. C'est le travail que j'ai fait pendant un an et demi.

Un autre grand homme était Giorgio Bocca. Tous les grands de l'époque travaillaient au *Giorno*. Bocca, Pansa, Valli et tant d'autres, tant d'autres bons journalistes. Je me retrouvais par conséquent avec des gens qui connaissaient bien leur métier. Et là, j'ai pu changer l'opinion que j'avais à seize ans quand je pensais que les journalistes étaient des gens médiocres et des ratés. Valli n'a jamais eu un seul diplôme de toute sa vie, mais, putain, c'était tout sauf un raté !

FOLCO : Tu t'en souviens bien, de l'histoire de cette époque…

TIZIANO : Folco, si tout ce que j'ai dit, ou que je vais dire, doit être publié, il faudra absolument que tu vérifies tous les détails. Car il suffit d'un détail erroné pour que tout l'ensemble perde sa crédibilité. Donc, tu devras te procurer un tableau chronologique des années que j'évoque, et tu devras comparer ce que je dis à ce tableau, parce que moi aussi, j'ai la mémoire qui flanche. Par exemple, je t'ai dit que j'avais écrit un papier à partir des télégrammes de Bernardo. J'ai dit qu'il s'agissait de l'enterrement de Nasser. Vérifie-le, parce que c'était peut-être l'avènement de Sadate. Tu sais que cet événement a eu lieu en 1970, parce que j'étais à Milan entre 1969 et 1971. Regarde dans l'Encyclopedia Britannica que tu as dans ton ordinateur, clique sur Nasser, et regarde quand il est mort, parce qu'il se peut que ce soit faux. Une erreur de cette taille, et un livre de trois cents pages ne sera pas crédible. Si tu veux être pris au sérieux, tu dois toujours faire ces vérifications. Toujours.

FOLCO : C'est cela, le journalisme ?

TIZIANO : Cela, c'est le *vrai* journalisme.

FOLCO : C'est une vraie discipline. C'est ce que tu fais, toi aussi ?

TIZIANO : Je l'ai fait toute ma vie.

FOLCO : Mais tu as une assez bonne mémoire, non ?

TIZIANO : Non, très mauvaise. C'est extrêmement important, ne l'oublie pas. Il faut du temps, et il faut beaucoup de bon sens et une culture personnelle indépendante pour savoir ce qui est vrai. Sinon, on prend tout pour argent comptant.

Papa caresse le chaton.

Regarde-le, Folco, si ce n'est pas une joie ! Le symbole de la paix. Tu ne trouves pas qu'il est mignon ? Il a trouvé l'endroit parfait. Ils ont un instinct…

FOLCO : Eh oui, quand il se réveillera, il faudra lui donner un petit bol de lait.

Finalement, tu as passé un examen pour devenir journaliste.

TIZIANO : Et c'est là que ton père est fou. À la fin des dix-huit mois de stage, il fallait aller à Rome pour passer un diplôme d'État, enfermé dans un sous-sol sans pouvoir en sortir. On nous donnait un thème et il fallait en faire un article. Puis, on le mettait de manière anonyme dans une enveloppe, avant de passer l'oral.

J'écrivis un excellent article ; si bien que, lorsqu'on m'appela pour l'oral, le président de la commission, qui était fasciste, un certain R., une crapule, me dit :

« Ah, vous êtes fier de vous ? Vous avez écrit l'un des meilleurs articles, mais vous êtes un de ces intellectuels qui ne sauront jamais faire du journalisme. Si vous devez aller à Malte, que mettrez-vous dans votre valise ? »

« Écoutez », lui répondis-je sur un ton très grossier, « si vous voulez parler de journalisme, parlons-en. Si, au contraire, vous cherchez des excuses pour me baiser, pour que je n'aie pas cet examen, ne vous gênez pas ».

Bref, nous nous cherchions des noises. J'aurais pu être recalé, et je ne serais pas devenu journaliste. Mais il y avait d'autres membres dans la commission, et mon article était trop bien écrit, alors je fus reçu et on me donna ma carte de journaliste professionnel.

Après cet épisode, je suis allé voir Pietra et je lui ai dit : « Monsieur le Directeur… » Je n'oublierai jamais cette scène. Imagine le tableau : tu avais deux ans à peine, Saskia n'avait que quelques mois, et nous vivions dans un appartement corso Magenta à Milan. Nous étions en octobre ou novembre. « Monsieur le Directeur », lui dis-je, « je ne me sens pas bien à la rédaction d'un journal. Je veux être correspondant en Chine ».

Et lui me répondit, mi-figue, mi-raisin : « Ce journal n'a pas besoin de correspondants. Le seul poste libre est à Brescia. Tu y seras les pieds dans la boue et la tête accrochée à une étoile. »

Bref, cela voulait dire qu'il n'y avait pas de poste pour moi.

J'ai touché mon indemnité de départ – qui correspondait à mon dernier salaire, plus un salaire et demi puisque j'avais travaillé pendant dix-huit mois –, et avec cet argent et un sac de couchage cousu dans un drap par ta mère pour que je puisse dormir chez des amis, j'ai fait le tour de l'Europe. Je suis allé dans tous les grands journaux. Je suis allé à Paris à *L'Express* et au *Monde*, je suis allé à Manchester pour rencontrer Jonathan Steele du *Manchester Guardian*. Et, pour finir – tu connais l'histoire –, je suis allé à Hambourg à la rédaction de *Der Spiegel*. Je leur ai dit que j'allais m'installer en Asie et – ta ta ta – j'ai été embauché avec un contrat de collaborateur. « Pars, écris, nous te paierons 1 500 marks par mois. »

FOLCO : Et c'est cet épisode qui t'a permis de suivre ta voie.

TIZIANO : L'autre histoire, c'est la relation que j'ai eue – grâce à Corrado Stajano – avec cet homme merveilleux qu'était Raffaele Mattioli. Je ne t'en ai jamais parlé ? C'est l'une des plus belles histoires de ma vie.

Toujours dans ce contexte d'une Italie profondément libre, créative et intelligente – c'est tellement désespérant de voir que cette Italie-là a disparu aujourd'hui –, il existait des institutions qui avaient su garder leur indépendance et leur dignité même sous le fascisme. Je ne parle pas de la FIAT – que nous détestions pour cette raison –, je veux parler d'Olivetti. Mais aussi de la Banca commerciale italiana[1], dont le siège était situé piazza della Scala, la plus belle place de Milan, et qui était présidée par un homme extrêmement cultivé, intelligent et courageux : Raffaele Mattioli. Au temps du fascisme, Mattioli avait donné du travail, et par conséquent un refuge et une protection, à des dizaines d'intellectuels italiens, dont le vieux La Malfa, de nombreux économistes, des politologues, des jeunes et des intellectuels. Il les embauchait dans sa banque, qui

1. Banque commerciale italienne.

était *la* banque italienne. Mattioli jouissait d'un grand prestige.

De mon temps, Mattioli dirigeait la banque depuis au moins trente ans : c'était désormais une institution. Mattioli avait pris la décision fort judicieuse d'établir une filiale de la banque en Asie. Il s'agissait seulement – disait-il – de choisir où se trouverait le siège. Alors, Corrado, qui le connaissait bien et me protégeait énormément, lui dit : « Ah, mais j'ai un ami qui revient des États-Unis où il a étudié le chinois et l'histoire de la Chine. Pourquoi ne pas le recevoir ? »

Et ce fut le début d'une merveilleuse histoire de rencontres, une histoire secrète et romantique, avec ce vieil homme. Je quittais le journal en général à neuf heures du soir, alors que la banque était fermée ; j'entrais alors par une porte de service – les portiers me connaissaient –, j'empruntais les longs couloirs recouverts de moquette rouge, et j'entrais dans une pièce tapissée de livres, et là, sous une petite lampe, se tenait ce vieil homme, ironique, qui travaillait là depuis le matin et n'avait pas bougé de sa chaise.

La première fois qu'il me rencontra, il parla peu. Il me tendit un netsuke japonais et me demanda : « C'est un objet chinois, n'est-ce pas ? » Et moi, je lui répondis : « Non, c'est un netsuke japonais, et il sert à fermer l'escarcelle. » Je lui décrivis ce qu'était un netsuke. Il m'avait mis à l'épreuve ! Tu sais, les vieux, les génies, ceux qui sont en dehors des normes, ils ne posent pas les questions habituelles : « Quand avez-vous obtenu votre diplôme… ? » Ils n'en ont rien à foutre. Ils te mettent un netsuke dans les mains et te disent : « C'est chinois, n'est-ce pas ? » Et toi, tu dis non.

Cette très belle relation que j'ai eue avec ce vieil homme dura quelques mois, tout le temps que nous avons vécu à Milan. Il me semblait que la banque ne pouvait pas ouvrir de filiale en Chine. La Chine populaire n'était pas encore reconnue, et ouvrir une filiale en Chine nous aurait aliéné tout le Sud-Est asiatique. Aller à Taïwan était encore pire car cela nous aurait privés de la possibilité d'ouvrir en Chine par la suite. Je lui suggérai de s'installer à Singapour. Dans mon cœur, je me disais déjà : si on ne va pas en Chine, on ira dans la troisième Chine, à Singapour.

Et Mattioli décida d'installer sa filiale à Singapour. Il me dit : « Très bien, vas-y et écris une fois par mois une lettre dans laquelle tu me dis ce que tu penses de la situation politique des différents pays du Sud-Est asiatique, et je te paierai mille dollars par mois. » Une porte minuscule s'ouvrit dans la bibliothèque et un petit homme en sortit. Il s'appelait Attilio Monti, c'était son beau-frère et il était l'administrateur délégué de la Banca commerciale. Mattioli lui dit : « Tiens, voici Tiziano Terzani. Il va bientôt partir pour Singapour. Fais-lui un contrat stipulant qu'il recevra cet argent tous les mois, mais discrètement, sur un compte que nous allons lui ouvrir ».

Aussitôt dit, aussitôt fait. Pof ! J'avais dans la poche la promesse de Mattioli, *Der Spiegel* me garantissait un autre salaire. Alors, en décembre 1971, je laissai ta maman à Florence, avec vous deux encore tout petits, et je partis, sans savoir ce qui m'attendait, pour Singapour, et pour l'Asie.

AU VIETNAM

FOLCO : Cette nuit, j'ai ouvert *Pelle di leopardo*[1]. Je ne l'avais jamais lu et je n'ai pas réussi à le quitter. Puis, j'ai entendu le chant du coq et je me suis dit : « Oh, j'ai vraiment été trop loin ! Il faut que je dorme ! » Tu étais jeune lorsque tu es allé au Vietnam, tu avais exactement l'âge que j'ai aujourd'hui, mais le livre est déjà bien écrit. C'est même très intéressant.

TIZIANO : Oui, pour quelqu'un de ta génération qui n'y était pas, qui ne sait même pas de quoi il s'agissait, c'est un peu comme si je parlais de la Première Guerre mondiale.

FOLCO : Mais c'est moins cette guerre en tant que telle qui m'intéresse que ce que tu as appris chemin faisant. Qui étais-tu à cette époque ? Qu'as-tu vu au cours de ton voyage ? Et en quoi ce voyage t'a-t-il transformé pour que tu deviennes ce que tu es aujourd'hui ? Il me semble que, à travers le journalisme, tu as eu l'occasion d'observer, et parfois d'être complètement impliqué dans les grands événements de ces cinquante dernières années. Et, petit à petit, comme un enquêteur qui suit une série d'indices discrets pour remonter

---

1. *Pelle di leopardo – Giai Phong ! La liberazione di Saigon* [*Peau de léopard – Giai Phong ! la Chute de Saigon*], les deux premiers livres de Tiziano Terzani rassemblés en un volume par Longanesi (2000).

ensuite jusqu'au commanditaire d'un crime mystérieux et omniprésent, à force de voir autour de toi toutes ces petites injustices, tu en es venu à réfléchir sur la politique, sur les motivations sous-jacentes des guerres, sur le progrès et, enfin, sur la nature humaine elle-même. C'est cette évolution que je trouve intéressante, car elle représente, à mes yeux, le voyage de la vie.

TIZIANO : Bon, c'est ma vieille théorie : en te spécialisant dans les fourmis, tu comprendras le monde. Si tu te consacres à n'importe quel sujet avec compassion, avec amour, en passant beaucoup de temps à étudier le cul sur une chaise, tu pourras comprendre le monde. Il n'est pas nécessaire de citer William Blake : « Voir le monde en un grain de sable, et l'éternité dans une heure[1]. » Ainsi va le monde. C'est au Vietnam, en Indochine, et plus tard en Asie en général, que j'ai cultivé mon jardin.

Pour ma génération, le Vietnam a été un test de moralité. Parce que, tout de même, j'ai grandi en lisant les grands auteurs de l'époque précédente, et j'avais des mythes, bon sang, c'est peu dire que j'en avais ! Edgar Snow en Chine, Hemingway et George Orwell pour la guerre d'Espagne : merde, c'étaient de vrais mythes pour moi ! Je lisais leurs livres et je me disais : « Mon Dieu, je pourrais être comme eux ! » C'est pourquoi, lorsque j'ai eu l'occasion de partir au Vietnam, ce pays était mon Espagne, c'était ma guerre.

FOLCO : Tu avais trente-trois ans lorsque tu es parti en Asie.

TIZIANO : Oui. Et comme nous ne pouvions pas aller en Chine – il n'y avait rien à faire, la Chine était fermée, on ne pouvait pas y aller –, j'avais décidé de

---

1. « To see a world in a grain of sand. And eternity in an hour. » W. Blake, *Chansons et mythes*, traduit et présenté par Pierre Boutang, Orphée/La Différence, 1989, p. 22.

conserver ma base à Singapour à partir de laquelle je pourrais partir couvrir la guerre au Vietnam et en Indochine.

Je me souviens de ma première nuit à Singapour. Ce fut une nuit splendide. J'étais dans le vieux Arab Market, dans une pension remplie de gens louches. Ah ! J'adorais ça, j'adorais cette ambiance. Tu sais, j'avais l'impression d'être un personnage d'un autre temps. En dix jours, j'avais trouvé une des plus belles demeures de l'île, j'avais trouvé une voiture, ou plutôt un vieux tas de ferraille, un piano pour ta maman, et j'avais déjà un bureau.

FOLCO : En dix jours ?

TIZIANO : Oui, en dix jours seulement.

La dernière phase de la guerre débuta peu après l'arrivée à Singapour de ta mère et de vous deux, au printemps 1972. À peine étions-nous installés dans cette maison qu'une grande offensive fut lancée au Vietnam. Et je suis parti.

C'est de cette manière que ma carrière a commencé. C'est de cette manière que la période la plus intéressante de mon voyage a commencé, la plus intéressante mais aussi la plus amusante pour moi pendant toutes ces années. Tu sais, j'ai été très impliqué dans le Vietnam, et cette expérience m'a conforté dans l'idée que j'avais déjà, qu'il pouvait y avoir une justice, et que l'on pouvait changer la société.

FOLCO : C'est pour cette raison que tu es parti là-bas ?

TIZIANO : J'y suis allé avant tout pour voir la guerre. Je ne l'avais jamais vue. Tu sais, la guerre que j'avais vue, c'était la Seconde Guerre mondiale. J'étais un enfant, c'était comme un jeu. Je comptais les bombes des bombardiers américains qui tombaient sur Porta al Prato où se trouvait l'embranchement de tous les trains de l'Italie centrale. Nous étions à deux ou trois kilomètres de là, et nous allions nous cacher dans les champs derrière la maison, où se trouve actuellement via di Soffiano. Mais ce n'était pas la guerre. Bien sûr, il y avait des fusillades, disait-on, mais je ne les ai jamais vues, contrairement à ce que j'ai vécu au Cambodge lorsque j'ai vu un prisonnier se faire égorger par des militaires du gouvernement.

Folco : Cette guerre, comment a-t-elle commencé pour toi ? Quelle est la première histoire qui t'est arrivée ?

Tiziano : Mon Dieu, c'est terrible de te la raconter. Terrible ! C'est drôle, j'étais un jeune homme comme il faut... Le jour où je suis arrivé à Saigon, il y avait une offensive pas très loin, sur la route 13. Tout le monde partait. Le matin, les gens déjeunaient à l'Hôtel Continental, puis prenaient un taxi et allaient tous à la guerre. J'étais à la même table qu'un jeune journaliste anglais à qui j'ai dit : « Veux-tu partager un taxi avec moi ? » – « Volontiers. » Nous sommes partis pour Chon Thanh. Nous étions à peine sortis du taxi qu'on nous a tiré dessus. J'ai entendu la première balle siffler à, quoi, cinq centimètres de mon oreille : psss ! Un choc, un de ces chocs ! Mais j'ai très vite senti que je ne comprendrais rien de cette façon. Car quel était mon désir instinctif ? Que les B-52 américains arrivent et les tuent tous, tous ceux qui me tiraient dessus ! Et ce sentiment du « nous » m'éloignait d'eux.

Moi, je voulais comprendre la guerre. Bien sûr, je voulais aussi la voir car je voulais la décrire, mais je me suis rendu compte que ceux qui me tiraient dessus depuis une rangée de palmiers, moi qui m'étais jeté la tête la première dans un fossé pour m'abriter, ces hommes étaient aussitôt devenus mes « ennemis ». Mais étaient-ils mes « ennemis » ? Non. Si j'avais continué comme ça tout le long de la guerre, je ne l'aurais jamais comprise.

Et qui étaient-ils, ces hommes qui me tiraient dessus ?

Ce premier jour, j'avais une de ces frousses, mon Dieu ! Je le dis toujours, le courage, c'est le dépassement de la peur. Je n'y allais pas le cœur léger, je me forçais à aller au front. J'avais une peur bleue, mais je devais prendre sur moi, je devais aller voir. Certains jours, je partais sur le front, et j'étais obsédé par l'idée qu'une balle m'était destinée et qu'elle se trouvait déjà dans le fusil d'un homme marchant dans une rizière. Étrange, n'est-ce pas, ce cauchemar de la balle qui m'était destinée ?

FOLCO : À l'évidence, aucune balle ne t'était destinée. En tout cas, là-bas, toi qui, toute ta vie, n'avais fait qu'étudier dans des livres, tu voyais pour la première fois la violence, les morts.

TIZIANO : Tu sais, on allait compter les morts, les cadavres sur le côté de la route. Et, de nouveau, ce sentiment d'aliénation. Les seuls Viêt-congs que je voyais étaient des Viêt-congs morts, gisant dans le fossé, gonflés et nauséabonds.

FOLCO : Qu'est-ce qu'elle te disait, à toi, cette guerre ?

TIZIANO : J'étais prêt, j'étais prêt, après toute la formation que je t'ai décrite, à me dresser contre les injustices. Et là, elles étaient tellement évidentes, étalées devant les yeux de tous, tellement criantes ! Il suffisait d'aller dans ces campagnes vietnamiennes de toute beauté, des paysages simples, avec ces belles rizières vertes, ces paysans vêtus de noir et portant un petit chapeau de paille, et puis on voyait leurs maisons en paille et en bois avec un sol en terre battue, et puis on voyait la guerre qui arrivait, les tanks qui s'approchaient.

Ce qui m'impressionnait, c'était la contradiction entre cette société archaïque, simple, et la modernité que la guerre lui imposait. Les armes, les chars d'assaut, les bombes n'avaient rien à voir avec leur monde, vraiment rien à voir.

FOLCO : Et tu en parlais dans tes articles ?

TIZIANO : Moi, cette guerre, je l'ai couverte tout en ressentant une forte sympathie pour les Viêt-congs, c'est indubitable. Mais, d'un autre côté, tous ceux qui avaient le cœur à gauche – à gauche, je veux dire, de façon innée –, comment pouvaient-ils avoir de la sympathie pour les Américains ? Mais qu'est-ce qu'ils venaient faire dans cette galère ? Au Vietnam, un peuple de va-nu-pieds, de crève-la-faim, avec des chapeaux de paille et de petits fusils avec lesquels ils tiraient sur cette machine de mort infernale. On ne pouvait que haïr le camp adverse, Folco. Si tu avais vu de près – comme cela m'est arrivé plusieurs fois – un pilonnage de B-52, en pensant que là-bas, des paysans vivaient dans des villages, ou que des soldats s'étaient retranchés dans des fossés creusés avec leurs mains et recouverts de troncs de cocotiers, tu n'aurais pas eu de sympathie pour ceux qui, à des milliers de mètres de hauteur, appuyaient sur un bouton et lançaient des bombes, ou – comble de l'horreur – du napalm. Les bombardements des B-52 étaient vraiment épouvantables, horribles. La destruction.

Et puis les Vietnamiens étaient chez eux. C'est toujours le même problème qui revient : aujourd'hui en Irak, c'est la même chose. Les Vietnamiens étaient chez eux, et les autres, vivant à des dizaines de milliers de kilomètres, arrivaient dans un pays avec lequel ils n'avaient rien à voir, dont ils ne connaissaient ni l'histoire, ni la culture, ni rien. Ils venaient pour « combattre le communisme », car leur ennemi, c'était le communisme. Comme ils n'avaient pas pu le combattre en Chine – parce que, en Chine, ils étaient presque un milliard, n'est-ce pas ? – ils l'avaient combattu en Corée – les Coréens étant un peu moins nombreux –, et même en Corée, ça ne s'était pas si bien passé que ça, finalement. Alors, ils pensaient qu'ils pourraient faire une grande chose au Vietnam, mais cette grande chose s'est transformée en une humiliation terrible pour les Américains, une croix qu'ils n'ont toujours pas fini de porter.

FOLCO : Peut-être la pire chose qui leur soit jamais arrivée.

TIZIANO : Oui, ils ont été battus, battus. Un demi-million d'hommes tenus en échec. Tenus en échec parce que le peuple s'opposait à leur victoire. Et pourtant ils avaient là-bas un allié dans le gouvernement fantoche du Vietnam du Sud. Il y avait des Vietnamiens qui avaient des intérêts communs avec les Américains et qui mouraient pour cette cause. Mais les gens du peuple – il suffisait de sortir de Saigon, la capitale, pour s'en rendre compte –, comment pouvaient-ils être du côté des Américains qui passaient avec leurs chars d'assaut, avec leurs avions ? Dans l'autre camp, il y avait ces hommes, maigres, avec des tailles fines comme des corps de danseuses, qui mangeaient une seule bouchée de riz par jour et se faisaient massacrer par les B-52. Comment veux-tu que la population ne soit pas avec eux ? Cela coulait de source.

Nous faisons une pause pour manger une banane en paix ?

Je lui passe la corbeille de fruits.

Mais cette guerre exerçait aussi une sorte de fascination. Tu te rends compte : un tas de GIs venaient de régions comme l'Iowa et se retrouvaient dans ce monde, avec des jeunes femmes à gogo qu'ils pouvaient louer pour une semaine, lorsqu'ils rentraient du front. Perversion, exaltation, curiosité. Beaucoup d'entre eux tombaient amoureux. Beaucoup ont épousé une Vietnamienne et l'ont emmenée avec eux aux États-Unis.

Dans une ville comme Saigon, on vivait dans l'ambiance de luxe des boutiques françaises et des beaux restaurants. Mon Dieu ! Le soir, on mangeait dans un restaurant dont la porte était munie de grilles pour interdire l'entrée à ceux qui lançaient des bombes à la main. On mangeait comme des dieux, Folco ! On mangeait des crevettes inoubliables, des gambas enroulées autour d'un cœur d'ananas. Il y avait de tout : du poisson, de la bière, des femmes – ces jeunes filles extrêmement élégantes dans leur *ao dai*[1] – et des militaires pleins d'arrogance, et leurs jeeps qui partaient à toute allure avec les escortes armées.

FOLCO : C'est sans doute beaucoup moins romantique en Irak aujourd'hui.

TIZIANO : Ah oui, c'est différent. Il n'y a rien de ce que je viens de te décrire. Et puis, il n'y a pas cette relation avec la population. En Irak, les gens du peuple haïssent les Occidentaux. Tu sais, les Vietnamiens, au fond, s'étaient habitués aux étrangers. Les colons français, les Japonais... Ils en avaient baisé de toutes les couleurs.

Pour moi, c'était une expérience humaine très curieuse. Je n'étais pas impliqué, je rentrais chez moi, à ce pilier auquel j'étais attaché, mais, entre-temps, je me démenais pas mal. J'ai fait tous les bordels de Saigon. Il y en avait un près de l'aéroport qui s'appelait *Le Chien Qui Baise*. Tous les matelas étaient des matelas à eau. Il y avait souvent un barouf pas possible parce que ces ivrognes d'Américains – qui sautaient sur les gamines vietnamiennes – sortaient parfois de leurs gonds et tiraient sur le lit, alors toute l'eau sortait. Le lendemain, quelqu'un arrivait avec un bout de caout-

---

1. Robe traditionnelle vietnamienne.

chouc pour réparer le matelas. Et de la bière, de la bière, de la bière, des montagnes de bière. Les Américains se déplaçaient avec leurs réserves de Budweiser.

Et puis, de temps en temps, une grenade explosait dans ces lieux.

FOLCO : Même à Saigon, on lançait des grenades ?

TIZIANO : Oui. Boum ! Même dans les restaurants, on les entendait : boum !

C'étaient les Viêt-congs, ou parfois des règlements de comptes entre les bandes d'opiomanes qui contrôlaient les bordels. Mais, la plupart du temps, c'étaient les Viêt-congs. Ce qu'on appelle aujourd'hui « terrorisme » ne s'appelait pas encore comme ça à l'époque.

FOLCO : Avec quelles armes les Viêt-congs combattaient-ils ?

TIZIANO : Ils utilisaient des AK-47. Ils n'avaient pas de chars d'assaut dans le Sud. Les chars d'assaut empruntaient le sentier de Hô Chi Minh, ils venaient de Hanoi, après des semaines de transport à travers la jungle, sous des bombardements incessants. Les armes, les ravitaillements, les canons, les munitions, ils portaient tout sur leurs épaules.

FOLCO : Ils étaient vraiment résolus, ces Vietnamiens.

TIZIANO : Ah, ils étaient exceptionnels, je le reconnais. C'était leur guerre d'indépendance, tu comprends ? Depuis le début de leur histoire, les Vietnamiens ont *toujours* combattu tous ceux qui essayaient de phagocyter leur péninsule. Il est important que tu saches que les Vietnamiens se trouvent dans la zone chinoise, qu'ils parlent un dialecte chinois – écrit d'ailleurs d'une drôle de façon, à l'européenne, grâce à l'un de ces incontournables missionnaires français –, mais si tu vas dans les temples du Vietnam, tu verras que tout est écrit en chinois, parce que les sages, les érudits, écrivent en caractères chinois. Pourtant, les mythes vietnamiens parlent tous de héros luttant contre la Chine impériale, et les monuments du Vietnam sont tous dédiés à des personnages morts en combattant les Chinois. Des histoires magnifiques. Un grand amiral vietnamien bloqua une flotte chinoise en plantant dans la mer des milliers de pieux pointus, qui étaient donc sous l'eau et que les Chinois ne voyaient pas. Puis les Chinois arrivèrent et – pan ! – ils se retrouvèrent tous bloqués. Ingénieux et extraordinaires, les Vietnamiens ont un sentiment identitaire très fort, très très fort. C'est ce qui s'est toujours passé, non ? Comme ils devaient se distinguer des autres, ils ont dû renforcer leurs qualités.

À la fin du XVIIIe siècle, les Français arrivèrent, poussés par l'élan colonial qui incita cet Occident de merde à exploiter les ressources des autres, et à l'instant précis où les navires français entrèrent dans le port de Hanoi, les Vietnamiens se mirent à tirer. Le jour même ! Par la suite – ça, on l'a bien compris –, les Vietnamiens n'ont jamais cessé de tirer, jamais, jamais. Et cette guerre ne s'est terminée qu'en 1975.

En 1954, les Américains, hypocrites et manipulateurs, n'ont pas aidé les Français en Indochine. Ils les ont laissés se faire battre et se faire humilier par le coup de pied au cul de Diên Biên Phu. Puis ils ont succédé au « fardeau de l'homme blanc », mais à leur manière. Pas tout de suite avec leurs troupes, mais d'abord avec leur néocolonialisme. Ils appuyèrent le régime du Sud, qui était pro-occidental, et introduisirent le capitalisme et le consumérisme. Les accords de Genève de 1954 avaient divisé le pays en deux parties, et des élections étaient prévues, élections que Hô Chi Minh – le président communiste du Vietnam du Nord – aurait dû gagner naturellement. Mais les Américains, du fait qu'ils appuyaient le régime du Sud, empêchèrent le Nord de laisser faire le cours naturel de l'Histoire.

Il faut bien comprendre que le communisme, le marxisme-léninisme, au Vietnam encore plus qu'en

Chine, est une arme idéologique que les nationalistes mettent au service de leur libération. Hô Chi Minh est devenu communiste à Paris, lorsqu'il a compris que le marxisme-léninisme – tel qu'il était mis en pratique par l'Union soviétique dans sa meilleure période, débordant d'idéalisme, juste après la révolution – fournissait une discipline, une rigueur et une structure idéologique dont son pays et son mouvement nationaliste avaient besoin.

Dire que les Vietnamiens sont communistes est donc faux. Les Vietnamiens ont toujours été *nationalistes*. C'est un fait historique que beaucoup de mes collègues n'ont pas compris, parce qu'ils considéraient la guerre comme une guerre entre communistes et anticommunistes. Mais c'était plus que cela. C'était la dernière grande lutte du peuple vietnamien pour l'indépendance.

L'indépendance eut lieu en 1975, avec la prise de Saigon. Le rêve de Hô Chi Minh de réunifier le Vietnam et de lui donner son indépendance, l'événement le plus important de toute l'histoire du pays, devint réalité. Cet événement fut suivi des tragédies habituelles, de la persécution des fantoches, de ceux qui avaient collaboré. Ils ont tout vu. Mais lorsqu'on regardera plus tard l'histoire du Vietnam, on verra que cette guerre a été la dernière guerre d'indépendance du pays, et qu'avec la défaite américaine, les Vietnamiens ont conquis cette indépendance.

FOLCO : Et ils ont fini par gagner !

TIZIANO : Et comment pouvaient-ils gagner, les autres, eux qui comptaient les jours qu'il leur restait à tirer avant de rentrer chez eux, « *fifty-three days and a wake-up*[1] » ? Les Vietnamiens étaient chez eux, et les Américains voulaient rentrer chez eux, il ne leur était

---

1. « Cinquante-trois jours et un clairon » (sous-entendu : encore cinquante-trois jours avant la permission et on est libérés

127

pas possible de gagner. Ce roublard de Kissinger, à la fois extrêmement intelligent et diabolique, a fini par le comprendre. En 1973, il a dit au Président américain : « Déclarons que nous avons gagné et partons ! » Et c'est ce qu'ils ont fait. En 1973 ont été signés les accords de Paris, le cessez-le-feu, et ouste ! Les Américains quittèrent Saigon et s'occupèrent de la « vietnamisation » de la guerre, en laissant le Sud aux Vietnamiens du Sud.

FOLCO : Alors, pendant deux ans, les Sud-Vietnamiens ont lutté, seuls, contre les communistes ?

TIZIANO : Oui, avec l'aide des Américains qui continuaient à bombarder du haut du ciel. Très forts, n'est-ce pas ? Ils étaient à trois kilomètres de hauteur, et boum ! ils tuaient les gens.

Kissinger arriva à Saigon. Il forma un régime fantoche avec Thieu qui torturait, assassinait et faisait tout ce qu'il voulait pour combattre les communistes, et les Américains lui donnèrent beaucoup d'armes et de fric pour cela. Mais les GIs n'étaient plus là pour se faire tirer dessus. Dorénavant, ceux qui se faisaient tirer dessus, c'étaient les Sud-Vietnamiens.

Puis, en 1975, lorsque le jeu allait tirer à sa fin, ce Thieu s'est rendu à la Banque centrale de Saigon, a ordonné qu'on lui donne tout l'or, qu'il a chargé sur son avion, et il s'est envolé. Il a passé le restant de ses jours à Londres, tranquillement, sans que personne vienne l'emmerder. Il avait laissé son pays dans le chaos le plus total, et au revoir tout le monde.

FOLCO : Il avait même emporté le coffre-fort du pays ? C'est incroyable comme ces individus réussissent presque toujours à se tirer d'affaire.

---

au matin du cinquante-quatrième). Expression militaire utilisée pour désigner le temps qu'il reste à passer, pour un soldat, sous les drapeaux ou dans une zone de combat.

TIZIANO : C'était un personnage odieux. Mais ce qu'ils ont fait avec Thieu, les Américains sont en train de le faire actuellement en Irak.

FOLCO : Et les Viêt-congs, les guérilleros communistes, à quoi ressemblaient-ils ? Tu ne les as jamais rencontrés ?

TIZIANO : Si. Nous savions qu'avec le cessez-le-feu de 1973, les lignes des Viêt-congs s'étaient rapprochées de Saigon, et que les Viêt-congs occupaient une large partie du delta du Mékong. Je suis parti avec le photographe Abbas et Jean-Claude Pomonti, journaliste au *Monde*. Ce fut toute une aventure. Jean-Claude parlait bien vietnamien. Un soir, nous étions dans nos jeeps – l'une avec le drapeau français, l'autre avec le drapeau italien – en train d'attendre au beau milieu d'une clairière que les Viêt-congs viennent nous chercher, puisque nous, nous ne pouvions pas les trouver. À un moment donné, un vieux s'est approché de nous, et Jean-Claude lui a dit en vietnamien : « Nous sommes journalistes, nous voulons rencontrer les Viêt-congs. » Et lui, il lui a répondu en anglais : « *Me no VC !* »

FOLCO : Pourtant, c'était un Viêt-cong ?

TIZIANO : Bien sûr. La première réponse était toujours : « Moi, je n'ai rien à voir là-dedans, je ne suis pas un Viêt-cong. Que me voulez-vous ? » Mais, en fait, il a fini par nous donner un rendez-vous très précis : à tel kilomètre de la route nationale qui allait vers le sud, nous devions tomber sur une route déblayée, puis continuer à rouler pendant trois kilomètres, garer la voiture à l'ombre de quelque chose, faire attention aux soldats du gouvernement, qui pouvaient nous capturer ou nous tirer dessus, faire attention aux avions qui pouvaient nous bombarder, et marcher le long d'une petite digue.

Nous avons suivi ses indications sous un soleil de plomb, lorsque, soudain, une fillette de peut-être dix ans surgit de derrière des palmiers, nous guida et nous fit marcher le long de petites digues au milieu des rizières. Alors, il était clair pour nous que nous avions trouvé notre rendez-vous. La fillette nous emmena dans un village et, là, grand accueil. « La presse internationale ! », etc.

FOLCO : Les Viêt-congs étaient-ils contents de rencontrer la presse ?

TIZIANO : Mais, putain, ils avaient gagné la guerre avec l'aide de la presse ! Nous sommes restés là-bas, je crois, quatre ou cinq jours. Magnifique. Nous nous sommes enfoncés dans les ramifications les plus reculées du Mékong, entourés du jacassement de la jungle, entre les mangroves et les crocodiles. Nous voyagions de village en village sur de petites pirogues silencieuses, et tous les villages étaient absolument fidèles aux Viêt-congs. Des enfants, des femmes très jeunes le fusil au bras. Notre accompagnateur avait un sac de riz pour nous nourrir car nous étions leurs hôtes. On mangeait des galettes à base de pâte de riz et d'eau, de belles galettes toutes rondes, qui avaient séché au soleil sur du linge blanc : c'était bon, mais tout de même, rien à voir avec les gambas enroulées autour d'un cœur d'ananas ! On ressentait une grande sympathie pour ces gens.

Et en avant, une nuit dans un village, une nuit dans un autre. Un peu de mise en scène, un peu de vérité. Un soir, nous avons assisté à une admirable comédie présentée au fin fond de la jungle, avec des rideaux faisant office de coulisses et un acteur jouant le rôle du soldat américain lambda : le soldat était capturé par une femme, attaché et roué de coups. Nous dormions sous des moustiquaires que nous avions emmenées avec nous. Un silence… Ah ! Les nuits splendides du delta du Mékong !

Au bout de quelques jours, on nous a dit que c'était dangereux, que la rumeur selon laquelle nous étions entrés dans leur zone s'était ébruitée, qu'on avait trouvé nos voitures et qu'il nous fallait repartir. Nous avons fait toute la route en sens inverse. Les Viêt-congs, montant la garde avec leur fusil, nous ont dit : « Maintenant, vous devez vous débrouiller tout seuls. Nous ne pouvons plus vous accompagner. » La fillette de dix ans – qui nous avait guidés sur les petites digues – est réapparue, et nous avons retrouvé la route. Nos voitures étaient toujours là. Puis nous sommes rentrés à Saigon : nous étions les trois premiers journalistes à avoir rencontré les Viêt-congs.

Nous avions observé, parlé, pris des photos, fait plein de choses. Des photos importantes pour moi : lorsque je suis rentré à Saigon en 1975, j'avais peur que les Nord-Vietnamiens me tuent, alors j'avais mis une de ces photos dans mon slip, mais je prenais aussi le risque que les Sud-Vietnamiens – ceux de Thieu – m'arrêtent et me tuent : c'était la même rengaine.

On entend de nouveau le chant du coucou.

Ce fut une belle expérience. De nouveau, ce besoin d'aller chez les « autres » ! Qui sont-ils ? Que veulent-ils ? Comment vivent-ils ? Tu comprends que le fait de vivre une telle aventure, c'était une fenêtre qui s'ouvrait, non ? Une fenêtre sur un monde que nous ne connaissions pas. Car, comme je l'ai déjà dit, les seuls Viêt-congs ou Khmers rouges que nous avions rencontrés étaient des cadavres dans les fossés le long des routes. Ces hommes-là, à l'inverse, étaient bien vivants : le commissaire politique avec son beau pistolet, le commandant militaire, le chef de la défense anti-aérienne, le chef de la troupe de théâtre, ceux qui préparaient les barques, la nuit, avec toutes ces petites lampes… C'était une société qui fonctionnait.

Le seul point dramatique, c'est que j'avais déjà à cette époque une grande difficulté à écrire. Cette histoire va te faire rire. À peine rentrés de ce voyage, Jean-Claude vint frapper à ma porte au bout de trois heures, tout beau, tout propre, la chemise repassée, et me demanda si je descendais dîner. Mais moi je n'avais pas encore écrit une seule ligne ! Je n'ai pas pu écrire non plus une seule ligne le lendemain, ni le surlendemain. Pendant trois jours, je suis resté enfermé dans ma chambre avec mon sarong, devant le drapeau viêt-cong qu'ils m'avaient offert, en train d'essayer d'écrire le début de cette aventure.

FOLCO : Et Jean-Claude, il l'avait déjà écrite ?

TIZIANO : Il avait déjà écrit quatre articles ! Au bout de trois heures, il avait écrit le premier, un article de présentation, et les jours suivants, il écrivit quatre ou cinq autres textes. J'étais tout simplement désespéré. J'avais ce scoop énorme, j'avais un délai à respecter pour le *Spiegel*, je devais absolument écrire cet article, et je me souviens du début, une honte : « Ce n'est pas la couleur des drapeaux, ce n'est pas – je ne sais plus trop –, c'est le visage heureux des gens qui nous a fait comprendre que nous avions franchi une frontière… »

Bref, un début de merde !

Il rit.

À SINGAPOUR

FOLCO : Et nous, pendant que tu vivais tes aventures indochinoises, nous étions à Singapour.

TIZIANO : Oui, je faisais la navette. Deux ou trois semaines au Vietnam, puis une ou deux semaines à Singapour où je suivais ce qui se passait dans la région. J'écrivais des histoires sur Singapour, sur la Malaisie, ou sur l'Indonésie. Il se passait tellement de choses. Singapour était une base pratique pour moi : j'étais à trois quarts d'heure d'avion de Saigon, si mes souvenirs sont exacts.

FOLCO : Et pourquoi rentrais-tu à Singapour ?

TIZIANO : Parce que c'est là que se trouvait ma famille, pardi ! Je vous avais installés à Singapour pour que vous soyez en sécurité. Cela ne m'a pas effleuré un seul instant l'esprit de vous emmener à Saigon où des grenades explosaient tous les jours. Vous habitiez dans une belle villa, très calme, à Singapour, la première maison asiatique que nous ayons eue. Elle était presque sur l'équateur. Elle était équipée de ventilateurs dont les hélices tournaient continuellement. Pour que l'air circule mieux, les fenêtres du rez-de-chaussée n'avaient pas de vitres, seulement des persiennes. Et dire qu'ils nous les ont toutes détruites, nos splendides maisons asiatiques. Un autre signe du vent de changement qui soufflait sur l'Orient.

Au bout de quelques mois, des rumeurs circulaient à Hambourg disant que j'étais un agent de la CIA. Il y avait beaucoup de journalistes du *Spiegel* qui voulaient partir au Vietnam, et certains – je sais même qui – commencèrent à dire : « Mais quel est ce connard d'Italien qui baragouine l'allemand et a appris le chinois aux États-Unis ? C'est un espion de la CIA ! »

Dieter Wild, le rédacteur en chef de l'international, vint me voir pour m'inspecter. Il resta trois ou quatre jours à Singapour, et il n'arrêtait pas de me dire : « Allez, Tiziano, je t'invite à venir avec moi à Taïwan ! » Tout cela me semblait faux, mais je répondais : « Non, merci », par politesse. Ta mère a fini par comprendre ce qui se passait et m'a dit : « Fais attention, il veut vraiment que tu ailles avec lui à Taïwan, c'est peut-être pour tester ton chinois. » Je suis donc allé à Taïwan avec lui. À cette époque, je parlais plutôt bien le chinois ; nous avons interviewé le Premier ministre, le fils de Tchang Kaï-chek, le chef des nationalistes. C'est moi qui avais tout organisé. J'étais *neng gan*, comme disent les Chinois : je me débrouillais comme un chef. Dieter Wild rentra à Hambourg en disant : « Non, cet homme est quelqu'un d'honnête. »

Et ils m'embauchèrent comme correspondant.

FOLCO : Comment as-tu fait pour les convaincre que tu n'étais pas un agent de la CIA ?

TIZIANO : La question ne fut jamais posée mais, tu sais, d'après les conversations que nous avions pu avoir en dix jours, il était évident que je ne faisais pas partie de la CIA. Et puis, moi, je sens tout de suite qui est un espion et qui ne l'est pas, alors je pense que les autres le sentent également. Mais laisse-moi te raconter maintenant une aventure passionnante, Folco : c'est l'une des premières histoires qui a révélé au grand jour ma naïveté de journaliste – je ne l'ai jamais racontée. Dans cette aventure, j'ai été aidé par Dieter Wild, qui se montra très courageux. Il y avait encore une de ces batailles quotidiennes au Cambodge. L'armée sud-vietnamienne avançait, les Nord-Vietnamiens et les Khmers rouges l'avaient repoussée, puis, soudain, quinze ou vingt journalistes, je ne me souviens plus trop, disparurent. Ils disparurent !

Singapour était la plaque tournante de l'espionnage et de trafics de toutes sortes, car c'était un port libre, ouvert à tous. Tout était proche : l'Indochine était à portée de fusil. Un jour, nous avons rencontré un homme d'âge mûr, un Allemand qui avait une maîtresse chinoise, et qui savait que je travaillais pour *Der Spiegel*, c'est peut-être même lui qui est venu me chercher. Il s'appelait Louis von Tohaddy d'Aragon, un nom évidemment faux. Il disait qu'il était capitaine d'un navire marchand qui faisait la navette entre Singapour et la Chine. Réfléchis : à cette époque, la Chine était encore un pays fermé. Nixon venait de se rendre à Pékin pour rencontrer Mao pour la première fois, mais il n'y avait encore aucune relation diplomatique avec la Chine. Et ce « capitaine » racontait des histoires extraordinaires sur ses voyages en Chine, sur les métiers qu'il avait faits en Amérique latine, et j'en passe.

Il me dit également qu'il avait appris, grâce à ses contacts, qu'un des journalistes disparus lors de ces étranges opérations à la frontière entre le Laos et le Cambodge – un photographe autrichien – était vivant, et qu'il y avait des intermédiaires prêts à le libérer en échange d'une certaine somme d'argent.

Moi, « grand journaliste » à peine sorti du nid…

Il rit.

… Je me suis intéressé de très près à cette histoire. Si j'avais pu découvrir qu'un de ces journalistes, dont tout le monde parlait, était encore vivant, et si j'avais pu contribuer à le libérer – mon Dieu ! –, cela aurait fait un scoop formidable ! Bref, l'affaire dura plusieurs mois. J'ai demandé qu'on m'envoie une photo du photographe autrichien et qu'il m'écrive une lettre de sa main, avec des références et des notes précises, pour être certain qu'on ne l'avait pas déjà tué. Finalement, il s'agissait seulement de payer une certaine somme d'argent, qui n'était même pas énorme : j'aurais pu ainsi partir avec Louis von Tohaddy d'Aragon pour Vientiane, au Laos, et boucler cette affaire. Alors, j'ai dû écrire au *Spiegel* quelque chose comme : « Les gars, j'ai un scoop. J'ai besoin d'argent… » Mais Dieter Wild me répondit : « Tire un trait sur cette histoire. Il y en a des dizaines comme celle-ci qui circulent dans le monde. »

Folco : C'était une arnaque ?

Tiziano : Oui. Mais l'histoire ne s'arrête pas là. Un soir, dans le jardin de notre belle villa remplie de lumières, nous recevions à dîner toutes les personnes que nous connaissions à Singapour. C'était une grande réception. Vous, vous étiez déjà au lit. Nous avions même invité les deux espions de l'ambassade soviétique, que nous connaissions bien parce qu'ils étaient en relation avec ce Sergej Svirin, le correspondant de la TASS – l'agence de presse soviétique –, que nous avons par la suite retrouvé au cours de nos voyages. C'étaient des relations intéressantes parce que, grâce aux Soviétiques, on pouvait avoir des contacts avec les Viêt-congs et les Nord-Vietnamiens, soutenus par l'Union soviétique.

À la fin de la soirée, Louis von Tohaddy d'Aragon était étendu sur le gazon, sous un grand arbre, complètement bourré, avec Sergej Svirin au-dessus de lui qui répétait sans arrêt : « Mais dites-moi, quel est votre nom ? Et comment s'appelait cet homme de l'histoire que vous venez de me raconter ? » Et Louis, saoul comme

une barrique, répondait seulement : « Ouh-ouh-ouh. »
Une scène follement amusante.

Bien des années plus tard, nous avons retrouvé
Sergej Svirin en Chine. Il était devenu le numéro un
de l'ambassade soviétique à Pékin, mais à l'évidence,
il était également le chef du KGB.

FOLCO : Un espion, lui aussi ?

TIZIANO : Jusqu'au bout des ongles ! Il parlait parfaitement anglais, il avait l'autorisation de tuer et de
coucher avec qui il voulait : tu sais, dans l'Union
soviétique de cette époque, c'était un immense privilège. Un soir, à Pékin, il nous invita à dîner, et je lui
demandai : « Mais comment faites-vous pour boire
autant ? Car, si vous voulez saouler quelqu'un, vous
êtes obligés de boire avec lui. » Alors, il me révéla le
grand secret des espions soviétiques : avant de sortir de
chez eux et de se rendre à une soirée mondaine quelconque, ils avalent une demi-motte de beurre, et comme
le beurre forme une sorte de gaine protectrice autour de
l'estomac, après ils peuvent boire une bouteille entière
de vodka sans avoir mal à la tête.

Tout cela nous amusait énormément, ta maman et
moi. Tu te rends compte : nous étions des gens tout à
fait convenables, nous arrivions de Milan et nous étions
soudainement plongés dans le monde de l'espionnage !
C'était tout à fait fascinant.

FOLCO : Et toi, pendant ce temps-là, tu écrivais *Pelle
di leopardo*[1] ?

TIZIANO : Oui. Et lorsque, ensuite, à Milan, j'ai reçu
le premier exemplaire du livre publié, une nuit, je suis
allé à la Banca commerciale et je l'ai offert à Mattioli.
Et que lui ai-je dit ? « Je n'ai plus besoin de vos mille
dollars mensuels ! » Je lui avais raconté ce qui se passait dans la région stratégique où je me trouvais, j'avais

1. Voir note 1, page 117.

suivi les événements qui se déroulaient en Chine, et lui, pendant deux ans, il m'avait toujours payé. « Je n'en ai plus besoin. Mais si vous, vous avez encore besoin de mes lettres, je continuerai à vous les envoyer. » C'était juste, non ? Il m'avait fait un cadeau magnifique, et je lui en étais immensément reconnaissant, parce qu'il m'avait donné cette sécurité que je n'aurais jamais trouvée autrement. C'est avec cet argent que j'ai pu vous installer dans cette superbe villa de Singapour et que je vous ai inscrits à l'école.

Quelle belle vie, tu ne trouves pas ? De quoi pourrais-je me plaindre ?

Bon, maintenant, je vais prendre un peu de temps libre, Folco.

FOLCO : Pour regarder le journal télévisé ? Il doit être à peine commencé.

TÉLÉVISION : « ... les six hommes tués étaient des techniciens d'une entreprise affiliée à la General Electric. Ils travaillaient dans le secteur énergétique pour ramener le calme... »

TIZIANO : Et voilà que ça recommence. Tu vois ? C'est toujours la même rengaine.

TÉLÉVISION : « ... mais parmi la population de Bagdad, une rumeur s'est répandue ce matin selon laquelle ces hommes seraient en réalité des agents de la CIA. C'est pour cela que certaines personnes... tirer pour éloigner la foule. La situation est devenue extrêmement tendue et dangereuse, y compris pour les journalistes, surtout les journalistes occidentaux. Nous vous rappelons qu'il s'agit de la seizième voiture piégée qui a explosé ici à Bagdad. C'est tout. Nous rendons l'antenne à Rome ».

LES JOURNALISTES

TIZIANO : Il faut que tu comprennes un point important : ma façon de travailler consiste à lire énormément, et à lire énormément de livres sur l'Histoire. Tu verras : ma bibliothèque est remplie de livres sur l'Indochine et l'histoire coloniale. C'est avec ces bagages que je m'orientais. J'emmenais mes livres avec moi, ou je rentrais à la maison et je lisais.

Le fait d'actualité, on doit le replacer dans son contexte, ou alors on ne comprend rien. C'est pour ça qu'il est extrêmement important de se préparer. Si on ne comprend pas l'histoire, on ne comprend pas l'actualité. Si on ne fait que décrire les faits, on raconte des mensonges, on raconte ce qu'on voit au microscope alors qu'on a besoin d'une longue-vue. La formation d'un journaliste n'est certainement pas facile, et c'est pour cette raison que je suis contre toutes les écoles de journalisme. Elles font le contraire de ce que je suis en train de te dire : elles enseignent les techniques, elles enseignent comment attaquer un papier, comment le conclure avec brio, comment l'écrire rapidement. Un journaliste a besoin, au contraire, d'un bagage éclectique et, ce bagage, on se le forge soi-même, en s'appuyant sur une culture historique et économique qu'on n'apprend pas dans une école de journalisme. C'est absurde de faire une école de journalisme, c'est comme s'inscrire à une faculté de poésie. Qu'y apprend-on ? Qui nous apprend à devenir poète ?

En ce sens, j'ai toujours eu une grande admiration pour les Anglo-Saxons qui se sont toujours très bien préparés. Ils sont issus d'une longue tradition, et cela m'a frappé, non seulement chez les journalistes, mais également chez les photographes. Philip Jones Griffiths m'avait vraiment impressionné lorsque nous étions partis ensemble au Cambodge. Il avait lu tout ce que j'avais lu, il savait sur le Cambodge tout ce que je savais : et ce n'était pas pour écrire sur le pays, mais pour le photographier ! Et ça, c'est grand. D'ailleurs, il a été l'un des plus grands photographes qui soient. Il est nécessaire de comprendre ce qui est derrière les faits pour pouvoir les représenter. Prendre une photographie – clic ! –, ça, tout le monde sait le faire.

FOLCO : Le métier du journaliste était-il pris au sérieux de ton temps ?

TIZIANO : Tu sais, c'était l'époque héroïque du journalisme… avant que le journalisme devienne du spectacle, par la force des choses, en cherchant à imiter la télévision qui a fini par totalement le détruire.

À cette époque, on écrivait vraiment. Malheureusement, la télévision – réduisant la durée d'attention que l'homme est désormais capable de consacrer à une tâche – a contribué à transformer les journaux en contenants fourre-tout, qui demandent une attention de trois minutes seulement, comme un spot publicitaire : tout se perd dans la grande macédoine des événements qui surviennent dans le monde. Sans parler du problème terrible – partout présent – de la surabondance de tous ces produits qui sont là, à notre disposition, pour qu'on ait « le choix ».

Aujourd'hui, il est impossible d'écrire des articles longs comme on le faisait autrefois. Alors, quelle est la tendance ? Faire du spectacle. Ne pas essayer d'aller en profondeur. Créer une mise en scène : un petit machin de rien du tout, avec une photographie, une histoire à sensation. Un point, c'est tout, fini, on n'en parle plus. Cette situation reflète la fabuleuse décadence de la mission journalistique elle-même. Je crois, en effet, qu'il serait impossible aujourd'hui de faire ce que je faisais de mon temps, ce que nous faisions, car il n'y a plus le même espace.

Vois-tu, lorsque j'étais au Vietnam, j'écrivais aussi pour *L'Espresso* : je remplissais deux pages – avec une belle carte brillante et quelques photos – de ce journal qui était à l'époque plus important que le *Corriere della Sera*. J'écrivais de longs articles où je racontais tout ce que je voyais, où je donnais mes impressions. Dès le début, j'ai appris qu'à partir d'un petit épisode, on peut raconter une grande histoire, car l'histoire racontée à travers une expérience personnelle, à travers une petite anecdote de la vie d'un homme ou d'un village, peut expliquer bien plus qu'une phrase comme : « Hier, six mille morts… » Ces six mille morts, personne ne les voit, alors qu'*un seul* mort, qui avait une famille et des enfants, cela touche les lecteurs.

Tu sais, je voulais raconter aux autres les images qu'ils ne voyaient pas, les sons qu'ils n'entendaient pas, les odeurs qu'ils ne sentaient pas. C'est comme à la télévision : même les morts ne nous impressionnent plus, même le sang, d'un rouge pourtant très vif, ne ressemble plus à du vrai sang. C'est tout autre chose, en revanche, si on s'implique personnellement dans l'événement qu'on a vu. Ça change tout parce que le journaliste transmet une émotion personnelle au lecteur. Et ça, je l'ai compris très tôt. Je l'ai appris notamment grâce aux grands journalistes que j'ai connus.

C'est à cette époque que sont nés mes grands mythes, les morts et les vivants. D'abord le mythe de Bernardo Valli, dont je t'ai déjà parlé. Puis le mythe de Jean-Claude

Pomonti que je lisais dans *Le Monde* lorsque j'étais au Vietnam. C'était un homme qui connaissait bien le Vietnam. Tu te rends compte : Jean-Claude était parti là-bas en tant qu'objecteur de conscience, il parlait très bien le vietnamien, il avait épousé une de ses élèves vietnamiennes, et il habitait avec la famille vietnamienne de sa femme. Tu comprends, il était *à l'intérieur* du pays, ce n'était pas un de ces hommes parachutés là pour deux semaines.

Et puis, des hommes comme Martin Woollacott du *Guardian*, dont j'admirais la froideur, et sa manière d'analyser les événements sous un angle historique, sans jamais se laisser aller, dans le plus pur style anglais. Et quelques grands journalistes américains, comme David Halberstam et tous ceux qui s'étaient opposés à la guerre, parmi lesquels mon sympathique adversaire et collègue, dont j'ai été le seul grand ami car les Américains avaient du mal à être amis avec lui : Sydney Schanberg, du *New York Times*.

J'avais lu leurs livres à la bibliothèque de la Columbia University, puis j'étais parti au Vietnam, et voilà que je me trouvais nez à nez avec eux ! Jean-Claude est plus jeune que moi : c'est un garçon sympathique, pas du tout prétentieux, très modeste, toujours en babouches. Il ne portait jamais de chaussures ! Il y avait un autre grand journaliste, avec qui je n'étais jamais d'accord, mais qui était quand même un grand bonhomme, c'était Bob Shaplen. Il était plutôt de droite, peut-être même lié aux services secrets américains, mais c'était un homme qui avait de l'étoffe. Il écrivait pour le *New Yorker* : chacun de ses articles était un long essai sur un sujet donné.

Il y avait toujours quelque chose à apprendre, et c'était très important pour moi, car cet apprentissage a déterminé la façon dont j'ai travaillé par la suite. Plus tard, j'ai trouvé ma propre formule. Mais ces hommes ont été mes aiguillons. Je considérais le métier de journaliste comme une mission très importante, et je pense qu'il le serait encore si on réussissait à faire du vrai journalisme.

Le problème, c'est que tout est pollué désormais. La proximité du pouvoir, la nécessité d'être protégé par le pouvoir ont créé une situation qui n'est plus la même qu'autrefois, lorsque la force du journalisme était son indépendance. Je veux dire également une indépendance économique. Lorsque les journalistes dépendent de la publicité – comme c'est le cas en Italie – et que la publicité est entre les mains de ceux qui ont le pouvoir politique, comment peut-on être libre ? Lorsque les journaux appartiennent à de grandes entreprises contre lesquelles on ne pourra jamais s'opposer en tant que journaliste, et qui ont leurs propres intérêts politiques, comment peut-on faire du vrai journalisme ?

Quand tu penses, au contraire, que *Le Monde* appartient à des journalistes, que le *New York Times* appartient à une vieille famille qui tient énormément à son indépendance, que le *Washington Post* appartenait à une dame issue d'une grande famille bourgeoise, eh bien, ça change beaucoup de choses. Beaucoup de choses. En effet, le Watergate aurait été impossible si le *Washington Post* n'avait pas appartenu à Mme Martha Graham, parce que des relations politiques seraient aussitôt entrées en jeu, et on aurait dû supprimer toute cette histoire. Et c'est vrai que les Américains ont perdu la guerre du Vietnam entre autres à cause de la presse. Car, à cette époque, la presse était libre, c'était une presse qui regardait, qui voyait, qui fouillait.

Lorsque j'ai commencé à écrire, au Vietnam et en Chine, il y avait encore cette idée de faire du « journalisme d'investigation ». Par exemple, il y avait dans le commandement militaire de Saigon ce qu'on appelait *The five o'clock Folly*, la folie de cinq heures de l'après-midi. Tous les jours, à cinq heures, un général américain arrivait et racontait ce qui s'était passé pendant la journée : une attaque ici, une attaque là, une bataille, qui avait fait tant de morts. En tant que journaliste, on avait deux solutions : on pouvait, surtout si on travaillait pour un quotidien, se retirer dans sa chambre et réécrire ce que le général avait dit ; puis on passait la soirée dans un bar et le travail était bouclé. Ou bien, si on était curieux, on prenait le nom du village, on quittait la conférence de presse, et on allait vérifier si cette histoire était vraie.

Et que fait-on aujourd'hui ? Personne ne se comporte de cette façon, on n'a plus le temps, ça n'intéresse plus personne. Et cette évolution en dit long.

Un journaliste doit être quelqu'un d'arrogant, en un sens, quelqu'un qui sent qu'il est libre, qu'il ne dépend pas du pouvoir. Dans toutes les situations que j'ai vécues, même lorsque j'ai été arrêté en Chine, j'ai toujours dit : « Allez-y, faites ce que vous voulez ! Après j'écrirai. » Et ce sentiment d'avoir un droit presque divin de raconter sa propre vérité, eh bien, ce sentiment donne beaucoup de force.

FOLCO : Comment sont les rapports entre journalistes ? Vous vous retrouvez pour bavarder, vous discutez de vos différentes analyses, vous échangez des informations ?

TIZIANO : Il y a une grande solidarité, lorsqu'on n'est pas en concurrence, évidemment. Au Vietnam et en Indochine, en particulier, il y avait une réelle *camaraderie*[1]. Nous étions vraiment comme une tribu ; nous avions une très forte conscience de ce que nous faisions et nous cherchions à nous défendre. Je me souviens, par exemple, lorsque la CIA a commencé à se déplacer avec des voitures où était inscrit le mot

1. En français dans le texte.

« Press », et qui transportaient des hommes habillés en journalistes et en photographes, avec des vestes pleines de poches, mais au lieu de ranger dans ces poches un appareil photo, ils cachaient une mitrailleuse : bon sang, nous nous étions vraiment insurgés ! Nous avons protesté contre l'ambassade américaine. Bref, nous avions le sentiment de constituer une caste.

Et puis les relations entre les gens étaient toujours compliquées. Les Américains, notamment, étaient en concurrence terrible les uns avec les autres ; alors, si quelqu'un avait un bout d'information, il n'allait pas forcément nous en parler au déjeuner. L'épisode de Sydney et des barques est amusant : il montre jusqu'où un journaliste pouvait aller pour garder l'exclusivité de son histoire.

Il rit.

Sydney Shanberg avait appris… Tu sais, à l'ambassade américaine de Phnom Penh, il y avait des assassins qui dessinaient ce qu'ils appelaient *the boxes*, les boîtes. À partir des données de l'espionnage et des informations recueillies sur le terrain, disant : « Il y a une compagnie de Khmers rouges à tel endroit de la jungle… », ils dessinaient un rectangle sur la carte du Cambodge, qu'ils appelaient *the box*, et que les B-52 avaient le droit de pilonner. Mais personne ne contrôlait jamais si, dans cette *box*, se trouvaient par exemple des villages. Et que se passait-il ? Il se passait que les Américains, de là-haut, partaient du début du rectangle et lançaient leurs bombes sur toute la *box*. Un pilonnage atroce qui durait cinq minutes : bam, bam, bam, bam, poum ! Et, à la fin, ce n'était plus qu'une terre brûlée. Il n'y avait plus de jungle, il n'y avait plus d'arbres, il n'y avait plus de villages.

Or, une fois, soit la *box* n'avait pas été décrite correctement, soit les B-52 avaient mal lu sa description, en tout cas, au lieu de bombarder une compagnie de Khmers rouges, ils bombardèrent tout un village allié du gouvernement, et tuèrent tous ses habitants. Quel massacre, quel massacre !

Je ne me souviens plus très bien comment Sydney avait eu vent de cette histoire. Mais il y avait un truc que les journalistes avaient découvert, et qu'il m'était également arrivé d'utiliser. À cette époque, les communications n'étaient pas aussi modernes qu'aujourd'hui avec les satellites ; il y avait un petit avion américain appelé Spotter qui volait à basse altitude et transmettait les ordres aux B-52. Un jour, quelqu'un avait découvert la fréquence sur laquelle ce Spotter transmettait les informations aux pilotes, ou communiquait avec l'ambassade. Comme nous écoutions la BBC sur de petites radios portables, et que la longueur d'onde de la BBC nous permettait d'entendre le son de la voix du pilote du Spotter en train de parler avec l'ambassade, nous savions tout ce qui se passait. Il se peut que Sydney ait entendu le Spotter dire : « Putain, c'est un massacre ! Vous vous êtes trompés ! »

L'endroit qui avait été bombardé se trouvait sur une petite île, disons à une centaine de kilomètres plus au sud, le long du Mékong. Alors, Sydney, ayant appris qu'il s'était passé quelque chose de très grave, se rendit aussitôt près du fleuve, loua une barque et paya tous les autres loueurs de barques pour qu'ils rentrent chez eux, afin que les autres journalistes ne puissent pas le suivre et qu'il garde, lui, l'exclusivité de l'histoire.

Folco : Et toi, tu es allé voir ?

Tiziano : Non, parce que, quand je suis arrivé près du fleuve, les bateaux avaient déjà disparu.

Il rit.

La nouvelle parut dans tous les journaux du monde sous le nom de « massacre de Neak Leong ». Cela te montre l'habileté de Sydney. C'était un grand journaliste, un grand journaliste courageux. Il n'avait pas froid aux yeux.

Lorsque je regarde, aujourd'hui, les conférences de presse du Pentagone, j'ai vraiment de la peine en voyant la servilité et le manque d'agressivité de ces soi-disant « journalistes », qui ne sont en fait que des larbins. Tous les jours, ils restent là, assis dans leur fauteuil, à attendre que des hommes de pouvoir comme Rumsfeld arrivent et leur disent, en les appelant par leur prénom : « Alors, Al, Sam, Bob, John !… » Sydney ne ratait jamais une occasion. Pendant les conférences de presse de l'ambassade américaine, il se levait et posait les questions essentielles. Il les agressait pour les mensonges et les vérités déformées qu'on nous racontait. Il plongeait l'ambassade dans un grand embarras car il dénonçait leur hypocrisie. Tu sais, cette guerre était vraiment une sale guerre.

FOLCO : Les Américains vous racontaient des bobards ?

TIZIANO : Les Américains nous racontaient d'énormes bobards. Pendant la guerre du Cambodge, on était peut-être en 1973-1974, les Américains s'étaient mis en tête de convaincre la presse occidentale que trois des célèbres chefs de la résistance cambodgienne – trois intellectuels qui s'appelaient Khieu Samphan, Hou Yuon et Hu Nim, et un autre qui s'appelait Saloth Sar et qui fut connu plus tard sous le nom de Pol Pot – étaient en vérité ce qu'ils appelaient alors « *the ghosts* », des fantômes imaginaires, des figures inventées de toutes pièces qui ne pouvaient donc mener aucune résistance. Les Américains disaient que Khieu Samphan n'existait pas, que c'était le nom d'un personnage qui changeait en permanence. Ils le tuaient et un autre prenait son nom. On disait d'ailleurs la même chose du Coréen Kim Il-sung, non ? On disait que le Kim Il-sung que nous avions connu n'était pas Kim Il-sung. Oui, bien sûr, il y avait eu un homme qui s'appelait Kim Il-sung, un héros qui avait été tué ; puis un autre avait pris sa place, s'était appelé Kim Il-sung, et était mort ; puis un autre encore avait pris le nom de Kim Il-sung, et ce Kim Il-sung était devenu le président de la République populaire de la Corée du Nord.

FOLCO : Comme c'est drôle ! Une histoire similaire circulait sur les cinq Saddam.

TIZIANO : Mais moi, à cette époque, j'étais allé voir le *frère* de Khieu Samphan, qui m'avait dit : « Non, non. Mon frère existe bel et bien. Je le sais, moi. » Tu comprends ? Les Américains inventaient tellement de bobards ! Dès cette époque, l'ambassade inventait tous les mensonges classiques dont les Américains sont désormais les spécialistes ; et finalement, on ne croyait même plus certaines histoires qui étaient pourtant vraies, comme celles des massacres. Ils nous disaient que les Khmers rouges entraient dans un village contrôlé par le gouvernement, et qu'ils décapitaient toutes les maisons pour qu'elles soient toutes à la même hauteur. On se disait : « Mais ce n'est pas possible qu'ils décapitent les maisons pour qu'elles soient toutes pareilles ! Ce n'est pas possible, ce sont des blagues ! » Et pourtant, non, ce n'étaient pas des blagues. Et alors ? Incroyable, non, que ces hommes entrent dans les villages et coupent toutes les maisons à la même taille !

Je ris.

On se disait : « Mais ils sont fous ! » Alors qu'en fait, les Américains avaient raison. Ils nous racontaient cette histoire et cette histoire était vraie.

À la fin de la guerre, dans la région située à la frontière entre le Cambodge et la Thaïlande, des dizaines de personnages mystérieux apparurent soudainement : ils faisaient partie de la CIA, c'étaient d'anciens missionnaires, tous anticommunistes à mort, et c'étaient eux qui avaient annoncé le grand bain de sang du Vietnam, qui n'a cependant pas eu lieu. Car il faut bien tout replacer dans son contexte. Tous ces hommes avaient dit : « Lorsque les communistes arriveront, ils tueront toutes les femmes, toutes les putes… » Or personne ne fut tué à Saigon. Pas une seule âme. Alors, quand ces personnages mystérieux commencèrent à annoncer que, à Phnom Penh, les communistes tuaient tout ce qui leur passait sous la main, certains disaient : « Mais je suis désolé, vous nous avez dit que ça allait se passer là-bas, maintenant vous dites que ça se passe ici… »

Il y avait un type qui écrivait, tu sais, des histoires prétendant que les communistes mangeaient les enfants : je l'avais surnommé *Bloodbath*, Bain de Sang.

Pour couronner le tout, il y avait un missionnaire célèbre qui avait placé une petite table dans les endroits où on logeait les réfugiés pour les interviewer. Et les réfugiés racontaient : « Oui, je les ai vus éventrer des dizaines de personnes. Voilà comment ils ont tué ma grand-mère. Ils prenaient les enfants par une jambe et les balançaient contre les arbres… » Bon sang, cela nous paraissait impossible ! Puis, une fois qu'ils avaient témoigné, ces réfugiés touchaient de l'argent, parce que, les pauvres, ils n'avaient rien. Mais des dizaines d'autres réfugiés avaient assisté à ces témoignages, parce que tout le monde restait là pour écouter, tu comprends ? Alors, c'était le tour du réfugié suivant qui se mettait à raconter les mêmes histoires : « Ils prennent les enfants… »

On rit.

Tout était tellement suspect et inauthentique qu'un homme comme moi, suspicieux par nature envers tout ce qui est officiel, ne pouvait pas y croire. Et pourtant, sur ce point, ils avaient raison. Ces Khmers rouges étaient vraiment des assassins.

FOLCO : Papa, il y a une autre question que je voulais te poser. Comment as-tu fait ton travail ?

TIZIANO : En fait, je n'ai jamais travaillé. J'ai fait ce qui me plaisait, et figure-toi qu'en plus, on me payait pour le faire ! Mais je n'ai jamais considéré mon travail comme un poids, comme quelque chose d'aliénant : tu vends ton temps, tes journées, donc le salaire qu'on te donne est comme une récompense parce qu'on t'a volé quelque chose. Je n'ai jamais considéré les choses sous cet angle. Pour moi, être journaliste, c'était aussi un prétexte pour vivre d'autres choses, pour m'amuser.

FOLCO : Dans les pays où tu as vécu, tu t'es fait des amis, tu as appris la langue locale et souvent, même, tu t'habillais comme les gens du pays. En Chine, tu étais habillé en Chinois, et en Inde, tu commençais à t'habiller en Indien. Pourquoi ?

TIZIANO : C'est toujours le même problème : refuser d'être « l'autre », refuser d'être un intrus, refuser d'être parachuté là quelque part. Refuser d'être un touriste qui débarque, grappille des informations, prend des photos, achète un souvenir et repart. Il faut entrer ! Tu ne sais pas ce que ça veut dire. Une fois, ta mère et moi sommes allés à Peshawar, à la frontière avec l'Afghanistan. Tu sais que j'aimais acheter des tapis, n'est-ce pas ? Grâce aux tapis, on rencontre un type, ce type nous invite chez lui, et nous garde à dîner. On apprend tellement de choses sur place. Et, en plus, c'est amusant de chercher des tapis. On donne un ordre et toute la ville se met à chercher des tapis. Ils arrivent sur des chameaux, tout poussiéreux, et après, on les trie. C'est un moyen pour entrer dans un pays, non ? Et le pays offre alors un visage plus humain. La façon de voyager du journaliste, ce n'est pas seulement de voyager à la recherche de quelques événements qu'il racontera par la suite dans son article. C'est une vision de la vie. Si tu savais quelle joie on peut éprouver quand toute la famille de celui dont on achète le tapis nous témoigne son affection. Il est évident qu'il y a aussi un rapport d'intérêts économiques. Je leur achète un tapis splendide. Mais il y a aussi des relations humaines qui se créent entre nous. Pour pouvoir acquérir ce tapis, je suis resté des heures à boire le thé dans cette arrière-boutique, puis, un soir, le marchand nous a invités chez lui. Ta maman a été prise en charge par les femmes qui l'ont emmenée dans leurs appartements ; elle a mangé avec elles et elles lui ont raconté leurs histoires de femmes musulmanes. Ce n'était pas une étrangère. Et moi, je suis resté avec lui, et nous avons parlé.

Donc, tu comprends bien que ce genre d'expériences, on ne peut pas les vivre si on arrive entre cinq et six, habillé comme un diplomate, avec toute une escorte. Tu découvriras que l'effet caméléon est toujours très utile. Car la réaction première des gens est une réaction de résistance. « Qui c'est, celui-là ? Que nous veut-il ? Il ne parle pas comme nous, il ne se comporte pas comme nous… » Mais si on apprend à les saluer – tu ne peux pas savoir combien un musulman apprécie qu'on le salue avec un *Salam aleikum* –, on est alors classé dans une autre catégorie, et des relations plus authentiques se tissent aussitôt. Ce qu'on doit gagner également, c'est la confiance des gens, et on ne peut le faire qu'à la seule condition de ne pas être parachuté dans le pays en emmenant son téléviseur neuf. Ce n'est pas comme ça que ça marche.

Voici ce que j'en pense : il suffit de suivre un fil, pourquoi pas le fil des tapis, et ce fil nous apprendra beaucoup plus de choses que toutes les politiques. Je suis désolé, mais si quelqu'un veut comprendre l'Italie d'aujourd'hui, le fera-t-il en écoutant ce qu'on dit à la télévision ? Il n'y comprendra rien. Écouter ceux qui disent toujours les mêmes conneries, ce n'est pas cela, l'Italie ! Si, au contraire, cette même personne se met à voyager dans le pays, elle verra l'Italie, non ? Ce comportement, je l'ai toujours eu de manière instinctive : partir, partir ! Lorsque notre chien Baolì s'est enfui à Tokyo, et que je suis parti à sa recherche, j'en ai appris plus sur le Japon que grâce à tout ce que j'avais vu en cinq ans de vie dans ce pays : sur la bureaucratie, sur l'organisation, sur la perfection des choses, sur la cruauté, tout.

FOLCO : Ce n'est pas facile de comprendre la vérité d'un pays.

TIZIANO : Je dois avouer très sincèrement que j'ai toujours méprisé les Anglo-Saxons qui prétendaient être objectifs. C'est du pipeau ! Je n'ai jamais dit que j'étais un journaliste objectif, parce que je ne le suis pas. Parce que personne n'est objectif. Même ceux qui prétendent l'être sont faux et hypocrites. Comment peut-on être objectif ? On ne l'est jamais. Car, comme nous le montre Kurosawa dans son film *Rashômon*, une même histoire vue par six personnes différentes donne six histoires différentes. La façon dont je regarde un événement, les détails que je choisis, les odeurs que je sens sont un choix personnel qui influencent énormément mon propre jugement.

Par ailleurs, pourquoi devrais-je prétendre être objectif ? Quelle valeur a cette objectivité ? Il est bon que le lecteur sache qu'on n'est pas objectif, qu'il sache ce qu'on pense. Le premier livre que j'ai écrit, *Pelle di leopardo*, est extrêmement personnel, bourré de points de vue, débordant d'émotions et d'impressions que j'avais sur la guerre. Il y a les faits, mais les autres faits, ce sont mes émotions. Au Vietnam, tu veux que les Viêt-congs remportent la guerre. Tu es pour les Viêt-congs, et non pour les Américains. Il est beaucoup plus honnête de dire que tu es tout à fait subjectif en expliquant ta subjectivité, plutôt que de prétendre être objectif sans jamais l'être.

FOLCO : Attends, je veux approfondir cette idée, qu'on ne peut pas être objectif.

TIZIANO : Parfois, on se retrouve devant des situations épouvantables. Tu trouveras dans ces boîtes quelques photos de mon voyage en Birmanie, bien des années plus tard. Il y a deux ou trois photographies absolument dramatiques, que j'ai prises avec un téléobjectif parce que sinon on me tirait dessus : dans le lit d'un fleuve, on voit des groupes de jeunes gens enchaînés en train de casser des pierres. C'étaient des étudiants dissidents envoyés aux travaux forcés pour construire une route, ils étaient tous enchaînés. Enchaînés ! Cela te donne une idée du régime militaire effrayant de la Birmanie. Je me suis approché : ils avaient tous la malaria, ils puaient, ils étaient jaunes et fiévreux.

FOLCO : Qu'avaient-ils fait ?

TIZIANO : C'étaient des dissidents de l'université. Ils avaient protesté. Comment peux-tu être objectif ? Le journaliste anglais va voir les militaires et leur dit : « Alors, comment se fait-il que vous soyez ici avec tous ces gens enchaînés ? »

« Ben, vous savez, ils se sont révoltés contre le gouvernement. »

Puis, il va parler avec les dissidents qui lui disent : « Il y a déjà au moins trois cents morts de malaria. »

Il retourne auprès du général et lui dit : « Ils me disent qu'il y en a au moins déjà trois cents qui sont morts. »

« Mais pas du tout, ils mentent ! Il y en a eu vingt, et ils sont morts de dysenterie. »

Alors, le journaliste écrit tout, et toc ! l'article est terminé. Objectif ? Tu veux rire !

FOLCO : Comment ? L'article ne dit rien ?

TIZIANO : Il ne dit rien, c'est clair ? Il n'y a pas d'objectivité.

Folco : Ou plutôt, il est objectif, mais il ne règle pas le problème.

Tiziano : Il n'est même pas objectif.

Folco : Si, dans un certain sens, il l'est. Il raconte ce que disent les uns et ce que disent les autres.

Tiziano : Mais le cadre est complètement déformé et il ne dit rien, non ?

Folco : Je ne comprends pas. Il dit ce qu'ont dit les uns et les autres.

Tiziano : D'accord, mais le *cadre*, la vérité ne se trouve pas dans ce que disent ces deux pauvres types, non ? D'un côté, les militaires doivent dire les conneries pour lesquelles on les paie, sinon ils vont en prison. Et, d'un autre, les prisonniers doivent dire : « Tout va bien, la soupe est excellente », parce que, sinon, dès qu'on a le dos tourné – paf ! –, on leur flanque un coup sur la tête. Et toi, tu as raconté ce qui s'est passé ? Tu n'as raconté que des conneries.

Longue pause. Je ne suis pas encore convaincu. J'insiste.

Folco : Alors, comment doit-on la raconter, cette histoire ?

Tiziano : Avec son cœur. En s'impliquant. En se mettant dans la peau de ceux qui sont enchaînés. Et puis, on doit se demander s'il n'y a pas une solution pour le régime militaire de la Birmanie, qui soit différente, cependant, de la solution trouvée pour la Thaïlande.

Regarde comment les médias couvrent la guerre en Irak. Ils sont objectifs ? Non. On ne trouve pas la réponse dans les faits. On la trouve dans quelque chose de plus profond, qui est, dans ce cas précis, la culture et l'histoire, des sujets auxquels je me suis toujours intéressé. Je ne partais jamais quelque part sans emmener avec moi une mini-bibliothèque remplie d'ouvrages écrits par des hommes qui avaient voyagé dans cet endroit avant moi, d'un jésuite qui avait vécu là-bas pour se laisser raconter l'âme du pays.

Plus tard, j'ai réalisé que les faits ne m'intéressaient plus. Et c'est sur ce constat que j'ai arrêté de faire du journalisme.

FOLCO : Ah, ça ne t'intéressait plus d'aller voir ce qui se passait ?

TIZIANO : Non, plus du tout. Non, parce que j'avais déjà tout vu : c'est toujours pareil, toujours la même chose. Folco, trente ans après, il suffit d'aller aujourd'hui en Irak – je n'y suis pas allé, mais je lis ce qu'écrivent mes jeunes collègues – pour comprendre que c'est exactement la même chose qu'au Vietnam. Quelqu'un arrive pour faire une conférence de presse et dit : « Tous ennemis. Aujourd'hui, on en a tué vingt-quatre. Méchants ! Nous avons récupéré les armes qui avaient été cachées. Ils avaient même un million de dinars… » C'est exactement la même chose que ce que j'ai entendu il y a trente ans, la même chose. La même chose. Et si on regarde la guerre d'Aceh, que ces canailles d'Indonésiens mènent contre les pauvres, contre un groupe qui veut être indépendant, c'est la même chose, partout, partout.

Alors, qu'est-ce qui m'intéresse ? La même guerre, les mêmes discours, les mêmes morts. Et la même détermination absurde de la part de ces hommes… Tu vois, ce général américain, c'est un méchant, il dit les mêmes choses, comme au Vietnam. Les mêmes choses.

Je me tords de rire.

Et je devrais décrire ce type de choses ? Mais allez vous faire foutre !

FOLCO : Effectivement, si c'est pour décrire exactement la *même* chose, je comprends.

TIZIANO : La même chose. Prends le Tibet et la Chine. Aujourd'hui, le dalaï-lama était à Castel Gandolfo – on n'en parle même pas dans les journaux – pour rencontrer le pape. Depuis trente ans, chaque fois que le dalaï-lama part à l'étranger, les Chinois protestent parce qu'il est reçu par différents gouvernements. Les gouvernements disent : « Nooon, nous le recevons seulement parce qu'il est gentil, parce que c'est un leader spirituel ! » Le dalaï-lama passe, il fait ce qu'il a à faire, puis il rentre chez lui. Dans trois ans, il partira pour une nouvelle capitale, les Chinois protesteront, et le gouvernement qui recevra le dalaï-lama dira : « Non, nous le recevons seulement parce que… » Et ainsi de suite. Tout se répète.

Tout se répète avec exactement les mêmes mots. Cela ne m'intéresse plus, cela ne m'intéresse plus. Et si, par hasard, il te vient soudain une idée fulgurante, si tu entrevois… Comment peux-tu te mettre à parler de la bataille de Fallujah, ou de celle de Nassiriya ? Dans dix ans, tu ne t'en souviendras même pas… Il y aura une autre bataille dans un autre Tombouctou, la même, exactement la même bataille.

Je ris.

Et il y aura un général américain qui dira : « Aujourd'hui, nous avons tué trente ennemis. Voici leurs oreilles ! » Parce que c'est comme ça.

Au Vietnam, ils montraient les oreilles des cadavres. « Nous les avons tués pour de vrai ! Voici leurs oreilles ! »

Toi aussi, tu le vois bien. Si quelqu'un te le fait remarquer, tu te rends compte que c'est comme ça. La bataille de Nassiriya ! Sais-tu combien de batailles ont eu lieu ? Quang Tri, Huê, toutes ces batailles héroïques. Les uns fuient, les autres les tuent, des montagnes de morts. Puis les bulldozers passent pour emporter les cadavres. Mais aujourd'hui, il y a Nassiriya, dans dix ans, ce sera un nouveau Tombouctou quelque part dans le monde, avec le même général américain qui dira : « Aujourd'hui, nous en avons tué cinquante. Un groupe de terroristes… »

Cela me fait rire, mais rire ! Et puis, il y a ceux qui prennent des notes : « Excusez-moi, mais vous êtes certain que ce n'était pas un mariage ? »

« Oui, absolument certain. La mariée n'était pas là. »

Je ris.

Non, mais c'est comme ça, Folco, c'est comme ça.

Nous rions tous les deux.

Tu sais, ces conférences de presse à la Maison-Blanche. L'homme arrive, tout maquillé, parce que son front ne doit pas briller. L'homme…

FOLCO : Tu ne les prends pas vraiment au sérieux, ces gens-là.

TIZIANO : Non, pas du tout. Je ne prends plus rien au sérieux. Ces gens me font tout simplement rire. Et ils me font aussi de la peine, parce qu'ils ont renoncé à une chose fondamentale : l'imagination.

Un silence. Papa réfléchit.

C'est pour ça qu'il m'a été vraiment facile de décider, un beau jour, de fermer boutique et d'arrêter tout. Avec mon livre *In Asia*[1], j'ai tiré un trait sur le journalisme. J'ai voulu faire une sorte de testament, qui signifiait : « De mon temps, moi, à cette époque-là, dans cette partie du monde, j'ai été ce journaliste-là. Sans prétendre être objectif. » C'est ainsi que j'en ai fini avec le journalisme. Terminé.

Et puis, si tu lis les *Lettres contre la guerre*[2], je

---

1. Tiziano Terzani, *In Asia* [*En Asie*], Longanesi, 1998.
2. Tiziano Terzani, *Lettres contre la guerre*, Liana Levi, 2002, pour la traduction française.

n'allais pas avec les autres journalistes qui avaient des téléphones satellite et des appareils photo numériques. Tout ce que tu lis – dans la mesure où j'ai pu tout vérifier – est vrai. Mais les *Lettres* sont le dernier cri du journaliste : parce que, oui, je vais là où les bombes sont tombées, mais en vérité, je le fais pour essayer de comprendre ce qu'il y a derrière, n'est-ce pas ? C'est ce que j'ai toujours essayé d'expliquer : les motivations des autres. Ce n'est pas le livre d'un journaliste, c'est le livre d'un homme qui se met à tirer contre la guerre, pour la paix. Le journaliste doit être froid, il doit raconter les faits, mais ensuite, ces faits ne lui servent à rien. Tu lis, tu tournes la page, tu bois ton cappuccino, et c'est tout.

En revanche, si, à partir d'un épisode, on arrive à sortir des émotions, des colères, et qu'on *explique* les choses, alors je crois qu'on peut ouvrir les yeux à plein de gens et les aider à comprendre. Tu me diras : « Comprendre à ta façon ! » Eh bien, je dirais, moi : « Voici ce que je pense. À toi de choisir ton camp. Mais moi, voilà ce que je pense, et je ne prétends pas être objectif. »

C'est un point important, tu comprends, non ?

FOLCO : Oui.

TIZIANO : Maintenant, j'aimerais bien lire cinq minutes le journal. Je me sens… Merci, excuse-moi.

Je m'apprête à partir, mais je reviens.

FOLCO : Alors, Papa, comment était ton métier ?

TIZIANO : Clair, très clair. J'avais un très cher ami, Salomon Bouman, un juif que j'avais connu à La Haye lorsque je travaillais pour Olivetti. Son histoire est magnifique. Il avait survécu parce que sa famille l'avait caché dans une famille de paysans hollandais qui le traitaient comme un des leurs. Mais un jour, un officier SS est arrivé : il a contrôlé toute la famille et a découvert que ce petit garçon n'avait rien à voir avec eux. Et mon ami se souviendra toute sa vie – il avait cinq ou six ans à l'époque – que cet officier l'avait pris sur ses genoux, l'avait caressé, l'avait regardé, et lui avait dit : « Mais tu es juif… » Alors son monde s'était soudain écroulé. Il s'était dit qu'il allait mourir. Mais l'officier allemand s'était levé et s'en était allé. Et lui, il a survécu.

Salomon Bouman est ensuite parti comme journaliste en Israël – moi, je n'étais pas encore journaliste – et il a prononcé cette phrase qui a été mon viatique : « Voyager dans le monde à la recherche de la vérité. »

Voilà ce qu'est le journalisme.

J'ai fait ce métier avec une très forte détermination, avec une grande joie également, parce que je cherchais la vérité dans les faits, dans le passé, dans l'exactitude des faits.

« Ici, combien de morts ? »

« À quelle heure ? »

« Qui a tiré le premier ? »

C'était quelquefois très difficile. Parfois, on voyait clairement que les autres mentaient et on creusait pour chercher l'exactitude des faits, comme si cette exactitude était une religion, comme si l'atteindre était la chose la plus importante de notre vie.

Et puis, je me suis rendu compte que, oui, bien sûr, mentir ne servait à rien, que c'était horrible. Mais que cette exactitude était tout aussi inutile, qu'elle ne servait à rien, puisque cette vérité que je cherchais n'était pas dans les faits, mais dans ce qui était derrière les faits.

Et c'est à ce moment-là que j'ai pris la tangente.

AU CAMBODGE

TIZIANO : En même temps que la guerre du Vietnam, il y a eu celles du Cambodge et du Laos. Mais avant de te les raconter, buvons d'abord un petit verre de ce vinsanto[1].

FOLCO : Ce n'est pas bon pour toi.

TIZIANO : Tout comme le Vietnam, le Laos et le Cambodge ont lutté pour leur indépendance. Les Vietnamiens les considéraient un peu comme leur arrière-cour, car le partage de l'Indochine en trois pays, ce n'est pas vraiment l'Histoire qui l'a fait, mais l'histoire coloniale. Le Laos a été inventé par les Français, c'est une invention créée sur carte. C'est exactement comme sur la carte de l'Afrique : si tu regardes aujourd'hui cette carte, tu te rends compte que les frontières ont été tracées avec une règle, elles n'ont pas de lien avec l'Histoire qui suit les confins des fleuves et des montagnes. Alors, un jour, deux puissances coloniales qui s'affrontaient ont dit : « Bon, maintenant, faisons la paix. Ça, c'est toi qui le prends, ça, c'est moi qui le prends. Tirons un trait à la règle. » Et salut tout le monde.

Il s'est passé la même chose entre le Pakistan et l'Afghanistan, mais le peuple pachtoun a été divisé. Mollah Omar est pachtoun, tout comme les talibans. Le partage entre ces deux pays a été fait par un certain

1. Vin blanc liquoreux produit en Toscane.

M. Durand, un colonel anglais qui avait été envoyé là-bas au moment où il a fallu partager l'Afghanistan et le Pakistan pour donner ensuite l'indépendance à ce qu'on appelait l'empire indien. Et cet homme a dit : « Bon, d'accord, allons-y, faisons le partage comme ceci… » C'est pour cette raison qu'il y a aujourd'hui une ligne Durand, celle que M. Durand avait tracée sur la carte, séparant ainsi le peuple pachtoun. Il s'est passé la même chose dans bien d'autres endroits, n'est-ce pas ? On comprend pourquoi des guerres entre minorités ethniques éclatent un peu partout aujourd'hui. Elles sont, entre autres, l'héritage des régimes coloniaux.

J'ai donc découvert ce pays splendide, ce pays magnifique qu'est le Laos, « le royaume du million d'éléphants », mais aussi un pays détruit, tu le sais, par les pilonnages.

FOLCO : Et le Cambodge ? Ce n'est pas là que tu as failli te faire fusiller ?

TIZIANO : Je n'aime pas raconter cette histoire car je n'ai pas envie de passer pour un héros. Sais-tu combien de journalistes se sont retrouvés dans ce genre de situations mais ne s'en sont pas sortis ? Beaucoup. Au moins trente-cinq au Cambodge, dont le fils d'Errol Flynn. Moi, j'ai pu m'en tirer, mais si je te raconte cette histoire, c'est uniquement parce que j'aime bien la fin.

J'avais enfin réussi à rencontrer les Viêt-congs au Vietnam, et c'est là qu'est né mon rêve de rencontrer les Khmers rouges au Cambodge : eux aussi, on ne les voyait que morts.

FOLCO : Tu n'avais jamais rencontré les guérilleros cambodgiens ?

TIZIANO : Non, jamais, jusqu'à la fin de la guerre. Et tant mieux. Si je les avais rencontrés, je n'aurais pas pu raconter cette histoire. Aucun de ceux qui ont essayé de les rencontrer n'ont pu raconter ce qui leur est arrivé : ils ont tous été tués.

FOLCO : Même les journalistes ?

TIZIANO : Tous, tous, tous. Tous ceux qui ont cherché à franchir les frontières ont été massacrés. Marc Filloux, un de ceux à qui j'ai dédié mon livre *In Asia*, y était allé avec une de ses amies laotiennes qui parlait bien le khmer. On a appris plus tard que dès qu'il avait mis les pieds au Cambodge, il avait été frappé à mort.

FOLCO : Ils ne voulaient pas qu'on raconte leur histoire ?

TIZIANO : Non, ils n'avaient pas cet intérêt. Ils n'en avaient rien à faire de la publicité. Nous étions leurs ennemis. Nous étions tout ce qu'ils détestaient. Nous étions ceux qui les bombardaient d'en haut. Ils les ont tous tués, tous, tous, tous. On racontait que Ishihara – un journaliste japonais, un type sympathique, grand admirateur d'Edgar Snow, qui voulait écrire une *Étoile rouge sur le Cambodge* – avait vécu pendant un certain temps avec eux, qu'on le voyait passer de temps à autre sur une bicyclette. Mais il n'y avait sûrement pas une once de vérité là-dedans. Moi, je crois qu'ils l'ont tué comme ils ont tué tous les autres, tout de suite. Les Nord-Vietnamiens et les Viêt-congs n'ont jamais touché à un seul cheveu d'un journaliste ; mais tous ceux qui ont été capturés par les Khmers rouges ont été tués, et leurs cadavres n'ont même jamais été retrouvés.

Les gens disparaissaient comme ça.

FOLCO : Et puis ces Khmers rouges ont pris le pouvoir.

TIZIANO : Le 17 avril 1975, les Khmers rouges ont pris Phnom Penh. J'ai eu de la chance parce que, si je n'étais pas sorti du Cambodge peu de temps auparavant, je n'aurais pas pu voir la fin de la guerre du Vietnam qui s'est déroulée presque au même moment. Mon ami Sydney Schanberg, par exemple, était resté bloqué dans la capitale cambodgienne.

FOLCO : Alors, tu n'étais pas au Cambodge au moment de la chute de Phnom Penh ?

TIZIANO : Non, j'ai vécu la chute de Phnom Penh en Thaïlande : j'étais à l'ambassade du Cambodge, avec tous ces Cambodgiens qui écoutaient les derniers messages de ceux qui s'enfuyaient, qui étaient tués, qui étaient fusillés dans les rues. L'ambassade avait encore un pont radio avec le dernier organe du gouvernement resté ouvert à Phnom Penh, le service de presse, d'où un ami très cher appelé Face de Lune transmettait les messages. C'était un journaliste cambodgien bien en chair, dont j'ai entendu les derniers mots, tu sais, à travers ces radios de l'époque, toutes grésillantes : « Les voici, les voici, les voici qui entrent ! Que Dieu nous sauve… » Boum ! Fini.

La chute de Phnom Penh fut un événement extrêmement dramatique. On comprit tout de suite qu'il se passait des choses terribles. J'étais désespéré car j'avais laissé à Phnom Penh Sydney et les autres : je faisais le « pigeon voyageur » pour pouvoir envoyer tous nos récits de Bangkok. Mais l'Histoire ! J'étais journaliste, je ne pouvais pas la laisser m'échapper.

Alors, j'ai eu cette idée absolument folle : comme on ne pouvait plus entrer dans Phnom Penh – l'aéroport était fermé et les Khmers rouges avaient déjà commencé à évacuer la ville, ils forçaient des millions de personnes à partir, ils faisaient des choses épouvantables –, je comptais louer une voiture tôt le matin, pour atteindre rapidement la frontière cambodgienne. De la frontière, je comptais traverser le pont au-dessus de la voie ferrée pour me rendre à Poipet, qui n'avait pas encore été prise par les Khmers rouges et, de Poipet, je comptais poursuivre à pied jusqu'à Phnom Penh pour rejoindre les autres journalistes. Je n'avais absolument pas compris qui étaient les Khmers rouges.

Ce fut terrible. J'étais à peine entré dans Poipet que je vis tout autour de moi des centaines d'autocars qui arrivaient de la capitale, remplis de gens qui fuyaient, des voitures blindées avec des soldats de l'armée du gouvernement qui avaient enlevé leur uniforme et leurs armes, des femmes et des enfants qui faisaient le dernier bout de chemin à pied pour s'enfuir en Thaïlande en passant ce pont. On me hurlait : « Va-t'en ! Va-t'en ! Fais demi-tour ! » Et moi, pauvre abruti, habillé tout en blanc, je continuais à marcher le long de la route comme si personne ne devait me reconnaître.

Puis, soudain, les premiers Khmers rouges arrivèrent. En force : ils barrèrent le pont, empêchèrent les gens de s'enfuir et commencèrent à ratisser la ville pour débusquer leurs ennemis, les soldats de l'armée de Lon Nol. Je n'avais pas peur. J'ai dit : « Je suis journaliste. » Et, très tranquillement, je suis parti faire un tour pour prendre des photos. Alors, une patrouille d'hommes très jeunes arriva. Et c'est là que je les vis pour la première fois. Cet épisode, je crois que je l'ai déjà raconté. Ils étaient gris, ils n'avaient pas la peau sombre des Khmers, ils étaient gris à force de jungle et de malaria, à force de devoir se cacher, de vivre dans des trous comme des rats sous les bombardements. Leur regard était vraiment très étrange. Ils n'étaient pas humains. Ils me virent de l'autre côté de la rue, et se mirent à hurler : « Ameriki, Ameriki, Ameriki ! CIA, CIA ! » Et ils me capturèrent.

Sur le coup, je n'ai pas eu peur. Toujours cette idée que, si tu es journaliste, tu es intouchable. Cependant, ils m'emmenèrent jusqu'au marché et me plaquèrent contre un mur. Il y avait une espèce de chef, dans les dix-huit ans, qui dit qu'il me surveillait, je compris ses paroles. Un de ces petits jeunes – il avait dans les seize ans – sortit un pistolet chinois et – poussé par une curiosité sans bornes et faisant preuve d'une immense

diligence – se mit à explorer mon visage avec ce pistolet. Il me tournait le pistolet dans les yeux. Ah, putain,
j'avais vraiment les boules ! À un moment donné, je
crus qu'ils allaient me fusiller. Ils me plaquèrent debout
contre le mur en hurlant : « CIA, CIA, Ameriki ! » J'ai
appliqué alors cette grande leçon que je t'ai enseignée
par la suite : si quelqu'un pointe un fusil sur ton visage,
souris-lui ! Je me suis mis à rire et j'ai sorti mon passeport italien, qui était vert à l'époque et que j'avais toujours dans ma poche, et je me suis mis – va savoir
pourquoi – à crier en chinois : « Non ! Je suis italien !
Je suis un journaliste italien, italien ! »

Et là encore, j'ai eu beaucoup de chance. Le marché
de Poipet était immense, et au milieu de toute cette foule
de gens qui n'avaient pas peur des Khmers rouges
parce qu'ils avaient sans doute trafiqué avec eux, un
Chinois vint vers moi. Je lui expliquai alors en chinois
que je n'étais pas américain, que j'étais italien, et que
j'étais là pour être le témoin de la « grande victoire des
Khmers » qui reconquéraient leur pays. Il alla traduire
mes paroles à ces connards, et l'un d'eux déclara que
me tuer était, en effet, une décision importante et qu'ils
devaient attendre un de leurs chefs.

Sans boire, sans manger, avec ce type qui me tournait
toujours autour avec son pistolet, les heures s'étirèrent
jusqu'à l'après-midi, lorsque – je n'oublierai jamais
cette scène – arriva un groupe de dirigeants. Ce n'étaient
pas des jeunots, c'étaient des commandants des Khmers
rouges. Ils n'en avaient rien à foutre de moi, je n'étais
pas plus qu'une mouche sur ce mur. Ils allèrent alors
vers les jeunes pour qu'ils leur racontent ce qui s'était
passé. Au bout d'un moment, un type qui louchait
s'adressa à moi en français – en français ! – et me dit :
« *Vous êtes le bienvenu dans le Cambodge libéré !* »

Mon Dieu, j'étais le bienvenu dans le Cambodge
libéré !

Il dit qu'il appréciait que j'essaie de comprendre la lutte des Khmers rouges, et que je pouvais rentrer chez moi pour raconter cette histoire au reste du monde. Il m'accompagna avec ses tueurs jusqu'à la frontière thaïlandaise, il ouvrit le fil barbelé et me fit traverser le pont, en souriant aux journalistes internationaux. Ils commençaient eux aussi à s'intéresser aux relations publiques.

Donc, des dizaines de journalistes étaient arrivés après moi sur ce pont. Toute la presse du monde entier, celle qui n'était jamais restée à Phnom Penh, était là pour essayer de comprendre ce qui se passait : la nouvelle s'était répandue qu'un étranger était resté bloqué dans la ville. Ainsi, lorsque je suis arrivé, accompagné de ces bandits, ils étaient tous là en train de filmer la scène et de poser des questions qui n'en finissaient pas, tu sais, avec leurs putains de micros.

Naturellement, je ne leur ai pas raconté ce qui m'était arrivé. Je voulais l'écrire moi-même, mon histoire. Je suis monté dans la voiture de l'Hôtel Oriental qui m'attendait. J'ai roulé à toute berzingue, parce que je voulais écrire mon papier, bien sûr, mais aussi parce que j'avais envie de faire dans ma culotte tellement j'avais eu peur. Au bout de deux heures, j'étais arrivé à Bangkok. Je téléphonai aussitôt à Florence, et ma maman, toute contente, me dit : « Oh, on t'a vu à la télévision ! Tu étais sur toutes les chaînes. Que tu étais beau, et tout souriant ! On a compris que tu allais bien. » Elle n'avait rien compris. Elle avait vu son fils aux informations, et parce qu'elle me voyait à la télévision à Florence, je n'étais plus un simple journaliste, mon Dieu, j'étais comme la Lilli Gruber[1] !

Je trouvais que c'était une belle conclusion pour cette

---

1. Présentatrice vedette du « 20 heures » de la Rai Uno, principale chaîne de la télévision publique italienne, devenue députée au Parlement européen.

histoire. Toute cette aventure s'était passée alors que votre grand-mère s'amusait à me regarder à la télé-vision, que votre maman écrivait son journal sous la véranda, que Ah Chin épluchait les pommes de terre pour votre dîner, et que vous deux jouiez au ballon dans le jardin de Winchester Road. Et, pendant ce temps-là, votre père pouvait – pfff ! – disparaître.

Il rit.

Le monde voyageait sur deux rails différents.

FOLCO : Qu'est-ce que ça fait de voir la mort en face ?

TIZIANO : Je l'ai déjà écrit : quand tu es à deux doigts de mourir, tu ne souffres pas. Tu sais très bien que – pam ! pam ! pam ! – et tu ne seras plus là. La seule chose qui me faisait beaucoup de peine, et cette peine m'a poursuivi encore longtemps après, c'était lorsque je pensais à la façon dont on vous aurait annoncé la chose. Un ami serait venu vous voir, ou un collègue, il aurait pris votre mère à part et lui aurait dit : « Tu sais, voilà ce qui s'est passé hier… » Cette idée me pesait terriblement. Parce que, en y réfléchissant bien, je me rendais compte que j'avais été un peu incons-cient, et cette idée, oui, me pesait. Ce qui me pesait sur-tout, c'était l'idée que quelqu'un puisse vous annoncer que j'étais mort pour une connerie, une connerie. Et pourtant, c'est la vie.

FOLCO : Cet épisode t'a traumatisé.

TIZIANO : C'est l'épisode le plus dramatique de ma vie. Je n'en ai pas dormi pendant des nuits et des nuits. Je m'endormais et je me réveillais en hurlant : « Je suis italien, je suis italien, italien ! » J'étais tout en sueur. Et ta maman a beaucoup souffert à son tour : elle compre-nait que j'avais eu une peur monstre.

FOLCO : Moi aussi, je l'ai compris, une fois, lorsque j'étais petit : je t'avais pointé un pistolet en plastique vers le visage et j'avais dit « boum » ! Et tu t'étais mis en colère comme une bête enragée, la lumière de tes yeux s'était littéralement éteinte, et j'avais dû m'enfuir en courant jusqu'au fond du jardin pour me sauver. Ce n'était pourtant qu'un jeu d'enfant.

TIZIANO : Pour toi. Mais, Folco, cette petite histoire du journaliste qu'on a plaqué contre un mur – tout le monde en connaît une – que signifiait-elle pour moi ? Elle m'a permis de me confronter à l'inutilité, finalement, de ces fanfaronnades, à ce manque de conscience professionnelle. Le fait d'y être allé, d'avoir voulu voir… Mais ces fanfaronnades sont ridicules, si tu penses que quelqu'un devra ensuite aller dire à ta femme : « Vous savez, il a été fusillé au marché de Poipet. »

Tu comprends, se faire fusiller pour avoir tenté de tuer Thieu passe encore, c'est même une idée qui m'avait traversé l'esprit…

FOLCO : Tu voulais tuer Thieu, le président du Vietnam du Sud ?

TIZIANO : Mais bien sûr. Tu vas le voir pour une interview, tu entres dans son bureau, et poum !

FOLCO : Je ne savais pas que tu avais eu cette idée.

TIZIANO : Poum ! Tu sais, tous les journalistes ont ce genre de tentations. Le fait d'être journaliste offre tellement de privilèges qu'on a envie de dire parfois : « Allez vous faire foutre, je vais vous montrer de quel bois je me chauffe, moi ! » Tu sais, Thieu était ce type qui mettait les Viêt-congs dans des cages pour tigres, des fosses recouvertes d'un gril avec des pals, dans lesquelles on jetait de la chaux pour qu'elles restent propres et des écuelles pour que les prisonniers puissent manger. Les gens mouraient là-dedans. Je suis allé voir les cages lorsqu'ils les ont ouvertes, c'était épouvantable.

C'est dur, la guerre. Cette violence gratuite, cette déshumanisation.

Folco : Je te sens un peu faible là, maintenant, tu veux te reposer ?

Tiziano : Cinq minutes seulement. En attendant, donne-moi une autre goutte de vinsanto et ces deux biscuits, là ; prends-en deux toi aussi, comme ça, on va les finir. Quand nous irons voir Bettina, nous devrons penser à lui dire d'en racheter.

Le téléphone sonne. Je me lève,
je décroche mais je ne parle pas longtemps.

Folco : C'était Marta. Discrète. Elle t'embrasse et c'est tout. Elle n'a même pas demandé : « Comment va-t-il ? »

Tiziano : C'est bien.

Nous buvons ensemble le vinsanto.

L'HISTOIRE

TIZIANO : Après la chute de Phnom Penh, et ma rencontre avec les Khmers rouges, j'étais rentré à Singapour, traumatisé.

Et Saigon allait tomber une semaine plus tard !

Mais je ne voulais pas y aller, j'avais peur. Un de mes amis, Paul Léandri, de l'AFP, venait d'être tué. Il était passé, de nuit, devant un barrage, c'était un peu une tête brûlée : il avait mal répondu à un officier qui avait sorti son pistolet et – poum ! – l'avait tué.

FOLCO : Alors, Maman t'a accompagné à l'aéroport…

TIZIANO : … et m'a mis dans le dernier avion pour Saigon, en disant qu'elle préférait qu'on me capture plutôt que de me voir à la maison en train de répéter pendant des années : « C'était mon histoire et je l'ai laissée filer ! »

Car, si le Cambodge était l'histoire de Sydney, mon histoire, c'était le Vietnam, merde !

C'est ainsi que j'ai pu assister à la chute de Saigon. L'homme que je suis devenu, tout ce que j'ai fait et tout ce que j'ai défait, je le dois à ta merveilleuse mère, qui m'a donné sa bénédiction, sa compassion et sa générosité, qui ne m'a jamais, jamais, jamais demandé : « Pourquoi ? », parce qu'elle comprenait toujours tout, qui ne m'a jamais culpabilisé – « Pourquoi fais-tu cela ? Et moi ? Mais pourquoi t'ai-je épousée ? » –, et qui m'a toujours laissé la liberté la plus totale. Ou la non-liberté. Comme le jour où elle m'a mis dans cet avion pour Saigon, qui, en effet, a fait de moi un journaliste.

FOLCO : Donc tu étais là pour la libération de Saigon.

TIZIANO : Oui. Je suis rentré au Vietnam à bord du dernier avion.

Tiens, Folco, par exemple, la nuit où l'on a senti que la ville était finie et que nous étions assiégés, j'avais tellement peur et je me sentais si mal que je me demandais comment je pouvais me protéger. Je suis allé prendre tous les matelas de toutes les chambres des journalistes qui s'étaient enfuis. Il y en avait beaucoup qui s'étaient enfuis, ce matin-là. Seule une vingtaine d'entre nous étaient restés. L'Hôtel Continental était vide. J'ai fait le tour de toutes les chambres abandonnées et j'ai pris les matelas. Ce n'était pas pour y dormir, c'était pour les mettre devant moi ; comme ça, s'il y avait des tirs de roquettes, au moins les matelas me protègeraient des éclats.

Les communistes, les Viêt-congs commençaient à entrer dans Saigon. Des patrouilles secrètes se cachaient dans les quartiers de banlieue. Les Américains s'enfuyaient avec leurs hélicoptères munis de phares, les gens s'accrochaient dessus et étaient repoussés violemment en dessous. C'était le chaos le plus total à l'ambassade américaine.

Cette nuit-là, on sentait l'Histoire. L'*Histoire*, Folco.

Et lorsque j'ai vu les premiers chars d'assaut entrer dans la ville, et la première camionnette chargée de rebelles viêt-congs descendre rue Catinat, et tous ces hommes qui criaient « *Giai Phong !* » – « Libération ! » –, j'ai senti que ce qu'on vivait là, c'était l'Histoire.

Je me suis mis à pleurer. Non seulement parce que je comprenais que la guerre était finie, mais parce que je sentais l'Histoire. C'était l'Histoire qu'on vivait. Et, en effet, en y repensant trente ans plus tard, ce jour-là a changé le cours de l'histoire de l'Indochine. On pourra dire ce qu'on voudra, que les communistes sont méchants, horribles – tout est discutable du reste –, mais ce qui se vivait là, c'était l'Histoire.

Ce souffle, je l'ai toujours senti.

Il est pris par une émotion que je n'ai quasiment jamais vue chez lui, il est emporté par un torrent de vie. Il baisse la voix, comme s'il allait me révéler un grand secret.

TIZIANO : Et devant un tel tableau, à cet instant précis, il n'y a plus de gagnants, plus de perdants : c'est l'Histoire !

Il s'arrête de nouveau.

C'était… Tu sais, on peut vivre ces événements de différentes façons. On peut les vivre comme un journaliste qui prend des notes, tourne un film, enregistre tout. Il y avait des hommes très doués, très courageux, comme cet Italien de la télévision qui était tout le temps avec moi, parce qu'il était un peu inexpérimenté, il venait d'arriver. Pour lui, c'était, tu sais… Rien. Il filmait, il envoyait son film. Il n'était pas là.

FOLCO : Il ne sentait pas ce qui se passait ?

TIZIANO : Non, il ne le sentait pas. Pour moi, c'était un événement qui me dépassait et que j'avais la chance de pouvoir regarder en face.

Non, mais tu comprends ce que j'essaie de te dire ? Pour ce journaliste de la télévision italienne, la chute de Saigon ne voulait rien dire. Il avait fait son film et voulait rentrer à Rome. D'ailleurs, il a fait partie de ceux qui sont repartis dès que l'aéroport a été rouvert. Moi, je suis resté trois mois. Mon Dieu, le « bébé » venait de naître, je voulais voir à quoi il ressemblait !

FOLCO : L'Histoire. C'est ce qui t'a le plus ému dans la vie, n'est-ce pas ?

TIZIANO : Oui, toujours. Et, je dois le reconnaître, mon instinct m'a toujours aidé à sentir sa présence. Je la sens. Elle passe, elle passe !

Durant toute ma vie de journaliste, j'ai eu cette chance immense de pouvoir sentir l'Histoire, l'Histoire avec un grand H. J'arrivais quelque part, dans une situation donnée, et je savais si cette situation était exceptionnelle, ou si, au contraire, ce n'était qu'une simple anecdote.

Il s'est passé exactement la même chose lorsque, quinze ans plus tard, alors que je voyageais sur le bateau *Propagandist*, sur le fleuve Amour, avec des journalistes soviétiques ivres morts, j'entendis la nouvelle sur la BBC : coup d'État contre Gorbatchev ! On se mit à parler de la fin du communisme. Mon Dieu, j'étais… J'étais… J'étais comme un rat sur un navire en train de couler. Je devais partir, je devais aller voir ce qui se passait : car c'était l'Histoire !

Je me suis échappé de cette expédition, et ce fut le début d'une aventure incroyable, pendant laquelle j'ai commis d'ailleurs des erreurs car, stupidement, je voulais aller à Moscou, pour être là où tout le monde était. Alors que j'aurais dû rester où j'étais, parce que, là où j'étais, j'étais seul. Ce fut l'inefficacité soviétique qui me sauva. Cet après-midi-là, il y avait un avion direct pour Moscou qui s'arrêtait à Blagovescensk. Au moment où l'avion allait atterrir, au beau milieu, il se trouva un rouleau compresseur en train de réaménager la piste. L'avion a dû repartir sans avoir atterri, et donc – pof ! – pas de Moscou pour moi. Ce soir-là, je compris dans ma petite tête de linotte que c'était la chance de ma vie. À Moscou, je n'aurais été qu'un des trois ou quatre cents journalistes entassés dans un hôtel pour écouter les conférences de presse, alors que là, j'étais seul.

L'Histoire. Ah, oui, je l'ai sentie, l'Histoire ! J'étais là lorsque la première statue de Lénine a été abattue en Asie centrale sous les cris de : « *Allah akbar, Allah akbar !* », Allah est grand ! Et aujourd'hui, il y a al-Qaida. Tu le vois, le lien ? Seuls les imbéciles, les myopes et les crétins ne voient pas qu'il y a un lien entre la fin du communisme, en tant qu'idéologie de la révolte des opprimés – comme je te l'ai expliqué à propos du communisme de Mao et de Hô Chi Minh – et l'islam fondamentaliste d'aujourd'hui.

Si on ne comprend pas ce lien, on ne comprend rien.

FOLCO : L'islam fondamentalisme serait le nouveau…

TIZIANO : Il a pris la place du marxisme-léninisme. Avant, ceux qui voulaient se battre pour un monde autre, ou – à leur façon – pour un monde meilleur, contre le capitalisme occidental, se tournaient vers le marxisme-léninisme parce que c'était l'arme de leur temps. Prenons un exemple : si on fait la guerre aujourd'hui, les fusils sont faits d'une certaine façon, les chars d'assaut d'un certain type ; lorsqu'on faisait la guerre il y a cent ans, on la faisait avec d'autres fusils, qui n'avaient pas de gâchette automatique, on tirait une fois, et après il fallait recharger le fusil. Aujourd'hui : ta-ta-ta-ta-ta ! Alors, le marxisme-léninisme a été l'arme de choix de tous ces mouvements nationalistes et indépendantistes qui ont vu le jour en Asie en ce temps-là. C'était une arme idéologique qui proposait une discipline, qui proposait une structure de référence.

Lorsque cette arme est devenue obsolète, une autre arme est née.

Si on ne comprend pas ce point, on ne comprend rien, on ne comprend pas al-Qaida.

FOLCO : C'est intéressant.

TIZIANO : Tu sais, je me suis toujours intéressé à l'humanité. L'homme, mais qui est-il, bon sang ? Alors, j'ai fini par me poser cette question, un peu bête mais tellement importante : « Et moi, qui suis-je ? » Une question qui, du reste, concerne chacun de nous. Cet homme, cet homme… Bref, j'ai été totalement pris par l'homme, par l'humanité. Où va-t-il ? Que fabrique-t-il ? S'améliore-t-il ou ne s'améliore-t-il pas ?

C'est cela l'Histoire, tu ne crois pas ?

FOLCO : Et tous ces moments où tu as senti l'Histoire…

TIZIANO : Ces moments avaient quelque chose à voir avec l'extase.

FOLCO : Et quels ont été ces moments au cours de ta vie ?

TIZIANO : La chute de Saigon, très certainement. La chute de l'empire soviétique, bien sûr, mais là, c'était une longue extase parce que je découvrais des choses que je ne soupçonnais même pas. Peux-tu imaginer ce qui se passait ? Non, peut-être pas, tu es trop jeune. Mais nous, nous avons grandi avec cette idée : « Ici, il y a l'Europe occidentale ; puis, il y a un mur, et *hic sunt leones*[1], il y a l'Union soviétique. » L'*Union* soviétique : tous pareils. Le mur tombe, on se débrouille pour entrer et on découvre… L'Union soviétique, mais où est-elle ? Ici se trouvent les Mongols, là les Ouïgours, là-bas les Kazakhs, plus loin les musulmans, et ils se haïssent tous… Mon Dieu, c'était tout un monde à découvrir !

---

1. Locution latine signifiant « ici se trouvent les lions », qui désignait, sur les cartes géographiques de la Rome antique, les régions inexplorées d'Afrique et d'Asie, car on ne savait pas ce qui se trouvait dans ces contrées inconnues, si ce n'est qu'elles étaient peuplées de bêtes sauvages.

FOLCO : Ces événements ont été un autre grand moment dans ta vie. Quels ont été les autres grands moments ?

TIZIANO : Laisse-moi réfléchir.

FOLCO : Lorsque tu as rencontré le vieil homme dans l'Himalaya ?

TIZIANO : Oui, bien sûr, absolument, bravo ! C'est tout à fait exact, tu as raison. Oui, c'est cela. La même chose. J'ai senti que j'étais effleuré par quelque chose de grand. C'est une question… Je dois y réfléchir. Il y a tant d'autres choses.

FOLCO : C'est vrai. Il y a parfois des moments dont on sait qu'ils sont passés, qu'ils ont été. C'est beau. Je comprends ce que tu ressens dans ces moments-là, devant cet instant qui passe, et qui est tellement grand, tellement immense. C'est ce que j'ai moi-même ressenti devant… Non, pour moi, ce n'était pas l'Histoire. Pour moi, il y a eu, au fond, plusieurs rencontres étranges avec des gens. L'amour, parfois. Et ce lama tibétain qui a failli me faire perdre conscience pendant quelques minutes. Et Mère Teresa et la « maison des mourants » à Calcutta. Ces moments ont été les plus immenses de ma vie. Lorsque tu éprouves ce sentiment qui t'émeut tellement que tu te perds et que, soudain, tu te mets à vivre.

TIZIANO : Oui, ces moments te font vivre. Et c'est au-delà de tout moralisme, de toute moralité. Tu sais, on me disait : « Mais comment, tu as trente-cinq ans, tu as une famille, tu as étudié plusieurs langues, tu as obtenu deux diplômes, un aux États-Unis, l'autre en Italie, tu pourrais être avocat, ou encore député. Au lieu de cela, tu fais le con sur le front pour te faire tirer dessus ? Mais quel type de mec es-tu ? »

Ce sont deux langages différents. Ce sont deux mondes qui ne s'effleurent même pas.

Et je crois que tu as raison, je comprends tout à fait que ce que j'ai ressenti face à ce que j'appelle l'Histoire avec un grand H, on peut le ressentir dans d'autres occasions. Une expérience religieuse doit être proche de ce type d'expérience, non ? Une grande expérience mystique est proche de ce type d'expérience. Dans une grande expérience mystique, il n'y a plus *rien*, il n'y a plus cette hiérarchie où le prêtre ou le cardinal te dit : « Non, tu ne dois pas entrer en rapport direct avec Dieu ! » Tu sais, tout disparaît, plus rien ne compte : on vit un moment de… whizzzz !

Il imite le son d'un tir de roquette qui fuserait tout près de lui.

FOLCO : Donc, ce passage de l'Histoire, tu le sens comme quelque chose qui passe, comme une ombre, comme un spectre ?

TIZIANO : …

Il soupire, car il ne trouve plus ses mots.

APRÈS LA GUERRE

TIZIANO : En gros, je peux dire qu'une étape de ma vie s'est conclue avec le Vietnam. Ceux qui avaient gagné étaient ceux que je défendais. J'ai continué à m'occuper de cette région du monde, où je suis retourné souvent. Mon livre *Giai Phong !*[1], qui avait été traduit en vietnamien, était lu dans les écoles au Vietnam. Pendant des années, la version sur la prise de Saigon qui circulait au Vietnam était celle de mon livre ; c'est pour cette raison que, lorsque je suis allé plus tard à Hanoi, j'ai été accueilli comme un héros. Je fus reçu par le plus grand intellectuel vietnamien, un homme extraordinaire qui s'était opposé aux Français et avait perdu un poumon entier à cause de leurs tortures.

Bref, j'étais devenu un personnage. Un personnage, peut-être, mais j'étais resté moi-même. Sceptique par nature, florentin, rationaliste, et détaché de toute idéologie, de tout parti – de toute ma vie, je n'ai jamais eu la carte d'aucun parti –, je n'avais à répondre de rien ni de personne. Et, un an à peine après la libération, je commençais à réaliser que les choses ne fonctionnaient pas, qu'elles ne se déroulaient pas comme je m'y attendais. Je commençais à voir le côté obscur de la situation.

1. Tiziano Terzani, *Giai Phong ! La chute de Saigon*, Fayard, 1977, pour la traduction française.

FOLCO : Par exemple ?

TIZIANO : Ce que j'ai vu de pire, ce fut un camp de prisonniers où mes amis viêt-congs avaient enfermé les généraux et les colonels de l'ancien régime, des salauds et des assassins qui avaient commis des crimes terribles. Mais je suis comme ça : lorsque j'entre dans une prison, ma sympathie va toujours à ceux qui sont emprisonnés. Je hais les gardiens de prison.

On m'emmena dans une prison pour me montrer que tout allait bien, que tout le monde allait bien ; puis on obligea ces anciens officiers à jouer un quatuor de Mozart. Cela me rappela terriblement les camps nazis où les détenus devaient jouer devant les visiteurs. Et, lorsque le commandant du camp m'a dit : « Demandez-leur, allez, demandez-leur comment ils vont, ce qu'ils mangent ! », je n'ai crié qu'une seule phrase : « Messieurs, quel temps fait-il aujourd'hui ? »

Ce qui m'attrista le plus, ce fut lorsque je suis sorti du camp et que j'ai dû écrire un commentaire personnel dans le livre d'or : je lus ce qu'avaient écrit des journalistes communistes polonais avant moi, louant tous « ce bel exemple de liberté démocratique ». Alors, j'écrivis un texte redoutable, signé Tiziano Terzani. Et ce que j'écrivis les mit dans une rage noire.

Je ris.

Puis, toujours sous le coup de la déception, et de plus en plus en colère, j'écrivis un très long article qui critiquait tout ce système, sans jamais renier cependant le caractère historique de la libération du 30 avril 1975 : je fus aussitôt mis sur la liste noire. Je devins leur ennemi.

Et les choses n'en restèrent pas là. Au bout de deux ou trois ans, on me réinvita et j'écrivis un très bel article. Un bel article, je m'en souviens, car c'était émouvant de voir cette Hanoi dilapidée, sale, pauvre et, le soir, dans les rues, les lanternes des gens qui mangeaient leur *phô*, la soupe vietnamienne, dans laquelle il leur arrivait de mettre un poisson en bois pour se donner l'illusion de manger un vrai poisson.

Tu sais, j'étais toujours entre deux feux : d'un côté, une grande sympathie pour le peuple – on ne peut qu'éprouver une immense sympathie pour les pauvres qui luttent sous la pluie de Hanoi, dans leurs maisons humides, sans nourriture, sans chauffage, sans vêtements –, et de l'autre, ce régime qui, se sentant menacé, devenait de plus en plus autoritaire. Car, comme toujours, il ne faut pas croire que les Américains faisaient tout pour que la vie se déroule sans anicroches. Ils avaient leurs espions, ils avaient créé des groupes qui sabotaient les lignes de chemins de fer et les bâtiments. Toujours la même histoire. Donc, le régime se durcissait, il devait se défendre, il devait tuer, il devait emprisonner.

De retour au Vietnam, je sentis donc cette ambiguïté, qui avait frappé également Edgar Snow, comme je l'ai su plus tard : en 1970, Snow était retourné en Chine et s'était rendu compte que quelque chose ne tournait pas rond, qu'il y avait des millions de personnes qui mouraient de faim. Il ne pouvait pas croire que son cher Mao, qu'il avait à juste titre tellement admiré, qui avait été merveilleux pendant la guerre, pouvait faire ce genre de choses. Cela lui paraissait incroyable, mais il s'est posé la question. Il ne s'est pas dit : « Allez, ce n'est pas vrai ! », il s'est posé la question.

Moi aussi, j'ai toujours été ambivalent. Et je le suis encore. Tiens, si tu me demandes ce que je pense du Vietnam aujourd'hui, je te dirai que ce qui s'est passé en 1975, avec la libération de Saigon et la réunification du pays, est tout à fait juste ; mais je te dirai aussi que ces salauds de communistes ont laissé passer une belle occasion, car, avec un peu de générosité et plus de prévoyance, ils auraient pu gérer un pays qui avait un grand potentiel et aurait pu se développer rapidement.

Si je regarde aujourd'hui le Vietnam, Saigon en particulier, où je suis retourné il y a de nombreuses années, j'ai envie de dire quelque chose d'horrible, que je dirais également de la Chine actuelle : si les autres avaient gagné, cela aurait été presque mieux. Parce que les autres sont mieux placés pour créer ce type de société. Si on doit faire du capitalisme avec l'autoritarisme communiste, alors, il vaut mieux que ce soient les capitalistes qui le fassent, car ils savent bien mieux comment fonctionne le capitalisme.

Le rêve d'une société plus juste, plus équitable, plus humaine – que la révolution à laquelle je croyais aurait pu créer – s'est brisé. Alors, il aurait mieux valu que ce soient les autres qui gagnent, non ? Si Thieu avait gagné à la place des communistes, il aurait commencé par tuer plus de gens, sans doute. Les cages des tigres se seraient remplies. Mais, dans le fond, les communistes, eux aussi, ont tué des tas de gens, en les mettant en prison, en leur ôtant tous leurs droits. Les boat people, les réfugiés qui s'enfuyaient en bateau, qui les a créés ? Les communistes !

C'est là que j'ai compris le vieux problème qu'ils rencontrent tous, et que les Américains rencontrent aujourd'hui en Irak. Gagner une guerre est assez facile, mais créer la paix qui permet au pays de se relever est beaucoup plus difficile. Il suffisait d'un peu de générosité. Les gens pouvaient être convaincus, au fond. En revanche, lorsque la société est entre les mains des services secrets, lorsque les espions écoutent un petit homme qui dit : « Au diable les communistes ! » et que cet homme disparaît subitement dans la nuit, alors ça ne marche pas, on est forcément perdant.

Je pense que les Nord-Vietnamiens et les Viêt-congs avaient un énorme capital de bonne volonté lorsqu'ils sont entrés dans Saigon, en se comportant du reste comme ils se sont comportés : c'est-à-dire très bien. On craignait un grand bain de sang, des pelotons d'exécution. Alors qu'en fait personne n'a été tué, il n'y a pas eu un seul assassinat par vengeance, ni même aucune histoire personnelle de vengeance, tu te rends compte ! Donc, ils avaient ce capital et auraient dû l'exploiter.

Un grand personnage – Hô Chi Minh, peut-être – y serait parvenu, je ne sais pas. Même si c'est lui qui est sans doute à l'origine de l'élaboration de ce système. Tu sais, il faut un grand personnage qui sorte à découvert et dise : « Allez, nous sommes réunis, nous sommes tous frères désormais. La guerre est finie. Ne nous trahissez pas car vous trahiriez le peuple et notre histoire. Mettons-nous au travail tous ensemble ! » Je pense que plein de gens se seraient serré la ceinture au nom de ces valeurs.

Mais les communistes sont arrivés avec un sentiment de supériorité, en pensant que leurs sacrifices allaient être enfin récompensés, que les autres étaient tous des traîtres. Tu sais, parfois, même les traîtres sont contraints de trahir. Le pays est divisé, il y a deux systèmes en place, et tu nais dans une des deux parties. Puis, tu deviens ce que tu es. Ce ne sont pas toujours des choix linéaires, tu comprends ?

Et là, ils ont commis une grande erreur.

FOLCO : Donc, après la guerre du Vietnam, tout ne s'est pas bien passé.

TIZIANO : Non, mais ce qui s'est passé au Cambodge a été encore plus effroyable. Les Khmers rouges – ceux qui m'avaient capturé – ont pris le pouvoir. Ils voulaient créer une autre société, une société de gens égaux. Ils voulaient créer un homme nouveau. C'est une histoire fondamentale, une histoire qui se répète. Il faut comprendre toute son horreur, mais il faut comprendre aussi tout ce qu'il y a derrière.

Pol Pot, le leader des Khmers rouges, se rendit compte que son vieux Cambodge, le Cambodge d'Angkor Vat, le Cambodge des grands guerriers, le Cambodge des temples les plus extraordinaires du monde, avait été réellement un grand pays. Les Khmers avaient eu un passé fantastique. Ensuite, ce peuple, vaincu par les Thaïs, a fui dans la jungle et a oublié son passé. Jusqu'au jour où un entomologiste français, parti dans la jungle à la recherche de papillons, comprit soudain qu'il se trouvait juste devant le visage de Jayavarman VII, merveilleux, avec ce sourire sculpté dans la pierre, encore plus profond et mystérieux que celui de la Joconde. Et ce fut alors grâce à cet homme que les Khmers redécouvrirent leur passé.

Pol Pot, qui était nationaliste, qui avait étudié le marxisme à Paris, savait que, pour donner le pouvoir au prolétariat, il fallait détruire la bourgeoisie. Et il ne suffisait pas de faire comme les intellectuels français qui disaient, dans les cafés parisiens : « *Ah, il faut détruire la bourgeoisie*[1] *!* » Non, il fallait réellement la détruire, la bourgeoisie ! À sa façon, comment dire, il découvrit des choses justes, logiques. Il découvrit que les villes étaient la perversion des paysans khmers. Que fait donc ce paysan dans une ville, lui qui doit semer son riz dans les rizières millénaires ? Que fait-il, lorsqu'il pousse sa charrette sur le marché, pour échanger des marchandises, lorsqu'il va en Thaïlande avec des denrées de contrebande ? Cet homme n'est pas l'homme khmer, c'est un imbécile avili par l'Histoire, transformé en larve par l'Histoire, cette Histoire incarnée par des ennemis comme les Thaïs.

---

1. En français dans le texte.

Donc, lorsque Pol Pot a pris le pouvoir, qu'a-t-il fait ? Il a fermé le pays, hermétiquement ; il n'a laissé ni entrer ni sortir personne, pour qu'il n'y ait aucune influence, et s'est mis à assassiner les villes. Il les a détruites, Folco. Pol Pot a fait évacuer Phnom Penh en l'espace de vingt-quatre heures. Tous les hôpitaux ont été vidés, les familles poussaient le lit avec le malade attaché à sa perfusion. Dehors, dehors, dehors. Des millions de personnes. Des centaines de millions de personnes sont mortes.

Ce projet se rattachait à une vision du monde identique à celle que Mao avait cherché à réaliser avec la Révolution culturelle, et dont le fanatisme de Pol Pot avait mené encore plus loin l'actualisation. Cette vision avait quelque chose en commun avec cette idée dont je t'ai parlé, une idée courante dans le monde entier : tout comme on peut provoquer une réaction chimique, on peut provoquer une réaction dans la matière sociale par une opération d'ingénierie sociale. Et quel meilleur objectif peut avoir l'ingénierie sociale que celui de créer une nouvelle société, de produire un homme nouveau ?

Un homme nouveau dépourvu de mémoire, dépourvu de références dans la culture bourgeoise, antisocialiste et inhumaine du passé.

Les Khmers rouges voulaient éliminer tous ceux qui venaient des villes. Tu as fait des études ? Dehors ! Tu portes des lunettes ? Dehors ! Ils les alignaient tous et les faisaient grimper sur un cocotier. Si tu savais grimper, cela voulait dire que tu étais un paysan ; si tu ne savais pas grimper, cela voulait dire que tu étais un homme de la ville, un employé de la poste, un vendeur du marché qui achète à dix riels et revend à onze. Alors, ils te tuaient, en essayant d'éliminer de la société tous les germes de l'ancien monde. C'est pour les mêmes raisons qu'ils ont détruit les bibliothèques bouddhistes, qu'ils ont tué les bonzes. Pour créer l'homme nouveau, il fallait tuer les hommes de l'ancien monde. Un projet sacrilège, mais fascinant.

Il faut comprendre, tu vois. Quand on dit que ces dictateurs sont fous, ce n'est jamais vrai. Hitler n'était pas fou. Mao n'était pas fou. Pol Pot n'était pas fou, il y avait une grande logique dans ce qu'il faisait, et il est nécessaire de la comprendre si on veut comprendre ce phénomène.

Pol Pot construisait l'homme nouveau. L'homme nouveau que j'ai bien vu : les jeunes qui m'avaient capturé étaient des hommes nouveaux. Quinze ou seize ans, gris comme la cendre, sans un sourire : ils n'avaient jamais rien connu d'autre que la guerre, la violence et la faim. Pol Pot a fait également détruire toutes les casseroles, car casserole signifiait famille, c'est-à-dire un groupe qui se réunit secrètement et parle à voix basse : « Ces Khmers rouges, il faut les éliminer ! » Il a appris aux enfants à devenir des espions. L'enfant avait le devoir de dénoncer ses parents qui étaient aussitôt emmenés et tués dans les « rizières de la mort ».

Il a fait détruire les casseroles. Tu sens qu'il y a une logique, tu la sens ? Tu sais, tout ne vient pas comme ça, par hasard.

Il y a une chose que je n'accepterai jamais, jamais, jamais : c'est l'idée selon laquelle tous les dictateurs sont fous. Saddam était-il fou ? Mais pas du tout ! Sadique, assassin, tout ce que tu veux, mais pas fou. Il a mis sur pied un régime qui a unifié un pays pendant des décennies ; et ce pays est tombé en ruine dès qu'on lui a enlevé le ciment qui le tenait, comme on peut le voir aujourd'hui. Un pays qui a évité le fondamentalisme islamique et qui était le bastion *laïque* et *anti*-religieux du Moyen-Orient ! Tu vois, il n'était pas fou. Il avait un projet, qui a coûté la vie à des centaines de milliers de personnes peut-être, mais il n'était pas fou.

FOLCO : Mais sa logique est discutable !

TIZIANO : Bien sûr qu'elle est discutable. Elle est condamnable, elle est exécrable, elle est tout ce que tu veux. Mais on ne peut pas dire que ce sont des fous qui se lèvent le matin et disent : « Bon, pourquoi ne tuerait-on pas dix mille personnes aujourd'hui ? » Ce n'est pas comme ça.

Il y a une grande logique dans la folie de ces gens, une grande logique. Elle existait chez Mao, elle existait chez Staline et, bien sûr, elle existait aussi chez Pol Pot.

Après avoir pris le pouvoir, les Khmers rouges ont fait des choses insensées. Ils ont lancé un appel à tous les intellectuels cambodgiens qui avaient fui à l'étranger pour qu'ils rentrent et les aident à reconstruire le pays. Ces intellectuels étaient devenus médecins, dentistes, professeurs, mais ils étaient restés nationalistes et pro-Khmers lorsqu'il s'agissait de choisir entre un gouvernement fantoche américain et la guérilla. Des centaines d'entre eux revinrent. À peine furent-ils descendus de l'avion qu'ils comprirent qu'ils étaient tombés dans un piège. On les arrêta et on les emmena, eux et leur famille, dans les « rizières de la mort ». Tous.

Quelle histoire terrible… Quelle histoire terrible.

Une femme a survécu. Elle a écrit un livre magnifique sur cette expérience de la trahison. Ils étaient revenus pour aider le peuple. Tu comprends, ton pays vient d'être libéré : c'est nous qui sommes de nouveau les maîtres ! Ton cœur est avec ton peuple, tu veux partir l'aider. Tu es médecin, tu veux l'aider en tant que médecin. Mais les Khmers rouges ne voulaient pas de médecins. À leur retour, tous ces exilés ont été tués.

Silence.

Je m'arrête.

FOLCO : Attends. C'est très, très, très intéressant. Tu m'apprends un événement dramatique de l'Histoire que je n'avais jamais compris.

Combien de temps le régime de Pol Pot a-t-il duré ?

TIZIANO : De 1975 à 1978. À la fin de l'année 1978, les Vietnamiens entrèrent dans le Cambodge au cours d'une opération-éclair ; ils renversèrent les Khmers rouges et occupèrent le pays. Les civils qui étaient liés aux Khmers rouges s'enfuirent vers la frontière thaïlandaise pour se mettre à l'abri. Ils marchèrent pendant des jours et des jours sous un soleil de plomb. Dans la jungle, sans eau, sans nourriture, atteints de malaria, ils s'écroulèrent. Et moi, alors que je me baladais en Thaïlande près de la frontière cambodgienne pour comprendre ce qui se passait, je tombai sur une clairière, à peut-être cinq cents mètres de la frontière, où se trouvaient des femmes qu'on avait jetées là dans la jungle, les yeux et la bouche remplis de mouches. Elles semblaient mortes, mais elles respiraient. C'étaient des femmes khmers rouges, c'étaient les assassins d'hier.

Alors, je me suis trouvé dans une situation drôlement embarrassante. Que devais-je faire ? Compter leur nombre puis passer mon chemin et continuer ? Ou bien laisser mon carnet et porter ces moribondes sur mes épaules ?

Je me souviens comme si c'était hier que j'ai soulevé une femme couverte de merde – moi qui étais tout beau, toujours habillé en blanc –, que je l'ai jetée sur mes épaules et que je me suis mis à marcher, avec cette tête qui tapait dans mon dos comme une outre vide : poum, poum, poum. Je l'ai portée jusqu'à la route où la Croix-Rouge avait lancé une opération de secours, puis j'ai rebroussé chemin pour aller chercher d'autres femmes. J'ai sauvé des assassins.

Qu'y a-t-il d'objectif ?

Ce n'est pas intrinsèque au journalisme, et c'est pour cela que j'insisterai encore et toujours sur l'absurdité de cette idée anglo-saxonne d'objectivité. Il y avait des femmes, des salopes, des meurtrières, qui mouraient, et on devait décider qui devait mourir, et qui devait être sauvé. Qu'y a-t-il d'objectif là-dedans ?

Des épisodes sans importance, mais qui montrent bien que la vie est faite de choix et de décisions qu'on doit prendre sans hésiter, des choix dont on veut pouvoir dire, après coup, qu'ils nous ont laissé en paix avec notre âme.

On dirait qu'il a fini.

Puis, le soir…

Toujours l'autre face des choses, n'est-ce pas ? Ce sentiment – je ne sais pas comment le nommer –, cette *joie* de l'aventure. Tu retournes à ton hôtel, dans un de ces petits hôtels à putes. Il y en avait un qu'on appelait l'Hôtel de la Naine Enceinte, car la patronne était une naine vraiment minuscule, une pute, avec un gros ventre.

FOLCO : Ce n'était pas son vrai nom, n'est-ce pas ? C'est toi qui lui as donné ce surnom.

TIZIANO : Oui, bien sûr. C'était à Aranyaprathet, en Thaïlande, près de la frontière cambodgienne. Tu rentres le soir dans ces hôtels où l'on frappe continuellement à ta porte – il y en a une qui te propose une passe, une autre qui te propose un massage –, et tu vas sous la douche, tu te laves, puis tu descends, tu commandes une belle bière bien fraîche, tu t'assieds, et tu te sens tout léger ! Tu sais qu'il y a cette femme khmer à l'hôpital, et que, dans la jungle, il y en a encore plusieurs dizaines en train de mourir. Et tu sais que tu as agi avec bonté. Et maintenant, tu es là, avec cette joie d'avoir rempli un rôle que quelqu'un t'a vraiment offert avec générosité. Mais tu comprends ce que je veux dire ? Il y a comme quelque chose d'un peu pervers…

Et c'est là, à cette période, que sont nés tous les mythes autour de ma personne. On racontait que Terzani était arrivé à l'Hôtel de la Naine Enceinte, habillé tout en blanc, qu'il était monté sur une boîte en carton, qu'il avait observé la frontière cambodgienne, et qu'il avait dit : « Merde, je ne vois pas une ombre d'Histoire à l'horizon ! »

Je ris.

FOLCO : Qui racontait cette histoire ?

TIZIANO : Je ne sais plus. Et puis l'histoire est entrée dans la légende. Et on disait même que je portais une rose rouge à la boutonnière ! Ces épisodes faisaient partie de la vie que je menais.

Je passais donc des soirées interminables avec des collègues lourdingues, des Anglais qui racontaient des histoires héroïques. Pour illustrer la couverture de son nouveau livre, Tim Page s'était fait prendre en photo allongé sur les rails du chemin de fer cambodgien, alors qu'un train arrivait.

Tu te rends compte, on se trouvait dans ces… J'adorais, *j'adorais* ces bouges qu'on appelait des hôtels. On montait dans sa petite chambre en bois : quelqu'un avait accroché un poster qui cachait les trous dans le mur, pour que celui qui baisait dans la pièce d'à côté ne puisse pas te regarder. Tout était comme ça.

On entend le tintement des cloches du village
au fond de la vallée.
Il est dix heures du matin.

TIZIANO : Un an plus tard, je fus l'un des premiers journalistes – avec Nayan Chanda, de la *Far Eastern Economic Review* – qui retournèrent au Cambodge. Nous étions en bons termes avec les Vietnamiens – qui avaient entre-temps occupé le Cambodge – parce que nous avions assisté à la libération de Saigon ; ils avaient une certaine confiance en nous, ils savaient que nous n'étions pas des espions des Américains, et ils nous donnèrent l'autorisation extraordinaire, non seulement d'entrer au Cambodge, mais aussi de *voyager* dans tout le Cambodge.

Lorsque nous sommes arrivés à Phnom Penh, le chef des services secrets vietnamiens est venu nous voir et nous a dit : « Les gars, je ne peux rien faire pour vous, parce que nous ne pouvons pas vous donner d'escorte. Prenez une voiture, procurez-vous de l'essence, et traversez le pays. »

Ainsi, nous sommes partis, en toute inconscience. Sans escorte. Mon Dieu, nous avons encouru un de ces dangers ! Nous nous en sommes rendu compte après seulement.

Nous avons traversé un pays que tu ne peux même pas imaginer, un pays qui n'était plus que l'ombre de lui-même. Les villes abandonnées, sans un seul puits où pouvoir puiser de l'eau potable, car les puits étaient remplis de cadavres. Dans les camps, on ne pouvait pas marcher sans piétiner des squelettes et des crânes. Et on marchait dans l'insécurité la plus totale car des bandes de Khmers rouges rôdaient encore dans les campagnes.

Nous nous sommes engagés sur ces routes désertes. On ne voyait rien, rien qu'un miroitement de lumière dans l'air, comme des mirages d'eau. Nous avons marché. Puis nous sommes arrivés dans un petit village : les gens nous regardaient, ils sortaient de leurs maisons, maigres, sales, ahuris. Ils n'avaient rien mangé depuis des jours et des jours. Nous avons campé dans les cabanes abandonnées où il n'y avait plus personne, plus rien, et où nous mettions à cuire le riz que nous avions apporté.

FOLCO : Il n'y avait même rien à manger ?

TIZIANO : Parce que tu crois qu'il y avait des restaurants ? Mais voyons ! Tout le monde avait fui. Les Khmers rouges tuaient tout le monde.

FOLCO : La dévastation totale.

TIZIANO : La dévastation. Nous avons fait le tour du Cambodge, de tout le Cambodge. Nous avons traversé tous les fleuves, les lacs, le lac Tonlesap. Chemin faisant, nous nous sommes arrêtés çà et là, et nous avons recueilli des histoires incroyables, comme l'histoire des crocodiles, que les gens nous racontaient et qui étaient véridiques la veille encore. Tu te souviens du dessin des enfants jetés dans le puits des crocodiles ?

FOLCO : C'est l'une des images qui m'a le plus troublé quand j'étais petit, quand elle a été publiée dans le *Spiegel* pour un de tes articles. Mais ça s'est vraiment passé, ce n'était pas de la propagande ?

TIZIANO : Putain ! Les gens n'avaient même pas le courage de traverser un étang de peur que quelqu'un les jette dans la gueule des crocodiles ! Le Cambodge est infesté de crocodiles.

On arrivait dans de petites villes comme Battambang où la vie avait repris son cours, où il y avait un marché avec ces femmes sombres qui vendaient du poisson.

Et puis, il y eut cette découverte merveilleuse : nous avons enfin atteint Angkor. Mon Dieu, Angkor était un lieu impressionnant ! Un immense cimetière, vide, complètement vide. L'odeur des déjections des chauves-souris qui provenait des voûtes de ces temples magnifiques. Il n'y avait personne. Et soudain, j'ai eu cette intuition : en vérité, ces kilomètres et ces kilomètres de bas-reliefs d'Angkor étaient une prophétie, parce que tout y était représenté, tout ce qui s'est passé par la suite. Je regardais, et je voyais des gens roués de coups, des crocodiles, des gens qu'on éventrait, des massacres, comme si l'homme khmer avait senti, mille ans auparavant, qu'il allait se passer quelque chose d'inimaginable.

FOLCO : C'était une prophétie ?

TIZIANO : Une prophétie sculptée dans la pierre.

Nous avons fini par trouver un hôtel : je m'en souvenais parce que j'y étais déjà allé. Il s'appelait le Grand Hôtel de Siem Reap. Il était rempli de veuves, qui s'étaient installées là parce que leurs maris avaient été tués. Je me souviens d'une soirée ambiguë, un peu bizarre : ces femmes s'étaient mises à cuisiner pour nous, et nous avons passé la nuit assis par terre – dans les grands salons de ce qui avait été le « Grand » Hôtel –, en train de faire du feu avec de petits bouts de bois et de cuisiner des poissons du lac. Et puis nous sommes repartis vers Phnom Penh.

De retour de ce voyage, nous étions complètement bouleversés, notamment parce qu'il semblait apparemment impossible que cette civilisation puisse jamais se redresser. Comment pouvait-elle le faire ?

Et c'est alors que j'ai eu cette autre belle vision, une vision qui me plaisait : la vie ne s'arrête jamais. On peut lancer du napalm, on peut lancer du sel, on peut tuer tout le monde. Pendant un certain temps, on ne voit rien. Puis, paf ! une petite plante sort de terre, un marché réapparaît, deux personnes font l'amour, et la vie reprend son cours, avec cette avidité de *vivre* qui fait partie de la vie ! On sentait combien la présence de la vie était forte, vraiment forte.

FOLCO : Ce voyage a été l'un des plus bouleversants de ta vie ?

TIZIANO : Ce voyage a été une expérience impressionnante, il m'a beaucoup frappé. Ce n'était pas une expérience normale.

Tout oublié, tout oublié.

FOLCO : Tu as oublié ?

TIZIANO : Moi, non, mais l'opinion publique. Ceux qui sont morts sont morts par centaines de milliers. Ceux qui ont survécu ont un restaurant khmer dans le *quartier chinois*[1] de Paris. Le XXe siècle a été un siècle de déceptions épouvantables. C'est aussi à cause de tout cela que nous vivons aujourd'hui dans un tel état de désorientation. Il n'y a absolument plus rien à quoi l'on puisse se rattacher.

1. En français dans le texte.

JEUX INTERDITS

FOLCO : Je ne sais pas si tu t'en souviens encore, mais je serais curieux de savoir comment tu te voyais à dix ans, lorsqu'on te demandait : « Qu'aimerais-tu faire quand tu seras grand ? »

TIZIANO : Je m'inventais des métiers qui n'existaient pas. Je ne disais pas : « Je veux être journaliste », non. J'inventais des situations qui n'existaient pas. Ce qu'on dit des rêves… Moi, je n'ai jamais eu de rêves. Je tirais le diable par la queue. Je voulais faire des choses, je voulais changer le monde, parce que je vivais dans un monde où je me sentais à l'étroit et avec lequel je n'avais rien à voir.

FOLCO : Si tu te sentais tellement différent des gens qui vivaient autour de toi, quelle était ton identité ? Qu'est-ce que tu pensais être ?

TIZIANO : Un évadé.

Silence.

Tu sais, ma nature a toujours été de fuir, ce qui peut être positif, mais aussi très négatif. Car, en fuyant, je fuyais également mes responsabilités, politiques notamment. Il est évident que j'aurais pu faire une carrière politique. Lorsque j'étais encore très jeune, je fréquentais les milieux florentins qui auraient pu me mener à la politique. Je fréquentais l'oratoire de Don Bensi, un beau personnage catholique ; j'ai connu

La Pira, et des tas d'autres personnes avec qui j'aurais pu faire mon chemin. Mais je sentais que cette voie n'était pas la mienne.

Alors, ma nature a été de fuir. C'est exactement cela : si tu me demandes comment je me sentais, je te dirai que je me suis toujours senti comme un évadé. Un homme en fuite. Tu sais, pour rire, je peux te dire que la première chose que j'ai fuie, c'est l'image que ma mère avait de moi. J'ai vécu les trois ou quatre premières années de ma vie habillé en fille, parce que, comme je te l'ai déjà dit, ma mère voulait une fille. Putain, qu'est-ce que j'ai eu envie de fuir ce petit tablier de fille ! Et puis, je ne pouvais rien faire à la maison parce que je me salissais. Moi, j'aimais bien traficoter dans la cuisine, tu sais, couper les légumes, faire la sauce tomate. J'aimais énormément faire la soupe de légumes. Alors, je m'échappais de chez moi pour aller chez mon autre grand-mère, la grand-mère Eleonora. Elle habitait dans la même rue que nous, trois numéros plus loin – nous habitions au 147, elle au 153 – et, chez elle, je pouvais patouiller et faire tout ce que je voulais.

J'ai toujours eu cette envie de fuir, toujours. Fuir de là où on me tenait sous contrôle, comme lorsque je suis parti en Suisse – je t'ai raconté cette aventure – pour apprendre le français. Et, là encore, fuir, partir ! Toute ma vie a été une fuite, y compris dans le sens négatif.

FOLCO : Mais, à un moment donné, tu as dû sentir que tu avais réussi. Une fois que tu es arrivé en Asie, tu étais tiré d'affaire, non ?

TIZIANO : Certes, mais avant d'arriver là ! Regarde les photographies qui me représentent lorsque j'étais chez Olivetti, en costume cravate. Mon Dieu, dès que je suis entré, j'ai eu envie de fuir.

FOLCO : Alors, ce désir de t'évader, de fuir, a été le moteur de ta vie ?

TIZIANO : Oui, dans le fond, je crois que ce désir de fuir a été mon moteur. Avancer, regarder. Une curiosité vis-à-vis de ce qui est nouveau, de ce qui est différent. J'ai toujours été attiré par ce qui était différent. Et à Florence, qu'est-ce qu'il y avait de différent ? J'ajouterais que ma curiosité n'était pas intellectuelle. Au contraire. Les intellectuels, je les trouvais lourds, parce que leur vision du monde était compliquée. J'ai toujours eu pour devise : les intellectuels sont faits pour compliquer ce qui est simple, les journalistes, pour simplifier ce qui est compliqué.

Je n'ai jamais été un intellectuel, jamais. J'ai éprouvé parfois une curiosité d'ordre physique. J'ai joui de l'Indochine, j'ai vraiment joui physiquement de la chaleur, des silences, des crépuscules. Tu sais, je voyais le crépuscule du Wat Pusi – à la croisée entre le Mékong et un autre petit fleuve, le Luang Prabang –, d'un de ces anciens temples du Laos où résonnait le tintement des clochettes… Et je tombais en extase, en extase !

Je dois dire que, même la guerre, contre laquelle je suis ensuite parti en croisade… Je dois avouer qu'il y a eu un moment où la guerre a eu quelque chose de fascinant – avec tout ce qu'il y avait en jeu, la vie et la mort omniprésentes. C'est indéniable. Car, finalement, il y a au fond de l'âme humaine quelque chose qui a besoin aussi de cette violence. Une violence que mon cœur a, par la suite, rejetée avec tout autant de violence, si tu veux. Mais il y avait quelque chose, tu sais…

Il parle à présent à voix basse, presque en chuchotant.

Lorsqu'on partait le matin pour aller au front, sans jamais savoir ce qui allait se passer – beaucoup ne revenaient pas –, c'était l'aventure. Ces départs matinaux pour une destination inconnue, avec un jeune chauffeur dont on se demandait s'il n'allait pas nous mettre dans le fossé, avec sa vieille Mercedes au drôle de démarrage : vrrr, vrrrr, vrrrrr ! Il lui fallait dix minutes pour démarrer. Et si nous tombions dans une embuscade et devions nous enfuir ?

FOLCO : Tu voyageais énormément, tu partais pour plusieurs semaines. Cela te déplaisait ?

TIZIANO : Je ne me le faisais pas dire deux fois. Avancer, chercher, aller chercher l'autre. S'occuper de tout ce qui est différent. Sortir des rangs. Voyager a été quelque chose d'extrêmement important dans ma vie. Extrêmement importante, cette sensation de la découverte. C'était ma vie, rien ne pouvait me retenir. Il y avait la famille – tu le sais, la famille était le pilier auquel j'étais attaché par un fil de soie, comme disait le poète bengali Rabindranath Tagore –, mais bon, il y avait aussi autre chose. J'étais attaché, je n'ai jamais trahi ma famille, jamais, contrairement à ceux qui ont perdu la tête et sont partis avec une chanteuse de Pleiku. Mais je dois dire qu'il y avait un côté en moi qui jouissait de cette liberté, comme tu le dis si bien.

FOLCO : Même au point de prendre des risques.

TIZIANO : Je ne sais pas… Je suis quelqu'un qui a toujours pris peu de risques, entre autres parce que je suis un trouillard. J'avais toujours peur ; c'est pour ça que je dis que c'était moi le plus courageux. Il y en avait d'autres qui n'avaient pas peur. Il y avait cet extraordinaire Neil Davis qui est mort pendant le coup d'État à Bangkok parce que ces imbéciles de putschistes, du haut de leur char d'assaut, avaient pris sa caméra pour un bazooka. Et Neil Davis a filmé sa propre mort. Sa caméra, tombée sur le sol, a continué de tourner et a filmé sa propre mort.

Lui, oui, était très courageux. Lorsqu'on allait au front et que les dernières patrouilles disaient : « Attention, il y a des Khmers rouges là-bas ! Cent mètres plus loin, il y a un bazooka pointé vers vous », on regardait et on voyait Neil Davis cinquante mètres devant nous en train de filmer.

Silence.

Ah ! Même jouer avec sa vie avait quelque chose de… Je dois l'avouer, oui, c'est comme ça. Il serait inutile de jouer les puritains, ou les moralistes.

Je me souviens de nos jeux stupides sur le Mékong, au Cambodge. Il fallait être fou ! Nous nous déshabillions, nous mettions notre sarong et, à Phnom Penh, là où se trouve le Casino du prince Sihanouk, nous plongions dans l'eau. On faisait entrer une bulle d'air sous le sarong, et on glissait sur des kilomètres le long de ce fleuve immense qui nous emportait, avec le grondement des canons au loin et les chauffeurs qui conduisaient sur la route pour nous reprendre et nous ramener à notre hôtel.

FOLCO : Il n'y avait pas de crocodiles ?

TIZIANO : Non, là, il n'y en avait pas. Au crépuscule, on voyait les avions de chasse qui se jetaient sur les villes, et nous, nous étions là, au milieu de l'eau. Puis, nous rentrions tous chez nous pour manger un *soufflé au chocolat*[1] au Café de la Poste, et il y avait Al Rokoff qui, un jour, avait posé une grenade sur la table en disant que, si on ne lui apportait pas un meilleur *soufflé*, il faisait tout exploser.

FOLCO : Qui était ce Al Rokoff ?

TIZIANO : Un fou. Un fou à lier, dont la chambre était remplie de grenades. Il était américain, c'était un photographe américain devenu fou. Alors, un jour, le directeur de l'Hôtel Le Phnom est venu vers lui et lui a dit : « Ah, monsieur Rokoff, vous avez trop de grenades. Il vaudrait mieux que vous quittiez l'hôtel. »

1. En français dans le texte.

Il avait plein de grenades dans sa chambre !

FOLCO : Qu'en faisait-il ?

TIZIANO : Tu sais, il était fou. Un type qui pose une grenade sur la table et dit : « Apportez-moi un meilleur *soufflé*, ou… »

Et tous ces écrivains ratés, tous ceux qui rêvaient d'écrire *The Quiet American*[1] ! Tu comprends : *The Quiet American* est le seul grand roman sur la guerre d'Indochine. Donc, tout le monde rêvait d'en écrire un de la même envergure. Tous écrivaient, tous, mais rien n'a été publié.

Et, au milieu de tout cela, il y avait la Fleur du Mal, Sarah Webb. Quelle femme ! Je ne la supportais pas. Elle avait des nichons qui lui arrivaient aux genoux. Il y a eu cette belle scène : un homme, qui avait été le photographe de Nixon, lui avait offert plusieurs appareils photo. Un jour, il rentra, je ne sais pas, à onze heures du soir, il alla voir le gardien de l'hôtel, un vieil hôtel qui grinçait de partout, et lui demanda : « Avez-vous vu Mlle Webb ? »

« Oui, elle doit être dans sa chambre. »

Mais son assistant lui dit ensuite : « Non, je l'ai vue à dix heures entrer dans la chambre 24. »

Puis, un autre dit : « Non, elle est sortie de la chambre 24. Elle doit être dans la chambre 37, maintenant. »

Nous rions.

C'était une aventurière, une vraie. D'ailleurs, elle a fini par se tuer en Afrique avec le pistolet de son dernier amant.

---

1. *Un Américain bien tranquille*, roman de Graham Greene, traduit par Marcelle Sibon, Robert Laffont, 2003.

Ce qui me plaisait dans toutes ces histoires, c'était que tout se mêlait : la mort, le journalisme, les vies ratées, les vieux de quarante-cinq, cinquante ans qui étaient pris par le démon de midi et quittaient leur femme – avec qui ils étaient arrivés en Asie – pour partir avec une de ces jeunes filles.

Moi, je n'ai jamais eu de maîtresse vietnamienne, mais il y avait une femme avec qui j'avais des relations sympathiques. Je ne sais pas si je t'ai déjà raconté cette histoire splendide. C'était une hôtesse d'Air Vietnam. Je l'invitais à dîner, je m'occupais d'elle. Vers la fin de la guerre, alors que le nouveau régime envoyait toutes les femmes qu'il suspectait travailler dans des camps de rééducation, je la vis une dernière fois, un soir, rue Catinat. J'ai fait semblant de ne pas la reconnaître, parce que je ne voulais pas la mettre dans l'embarras. Mais elle est venue à ma rencontre et s'est jetée à mon cou en disant qu'elle voulait seulement sentir l'odeur de ma peau derrière mes oreilles. J'ai trouvé cela amusant. Nous nous sommes salués, remplis d'émotion. Elle est allée à Hanoi ; moi, je suis resté à Saigon. C'est pour te montrer toutes ces relations qui existaient. Je ne crois pas qu'en Irak il existe une seule femme qui ait envie de sentir les oreilles d'un GI.

J'ai faim ! C'est la première fois que j'ai envie de manger depuis hier.

FOLCO : Tu n'as pas mangé depuis hier ?

TIZIANO : Non, je n'ai pas déjeuné, tu as vu. Mais si j'arrive à manger un brin, je me sentirai mieux parce que j'aurai un peu d'énergie.

FOLCO : Eh oui, si tu ne manges pas, tu n'auras pas d'énergie. Si tu ne manges pas, tu seras dans un état visionnaire !

TIZIANO : Un des correspondants avait une qualité que j'adorais. Le soir, quand il faisait noir, nous mangions des steaks au poivre divins autour de la piscine de l'Hôtel Le Phnom ; puis, tous un peu éméchés, nous prenions les cyclopousses, les rickshaws qui attendaient à l'entrée. Les pédaleurs suivaient des yeux chaque bouchée que nous avalions ; dès qu'ils voyaient que nous avions fini, ils entraient dans le jardin : « *Moi emmener bordel, moi emmener bordel 105 !* » Alors, tous un peu honteux, ils prenaient le cyclopousse pour aller au bordel. Et souvent, ils ramenaient la jeune fille dans leur chambre – ou se la faisaient ramener. De belles filles à la peau sombre, mon Dieu ! Ce que j'aimais chez ce type c'est qu'il demandait à ce qu'on lui amène sa prostituée dans sa chambre, mais, contrairement à tous les autres, le matin, il venait avec elle, tout élégant, pour le petit déjeuner. C'était le seul, les autres faisaient comme si de rien n'était. Alors que lui, il disait à sa pute : « Comment veux-tu tes œufs ? Brouillés ou à la coque ? » J'aimais bien sa façon de faire.

Plus tard, lui aussi est tombé entre les mains de Sarah. Un jour, le photographe de Nixon l'a su : alors qu'elle prenait le soleil sur le bord de la piscine, il est allé près d'elle, a pris tous les appareils photo qu'il lui avait offerts et les a jetés à l'eau.

FOLCO : Tous ces drames !

TIZIANO : Et puis, le soir, il y avait l'opium. Ceux qui n'allaient pas au bordel allaient fumer.

FOLCO : C'est l'une des périodes les plus belles de ta vie ?

TIZIANO : Et des plus dramatiques. Entre autres parce que c'était nouveau. N'oublie pas que je venais de… Tu as vu cette photo de moi, à Milan, avec un nœud papillon ? Et on se retrouve dans cette merde, mon Dieu, sans que personne nous ait jamais dit : « Voilà ce que tu dois faire s'ils tirent ! »

FOLCO : Il semble que l'Indochine soit restée à jamais gravée dans la mémoire de ceux qui y sont allés. Toutes les amitiés se sont liées à cette période. C'est une expérience qui vous a tous marqués.

TIZIANO : Il y avait quelque chose de magique. « *Who was in Vietnam and who wasn't* » : ceux qui étaient allés au Vietnam et ceux qui n'y étaient pas allés. Tu sais, nous étions jeunes, nous étions forts. Oui, pour beaucoup de mes collègues, l'Indochine, c'était les bordels, les filles…

FOLCO : L'opium.

TIZIANO : L'opium. L'opium a été une grande expérience dans ma vie. Mais ni les bordels ni les filles, cela ne m'intéressait absolument pas. Je préférais passer la soirée dans un petit restaurant de poisson, sur le Mékong, en train de boire une bière avec un ami et de regarder les feux de l'artillerie, au loin, plutôt que d'aller dans un bordel à quatre sous. Je n'y suis jamais allé, jamais. Si, j'y suis allé pour voir qui y allait, comment ça fonctionnait.

FOLCO : Et l'opium ?

TIZIANO : Ah, l'opium a été une expérience incroyable. Le Cambodge, le Cambodge…

Son regard se perd dans les montagnes qui nous font face.

Au Cambodge, l'opium était quelque chose de naturel. N'oublie pas que les *planteurs*[1] français, les administrateurs des plantations de caoutchouc qui ont fait la fortune de la France, avaient vécu dans toute cette région, ils y avaient vécu une vraie vie, une vie indigène : c'est quelque chose que nous avons oublié aujourd'hui.

La France, qui avait colonisé l'Indochine, et qui, dans sa folie, avait appris aux enfants cambodgiens à réciter « *Nos ancêtres les Gaulois*[2] », la France a

1. En français dans le texte.
2. En français dans le texte.

cependant aimé l'Indochine. Elle l'a vraiment aimée. Elle est entrée à l'intérieur du pays, elle a aimé ses femmes, elle lui a fait des enfants. Et elle s'y est perdue. À la fin de la guerre, en 1954, les Français traînaient encore en Indochine, on les rencontrait partout, ceux qu'on appelait « *les petits blancs*[1] ». Ces « petits blancs » – qui avaient été ouvriers, ou chauffeurs d'autobus dans la chaîne montagneuse de l'Annam – et qui n'avaient pas pu rentrer à Marseille, bref, tous ces gens qui n'arrivaient pas à partir s'étaient mis à vivre comme la population locale, parce qu'ils *aimaient* cette vie que je vais essayer de te décrire.

L'opium était extrêmement facile à trouver, partout, il faisait partie de la vie. Lorsque je suis arrivé à Phnom Penh, les fumeries d'opium avaient atteint leur plus haut degré de sophistication.

Pour moi, l'opium est lié à un seul endroit. Il y a eu plein d'autres lieux où je suis allé fumer, à Vientiane, au Laos, chez une femme dont les Viêt-minh, du temps des Français, avaient coupé la langue parce qu'elle avait trahi un secret. Des histoires incroyables. Mais, pour moi, l'opium est lié à une grande cabane en chaume et en bois, bâtie sur pilotis, au-dessus d'un petit étang, et tenue par Madame Chantal.

Madame Chantal. Elle était sino-khmère, c'était donc une Cambodgienne à la peau claire. Elle avait travaillé dans l'un des plus grands bordels d'Indochine, fréquenté par des généraux français, puis elle s'était mise à son compte. Elle avait ouvert une fumerie qui était la plus spartiate que tu puisses imaginer, un peu excentrée, à l'écart des rues principales. On y arrivait en cyclopousse. Tout le monde connaissait le mot de passe : « Madame Chantal ».

1. En français dans le texte.

On arrivait, on frappait, elle regardait à travers une portière pour voir qui c'était. « *Ah, Monsieur Moustache*[1] *!* »

Monsieur Moustache, c'était moi. On se déshabillait entièrement, on mettait un sarong et quelqu'un nous accompagnait dans une de ces petites chambres recouvertes d'une belle natte cambodgienne en paille de couleur. Rien de plus. On s'allongeait là, puis elle arrivait. Elle s'asseyait dans la posture du lotus et commençait à préparer les pipes : c'était une cérémonie ésotérique absolument inimaginable. Elle ressemblait à une prêtresse grasse, à la peau blanche, éclairée simplement par la lueur d'une lampe magique. Elle bougeait au rythme des ombres, hiératique, absente, comme une divinité. Une divinité. À l'aide de deux aiguilles, elle prenait l'opium extrêmement raffiné et le brûlait au-dessus de petites lampes magiques. Ces gestes étaient vraiment ceux d'un rite.

On prenait une belle pipe longue et on commençait à fumer. C'est une sensation que j'ai ressentie dans des moments de méditation, parfois, la sensation de ne plus avoir de poids. On n'a plus de poids, on est léger. Et l'esprit est… Il n'est pas brouillé, il est étrange. Ce n'est pas qu'on perd conscience. Ce n'est pas comme le haschich qui… Bah ! Pas du tout ! On est présent. Mais dans une grande… Dans une torpeur divine.

Je découvris là-bas, et assez rapidement, que je n'étais pas le seul client. Il y avait d'autres journalistes, des ambassadeurs…

Il rit.

Je découvris plus tard que cet endroit était comme *Les Deux Magots* de Phnom Penh, un lieu de rendez-vous. Il y avait une drôle d'atmosphère, et c'était très

1. En français dans le texte.

agréable de bavarder de ce qui se passait, de la guerre. C'était vraiment un endroit fascinant. Puis, avant le couvre-feu – le couvre-feu commençait à minuit, on entendait le ta-ta-ta-ta ! des hommes qui passaient avec leur mitrailleuse –, on repartait avec les cyclopousses qui nous attendaient dehors. Madame Chantal leur avait donné à fumer ce qu'on appelait le *dross* : quand on aspire l'opium, toute la belle fumée entre dans les poumons, mais il reste un petit bout noir dans la pipe, c'est le *dross*. Eh bien, on peut encore fumer le *dross*, et Madame Chantal le donnait aux cyclopousses, aux pédaleurs qui le fumaient à leur manière, à l'aide de petites pipettes.

Si le couvre-feu avait déjà commencé, on rentrait avec les cyclopousses ; ils étaient eux aussi un peu sonnés. Ils roulaient au milieu de la route pour que les soldats nous reconnaissent. Moi, j'étais toujours habillé en blanc, ce qui signifiait clairement que je n'étais pas un guérillero. Lorsqu'on arrivait aux barrages, et que les soldats faisaient des embrouilles, nous nous mettions à crier : « *Press, press, press* ! Journalistes ! » Nous leur allongions un peu d'argent, quelques riels cambodgiens, et nous passions. Parfois – ta-ta-ta-ta ! – ils tiraient en l'air pour nous faire peur et augmenter les tarifs.

« Eh, journalistes, journalistes ! » Et nous rentrions chez nous.

Le soir, lorsque je sortais de l'Hôtel Le Phnom, après avoir écrit mon papier ou fini ma journée de prise de notes, tous les cyclopousses m'attendaient et m'appelaient : « *Monsieur Moustache ! Monsieur Moustache !* », parce qu'ils savaient tous où j'allais. C'était drôle, lorsque ta maman est venue pour la première fois à Phnom Penh et que j'ai voulu lui présenter mon monde. Nous avions pris notre cyclopousse habituel, la porte s'ouvrit, Chantal regarda et dit : « *Ah, Monsieur Moustache et… Madame Monsieur Moustache !* »

Ta maman était devenue Madame Monsieur Moustache !

Je suis allé dans cet endroit pendant plusieurs années, pendant toute la durée de la guerre. Ce que je vais te dire va te plaire : j'étais fort, c'est-à-dire que, pour moi, l'opium était lié à toute cette atmosphère et que, finalement, ce n'était pas l'opium en tant que tel qui m'intéressait. D'ailleurs, je n'ai jamais dépassé un nombre raisonnable de pipes, alors que d'autres sont allés trop loin, jusqu'à vingt, trente ou quarante pipes par jour : ils étaient devenus opiomanes. Ils ne pouvaient pas se lever le matin sans courir d'abord chez Madame Chantal. Alors que, pour moi, l'opium était juste un cocktail au moment du crépuscule.

Oui, l'opium était lié à une atmosphère particulière. C'était Chantal, c'était cette lampe magique, et c'était aussi – j'ai oublié de te le dire –, c'était le chant des *crapauds*[1] qui restera à jamais gravé dans ma mémoire.

FOLCO : Que signifie le mot *crapauds* ? Corbeaux ?

TIZIANO : Non, il y avait de grosses grenouilles dans l'étang, sous les pilotis, qui faisaient : « Coah, coah, coah, coah… »

> *D'une voix basse et rauque, il imite parfaitement*
> *le chant des crapauds : on sent que c'est un bruit*
> *qu'il a connu intimement.*

On fumait et on entendait, venant de dehors : « Coah, coah, coah, coah… » C'était cela, pour moi, l'opium.

Puis je rentrais à Singapour, où on trouvait des fumeries secrètes, mais je n'en avais vraiment rien à foutre de ces lieux, alors que d'autres seraient morts s'ils n'avaient pas pu y aller. Je connaissais un diplomate

---

1. En français dans le texte.

qui ne pouvait pas se passer de pastilles d'opium lorsqu'il n'était pas à Phnom Penh. Il avait toujours une réserve avec lui et il les mangeait comme si elles lui avaient été prescrites par un médecin. Sans ces pastilles, il ne pouvait pas vivre.

FOLCO : En bon diplomate qu'il était, il cachait certainement sa réserve dans la valise diplomatique lorsqu'il voyageait.

TIZIANO : C'était chouette parce que je ne souffrais pas du manque, je n'avais pas besoin de me procurer de l'opium. Je redevenais moi-même, avec ma famille et mes enfants. On allait au zoo, on allait à la mer, on faisait des tas de choses. Puis, j'atterrissais de nouveau à Phnom Penh, et le soir : pffuitt !

FOLCO : Tu y allais assez souvent, à la fumerie ?

TIZIANO : Presque tous les soirs.

Il prononce ces mots avec un brin de fausse modestie.

FOLCO : Ah oui ? Je ne le savais pas.

TIZIANO : Presque tous les soirs.

FOLCO : Et maintenant, comment se fait-il que ça ne t'intéresse plus du tout ?

TIZIANO : Il faut que tu comprennes que l'opium est lié pour moi à une atmosphère particulière. Il est lié à un monde particulier. On ne peut pas toujours séparer une chose de son contexte et l'emmener avec soi, comme ce que je t'ai dit autrefois à propos du crépuscule. Certains ont emmené l'opium avec eux pour le restant de leur vie, en emmenant également les pipes et les lampes, et ils ont fini par s'acheter une fumerie entière pour pouvoir fumer à leur guise. Ce n'était pas mon monde. Sans Chantal, je ne fumais pas.

*Il regarde longuement la crête des montagnes
derrière laquelle on aperçoit le soleil couchant.*

Des années plus tard, lorsque les Vietnamiens ont renversé le régime de Pol Pot et que je suis retourné au Cambodge, la première chose que j'ai faite, ce fut, un soir, d'aller voir ce que Chantal était devenue. Je ne reconnaissais plus rien. Je me souvenais qu'il y avait un petit pompiste et qu'il fallait continuer encore sur trois ou quatre rues, et puis, on tournait à gauche. Le pompiste avait disparu. Tout le quartier avait été rasé, incendié.

Il parle de nouveau à voix basse.

Les maisons avaient été démolies, plus personne n'y habitait depuis quatre ou cinq ans. Les premiers Cambodgiens qui étaient retournés à Phnom Penh avaient allumé des feux dans ce qui avait été leurs maisons, et ces feux furent l'un des spectacles les plus émouvants auxquels j'ai assisté de toute ma vie. La ville avait été évacuée par les Khmers rouges. Tout le monde dehors ! Et ceux qui n'arrivaient pas à partir : ta-ta-ta ! Dans la rue, devant la Banque centrale, il y avait des piles de pièces de monnaie qui n'avaient jamais été utilisées. Impensable.

Chacun de nous portait la même question dans son cœur : « Et Chantal ? » ; « Qu'a-t-il bien pu arriver à Madame Chantal ? » Les histoires les plus incroyables circulaient. Les Khmers rouges étaient arrivés et l'avaient décapitée devant la fumerie ; non, les Khmers rouges étaient arrivés et avaient brûlé la fumerie ; non, les Khmers rouges étaient arrivés et elle avait réussi à s'enfuir vers le Vietnam sous un déguisement…

Pendant des années, Chantal est restée un mystère. Et puis, un jour, l'un des anciens *planteurs*[1] raconta ce qui lui était réellement arrivé. Lorsque les Khmers rouges avaient débarqué, Madame Chantal avait pris un

1. En français dans le texte.

couteau, avait tailladé ses bras grassouillets, puis les avait remplis de diamants qu'elle avait mis de côté, avait recousu ses entailles et était partie pour le Vietnam avec les bandes de réfugiés. Au bout d'un certain temps, elle avait pris contact avec ce *planteur* français qui l'avait aidée à partir. Aujourd'hui, Chantal est toujours en vie, et elle tient un restaurant dans le Sud de la France.

Magnifique, non ? Tous ces diamants…

Il rit.

J'ai eu une vie aventureuse, il n'y a rien à faire. L'aventure a une valeur propre. Nul besoin de lui donner une valeur morale ou politique. C'était l'aventure pour l'aventure.

INTERLUDE

Un matin, un ami appelle d'Angleterre. Il a appris que Papa ne va pas bien et annonce qu'il viendra lui rendre visite dans trois jours. Je lui répète ce que je dis à tout le monde : Papa ne voit plus personne. Mais il n'accepte pas mes paroles. « Dis-lui que, s'il ne veut pas me voir, je le poursuivrai jusqu'au paradis pour lui botter le cul. » Je rapporte ses propos à Papa qui semble presque heureux de faire une exception pour un ancien collègue du Vietnam.

TIZIANO : Mon cher Martin, sois le bienvenu ! Tu te rends compte : je ne vois plus personne, je ne réponds même plus au téléphone. Je me suis retiré en moi-même. Je ne sais pas si tu as vu l'écriteau que j'ai mis devant la grille d'entrée : TOUTE VISITE EST INOPPORTUNE, SANS AUCUNE EXCEPTION.

MARTIN : Je ne savais pas très bien où était la maison. Puis j'ai vu cet écriteau et je me suis dit : « Ça ne peut être qu'ici ! »

Ils rient.

FOLCO : Imagine un peu : et si tu t'étais trompé et qu'un type était sorti avec un bâton en criant : « Mais vous ne savez pas lire, ou quoi ? »

TIZIANO : Avant, j'avais mis un autre écriteau, plus gentil, comme celui que Hemingway avait posé devant sa dernière demeure : LES VISITES INATTENDUES SONT LES MOINS DÉSIRÉES.

FOLCO : Plus gentil, mais moins efficace. Celui-ci, en revanche, fonctionne. Même les carabiniers ne s'arrêtent plus pour boire un café. Il n'y a que les daims, les sangliers, le renard et le blaireau qui passent, et le hérisson qui vient manger les iris.

TIZIANO : Mais quand ils m'ont dit que tu allais venir, Martin, j'ai vraiment été tenté de te recevoir. Notre histoire ne date pas d'hier. Il y a quelques jours à peine, Folco me demandait quels journalistes avaient été des mythes pour moi lorsque j'étais jeune. Eh bien, je lui ai dit : Martin Wollacott du *Guardian* ! Lorsque je suis arrivé à Saigon et que je t'ai vu en chair et en os, je n'en ai pas cru mes yeux.

MARTIN : Alors, dis-moi, comment vas-tu ?

TIZIANO : Je vais très bien. Je suis dans une merveilleuse disposition de l'âme. Tout ce que je vois, en attendant ma fin, ferme le cercle. Tu sais, il y avait un célèbre maître zen à qui on demanda un jour : « Quel est le sens de tout cela ? » Et le maître zen prit un pinceau chinois, le plongea dans l'encre et dessina un cercle. J'ai moi aussi ce rêve. C'est beau, non ? Fermer le cercle.

Je me porte merveilleusement bien. Je ris tout le temps. Mais mon corps se liquéfie de toutes parts et commence à pourrir. C'est pour cela que, ces trois ou quatre dernières années, je me suis exercé à me détacher de mon propre corps, à le laisser ici et à m'en aller. Le laisser ici !

Il rit.

Et qu'aucun de mes amis ni aucun journaliste n'écrive de moi : « Il était tellement courageux ! Il a lutté contre le cancer jusqu'au dernier jour… » Ce n'est absolument pas vrai, je n'ai jamais lutté. Eh, au fait, je voulais te demander quelque chose. Il y a très longtemps, lorsque nous étions encore à Hong Kong, j'ai entendu cette histoire : on disait que Don Wise, craignant les « nécros » que ses collègues auraient écrites sur lui, avait rédigé sa propre nécrologie. C'est vrai ?

MARTIN : Je ne sais pas, mais je connais une autre histoire qui, elle, est véridique. Le directeur du *Times* de Londres invita deux journalistes célèbres pour que chacun écrive la nécrologie de l'autre. Les nécrologies furent échangées par erreur, si bien que James Cameron reçut la nécro que René Mulcrone avait écrite sur lui, et que René Mulcrone reçut la nécro écrite par James. Peu de temps après, ils se croisèrent à un dîner. James dit à René : « Tu n'es qu'un con ! », et René lui répondit : « Toi aussi. »

Ils rient.

Je ne suis pas au courant de l'histoire de Don Wise, même s'il aurait très bien pu écrire sa propre nécro.

TIZIANO : Si tu savais combien j'apprécie de ne plus devoir écrire un seul mot ! C'est vraiment merveilleux. Dans la vie, si tu as l'occasion de ne pas te répéter, saisis-la. Je lis tous ces braves jeunes gens qui répètent toujours la même histoire depuis trente ans, sur les Chinois qui en ont contre les Vietnamiens, sur les Américains qui coupent le zizi des Irakiens, comme ils le faisaient au Vietnam avec les oreilles. Toujours les mêmes histoires, et mal écrites par-dessus le marché.

Veux-tu un gin tonic avec une rondelle de citron ?

MARTIN : Non, je préférerais un whisky, si tu en as.

Je vais prendre le whisky dans le petit buffet.

TIZIANO : Ce qu'il y a de beau dans la vie, dans des moments comme celui-ci, c'est qu'on peut s'asseoir pour regarder en arrière. Tous ces personnages, ceux qui ne sont plus là… Cela m'amuse beaucoup. Le jour où j'ai vu Bob Shaplen descendre les marches de l'Hôtel Continental qui craquaient sous ses pas, avec son cigare qui a fini par le tuer… C'est exactement comme – mon Dieu ! – un grand film de l'épopée indienne, le *Mahabharata*.

Il rit.

Viens, je t'accompagne dans ta chambre. Nous avons juste un problème avec l'eau car les sangliers nous ont défoncé la tuyauterie.

Ce soir-là, Martin tente sa chance. Il a envie de parler – comme ils l'ont toujours fait – de la politique, de l'actualité, des guerres, celles du passé, qu'ils ont vécues ensemble, et celles à venir. Papa m'avait dit qu'il ne voulait plus parler de politique. « Il n'en est pas question, je refuse d'en parler parce que c'est banal. Ce ne sont que des broutilles, des choses qui me paraissent tellement peu importantes aujourd'hui, des histoires qui passent. » Mais, avec un ancien collègue, il ne résiste pas à la tentation : les deux hommes se mettent à discuter pendant plusieurs heures, tout en buvant du whisky. Le lendemain matin, ils se saluent pour la dernière fois, et Martin repart.

L'ARRIVÉE EN CHINE

TIZIANO : Je me sens bien aujourd'hui. On pourrait bavarder pendant une petite heure.

FOLCO : Tiens, voici le minou.

Le chat est poursuivi par l'énorme chien de berger de nos voisins.

TIZIANO : Va-t'en ! Je ne veux pas de chien.

Le chien disparaît. Le chat, immobile devant la porte d'entrée, fait le gros dos.

TIZIANO : Tu vois bien que le chat a peur.

FOLCO : À mon avis, ils jouent.

Donc, à la fin de la guerre du Vietnam, toute la famille a vécu pendant quelques années à Hong Kong, dans l'attente de ta véritable destination. Et puis, finalement…

TIZIANO : La Chine !

Tu sais, la Chine a été la grande aventure de ma vie. Nous nous y étions préparés, ta mère et moi, en étudiant le chinois, en lisant des tas de choses. Nous avons attendu tant de temps avant d'arriver dans ce pays que je voulais voir, que je voulais comprendre, qui me fascinait. Tu te rends compte : nous voulions y aller dès 1967, quand nous habitions à New York, et nous avons fini par y vivre seulement en 1980.

Pendant que nous étions à Hong Kong, les Chinois savaient déjà que la Chine populaire allait s'ouvrir, et ils sélectionnaient les journalistes qu'ils voulaient inviter. Ils savaient qu'une bande d'espions aurait aussitôt rappliqué, des types qui voulaient la démasquer, la critiquer. Et moi – je l'avoue –, j'ai tout fait pour apparaître à leurs yeux tel que je pensais être, sans mensonges ni faux-semblants : un ami de la Chine.

Je n'étais pas un ennemi de la Chine, je n'étais pas un de ceux qui espéraient que la Chine s'écroule, qui pensaient que c'étaient les autres qui avaient raison. Je me sentais en toute sincérité un ami de la Chine. J'aimais le peuple chinois, j'aimais cette longue histoire communiste qui avait commencé en 1921, une histoire de souffrances et de massacres. Il ne faut pas oublier que les communistes ont subi des choses épouvantables. Ils ont été décapités par centaines dans les rues de Shanghai.

FOLCO : Par qui ?

TIZIANO : Par les nationalistes. Ils les prenaient, les alignaient et : pan-pan-pan ! Sur certaines photographies, on voit les rues jonchées de têtes. Tout se répète, tu sais : c'est toujours comme si l'Histoire avait commencé hier, comme si l'homme était né hier, qu'il était sans mémoire.

Hong Kong abritait le centre de l'espionnage chinois. On comprend pourquoi les Chinois toléraient la colonie britannique et ne cassaient pas les pieds aux Anglais, qui, en échange, les autorisaient à faire leurs trafics.

Mao est mort en 1976. Pendant les célébrations en sa mémoire à la Bank of China de Hong Kong, j'ai rencontré quelques communistes chinois de haut rang. J'étais l'un des rares étrangers à pouvoir assister à cette sorte de veillée. Par l'intermédiaire d'un de ces communistes – avec lequel je suis resté très ami –, j'ai rencontré un autre personnage qui jouait certainement un rôle très important dans l'espionnage chinois au sein de la colonie britannique. Je dois reconnaître qu'ils ont toujours été très corrects avec moi, qu'ils n'ont jamais cherché à me recruter, ni à me faire de stupides crocs-en-jambe comme faisait le KGB, et nous sommes devenus sincèrement amis.

Donc, lorsqu'il a été question de faire entrer les premiers journalistes en Chine, je me suis retrouvé dans le premier groupe, et *Der Spiegel* m'en a été très reconnaissant parce que nous avons été les premiers à interviewer le président Hua Guofeng, le successeur de Mao. Mao venait de mourir, et on avait mis Hua Guofeng au pouvoir pour le remplacer, avec cette belle phrase attribuée à Mao : « *Ni ban shi, wo fang xing* » – « Avec toi aux commandes, je suis tranquille ».

Mais ce Hua Guofeng ne valait rien, ce n'était pas Mao. Je me souviens du jour où je suis allé l'interviewer avec Rudolf Augstein, le directeur de *Der Spiegel*, dans le Grand Palais du Peuple de Pékin. Augstein était, comment dire, un peu impressionné : il parlait avec l'empereur de la Chine, tout de même ! Mais Hua Guofeng était encore plus impressionné que lui. Moi, j'étais devant, je prenais des photos, et je voyais ses pieds, avec ses chaussettes blanches, dans ses chaussons en coton noir, qui se trémoussaient frénétiquement d'embarras.

Je ne sais pas comment j'avais réussi à obtenir cet entretien. Ce fut la grande chance de ma vie : c'est grâce à cette entrevue que *Der Spiegel* eut l'autorisation d'ouvrir un bureau à Pékin. Et là, j'ai retrouvé Sergej Svirin. Tu te souviens, le correspondant soviétique de la TASS à Singapour ? Il était devenu un excellent espion. Ayant appris que nous allions faire cette interview, il vint dans ma chambre d'hôtel et me supplia à genoux de lui rapporter la quintessence des paroles que Hua Guofeng m'avait confiées. C'était la première fois que le « successeur de Mao », comme on l'appelait, donnait une interview, et les Soviétiques voulaient savoir quelle direction allait prendre la Chine.

Je lui dis : « Écoute, pas maintenant. Nous devons d'abord retranscrire la conversation et la soumettre au ministère. » Mais lorsque j'appris que *Der Spiegel* publierait l'entrevue dès le lendemain, je lui donnai le manuscrit pour qu'il puisse l'envoyer au KGB de Moscou, « grâce aux contacts importants qu'il avait dans le monde journalistique ».

Il rit.

Mon Dieu ! Ce geste nous a permis, dans les années qui suivirent, d'être très souvent invités dans cette superbe ambassade soviétique, installée dans un ancien palais en dehors de Pékin, où nous nous sommes toujours beaucoup amusés.

FOLCO : C'était sans doute une belle période de ta vie.

TIZIANO : Oui, car tout était nouveau, tu comprends ? Nous étions les premiers journalistes qui retournaient vivre en Chine après 1949.

Je suis rentré à Hong Kong et j'ai fait mes valises. Je n'oublierai jamais ce départ. Ta mère est allée jusqu'à Lo Wu, à la frontière entre Hong Kong et la Chine, pour me dire au revoir. De là, on traversait un pont à pied et on entrait en Chine ; puis, on prenait ce beau petit train, avec ces jeunes femmes chefs de train dévouées, habillées comme au temps de Mao, qui astiquaient les poignées des wagons chaque fois que le train s'arrêtait, avant de laisser monter les passagers. Tout était précis, tout était bien organisé.

J'ai vécu pendant quelque temps seul à Pékin. Puis, vous êtes arrivés à votre tour de Hong Kong.

FOLCO : Eh oui, tu nous as tous emmenés en Chine. Mon Dieu ! Après la vie coloniale plutôt aisée à laquelle nous étions habitués, c'était notre premier vrai voyage vers l'inconnu !

Tiziano : Ah, l'histoire de notre première maison à Pékin ! J'étais arrivé en Chine, tout sourire. C'était vraiment : waouhh ! Mais, très vite, nous avons vu également l'autre face de la médaille. Tu vois, on s'apprêtait à vivre dans l'appartement qui nous avait été attribué, et puis on s'est rendu compte qu'on ne pouvait pas prendre l'ascenseur seuls, qu'il y avait toujours une petite bonne femme qui montait et descendait avec nous parce qu'elle devait faire un rapport sur l'étage où nous étions descendus, savoir chez qui nous étions allés, etc. On nous envoyait un cuisinier et on découvrait que c'était un espion ; que le chauffeur était un espion ; que le cuisinier espionnait le chauffeur... Ah, nom de Dieu !

Le moment le plus dramatique fut pendant le déménagement, lorsque j'ai voulu enlever une de ces horribles lampes qui pendaient au plafond et diffusaient une lumière hideuse : je coupai alors les fils du lampadaire du salon pour le mettre à un autre endroit. On vit aussitôt arriver les employés du Service Logement. Mon Dieu, on me soumit à un véritable procès. Une histoire de fous !

« Comment t'es-tu permis de couper ce fil ? Ce fil est la propriété du peuple chinois ! »

Finalement, on découvrit qu'à l'intérieur du lampadaire était caché un micro qui enregistrait tout ce que nous disions. Tu comprends pourquoi ils s'étaient foutus dans une colère noire. Amusant, non ? Tu arrives dans un pays comme celui-ci et tu te dis : « Mais où suis-je, bordel de merde ? »

Nous étions le premier groupe de journalistes à pouvoir voyager en Chine. Il y avait tellement d'histoires à comprendre, tellement de régions à voir qui s'ouvraient pour la première fois. Mais ce sentiment d'être tourné en dérision, que j'avais éprouvé au Vietnam lorsque j'y étais retourné après la guerre, était encore plus fort en

Chine. Car j'ai compris – je le savais mais, cette fois, je m'en rendais compte personnellement – que tout n'était qu'une mise en scène.

Connais-tu l'expression « village Potemkine » ?

Folco : Non.

Tiziano : Au temps où l'Union soviétique était fermée, cette expression désignait les villages fabriqués de toutes pièces qu'on montrait aux amis, européens ou américains, sympathisants socialistes. Ces villages étaient factices. C'était un spectacle, avec des types qui jouaient le rôle de paysans et disaient que le parti était splendide, avec des usines d'une propreté irréprochable et des ouvriers hyper-élégants qui allaient au réfectoire, etc. Dans le monde communiste, cette tradition de mise en scène existait depuis longtemps : elle avait été introduite du temps des tsars, où de véritables villages servaient uniquement à recevoir les visites officielles. Des journalistes étaient invités pendant deux semaines, on leur montrait de belles choses, puis ils repartaient et écrivaient un livre.

Je me suis donc rendu compte rapidement que les Chinois avaient eux aussi leurs « villages Potemkine ».

Comment dire, c'était intéressant de voir comment fonctionnait la logique des régimes totalitaires. Cela aiguisait ma curiosité. J'étais vraiment excité à l'idée de découvrir toutes ces petites histoires. De petites histoires significatives cependant, qui traduisaient une mentalité, toute une façon de gérer les choses. J'ai toujours mis en doute – toujours – la véracité de tout ce que me montraient les gouvernements de toutes les races.

En Chine, cette curiosité tourna à l'obsession : je m'étais rendu compte, en effet, qu'ils nous racontaient ce qu'ils voulaient. Je te donne un exemple. Un jour, pendant une visite officielle dans la province du Xinjiang, on nous emmena dans une tribu ouïgour. Les

Ouïgours sont des musulmans qui détestent les Chinois han, mais les Chinois soutiennent qu'ils les traitent tout à fait décemment. On nous fit visiter un de ces villages avec de splendides yourtes : les jolies tentes, les enfants jouant au ballon, les chameaux, les chevaux, le secrétaire du parti mongol faisant l'éloge du merveilleux parti communiste chinois… Et moi, qu'est-ce que j'ai fait ? J'ai pris un tapis – nous étions assis par terre – et je l'ai soulevé. Sous le tapis, l'herbe était encore fraîche ! Le tapis avait été posé la veille au soir.

Tu vois, pour tous ces petits détails, il faut avoir un flair de détective. Un flair qui signifie : « Moi, tu ne m'auras pas ! » Ce sixième sens a guidé ma vie en Chine, et il a probablement été l'une des raisons de mon arrestation et de mon expulsion.

Je ris.

FOLCO : Ce sont les histoires que tu ne pouvais pas mettre dans tes articles, mais que tu nous racontais lorsque tu rentrais de voyage.

TIZIANO : Je les racontais au dîner pour vous amuser et pour amuser mes collègues. Ah ! Combien de vin et d'histoires ont coulé sur notre table !

Comme je te l'ai dit, nous autres journalistes pouvions voyager en Chine. Toujours escortés, toujours accompagnés, mais nous pouvions voyager. Bien. Lorsque l'autobus arrivait quelque part, il y avait toujours un fonctionnaire politique qui disait : « *Ni hao, ni hao, ni hao ! He cha, he cha, he cha !* » Et tout le monde s'acheminait vers la salle de réception pour boire le thé traditionnel. Et moi ? Bim ! Je tournais derrière l'autobus et je m'éclipsais. Mais ils revenaient toujours me chercher car, au bout d'un quart d'heure, ils s'apercevaient que cet Italien – qui travaillait pour un hebdomadaire allemand et s'habillait comme un Chinois (« Mais qui c'est celui-là ? ») – avait disparu.

On me ramenait au bâtiment du parti, et là, comme toujours : « Je vous en prie, je vous en prie, prenez une autre tasse de thé ! »

J'ai toujours eu ce comportement. Par exemple, j'ai été l'un des premiers à aller au Tibet…

Papa fouille dans un tas de photographies en noir et blanc restées sur la table, avant d'en choisir une.

Voici le Tibet.

Le Tibet, mon cher Tibet, fermé depuis des années ! On ne savait pas ce qui s'était passé. On savait – par ouï-dire – que les Chinois avaient tout détruit, qu'ils avaient détruit les plus grands monastères, le monastère de Ganden, le monastère de Sera.

J'étais avec un petit groupe de journalistes. Nous nous sommes arrêtés à Lhassa pendant à peu près dix jours. Le premier jour, je suis resté au lit, en suivant le conseil de ne pas bouger lorsqu'on arrive dans de telles altitudes. Mon mal de tête passa, et, le jour suivant, une idée lumineuse traversa mon esprit. J'avais emporté avec moi un appareil photo Polaroïd car je savais qu'avec mes photos, je serais bien accueilli par les gens, par les enfants. Je suis allé au marché de Lhassa et j'ai rencontré un marchand népalais avec lequel j'ai réussi à conclure une affaire : je te donne mon Polaroïd avec trois ou quatre recharges, et toi, tu me prêtes ton vélo pendant trois ou quatre jours.

Voilà, ce marché a été ma liberté.

Les Chinois ne voulaient pas qu'on aille visiter Sera, l'un des monastères les plus beaux et les plus grands du Tibet, à une dizaine de kilomètres de Lhassa. Alors, un matin, avant que les autres partent visiter le musée de la Révolution, ou un truc du genre, j'ai dit que je ne me sentais pas bien, et, aussitôt les autres partis, j'ai enfourché ma bicyclette, et – hop ! – j'ai pédalé jusqu'au monastère de Sera.

Détruit ! Il n'y avait personne. J'ai ramassé par terre de vieilles pierres peintes qui avaient été démolies par les gardes rouges. L'ensemble du monastère était détruit, mais ma présence fut toutefois remarquée. Je vis un vieil homme à une fenêtre. Il parlait chinois. Nous avons bavardé pendant une heure. Il me raconta tout, tout ce qui s'était passé. J'étais le seul du groupe à être allé au monastère de Sera ; le seul qui l'avait vu détruit, qui avait parlé avec un homme qui m'avait tout raconté. J'ai toujours été guidé par ce besoin impérieux d'aller vers ce qui ne coule pas de source.

C'est à ce vieil homme que j'ai demandé où se déroulaient les funérailles célestes. Car, comme tu le sais, les Tibétains ne brûlent pas leurs morts, ils les coupent en morceaux et les donnent en pâture aux vautours. Pour les morts de Lhassa, cela se passe à un endroit spécial, sur un grand rocher. Alors, j'ai repris ma bicyclette et je suis allé à cet endroit. Je me suis caché, je suis resté là pendant quelques heures, j'ai vu plusieurs cérémonies funèbres et j'ai pris des photographies de loin, avec mon téléobjectif.

FOLCO : Les Chinois ne voulaient pas qu'on assiste à ces rites ?

TIZIANO : Non, ils les considéraient comme des rites barbares. S'ils avaient donné l'autorisation de les montrer, cela aurait signifié qu'ils acceptaient la culture des Tibétains. Tu vois, l'attitude des Chinois est horrible. Ils sont hyper-racistes envers tous ceux qui ne sont pas de race han.

Ils sont racistes, comme tout le monde. Ils éprouvent le même ressentiment raciste que celui qui vise aujourd'hui les Arabes, en Italie comme ailleurs. « Ils puent l'ail, ils ne se lavent pas… » Tu sais, tous ces discours qui créent l'image d'un peuple, d'une civilisation, et qui justifient ensuite l'usage de la violence. Souviens-toi de ce que je vais te dire : le premier pas de toute guerre, c'est la déshumanisation de l'ennemi. L'ennemi n'est pas un homme comme moi, donc il n'a pas les mêmes droits.

Une autre bonne idée me traversa l'esprit lorsque nous sommes allés visiter le Potala, le palais où vivait le dalaï-lama. Tu imagines ! Le Potala est l'un des monuments les plus prodigieux, les plus majestueux et les plus magiques qui existe au monde. C'est une forteresse en pierre et en chaume, posée sur un rocher au milieu de l'immense vallée de Lhassa. Si tu regardes dans cette pile de photos, tu en trouveras une de moi, avec mes airs de bellâtre, assis sur une pierre, à l'aube, avec, derrière, le Potala. C'est à cet endroit précis que Younghusband – l'Anglais qui a conquis Lhassa avec ses baïonnettes – a eu une expérience mystique dont il ne s'est jamais remis. À ce même endroit ! Il ne pouvait en être autrement.

Pour finir, les Chinois nous ont dit : « Allons visiter le Potala. » Nous étions un groupe de sept ou huit journalistes, guidé par un horrible Chinois qui ne savait rien du Potala : éduqué au marxisme-léninisme, il avait été envoyé à Lhassa pour être espion, ou guide touristique, ou encore policier, et donc, le pauvre, il ne connaissait rien au Tibet.

Les interminables couloirs de l'ancienne demeure du dalaï-lama étaient ornés de fresques splendides. Mais si on lui demandait : « Qui sont ces personnages ? », il répondait : « Des idoles. »

Les Chinois ne connaissaient même pas les noms des dieux tibétains. Rien, rien, rien. Nous sommes restés quelques heures dans le palais. Ils nous ont montré les caves remplies de livres ; ils riaient en pensant que les mères tibétaines venaient ici avec leurs enfants et les faisaient marcher sous les étagères remplies d'écritures pour qu'ils puissent s'imprégner de leur sainteté et de leur sagesse. Moi, je trouvais cette attention magnifique.

Lorsque le groupe redescendit les marches du grand escalier pour retourner vers le car, j'eus l'idée de me cacher dans le Potala. Et lorsque le portail fut poussé, je me suis retrouvé enfermé dans le palais.

Mon Dieu, j'étais seul. Seul dans ce somptueux palais !

C'était l'heure du crépuscule. Je suis monté – parce qu'on sent où se trouve le centre – et je suis arrivé sur les marches les plus hautes du Potala. Devant moi s'étendait la plaine de Lhassa : devant un tel spectacle, on se sent d'essence divine, on se dit en tout cas que le fait d'appartenir à l'humanité qui a créé ce lieu est un immense privilège. La plaine de Lhassa était magnifique. Cette plaine que, plus tard, les Chinois ont abîmée, ont « sinisée » avec leurs supermarchés. Mais, à cette époque, c'était encore un endroit merveilleux. Il y avait la vieille ville, avec tous ses ors, il y avait encore les vieilles maisons avec les gens qui mangeaient dans des chaudrons. Et, là-haut, j'ai été saisi, j'ai vraiment été saisi par un moment de ravissement. Représente-toi la scène : seul, sur le point le plus haut du Potala, en train de regarder le soleil se coucher sur la plaine de Lhassa. Extraordinaire !

Puis, j'ai entendu quelqu'un s'approcher. « Flûte ! », me suis-je dit, « que se passe-t-il ? »

C'était un Tibétain, le gardien des appartements du dalaï-lama. Il parlait chinois ; moi je connaissais seulement quelques mots. Et il m'a invité dans sa chambre pour boire cette horrible *tsampa*, un thé à base de farine d'orge. Je ne pouvais pas refuser. Je suis resté avec lui, que sais-je, deux ou trois heures. Il était assis sur un *kang*, un lit composé de briques chauffantes, et recouvert d'une pile de tapis aussi moelleux qu'un matelas. Le dernier tapis était orné de pivoines, un tapis classique, rien de très extraordinaire.

Alors, je lui ai demandé : « Excusez-moi, vous me vendriez ce tapis ? »

Et il m'a dit : « Mais… »

Bref, nous nous sommes mis d'accord : cent dollars ! Putain, je lui ai donné cent dollars, et nous avons enroulé le tapis. À la tombée de la nuit – j'attendais qu'il fasse sombre –, il m'a ouvert le portail du Potala, et moi, avec mon tapis, j'ai descendu les marches du grand escalier.

Il rit.

Et là, quelqu'un a dû me voir. Il y avait des espions, parce que cet épisode est ressorti pendant les interrogatoires au moment de mon expulsion.

C'était magnifique. Je suis rentré à pied à mon hôtel, avec ce tapis, et j'étais heureux. C'était une histoire amusante, tu comprends ? Et ce tapis était le symbole de toute cette aventure. Je ne me sens pas propriétaire de ce tapis, je m'en sens le gardien, et c'est d'ailleurs ce que j'ai dit au dalaï-lama : « Si vous rentrez au Tibet, je vous rendrai le tapis de votre gardien. »

Le dalaï-lama riait. Il en a des milliers, des tapis comme celui-là.

Mais c'est pour te dire un peu quel était mon comportement. En Chine, cela s'est toujours passé de cette manière, toujours. Je leur en ai créé des problèmes à ces pauvres Chinois !

LES LIVRES

TIZIANO : Ils ont dit qu'ils arriveraient à quelle heure ?

FOLCO : On a encore du temps.

TIZIANO : Attends. Où as-tu mis le téléphone ? Appelle-les.

Je les appelle.

FOLCO : Ils sont à l'aéroport, ils viennent d'atterrir. Ils seront ici dans une petite heure, pas plus.

> *Derrière les hortensias surgit le seul visiteur*
> *que Papa reçoit encore avec plaisir,*
> *Mario de l'Orsigna, berger, paysan,*
> *cueilleur de champignons et chauffeur de bus.*

TIZIANO : Mario !

MARIO : Alors ?

TIZIANO : Mon petit Mario, je me sens tellement bien aujourd'hui, tu ne peux pas imaginer. Et Saskia qui va arriver dans peu de temps avec Nicolò que je n'ai encore jamais vu. Ils seront là dans une petite heure. Qu'as-tu de beau dans ce panier ?

MARIO : Je t'ai apporté…

FOLCO : De la salade !

MARIO : Non, ça, ce sont des blettes.

TIZIANO : Ah oui, quelle bonne idée ! On coupe les côtes et on les prépare avec du beurre et du fromage.

MARIO : Et puis je t'ai apporté des œufs. Dessous, il y a une petite poignée d'asperges et deux paniers de salade. C'est le début du potager. Il y a déjà de la salade comme celle-ci, mais il faudra en repiquer là-haut. S'il n'avait pas plu, j'aurais bêché également le potager. Mais comment faire ? Hier, il a plu, et avant-hier, il y a eu de la pluie toute la journée.

TIZIANO : Je voulais te demander si tu pouvais me couper un peu de gazon. Je voudrais faire un petit chemin qui aille jusque dans le fond du jardin. Tu sais, avec le petit, on ira marcher jusqu'au banc.

MARIO : Je serai là après le déjeuner. Si tu m'avais vu, l'autre jour ! J'ai dû m'en aller en courant, sinon je me serais fait doucher, mon Dieu ! Alors, j'vais faire une chose. J'vais m'en aller, j'vais aller chez maman, et je reviendrai après le déjeuner.

FOLCO : Le soleil sera de retour aujourd'hui.

MARIO : J'espère bien. Mais ils avaient dit qu'il ne ferait pas beau aujourd'hui non plus. On dirait qu'ils se sont trompés.

TIZIANO : Bien, viens plus tard. Comme ça, tu verras aussi Nicolò. Et votre chaton qui a grandi.

MARIO : J'aurais pu apporter un peu de lait au chaton ; le lait de chèvre, c'est quand même autre chose. Bon, je vais mettre tout ça dans la cuisine. À plus tard, Tiziano.

TIZIANO : Tu as beaucoup de travail, c'est sûr !

Mario repart.

TIZIANO : Folco, puisqu'ils arrivent dans peu de temps, il va falloir mettre du chauffage dans leur chambre. Peux-tu aller chercher du bois et allumer un feu ? Comme ça, quand ils arriveront, il fera bien chaud.

Lorsque la maison est prête pour accueillir le dernier petit-fils de Papa, nous nous asseyons de nouveau dans le jardin.

FOLCO : Hier, nous parlions de la Chine. Je voulais te demander, Papa : Comment préparais-tu tes voyages ? Ou alors, était-ce le journal qui te disait où tu devais aller ?

TIZIANO : Non. Tu sais, je lisais, j'étudiais et je décidais d'aller à tel ou tel endroit. S'il restait un bout du monde où personne n'était encore jamais allé, il suffisait de prendre un train, et le lendemain matin, on y était.

FOLCO : Tu emmenais toujours avec toi des tas de livres. Tu avais même demandé à Xiao Liu, ton interprète, de t'en traduire quelques-uns du chinois.

TIZIANO : Sans les livres, je n'aurais même pas imaginé certains voyages.

FOLCO : Pourtant, tu n'utilisais jamais de guides touristiques. Tu utilisais ces vieux livres jaunis, publiés il y a cinquante ou cent ans, avec une reliure en cuir et le titre écrit en lettres d'or. Au lieu de voyager avec un guide Lonely Planet, tu emmenais toujours avec toi ces vieux bouquins.

TIZIANO : Oui, parce que ça ne m'intéressait pas de savoir dans quel hôtel je pouvais dormir pour pas cher. Ce que je voulais, c'était retrouver le monde qui avait existé avant. Tu sais, c'est toujours important de comparer le présent avec le passé. Soyons honnêtes : les guides touristiques n'ont pas d'âme, ils sont écrits pour les routards qui cherchent la pension où ils dépenseront une roupie de moins qu'ailleurs. Les guides ne racontent rien, même s'ils te résument brièvement l'histoire du pays. En revanche, il y a eu, par le passé, des voyageurs extraordinaires. Et moi, j'ai toujours voyagé avec eux. Les livres étaient mes meilleurs compagnons de route. Ils étaient silencieux lorsque je voulais qu'ils soient silencieux ; ils me parlaient lorsque j'avais besoin qu'ils me parlent. À l'inverse, il est difficile d'avoir un compagnon de voyage parce qu'il impose sa présence, ses exigences. Un livre n'impose rien, il reste silencieux. Mais il possède une infinité de belles choses.

FOLCO : Quels livres ? Quels voyageurs t'ont vraiment inspiré ?

TIZIANO : Beaucoup, vois-tu, même des auteurs inconnus. Il y en avait un qui s'appelait Harry Franck ; il y avait aussi Karlgren, un brillant archéologue suédois[1] ; et puis ce beau livre, *Peking, the City of Lingering Splendour*[2].

Ta mère et moi avons adoré un livre de Eliza Ruhamah Scidmore[3], une femme extraordinaire, une Américaine excentrique qui était allée en Chine au début du XXe siècle et s'était retrouvée dans le monde de la dynastie Qing, où vivaient encore tous ces mandarins sales et couverts de poux. Elle marcha sur la Grande Muraille qui existait encore autour de la cité de Pékin. Cette femme avait été frappée de stupeur par tout cet univers, par la beauté et la décadence de la Chine impériale. Elle nous aide à comprendre. Elle nous aide également à ressentir les émotions fortes qu'elle a elle-même éprouvées. Et elle écrit très bien. Elle décrit sa vie, comme le fait ta maman dans son journal. D'ailleurs, si tu relis le journal de ta mère sur la Chine, oseras-tu le comparer à un guide Lonely Planet ? Bien sûr, il ne va pas t'indiquer les lieux où dormir, ni dans quel restaurant il faut aller pour manger du canard, mais il va te donner une vision de la vie des gens. Et, à partir de cette vision, tu vas pouvoir établir des parallèles, faire des confrontations, pour te rendre compte de la tragédie que représente la fin de cette Chine.

1. Bernhard Karlgren (1889-1978), linguiste suédois, l'un des premiers à avoir tenté d'utiliser la phonologie européenne pour analyser la phonologie historique du chinois.
2. *Pékin, la Cité de la Splendeur Perpétuelle,* de John Eaton Calthorpe Blofeld, Shambhala Publications, 2001.
3. *China : The long-lived Empire*, Adamant Media Corporation, 2001.

Je suis allé sur la tombe d'Eliza Scidmore, dans le cimetière de Yokohama, pour lui rendre hommage. Je suis allé lui parler, la remercier. Ah, mon amour pour les cimetières !

FOLCO : Pourtant, tu ne veux pas être enterré dans un cimetière…

Papa soupire.

Les récits de ces voyageurs t'ont montré comment on pourrait voyager encore aujourd'hui. As-tu été influencé par eux ?

TIZIANO : Mais bien sûr ! Bien sûr qu'ils m'ont influencé. Je me suis inspiré des livres de Sven Hedin[1] : au début du XXᵉ siècle, cet explorateur suédois organisa des expéditions depuis Pékin en se procurant les recommandations nécessaires auprès des personnages puissants, pour pouvoir ensuite partir – avec force chameaux, éléphants, chevaux et porteurs – à la découverte de la route de la soie et des grottes bouddhiques de Donghuan. Quel courage ! Ils ne savaient pas où ils allaient et ils découvraient des splendeurs. C'étaient à la fois des explorateurs et des gens très cultivés. Parce qu'il faut connaître pour pouvoir trouver.

FOLCO : Ils étaient tes modèles. Tu te nourrissais de leur esprit, mais c'était l'esprit de l'explorateur et de l'archéologue, ce n'était pas l'esprit du journaliste.

TIZIANO : Beaucoup d'étrangers qui vivaient à Pékin dans les années 1920 et 1930 étaient des *remittance men*[2], c'est-à-dire les vilains petits canards issus d'une grande famille qui, pour se débarrasser d'eux, leur

1. Sven Anders von Hedin, explorateur et savant suédois (Stockholm, 1865-1952), effectua de nombreux voyages en Asie centrale et publia des récits de ses explorations.
2. « Expatrié entretenu, résident étranger entretenu » (*Remittance* : versement, remise d'argent, envoi de fonds). Ce terme

envoyait une rente mensuelle dont ils faisaient ce qu'ils voulaient. En réalité, j'étais un *remittance man* manqué. *Der Spiegel* m'envoyait de l'argent, le journal me payait pour que je mène une vie que j'aurais menée en d'autres temps en envoyant des lettres à ma famille, et que je menais en écrivant des articles pour des journaux.

FOLCO : C'est drôle. Lorsque tu étais petit, tu n'avais pas un seul livre, et maintenant, nous en avons plusieurs milliers, nous en avons tellement qu'ils tapissent tous les murs de la maison. Pourquoi en as-tu collectionné autant ?

TIZIANO : Parce que nous avons toujours vécu à des endroits où nous n'avions pas accès aux bibliothèques, alors j'ai dû me créer la mienne.

FOLCO : Je me souviens de ces livres qui arrivaient du monde entier. Tu devais les regarder, les astiquer, y apposer ton tampon et la date. Tu y passais des journées entières. Tu étais très occupé avec tes collections. Il régnait un beau silence. Puis, lorsque l'été arrivait, tu partais, tu allais chez les antiquaires de Londres et, de Londres, tu prenais ta voiture, tu roulais pendant des heures – j'y suis allé une fois avec toi – jusqu'à ce coin reculé du pays de Galles…

TIZIANO : Hay-on-Wye, pour acheter des kilos et des kilos de livres ! Là, on ne pouvait pas choisir. On prenait un lot, on rentrait à la maison, et – bon sang ! – on

---

était jadis largement utilisé, surtout dans l'Ouest canadien avant la Première Guerre mondiale, pour désigner un immigrant vivant au Canada grâce aux fonds habituellement versés par sa famille en Angleterre pour s'assurer qu'il ne retournera pas chez lui et ne deviendra pas une source d'embarras. « There was a mystery about him, that he might be a gentleman's son gone wrong or something or other ; also, that he was a remittance man and was paid to keep away from England. » Jack London, *The Sea Wolf*.

découvrait un trésor ! Tu sais, lorsque les fonctionnaires des colonies anglaises mouraient, leurs épouses se débarrassaient de leurs livres dont elles ne savaient que faire. Je me souviens d'une fois où j'avais été fou de joie parce qu'il y avait un type qui avait dû être fonctionnaire des douanes en Chine et qui avait énormément de livres du début du XXe siècle, dont ceux de Harry Franck que j'aimais tant. De vieux livres désormais introuvables. Tous ces livres, où les trouve-t-on ? Qui réédite un livre de 1912 sur Pékin, Folco ? Il peut arriver qu'on tombe sur un de ces bouquins ; en tout cas, dans ma bibliothèque, ils sont tous ensemble.

J'ai trouvé d'autres très beaux livres dans la ville de Tianjin, dans le Nord de la Chine, dans un grand magasin communiste. J'avais demandé s'ils avaient également de vieux livres : on m'a ouvert alors la porte d'une pièce où avaient été amassées, après la prise du pouvoir par les communistes en 1949, des bibliothèques entières datant des années 1920, 1930, 1940, probablement confisquées aux étrangers. J'ai acheté des montagnes de livres qui ne devaient plus être lus, parce qu'ils traitaient tous de l'époque prérévolutionnaire. Ils étaient signés et datés : Tianjin, Shanghai, Pékin. Quelqu'un les avait cachés au lieu de les donner en pâture aux gardes rouges, qui les auraient brûlés. Quelle belle expérience !

C'est intéressant ce qu'on peut faire dans la vie, notamment avec de l'argent.

Ce qui me plaisait, en outre, c'est que beaucoup de ces livres avaient également des photographies, tu sais, ces vieilles photographies, des daguerréotypes qui représentaient tous les moindres détails. On se rendait ensuite sur place et on découvrait par exemple une usine neuve avec juste une ruine du temple dans la cour. Tout le reste avait été détruit pendant la Révolution culturelle. C'était un travail digne d'un détective.

Je me souviens du jour où nous sommes allés à Chengde, la résidence d'été des derniers empereurs de l'autre côté de la Grande Muraille. Nous avons rencontré deux ou trois hommes qui essayaient de restaurer une pagode. Devant eux se dressaient soixante-douze Arhat, tous à échelle d'homme...

Folco : Qu'est-ce qu'un Arhat ?

Tiziano : Ce sont les incarnations de Bouddha dans toutes les attitudes humaines possibles : il y a le Arhat chantant, le Arhat jouant de la cithare, le Arhat ivre, le Arhat rieur... Je crois qu'il y avait soixante-douze statues et ces hommes ne savaient pas dans quel ordre les ranger. J'avais avec moi un livre des années 1930 de Sven Hedin sur Jehol[1], l'ancienne Chengde, où était décrite et représentée précisément cette pagode. Ils ne pouvaient pas y croire !

« Donnez-le-nous, donnez-le-nous ! Nous ne savons pas dans quel ordre replacer tous ces Arhat. »

C'est un livre magnifique, nous l'avons toujours.

Folco : Comment, tu ne leur as pas donné ?

Tiziano : Non. Pour eux, c'était un objet précieux, mais pour nous, il était tout autant précieux d'avoir ces livres pour comprendre ce qui s'était passé avant et ce qui avait été perdu pendant la Révolution culturelle. Par la suite, j'ai envoyé une photocopie du livre à ces types.

Il réfléchit un instant.

Les livres. Ils ont été mes grands amis : il n'y a rien de mieux, en effet, que de voyager avec quelqu'un qui a déjà fait la même route, qui nous raconte comment c'était avant, pour que l'on puisse ensuite comparer, sentir une odeur qui a disparu, ou qui existe encore.

1. *Jehol*, Pelgrims Book House, 2002.

Plus tard, j'ai eu un autre grand ami : Ossendowski. Dans la plaine splendide de la Mongolie, aux alentours d'Urga, il décrit[1] – avec quelle ferveur ! – l'odeur d'une certaine plante que j'ai aussitôt identifiée, car les Mongols la mettent à sécher et en font de l'encens pour leurs temples. Alors, je suis allé chercher quelques feuilles de cette plante et je les ai mises à sécher dans la page du livre où Ossendowski la cite.

Tu sais, Folco, c'est comme si Ossendowski vivait avec moi. En cet instant précis, Ossendowski revivait. Et je garde le secret espoir que, dans cinquante ou cent ans, quelqu'un retrouvera par hasard mon livre chez un soldeur ou dans une vieille bibliothèque, et que, sans savoir qui je suis – oui, car c'est toujours comme ça que ça se passe –, il se mettra à lire et me reconnaîtra, il reconnaîtra un sentiment, quelque chose qu'il a vécu dans le même pays que moi.

Alors, en cet instant précis, je revivrai un court moment d'éternité.

1. Ferdynand Ossendowski, *Bêtes, hommes et Dieux : À travers la Mongolie interdite, 1920-1921*, traduit par Robert Renard, Phébus, 2000.

ÉCOLE CHINOISE

C'est une très belle journée ensoleillée. Aujourd'hui encore, nous sommes dans le jardin. Saskia est avec nous. Elle est venue nous rendre visite pour quelques jours.

Elle est assise sur une chaise longue et tient, dans les bras, le petit Nicolò.

FOLCO : Parlons de l'école chinoise puisque Saskia est là.

TIZIANO : Bien sûr. Et vous aurez le droit de me demander : mais quelle idée t'a pris de nous mettre à l'école chinoise ? Nous étions dans une belle école, une école internationale, à Hong Kong, et toi, tu nous as propulsés là, dans cette école sordide, cette école communiste ?

La décision que j'ai prise fut, pour moi, extrêmement simple et d'ordre essentiellement idéologique. La Chine où nous allions vivre était une Chine qui venait de perdre Mao, une Chine extrêmement fermée à l'égard des étrangers. Au fond, l'étranger devait évoluer dans une sorte de manège où tout était parfait, où tout était bien astiqué, où tout était programmé. On résidait dans des maisons pour étrangers, on était enfermés dans des parcs – vous vous en souvenez – entourés de murs et de fil barbelé, avec de bons gros soldats qui montaient la garde devant les entrées. On pouvait manger à l'International Club si on voulait. Si on voyageait, on voyageait dans les wagons aux sièges « moelleux », destinés uniquement aux étrangers. Et on finissait par faire partie de ces cercles où tous les étrangers se retrouvent entre eux, où les Italiens cuisinent des spaghettis et les Anglais préparent du rosbif.

Si nous avions fait ce que faisaient la plupart des étrangers de notre genre – des riches, des Occidentaux –, nous aurions pu résider en Chine sans jamais vivre en Chine. Nous vous aurions mis dans une école française ou américaine, et vous auriez eu comme amis le fils de l'ambassadeur de Tombouctou, la fille du premier secrétaire de l'ambassade allemande. Vous seriez allés à leurs fêtes d'anniversaire, mais de la Chine, vous n'auriez rien vu. La Chine serait restée quelque chose d'extérieur. La Chine se serait réduite à ces ploucs tous habillés pareil.

Or, nous avions l'intention tout à fait claire… Où est ce coussin ? Ah, le voici, merci.

Papa a des douleurs à l'estomac.

Nous allions en Chine avec une tout autre perspective que celle de mener pendant deux ou trois ans une vie de luxe dans un cercle d'étrangers, comme si ce n'était qu'une étape dans ma carrière, avant Washington ou Paris. Pour nous, la Chine était tout à fait autre chose. Nous voulions y aller pour la connaître, nous voulions entrer à l'intérieur du pays. J'étais fasciné par l'expérience maoïste. Je me serais vraiment senti frustré si j'avais été exclu de la vie des Chinois, et le fait que ta mère et moi ayons appris le chinois nous a beaucoup aidés. Si je vous avais mis à l'école internationale, vous n'auriez rien su de la Chine.

FOLCO : Au lieu de cela, nous avons appris à marcher au pas, à saluer le drapeau chinois et à lancer des grenades chinoises.

TIZIANO : Oui, c'était vraiment du communisme ce que vous viviez ! Tous en rang… Vous avez appris à marcher au pas, vous avez appris à nettoyer les cabinets et vous avez découvert l'horreur du communisme. Vous vous êtes vaccinés contre le communisme. Bon sang ! On ne peut pas dire que vous n'ayez rien appris de la Chine ! Ce n'est pas un hasard si je vous ai dédié mon livre *La Porta proibita*[1] : « À Folco et Saskia, à qui j'ai imposé mon amour pour la Chine ». Oui, je vous ai *imposé* la Chine, je vous l'ai imposée. Mais je vous l'ai imposée en étant persuadé, dans le fond, que je faisais quelque chose de bien, que je vous offrais la possibilité de vivre une expérience merveilleuse, différente, qui ajoutait quelque chose à votre vie.

FOLCO : Je dois avouer que, sur le coup, ça ne m'a pas du tout plu.

TIZIANO : Oui, bien sûr, je te crois sans réserve. Mon Dieu, je serais…

FOLCO : Je me souviens que je considérais à l'époque cette expérience comme l'une des plus négatives de toute ma vie. Je pleurais souvent quand je rentrais de l'école. Après, au contraire…

TIZIANO : Après, tu t'es senti presque un privilégié par rapport aux autres enfants qui allaient dans des écoles normales, n'est-ce pas ?

Je m'adresse à ma sœur
qui vient de terminer d'allaiter Nicolò.

FOLCO : Et toi, Saskia, tu as aimé l'école chinoise ?

SASKIA : Moi, je me suis moins rebellée que toi.

TIZIANO : Ouais, tu étais aussi plus jeune. Toi, Folco, quel âge avais-tu ? Tu avais onze ans, non ?

1. Tiziano Terzani, *La Porta proibita* [*La Porte interdite*], Longanesi, 1998.

FOLCO : Oui. Cette rigidité ne me disait vraiment rien. Dans notre école, nous avons découvert que le communisme n'était absolument pas drôle, et je me souviens combien la vie en général était triste en Chine. J'étais vraiment surpris de voir qu'il existait un système dans lequel les gens se sentaient aussi mal, s'ennuyaient tellement, n'avaient même plus envie de vivre. Quelle grisaille ! Les Chinois se brimaient, s'espionnaient, se suivaient les uns les autres. La police partout. Je me demandais : mais à quoi ça sert ? Quelle perversion a pu amener les gens à se comporter de cette manière ?

TIZIANO : Je crois que tu es devenu un fervent anti-communiste au sein de l'école communiste, et que ta position a pu être aussi un avantage, finalement.

Il rit.

FOLCO : Il existe peut-être une phase révolutionnaire pendant laquelle tout le monde est inspiré, mais elle dure peu de temps.

TIZIANO : Très juste. Tu n'avais aucune lorgnette idéo-logique, et tu voyais la réalité telle qu'elle était. C'est évidemment ce qui m'est arrivé à moi aussi, très rapi-dement, et c'est ce qui t'a rendu tellement anticommu-niste.

FOLCO : Oui, parce qu'on considère que la liberté va de soi. Puis, on se rend compte qu'il existe des sys-tèmes qui prennent le pouvoir et qui, pendant quarante, cinquante ou cent ans, emmerdent toute une popula-tion. Ce genre de trucs fait un peu peur. En Chine, les gens étaient écrasés par le système.

TIZIANO : Oui, c'est sûr.

FOLCO : Tout était secret, tout était interdit. Nos cama-rades chinois ne pouvaient pas venir chez nous. Il y avait toujours une peur qui planait, la peur d'être écou-tés. Il n'y avait vraiment pas de liberté.

TIZIANO : Tout à fait exact. Le problème de la liberté, Folco, est l'un des thèmes dont nous avons déjà parlé en d'autres occasions. La liberté est un concept extrêmement vague. À l'évidence, celle dont tu parles est la première des libertés, celle de la vie au quotidien qui consiste à pouvoir vivre en paix. Cependant, derrière cette folie maoïste, il y avait une idée, mais cette idée, malheureusement, a été pervertie.

FOLCO : Lorsque nous vivions en Chine, il me semble que cette idée était déjà fatiguée et malade. Les gens scandaient les slogans, balayaient les rues, mais il n'y avait plus d'entrain, me semblait-il.

SASKIA : Parce que tout ce qu'ils devaient faire était inutile. Je me souviens qu'ils balayaient les rues lorsque les tempêtes de sable soufflaient du désert de Gobi et nous jetaient du sable plein les yeux. Mais ce jour-là, il fallait balayer.

FOLCO : Tu as raison ! Être obligé de faire des gestes qui sont utiles en théorie, mais qui ne servent à rien dans la pratique. Plus personne n'était convaincu, plus personne ne sentait qu'il faisait partie d'un grand projet.

TIZIANO : Oui, c'était fini, vous avez raison. C'était la fin d'un projet, la fin d'un idéal. L'image de la Chine héroïque, travailleuse, se liquéfiait de toutes parts.

Puis, je me suis rendu compte par moi-même que cette école n'était pas facile pour vous, qu'on vous enseignait des choses qui étaient exactement le contraire du système de valeurs auquel je croyais. Par exemple, devoir espionner ses camarades, ou être obligé de disséquer un poisson, ce qui t'avait terriblement scandalisée, Saskia. Pendant le cours de biologie, tu avais dû ôter les nageoires du poisson une à une, alors que le poisson était encore vivant ! Pourtant, comment dire, je considérais que le fait de nettoyer les cabinets faisait partie de ma vision d'un monde nouveau. Pourquoi seraient-ce les autres qui devraient nettoyer les cabinets et pas nous ? À cette époque, j'étais encore très marqué par l'idéologie, c'est-à-dire que j'interprétais les situations d'un point de vue également politique et historique.

J'ai donc compris que cette école était difficile pour vous, mais je ne me suis pas inquiété outre mesure, car je savais que vous étiez tous les deux capables de résister.

FOLCO : D'ailleurs, quand on résiste à une expérience comme celle-ci, après on se sent plus fort, prêt à affronter n'importe quelle situation.

TIZIANO : Oui, bien sûr, c'est aussi l'impression que j'avais.

FOLCO : Et toi, Saskia, qu'as-tu appris à l'école chinoise ?

SASKIA : Les mathématiques. Ils les enseignaient vraiment très bien. Et puis, il y avait encore une discipline à l'ancienne, comme il n'y en avait plus dans nos écoles : se lever pour répondre au maître, rester assis sur le banc, les mains derrière le dos, marcher au pas. Tous ces comportements, même un peu militaires, ne déplaisent pas aux enfants. Au contraire, cela nous amusait presque. Il y avait aussi plein d'activités organisées : le concours de chant, le concours de cerfs-volants, le devoir de faire des bonnes actions, comme celle d'aider une vieille dame à traverser la rue en suivant l'exemple du soldat modèle Lei Feng. Au fond, c'étaient des activités qui donnaient aux enfants le sens de la responsabilité civique, un sentiment d'appartenance à une communauté.

TIZIANO : Pensez-y : ce Lei Feng, quel beau personnage ! Il est probable qu'il ait été inventé. Mais n'est-ce pas plus agréable, pour un enfant, d'imiter le bon soldat Feng que de rêver de devenir un joueur de foot qui marque deux cents buts pour 400 millions d'euros ? Comment dire, c'était un autre monde, et moi, j'avais envie de vous montrer ce monde-là.

Après, tout le monde me disait : « Écris sur l'expérience de tes enfants en Chine ! » « Mais pourquoi devrais-je écrire, moi ? », leur avais-je répondu. « Je vais les faire écrire eux. » Ce fut une très belle expérience : vous avez tous les deux décrit vos impressions à votre manière, avec votre langage enfantin. Vos textes étaient tellement authentiques que *L'Espresso* les avait publiés. Il n'y a rien qui frappe davantage que le langage de la vérité.

Et puis, n'oubliez pas non plus cet autre beau souvenir : c'est vous qui m'avez permis d'obtenir mon premier scoop ! Un jour, vous rentriez de l'école et vous m'avez dit : « Papa, le portrait de Hua Guonfeng a disparu de toutes les classes ! » « Bon sang », ai-je dit. « C'est un signal d'une toute première importance. » Je compris d'après ce que vous me racontiez que le président du parti communiste, celui que j'avais interviewé, avait été évincé.

Soudain, Papa respire rapidement cinq ou six fois de suite.

FOLCO : Ce sont des bulles d'air qui remontent ?

TIZIANO : Oui, comme Nicolino.

Donc, vous inscrire à l'école chinoise, cela signifiait vous faire entrer en Chine, vous obliger à parler chinois, vous permettre d'avoir des relations avec les Chinois, relations que vous avez eues, malgré toutes les restrictions dont vous vous souvenez mieux que moi. Cette décision était donc liée à tout le reste. Nous prenions le train, nous parlions avec les gens, nous circulions à bicyclette. Les étrangers qui s'achetaient une bicyclette étaient rares, la plupart avaient une voiture. Nous aussi, nous avions une voiture, quand nous avions besoin d'aller loin ; mais sinon, chacun de nous avait une bicyclette. Tu te souviens de ta petite bicyclette, Folco ? Et la tienne, Saskia, qui avait encore de petites roulettes ?

FOLCO : Et vous, vous aviez des bicyclettes chinoises.

TIZIANO : Oui, de belles bicyclettes noires, avec un haut guidon !

Bref, vous comprenez ce que je veux dire ? J'étais convaincu d'une chose, d'une chose qui n'a jamais changé, même après tout ce que nous avons découvert sur le maoïsme et le communisme : la Chine était une grande civilisation, une civilisation splendide, une des rares grandes civilisations de l'histoire de l'humanité. Bon, d'accord, il y avait eu les Assyro-Babyloniens, les Égyptiens… Mais cette Chine était vraiment splendide. Je ne voulais pas vous priver de l'occasion de vous en rendre compte, et l'école était, à mes yeux, le moyen le plus simple de le faire. Vous appreniez la langue, les mœurs, les comportements.

Lorsque nous avons commencé à voyager en Chine, grâce à ce système génial qui consistait à embarquer nos vélos dans le train pour partir à la découverte des endroits les plus cachés, le fait que vous puissiez bavarder et plaisanter avec les gens était très utile, admettez-le.

SASKIA : Je me souviens que nous étions extrêmement fiers de savoir parler chinois sans accent.

TIZIANO : On apprenait à vivre dans le pays, non ? On prenait le train en évitant les wagons pour étrangers, on était avec les Chinois pour manger les *baozi*[1], leurs petits pains gris, dans les wagons-restaurants tout poisseux. C'était bien, non ? C'était la vie ! Vous vous souvenez de cette scène extraordinaire dans une salle de gare ? Nous attendions notre train qui partait en pleine

---

1. Petit pain tout rond, cuit à la vapeur, fourré avec un mélange de viande et de légumes.

nuit, comme c'était souvent le cas, et nous mangions un bol de riz frit qu'on nous avait apporté. Soudain, on a entendu un crrr, crrr, crrr. Un homme avait réussi à ouvrir la fenêtre de dehors, et il y avait derrière lui je ne sais combien de paires d'yeux qui nous regardaient.

Il rit.

Ah oui, nous vivions une époque héroïque !

FOLCO : Pourtant, vous avez pris un risque de taille en nous retirant du système scolaire normal pour nous mettre à l'École de l'Herbe Parfumée.

TIZIANO : Ce n'est que lorsque vous avez dû aller à l'université que nous avons considéré qu'un peu d'éducation formelle était nécessaire. Mais lorsque nous vivions en Chine, nous trouvions que c'était bien plus intéressant de partir tous les quatre pendant dix jours pour faire une excursion à vélo dans le pays plutôt que de vous laisser suivre vos leçons de mathématiques à l'école. Les maths, vous auriez tout le temps de les apprendre plus tard, lorsqu'il pleuvrait !

Saskia et moi nous mettons à rire.

FOLCO : Lorsque j'étais aux États-Unis, un jour, j'ai rencontré un physicien qui avait obtenu le prix Nobel. Je lui ai demandé : « Comment se fait-il que tu sois devenu meilleur que les autres ? Qu'as-tu fait de différent à l'université, as-tu étudié plus que les autres ? » Et il m'a répondu : « Non. Pendant que les autres passaient tout leur temps à étudier, moi j'allais tous les week-ends escalader une montagne ou explorer les fonds de l'océan. C'est ainsi que j'ai appris les choses qui ont fait de moi quelqu'un de différent. »

TIZIANO : Formidable !

FOLCO : Malheureusement, quand je l'ai rencontré, j'avais déjà terminé mes études. Sinon j'aurais suivi son conseil.

TIZIANO : Formidable ! Tout est là. Moi aussi, j'ai éprouvé ce sentiment très intensément. On est comme on est, pas seulement par sa naissance, mais aussi par la vie qu'on se crée. Mais vous vous rendez compte : aller à vélo jusqu'à Qufu, la ville de Confucius ! Ce n'était pas une belle expérience ? On apprenait plein de choses.

Vous vous souvenez de la tombe de Mencius, là-bas, dans le Shandong ?

FOLCO : Qui était Mencius ?

TIZIANO : Mencius était un grand philosophe chinois, comme Confucius. Ils ont vécu tous les deux en 500 avant Jésus-Christ. Et vous vous souvenez de la route qui menait à sa tombe, et tous ces types qui passaient avec leur bicyclette à voile ?

FOLCO : Non.

TIZIANO : Une voile qui permet de tirer avec plus de force la charrette attachée derrière la bicyclette. Et Pingyao, tu t'en souviens, Folco ?

FOLCO : Oui. Pingyao, cette ville entourée de vieux remparts, et tous ces gens qui semblaient n'avoir jamais vu d'étrangers. J'étais petit, mais j'en garde une très forte impression.

TIZIANO : C'était une ville que nous n'avions pas le droit de visiter. Pour le Nouvel An chinois nous étions allés dans la ville de Taiyuan. Mais je savais qu'à une centaine de kilomètres de là se trouvait Pingyao, l'une des très rares anciennes cités encore entourées de remparts. Le père Pieraccini, un ancien missionnaire toscan qui habitait à Hong Kong depuis qu'il avait été expulsé de Chine, en 1949, m'avait dit que son diocèse se trouvait autrefois dans cette ville. J'étais donc vraiment tenté d'aller à Pingyao. Nous avons laissé ta mère et Saskia à Taiyuan, et nous sommes partis tous les deux, habillés comme des Chinois. Nous sommes allés

246

à la gare, nous avons acheté notre billet comme des Chinois et nous sommes arrivés à Pingyao.

Je ne sais pas si tu te souviens de cette cité : splendide, sale, envahie de fumées, mais une cité antique, atavique, avec ces vieilles tours et ces remparts tout autour.

Et là, nous avons vu, sur les murs des maisons, des croix tracées à la craie. Il y avait quelqu'un qui voulait nous dire qu'il était chrétien !

Nous nous sommes baladés dans les rues ; moi je prenais des photos. Quand, soudain, nous avons été découverts. C'était évident, les gens nous regardaient, ils voyaient bien qu'on était étrangers. Quatre ou cinq policiers nous ont gentiment pris avec eux et nous ont emmenés au siège du parti – « *He cha, he cha, he cha !* » – pour nous inviter à boire la tasse de thé rituelle. Ils nous ont dit que, vu que nous n'avions pas l'autorisation de voyager à Pingyao, ils allaient nous remettre dans le premier train. Nous avons pris un air niais. « Ah bon ? Excusez-nous, nous ne savions pas, nous sommes désolés... » De toute manière, j'avais déjà vu ce que je voulais voir, j'avais pris des photos, je m'étais fait une idée de l'endroit.

On nous a emmenés à la gare. Lorsque le train s'est mis en marche, nous avons vu un homme sortir de la foule, se jeter à notre fenêtre et crier en latin : « *Pater, Pater*, donne-moi la bénédiction ! » C'était à l'évidence un de ces chrétiens clandestins qui avaient dessiné les croix sur les murs : il croyait que j'étais prêtre – car les seuls Occidentaux qu'ils avaient rencontrés jusqu'en 1949 étaient des prêtres – et voulait que je le bénisse. Je ne me le suis pas fait dire deux fois. Après une fraction de seconde de doute, j'ai baissé ma vitre : « *In nomine Patris et Filii...* » Je l'ai béni, pendant qu'il courait à côté du train en faisant un signe de croix.

Quelques mois plus tard, je suis repassé par Hong Kong et je suis allé voir le père Pieraccini. Je lui ai raconté cette histoire – il en pleurait presque de rire – et je lui ai demandé de m'excuser.

Mais il m'a dit au contraire : « Tu as bien fait ! »

Et il m'a absous du péché de m'être fait passer pour un prêtre dans la cité de Pingyao.

CHINE ANCIENNE,
CHINE NOUVELLE

FOLCO : Tu as retrouvé ta voix, Papa !

TIZIANO : Oui, la voix, ce n'est pas un problème, Folco. Le problème, il est ici. J'ai l'impression que mon œsophage se referme. Tu sais, « mon ami » s'est mis à grignoter. Et s'il se met à grignoter … Ici, ça se ferme. Et je ne peux plus manger.

FOLCO : Cela te gêne quand tu manges ?

TIZIANO : Non, j'ai fait le test : pour l'instant, ça passe. Mais la nourriture s'arrête juste ici et ça se coince. Ici, juste ici. Et je sens comme un étau qui se serre, je ne sais pas ce que c'est.

FOLCO : Avant, tu ne le sentais pas ?

TIZIANO : Non. Avant, ça me brûlait, je ne sais pas, un peu… Mais maintenant, ça me le fait continuellement.

FOLCO : Mais c'est douloureux, ou… ?

TIZIANO : Non, ce n'est pas vraiment douloureux. Bon, on verra bien.

FOLCO : Mais, le matin, tu arrives encore à passer quelques heures tranquille ?

TIZIANO : Oui, ce matin, j'ai passé une heure assis, tranquillement. Je me fais un thé, là, dans la gompa. Je dors, je bois du thé, j'écoute la radio, je médite contre le mur. C'est magnifique, magnifique.

FOLCO : Tu as un beau petit coin à toi, en somme.

Tiziano : Un petit coin de paradis. Ce matin, j'ai vu un coucou, il s'est posé juste devant ma fenêtre, sur le marronnier d'Inde, et criait : « Coucou, coucou ! » C'est drôle. D'ailleurs, je suis allé voir Brunalba pour lui demander si c'était vraiment un coucou. C'est un oiseau tout à fait ordinaire, en fait, un genre de pigeon. Je m'étais imaginé une chouette effraie, ou un hibou. En réalité, le coucou ressemble à un pigeon, couleur cendre, il est même plus petit qu'un pigeon. Il reste là, immobile, et crie : coucou, coucou, coucou !

Si vous allez à Florence, il faudra acheter un beau livre sur les oiseaux, un de ces livres scientifiques, tout en couleurs ; nous pourrons le montrer à Novalis pour qu'il apprenne à les reconnaître. C'est beau, tu sais, ce sentiment de la nature. Et l'histoire de cet oiseau vagabond est amusante à raconter à un enfant. Si tu la racontes à ton fils Novalis, il va être tout excité. Après, tu lui apprendras la chanson : « Coucou, coucou, avril n'est plus… »

Il se met à tousser.

Mais revenons à notre Chine. À Pékin, des tas de gens passaient à notre table : Fou Ts'ong le pianiste, Lo Huimin, des historiens, des acteurs…

Folco : De toutes ces personnes intéressantes, je me souviens surtout de cet ami très étrange, Shi Peipu. Quelle histoire incroyable. Qui était-il, en réalité ?

Tiziano : Ah ! C'était un célèbre acteur de l'Opéra de Pékin, spécialisé dans les rôles féminins. Un bel exemple de la Chine de jadis. Nous l'avions rencontré à une représentation théâtrale – il jouait le rôle d'une femme – et nous l'avions invité à dîner. Je me souviens de cette scène extraordinaire. Il fallait faire très attention lorsqu'on invitait des Chinois à la maison. Je lui avais donné rendez-vous devant le Temple des Lamas, et je lui avais dit : « À six heures, je passerai avec ma voiture, je te prendrai et je t'emmènerai chez moi. Mais, surtout, que personne ne te voie ! »

Lorsque je suis allé au Temple des Lamas, je n'ai pas vu Shi Peipu. Je faisais les cent pas, et j'ai vu un monsieur habillé d'un imperméable Burberry – on aurait dit un Chinois de Hong Kong – qui regardait tout autour de lui comme un touriste. Finalement, je me suis approché : c'était lui.

« Oh, Shi Peipu, je ne t'avais pas reconnu ! »

« Ce n'est pas étonnant puisque je suis acteur. »

Il m'a raconté sa vie, et, au fil de son récit, j'ai découvert une histoire absolument romanesque (dont on a tiré d'ailleurs une comédie : *M. Butterfly*[1]), une histoire incroyable, hallucinante. Plusieurs années auparavant, Shi Peipu avait fait la connaissance d'un petit fonctionnaire de l'ambassade de France à Pékin. Ils étaient devenus amants, mais le Français croyait que Shi Peipu était une femme : en bon acteur qu'il était, dans l'obscurité des maisons chinoises, Shi Peipu réussissait vraisemblablement à faire croire à son amant qu'il était une femme. Tant et si bien qu'un jour, il lui annonça qu'il attendait un enfant. En fait, il lui avait d'abord fait croire qu'il avait avorté, puis il avait fait semblant d'être enceint. Enfin, il présenta un enfant au diplomate – qui partait et revenait régulièrement en Chine –, un enfant qui semblait, comme par hasard, moitié chinois, moitié occidental. En effet, il l'avait acheté dans le Xinjiang, à une femme d'une minorité

1. Pièce du dramaturge David Henry Hwang, réalisée au cinéma par David Cronenberg en 1994 : *M. Butterfly*. En 1964, un comptable à l'ambassade de France en Chine tombe amoureux d'une diva dont l'interprétation de *Madame Butterfly* le bouleverse, et qui, bien des années plus tard, se révélera être un homme. L'histoire, tirée d'un authentique fait divers, est entièrement fondée sur l'ambiguïté et l'ambivalence, tant psychologique qu'anatomique.

ethnique – les Ouïgours – qui ressemblent un peu aux Occidentaux.

FOLCO : Mais comment est-ce possible que le Français n'ait pas vu que Shi Peipu était un homme ?

TIZIANO : Il était manifestement homosexuel, mais il ne l'assumait pas. Ils ont continué ainsi pendant quelques années. Jusqu'au jour où les services secrets chinois découvrirent leur liaison et les firent chanter tous les deux. Ils obligèrent le fonctionnaire de l'ambassade de France – qui était responsable de la transmission des messages, donc à un poste-clé – à transmettre les messages à Shi Peipu, qui à son tour les transmettait au gouvernement chinois.

Peu de temps après que nous avons fait sa connaissance, Shi Peipu est parti en France pour rejoindre son ami, et les deux hommes furent arrêtés à Paris. Shi Peipu fut condamné à huit ans de prison, je crois. Mais il a été libéré au bout de quelques mois.

Les nuages se déplacent, laissant apparaître le soleil.

Mais ne nous attardons pas trop longuement sur ces anecdotes, Folco. Essayons plutôt de comprendre le sens de mon expérience chinoise, une expérience très importante à cause de l'immense déception qu'elle m'a procurée. Une déception devant l'incroyable disparité que je voyais entre, d'un côté, le sacrifice, la misère, l'horreur et la mort, et, d'un autre, ce que tout cela a donné.

Nous avions de la chance. Comme nous avions vécu à Hong Kong pendant cinq ans, nous étions arrivés en Chine avec une longue liste de Chinois à contacter. Et comme nous parlions chinois, nous avons rencontré des tas de gens intéressants : des calligraphes, des scientifiques, des professeurs, qui tous avaient cru au socialisme, qui avaient consacré leur vie au socialisme, et qui se trouvaient dorénavant entre deux chaises parce que le projet socialiste n'était pas allé à bon port et que la souffrance humaine avait été immense.

C'était une époque particulière. Il y avait de plus en plus de villes qui s'ouvraient, de plus en plus de temples. On pouvait obtenir beaucoup de renseignements – en catimini, bien sûr – qu'il était difficile d'obtenir auparavant. Les gens se mettaient à raconter plus de choses, à parler des destructions qui avaient eu lieu pendant la Révolution culturelle, à décrire comment les gardes rouges étaient entrés dans leur maison et avaient brûlé leurs livres et tous ces beaux petits objets de valeur que presque tout Chinois cultivé possédait, et qui se transmettaient souvent depuis plusieurs générations. C'était le début. Même le fils de Hu Yaobang, le secrétaire général du parti communiste chinois de l'époque, est venu chez nous. Toutes ces rencontres ont fini par remplir mon dossier et se sont ajoutées aux raisons qui ont justifié mon expulsion.

FOLCO : Comment ça se passait ? Les Chinois avaient-ils le droit d'aller chez un étranger ?

TIZIANO : Pour venir dîner chez nous, les Chinois devaient avoir l'autorisation de leur *danwei*, leur unité de travail. Tu te souviens que tout Chinois appartenait à une unité de travail dont il dépendait entièrement ? S'il voulait aller rendre visite à sa maman à Shanghai, il devait demander l'autorisation de voyager ; s'il avait besoin de se faire soigner, il devait demander l'autorisation d'aller à l'hôpital. Il devait demander une autorisation pour tout et n'importe quoi. La *danwei* dirigeait sa vie. Si un Chinois était invité à dîner chez un étranger, la *danwei* pouvait accepter qu'il y aille à la condition qu'il fasse ensuite un rapport sur le déroulement de la soirée, chose qu'un ami aurait sans doute refusée. Donc, nous allions chercher nos amis dans des endroits bizarres. C'était très rocambolesque, comme dans les romans policiers : on mettait notre ami dans notre voiture, on l'asseyait sur le siège arrière et on le couvrait avec une couverture. Dès qu'on arrivait à la grille de notre résidence, on ralentissait, le soldat de garde nous reconnaissait et nous faisait entrer.

Le problème, c'était la femme de l'ascenseur qui devait nous dénoncer en disant qu'un Chinois était venu chez nous. Le cuisinier et l'*ayi* – la domestique – devaient le dénoncer également mais, ces soirs-là, nous leur donnions congé. Enfin, nous avions mis au point un stratagème pour neutraliser également la petite dame de l'ascenseur. L'un de nous deux prenait l'ascenseur avec elle, tandis que l'autre prenait l'escalier avec notre ami chinois. Des enfantillages, tu vois... Et puis, nous devions également faire attention aux micros installés chez nous. Après, on pouvait enfin profiter de notre soirée.

Nous avons passé de longues heures à écouter les récits de nos amis chinois qui nous décrivaient ce qui leur était arrivé quand la Chine était un pays fermé. Nous voulions comprendre comment la Révolution culturelle avait été possible, comment il avait été possible qu'un peuple d'une grande tradition et d'une grande culture se soit abaissé au point de tomber dans cette spirale perverse de violence qui avait fait des millions de victimes.

Ce qu'on nous racontait ne figurait ni dans le « Petit Livre rouge » de Mao, ni dans la littérature de propagande de la Nouvelle Chine. Je ne cesserai de répéter cette phrase : je me suis rendu compte très vite que mon rêve – le rêve d'un jeune homme étudiant l'histoire de la Chine à la Columbia University – avait été le cauchemar des Chinois.

Et cette découverte a été ma première grande déception.

FOLCO : Lorsque tu étais à la Columbia University, la Révolution culturelle n'avait pas encore eu lieu ?

TIZIANO : Si, si, j'y étais au moment précis où la Révolution a eu lieu. Mais on ne savait que ce que nous disait la propagande. Et puis on arrivait en Chine et on découvrait que la vie des Chinois était un cauchemar.

Tu sais, le moment révolutionnaire – j'ai essayé de l'expliquer de différentes manières – est un moment exaltant parce que c'est quelque chose de nouveau pour lequel on peut s'engager. Je l'ai dit de la façon la plus simple que j'aie pu trouver : « La révolution est comme un enfant : il est tout mignon quand il naît, mais il est possible que, dix ans plus tard, il devienne con, bossu et méchant. » De la même manière, quand elle naît, la Révolution est fascinante, car elle promet la nouveauté. Imagine : si aujourd'hui, en Italie, arrivait un Savonarole, ou une Jeanne d'Arc disant : « Allez, renonçons à tout, mangeons deux fois moins ! », les gens n'hésiteraient pas une seconde, Folco. Un jeune sur deux aujourd'hui serait heureux de jeter son téléphone portable dans le lac pour avoir quelque chose de mieux. Mais, plus tard, on se rendrait compte que le portable était utile, que le lac est pollué… Ainsi va la vie…

FOLCO : Que s'est-il passé en Chine ? En résumé : Mao a pris le pouvoir en 1949…

TIZIANO : Folco, attention, je ne peux pas passer le peu de temps qui me reste à bavarder avec toi pour t'expliquer l'histoire de la Chine. Merde, l'histoire de la Chine, on la connaît, ou alors on se débrouille avec.

FOLCO : Mais il faut comprendre le contexte ! Que s'est-il passé en Chine quand tu es arrivé ? La Révolution culturelle venait d'avoir lieu…

TIZIANO : Le vieux Mao se rendait compte que toutes les révolutions finissent par mal tourner, comme toutes les religions finissent par s'institutionnaliser, par se rigidifier dans leurs habitudes et par se protéger elles-mêmes, au lieu d'avancer et d'inventer des voies nouvelles. Mao, lui, voulait avancer, il voulait continuer à chercher une voie différente. Alors, lorsque ses opposants ont commencé à dire : « Bon, maintenant, il faut un peu de rationalisme, il faut apprendre aussi de l'Occident ! », Mao a fait appel aux jeunes et les a montés contre ces vieux qui, sans bouger de leur chaise, voulaient faire une Chine plus rationnelle, plus modérée. Et Mao a crié à ces jeunes gardes rouges : « Bombardez le quartier général ! »

En 1966, c'était le début de la Révolution culturelle, qui voulait détruire le passé pour que puisse naître une Chine nouvelle. C'était le début des destructions épouvantables par les gardes rouges, c'était le début de la répression. Il suffisait d'avoir un livre qui n'était pas approuvé par le parti pour être accusé de révisionnisme, accusé d'être un contre-révolutionnaire, et envoyé pendant des années à faire le *lao gai* dans des camps de travail.

Si tu penses à tout ce que ces imbéciles de jeunes iconoclastes ont brûlé, ont détruit ! Des choses incroyables. Ils entraient dans les temples, mon Dieu ! Ils entraient dans les maisons des poètes, dans les maisons des gens, et ils détruisaient tout, leur travail, toutes les belles choses qu'ils possédaient. L'idée selon laquelle l'« ancien » pouvait être un obstacle au « nouveau » pouvait se justifier d'un point de vue idéologique ; et Mao n'avait pas tort lorsqu'il disait que d'immenses richesses avaient fini dans les temples, que d'immenses richesses avaient été gaspillées dans l'huile des lampes pour éclairer des idoles et entretenir les moines qui ne travaillaient pas, tandis que le peuple, lui, devait trimer. Mais, putain, en Chine, l'« ancien » était magnifique ! On voyageait et on arrivait dans un village de merde, on voyait une pagode barricadée, poussiéreuse… Un jour, j'étais avec toi sur la voie des tombeaux des empereurs Qing, et nous avons ouvert la porte d'une pagode : nous nous sommes retrouvés devant un Bouddha de vingt mètres de haut, muni de quarante-huit bras. Alors, je t'ai dit : « Mon Dieu, voilà le monde "ancien" que Mao voulait détruire, parce qu'il disait qu'il enchaînait le pays à son passé ! » Mais ce monde « ancien », c'étaient les racines de la Chine ; sans ce monde « ancien », la Chine ne serait plus la Chine !

Et, effectivement, la Chine d'aujourd'hui n'est plus la Chine, depuis que cet assassin a éliminé les racines de son ancienne culture. Au lieu de faire un socialisme ou un communisme chinois, Mao a voulu détruire tout ce qui était chinois pour créer une société totalement nouvelle. Et ça, c'est épouvantable. Mao a fini par détruire la Chine, et tu vois ce que ça a donné aujourd'hui.

Nous étions partis avec l'intention de nous intéresser à la politique de Mao mais, très vite, notre séjour a pris une autre tournure, parce que la Chine de Mao ne m'intéressait plus.

FOLCO : Le communisme ne t'intéressait plus ?

TIZIANO : Non, c'était fini. Comme solution pour résoudre les problèmes de l'humanité, cette formule avait vraiment échoué.

C'est en Chine que ma crise profonde s'est déclarée. J'ai tout de suite compris que c'était un piège. Au Vietnam, je l'avais pressenti, mais, tu sais, j'étais en pleine révolution, c'était le bordel… Et, depuis ce moment-là, tout a commencé à décliner. Je n'ai plus vraiment écrit de papier politique. La politique ne m'intéressait plus du tout. J'avais compris que la politique n'offrait aucune solution.

FOLCO : C'est en Chine que le socialisme a fini par te décevoir définitivement ?

TIZIANO : Oui, bien sûr. Mais c'est surtout la politique en tant qu'instrument de changement qui m'a déçu. On comprend alors qu'on puisse, plus tard, être profondément déçu par la matière, par la façon d'agir avec le corps social d'un pays. Car cette façon d'agir ne sert à rien, ne permet pas d'avancer. Au contraire, elle force à reculer, mène à la misère, la douleur, la mort et la destruction.

Et c'est là que je me suis mis à réfléchir. Était-ce seulement le maoïsme qui suscitait en moi cette déception, ou était-ce le constat – désormais absolument incontestable – qu'il est impossible de créer un homme nouveau, que cette idée est sacrilège ?

La vérité, c'est qu'il existe une nature humaine qui ne peut être combattue. Il existe une nature humaine qui est individualiste, égoïste et n'accepte aucunement qu'on limite ses droits et sa liberté d'expression. Il faut reconnaître cet état de fait. Oui, on peut donner à tous le même bol de riz en fer, on peut donner à tous le même vêtement, et beaucoup vont y croire, beaucoup participeront à ce projet. Mais il y aura toujours une partie de la population qui voudra deux vêtements, deux bols de riz, et la liberté de faire ce qu'elle veut. Le communisme nie cet aspect des choses, et cette négation entraîne une contradiction qui se transforme en homicide. Et on arrive ainsi à la violence, car ceux qui croient au système répriment ceux qui le minent. Et c'est pour cette raison qu'il y a eu les massacres de Pol Pot, le goulag des Soviétiques et les camps de travail des Chinois.

FOLCO : Tu veux dire que le petit nombre d'hommes qui ont cherché à changer l'homme étaient tous des...

TIZIANO : ... assassins, de grands assassins. Il y a quelque chose de sacrilège dans l'idée de vouloir créer l'homme nouveau, qui participe de tous les révolutionnaires. Tous. Lénine, Staline, Trotski, Mao, tous ont eu ce rêve. Mais l'homme est ce qu'il est, il est le fruit d'une évolution, et on ne peut pas arrêter cette évolution, de même que l'eau du fleuve ne peut cesser de couler.

FOLCO : Après la mort de Mao, juste au moment où nous étions en Chine, la politique de Mao commençait à décliner et était remplacée par la politique de Deng Xiaoping. Cette politique ne t'intéressait pas non plus, n'est-ce pas ?

TIZIANO : C'était la fin d'un projet, non ? C'était la fin d'un idéal. Lorsque Deng a dit : « Être riche est glorieux », les gens ont pensé : cinquante ans d'Histoire et de morts pour rien ? Est-il glorieux de s'enrichir ? Pendant cinquante ans, vous avez enseigné au peuple à manger un bol de riz, à être frugal, à n'avoir qu'une paire de chaussures, qu'un seul pantalon ; vous leur avez donné des conseils moraux et des écharpes rouges au lieu de conseils matériels. Et maintenant, voilà cet homme qui arrive en disant : « Non, non, non, nous devons tous être riches » ?

Tu vois ce qu'ils sont devenus ? Des bandits, des bandits !

Il rit.

Ils sont en train de faire de la Chine une seconde Taïwan, une mauvaise imitation de Hong Kong où tout le monde court pour faire de l'argent, comme partout. Et leur société nouvelle et différente, qu'est-elle devenue ? Alors, mieux vaut encore qu'ils aillent au diable.

Et c'est là qu'est apparu le problème profond de ton père, qui l'a mené ensuite à l'Himalaya. Réfléchis un peu à ce qu'a coûté la grande révolution chinoise communiste, à partir de 1921, avec la guerre contre l'occupation japonaise et la guerre contre les nationalistes soutenus par les Américains ; réfléchis à tout cet amoncellement de souffrance et de morts. Des millions de morts !

Et tout cela, pour quoi ?

À quoi bon ces millions de morts, ces milliers de personnes décapitées dans les rues, massacrées, pour créer aujourd'hui une société identique à la société capitaliste de Taïwan. Eh bien non ! Si les nationalistes avaient été au pouvoir, ils l'auraient peut-être créée plus vite : grâce aux aides des Américains, à la charmante épouse de Tchang Kaï-chek à la télévision, ils auraient tous été des super-héros. Mais regarde l'Histoire. Si les nationalistes avaient gagné en 1949 à la place de Mao, on aurait eu droit aussi à la nouvelle Shanghai. Celle-là même qui existe aujourd'hui.

Alors, à quoi servent les révolutions ? Tous ces vrais sacrifices, que des tas de gens ont faits avec une véritable honnêteté, à quoi servent-ils ? Si les autres avaient gagné, la Chine aurait beaucoup moins souffert et serait de toute façon devenue ce qu'elle est aujourd'hui, et peut-être même plus tôt.

Cela vaut également pour le Vietnam, si Thieu avait gagné au lieu des communistes. Mais que font aujourd'hui les communistes vietnamiens ? Saigon est une ville occidentale, avec tout ce que l'Occident produit de pire, les bordels, l'intérêt, les riches et les pauvres, l'exploitation. Oh, mais nous avons fait la révolution pour ça ? Ceux dont la ceinture faisait deux fois le tour de leur taille parce qu'ils ne mangeaient qu'une poignée de riz par jour, ils l'ont fait pour ça ? Et si la révolution bolchévique avait échoué, grâce à l'intervention de l'Europe ou à la résistance des troupes du tsar face à l'attaque des révolutionnaires, la Russie se serait modernisée sous l'influence de l'Europe, tu ne crois pas ? Les autres auraient gagné et, aujourd'hui, la situation serait meilleure qu'elle n'est. Et alors ?

Et puis, ajoute tout le reste, ajoute le Che, son opposition à Castro… Ces révolutions, combien de morts ont-elles coûté, combien de souffrances, combien de tortures ! Et le résultat final ? C'est la même chose. La même chose !

FOLCO : Mais ces révolutions ont aussi détrôné les rois, les tsars et les dictatures corrompues. L'Histoire n'aurait pas évolué de la même manière si ces révolutions n'avaient pas eu lieu. Cela aurait pu être bien pire, même, vu qu'en général, les situations continuent à empirer jusqu'à ce que la population s'y oppose.

TIZIANO : Bien sûr… En effet, il y a aussi l'autre aspect des révolutions que je ne cesse de rappeler. C'est vrai, les autres auraient pu gagner, et le résultat aurait pu être le même. Mais, dans le fond, la révolution vietnamienne était juste, elle était juste ! Les Vietnamiens devaient réunifier leur pays, ils ne pouvaient plus accepter que se perpétue encore la situation coloniale. Et toutes les horreurs qui ont suivi ne suffisent pas non plus à démontrer que les idées avec lesquelles les révolutionnaires étaient partis étaient des idées fausses. De la même manière, la guerre de Mao était plus que juste. Mon Dieu, oui, elle était juste !

Mais pour arriver où ?

Réfléchis également à la signification de la révolution bolchévique, ce renversement de la société qui a fait que tous ceux qui étaient au sommet – des familles entières – ont été décapités, détruits, exterminés – peut-être même à juste titre car ils s'étaient très mal comportés –, pendant que les prolétaires prenaient le pouvoir.

C'est beau, non ? Ceux qui ne comptaient pour rien sont devenus brusquement ceux qui avaient leur mot à dire. Mais qu'avaient-ils à dire ? Ce qu'il y a de pire pour l'humanité ! Ils se sont comportés envers leurs anciens maîtres de manière lâche, de manière tout à fait cruelle et bestiale.

FOLCO : Mais ce n'est pas une raison pour dire : ne faites pas la révolution ! Quelle est ta conclusion ?

TIZIANO : Ma conclusion est que ça ne sert à rien.

FOLCO : Les révolutions ne servent à rien ?

TIZIANO : C'est là que j'ai franchi le pas jusqu'à la seule révolution qui serve à quelque chose, celle qui se vit à l'intérieur de soi. Les autres révolutions, on les voit. Les autres se répètent, elles se répètent de manière constante, parce que, tout au fond, il y a la nature de l'homme. Et si l'homme ne change pas, si l'homme ne fait pas ce saut qualitatif, si l'homme ne renonce pas à la violence, au désir de dominer la matière, au profit et à l'intérêt, tout se répète, tout se répète, tout se répète.

Papa se plonge dans une longue réflexion.

En Chine, j'ai lentement évolué vers cette réaction : au lieu de chercher l'homme nouveau, je me suis rendu compte qu'il existait un homme chinois ancien, qui était merveilleux ; et que cette culture avait été splendide, et avait eu une grandeur et une richesse qui me frappaient très profondément.

Alors, je me suis mis en quête de cet homme ancien, de la splendeur qu'avait été la Chine ancienne et de ce qu'il en restait.

LES GRILLONS

TIZIANO : Toute ma vie, j'ai été attaché à la beauté, aux belles choses. J'ai commencé très tôt – oh là là ! –, dès mes premiers voyages. En Afrique, j'achetais déjà des objets, des statues, des statuettes, des tableaux. Si tu avais vu mon bureau à Hong Kong : sur le « nid-d'abeilles », la longue table chinoise, tu aurais vu une statue noire du Bénin, et une autre, en bronze, achetée au Nigeria.

Je n'étais pas obsédé par la possession, dans le sens où je ne voulais pas me constituer de collections ; mais si je regarde en arrière, je me rends compte que le fait d'acheter était pour moi le moyen de connaître le pays où j'allais, d'entrer à l'intérieur du pays. Prenons un exemple. La première fois que je suis allé au Japon, c'était en 1965, lorsque je travaillais chez Olivetti. Quel ennui ! Le soir, je sortais du bureau où j'enseignais toujours les mêmes sornettes, où j'essayais de réorganiser le personnel de la filiale de Tokyo, etc., et j'allais dans ce quartier, absolument merveilleux à l'époque, connu sous le nom de Kanda. Ce quartier existe toujours : c'est l'un des plus charmants de Tokyo, avec tous ses libraires, ses antiquaires, enfin, tu vois. J'étais devenu l'ami d'un type qui s'appelait Murakami et qui m'attendait tous les soirs sur son tatami : il était vêtu de son kimono, et moi de mon costume cravate. Il m'offrait du thé vert et nous bavardions. J'étais extrêmement curieux des *Ukiyo-e*.

FOLCO : Je ne sais pas ce que c'est.

TIZIANO : Les estampes que tu voyais lorsque tu descendais dans la cuisine, c'étaient des *Ukiyo-e*, la grande invention de l'art japonais de la fin du XIXe siècle. Il y en avait une splendide, qui représentait une procession impériale avec une multitude d'ombrelles.

FOLCO : Ah, les estampes japonaises ! Moi aussi, je les aime beaucoup.

TIZIANO : Hiroshige, Hokusai, Utamaro, etc. Ce Murakami m'offrait de belles choses à l'époque, car, tu sais, les étrangers étaient peu nombreux, et les Japonais étaient pauvres. Mais montrer à un Florentin des estampes japonaises, avec une mer stylisée, le mont Fuji, des ponts avec de tout petits personnages qui passent… Tout cela m'était totalement étranger. Je ne comprenais pas, je ne comprenais pas. Et même si le prix était attrayant, je n'achetais pas.

Alors, qu'ai-je décidé de faire ? J'ai passé trois ou quatre matinées dominicales au musée de Ueno, le grand musée de Tokyo qui abrite certains des plus beaux *Ukiyo-e* du monde. Je voulais habituer mes yeux à cette forme de beauté dont je sentais la force, mais qui, au début, ne me disait quasiment rien. Et puis, je suis naturellement tombé amoureux de ces estampes, et je me suis mis à en acheter.

Dans notre maison de Hong Kong, il y avait également une superbe estampe de Utamaro, qui m'avait été offerte par Olivetti à la fin de mon séjour pour me remercier de mon travail. Elle vaudrait un paquet d'argent aujourd'hui au Japon. Mais là n'est pas la question.

Je me suis toujours considéré comme le gardien de ces objets, plus tard surtout : lorsque je rachetais de belles choses, j'avais l'impression de les sauver. Pense au Cambodge, au moment où le pays a été détruit ! Les boîtes en argent en formes d'animaux que j'ai offertes en cadeaux de mariage – comme au mariage de ton ami Nick qui a peut-être rangé dedans les langes de son bébé – sont des pièces uniques : cet art que les Cambodgiens réalisaient dans les villages a aujourd'hui disparu. Les Khmers rouges ont tout détruit. Le Bouddha qui se trouvait sur le bureau d'un grand-père et qu'un soldat était sur le point d'emmener, c'est moi qui l'ai sauvé. Qui sait où il aurait fini. Et, après moi, quelqu'un qui lui voudra du bien deviendra à son tour son gardien.

Je profite de cette transition pour retourner en Chine. En Chine, partout où on allait, il y avait quelque chose de splendide, quelque chose qui nous parlait de la beauté. Je ne sais pas si tu t'en souviens – nous y allions ensemble de temps en temps à bicyclette –, mais il y avait en Chine un système qui a fonctionné jusqu'à la fin dans les pays communistes : le système des « magasins avec commission ». Prends un pauvre paysan qui a chez lui une armoire peinte ; il l'emmène dans un de ces magasins, les marchands la vendent, et l'organisation du parti prend un certain pourcentage. Tous les matins avant d'aller au bureau, je passais devant certains de ces magasins, pour voir ce qu'ils avaient. Et là, j'ai fait de grandes trouvailles.

Cette commode en *hong mu*, le bois chinois le plus précieux, qui se trouvait dans la chambre de ta maman, était dans un état pitoyable ; je l'ai achetée pour, quoi, vingt dollars. Ce n'est qu'à Hong Kong que je me suis mis à la nettoyer, avec l'aide de Tim Leung qui me donnait des conseils. On a découvert alors un meuble superbe : un meuble de la dynastie Ming, la Renaissance chinoise.

Et les tapis ! Une grande partie des tapis que tu voyais traîner dans la maison – certains étaient abîmés, troués, crottés – avaient été déposés par des gens dans ces magasins. Moi, je passais par là, je les récupérais, et, le soir, je les lavais dans la baignoire. J'ai toujours acheté, parce que les objets que j'achetais me rapprochaient des endroits où j'étais allé, ils me les rappelaient ; j'ai même dit un jour – je crois bien que ta maman l'a écrit dans son journal – que j'apprenais plus de choses sur la Chine en lavant ces vieux tapis qu'en lisant le *Quotidien du Peuple*.

Et les bronzes tibétains. Et les *ban ji* ! Tu te souviens de ces anneaux de jade que les Mandchous portaient autour du pouce pour tirer à l'arc ? Mais tu imagines ce que signifie l'art de sculpter un dragon, un phénix ou un caractère chinois dans cette petite pierre de jade ? Il y avait un autre type d'objet qui m'intéressait énormément, c'étaient les *niao chi guan*, les petits vases pour les graines des oiseaux. Ah, là encore, quel art ! Chaque vase était différent des autres, et tous étaient des copies de ces plus grands vases, merveilleusement peints, qu'on voit dans les musées et dans la Cité interdite. Tu te souviens de la beauté de ces petits vases ? Des vases en miniature, extrêmement raffinés, qui contenaient les graines pour les oiseaux.

J'allais dans les petites boutiques du parc impérial de Shishihai ; il y avait un petit vieux à qui j'achetais ces anneaux que je nettoyais ensuite. Dans la Dachalan, la grande rue des commerçants du vieux Pékin, il y avait un type qui me vendait pour pas grand-chose de belles boîtes rembourrées dans lesquelles je pouvais conserver mes petits vases. La Chine offrait ce genre d'opportunités.

Et les cages à oiseaux ? Mon Dieu, un collectionneur serait devenu fou ! Quelle beauté, quelle beauté ! Elles étaient en bambou, ou faites dans d'étranges bois sculptés, avec un crochet en laiton ou en fer battu. Splendide ! Tous les matins, c'était une joie d'aller voir ces petits vieux qui balançaient leur petit oiseau : pour le plaisir de l'oiseau, mais aussi pour entretenir la souplesse de leurs poignets. Puis ils attachaient la cage à un arbre et, dès que pointait le premier rayon de soleil, le petit oiseau se mettait à gazouiller d'une manière merveilleuse.

Et puis il y a eu cette autre belle découverte : les grillons.

FOLCO : Mais oui ! Mes souvenirs de Chine sont essentiellement liés aux grillons.

TIZIANO : Oui, vous étiez encore enfants. C'était magnifique ! Imagine : un peuple qui passe son temps – Mao aurait dit : « perd son temps », et il n'aurait pas eu tout à fait tort – à élever des grillons en dehors de la saison de reproduction, pour pouvoir entendre, l'hiver, lorsqu'il neige dehors, la voix du printemps. Oui, car à quel endroit vit le grillon ? Il reste au chaud, dans une petite citrouille vide, qui est comme sa maison, dans la poche intérieure de ton veston. Le couvercle de la boîte est en ivoire sculpté, parfois en jade, superbe.

Je viens de te décrire les divertissements des Mandchous.

Une fois de plus, ce qui me fascinait, c'était que les Chinois ne prenaient pas la première citrouille venue dans le potager pour ensuite la mettre à sécher. Non ! Lorsque la citrouille sortait de terre, ils la mettaient dans un moule en argile ; dans chaque moitié du moule étaient sculptés des symboles, si bien que la citrouille, en poussant, épousait les creux des caractères sculptés, et lorsqu'on rouvrait les deux moitiés du moule, les caractères de la longévité ou de la félicité étaient imprimés sur la citrouille. Mais tu te rends compte ?

Parfois, on faisait pousser certaines citrouilles dans des formes absolument parfaites ; puis, on gravait dessus au fer rouge des paysages ou des scènes de sages dans la montagne. Alors, on gardait cette citrouille dans sa veste, et, dans le froid de la nuit, pendant qu'on écrivait un poème ou qu'on buvait une gorgée de thé dans le petit *si he yaun* – la maison avec cour –, on entendait le « cri-criii, cri-criii » du grillon enfermé dans sa boîte.

J'avais une multitude de grillons, tous différents. Je me promenais toujours avec un grillon dans la poche. J'en avais même un qui s'appelait le *jing*-quelque chose, c'était le plus petit de tous les grillons. On le voit à peine mais, quand il chante, le son qu'il émet est superbe. Il était tellement petit que je ne pouvais même pas le mettre dans ma citrouille, sinon je le perdais. Je le mettais dans une minuscule boîte en ivoire. De temps en temps, je lui donnais à manger, puis je revissais le couvercle.

Il y avait toute une vie autour des grillons. Parfois, à la maison, il y avait une de ces puanteurs, parce qu'il fallait élever des vers pour nourrir les grillons. Tu t'en souviens ?

FOLCO : Il y en avait un couleur jade qui était une vraie splendeur ! Mais c'était peut-être une cigale.

TIZIANO : Une cigale ? Mais non, c'était un grillon !

FOLCO : Et puis il y avait les grillons de combat.

TIZIANO : C'était bien ! Tu comprends pourquoi j'étais fasciné ? Oui, après, je me suis intéressé aux grillons de combat. Les Chinois, comme tous les Asiatiques, sont de grands parieurs, de grands amateurs de jeux de hasard. Alors, il y avait des courses de chiens et tout le bazar. Et ils avaient même inventé des combats de grillons. Dans les temps anciens, un type arrivait au marché avec son grillon, et son grillon combattait le grillon d'un autre.

Mais ce que j'aimais, c'était moins le combat de grillons – il y en avait toujours un qui finissait par être mordu et mourait – que tous les objets liés à cette activité. Tout d'abord, il y avait l'arène du combat, un petit coffret en porcelaine. Le coffret noir servait à transporter le grillon au marché, pour le match. Mais le combat se passait dans des arènes de combat, bleu ciel, splendides. Et tout le monde pouvait regarder parce qu'elles étaient de la taille d'une assiette. Et puis il y avait les maisons des grillons de combat dans lesquelles on les gardait. C'étaient des cages noires et, à l'intérieur, il y avait une petite maison en porcelaine, entièrement peinte, avec son abreuvoir, minuscule, minuscule, où le grillon allait boire. Tu as en tête les maisons de poupées ? Ces objets étaient des maisons de grillons, de grillons de combat.

Et la sophistication suprême, c'était le pinceau. Fait avec quoi ? Avec deux ou trois moustaches de musaraigne ! Pas autrement. Si on lui enfilait le pinceau dans le cul, le grillon se fâchait et allait attaquer l'autre grillon. Mais le pinceau, en ivoire naturellement, une splendeur, devait être fait avec des moustaches de musaraigne.

FOLCO : Je me souviens de ces combats. Il y en a eu parfois à la maison. Avec toujours des problèmes de morale.

TIZIANO : Nous vivions en Chine. Même si nous étions obligés de vivre dans des ghettos pour étrangers, avec des gardiens qui nous espionnaient, avec la petite dame de l'ascenseur qui mangeait ses petits pains gris et pétait tout le temps, et qui faisait son rapport sur le nombre de fois où nous étions montés et descendus – ça, c'était le côté antipathique –, nous vivions en Chine. Nous mangions chinois, nous vivions avec les Chinois. Nous étions attirés par la Chine, pas uniquement par la politique chinoise.

FOLCO : Il y avait même ces petits marchés où tu nous emmenais quand tu allais acheter tes objets pour les grillons.

TIZIANO : En théorie, il n'y avait pas de marché libre dans le système socialiste, donc il fallait se faire discret.

Le plus grand de ces marchés se trouvait devant la résidence de la femme de Mao ; la police savait forcément qu'il existait, et tolérait son existence. C'étaient les premiers temps où la Chine s'ouvrait. Il y avait tous ces paysans, bien emmitouflés comme toujours, assis par terre, qui avaient apporté leurs produits et se les revendaient entre eux.

FOLCO : C'était amusant d'aller là-bas ! Je me souviens d'une fois où on ne voyait plus rien dans la voiture parce que les gens s'étaient amassés tout autour de nous : au lieu de regarder les grillons, ils regardaient les deux enfants blonds et le chien assis à l'intérieur. Le communisme avait tout éliminé, il avait même éliminé les chiens. C'est pour ça que les gens étaient fascinés par notre chien ! Tous ces visages appuyés contre les fenêtres de la voiture…

Papa rit.

TIZIANO : Nous étions amis avec Wang Shixiang, dit « Mobilier Ming Wang » : c'était le seul qui avait écrit sur le mobilier de la dynastie Ming, et le seul qui avait écrit sur l'art d'élever les grillons. J'ai appris énormément avec lui : comment les élever, ce qui était bon pour eux, ce qui ne l'était pas. Nous allions chez lui, dans sa maison qui tombait en ruine, avec une cour remplie par les déchets de ses locataires forcés. C'était un homme d'une culture extraordinaire, et on lui avait envoyé comme locataires des hommes du parti, des bouseux de province. Ils n'en avaient rien à foutre de lui et de sa culture. De nouveau, nous avons été parmi les premiers à lui rendre visite, les premiers à l'apprécier. Il nous adorait. Ensuite, il m'a initié à l'autre grande passion que j'ai eue, et qui n'a pas duré parce que, après, j'ai été arrêté : les pigeons. Nous avions un petit élevage de pigeons !

Mais peux-tu imaginer une civilisation capable de penser que, si on attache à la queue d'un pigeon un sifflet – qui doit être évidemment très léger sinon le pigeon ne volera pas –, le pigeon émettra un son quand il sera dans les airs ? Ensuite, si on fabrique des sifflets de différents types, chaque sifflet étant un instrument de musique en soi, doté de nombreux trous, de nombreux sons, et si on possède une multitude de pigeons avec une multitude de sifflets tous différents, et qu'on les lâche pour qu'ils s'envolent dans les airs, on entendra alors la musique des planètes : wouuu !

Notre cuisinier Xiao Wei, qui adorait les pigeons, m'a aidé dans ce jeu. Mais quelle grande civilisation ! Lorsqu'on découvre ces passions, on ne peut que les admirer profondément, et on comprend pourquoi ce salaud de Mao trouvait toutes ces activités horribles. Car c'étaient des jeux qui appartenaient aux riches, aux citadins, et non aux paysans, qui, eux, n'avaient pas vraiment le temps de siffler : ils sifflaient uniquement s'ils avaient à manger.

Mais moi, devant tant de beauté, je ne résistais pas. C'était plus fort que moi.

Alors, lorsque j'apprenais qu'un vieux, dans un village en dehors de Pékin, s'était remis à fabriquer des sifflets, zou ! Le dimanche, je prenais ma voiture pour aller le voir, pour voir ses sifflets. Ils avaient été interdits, et maintenant, on recommençait à en faire. C'était l'époque où les choses changeaient. Les grillons, les sifflets, les pigeons étaient de retour.

Mais tu vois bien que je n'étais pas journaliste, n'est-ce pas ? Le dimanche, mes collègues allaient sans doute déjeuner chez l'ambassadeur, ils parlaient avec le secrétaire du parti ; moi, j'allais dans les marchés, et, en fin de compte, c'est moi qui ai sans doute compris le plus de choses sur la Chine : je m'étais vraiment laissé prendre par la Chine. Tu comprends donc que le jour où les Chinois m'ont chassé, ils m'ont terriblement puni, ils m'ont enlevé une grande joie, que seule l'Inde, plus tard, a compensée.

FOLCO : C'est beau. Oui, parce que tu as écrit plein d'articles sur telle ou telle chose, mais, dans le fond, ce qui comptait vraiment pour toi…

TIZIANO : Bien sûr !

FOLCO : Et pendant que Deng Xiaoping refaisait l'économie chinoise…

TIZIANO : … moi, j'écrivais des articles sur les grillons.

L'EXPULSION

TIZIANO : En réalité, je la sentais venir, cette expulsion. Il m'était arrivé des tas de choses, en Chine. Et comme je connaissais bien ce monde, je sentais que quelque chose ne tournait pas rond. Je te donne un exemple. Un soir, j'étais allé chez un couple d'amis chinois très proches, avec lesquels j'avais beaucoup partagé ; ils étaient tous les deux acteurs. Je suis arrivé dans leur maison, toujours la même, une seule pièce où ils dormaient et où ils avaient toujours mangé les mêmes cochonneries. Mais, cette fois-ci, la femme était seule, et elle me sauta dessus. Bref, c'était comme le KGB qui te prend en photo avec la femme du colonel, toute nue dans ton lit ! Je suis parti en courant.

Je me suis méfié. Je me sentais suivi. Il se passait des choses qui me faisaient dire qu'on m'en voulait. Et tous ces événements m'alertèrent à tel point que, presque un an avant mon expulsion, je vous avais renvoyés tous les trois à Hong Kong. Nous avons emballé tout ce qui était dans notre maison. J'avais uniquement laissé à Pékin mon bureau et mes livres sur la Chine ; et vous, vous étiez retournés vivre dans la colonie anglaise avec votre mère. Pendant que vous étiez à Hong Kong, mon père mourut. Bref, le temps passa. Je faisais la navette, j'allais vous voir tous les deux ou trois mois.

FOLCO : Jusqu'au jour où – je m'en souviens bien – tu es allé à l'aéroport de Hong Kong, tu es monté dans l'avion pour Pékin… et tu as disparu. Tu n'as jamais appelé pour dire que tu étais bien arrivé. Maman téléphonait, téléphonait, mais, à Pékin, personne ne répondait. Nos amis ne t'avaient pas vu et ne savaient pas ce qui t'était arrivé. Pourtant, la compagnie aérienne avait confirmé que tu étais monté à bord, et que l'avion que tu avais pris avait bien atterri.

Mais où étais-tu ?

Le mystère dura quelques jours. Je me souviens que Maman était très inquiète. Avec nous, elle faisait comme si de rien n'était, pour ne pas nous alarmer. Elle nous disait : « Tout va bien. » Mais il était évident que ça n'allait pas bien du tout parce qu'elle était collée au téléphone du matin au soir. Elle appelait l'ambassade italienne à Pékin, l'ambassade allemande, elle parlait avec les communistes et avec les jésuites de Hong Kong ; elle parlait avec n'importe qui pour essayer de comprendre ce qui t'était arrivé. On a fini par apprendre que, dès que tu avais mis le pied à l'aéroport de Pékin, tu avais été arrêté par la police chinoise. Et on ne comprenait pas très bien s'ils avaient l'intention de te relâcher ou non. Le président Pertini, depuis Rome, a dû intervenir, n'est-ce pas ?

Et, pour finir, ils t'ont expulsé.

Tu es retourné à Hong Kong. Maman est allée te chercher à l'aéroport, mais tu ne pouvais plus aller en Chine. Un vrai drame.

TIZIANO : Oui. Pour le travail que je faisais en Chine, mon expulsion a été un vrai drame : on m'ôtait l'assiette dans laquelle je mangeais.

Le livre que j'ai écrit après cet épisode, *La Porta proibita*[1], ressemble à un *coitus interruptus* : il en

1. Voir note 1, p. 239.

manque la moitié. En réalité, le plan que j'avais était beaucoup plus vaste. J'avais l'intention d'écrire un livre de voyage dans la Chine la plus méconnue, là où les journalistes n'avaient pas l'habitude d'aller. J'ai décrit certains de ces grands voyages – dans le Shandong, dans la Mandchourie –, mais il y avait encore énormément de régions de la Chine où j'aurais voulu aller, et que je n'ai pas pu voir.

Mon plus grand exploit, l'article le plus long que j'ai écrit sur la Chine, c'est celui sur la destruction de Pékin par les communistes. Ce reportage est sorti dans *Der Spiegel* sous forme de feuilleton, pendant trois semaines, et chaque article comptait entre dix et quinze pages.

FOLCO : Les autres journalistes n'écrivaient pas ce genre de reportages ?

TIZIANO : Tu sais, la plupart des autres journalistes travaillaient pour des quotidiens ou des hebdomadaires comme *Time*, et ne pouvaient donc pas écrire plus de mille cinq cents lignes. Mais, comme me le disait Nicolò Tucci : « Pourquoi ne cesses-tu pas de faire du *journalisme* pour faire un peu de *pérennalisme* ? » J'avais réussi à faire un peu d'*hebdomadairisme* et, comme j'écrivais une fois par mois, je faisais presque du *mensualisme*. Mais, tu sais, quand on écrit une fois par mois, on ne peut pas parler des faits de l'actualité, on est obligé d'écrire quelque chose qui va au-delà des faits. Alors, j'ai écrit des articles-fleuves qui se sont prolongés pendant plusieurs semaines. Comment peut-on, en un petit nombre de pages, rendre compte d'une longue recherche ?

Comme je te le disais, ma plus grande recherche a été celle que j'ai menée sur la destruction de Pékin. Cette recherche, c'est uniquement grâce à la compagnie silencieuse, mais décisive, de mes compagnons de voyage de toujours, que j'ai pu la faire : mes vieux livres. Ces articles que j'ai écrits ont été la goutte d'eau qui a fait déborder le vase. Car l'homme qui avait détruit Pékin – un certain Peng Zhen – avait été le maire de la ville pendant et après la Révolution culturelle. Il était devenu par la suite le chef de la Sécurité de toute la Chine ; il était donc responsable entre autres de mon dossier. Et alors que s'accumulaient les preuves montrant que je fréquentais un tel et un tel, que je voyageais comme j'en avais envie, que je ne respectais pas les interdictions, que j'allais dans les lieux interdits aux étrangers, et que j'écrivais des articles accusateurs sur la destruction du passé par les communistes, ce type a pris mon dossier et a dit : « Foutez-le dehors ! »

Je n'en peux plus, Folco.

FOLCO : Dors, dors.

> *Au bout d'un moment, Maman vient voir*
> *où nous en sommes.*

FOLCO : Il s'est endormi.

> *Elle parle à voix basse.*

ANGELA : Sans aucun doute, pour ton père, l'expulsion a été le plus grand choc de sa vie. On ne se remet pas d'une expulsion. La Chine était devenue son pays d'adoption, jamais il n'en a trouvé d'autre. Il n'avait pas adopté le Vietnam, c'est la Chine qu'il avait adoptée. Mais tout cela est très loin derrière lui, désormais. Je sens que sa dernière expérience indienne a été tellement importante pour lui, tellement bouleversante, que la Chine est désormais assez éloignée de sa vie.

FOLCO : Et toi, tu te souviens encore bien de la Chine ?

ANGELA : Oui, je m'en souviens, parce que je n'ai pas vécu, moi, ce qu'il a vécu, lui, c'est-à-dire cette immersion dans une autre culture, cette transformation en une autre personne.

Nous restons là, assis en silence, près de ce vieil homme
qui dort, plongés tous deux dans nos pensées.
Un corbeau croasse dans un arbre. Au bout d'une
vingtaine de minutes, Papa se réveille, l'air reposé.

TIZIANO : Alors, le jour où j'ai été expulsé de Chine, pour des tas de raisons, j'ai vécu cette expulsion comme une tragédie. L'expulsion est en effet une punition suprême que les Chinois connaissent bien : si tu aimes un être ou un lieu, la plus grande des punitions est d'en être éloigné. Les seigneurs de Florence à l'époque de la Renaissance la connaissaient également, lorsqu'ils chassèrent les Strozzi, considérés comme des traîtres, de leur beau palais dans le centre de la ville, et qu'ils les exilèrent sur une colline ; là, ils se firent construire une maison qui existe encore, Villa Strozzi, de laquelle cependant ils ne pouvaient plus voir Florence.

Pour moi, cela s'est passé plus ou moins de la même manière. La Chine m'a terriblement manqué parce que je m'y étais investi corps et âme. Tu sais bien, la langue, les connaissances, tout ce que j'avais appris. L'expulsion m'a frappé durement. C'était vraiment triste d'être obligé de regarder de loin cette Chine qui avait été mienne, que j'avais vue de si près.

Folco, le premier amour ne s'oublie jamais. L'Inde m'a donné énormément, l'Inde m'a donné la paix. Oui, mais la grandeur de la Chine…

FOLCO : Bon, ne parle plus maintenant, sinon tu vas de nouveau perdre ta voix. Tu as ta petite clochette. Je suis en haut, si tu as besoin de moi.

TIZIANO : Au fond, j'ai été amoureux d'un tas de choses. Mais surtout de la Chine. La Chine, je l'ai vraiment aimée.

MA CARRIÈRE

TIZIANO : Mes collaborateurs du *Spiegel* ont été extrêmement généreux avec moi. Juste après mon expulsion, ils ont publié l'article que j'avais écrit dans un grand hôtel de Hambourg où ils m'avaient convoqué, car ils savaient qu'une expulsion était quelque chose de grave pour un journaliste. Le plus drôle, c'est qu'ils m'ont ensuite appelé au dernier étage du journal. Tous les rédacteurs en chef étaient réunis, comme dans un tribunal. Ils m'ont énuméré les accusations que les Chinois avaient lancées contre moi – espionnage, vols de trésors nationaux, activité contre-révolutionnaire –, et sérieusement, oui, très sérieusement, ils m'ont demandé : « Y a-t-il quelque chose de vrai dans ces accusations ? »

Cette convocation était intéressante. Tu sais, les rapports entre journaux, journalistes et espions sont toujours très compliqués, et si tu es le supérieur d'un journaliste, tu dois toujours te demander : « Mais pour qui travaille-t-il, celui-là ? » Comme tu dois le savoir, plus tard, avec la chute du mur de Berlin, *Der Spiegel* a découvert des choses terribles. Par exemple, il a découvert qu'un de ses correspondants à Berlin avait été un agent de la Stasi, les services secrets de l'Allemagne de l'Est. Rien d'étonnant, tu ne crois pas ? C'est également arrivé à bien d'autres journaux. Mais ce sont toujours des drames que les journaux doivent affronter, et, au *Spiegel*, ils ne voulaient pas avoir de problèmes avec moi, ils ne voulaient pas apprendre que j'étais un espion, ou que j'avais eu une activité contre-révolutionnaire.

Je n'ai pas vraiment eu besoin de me défendre. Je leur ai dit la vérité telle qu'elle était, et eux, très généreusement, ont déclaré que l'incident était clos. Puis, ils m'ont dit que, si je voulais, je pouvais rester à Hong Kong.

Mais moi, je ne voulais pas retourner regarder la Chine à travers ce trou de serrure qu'était Hong Kong.

Ce retour à Hong Kong m'offrit une seule consolation : une des plus belles maisons que nous avons eues dans notre vie. C'était une de ces vieilles maisons à l'abandon des années 1920 ou 1930, construite par un millionnaire chinois pour une de ses concubines. À travers les fenêtres, depuis la terrasse, les aubes et les crépuscules étaient extraordinaires, avec cette mer lisse et constellée d'îles qui se perdaient à l'horizon, en direction de Macao. C'était un endroit tranquille, avec de grandes pièces très hautes de plafond, et les sols recouverts de carrelage rouge, noir et blanc. Il y avait de beaux espaces. Nous avions installé toute notre bibliothèque et remis en place l'autel des ancêtres que j'avais acheté en Chine, à l'intérieur duquel brillait une petite lumière rouge. Bref, c'est une maison dont tu te souviens, j'espère.

Folco : Elle tombait en ruine, mais il y régnait une certaine atmosphère.

Tiziano : Cependant, Hong Kong ne me convenait pas. Et, là encore, *Der Spiegel* a été très généreux avec moi. Ils m'ont proposé d'aller où je voulais. Je pouvais aller à Washington, parce que le poste s'était libéré ; je pouvais également aller en Amérique latine.

Étrange tentation que celle de l'Amérique latine. Toi qui aimes cette région du monde, tu peux comprendre que j'aie été tenté de laisser la Chine derrière mes épaules, pour repartir de zéro. J'y ai pensé pendant quelque temps mais, vraiment, ce n'était pas pour moi. Ma vie était en Asie ; j'en avais étudié les langues, l'histoire, les romans et les récits de voyages. Et puis, je dois dire en toute sincérité que je ne connaissais rien de l'Amérique latine, pas même la géographie. Quels sont les pays frontaliers du Chili ? L'Argentine, oui, la Bolivie, je ne sais pas… Bref, ça ne me disait rien. Pour moi, l'Amérique latine était un trou noir, ce n'était qu'un beau continent, nouveau et différent. Mais je n'ai pas cédé à cette tentation.

Quant à Washington, tu imagines ! Moi qui suis anarchique par nature, comment pouvais-je être un correspondant à Washington, obligé d'aller aux conférences de presse ? Ma vie de journaliste a été claire. J'ai toujours voulu être reporter, vivre sur le terrain. Je n'ai jamais voulu « me placer » pour devenir rédacteur en chef. Tu sais, il y a cette idée selon laquelle les bons journalistes continuent à travailler jusqu'à ce qu'ils deviennent le directeur de leur journal…

Je t'ai sans doute déjà raconté cet épisode, lorsque le rédacteur en chef de la rubrique « International » m'invita à Bangkok, à l'époque où je vivais en Chine et écrivais de beaux articles ; il y avait aussi sa femme et ta mère. Et, sur la terrasse de l'Hôtel Oriental, il me dit : « Écoute, nous avons longuement pensé à toi et nous avons décidé de te rapatrier à Hambourg pour que tu sois mon bras droit. »

Alors, je lui ai dit simplement : « Excuse-moi, je dois aller un instant dans ma chambre. »

« Non, finissons notre conversation. »

« Non, je vais dans ma chambre pour t'écrire ma lettre de démission. »

Je n'aurais jamais accepté un poste comme celui qu'il me proposait.

Enfin, parmi les différentes propositions que *Der Spiegel* me fit par la suite, il y en avait une qui m'avait évidemment effleuré l'esprit : le Japon. Le Japon m'intriguait. Tu sais, j'avais découvert l'aspect dramatique de l'Asie, l'Indochine et ses guerres, la Chine et l'incroyable histoire du maoïsme. Le Japon représentait au contraire l'aspect positif de ce continent, il représentait l'Asie qui avait réussi à sortir du sous-développement et à devenir moderne.

J'étais maintenant curieux de découvrir cette Asie moderne. Je voulais la voir, je voulais comprendre comment elle fonctionnait.

PHOTOGRAPHIE

TIZIANO : Les appareils photo et moi. Aujourd'hui, j'ai envie de te parler de la photo.

Comme je te l'ai dit, Folco, dans la maison de mon enfance, à Florence, il n'y avait ni radio ni téléphone, et il n'y avait pas de livres ; alors, un appareil photo, tu penses bien ! Je crois que, même lorsque j'étais au lycée et à l'université, je n'en ai jamais eu.

Le premier appareil photo dont je me souvienne – car cela avait un sens pour moi de l'acheter – était un splendide Rolleiflex tout neuf que j'avais payé très cher. Je l'avais acheté quand j'avais appris que j'allais partir en Afrique du Sud. J'étais décidé à écrire sur l'Apartheid et je voulais illustrer mon article. Alors, j'ai acheté ce superbe appareil photo : une petite boîte qu'on pose sur son ventre et qu'on regarde d'en haut. Tout le contraire de ce qu'il faut quand on est journaliste, parce que c'est un appareil bruyant, difficile à régler, etc. ; mais c'est avec cet appareil que j'ai fait mes premières vraies photos, des photos qui avaient la prétention de raconter une histoire.

J'avais acheté cet appareil parce que j'avais le sentiment qu'écrire ne me suffirait pas. Et puis, les photos me servaient en quelque sorte de carnet de notes, elles me permettaient d'ajouter des détails, de voir ce que je n'aurais pas remarqué sur le moment. C'est avec cet appareil que j'ai voyagé pendant les années Olivetti.

Puis, lorsque je suis allé au Vietnam, je me suis équipé avec des appareils photo qui étaient en vogue à cette époque : un Nikon, et un Nikkormat muni d'un zoom. Ils étaient lourds, mais je les rangeais dans un sac que j'avais toujours avec moi.

Il est important que tu saches que je ne me suis jamais considéré comme un photographe. Au contraire. À part quelques grands que j'ai respectés – Philip Jones Griffiths, Abbas et quelques autres –, j'ai appris, notamment au Vietnam, à mépriser les photographes. C'étaient des casse-couilles. Je ne les ai jamais aimés : lorsqu'on rencontrait des photographes sur un coup, ils avaient toujours des exigences qui n'étaient pas les mêmes que les nôtres.

J'ai donc appris à jouer, à me transformer en caméléon, à ne plus être visible, à rester dans un coin et à regarder. Alors que le jeu du photographe – dont le modèle aujourd'hui est Dieter Ludwig, qui joue des coudes pour être sûr d'être bien placé – est de se placer en face des gens, de se mettre au beau milieu de la scène. Tu parles avec un paysan, tu essaies tant bien que mal de lui faire dire ce qui s'est passé pendant une attaque, un bombardement, et voilà qu'arrive un photographe qui s'en fout de ce que le type peut bien raconter. Ce qu'il veut, c'est que le visage du paysan soit devant les décombres avec cette lumière-là.

C'est aussi une des raisons pour lesquelles je n'ai jamais travaillé avec aucun photographe pendant toute la durée de ma collaboration avec *Der Spiegel*, alors que le journal avait parfois envie de m'envoyer un photographe de Hambourg pour les longs articles que j'écrivais. Je prenais des photos qui illustraient mes articles, et qui correspondaient à ce que j'écrivais.

Au Vietnam, j'avais quand même une raison d'envier les photographes. Imagine comment ils couvraient cette guerre étrange. Le matin, on prenait un taxi et on partait sur le front, on restait là-bas six ou sept heures ; puis, au moment où le soleil se couchait, on rentrait à notre hôtel. Et eux, ces enfoirés, ils montaient dans leur chambre, prenaient une douche, et puis – zou ! –, ils allaient au bar pour boire un coup et bavarder. Leur travail était fini.

Pour moi, le travail ne faisait que commencer : je devais écrire mon article. Tout ce que j'avais vu et ressenti, si je ne l'écrivais pas, c'était comme si je ne l'avais pas vécu. Les photographes, eux, avaient déjà fini. Ils prenaient leur pellicule, la transmettaient à l'aéroport grâce à un « pigeon voyageur », l'envoyaient par Singapour ou Hong Kong, et au revoir tout le monde.

FOLCO : Ils ne les développaient même pas eux-mêmes ?

TIZIANO : Non, ils ne les développaient pas. Tu comprends que ces photographes ne me plaisaient vraiment pas.

Je peux dire que ma vie a changé le 30 avril 1975 : la veille, lorsque les Américains s'enfuyaient des toits de Saigon avec les hélicoptères qui étaient venus pour les sauver, un brave voleur vietnamien déroba un Leica M3 à l'un de ces photographes. Quelques jours plus tard, j'ai rencontré le voleur sur le petit marché de Saigon, et je lui ai racheté ce superbe appareil, extrêmement simple, pour cent dollars.

Cet appareil a été l'appareil de ma vie. Depuis ce jour, je n'ai travaillé qu'avec lui. Il m'a accompagné partout : en Chine, au Japon, au Cambodge, et à Sakhaline, en Union soviétique.

Ce qu'il y a de bien avec le Leica M3, un appareil inventé par les Allemands, c'est qu'il est très facile à recharger. C'est extrêmement important. Les photographes l'utilisaient déjà pendant la guerre de Corée : on le met autour du cou, on le tourne, on l'ouvre, on glisse la pellicule dedans, on le referme et – hop ! – il est prêt. Il est facile à utiliser. On règle la vitesse, on choisit l'ouverture, le noir et blanc, le 400 ASA, et on fait sa photo. On ne peut pas se tromper. Et puis, c'est une sensation presque érotique : quand on met cet appareil par exemple à 1/125e de seconde et qu'on enclenche le bouton, il fait un « cloc-cloc » absolument divin.

FOLCO : Tu l'as encore, ce Leica ?

TIZIANO : Bien sûr. Je l'ai donné à nettoyer, je l'ai fait réparer, parce que, tu sais, il est vieux, c'est un appareil qui a maintenant cinquante ans. Mais c'est encore l'un de mes meilleurs appareils et il fonctionne merveilleusement bien.

Cependant – je le répète –, la photographie n'était pas mon moyen d'expression de prédilection. Je prenais des photos pour qu'elles accompagnent mes articles. Et puis, je les prenais pour moi, parce qu'elles ajoutaient quelque chose à ce que j'avais vu. Tu sais, tu regardes une scène et, dans cette scène, tu vois dix détails, mais la photo, elle, en voit quarante. Lorsque tu regardes la photo que tu as prise, tout te revient.

Et puis, quand je travaille, j'ai besoin d'être influencé par l'esprit du lieu que je décris. Par exemple, lorsque j'ai écrit *Giai Phong !*[1], dans cette maison de l'Orsigna, dehors, c'était le 15 août, avec le mât de cocagne dans le village, les gens qui dansaient sur la place, et moi, je devais écrire un livre sur la chute de Saigon ! C'étaient deux mondes aux antipodes l'un de l'autre ! Alors, j'ai écrit mon livre en écoutant en boucle une cassette avec la chanson *Giai Phong, Giai Phong,* que j'avais entendue du matin au soir pendant les trois mois que j'avais passés au Vietnam. Et les photos, tout comme la musique, me ramenaient à l'atmosphère de cette époque.

1. Voir note 1, p. 179.

Je fis développer une série de photos que j'avais prises à Saigon, et je les accrochai tout autour de mon bureau. Ainsi, je revoyais les endroits et les personnes que j'avais vus, et cela m'aidait pour écrire.

J'ai toujours utilisé les photos dans cet esprit.

FOLCO : Mais parfois tu voyageais aussi avec un photographe, non ?

TIZIANO : Il m'est arrivé de voyager avec un ami pour lui faire plaisir, mais j'étais toujours terriblement déçu, et il y a toujours eu des tensions.

J'ai pourtant voyagé avec de très bons photographes. Tu vois, Dieter Ludwig est un bon photographe. Un jour, nous étions ensemble au Sri Lanka et nous avons entendu une grande explosion au beau milieu de l'après-midi. Je portais un sarong et j'écrivais, je prenais des notes, je ne me souviens plus, lorsque nous avons entendu cette explosion ; nous nous sommes mis à courir pour aller voir ce qui se passait. Nous sommes arrivés sur la place où se trouvaient déjà sept ou huit policiers. Dieter les a pris en photo sans tête, en fait il a photographié seulement leurs jambes et, parmi ces jambes, on voyait le buste, sans jambes, du kamikaze des Tigres tamouls qui venait de se faire sauter en l'air. C'était… eh bien, une belle photo, un beau contraste en quelque sorte. Dieter est un homme qui voit, qui sait voir, c'est une qualité que possèdent les grands photographes.

Moi, je n'ai jamais eu la prétention d'avoir cette imagination-là. Mais, à force d'appuyer sur le bouton… Tu sais, c'est aussi ça, la photographie : tu en prends cent et, pour finir, il y en a toujours une de réussie.

As-tu mis un peu de sel – je veux dire, de sucre – dans cette camomille ?

FOLCO : C'est en Chine que le nombre de tes photos a explosé. En fouillant dans tes gros cartons, j'ai vu que tu as pris plus de photos en Chine que dans les autres pays.

Tiziano : Tu sais, cette Chine-là n'avait jamais été photographiée. C'est ce qui m'a frappé lorsque je suis arrivé. Nous avons vu des choses dont nous savions qu'elles n'avaient pas été vues depuis très longtemps. Ta maman a une image magnifique pour décrire ce que nous avons ressenti : c'était comme ouvrir un tombeau égyptien, un sarcophage. Pendant un instant, on voit une momie. Puis la fraîcheur de l'air la réduit en poussière, et il ne reste plus qu'une fine poudre d'or.

C'est la sensation que nous avions en Chine.

Je suis arrivé en Chine en 1979, à Pékin, après un voyage d'un jour et d'une nuit dans un vieux train qui faisait un bruit de ferraille. Mais, comment dire… c'était unique ! Je savais que j'étais un des premiers étrangers à revoir ce monde. Si bien que j'étais fasciné par la simple fumée qui sortait, non pas d'une cheminée, mais des dalles de pierre qui recouvraient les maisons des paysans, et je photographiais cette fumée.

Je sentais que c'était un immense privilège de voir ce genre de choses.

On arrivait dans un pays et on découvrait que les gens circulaient à bicyclette, des situations banales aujourd'hui, mais pour nous, à cette époque, ce n'était pas banal. Des multitudes de bicyclettes dans les rues ; tous ces gens habillés pareils ; tous ces vieux palais et cette Histoire ancienne qui, bien que détruite, surgissait du fin fond de la terre. Lorsqu'on voyage et qu'on se trouve dans les champs à perte de vue du Henan, et qu'on voit ces grandes statues de pierre qui jaillissent de la terre, des statues qui sont là peut-être depuis un millénaire, un millénaire et demi, peut-être même plus, depuis l'époque de l'empereur Qin Shi Huangdi, on a envie de tout décrire ! Or ce qu'on voit est indescriptible. Alors, comment dire, la photographie s'imposait réellement comme une exigence. C'est pour cette raison que j'ai pris tellement de photos en Chine.

Plus tard, lorsque je suis arrivé au Japon, je n'avais pas comme en Chine le sentiment d'accomplir un acte historique. À Tokyo, que veux-tu photographier ? Les plus grands photographes du monde étaient passés à Tokyo, et les plus grands photographes du monde s'y étaient établis. Et moi, j'allais me mettre à faire de la concurrence à ces hommes-là ? Tu sais combien d'hommes ivres morts ont été pris en photo par des photographes ? Alors, moi aussi, je l'ai pris en photo, l'homme ivre dans le métro de Tokyo. Mais ce n'était pas l'Histoire. Quelle histoire racontait-il, cet homme ivre ? Oui, une société de travailleurs fatigués. Mais ce genre de scènes ne m'inspirait pas.

FOLCO : Tu n'as peut-être pas été photographe, mais tu as pris des montagnes de photos.

TIZIANO : Oui, c'est un capital. J'ai ici trente ans de photographies en noir et blanc d'un monde qui n'existe plus. Peux-tu imaginer la Chine que j'ai vue pendant les premières années de notre séjour ? Le Vietnam, le Mustang, tout ce que tu veux. Et j'aimais bien cette idée de me mettre à la photographie. Mais c'est un travail de chien. On peut y perdre la tête à sélectionner des centaines et des centaines de photos ; c'est d'ailleurs pour cela que je ne l'ai pas encore fait. Peut-être, si tu en as envie, un jour, tu pourras le faire, toi.

AU JAPON

C'est une nouvelle journée grise et pluvieuse.
Nous sommes à l'intérieur et nous allumons un feu
dans la cheminée.

TIZIANO : J'ai toujours eu la baraka. J'ai eu plus de chance que la normale, tu ne crois pas ? J'ai eu deux fois, trois fois, quatre fois plus de chance que la normale ! Il ne m'est arrivé que des événements heureux.

FOLCO : C'est vrai, c'est ton sentiment ?

TIZIANO : Oui, c'est mon sentiment très profond.

FOLCO : Et l'expulsion de Chine ?

TIZIANO : Oui, bon, qu'est-ce que c'est ? Une malchance ? Je l'avais méritée. J'avais foutu la pagaille, ils m'ont chassé.

FOLCO : Mais après, tu as passé des années extrêmement dures au Japon.

TIZIANO : C'est la vie ! Qu'est-ce que vous croyez, que la vie n'est qu'un long fleuve tranquille ? C'est ainsi, il n'y a pas de joie sans tristesse.

FOLCO : Mais tu dis que, pour toi, c'était différent, que tu as toujours eu de la chance.

TIZIANO : Parce que j'ai eu des moments de grande joie. Beaucoup de gens ne connaissent pas ces moments de grande joie. Lorsque je te dis, comme l'autre jour, quand nous étions dans la voiture : « Folco, je me sens saisi, comme auréolé, d'une joie profonde », c'est vrai.

Regarde comment je me porte ! Tu me diras : « Mais quoi, il est fou ! » Oui, je suis sans doute fou, mais cette joie, je la ressens. J'ai de la chance, non ? Un autre que moi pourrait dire : « Mais tu te rends compte, c'est à moi que ça arrive ! Qu'est-ce que j'ai fait de mal pour mériter ça ? » Alors que moi, je trouve que ce qui m'arrive est juste, d'une certaine manière.

FOLCO : À l'extrême opposé, tu as pourtant dû souffrir énormément.

TIZIANO : Je n'ai jamais souffert. Vraiment souffert, non, jamais. J'étais conscient que la souffrance existait et qu'elle pouvait me toucher.

FOLCO : Et elle ne t'a pas touché ?

TIZIANO : Mais où ai-je souffert, Folco ? Je m'en suis toujours sorti.

FOLCO : Étrange. Bon, parlons maintenant de ton séjour au Japon.

Papa se prépare un thé.

TIZIANO : Pour commencer, il faut que je te dise que le Japon a été un énorme échec dans ma vie, peut-être le seul échec de ma carrière de journaliste.

Tout d'abord à cause de la langue.

Je ne parlais pas japonais, naturellement. Alors j'ai demandé au *Spiegel* de m'envoyer suivre un cours de langue. Je vous ai laissé tous les trois à Hong Kong et je suis parti à Tokyo. Pendant trois mois, j'ai suivi un de ces cours intensifs au bout desquels, soit on a appris la langue, soit on est totalement abruti.

À la fin de la formation, je ne connaissais pas le japonais. Je dois dire que j'étais déjà un peu vieux – les langues, il faut les apprendre quand on est jeune –, et j'avais la sensation désagréable que mon esprit était comme un seau rempli d'eau : chaque fois que j'ajoutais un peu de langue japonaise dans le seau – plouf ! –, de l'autre côté, un peu de chinois – auquel je tenais énormément – en sortait. J'avais l'impression de trahir la Chine, je faisais de la résistance ! C'est pour cela que je n'ai jamais appris le japonais correctement.

J'étais comme Gaetano Salvemini, l'historien. Lorsqu'il étudiait l'anglais aux États-Unis, quelqu'un lui demanda : « Alors, maître, comment se passent vos cours d'anglais ? » « Eh bien », répondit-il, « je commence tout doucement à comprendre ce que je dis ».

Tu vois, il se passait la même chose entre le japonais et moi. Mais si on va dans un pays et qu'on n'est pas indépendant du point de vue de la langue, on est limité, on boitille.

Cette relation à la langue a donc été mon premier échec.

Les premiers mois que j'ai passés à Tokyo, je vivais dans un charmant *ryokan*, un petit hôtel traditionnel avec l'eau qui ruisselait jour et nuit d'une tige de bambou, dehors, dans le jardin. Je dormais sur un tatami. Tout était parfait. Je voulais devenir japonais, je voulais me japoniser.

Mais le Japon me prenait à rebrousse-poil.

Très vite, je me suis dit que vivre au Japon était la plus grande erreur de ma vie. Tu sais, je venais de la civilisation de la grandeur. On peut dire tout ce qu'on veut de la Chine, mais c'était grand ! La Muraille était grande, la dimension de la Chine était grande, sa tragédie était grande ; la Chine avait vécu de grandes famines, connu de grands assassins. La culture chinoise était grande, l'intelligence des hommes était grande, tout en Chine était grand. Et, brusquement, je me suis retrouvé dans la culture du petit, la culture du détail. Ce changement a été un choc pour moi.

Au Japon, tous les détails sont parfaits. On sort manger dans un restaurant et – grand Dieu ! –, on nous donne un bol de riz tout simple mais, au milieu, comme dans le drapeau japonais, il y a une cerise rouge, splendide.

Le *bento* – la petite boîte en bois où on met le riz – est destiné aux pauvres ; mais c'est un objet extrêmement raffiné, magnifique. En Chine, à l'époque où nous y étions, quand nous allions manger au restaurant, nos coudes restaient collés à la table parce qu'elle n'était pas nettoyée, ou alors avec un chiffon crasseux et taché de graisse. Une vraie porcherie. Et on nous balançait les assiettes à la figure. Au Japon, au contraire, tout est raffiné. Tout est parfait, depuis les petits animaux que les enfants découpent dans le papier jusqu'à l'attitude des femmes quand elles s'inclinent. Mais, en même temps, tout est tout petit.

Si tu y réfléchis bien, le pays dans son ensemble est petit. Il n'y a pas d'espace, dans ces îles ; il n'y a pas d'espace dans leurs modestes demeures. Et les familles doivent entreposer sur le trottoir le lave-linge, le lave-vaisselle, les parapluies et les chaussures parce qu'il n'y a pas de place chez elles. Bien que le Japon soit l'un des pays les plus riches du monde, les Japonais vivent dans des conditions extrêmement modestes. Et cette culture de la petitesse, du raffinement dans les moindres détails, cette culture m'angoissait.

Ce n'était que dans la mort qu'on en ressentait la grandeur. Dans le temple de Yasukuni, dans les musées des épées, on ressent la culture de la mort, de la belle mort. Ces lieux reflètent tout le romantisme japonais.

Il boit une gorgée de thé.

Il y a une autre chose qui très tôt m'a frappé. Alors que nous nous étions fait beaucoup d'amis en Chine, je n'arrivais pas à me lier d'amitié avec les Japonais. Les Japonais avec lesquels j'entrais en contact n'étaient pas des personnes, mais les rôles qu'ils jouaient dans leur société. On n'est jamais soi-même au Japon. Je ne suis pas Tiziano Terzani, je suis « le journaliste de tel journal », d'où l'importance de la carte de visite. Si on n'a pas de carte de visite, on n'existe pas : on est ce qui est écrit sur la carte.

Je raconte toujours la même anecdote qui avait sidéré un diplomate français. Il était à Tokyo depuis quatre ou cinq ans, il parlait bien japonais, et il avait noué une belle amitié avec un fonctionnaire du ministère des Affaires étrangères, responsable des relations avec la France. Ils se fréquentaient pour des raisons professionnelles et se voyaient également chez eux. Un jour, le Français reçut un coup de téléphone de son ami japonais qui lui dit : « Je voulais te dire au revoir. J'ai changé de service, je vais m'occuper d'un autre pays, donc nous ne nous verrons plus. » Parce qu'il avait été transféré dans le service, que sais-je, de l'Océanie, il appelait le diplomate français pour lui dire que leurs relations amicales ne lui servaient plus à rien !

Moi aussi, j'ai vécu des histoires similaires. Comment dire, ce sont des relations étranges ! Imagine un peu ton père, extraverti, toujours prêt à se faufiler n'importe où, à mettre son nez partout ! Ce genre de comportements est impossible au Japon. Les Japonais ne t'invitent jamais chez eux ; le mieux qu'ils puissent faire, c'est t'emmener dans un de ces restaurants parfaits, tu sais, où l'eau ruisselle continuellement d'une tige de bambou.

Je n'ai lié qu'une seule amitié, avec Otomo. « O-Tomo », qui signifie « grand ami ». Et pourquoi ? Parce que cet homme – hors normes, alcoolo, mal habillé, qui ressemblait un peu à un existentialiste français, très intelligent, mais changeant toujours de métier – était un rebut de la machine à produire des Japonais. Nous pouvions être amis parce qu'il avait été éliminé du système.

Otomo a été le seul ami que je me suis fait au Japon. J'ai voyagé très souvent avec lui.

FOLCO : Plus tard, lorsque nous sommes arrivés au Japon, au milieu des années 1980, ce qui fascinait le monde entier, c'était que, technologiquement, le pays était extrêmement en avance par rapport à nous, non ? Aujourd'hui, ça ne nous fait plus peur, mais à l'époque, le Japon était la grande menace économique, et on pensait même qu'il dominerait le monde en 2000.

TIZIANO : Oui, bien sûr, ils étaient très en avance.

J'avais déjà travaillé au Japon en 1965, pendant quelques mois, pour Olivetti. C'était un pays modeste, à l'époque, car c'était un pays pauvre. Il sortait de la guerre et n'avait pas encore entamé sa reconstruction. Le Japon que tu as connu – le Japon des grands magasins et des gratte-ciel étincelants – n'existait pas encore. Tous les matins, je prenais le bus avec des hommes qui portaient un *furoshiki*[1], ces morceaux de tissu coloré qui leur servaient de sac. Ces *furoshiki* étaient splendides ! On rangeait ses affaires dedans, on faisait un nœud avec les quatre coins et on le transportait comme ça. Les *furoshiki* ne coûtaient pas cher ; chacun avait le sien, avec des motifs à fleurs, personnalisé. Lorsque je suis retourné au Japon en 1985, on ne voyait plus aucun *furoshiki*, tout le monde avait son sac Vuitton. Ce n'était plus du tout le même Japon. Le pays était devenu riche et arrogant.

Je me suis mis à écrire les histoires que j'avais toujours écrites. J'en avais écrit une qui était amusante : je disais que, pour vivre au Japon, il fallait apprendre à parler avec les machines. La nuit, j'allais m'acheter une bière au distributeur automatique au bout de la rue, et il me disait combien de sous je devais mettre dedans, il me parlait ! Quand on entrait dans un magasin, il y avait un œil qui nous regardait et une petite voix élec-

---

1. Sorte d'enveloppe japonaise traditionnelle en tissu utilisée pour transporter des vêtements, des cadeaux, le *bento*…

tronique qui disait : « Bonjour, bienvenue, excusez-moi, j'arrive… » Aujourd'hui, on voit ça partout. Mais, à l'époque, pour moi qui venais de Chine – de la Chine de l'après-Mao –, c'était totalement inouï. On ne parlait jamais avec les Japonais, on parlait avec les machines.

La modernité détruisait tout sur son passage.

Je viens de Florence, et l'une des plus belles choses que Florence ait su faire, elle qui ne sait rien faire de nouveau qui soit beau, c'est de conserver le beau des temps anciens. Alors, si, un jour, quelqu'un a envie de retrouver un étalon de beauté et d'harmonie, il pourra se référer à ce modèle ancien. Au Japon, à l'époque où nous sommes arrivés, on voyait tous les jours des bull-dozers détruire des rues entières avec toutes ces petites maisons où habitaient les Japonais du vieux Tokyo et qui mettaient de la vie dans la ville. On les remplaçait par des gratte-ciel de bureaux. Les gens qui vivaient dans ces quartiers étaient chassés dans les banlieues les plus glauques. Tu imagines ce que ça signifie de grandir dans une ville dans laquelle tu n'as plus aucun point de repère !

FOLCO : Toi aussi, tu cherchais une maison traditionnelle en bois pour notre famille, une de ces maisons avec des fenêtres en papier de riz et un tatami sur le sol, n'est-ce pas ?

TIZIANO : Oui, mais je ne l'ai pas trouvée. En revanche, nous nous sommes installés dans une petite maison moderne, correcte, qui appartenait à un vieux botaniste, un ami de l'empereur Hirohito. Nos fenêtres donnaient sur son beau jardin orné des plantes et des très vieux palmiers qu'il avait plantés tout au long de sa vie. Le botaniste mourut trois ans plus tard ; son épouse, encore jeune, vendit le jardin. Et, un jour, les bulldozers et les scies électriques sont arrivés et ont abattu toutes les plantes pour faire un parking.

Voilà ce qu'était le Japon.

FOLCO : Cette vie était aux antipodes de ton caractère, c'est évident.

TIZIANO : Tu sais, là-bas, la vie était la vie banale de la matière. Travailler, consommer, se déplacer entre la banlieue et la ville.

FOLCO : Toi aussi, tu avais cette vie-là ?

TIZIANO : Je possède un refuge puissant quand le présent ne m'intéresse pas : l'Histoire. Tu te souviens qu'une des raisons pour lesquelles j'étais curieux d'aller en Asie était que je voulais voir s'il n'existait pas d'éventuelles alternatives sociales et économiques aux solutions occidentales ? Je suis convaincu, en effet, qu'il n'y a que la diversité du monde qui crée de la vitalité et qui offre une plus grande liberté à un plus grand nombre de gens ; alors que le nivellement en fonction de modèles préétablis ne fait qu'exacerber certaines situations et élimine de nombreuses alternatives intéressantes.

C'est toujours la même histoire. Ce sont toujours les Occidentaux qui vont taper à la porte des autres continents en prétextant qu'ils ont de beaux principes à leur offrir : aujourd'hui, la démocratie et la liberté ; au XIXe siècle, le marché libre ; et, bien avant, le christianisme. Alors, en 1853, les Américains arrivèrent devant la côte japonaise avec quatre chaloupes canonnières, les fameux « bateaux noirs » du commodore Perry[1] : les Américains voulaient obliger les Japonais à ouvrir leurs frontières pour pouvoir leur vendre leurs marchandises. Cette attitude n'est pas récente. C'est pour les mêmes raisons que les Portugais ont débarqué

1. En 1853, le commodore Perry, envoyé par le gouvernement américain, fit irruption avec ses sept bateaux noirs dans la baie de Shimoda. Il voulait négocier avec le Japon afin d'autoriser le commerce avec les États-Unis.

à Macao : ils voulaient ouvrir les frontières de la Chine pour leur vendre leurs petits miroirs et leur voler leurs épices et tout ce qui les intéressait. L'histoire de l'expansion de l'Occident se passe toujours ainsi. Les navires de guerre de Perry allèrent ouvrir les marchés du Japon sous prétexte que le marché libre servirait à tous et que tous y gagneraient.

Il s'est passé la même chose en Chine.

FOLCO : Ce sont les Anglais qui sont entrés en Chine, avec les guerres de l'Opium.

TIZIANO : Oui. Le Japon fut très durement frappé par l'expérience de sa propre impuissance face aux navires de guerre américains, parce qu'il se considérait comme une grande civilisation, riche d'une longue tradition : les samouraïs avec leur sabre, l'honneur, etc. Mais, de l'autre côté, les Américains menaçaient de tirer deux coups de canon. Alors, les Japonais eurent un raisonnement extrêmement subtil. Réalisant qu'ils ne réussiraient pas à résister à l'Occident avec leurs forces et leurs traditions, ils décidèrent que le seul moyen de survivre serait de s'occidentaliser.

Et il se passa quelque chose de quasiment inconcevable pour nous. La lecture des textes de l'époque est passionnante. En très peu de temps, en quelques années seulement, sous l'ère de l'empereur Meiji, le pays réalisa son projet, avec une ténacité dont seuls les Japonais sont capables : faire du Japon un pays occidentalisé. Ils devaient construire des lignes de chemin de fer, donc ils copièrent nos gares. Ils les copièrent ! La gare ferroviaire de Tokyo était la copie conforme de la gare d'Amsterdam. Ils copièrent les uniformes des soldats de l'armée prussienne. Ils firent venir des centaines d'étrangers – appelés *yatoi* – pour qu'ils leur enseignent les façons de faire occidentales. Les gens de bonne famille de la dynastie Meiji s'habillèrent à l'occidentale et apprirent à danser la valse. Les Japonais copièrent les Codes civils et pénaux occidentaux. Ils créèrent une armée de type occidental ; ils copièrent les modèles des navires de guerre anglais et les construisirent à l'identique. Il faut dire que tout ce qu'ils firent fut une belle réussite. Car, dès le début du XXᵉ siècle, le Japon – qui s'était modernisé en quelques années seulement – défia les grandes puissances asiatiques, leur fit la guerre et en sortit victorieux : tout d'abord, la Chine impériale des Mandchous ; puis, en deux ou trois batailles navales, l'empire des tsars de Russie, qui était alors la grande puissance occidentale en Asie.

Donc, le Japon est devenu lui aussi une grande puissance économique et militaire. Bizarre, non ? Après s'être réarmé, il mena une politique dont l'objectif était de dominer l'Asie, sous prétexte de la libérer du joug du colonialisme blanc ; et puis, ce fut la Seconde Guerre mondiale. Et en avant, marche !

Or, moi, j'étais curieux de voir comment ces cultures antiques pouvaient représenter une alternative culturelle et économique à notre société. Le Japon était tout le contraire de ce que je cherchais : il était la copie conforme la plus sophistiquée et la plus réussie du système occidental. Cette copie s'est perfectionnée davantage après la Seconde Guerre mondiale, lorsque le pays, battu, s'est mis à reconstruire ses usines en copiant les modèles du taylorisme américain poussé à son paroxysme.

Cette histoire d'occidentalisation est intéressante, n'est-ce pas ? Eh oui, quand on voit les vieux Japonais qui mettent leur kimono ou leur *yukata* uniquement pour les cérémonies, et que, le reste du temps, ils sont en costume cravate… Quand tu penses à ce qu'était le Japon, à la différence qu'incarnait le Japon !

Le modèle occidental a désormais été accepté par tous. Il est arrivé jusqu'en Chine, en Asie du Sud-Est, à Singapour, dans toute l'Indochine ; seul le Laos survit en quelque sorte. C'est le thème sur lequel je reviens sans cesse dans *Un devin m'a dit*[1] : le joyeux suicide des pays d'Asie décidés à suivre un modèle de développement de type occidental, et prêts à renoncer à leur propre modèle de développement.

FOLCO : Pourquoi ?

TIZIANO : C'est simple. Parce qu'ils pensent que c'est le seul moyen de progresser. Nous leur avons vendu le christianisme, le colonialisme, toutes ces salades ; et, pour finir, nous leur avons vendu l'idée selon laquelle il ne peut y avoir qu'un seul type de modernité, la nôtre. Alors, ce modèle s'est exporté grâce aux moyens de communication de masse comme la télévision, et il s'est imposé dans toute l'Asie.

Le seul qui a cherché à résister a été cet assassin de Pol Pot. Pense un peu à tout ce qu'il a dû faire – fermer les frontières et tuer la population – pour éviter de reproduire le modèle qui était considéré comme le seul modèle gagnant !

FOLCO : Mais au Japon, des traces de l'ancienne culture subsistaient encore, non ? L'empereur, le shintoïsme…

TIZIANO : Les Japonais pensaient qu'ils avaient sauvé leur âme, qu'ils avaient étalé une couche de vernis occidental sur leur culture japonaise. Et c'est pour cette raison qu'ils disaient : « Vous ne nous comprendrez jamais. »

FOLCO : Parce qu'ils restaient japonais, dans le fond ?

TIZIANO : Ils croyaient qu'ils restaient japonais.

Il y a un autre thème qui me tenait déjà très à cœur, à l'époque, c'est le thème de la paix. J'avais été *profondément* frappé par l'holocauste atomique, et j'avais lu tout ce qu'on pouvait lire sur Hiroshima et Nagasaki.

1. Tiziano Terzani, *Un devin m'a dit*, Maisonneuve et Larose, 1996.

C'était vraiment curieux de voir ce qu'avait laissé comme traces cet événement impensable : les deux premières bombes atomiques de l'Histoire lancées sur deux villes remplies de civils qui furent brûlés ou carbonisés. Oui, nous avons tendance à oublier cette spécificité des Japonais : ils sont le seul peuple à avoir subi l'holocauste atomique. C'est quelque chose qui a dû avoir un impact énorme, non ? Je me souviens que je suis allé voir des tas de vieux *hibakusha*, des survivants, dont un architecte très intelligent qui était resté sous la « pluie noire » lorsqu'il était enfant. Ils étaient tous devenus des pacifistes convaincus, hyper-engagés.

Et pourtant, même à Hiroshima, j'attendais quelque chose que je n'ai pas trouvé. La paix était devenue un thème extrêmement répétitif, une sorte de produit. Le papier que j'avais écrit pour *Der Spiegel* commençait d'ailleurs par ces termes : « Ici, même les colombes en ont plein le cul de la paix… »

FOLCO : Je ne peux pas y croire !

Je prends dans la bibliothèque
une copie du livre In Asia[1] *et je lis.*

« Le mot "paix" est partout. On le trouve jusque sur une marque populaire de cigarettes. Et même les colombes du Parc de la Paix, sur l'Avenue de la Paix, n'en peuvent plus, semble-t-il, de toute cette paix… »

Bon, à peu de chose près…

Ce genre de thèmes intéressait ton journal ? C'est vrai, ils auraient pu te dire : « OK, Tiziano. Mais pourquoi n'écrirais-tu pas un beau papier sur l'économie japonaise qui nous concernerait peut-être un peu plus ? »

TIZIANO : Bien sûr, ils auraient aimé que je parle de l'économie parce que le Japon représentait à l'époque

1. Voir note 1, p. 157.

le « grand tigre », la grande menace économique pour le monde entier. Mais je n'ai jamais écrit une seule ligne sur ce thème. J'écrivais sur la mort de l'empereur-dieu, sur les machines parlantes, sur les waters, et sur la vie nocturne des *salariman*. Et *Der Spiegel* m'a toujours laissé faire : au bout du compte, mes articles n'étaient jamais ce à quoi ils s'attendaient.

Je ne comprenais pas l'économie. Et puis, cela ne m'intéressait pas de savoir si les Japonais vendaient plus de téléviseurs ou pas. Qu'est-ce que j'en avais à faire ? Ce qui m'intéressait, c'était de savoir ce que devenaient les *hommes* qui produisaient ces téléviseurs, et leur sort était hallucinant.

J'avais tout de suite été frappé de voir la vie que menaient les Japonais pauvres. J'ai été terrorisé par la modernité asiatique, que je voulais voir parce qu'elle m'intriguait, parce que c'était un thème qui pouvait être intéressant. C'était une façon de vivre épouvantable. Des horaires de travail inimaginables dans les usines, dans les entreprises. Ce n'est pas un hasard si les Japonais appellent leurs employés des *salariman*, des hommes qui travaillent pour le salaire. L'employé de banque finit à huit heures du soir, mais il ne rentre pas chez lui, bien sûr, il sort avec ses collègues de la banque pour boire dans les bars jusqu'à minuit et parler... de la banque ! Jamais un seul instant de liberté. Et les rythmes de vie : consternants ! Les *shinkansen*, les trains à grande vitesse qui transportent en une heure dans le centre des villes les habitants de la grande banlieue...

Tous ces signes, je les ai lus comme la malédiction qui allait peser sur le monde. Vaincus après la Seconde Guerre mondiale, les Japonais avaient réussi, en travaillant jusqu'à l'épuisement, à redevenir une grande puissance. Avec quelques rares idées et peu d'inventions, ils avaient su réaliser, dans des temps réduits et à bas coût, les produits de consommation de masse qui ont fait leur richesse. Alors, les walkmans, les magnétoscopes, les transistors, nés au Japon, ont envahi la planète.

Mais les sociétés, les civilisations s'évaluent également en fonction de l'homme qui les produit.

J'ai toujours été intéressé par l'aspect humain. On ne le répétera jamais assez : toutes ces expériences, toutes ces sociétés modernes ne peuvent pas être jugées uniquement en fonction de l'efficacité de leur structure économique. Elles s'évaluent surtout en fonction du type d'hommes qui produisent ces objets, et du type de vie qu'ils sont obligés de mener. C'est à partir de ce constat que j'ai fini par écrire des choses un peu ridicules sur les élections. Inutile qu'on me demande : « Pour qui votes-tu ? Pour le parti du Steak, pour le parti du Dragon, ou encore pour le parti de la Liberté ? » Qu'est-ce que ça peut bien me faire ? Qu'est-ce que ça veut dire ? Si je vote pour un tel, que devrai-je faire tous les matins : m'incliner devant une statue ? Quel sera l'éventail de mon choix : deux dentifrices ou quarante ? Travaillerai-je huit ou dix heures par jour ? Quelle est la marge de ma liberté individuelle ? C'est cela qui compte.

La vie, la vie, c'est cela qui compte !

Je vais faire un tour dehors
et je reviens avec une cordée de bois.

Donc, tous les aspects que je viens de décrire faisaient partie des thèmes qui m'intéressaient et qui me montraient comment la société japonaise – qui avait imité l'Occident – avait dépassé l'Occident en produisant un système économique qui, d'après moi, déshumanisait l'homme. Et j'avais peur des conséquences que ce système pourrait avoir sur l'Europe.

Je dois avouer qu'en ce temps-là, je ne pouvais même pas imaginer que ce type de vie pourrait également arriver chez nous ; alors qu'il est arrivé chez nous rapidement, très rapidement même. Il est arrivé grâce à l'avancée de la globalisation qui empêche la survie d'oasis économiques. À partir du moment où l'on a un marché commun, un marché libre, on doit se mettre en concurrence avec ceux qui produisent à des coûts moins élevés et dans des délais plus rapides. Et cela, les Japonais l'ont réussi extraordinairement bien.

À l'époque, il me semblait impossible que l'Europe devienne comme le Japon, que chez nous, l'homme se transforme aussi en vermisseau. Et pourtant, ce qui me frappe aujourd'hui, quinze ans plus tard, c'est que tout ce qui m'avait déplu au Japon, je le retrouve ici, chez moi.

Folco : C'est-à-dire ?

Tiziano : Les petits commerces qui ferment et sont remplacés par des supermarchés ; les usines qui disparaissent parce que l'économie a changé ; les gens soumis à des horaires de travail épouvantables, qui vivent dans des pièces de plus en plus petites, qui sont de plus en plus seuls, de plus en plus aliénés. C'est comme ça, aujourd'hui, en Italie.

Folco : En fait, ce qui te troublait, ce n'était pas seulement le Japon, c'était la direction que prenait le monde ?

Tiziano : Oui. Mais c'était aussi une tragédie japonaise. C'était triste de voir une civilisation tellement particulière qui courait au suicide, et ces cent vingt millions d'individus qui s'essoufflaient pour rivaliser avec l'Occident sur le plan économique. Les pauvres Japonais me faisaient de la peine, je les voyais tellement avilis, tellement déshumanisés, tellement seuls, tellement peu humains. Des rôles ! De toutes les sociétés que je finis toujours par critiquer, cette société était la plus dure. Elle poussait l'homme vers des comportements standardisés, depuis le moment où il se levait jusqu'au soir, lorsqu'il jetait, en vomissant, sa tête sur l'oreiller.

> *Je mets une bûche dans la cheminée.*
> *Papa observe la bûche en train de prendre feu.*

J'ai trouvé le Japon très dur. Et c'est là, en réalité, que toute l'histoire de ma dépression a pris racine, dépression qui a été à l'origine de tout ce qui m'est arrivé par la suite.

FOLCO : Si je comprends bien, la crise que tu as vécu au Japon provient…

TIZIANO : … du fait que je me suis rendu compte qu'il n'y avait pas d'alternative.

FOLCO : Je me souviens bien lorsque ta crise a commencé à Tokyo. Tu étais devenu un autre. Je crois que cette période a été la plus noire de ta vie. Tu n'étais jamais content. Chaque fois que nous nous mettions à table, la viande était trop dure et le vin trop acide. Et tu restais enfermé dans ton bureau toute la journée.

TIZIANO : Tu as raison, je restais toute la journée dans mon bureau, à lire les journaux et à découper des articles de presse.

FOLCO : À l'opposé…

TIZIANO : Oui, à l'opposé de ce que tu m'avais toujours vu faire. Mais c'était comme ça au Japon. Je passais une grande partie de mon temps dans mon bureau qui donnait non plus sur les plantes du professeur, mais sur un parking.

Et c'est à ce moment-là que la dépression s'est emparée de moi.

Tu comprends, partout où j'ai vécu, j'ai toujours « joué ». J'ai joué avec les mêmes passions que celles qui séduisaient les gens du pays. Souviens-toi de la Chine, de tous ces *xiao wan*, tous mes petits passe-temps ! Les objets en jade, les grillons… Tout était un jeu. Ces passions m'occupaient pendant des heures. Bon, et au Japon, Folco, sais-tu à quoi je jouais ? Je jouais en Bourse. C'était le seul jeu qu'il y avait. Et, lorsque je recevais les journaux, au lieu de lire à la une ce qui s'était passé dans le monde, je lisais les pages économiques pour voir si les actions de Fujitsu étaient en hausse ou en baisse : c'est le seul pays où j'ai eu ce comportement. Ce n'était pas moi, c'était tellement peu moi que la dépression s'est emparée de moi. Difficile à expliquer. Je sentais que – oui, c'est important que tu comprennes ce que je vais te dire ! – j'étais devenu l'égal d'un Japonais, dans le sens où je n'étais plus *moi*. Il y avait un Tiziano Terzani, journaliste, aux conversations brillantes, qui ne faisait que jouer son rôle. Le 14 juillet, jour de la fête nationale française, j'étais invité par l'ambassadeur de France. On me reconnaissait et on me disait : « Oh ! Intéressant ! » Cinq minutes plus tard, j'étais invité à dîner. Et au dîner, qu'est-ce que je faisais ? Je n'avais qu'une seule chose à faire, jouer le rôle de Tiziano Terzani : « Alors, quand j'étais au Vietnam, et où va la Chine… » Je me levais, Folco, et je rentrais à la maison avec ta maman, désespéré, désespéré.

Je ris.

Je ne sais pas si tu peux comprendre… C'est difficile à comprendre.

Folco : Si, je comprends très bien ce que tu as vécu. Pourtant, je dois reconnaître que je n'ai jamais compris pourquoi tu continuais à jouer ce rôle. Pourquoi n'as-tu pas décidé de jouer un autre rôle ? Pourquoi n'as-tu pas essayé d'aller dans un dîner et de t'asseoir là, en silence, et d'écouter ce que les autres avaient à dire ?

Tiziano : Parce que, moi aussi, je suis un peu… Je suis un peu faible. Et puis, quitte à écouter les conneries des autres, je préférais encore raconter mes propres conneries, elles étaient plus drôles !

On rit.

L'ennui suscité par les bavardages des autres était plus fort…

Il crache.

… que le dégoût que j'éprouvais pour mes propres bavardages. J'ai du mal à dire quand je m'en suis rendu compte exactement. J'ai mis du temps pour le comprendre, beaucoup de temps. J'allais au Foreign Correspondents Club, le club des journalistes, au dernier étage d'un des plus beaux immeubles de Tokyo, qui donnait sur le parc impérial et sur toute la ville hérissée de gratte-ciel. Tout le monde était là : les correspondants, les envoyés spéciaux, toutes les agences de presse japonaises, les relations publiques des entreprises qui embobinaient les journalistes économiques en leur vantant les derniers gadgets électroniques, et les journalistes écrivaient des kilomètres d'articles. Ils étaient toujours là, en train de bavarder au comptoir et de boire de la bière dans l'après-midi. Et moi, je jouais Tiziano Terzani. Un nouveau journaliste arrivait dans la ville : « Ah ! Tu dois rencontrer Tiziano Terzani ! »

Et moi : « Bla bla bla… » À la fin, j'avais un répertoire que je mettais dans un disque et – toc ! – le disque se mettait en route. Je ne m'étais pas encore posé la grande question philosophique : « Qui suis-je ? » Il faut du temps pour comprendre qui l'on est, ce n'est pas si simple. En tout cas, cette identité-là me pesait terriblement. C'est au Japon qu'est apparue ma crise profonde parce qu'il y avait un écart entre ce que je voulais, ce que j'étais, et ce qu'au contraire je devais être.

Il pose la main sur une pile de photographies.

Ces photos montrent combien j'ai souffert au Japon. Le Japon est ma dépression. C'est là que j'ai commencé à tomber malade. Il y avait quelque chose qui me faisait vraiment mal.

Je me levais le matin avec tout le poids du monde sur les épaules. Je me promenais avec ta mère. Elle était gentille, elle m'emmenait dans les petites rues de Tokyo… Tu sais, le Japon est rempli de cafés. On arrive, tout est beau, tout est propre, et on a le choix entre quarante sortes de cafés, des toasts hauts comme des futons, avec une épaisse couche de beurre, et les confitures les plus étonnantes. Et on reste là, avant d'aller à son bureau de merde, avec une petite musique de fond dans la salle. Ta maman m'emmenait tous les jours dans un café différent. Et nous avons fini par en trouver un qui s'appelait Le Nid de l'Anguille, où nous avions notre petite table près de la fenêtre. Et là, de nouveau, deux heures de bavardage.

Mais je n'en pouvais plus. Si bien que – tu ne dois pas t'en souvenir – nous sommes rentrés en Europe. Et moi, sous prétexte de te montrer l'École normale de Pise où j'avais fait mes études, je suis allé voir un grand psychiatre italien et je lui ai demandé de me prescrire un médicament contre la dépression. Oh, ce matin-là, le monde, les larmes ! Le psychiatre a été très gentil avec moi. Il m'a gardé une journée entière, il m'a présenté à toute son équipe. Et moi, je lui ai raconté tous mes problèmes : que je ne supportais plus le téléphone, et patati et patata. Finalement, il m'a dit : « Si vous, vous êtes dépressif, tout le monde l'est. Il y a des milliers de gens dans votre cas. Mais je comprends qu'il y ait des moments où vous n'en puissiez plus. Si c'est trop difficile, prenez ça. » Et il me donna une boîte de Prozac.

J'ai mis le Prozac dans ma poche : c'était l'amulette du voyage de *Un devin m'a dit*. Et, finalement, j'ai donné toute la boîte à Baolì, notre vieux chien mal en point, qui mourut heureux et plein de Prozac.

C'est au Japon que j'ai fait un premier essai pour tenter de régler ma dépression en m'éloignant du monde et en allant vivre seul, avec Baolì, dans une cabane dans la forêt de Daigo, aux pieds du mont Fuji. Moi qui avais été tellement sociable, pour la première fois de ma vie, je vécus en ermite. J'avais apporté un ordinateur et de nombreux dossiers, parce que j'avais réalisé beaucoup d'interviews, lu beaucoup de livres, découpé beaucoup d'articles et pris beaucoup de notes. Pour conclure cette expérience, je rêvais encore d'écrire le livre que je n'ai jamais écrit sur le Japon.

Je suis resté là-bas trois mois. Beaucoup d'anecdotes charmantes, beaucoup de belles histoires. Mais le nœud était trop énorme, et le problème tellement gigantesque que je n'arrivais pas à le décrire. Je sentais que c'était un modèle épouvantable, mais je n'arrivais pas à décrire l'angoisse qui m'avait empoigné, cette angoisse suscitée par la société moderne qui déshumanise l'homme. C'était le thème que j'avais choisi.

Là, à Daigo, je découvris que je ne comprendrais jamais le Japon, mais que, peut-être, comme ultime tentative, je pourrais essayer de le regarder en prenant du recul. Tu sais, quand on regarde les choses avec du recul, on les voit toujours mieux que lorsqu'on est en plein dedans. Alors, j'ai organisé avec Otomo une belle expédition, un pèlerinage sur le mont Fuji. Je l'ai vécu exactement comme un pèlerin : je me suis préparé, je me suis rasé la tête, et nous sommes partis pour cette ascension. Nous sommes partis en même temps que des dizaines de milliers d'autres pèlerins et, lorsque nous sommes arrivés au sommet, sur le point le plus beau et le plus sacré de la montagne, là, nous avons trouvé… des machines avec des voix automatiques !

« Mets une autre pièce de monnaie ! Ce n'est pas suffisant pour un Coca-Cola… »

Oui, même le mont Fuji m'a déçu. Je suis rentré avec mon petit drapeau tamponné à chaque gare, et j'ai écris mon dernier article, l'histoire de cette ascension, pour essayer de comprendre le Japon.

Je suis reparti avec une impression d'échec. C'était lourd. Bah, peut-être n'y avait-il rien à comprendre. Et puis, ça ne m'intéressait plus. Il y avait quelque chose du Japon qui m'avait échappé.

FOLCO : Et qui t'échappe encore ?

Silence. Comme s'il ne m'avait pas entendu.

TIZIANO : Le Japon ? Je ne sais même pas où il se trouve.

Silence.

Parfois, j'ai la nostalgie des sushis, de ces froides soirées d'hiver, quand on allait manger dans un de ces délicieux restaurants du poisson cru, avec cette odeur particulière, et qu'on restait tous là, au comptoir…

LA MAISON DE LA TORTUE

TIZIANO : J'ai l'impression que tout est né au Japon
– tout, y compris la maladie dont je souffre aujourd'hui.
Une profonde tristesse est à l'origine de ce mal-être, la
tristesse de vivre dans une société qui n'est pas libre.
Tu vois, tu disais que la société chinoise était oppres-
sive, mais moi, je trouvais que le Japon n'était pas tellement plus libre, et, en plus, il évoluait dans le même
contexte que *ma* civilisation. Parce que le Japon s'ins-
pire du modèle occidental. Et, comme je te le disais
l'autre jour, derrière cette société, il n'y avait pas la
grandeur de la Chine, cette grandeur qui m'avait procuré de très fortes joies.

Au Japon, je me sentais mal, j'étais à proprement
parler malade. Alors, au bout des cinq années que je
devais passer dans le pays, *Der Spiegel* a voulu savoir
où j'aimerais aller ; et moi, sans l'ombre d'une hésita-
tion, je leur ai demandé de me créer un bureau dans un
pays qui n'avait peut-être pas une grande importance
politique, mais qui me permettrait de retrouver toute
mon Asie et sa chaleur. J'étais terriblement nostalgique
du soleil et de cette puanteur de légumes pourris qui se
répand le matin sur les trottoirs, nostalgique de cette
odeur des Tropiques.

Der Spiegel m'aida et, toujours avec cette même
générosité, accepta que j'ouvre à Bangkok un bureau
qui n'existait pas encore. De la Thaïlande, je pourrais

suivre toute l'Asie : les événements du Cambodge qui commençait à s'embraser à cause des élections organisées par les Nations Unies, la guerre des Tigres tamouls au Sri Lanka, la Birmanie, et tant d'autres affaires.

Folco : Tu parles souvent de cette odeur des Tropiques. Elle représente certainement pour toi l'odeur d'une vie...

Tiziano : ... autre. C'est l'odeur qu'on sent à Hong Kong, du côté de Monkok et de Wanchai, lorsque les ouvriers mangent leur soupe, accroupis sur des escabeaux ; l'odeur qu'on sent à Saigon quand on mange un *phô* dans la rue. C'est l'odeur d'un monde où je ne me suis pas perdu, non, où je me suis senti bien.

Tout est fini, tout est fini...

L'espace d'un instant, il se perd
dans ses pensées. Puis il reprend.

Et là, à Bangkok, nous avons eu cette chance immense, le jour où ta maman a trouvé la plus belle maison que nous ayons jamais eue, Turtle House, la Maison de la Tortue. C'était une vieille maison thaïe, toute en bois, avec un étang au milieu d'un jardin planté d'arbres tropicaux.

Mon Dieu, quelle joie !

Et là, je dois te raconter une histoire vraiment curieuse. Nous étions à peine installés dans cette maison que j'ai fait un rêve très étrange. J'ai rêvé que je venais du Japon et que j'avais apporté avec moi une énorme valise, très lourde. J'étais dans notre nouveau jardin lorsque j'ouvrais la valise et découvrais qu'elle renfermait un cadavre : mon cadavre ! Le cadavre de Tiziano Terzani, que j'allais enterrer sous un arbre en Thaïlande.

J'aimais bien ce rêve, mais je ne le comprenais pas. Comme toujours, ta mère l'interpréta pour moi : j'en avais terminé avec le « moi » du Japon et j'étais prêt à recommencer une nouvelle vie.

FOLCO : C'est exactement ce qui t'est arrivé par la suite.

TIZIANO : En Thaïlande, j'ai fait mes premiers pas vers… l'extérieur ! J'ai enterré la valise contenant mon cadavre, et je suis né une nouvelle fois. Une renaissance plutôt lente, mais une vraie renaissance. Tu sais, la maladie est toujours, en même temps, un remède.

FOLCO : Peut-être que, sans ta défaite japonaise, tu n'aurais jamais réussi à faire ce saut. Mais revenons à la Maison de la Tortue.

TIZIANO : C'était une maison avec une histoire tout à fait particulière. Elle avait appartenu au biographe de Jim Thompson, cet homme qui avait redécouvert la soie thaïe et en avait fait une industrie. On savait qu'il avait été un espion de l'OSS, l'organisme qui a précédé la CIA ; et, un jour, il disparut mystérieusement dans la jungle malaisienne. Bref, un personnage particulier, un de ces Asiates qui m'ont toujours fasciné. Son biographe, et très grand ami, William Warren, habitait depuis des années dans cette vieille maison, rongée par les termites. Et comme il n'arrivait plus à l'entretenir, il nous l'avait offerte.

C'était une véritable oasis. Nous avons changé les grosses poutres infestées de termites, nous avons rénové les parties de la maison qui tombaient en ruine, et, dans les branches d'un manguier, nous avons construit une chambre d'amis, à laquelle on accédait par une échelle. Dans le fond du jardin, j'ai installé un petit bureau ; à l'intérieur de ma pièce se trouvait un palmier que je n'avais pas voulu abattre.

La maison était entourée d'un étang : dans le passé, ce quartier de Bangkok était traversé par un grand réseau de canaux qui communiquaient avec le fleuve Chao Phraya et avec la mer. Avec l'arrivée du progrès, les canaux avaient été recouverts de ciment, ils s'étaient transformés en rues et ne se jetaient plus dans le grand fleuve. Notre étang, cependant, continuait à vivre sa vie, en quelque sorte. L'eau arrivait de quelque part ; et, prisonnière de cet étang, qui faisait autrefois partie du système de canaux, une énorme tortue centenaire, de presque un mètre de long et carnivore, avait élu domicile dans le jardin. Au début, nous n'avions même pas noté sa présence. Un jour, moi qui adore les animaux, j'avais acheté des canetons, tout contents de pouvoir patauger dans notre petite mare.

« Comment se fait-il qu'hier, il y en avait sept, et qu'aujourd'hui, il n'y en a plus que six ? », nous étions-nous demandé un matin.

Quelques jours passèrent et il n'y avait plus que cinq canards. On chercha, on chercha... Mais les canards continuaient à disparaître. Nous ne comprenions pas ce qui se passait. Un matin, ta mère et moi étions en train de déjeuner dans la *salà* – un petit pavillon en bois construit sur l'eau – lorsque nous avons entendu un « coin-coin-coin », et nous avons vu s'ouvrir la bouche d'un monstre surgissant du fond de l'étang, qui avala le caneton. On ne voyait plus que des bulles à la surface de l'eau.

FOLCO : Mais c'était une méchante !

TIZIANO : C'est ainsi qu'est née notre merveilleuse relation avec la tortue. Depuis ce jour-là, de temps en temps, lorsque nous étions dans la *salà* du petit déjeuner, nous tenions un morceau de poulet cru au-dessus de l'eau, et la tortue remontait à la surface, avec sa tête assez impressionnante, pour prendre son déjeuner avec nous, nous épargnant ainsi la mort d'autres canetons.

À Bangkok, il y avait un marché aux animaux, qui existe toujours, magnifique, le marché de Chatuchak, avec des bêtes tout à fait étranges qui venaient des jungles du Nord. Je passais tous mes dimanches là-bas.

En général, ta mère restait à la maison et, quand je rentrais, je criais : « Viens voir, Angela, il y a du monde ! »

Nous ouvrions les boîtes en carton qui étaient restées dans la voiture et toutes sortes d'animaux en sortaient ! C'était magnifique. J'achetais également des tas d'oiseaux. Je m'étais construit une volière. Pour les oiseaux plus petits, j'avais trouvé de belles cages en bois sculpté. Nous avions un rossignol qui, chaque matin, se mettait à siffler d'une manière merveilleuse ; de petits perroquets qui faisaient un boucan de tous les diables ; et aussi de superbes « babets ».

FOLCO : Comment étaient-ils ?

TIZIANO : Je ne sais pas comment ils s'appellent en italien. C'étaient des oiseaux verts qui faisaient un drôle de cri… Et puis nous avions des *magpie*[1].

FOLCO : Des pies voleuses ?

TIZIANO : Non. Les *magpie* ont un bec jaune et une longue queue bleue. Nous avions également une… Comment ça s'appelle ? Une huppe ! Un oiseau curieux, avec un long bec, qui va près des maisons et cherche des vers de terre. Avec sa crête colorée, elle ressemblait à un punk ; alors on l'appelait…

FOLCO : Madame Punkette !

TIZIANO : Dès que nous avions un nouvel oiseau, la plupart du temps, nous lui donnions un nom. Mais, là encore, il y eut de véritables tragédies. Un matin, dans une cage, nous avons trouvé tous les oiseaux égorgés. Les rats ! Il y avait de gros rats dans le jardin qui avaient trouvé le moyen d'entrer dans les cages et de manger les oiseaux. Bref, ce fut une hécatombe.

---

1. Nom anglais de la pie bavarde : oiseau noir et blanc à longue queue, très bruyant quand il est en groupe, qui a pour cri typique un bavardage criard et nasillard.

J'étais déjà pour ainsi dire végétarien. Ce n'était pas vraiment par respect pour la vie des autres, comme les bouddhistes. Mais le système que nous avait suggéré Kamsing, notre jardinier, pour nous débarrasser des rats, m'inquiétait un peu. Il s'agissait d'en attraper un et de le brûler à petit feu, pour que ses cris fassent peur à tous les rats du voisinage, et les empêchent ainsi de revenir manger nos oiseaux. Cette cérémonie – ce sacrifice –, je ne voulais pas m'en charger. Mais nous devions tout de même nous défendre. Donc, j'avais autorisé Kamsing à en brûler un en mon absence.

Il rit.

Je dois avouer que cette solution nous sauva. Pendant longtemps, les rats ont cessé de venir.

Il y avait toutes sortes de trésors dans le jardin. Il y avait non seulement la tortue géante qui habitait dans le petit lac, mais nous trouvions régulièrement dans l'herbe de petites tortues de terre qui voyageaient, mon Dieu, tout doucement, mais qui allaient où elles voulaient. Baolì, notre chien bien-aimé, ne devait pas trop les aimer, car il se mettait devant elles en faisant : grrr ! Un beau jour, un autre chien arriva, un chien abandonné que nous avions appelé Chokdi, Porte-Bonheur. Je lui avais porté bonheur parce que je l'avais trouvé sous ma voiture, couvert de teigne, au moment où j'allais repartir du marché de Chatuchak. Nous avions aussi beaucoup d'oies, que nous rachetions dès que nous oubliions de donner un morceau de poulet à la tortue. Il y avait les canards dans leur cabane thaïe, de nombreuses statues en bois ou en pierre que j'avais disposées au milieu des plantes. Et, dans le fond du jardin, il y avait Ganesh, le dieu éléphant, une copie que j'avais fait faire à Angkor et que j'avais emmenée avec moi.

FOLCO : Mon oiseau préféré était celui qui imitait les sons mieux qu'un perroquet. Durant une mousson, il était tombé dans l'étang avec sa cage et était mort noyé.

TIZIANO : Ah, oui, oui ! Magnifique ! Le *myna*, un de ces oiseaux qui parlent. J'aimais bien cette idée, non ? La maison était grande, elle avait plusieurs ailes ; dans une de ces ailes étaient logés les domestiques. Nous avions une excellente cuisinière qui préparait des plats thaïs absolument exquis, une jeune femme pour le ménage, un chauffeur qui m'emmenait quand je devais partir loin pour le travail, et Kamsing. Nous mangions tous ensemble dans un endroit charmant, toujours sur l'étang. Et l'un des domestiques me dit un jour que, pour apprendre à parler au *myna*, il fallait se lever à l'aube, couvrir sa cage avec une serviette de toilette, entrer dans la cage, et rester avec lui dans l'obscurité pour lui répéter des mots. Alors, nous sommes allés là-dessous, et nous avons passé des jours et des jours, en essayant de lui apprendre quelques mots d'italien…

FOLCO : Non, Papa, je crois que c'était tout le contraire ! À l'aube, aucun de nous ne voulait apprendre quoi que ce soit à ce pauvre oiseau. Donc, un jour, alors que nous étions tous assis à table, nous avons entendu : « Dring-driiing, dring-driiing ! » Je me suis levé pour répondre au téléphone, mais il n'y avait personne au bout du fil. C'était le *myna* ! N'ayant rien de mieux à imiter, il s'était mis à répéter à la perfection la sonnerie du téléphone !

Et puis, il y avait cet autre oiseau, Papa…

TIZIANO : Tu veux parler des tourterelles qui faisaient : « Ou-ouhhh, ou-ouhhh » ?

FOLCO : Non. Cet oiseau terrible, celui qui répétait avec insistance…

TIZIANO : Le gavao ! « Gavao-gavao-gavao-gavaooo ! »

FOLCO : Ah, quel beau cri tropical !

TIZIANO : Mais il nous empêchait de dormir. Tous les matins, à cinq heures, lorsque Kamsing se réveillait, l'oiseau se réveillait également, et se mettait à crier. Nous l'avions d'abord enfermé la nuit dans les waters de mon bureau, mais on continuait de l'entendre. Finalement, nous avons décidé de le libérer pour qu'il arrête de nous casser les pieds. Il s'installa alors en haut de l'arbre à pain, et continua à crier. Enfin, un beau jour, il s'envola et nous quitta.

Cette maison était vraiment très attachante. La nuit, dans notre ruelle, on entendait sonner les heures et, dans la maison, il y avait ces grandes spirales d'encens qui brûlaient continuellement…

Ah, notre Maison de la Tortue !

Enfin, j'ajouterai que toutes ces belles maisons où nous avons vécu étaient la dernière lueur d'une Asie en voie de disparition. Nous avons été chassés de toutes ces maisons par la modernité dévorante qui arrivait et détruisait tout. Presque toutes ces maisons ont été détruites après notre départ. Et, même à Bangkok, nous avons été entourés progressivement de gratte-ciel qui surgissaient tout autour de nous. Nous avons conservé le charme de notre maison tant que nous y avons vécu, mais après, la Maison de la Tortue a été laissée à l'abandon.

Désormais, même le monde de la tortue a changé.

FOLCO : Qui sait si quelqu'un lui donne encore à manger ?

TIZIANO : Elle a sans doute été tuée.

FOLCO : Comment ? Pourquoi ?

TIZIANO : Le petit lac n'existe plus.

FOLCO : Le petit lac n'existe plus ?

TIZIANO : Je ne crois pas.

La relation avec les maisons est une relation qui me plaît bien. Ces vieilles maisons délabrées, avec leur odeur d'Histoire, étaient le cadre de toute une vie. Elles s'imprégnaient tellement de l'environnement dans lequel elles vivaient, tu ne crois pas ? Des parfums également. Nos maisons exhalaient toujours des parfums d'encens, mais ce n'était pas pour des raisons religieuses. Non, c'était uniquement pour des raisons esthétiques, parce que cela me plaisait.

FOLCO : Toutes ces belles maisons ! Et finalement, tu as décidé de te retirer ici, à l'Orsigna.

TIZIANO : Ici, je me sens bien. Toutes les autres maisons étaient le rêve d'un homme qui était né pauvre et qui voulait asseoir sa gloire. Ces maisons renfermaient toute notre vie : nos statues, nos tableaux, nos tapis, nos bouddhas, notre lit chinois et toute ma bibliothèque. Mais, en vérité, Folco, tu t'en apercevras toi aussi quand tu seras plus vieux, on grandit en accumulant des tas d'affaires, non ? On achète des meubles, une belle table pour inviter des gens à manger ; on se fait construire une maison de quatre pièces ; non, il en faut huit parce qu'il faut aussi la chambre de la petite, et puis la chambre d'amis. Toujours cette accumulation. Et, finalement, je m'aperçois qu'il n'y a qu'un rêve entre toutes ces grandes maisons avec lesquelles je me suis réalisé, et le cercueil dans lequel vous me mettrez avant la crémation – attention, un cercueil simple, hein ! Parce qu'ils essaieront de vous en imposer un en bois de palissandre, bien lustré, avec des clous en or. Entre ces maisons et mon cercueil, il n'y a qu'un rêve : la cabane dans l'arbre dont je rêvais lorsque j'étais enfant. Tu sais, tu montes tout en haut, au milieu des feuilles…

Ici, je me suis construit cette cabane. La voici, la gompa où je vis. Un cube en bois que j'ai décoré de couleurs et d'objets tibétains, et que j'aime beaucoup. Ici, je me sens dans ma dimension. Combien mesure-t-elle ? Deux mètres sur trois ? Il y a tout, tout ce qui me fait encore sentir… Tout ce qui me fait du bien.

Toutes ces belles choses dont j'ai été le gardien tout au long de ma vie ! Mais finalement, comme dit ta maman : « On n'a pas encore inventé de cercueil avec un porte-bagages ! »

Nous rions.

INTERLUDE

Tɪᴢɪᴀɴᴏ : Écoute-moi !

Aɴɢᴇʟᴀ : Oui.

Tɪᴢɪᴀɴᴏ : La semoule. Pas trop épaisse, bien cuite. Et, à la fin, tu ajouteras un jaune d'œuf. C'est tout.

Aɴɢᴇʟᴀ : Le parmesan, c'est toi qui l'ajouteras ?

Tɪᴢɪᴀɴᴏ : Je ne veux pas de parmesan. Qui a parlé de parmesan ?

Nous rions.

Fᴏʟᴄᴏ : Maman, fais attention à ce qu'elle ne soit ni trop chaude, ni trop froide ; qu'il n'y en ait ni trop, ni trop peu ; et ne la mets ni dans le bol bleu, ni dans le bol jaune. Quant à la cuillère, amènes-en deux, parce que, aujourd'hui, ce sera peut-être la petite, mais peut-être aussi la grande.

Nous rions.

Tɪᴢɪᴀɴᴏ : Angela, écoute-moi. Qu'il est bête. Une bonne petite semoule. Pas trop épaisse…

Fᴏʟᴄᴏ : Ni trop épaisse, ni trop liquide. Nous sommes sur le fil du rasoir !

Aɴɢᴇʟᴀ : Avec deux œufs.

Fᴏʟᴄᴏ : Non, avec un seul œuf, pas deux.

Tɪᴢɪᴀɴᴏ : DEUX œufs !!!

Fᴏʟᴄᴏ : Pas d'œuf du tout !

Nous rions.

ANGELA : Folco, tu m'embrouilles.

Maman sort.

TIZIANO : Putain, qu'est-ce que je suis content de ne plus avoir ce nœud à l'estomac.

FOLCO : Ce petit café t'a fait du bien.

TIZIANO : Oh oui, il m'a fait beaucoup de bien.

FOLCO : Et tu t'es abstenu de manger. Ça, je crois que c'est essentiel. Ne jamais te soumettre trop vite à ce nœud.

TIZIANO : Naturellement, un peu d'énergie…

FOLCO : Parce que, si on se met à faire : « hue-hé, hue-hé, hue-hé ! », et que tout ressort, c'est forcément mauvais pour l'estomac de n'importe qui.

TIZIANO : Mon Dieu, je viens d'avoir un caillot de sang, et je me sens bien, je me sens bien.

Au bout d'un moment, Maman revient avec un plateau.

TIZIANO : Eh, qu'est-ce qui se passe ?

ANGELA : Deux œufs.

FOLCO : Pas d'œuf du tout !

TIZIANO : Du fromage et un peu de beurre. Du BEURRE ! Ah, que c'est bon. C'est merveilleux. Un peu plus, un peu plus !

ANGELA : Encore ?

FOLCO : Qu'est-ce qu'il fait, le petit chat, Maman ?

ANGELA : Il ne fait que « miaou-miaou-miaou ».

FOLCO : Je vais le doucher avec ce tuyau d'arrosage, il est trop sale.

ANGELA : Non, les chats n'aiment pas l'eau.

FOLCO : Tant pis pour lui. Il est d'une saleté repoussante.

ANGELA : Non, les chats n'aiment pas l'eau !

TIZIANO : Et puis, on le mettra dans le four pour qu'il sèche.

Nous rions.

ANGELA : Il faudra le frotter dans l'herbe.

Papa mange bruyamment sa semoule.

TIZIANO : Délicieux.

ANGELA : Elle est bien onctueuse. Maintenant, je sais faire la semoule. Et après, on va dire que je ne sais pas cuisiner !

TIZIANO : Et puis, c'est bon quand je peux avaler sans avoir ce nœud à l'estomac.

ANGELA : Mais ce nœud, Tiziano, tu penses qu'il existe vraiment ou qu'il est d'origine nerveuse ?

TIZIANO : Il existe vraiment.

LES DEVINS

TIZIANO : En 1994, après quatre années passées à Bangkok, nous avons vendu la Maison de la Tortue. J'ai vécu ensuite seul pendant plusieurs mois, des mois merveilleux, pour écrire *Un devin m'a dit*. Je m'étais installé sur une plage de sable blanc, immense, peut-être quatre ou cinq kilomètres de long. La mer était chaude. Je ne voyais personne ; il n'y avait personne à part quelques bandes de chiens errants. Ta mère – qui, une fois de plus, me laissait la liberté de vivre seul – était allée s'installer chez une amie à Bangkok ; et, de temps en temps, elle prenait l'autobus pour venir me voir. J'avais trouvé un bungalow d'une grande simplicité, où je me cuisinais du riz et des légumes. Une fois par semaine, je faisais mes courses au petit marché de poisson de Ban Phe.

Et j'écrivais. J'écrivais du matin au soir : je portais le *Devin* comme une femme enceinte porte son enfant. C'est ce livre qui, plus tard, m'a éloigné du journalisme. Ce décompte des cent vingt lignes, cette obligation de commencer un article d'une façon particulière, tout cela m'était devenu insupportable. Avec ce livre, je me mettais en rupture avec tout : hop là ! Cette vie-là était finie pour moi. Une vie extrêmement agréable, mais elle était finie.

FOLCO : Tu l'appelais ta cage dorée. Et tu as trouvé le moyen d'en sortir en quittant la Thaïlande.

TIZIANO : Oui, c'est cela : grâce à mes voyages en Asie sans prendre l'avion, grâce à la méditation, à la vie dans mon bungalow au bord de la mer, à la solitude, au fait que je commençais à regarder mon nombril. Et grâce au moment où, enfin, je suis passé en Inde. Mais nous parlerons de mon passage en Inde un autre jour.

FOLCO : Je suis venu te voir un jour, sur la plage de Ban Phe.

TIZIANO : Oui, je m'en souviens très bien.

FOLCO : Tu étais comme dans un autre espace mental.

TIZIANO : Oui, j'étais déjà parti.

FOLCO : Au bout de deux ou trois jours, nous nous sommes disputés, comme d'habitude, je ne sais plus à propos de quoi. Mais toi, au lieu de te mettre en colère, tu t'es détourné et tu es allé t'asseoir plus loin pour méditer. Je suis resté stupéfait : je ne t'avais jamais vu réagir de cette manière. Ton manuscrit était presque fini, et tu me l'as donné à lire. Tu ne savais pas si tu avais pris le bon chemin. Moi, je te disais : « Non, j'ai l'impression que le monde change, et qu'il est possible aujourd'hui d'écrire aussi sur les devins. »

TIZIANO : Parfois, il faut prendre des risques. C'est un livre que j'ai écrit dans un état de grande agitation. Et avant même de le transmettre à mon éditeur, je l'ai fait lire à ta mère et à quelques amis en qui j'avais confiance, parce que je ne voulais pas qu'on me prenne pour un fou. C'est vrai, j'étais encore Tiziano Terzani, je devais écrire pour des journaux sur le communisme, sur les guerres, bref, sur tous ces sujets. Et j'étais inquiet à l'idée qu'on dise de moi : « Oh, son cerveau s'est transformé en fromage blanc ! »

En réalité, j'avais eu une grande intuition en allant voir tous ces pays et ces cultures, sans me fier aux faits, mais en regardant *derrière* les faits. Comment dire, Deng Xiaoping qui refusait de dire à quiconque à quelle heure il était né ! On a une certaine idée de la Chine communiste, non ? Et voilà cet homme qui a peur qu'on sache à quelle heure il est né et qu'on fasse ainsi des calculs astrologiques pour ensuite exercer un pouvoir sur lui, et c'est le secrétaire général du parti communiste chinois !

J'avais fini *Un Devin*. Je me souviens très bien que je possédais l'original et une copie. Une nuit, une lune splendide se détachait sur cette mer lisse comme un miroir, il était peut-être minuit. Je me suis entièrement déshabillé, j'ai pris la copie – pas l'original, je n'étais pas aussi stupide – et je l'ai éparpillée dans la mer. Le lendemain matin, j'ai retrouvé toutes les pages sur la plage. Le livre ne m'appartenait plus, il appartenait aux lecteurs.

FOLCO : Ce livre a marqué un tournant dans ta vie. Après cette expérience, on aurait dit que tu t'étais déporté dans une autre dimension. Les journaux, comme les rayons X, ne voient que les choses qui ont une certaine densité ; alors que toi, tu avais commencé à t'intéresser à des histoires d'un autre ordre. Mais ce qui me fascine le plus, c'est que ton journal t'ait autorisé, toi, le correspondant en Asie, à prendre ce tournant, et qu'il ait accepté, par-dessus le marché, que tu ne prennes pas l'avion pendant une année entière !

TIZIANO : Tu sais, lorsque je suis arrivé en Thaïlande, j'avais continué à faire mon métier de journaliste, à suivre les événements. J'étais allé au Cambodge, aux Philippines au moment de l'explosion du volcan Pinatubo, en Inde au moment de l'assassinat de Rajiv Gandhi, j'avais écrit un article sur le Bangladesh. Mais je me souviens que j'étais à chaque fois désespéré : je n'avais plus envie d'aller dans tous ces endroits.

Alors, à la fin de l'année 1992, j'ai pris cette merveilleuse décision. Le rédacteur en chef du *Spiegel* était venu nous voir dans la Maison de la Tortue. Et, un soir, dans la chaleur torride de notre véranda, je lui ai parlé.

« Écoutez, j'ai quelque chose à vous dire, je ne sais pas comment vous allez réagir. Dans un mois, je ne prendrai plus l'avion : il y a seize ans, un vieux devin de Hong Kong m'a dit qu'en 1993, je ne devrais pas prendre l'avion. Que si je prenais l'avion, je mourrais. »

Et le type m'a répondu, admirable : « Et nous, comment pourrions-nous vous faire prendre l'avion maintenant que nous connaissons cette prophétie ? Nous ne serions pas tranquilles. Écoutez, faites comme vous le sentez et écrivez pendant vos voyages. Nous nous reverrons dans un an. »

C'est ainsi que ça a commencé.

Folco, ça a commencé avec ce sentiment d'infinie liberté que je souhaite à tout homme et à toute femme sur cette Terre. Prendre un train incognito, sans être Tiziano Terzani, sans n'être personne, avec pour seul bagage un petit sac contenant les trois ou quatre trucs dont j'avais besoin, et partir, la nuit, vers le Sud de la Thaïlande : tchou, tchou ! Personne ne me connaît, personne ne sait où je vais, personne ne m'attend dans aucune gare. Pas d'épouse qui me dise : « Mais rentre dans deux jours, voyons ! » Libre, sans aucune limite !

Il soupire profondément.

Je sais bien que ce n'est pas la liberté, mais cela s'en approche terriblement. Cette sensation d'être incognito, de n'être personne…

De n'être per-sonne !

Folco : C'est peut-être insolite pour toi, mais cette sensation, je l'éprouve, moi, assez souvent.

Tiziano : Tu sais, tu dis ça parce que tu vis d'une certaine manière. Mais si tu travaillais dans une banque, si tu étais caissier ? Et quand le chef des caissiers passe, tu dois lui dire : « Bonjour, monsieur le Chef des caissiers ! »

Je ris.

C'est comme ça. Et si tu travailles dans une usine, cela ne veut pas dire que tu n'es personne. Tu es l'ouvrier chargé de cette presse-là. Le chef de service passe, et il t'engueule comme du poisson pourri.

J'étais devenu le rôle de moi-même, et cela m'a énormément soulagé de me libérer de ce rôle, de le laisser dans la Maison de la Tortue, et de prendre un train. Arriver, le matin, à Betong, avec ces milliers d'oiseaux qui volaient mystérieusement dans la ville ; ne pas dormir dans un de ces hôtels où j'étais obligé d'aller quand j'étais journaliste, parce qu'il fallait que je transmette mon article, et que le téléphone fonctionne… Je m'étais imposé pendant toute la durée de mon voyage de ne pas prendre de chambre d'hôtel de plus de cinq dollars. À Kuala Lumpur, j'en avais trouvé un merveilleux, un de ces hôtels où on nous apporte les repas dans la chambre ; et, quand on a fini de manger, on laisse les plateaux dans le couloir, devant la porte, et on voit tous ceux qui sont venus dans l'hôtel avec leur maîtresse ou leur amant, qui ont passé des heures ici…

Ah, quelle joie !

Puis, je suis allé dans la jungle de Birmanie, à la recherche de Khun Sa, le roi de la drogue. J'ai dormi plusieurs nuits à la belle étoile, sous de majestueuses cathédrales d'arbres immensément hauts, et la lumière de la lune qui filtrait à travers les arbres… Toutes ces expériences m'ont mis – inconsciemment, si tu veux, ou, en tout cas, à un niveau de conscience dont je n'étais pas conscient – sur le chemin de tout autre chose.

L'autre obligation que je m'étais imposée, en plus de celle de ne pas prendre l'avion pendant un an, était de me mettre en contact, dès que j'arrivais quelque part, avec le chaman ou le voyant le plus réputé de l'endroit.

Mon Dieu, j'ai collectionné les personnes les plus incroyables pendant ce voyage ! Depuis la vierge du temple de Medan, jusqu'à l'oracle qui parlait avec une voix d'il y a deux mille ans.

Ce fut l'un des plus beaux souvenirs de ma vie à la fin de ma période asiatique.

FOLCO : Pourquoi écrire sur les devins ?

TIZIANO : J'écrivais sur les devins mais, en réalité, j'écrivais sur l'autre aspect du pays où j'allais. Tu sais, tu peux aller à Singapour, arriver à l'aéroport, y rester quelques heures, et repartir. Et tu as vu Singapour. Tu as fait du shopping, tu as acheté tout ce que tu voulais, parce qu'on trouve tout à Singapour, dans les mille ou deux mille mètres carrés de l'aéroport de Changi. Mais tu peux aussi entrer dans Singapour par la porte de service, et tu verras le Singapour des *kampongs* qui existe toujours. Car il existe un autre Singapour. Alors, d'une certaine façon, je me suis mis à raconter de nouveau cette Asie qui m'avait fasciné, tu sais, l'Asie des superstitions, des récits fantastiques, de la tradition. L'Asie pour laquelle j'étais allé en Asie.

FOLCO : Et dont tu t'étais en quelque sorte éloigné ?

TIZIANO : En étant journaliste, on ne le voyait plus, ce monde-là. Mais est-ce que tu imagines quelle vie mène un journaliste ? Conférences de presse, cocktails, dîners officiels. C'est un vrai manège.

Bref, la décision de renoncer à prendre l'avion et de me mettre à marcher a été une grande aventure. Tu te rends compte, j'ai traversé à pied la frontière entre le Vietnam et la Chine parce que le train ne passait pas encore par là. Des kilomètres à pied. Ce voyage m'a présenté une autre vision de l'Asie, tu ne crois pas ? Différente de celle du journaliste parachuté à tel endroit parce qu'il y a eu un coup d'État, qui reste deux jours dans un hôtel climatisé, parle avec le ministre de l'Information, avec le chauffeur de taxi, écrit son papier et repart. J'avais désormais un tout autre but.

Prenons l'exemple du Vietnam. J'avais vu ce pays pendant la révolution ; j'avais vu le Vietnam de la contre-révolution et de la rééducation ; j'avais vu les méchants, les communistes qui se comportaient comme des nazis, etc. Je racontais maintenant un autre Vietnam, parce que, tu t'en souviens, je voyageais en train. J'ai fait Hanoi-Saigon-Hanoi entièrement en train. Bonté divine, qu'est-ce qu'on peut voir ! Les enfants dans les gares qui vendent de l'eau aux passagers pour qu'ils se lavent ; ceux qui montent dans le train pour vendre des poissons grillés à la mode locale. Et je voyageais avec les gens ! J'ai voyagé avec les Vietnamiens, avec les Laotiens, avec les Cambodgiens. Je revoyais un monde qui m'avait appartenu, le monde qui m'avait attiré en Asie. Je revivais ma *vie au ras du sol*[1], et c'était merveilleux.

Der Spiegel ne me cassait jamais les pieds. Et, pendant mes voyages, j'ai écrit certains des plus beaux articles de mes dernières années parce que j'avais autre chose à raconter. Mais, dans mon for intérieur, j'avais fait le tour du journalisme. J'avais fait mon temps, je ne pouvais que me répéter.

Cette année de voyages terrestres s'est terminée de nouveau en Thaïlande. Et j'ai fait un pas de plus vers ce qui allait être ma seconde vie : le cours de méditation avec John Coleman.

Cette expérience m'a ouvert une porte.

Je commençais à entrer dans un autre monde. Pour la première fois, je m'occupais d'autre chose dans ma vie. Tu te rends compte, j'avais vécu pendant des années en Asie, j'avais acheté des bouddhas un peu partout, sans

---

1. En français dans le texte.

jamais me demander ce qu'il faisait là, celui-là, avec ses yeux mi-clos et ses mains sur le ventre. Je ne m'étais jamais posé la question. Eh bien, un jour, je me suis posé la question, et je suis allé, moi aussi, faire ce genre de choses.

Une semaine de silence, de nourriture végétarienne, absolument sans parler. Dans l'ashram régnait la règle du Silence d'or. On ne faisait donc pas la conversation du genre : « Ah, vous êtes journaliste ? D'où venez-vous ? Ah, moi aussi, je suis allé au Japon. Avez-vous mangé des sushis ? Aimez-vous le poisson cru ? » Rien de tout cela. Et, pour moi, cette façon d'être a été une petite révélation.

John Coleman, mon agent de la CIA, qui a été le premier à essayer de m'apprendre à méditer, n'en avait rien à foutre que je sois le journaliste Tiziano Terzani. Je n'étais qu'un cul assis sur un coussin ! Je devais atteindre un certain état et, si je n'y arrivais pas, c'était parce que, dans mes vies antérieures, depuis trois ou quatre cents ans, j'avais fait le con et ne m'étais jamais concentré sur mon propre nombril.

C'était un soulagement, un grand soulagement, parce que ça me permettait de sortir de moi-même, tu comprends ?

Je n'ai jamais réussi à devenir un grand méditant. J'arrive à rester assis pendant une demi-heure, une heure, et je planifie ma journée, je fais un peu de silence autour de moi, j'apaise mon esprit. Mais je ne suis pas un homme de méditation.

J'ai longuement réfléchi à ce que tu me demandais à propos de la méditation. Je crois que, comment dire… Ce que je dirais en premier, c'est que la méditation est un phénomène inconscient. Il ne s'agit pas de se poser là et de se dire : « Bon, maintenant, je médite ! » Coleman disait à ce propos : « J'ai vu beaucoup de poules qui restaient assises pendant des heures sur leurs œufs, mais je n'en ai jamais vu une seule devenir une Éveillée. » Le problème, ce n'est pas de rester assis là. Le problème, c'est d'entrer, de manière véritablement inconsciente, avec une impulsion venant de l'intérieur, dans une dimension où l'on sent que les choses ne sont pas telles qu'elles paraissent, mais qu'il y a un autre niveau. Et c'est ce qui nous console, ce qui nous élève, c'est à cela qu'on s'adresse, à cela qu'on peut revenir.

Simplement en se concentrant et en laissant à l'extérieur tout ce qui est extérieur… Tout ce qui est extérieur, on le laisse à l'extérieur de soi, à l'extérieur, à l'extérieur, à l'extérieur – les bruits, les petits oiseaux, les passions, les déceptions – à l'extérieur, à l'extérieur. Et il reste, si tu veux, ce noyau *vide* qui est *toi*. Ou plutôt, non pas toi, Folco, mais ce toi qui est une partie de cette entité qui n'est même pas l'humanité, qui est le cosmos.

Et lorsque tu commences à voir la vie sous cet angle, la vie change.

L'AMOUR ET L'AMITIÉ

FOLCO : Je voulais te poser une question toute bête. Comment as-tu rencontré Maman ?

TIZIANO : Comme c'est mignon !

Il rit.

FOLCO : Parce qu'elle est devenue la compagne de toute ta vie. Comment vous êtes-vous connus ? Vous ne nous l'avez jamais raconté.

Papa réfléchit longuement.

TIZIANO : D'accord. Sur le chemin entre chez moi et l'école, dans la via Santo Spirito, j'allais souvent chez des gens sympathiques et dynamiques, qui avaient une belle maison. Ils étaient antiquaires. Ils avaient compris que Fidel Castro avait besoin d'argent ; donc, ils partaient pour Cuba avec des bateaux entièrement vides, et revenaient avec des meubles espagnols qu'ils revendaient en Toscane. Encore des histoires qui, moi, m'amusaient ! Ces antiquaires avaient plusieurs filles, elles étaient toutes BCBG, bien habillées. Et, un jour, en sortant du lycée, j'ai téléphoné à l'une d'entre elles, une belle fille, une de ces Florentines à la mode.

« Je viens te chercher. »

« Non, non, non ! » me répondit-elle. « Pas aujourd'hui. Aujourd'hui, il y a mon amie allemande qui vient me voir. »

Elle m'avait déjà parlé de son amie allemande, mais comme elle me considérait comme un jeune coq, elle avait peur que je la séduise pour ensuite l'abandonner. Évidemment, j'ai accouru chez elle sur-le-champ. Et là, il s'est passé cette scène vraiment magnifique. Je venais d'arriver et j'attendais dans le grand salon de ces antiquaires, rempli à craquer de meubles, quand la jeune fille est entrée. Folco, tout le contraire de ce que Florence représentait. Tout le contraire ! Elle n'aime pas quand je lui en parle, mais elle n'était pas très jolie, elle avait des tas de boucles blondes, elle était mal habillée et, en plus, elle avait un sac bourré de choses parce qu'elle venait de faire les courses…

Il est ému.

C'était impossible de revenir en arrière. C'était tout ce dont je pouvais rêver. Elle était différente, différente de toutes ces minettes, avec leur petite jupe parfaite, portant toutes du rouge à lèvres. Elle était très nature. Et j'ai succombé à son charme, sans la moindre résistance.

Ta maman, elle, est restée sur son quant-à-soi, peut-être parce qu'elle avait entendu dire que j'étais un crétin, et elle est rentrée chez elle. Puis, je suis retourné chez moi, et, pour la première fois de ma vie, je me suis vraiment impliqué dans quelque chose : je lui ai écrit une très longue lettre, que j'ai envoyée par express, pour lui dire ce que j'avais ressenti. Et mes sentiments n'ont plus jamais changé. Je te l'ai déjà dit : de la même manière qu'on conserve à Paris, sous une cloche en verre, le mètre qui est l'étalon de tous les mètres, de même, Angela est devenue mon mètre.

Bon, imagine-moi : j'étais jeune, j'étais un beau mec, j'avais autant de femmes que je voulais. Tu sais, ces jeunes filles qui te courent après, qui se collent à toi. Elles m'ont même tendu des pièges ! Il y en avait une qui voulait absolument m'épouser, comme ça son père pourrait m'obtenir un beau poste à l'université. Mais il n'en était pas question. Je le répète, ta mère – ça l'amuse quand je lui en parle, mais parfois ça l'agace un peu – n'était pas belle. À trente ans, oui, elle était splendide : après vous avoir eus, elle était magnifique.

FOLCO : Alors, qu'avait-elle de spécial ?

TIZIANO : Elle était le contraire de tout ce qu'étaient les autres. Et moi, j'ai toujours adoré ce qui était différent, ce qui allait à contre-courant. Elle était naturelle, vraie, sincère, chaleureuse, dotée d'une intelligence humaine, et généreuse.

Il rit.

Mes camarades, comme Baroni, s'en souviennent encore : j'avais honte de me promener dans Florence avec elle. Tu sais, quand on est jeune et qu'on a une fiancée, on la présente à tout le monde, non ? Mais moi, j'avais honte. Alors, pour aller au cinéma, on prenait toutes les rues secondaires pour ne pas croiser mes copains qui m'auraient peut-être sifflé.

Je crois que, peu de temps après, je lui écrivais déjà tous les jours. Je lui écrivais tous les jours. Puis, nous avons commencé à nous voir tard le soir. Elle était extraordinaire. Après le dîner, elle passait des heures à regarder sa grand-mère faire des solitaires. Sa grand-mère… C'était un drôle de personnage. Elle était née à Haïti…

FOLCO : Et pourquoi devait-elle la regarder jouer ?

TIZIANO : Pour lui tenir compagnie. Après que ses parents étaient allés se coucher, elle devait s'occuper de cette grand-mère octogénaire, mi-française, mi-allemande, qui avait tout lu – Chateaubriand, Rousseau – et qui n'avait jamais prononcé un seul mot intéressant. Ce n'est qu'à la fin de sa vie qu'elle a dit cette phrase qui la racheta : « *Qu'est-ce que j'ai fait dans ma vie ? Un peu de conversation*[1]. »

Après le dîner, la grand-mère s'asseyait dans son fauteuil du XIXᵉ siècle, sous une lampe, dans cette belle pièce qui donnait sur les champs. Et ta maman passait deux ou trois heures à la regarder pendant qu'elle faisait ces solitaires à la noix. Puis, lorsque la grand-mère s'endormait enfin : zoum ! Elle filait comme une flèche. Nous avions toujours rendez-vous sous le même réverbère en haut de la via delle Campora. Je venais de Monticelli à vélo : quelle fatigue pour gravir ces petites rues escarpées ! Il m'arrivait d'attendre des heures près de ce réverbère. Et c'est de cette façon que nous avons commencé à nous connaître.

FOLCO : Tu as encore la force de continuer ?

TIZIANO : Oui. Il y a une chose essentielle que tu dois comprendre. Très vite, ta maman est devenue pour moi, non seulement une personne, mais tout un monde auquel je sentais que j'appartenais. Tu imagines, je venais de Monticelli, je faisais des études, d'accord, mais bon… Elle me présenta à ses parents, elle m'amena chez elle. C'était merveilleux, Folco, merveilleux ! Tu te souviens de cette maison, tu l'as connue comme moi, mais essaie de la voir avec les yeux du gamin de Monticelli qui posait les pieds dans cette salle de musique, avec le grand-père Anzio qui jouait du piano, avec tous ces fauteuils, ces tapis élimés, tous ces vieux livres, ces tableaux, ces belles lampes aux abat-jour jaunes. Et puis, pour le dîner, ces petites omelettes aux épinards faites par grand-mère Renate ! Il y a une chose à laquelle je suis toujours resté attaché et que j'ai admiré toute ma vie : la dignité de la pauvreté. C'étaient des gens dignes parce qu'ils savaient qui ils étaient, tandis que nous, nous ne le savions pas.

1. En français dans le texte.

FOLCO : Tu as dit que la maison de Maman représentait un autre monde. Comment était-il, cet autre monde ?

Papa rit.

TIZIANO : Tu sais. Tout d'abord, cette maison avait une histoire. Elle avait été offerte à une petite-fille de Machiavel pour son mariage avec un Strozzi. Tout était un peu dilapidé, usé, il n'y avait pas ce côté protocolaire des maisons bourgeoises où tout doit être propre et bien astiqué. Comment dire, la famille de ta maman, c'était tout ce que je voulais être. Ils n'avaient pas d'argent – ils n'en avaient rien à faire de l'argent –, mais ils étaient fiers parce qu'ils savaient qu'ils avaient quelque chose que l'argent ne pouvait pas acheter : la culture.

Tu sais, ton grand-père Anzio – son prénom vient de l'allemand Hans-Jo –, le père de ta maman, était un grand personnage, un beau personnage. Il était peintre, c'était un de ces hommes – bon sang ! –, je me sentais chez moi. J'étais arrivé, en quelque sorte. Je l'ai tout de suite senti, dans la maison et chez tous les membres de la famille. Et cette grand-mère qui faisait des solitaires était née à Haïti, et elle avait pour ancêtre un grand architecte français.

Alors, c'était le monde qui s'ouvrait à moi. Le grand-père Anzio appartenait à une famille allemande d'académiciens et d'explorateurs ; la grand-mère Renate venait d'une famille noble, son grand-père avait été le bourgmestre de Hambourg et son père avait été poète et socialiste. Et tout ce contexte, tu vois, me permit de connaître d'autres milieux, une autre atmosphère.

Le grand-père Anzio avait mille et une facettes, il était profondément artiste. Le reste ne l'intéressait pas vraiment, c'était un véritable artiste. Le soir, quand il rentrait de son atelier, où il avait peint toute la journée, il s'asseyait à son piano à queue, que lui avait laissé Einstein, et il jouait, éclairé par la lumière tamisée des lampes. C'est là que j'ai appris à ne jamais suspendre de lustres au milieu du plafond, mais à disposer de petites lampes basses un peu partout dans la pièce, pour créer une atmosphère chaleureuse. C'est d'ailleurs ce qui m'a causé tant de soucis, plus tard, à Pékin !

Parfois, il m'emmenait voir ses tableaux dans son atelier. Il avait ce beau refuge dans la via de Serragli, où venaient également ses élèves. Il allait manger dans les bouis-bouis de San Frediano, où il payait parfois avec un tableau – déjà ces relations, impossibles aujourd'hui – et, le soir, il faisait le tour des brocanteurs, comme moi, plus tard, j'ai fait le tour des brocanteurs en Chine. Et, là encore, il s'est noué entre nous un lien de profonde amitié qui m'a énormément influencé, comme tu peux le voir. Il m'emmenait avec lui chez ces brocanteurs où je l'ai vu acheter des choses splendides pour trois francs six sous.

FOLCO : Il avait l'œil ?

TIZIANO : Et quel œil ! Il y avait notamment un brocanteur qu'il aimait bien dans la via Maggio, un vieux monsieur très gentil, qui s'appelait Grassi. Et alors, on voyait le grand-père qui se baladait dans cette boutique sombre, et qui, brusquement, sortait de sa poche un mouchoir et commençait à épousseter un meuble, les couches de saleté. Cette atmosphère l'excitait vraiment. Et c'est de cette façon qu'il a découvert les plus beaux meubles de sa maison. Son bureau, avec tous ses compartiments secrets, est un meuble signé de 1533. Il dénichait même des objets et des porcelaines de la Renaissance qu'on retrouve dans ses tableaux. C'est à cette époque que j'ai commencé, moi aussi, à aimer découvrir les belles choses, et cette recherche est devenue, plus tard, un de mes passe-temps favoris et une de mes plus grandes satisfactions.

FOLCO : C'est lui qui t'a transmis ce goût des belles choses ?

TIZIANO : Oui, en partie, oui. Tu vois, je dois beaucoup à cette famille. À tel point que mes parents étaient même jaloux. Ils disaient : « Eh, mais il n'est pas de notre famille, il est de la famille de ces gens-là ! »

Et il y a quelque chose de vrai là-dedans, Folco. Depuis ma plus tendre enfance, je sentais que je n'avais rien à voir avec Monticelli, que ce n'était pas mon monde. J'ai un immense respect pour mes parents – ils ont été extraordinaires, ils ont tout fait pour moi –, mais enfin, ce n'était pas ma famille. Plus tard, lorsque j'ai entendu parler de réincarnation, j'ai pensé que je m'étais réincarné dans cette famille par erreur. C'est ce qui se passe dans le *Bardo*[1], une sorte de purgatoire tibétain : à un moment donné, lorsque ma mère était enceinte, moi – zouip ! – je suis arrivé. Mais je n'avais vraiment rien à voir avec eux. Même physiquement, j'étais différent. Dans ma famille, ils étaient tous petits. Moi, j'étais grand, sec et maigre. Parfois, il y a un rapport d'étrangeté au sein d'une famille. Je ne dis pas que j'étais un étranger pour mes parents. Tu as vu que, tout au long de ma vie, j'ai toujours eu beaucoup d'affection pour mes parents, je me suis occupé d'eux de la manière la plus filiale possible. Mais je ne me suis jamais senti profondément attaché à eux. Mon père avait de beaux côtés, vraiment, mais avec ma mère, je n'avais rien en commun, absolument rien. Alors,

---

1. *Bardo* : littéralement, toute « transition », tout état intermédiaire d'existence, en tibétain. Plus spécifiquement, la transition qui commence lorsqu'une personne meurt, et qui se poursuit jusqu'à ce qu'elle renaisse. Cette période est décrite dans le *Livre des morts tibétain*.

comment pourrais-je prétendre que cette famille était la *mienne* ?

FOLCO : Tu te sentais plus proche des Staude ?

TIZIANO : Beaucoup plus proche. Avec ta grand-mère Renate – la mère de ta mère –, j'avais une très belle relation également. Elle était architecte, et cette maison de l'Orsigna est le fruit de notre collaboration. On nous prenait pour deux amants. Même ta mère était jalouse, parfois.

FOLCO : Ah, tu t'entendais bien avec grand-mère ? Je ne l'avais jamais remarqué.

TIZIANO : Je m'entendais très, très bien avec elle. Lorsqu'elle est devenue vieille, elle a perdu un peu la tête, mais nous nous entendions très bien. J'aimais en elle une certaine dureté. Elle était ferme, droite, forte, elle ne cédait pas. Des gens d'une autre génération. Tiens : un jour que nous étions allés nous promener dans les champs, elle trébucha et se blessa. Tout le monde lui dit : « Oh, Renate, attention, tu dois désinfecter ta plaie ! » Et elle : « Ce n'est rien. » Lorsque nous sommes rentrés à la maison, on a vu qu'elle s'était cassé la jambe, et elle n'avait rien dit. Mais où les trouve-t-on, des gens de cette trempe ?

Oui, c'était une grande famille, Folco. Au fond… c'était tout un ensemble. C'était… ah… ah…

Il parle d'une voix tellement basse qu'on ne l'entend presque plus.

FOLCO : C'était ?

TIZIANO : De l'air, de l'air. Il y avait en eux ce que je cherchais. Oui, ce que je cherchais. Donc, comment dire, cet amour pour ta maman n'est pas venu comme ça, par hasard. Il y avait quelque chose tout autour d'elle qui était important pour moi, et que tu vois encore maintenant dans son caractère, non ? Cette ténacité, cette force de travail, cette… Et, donc, nous sommes devenus amis, puis fiancés, puis, rapidement, amants. Des histoires que je ne peux pas raconter, mais qui sont merveilleuses, Folco, merveilleuses... Ta mère et moi, nous avons fait l'amour pour la première fois le jour de mon vingtième anniversaire. C'était le cadeau qu'elle me faisait. Tu sais, toutes ces choses, la virginité...

Il rit.

C'était magnifique. Nous sommes allés en car – ne raconte pas ce que je vais te dire, promets-le-moi – jusqu'à Settignano, où il y avait deux belles forêts. Ta maman avait une très belle robe...

Papa raconte son histoire, très savoureuse, puis s'arrête.

Je savais que c'était ma femme, et c'était irrévocable.

FOLCO : Et l'amitié, quelle importance a-t-elle eu dans ta vie ?

TIZIANO : Tu sais, surtout pendant la période de grande « camaraderie » en Indochine, et même après, en Chine, je donnais l'impression d'être la personne la plus sociable et la plus extravertie qui soit. Mais, sous d'autres aspects, je dois être sincère, j'ai sans doute été quelqu'un d'un peu sec également. Tu vois, je n'ai jamais eu de grand ami, dans le sens, tu sais, d'une amitié-rivage, d'une amitié-refuge. J'ai eu de nombreux amis, comme on dit ; certains ont été plus importants que d'autres, ils ont même participé à ma vie, et m'ont appris énormément. Bernardo Valli est quelqu'un d'important pour moi, et puis, à la fin de ma vie, Leopold a été un grand compagnon de voyage. Au fond, les amis étaient, pour moi, des compagnons de jeux, de beaux jeux, les jeux merveilleux de la vie. Mais ce n'étaient pas de véritables présences qui avaient une grande valeur dans l'économie de mon existence.

FOLCO : Pourtant, tu as entretenu énormément de relations au cours de ta vie ! Quand on va aux Philippines, les portiers des hôtels se souviennent de toi parce que tu leur as envoyé une carte de vœux à Noël, ou que tu leur as raconté une de tes histoires.

TIZIANO : Oui, mais c'était aussi pour qu'on me donne la chambre que je voulais, quand je retournais dans un hôtel que je connaissais !

FOLCO : Moi, j'entre dans une pharmacie, je demande des cachets, bonjour et au revoir. Mais toi, dans n'importe quelle situation, tu te fais remarquer, tu crées une relation personnelle avec la personne qui est en face de toi. C'est comme ça que tu as connu tellement de gens.

TIZIANO : Et aussi grâce à mon métier.

FOLCO : Non, c'est une attitude.

TIZIANO : C'est vrai, c'est juste. J'ai eu de bons compagnons de voyage mais, maintenant, la situation a changé. C'est mon dernier voyage, et je le fais en solitaire. À bien y réfléchir, je n'avais pas cette nécessité impérieuse – qui habite beaucoup de gens – d'avoir un ami. Oui, de belles relations, très belles, entre hommes. Mais enfin, je pouvais très bien m'en passer.

FOLCO : Peut-être parce que tu as toujours eu Maman.

TIZIANO : C'est vrai. C'est la chose la plus juste que tu aies dite, parce que ta mère était tout pour moi. D'abord, elle représentait une garantie, le pivot autour duquel tout tournait, à la fois une garantie de liberté et un sentiment de sécurité. Elle a été ce que le grand poète bengali, que je cite souvent, Rabindranath Tagore, a réussi à décrire d'une si belle manière : le poteau auquel l'éléphant se fait attacher avec un fil de soie. Si l'éléphant fait un mouvement brusque, il peut s'échapper dès qu'il le souhaite. Mais il ne tire pas sur le fil. Il a *choisi* d'être attaché avec un fil de soie à ce poteau. Ce choix, je l'ai fait alors que j'étais extrêmement jeune, j'avais dix-huit ans, et ce choix a été la base la plus solide de toute ma vie.

Ce choix, je ne l'ai jamais mis en doute, jamais, tu entends. Oui, il y a un beau petit cul qui passe, on se retourne, et puis, on perd tout son temps à ces bagatelles. Mon Dieu, le sexe, quel fardeau ! Ah, j'en ai perdu du temps à essayer de maîtriser cette bête, avec toute la culpabilité et la moralité qui s'ensuivent. Alors, pour finir, j'ai dit stop, stop, stop ! Mais elle, elle était le mètre de tous les mètres étalons de Paris. Et, tu sais, lorsque tu pars avec ça, merde, quel trésor.

FOLCO : Donc, tu n'étais jamais seul, en réalité.

TIZIANO : Non. Ta mère a été pour moi une grande compagne, une vraie compagne de voyage, une grande amie, une conseillère, une partenaire pour tout. Tu ne peux pas imaginer, Folco, toutes les heures et les heures, toutes les journées, tous les mois – si on additionne tout ensemble – que nous avons passés, ta mère et moi, en train de bavarder dans le lit, avant de nous endormir. Nous parlions de vous, nos enfants, de nos problèmes, du monde, de la vie. Et puis, tous ces petits déjeuners interminables sur la terrasse de la maison, où nous parlions pour planifier la journée. Pas ce genre de programme : « Bon, alors, aujourd'hui, tu vas chez le coiffeur, tu achètes de la viande… » Non, mais c'était la façon dont nous, tous les deux – mais nous n'étions qu'un seul en réalité –, affrontions le temps. Nous avons toujours fait ça. C'était comme une forme de méditation.

C'est beau, tu sais ; nous n'avons jamais vécu à cent à l'heure. Bon, d'accord, il y avait des jours où je devais écrire mon article. Mais nous avons toujours pris le temps de faire ce programme. Nous avons toujours pris du temps pour le temps.

FOLCO : Tu es fatigué ?

TIZIANO : Un peu. Mais je dois le dire et le répéter : dans ma vie, il y a eu peut-être trois choses essentielles sans lesquelles je n'aurais pas été ce que je suis. La première chose, c'est peut-être cette maison à l'Orsigna, je m'en rends compte maintenant que je viens ici pour mourir. La deuxième chose, c'est *Der Spiegel*, qui m'a offert un travail et la liberté. Et la troisième, c'est ta mère. Ta maman a été pour moi un mètre étalon, mais aussi un juge – c'est ainsi que je l'ai sentie – de moralité et de droiture.

FOLCO : Et comment reconnaît-on une personne comme elle ?

TIZIANO : On ne la reconnaît pas. Tu sens qu'il n'y a pas d'alternative. Et tu ne dois pas oublier que, au-delà des critères idiots pour lesquels les hommes choisissent une femme…

Lorsque je travaillais à Olivetti, il y avait un cadre très dynamique qui, un jour, décida de se marier. Il décrivait à tout le monde la liste des attributs qu'il cherchait chez une femme : elle devait avoir un beau cul, plein d'argent, parler plusieurs langues, savoir se tenir en société. Puis, il énuméra toutes les femmes qu'il connaissait, donna un point à chacun des attributs et épousa celle qui avait le plus de points.

Donc, tu vois, ce sont deux attitudes différentes !

VOYAGE DANS LE TEMPS

TIZIANO : Je suis allé dans le Mustang[1] à cheval. Ce qui me poussait, c'était le désir d'aller à un endroit où peu de gens étaient allés.

C'est un pays idyllique, isolé dans les montagnes. Chevaucher pendant cinq jours au milieu d'une nature comme tu ne peux pas imaginer, Folco, qui n'est presque plus la nature, mais un paysage lunaire, avec des pierres multicolores et des sables rouges dont on raconte qu'ils proviennent du sang du dragon que Padmasambhava avait tué lorsqu'il était allé au Tibet pour y introduire le bouddhisme. C'est un endroit magique où les pierres ont une âme, où les pierres parlent. De temps à autre, on aperçoit dans ce désert des stupas, de petits sanctuaires, comme nos *mandir* en Inde, où sont renfermées les reliques d'un saint bouddhiste ; des monastères sublimes aux murs abandonnés par le temps, mais encore ornés de fresques, et des parois mystérieuses qui descendent à pic vers des cavernes où auraient vécu, dit-on, des ermites.

1. Petit royaume de six mille habitants, situé à quatre-vingts kilomètres au nord de l'Annapurna, le Mustang constitue une enclave tibétaine en territoire népalais, dont la capitale est Lo Mantang. Ouvert depuis 1992 au tourisme, le Mustang est sans doute la région la plus mythique du Népal. Ce véritable désert d'altitude, enchâssé au cœur de l'Himalaya, ne s'atteint que par de longues gorges parmi les plus profondes du monde : celles de la Kali Gandaki.

Parfois, j'étais pris de peur et, devant ces ravins et ces passages étroits extrêmement périlleux, je me demandais s'il ne valait pas mieux descendre et continuer à pied, plutôt que de rester sur mon cheval. Mais, en fin de compte, on fait confiance à son cheval, parce que lui, au moins, il l'a déjà faite plusieurs fois, la route. En tout cas, ce qui est sûr, c'est que, au moindre faux pas, on est fichu.

Alors, je suis arrivé sur un haut plateau et, de loin, comme un mirage au milieu des montagnes, j'ai aperçu la capitale entourée de belles murailles. Elle s'appelle Lo Mantang, « la Vallée de toutes les Aspirations ». Grand Dieu, la Vallée de toutes les Aspirations ! L'impression d'atteindre un temps arrêté dans le temps.

Autour de la ville coule un petit ruisseau où les femmes lavent le linge et se désaltèrent. Tout est bien organisé : ici, on boit, là, on lave. Chaque soir, on ferme la porte de la ville ; et le matin suivant, on assiste à cette scène impressionnante : le roi rouvre la porte parce que c'est lui qui sort le premier. Avec son moulin à prières, il part prier pour sa ville. L'essaim des femmes le suit en riant. Elles courent et portent des corbeilles en osier contenant les excréments des animaux qui, la nuit, dorment dehors, et qu'elles ont ramassés à la main.

Le roi vit dans un palais qu'on considère comme tel, ancien, tout en bois, entièrement peint. C'est là qu'on arrive. Pour atteindre le premier étage, où il habite, il faut emprunter un grand escalier escarpé, adossé contre un mur. Le soir, on remonte une trappe et on ferme le palais. Mais, au premier étage, deux gros mâtins restent pour monter la garde : s'il y a quelque chose, ils sont réveillés par les *lhassa apso* – ces petits chiens tibétains qui entendent les moindres bruits – et se mettent à aboyer.

Ah, et les égouts, incroyables ! En fait, il n'y a pas d'égouts. Il y a, aux deuxième et troisième étages du palais, des trous dans le parquet en bois : quand on fait caca, le caca tombe le long des trois étages, jusqu'en bas, dans l'auge des cochons, et les cochons le mangent.

FOLCO : Et tu as dormi dans ce palais ?

TIZIANO : Je suis resté quatre ou cinq jours dans le palais du roi, le seul endroit où l'on peut rester. Et comme on est accepté dans le royaume uniquement si le roi l'autorise, une fois qu'on est entré, on est son invité. On mange sa nourriture et on reste avec lui. C'est un vieux monsieur très intelligent, avec une belle turquoise enfilée dans l'oreille et des pendants d'oreilles. Il porte encore une élégante casaque et des vêtements tibétains fabriqués par sa femme qui passe son temps à créer des vêtements avec des laines de toutes les couleurs.

Nous regardons les photos.

FOLCO : Très belle, cette photo. C'est lui ?

TIZIANO : Non, lui, c'est l'Amji ! C'est le médecin du roi, qui est aussi le médecin du village. Regarde la pièce de l'Amji, comme elle est belle : le thé, les mêmes tapis que les miens, tous les textes sacrés, la lampe à pétrole. Regarde son visage qui traverse la lumière ! Il vit dans une autre dimension. Tu vois, là-bas, le « médecin » est en réalité à mi-chemin entre le médecin et le sorcier.

C'est un endroit idyllique : le vent, le soleil, et des ciels d'une limpidité comme il n'en existe nulle part ailleurs, parce que, ici, il n'y a pas de pollution. Pourtant, quand je marchais dans les rues, j'avais remarqué que beaucoup d'enfants avaient le trachome, une infection oculaire qui peut rendre aveugle. Alors, on se pose cette question : faut-il leur laisser le trachome, pour qu'ils restent dans la Vallée de toutes les Aspirations ?

Ou doit-on soigner cette maladie, avec toutes les conséquences que cela implique ? Là-bas, on n'a pas forcément de médicaments, mais on pourrait très bien réunir une petite équipe de médecins qui irait les soigner. Pourtant, je me demande si ce genre d'action n'est pas le premier pas vers la modernisation, qui soignerait le trachome en quelques années, mais permettrait inévitablement à un industriel de Hong Kong de venir installer quatre ou cinq machines à coudre dans un coin reculé du Mustang : et là, ces femmes souriantes, qui travaillent actuellement dans les champs ou lavent le linge dans le fleuve, seraient devant les machines huit heures par jour pour coudre des baskets ou des T-shirts.

FOLCO : C'est vrai. La tête de pont du débarquement de la modernité, c'est souvent la médecine.

TIZIANO : Évidemment. Et, sur ce point, la médecine occidentale a eu énormément de succès. D'abord, parce qu'elle est efficace rapidement. Tu as mal à la tête ? Prends un cachet d'aspirine et tu n'auras plus mal. Ensuite, pour être honnête, parce qu'elle est reproductible. Quiconque a mal à la tête prend une aspirine, et le mal de tête passe. Mais est-il possible de rendre la vie des gens plus salutaire et de soigner le trachome sans que le traitement du trachome entraîne avec lui l'installation de la petite usine de l'industriel de Hong Kong ?

C'est une question pertinente, tu ne crois pas ?

FOLCO : Si.

TIZIANO : C'est un problème qu'un visiteur comme moi sent très puissamment. Très vite, en effet, je dirais même immédiatement, on se rend compte qu'on a soi-même, en partie, provoqué ce processus de modernisation.

FOLCO : Simplement en allant dans ces pays ?

TIZIANO : En se montrant. Ils regardent la montre que tu portes et qu'ils n'avaient jamais vue ; ils voient que tu as des chaussures différentes des leurs, des chaussons en feutrine et cousus à la main ; que tu as un coupe-vent pour te protéger du froid ; que tu as des lunettes pour te protéger du soleil des hauts plateaux. Et chacun de ces objets devient une de leurs aspirations. Quand l'un d'entre eux veut un de ces objets, que fais-tu, tu le lui donnes, ou tu ne le lui donnes pas ?

Une bande de fillettes m'avait beaucoup frappé : elles ne jouaient pas avec une de leurs poupées cousues à la main, mais avec une belle poupée blanche, occidentale. Un groupe de touristes était passé avant moi – ne va pas croire que j'étais le seul : chaque année, le roi permet à un certain nombre de gens d'entrer dans le palais parce que c'est utile pour ses finances –, et un de ces touristes avait offert une poupée en plastique à ces petites filles.

Et moi aussi, il m'arriva, pendant mon séjour, un soir, à l'heure du couchant, pendant que je me promenais et prenais des photos... Ah, cette manie de toujours photographier ! Tu sais : tu emportes avec toi, tu ne laisses rien.

FOLCO : Il y a une photo que tu as prise d'un écriteau disant : PRENDS SEULEMENT DES PHOTOS, LAISSE SEULEMENT TES EMPREINTES.

TIZIANO : Écrit par le roi ou quelqu'un de sa suite. Oui, bien sûr, c'est beau.

Donc, je me promenais dans ces rues... Et j'étais ému, oui, vraiment ému, parce que je me sentais à la frontière de l'histoire, à la frontière du monde, projeté dans un autre temps, dont je ressentais la fascination très profonde, réellement. Le passé m'a toujours profondément touché : parce que je ressens l'histoire accumulée de l'homme, mais aussi parce que j'ai toujours considéré le passé comme la seule certitude qui soit. Mais j'avais sans doute une idée confuse de la véritable signification du temps, que je n'ai comprise que plus tard, dans son acception indienne. Toutes ces maisons, toutes ces pierres empilées les unes sur les autres…

Bref, je marchais dans une de ces ruelles. Il faisait déjà noir, lorsque, soudain, j'ai vu un groupe de jeunes gens amassés devant l'entrée d'un passage sombre. Je me suis avancé, et qu'ai-je vu ? Une minuscule télévision alimentée par des batteries de voiture. Quelqu'un avait fait la route à cheval pendant cinq ou six jours et avait traversé le col de Jomoson, l'Annapurna, pour apporter du Népal des batteries et une télévision.

Que fais-tu ? Tu avances et tu lui donnes un coup de massue ?

Non.

Tu sais, cependant, que l'année suivante, il y en aura deux, et puis une télévision plus grande, et plus tard encore, une télévision en couleurs. C'est inévitable, inévitable. Il y a quelque chose dans la nature humaine qui voit ce que nous appelons le « progrès » comme un procédé qui avance et détruit pour créer quelque chose de nouveau.

FOLCO : C'est une caractéristique de l'homme qui n'existe pas chez les autres animaux. Les animaux restent où ils sont. L'homme doit avancer.

TIZIANO : Et c'est un grand, grand problème. Il y a quelque chose dans la nature humaine qui mène à ce processus, et qu'il est impossible d'éviter : c'est comme si tout homme, toute civilisation, devait passer sous ces fourches Caudines. Mais y passe-t-on pour se sauver ? Non. C'est le chemin, pourtant ; c'est ainsi, désormais.

Et, là encore, je sors des rangs : je pense notamment au cas de la Birmanie. Je ne dis pas que je défends les assassins du régime militaire du pays mais, pour moi, leur barbarie a un sens. Car, Folco, il n'y a aucun doute là-dessus, crois-moi : après le Mustang, la Birmanie est aujourd'hui la dernière oasis de l'Asie, l'un des derniers pays qui a gardé son caractère. Les Birmans ne fument pas de Marlboro – leur importation est interdite –, mais confectionnent eux-mêmes, avec leur propre tabac, leurs *cheroots*[1] ; ils ne portent pas de jeans, mais leurs *longyi*[2].

FOLCO : Encore aujourd'hui ?

TIZIANO : Oh que oui ! Ils n'utilisent pas de crème Nivea, mais une pâte à base de bois de santal. Le soir, dans les rues de Rangoon, on voit ces femmes, belles, qui mélangent une très fine poudre de santal avec un peu d'eau et étalent cette pâte sur le visage des enfants pour les protéger des mouches. Ils ont une peau éclatante. Ils vivent une vie lente, tranquille.

Je connais une belle histoire que j'aime bien raconter : Bernardo Valli, lorsqu'il était jeune, avait fini par obtenir une interview avec le dictateur du Portugal, Salazar. Et, tandis qu'il attendait dans l'antichambre, un vieux secrétaire – tu sais, un de ces Portugais descendants de l'infant Enrique, durs, élégants – lui dit : « Vous aussi, vous êtes venu interviewer le président pour l'attaquer ? » Bernardo éluda la question. Alors, l'homme le regarda fixement, pointa un doigt vers son visage et lui dit : « Souvenez-vous-en, le président défend le Portugal de son futur ! »

Tu comprends ? Les militaires birmans font la même chose.

---

1. Cigares constitués de tabac, d'herbes et de racines enroulés dans des feuilles de maïs.
2. Longues pièces de tissu, sortes de pagnes non cousus proches d'un pantalon large, noués en triangle autour de la taille, ou carrés de tissu pliés en deux et noués autour de la taille. Généralement en tissu de type écossais, à l'image de certains vêtements ethniques birmans, thaïs ou tibétains.

La Birmanie est dirigée par un régime épouvantable, composé d'horribles militaires et d'hommes qui pratiquent la torture, que j'ai toujours condamnés. Je t'ai déjà raconté cette scène dramatique, lorsque, sur la route de Kentung, je suis tombé sur une bande de jeunes dissidents, malades, qui avaient été mis aux travaux forcés. Donc, on ne peut pas dire que je n'ai pas été touché, impressionné, moi aussi, par ce spectacle.

Ce qui est intéressant, c'est que, depuis vingt ou trente ans, la communauté internationale – la Communauté européenne, les Nations Unies, les Américains – ont tout fait pour que ce régime change, devienne démocratique. En outre, le mouvement démocratique est dirigé par un personnage extraordinaire, Aung San Suu Kyi, qui a reçu le prix Nobel de la Paix, grâce aux manœuvres politiques et opportunistes habituelles. C'est une femme exceptionnelle, d'un courage hors normes, fille d'un héros de la guerre d'indépendance de la Birmanie contre les Japonais. Une grande héroïne, avec un père assassin, comme toujours. Alors, il y a d'un côté ces militaires assassins, et, de l'autre, cette sylphide, en résidence forcée depuis des années.

Bien. Voici l'histoire telle qu'on la voit. Mais qu'y a-t-il derrière cette histoire ? Il y a les intérêts des grandes sociétés pétrolières qui attendent de pouvoir entrer dans le pays, parce qu'il y a du pétrole en Birmanie ; et il y a les milliards des Japonais qui veulent développer le pays, avec des hôtels cinq étoiles, des routes, des bateaux naviguant sur le lac Inlé, et un aéroport plus grand pour attirer les touristes. Et si, demain, sous les pressions occidentales, le régime tombe – c'est ce qui va se passer –, si Mme Aung San Suu Kyi prend le pouvoir, la Birmanie deviendra à l'image de la Thaïlande : des putes, des bordels, du profit – toum-toum-toum ! –, des Marlboro, du Coca-Cola et des jeans.

Alors, la question d'un homme qui n'est pas un idéologue, qui a mon âge et qui regarde autour de lui est la suivante : Quelle est la solution ? Que souhaiter ? Que les militaires gagnent ? Non, comment peut-on souhaiter une chose pareille ? Que ce soit elle qui gagne ? Si elle gagne, en quelques mois, il n'y aura plus de Birmanie. Les gratte-ciel en béton vont arriver…

Et alors, Folco, que fait-on ? Tu vois où il est, le problème ? De quel côté se situer ?

Folco : Toi, de quel côté es-tu ?

Tiziano : Comment peut-on être du côté des militaires ? C'est impossible. Et pourtant, il faudrait mettre en garde l'opinion sur ce qui se passera le jour où la Birmanie sera libérée.

Donc, je me pose cette question : est-il possible de ménager la chèvre et le chou, et de conserver la beauté du monde qui réside dans sa diversité même ? C'est une question honnête, vraie, à laquelle on ne doit pas se contenter de répondre : « Non, c'est impossible. » À mon avis, il faut y réfléchir.

Changeons un peu nos critères et nos valeurs, ne soyons pas attachés à notre avidité et ayons du respect pour ce qui appartient aux autres. C'est le principal. Si nous regardons les autres peuples avec respect, comme s'ils étaient vraiment nos égaux – même si nous, nous savons comment soigner le trachome, alors qu'eux, pas encore –, nous découvrirons que nous avons peut-être beaucoup à apprendre d'eux. Nous, nous soignons le trachome, et eux, ils nous soignent autre chose. Le trachome, Folco, ils l'ont aussi en Inde, et ce qui est pervers, c'est que nous allons là-bas avec des missionnaires qui construisent un dispensaire, puis les baptisent, leur mettent une petite jupe, leur font faire le signe de croix. Et finalement, ce ne sont plus des Indiens, ce sont des témoins de Jéhovah.

Prenons encore l'exemple des Chinois : une culture tellement différente de la nôtre. Je le répète : ils écrivent différemment, ils mangent différemment, ils dorment différemment. Bizarre qu'ils portent tous la cravate, maintenant, Folco. Tu comprends mon désespoir ? La cravate pour tous ! Ces hommes qui avaient découvert qu'il ne fallait jamais rien attacher autour du ventre parce que ça bloque le qi ont maintenant tous des ceintures Pierre Cardin. C'est désespérant, non ? Qu'est-ce qui me désespère ? Ce qui me désespère, c'est la fin de la biodiversité ; ce qui me désespère, c'est qu'il n'y ait plus de coings. Nous voulons des pommes qui soient toutes rondes, toutes pareilles, toutes luisantes, et nous éliminons ainsi la biodiversité qui est le fondement même de la vie. La di-ver-si-té ! Oui, je pense que la richesse de l'humanité est sa variété. Les hommes bleus, les Touareg, mais pourquoi voulez-vous leur mettre des slips ? Laissez-les être touareg !

Peut-on laisser les autres avec leurs valeurs, les aider à soigner le trachome et leur demander qu'ils nous aident à nous soigner d'une maladie qui est bien plus ravageuse que le trachome : notre infélicité ?

Papa est essoufflé, il ne peut plus continuer.

Ouille-ouille-ouille, Folco, le seau !

Il tousse.

Qu'est-il préférable ? Qu'au soleil couchant, on étale sur le visage d'un enfant de la poudre de santal ou de la crème Nivea ?

Donne-moi le seau. Ouille-ouille-ouille, bon sang. Ça ne va vraiment pas, aujourd'hui.

FOLCO : Tu as de nouveau ce nœud à l'estomac ?

TIZIANO : Oui, juste là.

FOLCO : Comment ça se fait ? Tu as mangé quelque chose ce matin ?

Tiziano : Non, seulement une petite galette de pois chiches.

Folco : Tu as les mains chaudes.

Tiziano : L'expérience dans le Mustang a été pour moi une expérience puissante et inquiétante. Il y a pourtant des personnes qui ont déjà réfléchi à tout cela. Nos réflexions pleines de naïveté, d'autres les ont déjà faites avant nous. Mao les avait faites. Mais celui qui les a faites de manière encore plus excessive, de manière plus simple, plus évidente, c'est Pol Pot, qui n'était pas fou, comme je ne cesse de le répéter, parce que sa folie était guidée par une logique puissante.

Folco : Le roi du Mustang veut simplement garder la vie traditionnelle de son royaume, n'est-ce pas ? Cependant, son projet est compliqué par le fait que les gens…

Tiziano : … sont inexorablement attirés par la modernité, par la nouveauté. Ses sujets vont à cheval à Katmandou et voient cette ville remplie de touristes. Ils voient l'argent et les marchés, et les stands remplis de médicaments jaunes, rouges et bleus, au lieu des herbes de l'Amji.

Chaque année, de plus en plus de touristes viennent dans la Vallée de toutes les Aspirations. Le matin où je suis parti, un groupe d'Allemands arrivait : ils s'étaient épargné la randonnée à cheval, alors que cela fait partie du charme du voyage. Ils étaient arrivés à leur destination sans l'avoir méritée, en hélicoptère !

Folco : Mais, comme disent les sadhu, si on n'arrive pas à pied là où on veut aller, on ne verra pas ce qu'on veut découvrir.

Tiziano : C'est juste, mon Dieu, tout à fait juste ! La destination, c'est le voyage lui-même, tous les grands voyageurs l'ont toujours su.

Folco : Tu sais, une nuit, dans un petit village en Inde, j'ai vu encore des gens qui se rassemblaient, non pas pour accueillir la télévision, mais parce qu'un sadhu errant arrivait de loin, un guérisseur, musicien et conteur d'histoires.

TIZIANO : Magnifique ! Mais la question que je pose, c'est : Pour combien de temps ? Ce que tu racontes est ce qui est en train de disparaître de l'Asie que j'ai aimée, et que tu as aimée après moi. Et, d'un autre côté, on ne peut pas ne pas être sensible aux critiques de ceux qui nous disent : « Ah, mais toi, tu es un romantique ! Et puis, toi, tu ne l'as pas, le trachome. Tu rentres chez toi et tu as la pénicilline, tout ce que tu veux. » Comment peut-on dire non ? Ce discours aussi est vrai.

Pourtant, regarde notre vie, elle n'est pas plus heureuse que celle des hommes du Mustang.

Alors, quelle est la voie du milieu ? Est-il indispensable, pour traiter le trachome, de transformer cet endroit superbe en un nouveau bidonville où les femmes – qui allument encore leur feu avec les bouses de vaches ramassées le matin même – devront coudre des baskets devant des machines à coudre – tatata-tatata-tatata ! – pour pouvoir s'acheter ensuite un téléviseur où elles pourront regarder *Big Brother* ?

Où est la solution ? Et, une fois encore, je me pose cette question : Est-il possible de sauver la beauté du monde qui réside dans sa diversité même ? C'est une question qui est vitale, pour moi. Tu comprends ?

LE POUVOIR

TIZIANO : Je suis devenu curieux. Non, je ne suis pas curieux, je suis serein, Folco. Je n'attends absolument plus rien.

FOLCO : Alors, tu peux enfin te reposer.

TIZIANO : Oui, tu peux voir les choses comme ça, si tu veux.

FOLCO : Tu ne dois plus courir.

TIZIANO : Oui, c'est vrai, parce que jusqu'ici j'ai toujours senti que j'avais des responsabilités. Et puis, ce sentiment du devoir, que j'avais toujours sur les épaules, ce sentiment, en somme, qu'il était juste de faire certaines choses, ou de ne pas les faire. J'ai trouvé beau ce qu'a dit Martin l'autre jour, que j'avais un sens de la moralité. Mais ce n'était pas moi… C'était qu'il n'y avait rien de plus important dans ma vie, qu'il n'y avait rien de plus grand… Tu sais, je suis quelqu'un qui n'a jamais fait de compromis. Je n'en ai peut-être jamais eu vraiment besoin, mais j'avais une répulsion pour les compromis, et si tu veux appeler moralité ce type de comportement, alors, d'accord. J'ai fait mon métier exactement comme si c'était une mission religieuse, en fin de compte, sans jamais céder à des pièges faciles.

Le plus facile de ces pièges, je voulais t'en parler depuis un bout de temps, c'est le pouvoir.

Lorsqu'on fait ce métier, frayer avec le pouvoir est nécessaire, indispensable. Tout type de pouvoir : le pouvoir assassin, le pouvoir juste, le pouvoir… le pouvoir. Parce que c'est ce qui détermine le sort du monde et, toi, tu es là en train de décrire ce destin, et tu dois aller voir le Pouvoir pour lui demander ce qu'il en est.

Eh bien, je ne me suis pas levé un matin en faisant un vœu, je ne suis pas arrivé à ce sentiment en m'appuyant sur les observations des autres, mais j'ai toujours éprouvé une répulsion pour le pouvoir. Dans le fond, je suis peut-être un anarchiste. Dès que je vois un président, un ministre, un général, avec leur air arrogant, avec leur pilule qu'ils veulent nous faire avaler, j'ai toujours un sentiment de dégoût. Instinctivement, je suis toujours resté à distance du pouvoir. Vraiment à distance. Et maintenant, je vois au contraire beaucoup de jeunes qui jubilent, qui frétillent à l'idée d'être près du pouvoir, de tutoyer le pouvoir, de coucher avec le pouvoir, de dîner avec le pouvoir, pour en tirer du prestige, de la gloire, voire des informations. Ça, moi, je ne l'ai *jamais* fait. Tu peux, en effet, dire que c'est une forme de moralité.

Il baisse la voix.

Car le pouvoir corrompt, le pouvoir te phagocyte, le pouvoir t'attire dans ses griffes ! Tu comprends ? Si, pendant une campagne électorale, tu approches un candidat à la présidence, si tu dînes avec lui, si tu parles avec lui, tu deviens un de ses larbins, non ? Un de ses agents.

Je n'ai jamais aimé ce genre de comportements. J'ai toujours eu cette forme d'orgueil qui consistait à rester en face du pouvoir, à le regarder, à le mesurer et à l'envoyer se faire voir. J'ouvrais la porte, je mettais un pied, j'entrais, mais dès que j'étais dans la pièce du pouvoir, au lieu de le flatter, je vérifiais ce qui n'allait pas, je posais des questions. Dans les conférences de presse du monde entier, j'étais devenu un de ces journalistes légendaires qui posaient toujours les questions les plus provocatrices, des questions qu'on ne pose plus aujourd'hui. Celles qu'on ne pose pas à Condoleezza Rice qui disait encore l'autre soir : « De nos jours, les Nations Unies se portent très bien. » Il suffisait de reprendre les journaux d'il y a deux ans : « Un instant ! Le 14 mai, à cinq heures quarante, vous avez dit à CBS : "Les Nations Unies jouent un rôle sans importance, elles sont remplies d'assassins et de dictateurs." Et maintenant, les Nations Unies seraient la panacée ? Mais de qui se moque-t-on ? »

Je ris.

Voilà, c'est cela, le journalisme. Les journalistes les plus détestables sont ceux qui se trouvent au Pentagone, au ministère des Affaires étrangères, toujours là, prêts à boire un café. Dès qu'on annonce : « Conférence de presse ! », ils accourent. Bush ou Rumsfeld arrivent et disent : « Alors, John, que veux-tu savoir ? ».

Mais ça rime à quoi, ce « Alors, John » ?

FOLCO : Tu veux dire qu'on devrait défier le pouvoir ?

TIZIANO : C'est ça, le métier. Quelles sont les subdivisions du pouvoir dans le cadre de l'État ? Le législatif, l'exécutif et le judiciaire. Mais il y a un quatrième pouvoir : la presse et les moyens d'information, qui contrôlent le judiciaire, l'exécutif et le législatif.

FOLCO : Ils les contrôlent ?

TIZIANO : Ils les contrôlent, ce sont eux qui les sondent, qui les examinent, pour chercher à savoir s'il n'y a pas d'embrouille.

FOLCO : Sinon ?

TIZIANO : Sinon le système ne fonctionne pas.

FOLCO : La démocratie non plus ?

Tiziano : Je suis désolé, mais si la loi n'est pas bonne, qui va aller la dénoncer ? Personne. En revanche, si la presse se met à protester, à étudier les conséquences de cette loi, elle acquiert une importance énorme, elle devient la voix des gens qui ne peuvent pas parler.

Folco : Et qui souffrent de cette loi mal faite.

Tiziano : Non, vraiment, je n'ai jamais été ami avec un puissant de ce monde. C'est très important, ce sentiment de sa propre liberté, de ne vouloir dépendre des bonnes grâces de personne, tu comprends ? Tu te rends compte que j'étais devenu intime avec Cory Aquino ? Intime ! Parce que le mari de Cory, Ninoy Aquino, qui plus tard a été assassiné, m'avait écrit de prison après avoir lu *Giai Phong* ! J'étais le bienvenu dans cette famille, ils m'invitaient souvent chez eux. Puis, elle est devenue la présidente des Philippines, je l'ai interviewée, et je ne l'ai plus revue. Ça ne m'intéressait plus. Je ne voulais pas avoir ce rapport morganatique avec elle, être là pour elle, et attendre qu'elle m'appelle pour une interview. Nos chemins se sont séparés. Elle avait gagné sa révolution, moi, je l'avais décrite, et au revoir tout le monde.

Pourtant, je me souviens très bien, grand Dieu, de l'hacienda où elle vivait. On mangeait tellement bien, on mangeait des *pansit*[1] ! Tu sais, ces vieilles maisons patriarcales du XIXᵉ siècle, avec une table longue d'ici à là-bas, avec tous les cousins, les oncles, et elle, habillée en jaune…

Folco : Et avec le prince Sihanouk, qui est devenu par la suite le roi du Cambodge, vous n'étiez pas amis ?

Papa rit.

1. Nouilles sautées.

TIZIANO : Avec lui, c'était un peu un jeu. J'avais apporté une jupe à sa femme ! Je t'ai raconté la fois où je suis retourné au Cambodge après la chute des Khmers rouges ? J'avais retrouvé une de ces vieilles boutiques de confection de soieries qui étaient une vraie splendeur. Sihanouk et sa femme étaient encore en exil à Pékin. Alors, moi, du Cambodge, j'ai ramené une grande boîte de mangues à Sihanouk et un splendide sarong à sa femme. Je leur ai remis mes cadeaux, ils m'ont remercié et je suis parti. Deux ou trois mois plus tard, il y a eu une grande cérémonie pour le lancement de la guérilla sihanoukienne contre les Vietnamiens. Je suis allé à la cérémonie – toujours très distant, je ne m'asseyais jamais à côté de lui – et, à un moment donné, j'ai vu la princesse Monique qui me regardait, tout en levant un pan de sa jupe ; et elle m'a dit : « Merci, merci, monsieur Terzani ! » C'était amusant, elle avait mis la jupe que je lui avais offerte.

Je ne leur ai jamais demandé aucun privilège non plus. De retour au Cambodge, ils m'ont invité plusieurs fois à dîner en famille parce qu'ils nous connaissaient depuis des années, depuis l'époque où ils vivaient à Pékin. Mais même lui, en fait… Trop manipulateurs.

Non. J'ai de l'estime pour les jésuites.

FOLCO : Tu as de l'estime pour les jésuites ?

TIZIANO : Oui, beaucoup. Je les ai toujours contactés quand je voulais comprendre le pays où je me trouvais, parce qu'ils sont les espions de l'âme d'une culture. Ils travaillent, ils grattent, ils sont immergés dans la culture, ils savent et apprennent les langues mieux que quiconque. Ce sont de sacrés personnages !

FOLCO : C'est bizarre que tu aimes les jésuites, toi qui es un bouffeur de curé.

TIZIANO : Je suis un bouffeur de curé, mais de ces cons de curés qui te bénissent pour que tu ailles au paradis. Les jésuites ne t'envoient pas au paradis, jamais. Les jésuites sont de grands intellectuels qui essaient de comprendre les choses.

FOLCO : À propos de grands personnages, qui as-tu connu, au cours de ta vie, qui t'a réellement inspiré ? Tu comprends, on est curieux de connaître quelqu'un qui a eu l'opportunité d'approcher des personnages historiques. Que te reste-t-il de ces rencontres ?

TIZIANO : Tu sais, Folco, les « personnages historiques » sont comme les personnages non historiques. Ils se lèvent le matin, prennent leur petit déjeuner, vont aux cabinets, puis ils prennent de grands airs, et commencent leur journée comme tout le monde.

FOLCO : Je me souviens de ce que tu m'as toujours dit : « Si quelqu'un t'intimide, imagine-le…

TIZIANO : … en train de chier ». Ne jamais se laisser intimider par personne. Quand tu es avec des types pleins de morgue, qui se prennent pour des généraux, imagine-les le matin allant aux cabinets comme tout le monde.

J'ai rencontré plus de petites gens que de grands personnages. Tu sais, un petit fonctionnaire de province qui s'occupe d'un village où il n'y a plus d'eau, et qui se démène pour que l'eau revienne, c'est quelqu'un qui fait quelque chose de bien. Les vrais grands, je ne les ai pas rencontrés.

FOLCO : Pourtant, certains personnages ont une grande vision des choses, ils inspirent les autres, non ? Mais ils étaient sans doute peu nombreux dans le lot des personnes que tu as rencontrées.

TIZIANO : Si je les avais rencontrés, cela m'aurait peut-être aidé.

FOLCO : Bref, qui sont les personnes qui t'ont inspiré ?

TIZIANO : Tu sais, malheureusement, les grands disparaissaient au fur et à mesure que je grandissais. Mais je me souviens de quelque chose qui va te faire rire…

Pour moi, Albert Schweitzer a été une révélation lorsque j'étais un petit garçon. Cet homme, qui était pianiste et philosophe et qui, à quarante ans, s'est mis à étudier la médecine pour aller ouvrir un hôpital sur la rive d'un fleuve en plein milieu de l'Afrique ! Et tant d'autres : Einstein, Bertrand Russell, que je lisais, et tant de belles rencontres que j'ai faites au fur et à mesure... Chacune d'entre elles m'a apporté quelque chose.

Par exemple, La Pira est quelqu'un qui m'a énormément impressionné. Je fréquentais l'oratoire de don Bensi, le maître de don Milani, et cet homme – qui était alors le maire de Florence – retournait tous les soirs au couvent en tenant sa serviette à la main. Car La Pira a vécu toute sa vie dans le couvent de San Marco. Tu sais, un homme de cette trempe... Voici les personnes qui m'ont inspiré. Ce n'était pas une question d'argent, ce n'étaient pas des gens qui voulaient devenir riches.

Papa se verse du thé.

FOLCO : Mais, à part les personnages que tu as cités, qui, parmi ceux que tu as connus *personnellement* dans ta vie, t'a inspiré ?

TIZIANO : Ils disparaissaient au fur et à mesure que je grandissais.

FOLCO : Mais tu as rencontré énormément de gens !

TIZIANO : Quand j'étais journaliste, j'ai rencontré beaucoup de « bavasseurs[1] ». Des lèche-cul qui jouaient leur rôle ; et, quand ils me rencontraient, parce que j'étais journaliste, ils me donnaient un petit paquet bien ficelé et me racontaient les dernières conneries du jour. Les seules choses que j'ai apprises d'eux, c'étaient

---

1. *Quaquaraquà* : dans le jargon de la mafia, délateur, espion, personne qui parle trop et peut devenir dangereuse.

les fins de discours qu'ils faisaient au moment où je sortais.

Mais je n'ai rencontré aucun grand personnage. Aucun.

Honnêtement, si je dois regarder derrière moi, Mère Teresa m'a frappé, le dalaï-lama aussi, naturellement, et quelques personnages anonymes, comme ce moine en Mongolie, à qui j'avais demandé s'il avait peur de mourir et qui m'avait répondu : « Peur, moi ? J'ai tellement hâte de mourir. Quelle vie ennuyeuse ! Je veux savoir ce qu'il y aura dans la prochaine. » Des personnages comme ça, propres, solitaires. De grands personnages, il n'y en avait plus un seul. Ils étaient morts à l'asile, comme disait notre ami chinois. « Les Soljenitsyne chinois », disait-il, « sont tous morts à l'asile ». C'est vrai. Détruits par les écoles, par la culture, par l'anéantissement des cerveaux.

FOLCO : Mais tous les artistes, les ministres, les commandants, les héros, les révolutionnaires, les chefs des Viêt-congs qui ont réussi à gagner la guerre ?

TIZIANO : Je trouve ça tellement beau ! Je relis mes livres et je ne sais même plus qui ils étaient. Des gens qui passent, des gens qui passent…

FOLCO : Mais c'étaient des gens qui risquaient leur vie, qui ont réussi à inciter d'autres personnes à mourir pour une cause !

TIZIANO : Oui, oui, en ce temps-là, oui. Mais aujourd'hui, que reste-t-il ? Un cimetière. Du fumier et des cendres.

FOLCO : Mais, dis-moi, Papa, parmi tous les gens que tu as connus, ceux qui t'ont frappé se comptent vraiment sur les doigts de la main ?

TIZIANO : Personne, personne.

FOLCO : Même pas les jésuites ?

TIZIANO : Si, si, un peu. Mais ils avaient eux aussi un plan. Le père Ladanyi, à Hong Kong – l'homme que j'ai le plus admiré parmi tous les jésuites –, à la fin, n'était plus qu'un jésuite de mes deux : il ne pensait qu'à convertir mon père, qui était à l'article de la mort, et à lui donner l'extrême-onction.

Et mon père lui gueulait dessus.

Je ris.

Alors, c'est ça, leur grandeur ?

FOLCO : Grand-père n'a pas accepté l'extrême-onction ?

TIZIANO : Bon Dieu, il lui a fait de ces scènes ! Chaque homme finit par avoir de petits principes auxquels il croit, qui sont liés au rôle qu'il joue, au masque qu'il porte.

FOLCO : C'est curieux qu'il n'y ait eu personne… Le vieil homme de l'Himalaya que tu allais voir quand tu vivais là-bas, il t'a bien frappé en tant que personne ?

TIZIANO : Le vieil homme, oui, il m'a frappé.

FOLCO : Donc, il y a bien eu quelqu'un qui t'a frappé. Ce n'était sans doute pas dans le monde de la politique, ni dans le cercle des généraux…

TIZIANO : Tu dois reconnaître, tout de même, que, quand on lit des textes comme les Upanishad, ahhh !

On rencontre plein de gens, et puis on part, lentement. Et, chemin faisant, on comprend quels étaient les faux maîtres et quels étaient les vrais. Puis, finalement, un vieil homme en haut de l'Himalaya m'a permis, d'un coup de baguette magique, d'entrevoir, l'espace d'un instant, ce que je n'avais jamais vu. Et, une fois qu'on a vu cela, on ne peut plus vivre normalement.

Beau voyage, n'est-ce pas ?

FOLCO : Hum, très beau.

TIZIANO : Et maintenant ? Regarde mes jambes, regarde-les !

FOLCO : Elles sont gonflées.

TIZIANO : Ce corps, je le laisse ici.

Il rit.

Tu sais, avec une bougie, on en allume une autre. Une bougie s'éteint et l'autre s'embrase. Puis, cette bougie-là en allume une autre encore…

L'ARGENT

TIZIANO : Tu le sais, j'ai toujours eu un rapport très étrange à l'argent.

FOLCO : C'est-à-dire ?

TIZIANO : L'argent, je m'en suis servi, j'en ai gagné en travaillant, mais je n'en ai jamais rien eu à faire. Je crois que je n'ai jamais pris une seule décision de ma vie en fonction de l'argent ; par exemple, je n'ai jamais choisi un travail parce qu'il m'aurait permis de gagner plus d'argent. Jamais. L'argent était quelque chose comme : j'ai soif, donc je bois.

Grâce à mon travail, j'ai toujours gagné suffisamment d'argent pour ne pas être dans l'angoisse d'en manquer, cette angoisse qui avait été présente pendant toute mon enfance. Mais l'argent n'a jamais rien représenté pour moi. D'ailleurs, quand je parle de mon désir d'émancipation, ce n'est pas parce que je voulais devenir riche. Ça aussi, c'est une chance, non ? On naît comme ça, c'est inné. Si on est attaché à l'argent, on a toujours l'impression qu'il n'y en a pas assez. Mais si, au contraire, on a la chance d'être détaché de l'argent, c'est fou ce que ça peut changer dans une vie, combien de décisions on peut prendre en gardant toute sa liberté ! Et moi, j'ai toujours senti cette nécessité impérieuse d'être libre ; en cela, l'argent jouait aussi un petit rôle, bien sûr, parce que, sans argent, il n'y a pas de liberté non plus.

Alors, tu vois, ce sont toutes ces petites choses qui déterminent une vie. On fait un pas, puis un autre, mais c'est seulement quand on est au bout du rouleau qu'on se retourne en arrière et qu'on se dit : « Mais, bon sang, il y a un fil ! »

FOLCO : Et maintenant, tu le vois, ce fil ?

TIZIANO : Ah, si je le vois, grand Dieu ! Oui, et c'est un fil qui s'est tissé à mon insu. Quelqu'un – un ange gardien, ou bien cette intelligence qui unit tout ensemble ? –, quelqu'un m'a aidé à garder ce fil. Je pourrais dire également que, lorsqu'on commence à faire des faux pas dans la vie, parce qu'on n'a pas compris qui on était, ou parce qu'on est poussé par les circonstances, ou encore parce qu'on veut être comme les autres, c'est la pagaille totale. Car un pas entraîne un autre pas, puis un autre, et un autre encore. Et c'est très difficile de revenir en arrière.

Mais il en faut du temps pour comprendre qui on est, ce n'est pas si simple.

FOLCO : Et maintenant, tu te retournes en arrière et tu vois le chemin que tu as parcouru ?

TIZIANO : Oui.

FOLCO : Et tu regardes aussi devant toi et tu te demandes où nous allons ?

TIZIANO : Non, car il n'y a pas de futur. Le futur est une boîte vide où l'on met toutes ses illusions.

Je ris.

Tout ce qu'on n'a pas fait, tout ce qu'on aurait voulu faire – zou ! –, on le met dans le futur. Et le passé, lui, n'est que mémoire, une boîte fermée où l'on a mis tout ce qu'on a envie de mettre, et où l'on a retiré tout ce qu'on ne voulait pas garder. Dans le fond, le passé, lui aussi, est inexistant.

La seule chose vraie, c'est que nous sommes ici, maintenant, dans cette prairie.

Ici. Maintenant. Nous y sommes.

Nous y voilà.

FOLCO : Alors, tu ne penses jamais à comment ce sera quand on aura rejoint l'autre rive ?

Papa secoue la tête, et sourit.

TIZIANO : Non, parce que ce ne sera pas, ce ne sera pas.

FOLCO : Qui sait ?

ÎLES PERDUES

Nous sommes dans la gompa de Papa, assis en tailleur sur le banc recouvert de tapis qui sert de lit. Papa parle d'une voix lente et très faible.

FOLCO : Par où veux-tu commencer, aujourd'hui ? As-tu une idée de départ ?

TIZIANO : Je voulais faire une allusion à l'histoire des Kouriles, ces îles mystérieuses au bout du monde, toujours enveloppées de brume.

Il reprend son souffle, il a du mal à continuer.

FOLCO : D'où t'est venu ce désir d'aller dans les îles Kouriles ? Je n'ai jamais compris le but de ce voyage que tu as entrepris dans les parties les plus reculées de l'Union soviétique, et qui, pourtant, a eu beaucoup d'importance pour toi.

TIZIANO : Ce voyage a été fondamental pour moi. C'est un épisode qui t'aidera à comprendre cette curiosité que j'ai eue pour une humanité gâchée, avec des dents en fer…

Commençons par Sakhaline. En ce temps-là, l'île était fermée à cause du vieux problème de contestation territoriale entre le Japon et l'Union soviétique. Mais, après de gros efforts, nous avons réussi à convaincre l'ambassade soviétique de Tokyo que cela valait la peine de nous donner un visa pour deux ou trois semaines.

Nous étions trois – Philippe Pons, du *Monde*, Otomo et moi – et nous avons fini par obtenir notre visa.

Pour atteindre Sakhaline, nous avons dû passer par l'Union soviétique, Kabarowsk, les villes mythiques sur les grands fleuves. Puis, nous avons continué par voie aérienne, dans les petits avions Antonov – de véritables cercueils volants –, et nous avons atterri dans un de ces fichus aéroports – bon sang ! –, sales, hyper mal organisés, avec seulement une cabane en bois, où, avec un peu de chance, on nous donnait un thé chaud.

Toute cette région est très mystérieuse. La grande navigation du XXe siècle est passée dans le détroit situé entre le continent et l'île Sakhaline ; les descriptions de ce détroit[1] sont splendides. C'est de cette partie du globe – éternellement froide et brumeuse – qui s'étend jusqu'aux îles Kouriles au nord, qu'est partie la flotte de l'amiral Yamamoto pour attaquer Pearl Harbor. J'étais fasciné. Tu vois, une fois de plus, c'était l'Histoire qui m'intéressait…

Sa voix est presque inaudible.

FOLCO : Comment, Papa ?

TIZIANO : Voir ! Voir comment cela avait été possible…

FOLCO : Mais qu'est-ce qui t'a frappé, toi, aux îles Kouriles, à Sakhaline ?

TIZIANO : Tout d'abord, les îles Kouriles et Sakhaline sont deux endroits différents. Ce qui m'a poussé vers Sakhaline, comme toujours, c'est qu'aucun étranger n'y était allé depuis très longtemps, et cela titillait ma curiosité. D'ailleurs, lorsque nous sommes arrivés, nous avons trouvé une société 100 % soviétique, et, en ce sens, tout à fait charmante. Tu sais, on pense tou-

---

1. Le détroit de La Pérouse, entre les îles Sakhaline et Hokkaido.

jours : « Union soviétique = goulag », comme si les goulags étaient à chaque coin de rue. Non, les goulags existaient, ils étaient effrayants, il y en avait même dans la région – dans la péninsule du Kamtchatka –, mais il n'y avait pas de goulags à Sakhaline. Il y avait au contraire de braves Soviétiques qui avaient beaucoup de temps libre pour aller dans la montagne, pour skier et cultiver leurs petits potagers où ils faisaient pousser des fraises. Dès qu'ils nous croisaient, ils nous donnaient leur maison. Ils nous donnaient leur maison, c'est-à-dire qu'ils nous invitaient chez eux, nous offraient des tranches de ce pain noir qui était un vrai délice, servies avec du beurre et de la vodka, et des bols remplis de caviar qu'on devait manger à la petite cuillère. Comment dire, ils étaient soviétiques, d'accord, mais, bon sang, qu'ils étaient généreux !

Nous avons voyagé dans toute l'île et découvert des choses terribles. En dehors des grandes villes, on rencontrait des mineurs, ivres morts du matin au soir, qui faisaient la queue devant les vendeurs de vodka. Dans les régions d'extraction du pétrole, l'air était toujours pollué, sale, ça donnait envie de vomir, ça nous empêchait de respirer. Tout était sale. Tu sais, la boue de l'hiver, les routes sans asphalte, les égouts à découvert, vraiment désespérant.

L'aspect positif, c'était la nature, et le grand mystère des saumons qui remontent les fleuves pour aller mourir, ou se faire manger par les ours. Les saumons naissent, minuscules, dans les eaux en amont des fleuves, ils nagent vers la mer, où ils restent, que sais-je, trois ou quatre ans, puis retournent à leur fleuve. Mais comment font-ils, au bout de toutes ces années, pour retrouver l'embouchure du fleuve ? Ils reviennent pour déposer leurs œufs et pour y mourir. Et tout continue. Nous avons pris le bateau et remonté un de ces fleuves.

Des œufs de saumons, nous en mangions à la pelle. Excellents !

Puis, nous sommes allés tout à fait au nord de l'île. Là, j'ai eu une conversation très intéressante avec un communiste qui travaillait pour un journal soviétique important – le communisme n'était pas encore mort – et qui m'a posé la même question que toi tout à l'heure.

« Mais qu'est-ce qui vous intéresse ici ? »

Pour moi, c'était clair.

« Ce sont les vies qui m'intéressent. »

« Les vies gâchées ? »

« Oui. La tragédie humaine m'intéresse. »

Et il m'a dit : « Vous voulez vraiment voir ce qu'est la tragédie humaine ? Sakhaline est un paradis. Allez dans les Kouriles ! »

Ce fut grâce à cet homme que j'obtins mon visa, un an plus tard.

Je ne pouvais pas rêver mieux. Les îles Kouriles sont disséminées le long d'un immense bras de mer, ce sont les îles du bout du monde. Au-delà de ces îles, il n'y a rien, il y a la glace. On prenait un petit avion pour atteindre l'archipel : de là-haut, on voyait les volcans en ébullition juste à côté des glaciers. Une atmosphère de purgatoire, une région du monde où plus aucun visiteur n'allait car, pour les Soviétiques, ces îles étaient des territoires stratégiques. De là, avec leurs avions, ils contrôlaient tout l'espace aérien du Nord du Japon. C'étaient des territoires très sensibles, mais on m'avait autorisé à y aller parce que, je le répète, j'avais acquis cette… Ce n'était pas vraiment une réputation, mais enfin, ils avaient compris que j'étais quelqu'un qui ne jouait pas double jeu, que je n'étais pas un espion, que j'étais quelqu'un de sincèrement intéressé.

Il faut que tu comprennes qu'il y avait aussi des tas de choses qui me touchaient personnellement dans toute cette aventure. Staline avait ouvert les îles Kouriles aux jeunes Russes à l'époque de la grande montée vers le socialisme, en leur disant : « Vous voulez être à la frontière du socialisme ? Vous voulez construire le socialisme là où il n'y a rien, rien qu'une terre aride ? » Ils étaient partis par milliers. Ils étaient partis, et avaient d'abord vécu dans des trous creusés dans la glace, avant de construire des cabanes avec des troncs d'arbres – ces cabanes existent toujours, ces cabanes sales, avec l'odeur du lard quand on entre –, et des villes qui ne sont pas des villes, qui sont des champs avec des réverbères tordus et, çà et là, une petite maison branlante avec un tas de bois amassé tout autour, exactement comme le tas de bois que tu as amassé autour de ta maison, hier.

Pourtant, il y avait quelque chose de profondément émouvant dans toute cette histoire. Les gens ! Des gens qui avaient vécu dans ces îles peut-être presque trente ans. Certains, bien sûr, se sentaient prisonniers. Mais, pour beaucoup d'entre eux, la conviction qu'ils étaient en train de construire quelque chose de nouveau – c'était aussi mon vieux rêve, tu te souviens – était encore très forte, on le sentait quand on parlait avec eux. Ils nous invitaient à dîner, ils étaient pleins de gentillesse. On était accueillis dans les maisons, on pouvait y loger si on voulait. Ils avaient le sentiment que le monde pouvait vraiment être socialiste, le même monde pour tous, qu'on pouvait le partager avec les autres. Ils y avaient cru, ils y avaient cru.

Ils étaient « la frontière », les héros, car, en même temps, tout était propagande et rhétorique. Ils travaillaient dans les *kombinat*, ces usines qui préparaient le poisson pour l'Union soviétique. Les bateaux de pêche arrivaient – la mer est très poissonneuse dans ces régions – et les poissons étaient sélectionnés dans les *kombinat*, puis mis en boîte ou congelés. C'était ce qu'ils donnaient à l'Union soviétique, c'était leur contribution. En échange, l'Union soviétique devait leur donner tout le reste, car, sur ces îles arides, Folco, sur ces rochers, il ne poussait évidemment pas de blé, il ne poussait évidemment pas de coton pour confectionner des caleçons. L'Union soviétique devait leur envoyer toutes ces choses. Malheureusement, elle ne le faisait pas régulièrement ; malheureusement, ils avaient été oubliés. Mais ils résistaient, ils résistaient.

J'ai été ému de voir ces jeunes qui avaient vieilli au nom d'un idéal pour lequel ils avaient travaillé comme des dingues, et qui étaient devenus énormes – tu sais, cette graisse flasque, pas très saine, les femmes avec des paquets de graisse sous les coudes –, mais tous, sans exception, avaient de merveilleux sourires métalliques. Leurs dents avaient été refaites : elles n'étaient ni en céramique, ni en or, ni en argent, mais en fer ! Ils riaient avec leur dentier en fer. Je les trouvais pathétiques, mais je les aimais vraiment.

Là-bas, je retrouvais de nouveau toute mon histoire, parce que, si tu te souviens bien, mon père avait été communiste. Il n'a jamais été un grand militant, ni même un membre des équipes qui attaquaient pendant la guerre. Mais il y croyait, il croyait au rêve d'une société plus juste. Et je ne pourrai jamais oublier le slogan qu'ils répétaient, lui et ses amis, à l'époque, un peu plus rude, de l'après-guerre : « Le Moustachu viendra ! », Staline viendra mettre de l'ordre. Et moi, qui avais entendu tous ces discours dans mon enfance, maintenant, je voyais que Staline était chez lui dans les îles Kouriles. Il y avait quelque chose qui me frappait dans toute cette histoire.

Tu sais, mon père n'a jamais été ce qu'on pourrait appeler un héros. C'était un homme normal, raisonnable. Mais je me souviens d'un épisode qui m'avait beaucoup frappé et qui montre que, lui aussi, il avait eu un moment de courage. À la fin de la guerre, les communistes avaient dû remettre leurs armes au nouveau gouvernement, mais certaines cellules, dont celle de mon père, avaient décidé de ne pas le faire.

FOLCO : Grand-père appartenait à une cellule communiste ?

TIZIANO : Oui, attends, je vais te raconter. Ils avaient des armes et ils avaient décidé de ne pas les rendre, car elles pouvaient leur être utiles. Ils les avaient enveloppées dans du papier huilé – je m'en souviens –, puis ils avaient fait de grands trous dans les murs où ils les avaient cachées. J'entendais de temps en temps cette phrase récurrente : « Un jour, on cassera les murs ! » Et le jour où Togliatti a été visé par un attentat, ils pensèrent très sérieusement à casser les murs. L'Italie a failli glisser dans la guerre civile.

Mais, heureusement, ils n'ont jamais ouvert les murs.

À l'âge adulte, lorsque je suis devenu journaliste, je suis allé dans un monde dont mon père, au fond, avait rêvé. Il était plein de bonne volonté, il y croyait. Si, dans les années 1930, lorsqu'il était jeune, il avait dû aller dans les îles Kouriles, il y serait allé, il aurait été travailler dans un *kombinat*. Ah, ce n'est pas un hasard si j'ai dédié mon livre *Buonanotte, signor Lenin*[1] : « À mon père, qui rêvait. » Il avait un rêve simpliste, il avait un rêve qui était un cauchemar, mais on ne peut sous-estimer tout ce qu'il avait mis dans son rêve : cette somme de dévouement humain et de chaleur, et cette volonté de construire quelque chose de nouveau.

Finalement, il me reste de ce voyage, de tous mes allers et retours en Union soviétique, quelques images qui resteront à jamais gravées dans mon esprit. Les hommes et les femmes des îles Kouriles avec leur sourire métallique et, encore plus impressionnants, les

---

1. Tiziano Terzani, *Buonanotte, signor Lenin* [*Bonne nuit, monsieur Lénine*], Longanesi, 1992.

retraités des *kombinat* et les rescapés de la Seconde Guerre mondiale qui, à Stalingrad, avaient survécu à l'horreur la plus inimaginable. C'est important de le répéter chaque fois qu'on nous dit que les Américains nous ont sauvés du nazisme et du fascisme. C'est vrai, mais ce sont également ces vingt millions de morts soviétiques qui nous ont sauvés, car si les Soviétiques n'avaient pas arrêté les Allemands à Stalingrad, la victoire de l'Europe n'aurait pas été aussi facile. D'ailleurs, ce n'est pas un hasard si les Soviétiques ont pris Berlin.

On les voyait partout, en ex-URSS, ces anciens généraux, ces colonels avec leur veston couvert de médailles, tous ceux qui, à Stalingrad, avaient perdu un œil ou une jambe, et qui se retrouvaient maintenant sans un sou. On leur avait promis une retraite, mais depuis que l'économie avait changé, ils n'avaient même plus de quoi s'acheter des cigarettes. Ils traînaient dans les rues, transis de froids, en train de vendre leurs médailles. Et on veut nous parler de héros ?

Folco : Ils traînent encore dans les rues avec leurs médailles ?

Tiziano : Oui, toujours avec leurs médailles, toujours. Si tu entres dans un magasin où on vend du pain, si tu as une médaille, tu passes avant les autres et, dans le tram, on t'offre une place assise. La médaille symbolise la contribution que tu as apportée à l'Union soviétique, la médaille est extrêmement importante. En Russie, les héros existent. On les voyait, assis avec leurs médailles, sur les bancs des petits squares de merde, sur la place du Communisme ou dans la rue Lénine, gros, pauvres, sales, et, au-dessus d'eux, les énormes monuments dédiés à l'avenir du socialisme, avec ces corps musclés qui se lancent en avant. Les gens en étaient là, Folco, et j'ai eu beaucoup de compassion pour eux.

FOLCO : Des vies gâchées ?

TIZIANO : Des vies gâchées. Tu sais, il y a une période héroïque dans les événements historiques : la révolution vietnamienne à son début, la révolution chinoise. Et puis, l'héroïsme devient le quotidien, il faut faire la queue pour un peu de bois, la queue pour acheter du pain. Ensuite, le pain devient une denrée chère, et on doit vendre ses propres chaises pour pouvoir en acheter. Le socialisme est une grande déception, une très grande déception.

FOLCO : « Socialisme » et « communisme » sont devenus presque des gros mots. Quelle est l'essence de ce rêve à laquelle on pourrait encore s'identifier, au lieu de le repousser sans même y réfléchir ?

TIZIANO : L'idée du socialisme était simple : créer une société dans laquelle il n'y aurait pas de patrons pour contrôler les moyens de production, moyens avec lesquels ils réduisent le peuple en esclavage. Si tu as une usine et que tu en es le patron absolu, tu peux licencier et embaucher à ta guise, tu peux même embaucher des enfants de douze ans et les faire travailler. Il est clair que tu engranges un profit énorme, qui n'est pas dû uniquement à ton travail, mais également au travail de ces personnes-là. Alors, si les travailleurs participent déjà à l'effort de production, pourquoi ne pas les laisser coposséder l'usine ?

La société est pleine d'injustices. On regarde autour de soi et on se dit : mais comment, il n'est pas possible de résoudre ces injustices ?

Je m'explique. Quelqu'un a une entreprise agricole en amont d'un fleuve avec beaucoup d'eau. Il peut construire une digue pour empêcher que l'eau aille jusqu'au paysan dans la vallée, mais ce n'est pas juste. Ne peut-il pas, au contraire, trouver un accord pour que toute cette eau arrive également chez celui qui se trouve en bas ? Le socialisme, c'est l'idée d'une société dans laquelle personne n'exploite le travail de l'autre. Chacun fait son devoir et, de tout ce qui a été fait en commun, chacun prend ce dont il a besoin. Cela signifie qu'il vit en fonction de ce dont il a besoin, qu'il n'accumule pas, car l'accumulation enlève quelque chose aux autres et ne sert à rien. Regarde, aujourd'hui, tous ces gens richissimes, même en Italie ! Toute cette accumulation, à quoi sert-elle ? Elle sert aux gens riches. Elle leur sert à se construire un yacht, une gigantesque villa à la mer. Souvent, tout cet argent n'est même pas recyclé dans le système qui produit du travail. Il y a quelque chose qui ne tourne pas rond. C'est de là qu'est née l'idée du socialisme.

FOLCO : Et le communisme ? Quelle est la différence entre le socialisme et le communisme ?

TIZIANO : Le communisme a essayé d'institutionnaliser l'aspiration socialiste, en créant – on croit toujours que c'est la solution – des institutions et des organismes de contrôle. Dès cet instant, le socialisme a disparu, parce que le socialisme a un fond anarchiste. Lorsqu'on commence à mettre en place une police qui contrôle combien de pain tu manges, qui oblige tout le monde à aller au travail à huit heures, et qui envoie au goulag ceux qui n'y vont pas, alors c'est fini.

Toute idée, dès lors qu'elle s'institutionnalise, se gangrène et meurt. C'est le cas des religions. Les religions, au moment où elles naissent, sont mues par de grandes aspirations. Il y a un prophète, il y a des disciples, il y a le sentiment d'une immense découverte et un climat d'euphorie. Puis, quelqu'un arrive et dit : « Bon alors, l'Église, on va la faire comme ça. Ceux qui veulent y entrer vont mettre ce chapeau jaune… »

Je ris.

Non, mais c'est comme ça, c'est comme ça ! Et les religions perdent alors toute leur fraîcheur, toute leur originalité. À mon avis, l'idée du socialisme survivra à cette période d'égoïsme et de capitalisme. Car comment une société humaine peut-elle ne pas aspirer à un système où règnent la justice et l'égalité pour tous ? Elle doit le faire ! Si on y réfléchit, c'est un idéal qui plaît aux jeunes, c'est quelque chose de très amusant, et il existe des modèles de toutes sortes. Pense aux kibboutz, pense au moment où Israël est devenu un État, où de jeunes juifs du monde entier sont partis travailler dans ce nouvel État, pour planter des arbres dans les déserts, pour y amener de l'eau. Ils n'y sont pas allés pour de l'argent, mais pour travailler tous ensemble, pour construire quelque chose en commun. Ce n'étaient pas de « sales communistes », ces jeunes, c'étaient des socialistes. Ce n'est que plus tard que le système des escrocs, qui recycle tout, s'est emparé de ces belles expériences et les a tuées. Un autre exemple : les anciennes communautés monastiques, où personne ne mangeait jamais plus qu'un autre. On peut dire que toutes les communautés monastiques du temps passé étaient socialistes : tout le monde travaillait ensemble aux champs.

FOLCO : C'est ce qui manque chez nous, d'après toi ?

TIZIANO : Chez nous, chacun pense à lui-même, chacun est obligé de penser à lui-même. Dans les îles Kouriles, il y avait au contraire, et depuis le début, l'idée qu'on pensait pour *nous*. Tu sais, ce n'est pas la même chose si l'État – tel que nous le voyons, nous – est un ennemi : si l'État est celui qui perçoit les impôts, si l'État est celui qui envoie les flics chez toi, si l'État est toujours considéré comme quelque chose de désagréable, d'antagoniste. Soit tu considères que l'État te demande toujours quelque chose ; soit, au contraire, tu considères que l'État est *ton* État, que l'État est à toi. Ce *kombinat* n'appartenait pas à Moscou, il leur appartenait, à tous ces gens des îles Kouriles. S'il ne marchait pas, ils le réparaient, sinon ils ne pouvaient pas mettre les poissons en boîte. Si tu y réfléchis, il y a quelque chose de profondément naturel dans cette façon de faire.

C'est dans cette tentative d'essayer de reconstruire une communauté où tout le monde travaillait ensemble dans les champs que se trouvait la grandeur de Mao. Réfléchis, nous en avons déjà parlé, Mao avait été jusqu'à dire – et c'est ce qui m'a fasciné – que les vraies incitations étaient les incitations morales. Pouvoir dire des choses pareilles ! Pouvoir dépouiller l'homme de son horrible matérialisme qui veut qu'il soit riche, etc., pour lui mettre dans l'esprit que le prix du travail, c'est l'incitation morale.

FOLCO : Qu'est-ce qu'une incitation morale ?

TIZIANO : Je suis quelqu'un de bien : tous les jours, je laboure un hectare de terre de plus que les autres et, le soir, à table, je suis loué par la communauté. On me donne une écharpe, ou un petit bouton rouge, et Terzani est un héros de la commune. L'incitation morale au lieu de l'incitation matérielle ! On aurait pu me dire : « Mon cher Terzani, tu as bien travaillé. Voici une belle barre de chocolat. » Mais non : un bouton rouge. Comment dire, l'homme qui vit ce genre d'expérience devrait être différent, non ?

Pourtant, dans le fond, bien qu'on doive admettre que ce sont de nobles sentiments et de belles valeurs, au fond du fond du fond, il y a en l'homme ce besoin d'une absolue liberté. Et l'absolue liberté conduit au capitalisme, à l'accumulation.

FOLCO : Papa, revenons aux îles Kouriles, je voulais te poser une dernière question.

TIZIANO : Tout ce que tu veux.

FOLCO : Que t'est-il resté de ce voyage ?

TIZIANO : De la chaleur humaine ! Dans cette tragédie, il y avait de la chaleur humaine. Les gens souriaient tous avec leur sourire de fer, dans ce navire qui allait faire naufrage, alors qu'ils savaient pourtant qu'ils lui avaient consacré toute leur vie.

FOLCO : Et eux-mêmes, avaient-ils le sentiment d'avoir gâché leur vie ?

TIZIANO : Oui, bien sûr. Mais ils restaient généreux. Tiens, quand je suis arrivé à Juzno-Sakhalinsk, par une nuit d'hiver, tout était gelé, gelé, gelé, j'ai glissé dans la rue, je suis tombé par terre et je me suis cassé un bras. Plus exactement, je me suis cassé le poignet : ma main était ballante, comme s'il y avait deux morceaux. Merde ! J'étais très embêté parce que je devais repartir le lendemain pour les îles Kouriles. Et tu vois, je vais te montrer un autre aspect positif de l'Union soviétique. On m'a emmené à l'hôpital de Sakhaline – un hôpital militaire, évidemment, car tout était un peu sous le contrôle des militaires là-bas. Le médecin était coréen, l'infirmière était une grosse dondon russe, tous les deux adorables. Ils dévêtirent mon bras et regardèrent la blessure, je crois qu'ils ne m'ont même pas fait passer de radio. Mais au lieu de ça…

Il rit.

… la femme s'est assise sur une chaise, moi, je me suis assis sur ses cuisses. Elle a enlacé ma taille, le médecin m'a pris la main et m'a dit : « Maintenant, tiens bon ! » La femme tirait en arrière, le médecin poussait en avant – je hurlais à mourir –, et ils ont remis le morceau en place. Puis, ils m'ont plâtré : jamais on ne m'a remis une fracture aussi bien.

Papa me montre la mobilité de son poignet.

FOLCO : Il bouge parfaitement ?

TIZIANO : Parfaitement. Et je n'ai rien payé. Puis, je suis allé acheter une bouteille de vodka que je leur ai apportée. De beaux rapports, tu comprends ? De beaux rapports, simples, humains.

Pendant trois semaines, lorsque j'étais sur les îles Kouriles, j'ai dû prendre des notes avec la main gauche. J'avais du mal à me déplacer à cause de mon sac. Ce n'était pas facile, tu sais. Mais un jour, alors que j'étais sur une de ces îles, sur une place pour la première fois ensoleillée, j'ai vu avancer vers moi d'un pas brusque une armoire à glace, un des ouvriers ou bûcherons dont je t'ai parlé. Devant moi, pourtant, il montra un grand sourire et me dit : « Si j'attrape celui qui t'a cassé le bras, je lui tords le cou ! » Je ne l'avais jamais vu de ma vie. Mais les rapports étaient comme ça, tu comprends ? Une petite place, trois pelés et un tondu, et ce gros bonhomme qui me dit : « Si j'attrape celui qui t'a cassé le bras, je lui tords le cou ! »

Nous rions.

J'adore ce genre d'histoires. Ce type de comportement, ça remplit ma journée.

FOLCO : En fin de compte, il y avait beaucoup plus d'humanité dans cette société en déroute que dans notre société de l'efficacité ?

TIZIANO : Beaucoup, beaucoup d'humanité. Et beaucoup, beaucoup de solidarité aussi, entre eux.

L'ORGANISATION

L'été approche. Derrière la maison, les bergers sont arrivés de la plaine avec leurs moutons. L'air exhale une agréable odeur d'étable et l'on entend le tintement des clochettes. Nous sommes assis à l'ombre de l'érable.

TIZIANO : Au cours de ma vie, je me suis souvent demandé quelle serait la solution à ce problème : l'humanité, je crois, tâtonne pour tenter de résoudre tout ce qui ne va pas.

Un jour, alors que je traversais le détroit de Malacca[1] en bateau, par une de ces belles soirées où l'on reste sur le pont en admirant le soleil couchant, je vis à l'horizon des dizaines de petites îles absolument splendides, et une idée amusante me passa par la tête : je me suis dit que la solution pourrait venir d'une conjuration de poètes. J'avais l'impression, en effet, que seule la poésie pourrait nous donner un regain d'espoir. J'aperçus tout au loin une île, minuscule, qui n'était indiquée sur aucune carte, mais j'imaginais que, sur cette île,

1. Le détroit de Malacca, long couloir maritime du Sud-Est de l'Asie situé entre la péninsule malaise et l'île indonésienne de Sumatra, est l'une des plus importantes voies de navigation au monde, avec un trafic équivalent à celui du canal de Suez. Il constitue l'une des principales voies de passage entre l'océan Indien et l'océan Pacifique, reliant quatre des pays les plus peuplés au monde : l'Inde, l'Indonésie, le Japon et la Chine.

vivait une génération de jeunes poètes qui attendaient le moment de prendre en main la destinée de la planète. J'avais le sentiment que la solution ne se trouvait ni dans les partis, ni dans les institutions, ni dans les églises, où tout le monde répète toujours la même chose ; sans compter qu'il n'y a plus, aujourd'hui, cette tension idéologique qui existait dans le passé.

C'est ce que je pensais jusqu'au jour où tu as dit une chose qui m'a frappé. Tu as dit que, lorsque tu vivais en Inde ou en Californie, mais également au cours de tes voyages, il t'arrivait de rencontrer des gens nouveaux, que tu n'avais jamais vus ; et que tu te rendais compte, en parlant avec eux, que, dans la langue qu'ils utilisaient, il y avait des mots récurrents qui vous liaient. Alors, tu as développé une idée que j'ai trouvée brillante : l'idée qu'il existe dans le monde ce que tu appelais l'Organisation.

Mais où as-tu trouvé ce nom ?

Folco : Je l'ai inventé.

Tiziano : Ce qui est intéressant, c'est que ce n'est pas une organisation. C'est tout ce qu'il y a de plus désorganisé, de plus informel et de plus inexistant ; et c'est ce qui relie, à travers des chemins singuliers, tout un ensemble de personnes qui partagent les mêmes idées, les mêmes intentions, les mêmes aspirations. Et ton idée, me semblait-il, coïncidait avec mon idée de la conjuration des poètes. Un geste, une façon de se serrer la main, une sorte de franc-maçonnerie mystique, notamment dans le monde des jeunes, où se trouvent, pourrait-on dire, de nouvelles voies, où l'on sent en tout cas passer dans l'air un vent nouveau.

L'Organisation est aussi une belle clé de lecture, car elle explique la fin du politique : elle montre que la politique ne répond plus aux problèmes actuels, et qu'on est en train de chercher de nouvelles solutions : la religion, la spiritualité, etc. C'est un fait, il n'y a plus de parti vers lequel on pourrait aller en disant : « Me voilà ! Je veux la carte du parti, je veux travailler avec vous. Dites-moi ce que je peux faire. Est-ce que je dois distribuer des tracts pour les prochaines élections ? » Ce type de situation n'existe plus. En revanche, on a le sentiment que tout le monde participe à une organisation mystérieuse, avec ses liens et ses chefs, qui rassemble des gens d'une même génération, des amis. Je trouve cette idée très belle, elle est liée à une vision positive du monde que j'ai envie de laisser aux jeunes.

Au moment de la parution des *Lettres contre la guerre*[1], j'ai voyagé dans toute l'Italie en pèlerinage pour la paix. Un jour, j'ai eu l'occasion de dire : « Bon, eh bien, la solution n'est pas loin. Mon fils l'appelle l'Organisation : il a l'impression d'en faire partie, en même temps que beaucoup d'autres gens. » J'ai été frappé de voir que c'était comme si j'ouvrais une vanne : beaucoup de personnes se reconnaissaient subitement dans cette idée. Le plus curieux, c'est que je me suis mis à recevoir des lettres. Je sortais de ces débats et je rencontrais des gens qui me glissaient un petit mot dans la poche en chuchotant : « Je fais moi aussi partie de l'Organisation ! »

C'était magnifique.

FOLCO : On se réveille un matin et on sent qu'on fait partie de cette organisation, sans savoir exactement de quoi il s'agit, sans savoir où se trouve sa base, sans savoir qui en fait partie. Il m'est arrivé de demander à quelqu'un que je rencontrais par hasard : « Et toi, tu fais partie de l'Organisation ? » La première personne à qui j'ai osé poser cette question m'a regardé, l'air de dire : « Et toi, tu es un crétin fini ? » Par la suite, cet homme est devenu l'un de mes meilleurs amis. Bref, c'est une

1. Voir note 2, p. 157.

question qu'on pose comme ça, sur le ton de la plaisanterie. On la comprend, ou on ne la comprend pas.

TIZIANO : C'est vrai. Il y a ce désir d'appartenir à quelque chose qui en vaut la peine. À quelque chose de grand.

FOLCO : Et qui exprime en même temps une volonté d'améliorer les choses, une volonté d'agir, et de faire ce qui est juste. C'est très difficile de sentir que chacun peut, seul, changer les choses. Tu comprends, à quoi ça sert de consommer moins et de ne pas faire de déchets si les autres font tout le contraire ? Ça semble un peu inutile, tu ne crois pas ? En revanche, si on crée un grand mouvement qui dit : « Allez, aujourd'hui, on y va ! », tout devient possible.

TIZIANO : On ne va pas aux réunions, on ne parle pas. On n'a pas besoin de parler, tout est instinctif. Il y a un fil qui nous lie pour qu'on revienne, ensemble, à ce qui est juste. Parce que ce qui est juste existe, et les gens le sentent. Les gens sentent où est le bien, où est le mal ; en qui on peut avoir confiance, en qui on ne peut pas avoir confiance. Les gens sentent ce qui est juste, ce qui est juste dans la vie de tous les jours ; ce qui en vaut la peine et ce qui n'en vaut pas la peine ; là où on peut se faire baiser par le système, et là où, au contraire, on peut s'en sortir.

FOLCO : Mais il faut presque que l'appel vienne de l'extérieur, et non d'une seule personne, il faut qu'on ne sache même pas d'où vient cet appel.

TIZIANO : Cet appel ne vient pas de la raison, mais de l'instinct. Tu le sens ? La raison déraisonne. Elle est arrivée au seuil de ses propres limites, on ne peut plus avoir confiance en elle. Réfléchis à ce que signifie le verbe « comprendre ». Réfléchis-y bien ! On ne comprend pas avec la raison. Il y a une façon de comprendre avec la raison qui reste à la surface des choses. Ce n'est que lorsqu'on fait soi-même l'expérience – une expérience intime, intuitive – de cette autre façon de comprendre que l'on comprend vraiment.

FOLCO : Comment ? Tu as des exemples ?

TIZIANO : Dans tous les domaines. Comment peut-on comprendre les relations humaines, la place qu'on occupe dans la vie et dans la société ? Avec la raison, on sait où l'on est, mais on ne *comprend* pas. La vraie compréhension est celle qui va au-delà de la raison et qui se fonde sur l'instinct, sur le cœur. Ce cœur que nous avons oublié. Ce cœur qu'on considère comme une pièce qu'on enlève, qu'on remet, qu'on remplace par une pompe. Alors que c'est un instrument de compréhension absolument incroyable.

FOLCO : C'est drôle que des gens soient venus te dire : « Moi aussi, je fais partie de l'Organisation ! »

TIZIANO : Oui, comme si c'était une association clandestine.

Il rit.

Et ce qui me plaît, c'est que cette Organisation n'existe pas. C'est amusant, non ? Mais c'est une belle histoire, oui, je la trouve belle. Elle est le signe profond d'une aspiration et d'un espoir, l'espoir qu'il existe une solution quelque part ; elle montre qu'il existe un lien secret, qui n'est pas fondé sur des règles ; qu'il y a des gens qui n'ont pas renoncé aux idéaux, qui n'ont pas renoncé à quelque chose qui dépasse leur quotidien, et qui, soudainement, sentent qu'ils ne sont pas seuls. C'est le plus important. J'ai trouvé cette idée vraiment désopilante.

C'est dans ces signes minuscules que se trouvent les promesses d'un vent nouveau.

CONTES POUR ENFANTS

TIZIANO : Singapour, la Malaisie, l'Indonésie, Conrad, Kuching, Raja Brooke… C'était aussi ça qui me plaisait : tout le romantisme de l'Asie. Les voyages en bateau, l'esprit d'aventure, ce désir de partir à la découverte de quelque chose, le goût de « l'autre » qui, avanthier encore, était partout. C'était mon époque. Il n'y avait pas tous ces hôtels de luxe aux quatre coins du monde.

FOLCO : Quand nous étions petits, tu partais souvent, et puis tu revenais avec plein d'histoires et les valises remplies d'objets étranges. Je me souviens d'une fois où nous sommes allés te chercher sur le port de Singapour. Tu portais sur les épaules une grande statue peinte représentant un homme luttant avec un crocodile. Alors, tu nous as raconté que le crocodile était monté sur le bateau, et que l'homme – un Malais très costaud – l'avait étranglé avec ses mains.

Papa rit.

TIZIANO : Je revenais de Bornéo sur un de ces bateaux aux allures de vieux rafiots qui transportaient du bois. Ils étaient commandés par des capitaines anglais saouls du matin au soir, avec un équipage peu recommandable.

Et tu te souviens du jour où je suis revenu du Laos avec deux gros éléphants en terre cuite émaillée ? Il y en avait un blanc et un noir. Je vous avais raconté que c'étaient les statues de deux éléphants en chair et en os que je vous avais ramenés, le blanc pour toi, le noir pour Saskia ; mais comme ils étaient trop imposants pour vivre dans notre jardin, je vous avais dit que j'avais dû les placer au zoo. Si bien que nous allions les voir tous les dimanches matin.

FOLCO : Et nous, nous y avons cru pendant très longtemps ! Nous avions terriblement hâte de grandir pour pouvoir monter sur nos éléphants !

Et cette autre histoire – vraie ou fausse ? – de votre ami qui avait une maison à Bornéo ? La ligne de l'équateur passait juste au milieu de son jardin ; alors, dans l'obscurité et la chaleur lourde du soir, comme il n'avait rien d'autre à faire, il sortait de chez lui et allait pisser d'un côté et de l'autre de l'équateur.

Et puis, des années plus tard, lorsque j'étais plus grand, tu m'as emmené avec toi à la recherche de la cousine disparue.

TIZIANO : Ah, tout ce qu'on peut faire dans une vie ! Au lieu d'aller s'acheter une paire de chaussures, on peut partir à la recherche d'une cousine en Thaïlande. Cela nous permet de ne pas oublier, n'est-ce pas, que, même aujourd'hui, si on veut, on peut faire des choses intéressantes. Il ne s'agit pas de devenir un grand athlète, ni même un homme politique célèbre, mais de faire des choses intéressantes dans la vie, dans notre vie quotidienne.

FOLCO : Nous étions à Hong Kong, lorsque, une nuit, tu as reçu un coup de fil urgent.

TIZIANO : Non, ça ne s'est pas passé comme ça. Un jour – nous vivions à Hong Kong –, ta mère a reçu un coup de téléphone un peu angoissant de quelqu'un de sa famille : c'était un haut juge de la cour administrative allemande, qui appartenait à une de ces familles qui sont depuis des siècles au service de l'État et de la

Loi, et aux yeux duquel je m'étais taillé la réputation d'un aventurier connaissant bien l'Asie. Sa fille avait disparu. Ils avaient tout essayé, les ambassades, les filières habituelles, mais sans aucun résultat. C'était une jeune fille de dix-sept ans…

FOLCO : Seize ans. Elle avait deux ans de plus que moi.

TIZIANO : Elle était allée chez de la famille en Australie, et, au retour, l'avion avait fait escale en Malaisie, je crois. La jeune fille avait pris la décision soudaine de descendre de l'avion et s'était mise à voyager.

Elle avait envoyé une carte postale à ses parents. Puis, plus rien pendant des mois. Le juge était inquiet, il avait peur qu'il lui soit arrivé quelque chose. Tu sais, c'était une époque dangereuse, il y avait toutes sortes de trafics louches.

FOLCO : Elle aurait pu avoir été kidnappée : c'était une jeune fille et, en plus, elle était blonde. Je me souviens qu'on disait à l'époque qu'on kidnappait les jeunes filles et qu'on les emmenait en Arabie Saoudite, où elles finissaient dans un harem.

TIZIANO : Elle était parfaite, absolument charmante. Cette histoire m'a tout de suite fasciné. Et puis, j'avais envie d'aider la famille de ta mère.

Alors, nous leur avons demandé de nous envoyer cette fameuse carte postale et une photo récente de la jeune fille. J'ai pris deux semaines de vacances, je t'ai retiré de l'école – « Viens avec moi. Tu vas apprendre plein de choses et nous allons bien nous amuser ! » – et nous sommes partis en Thaïlande. Grâce au timbre de la carte postale, nous savions que nous devions la chercher en Thaïlande.

C'était le début de l'aventure. Nous sommes allés dans des bars et dans des endroits que je connaissais, là où allaient tous les voyageurs hippies. Nous montrions la photo de la jeune fille à tout le monde. Et on nous disait à chaque fois : « Ah, oui, oui ! Je l'ai vue par ici, je l'ai vue par là ! » Mais personne ne l'avait vue. Donc, nous nous sommes dit que nous allions faire en sens inverse le même chemin qu'elle…

FOLCO : L'histoire ne s'est pas passée de cette manière, c'était beaucoup mieux !

TIZIANO : Comment ça s'est passé ?

FOLCO : Nous allions de table en table avec la photo de la jeune fille, mais *personne* ne l'avait vue. Je me demandais comment on pouvait trouver quelqu'un qui était allé se perdre dans un pays, dans un continent ? C'était impossible, c'était comme chercher une aiguille dans une botte de foin !

Et puis, voilà, nous avons eu un coup de chance incroyable. Un garçon, en regardant la photo, nous a dit qu'il était certain de l'avoir vue, cette jeune fille blonde, dans le Nord de la Thaïlande, un soir, au crépuscule, sur la rive d'un fleuve, dans une robe blanche !

Le lendemain matin, nous avons pris l'avion pour Chiangmai.

TIZIANO : Bravo ! C'est tout à fait exact, tu as raison, c'est comme ça que ça s'est passé. Et, dès que nous sommes arrivés…

FOLCO : … nous avons demandé à un chauffeur de taxi de nous donner la liste de tous les petits hôtels pas chers de Chiangmai. Il y en avait une cinquantaine. Nous avons regardé dans le registre du premier hôtel et nous l'avons trouvée !

« Elle n'est pas dans sa chambre en ce moment », nous a dit le réceptionniste. Nous l'avons attendue dehors et, une demi-heure après, elle est arrivée.

TIZIANO : Elle était incroyablement surprise, choquée même que nous l'ayons découverte aussi facilement. Elle avait peur que nous la mettions dans un avion et la renvoyions chez elle le plus rapidement possible, tu te souviens ? Mais nous avons été très gentils avec elle. Je lui ai dit : « Tu veux vivre une aventure ? Viens ! »

Nous sommes allés voir un *mahut*, un conducteur d'éléphants…

FOLCO : C'est toi qui as négocié et conclu l'affaire. Nous avons loué trois éléphants, et cet éléphanteau adorable qui suivait sa mère. Puis nous sommes partis dans la jungle : je montais enfin sur un éléphant !

TIZIANO : Nous nous sommes promenés dans la jungle pendant deux ou trois jours. Je me souviens d'une nuit passée dans une cabane, et de cette cascade merveilleuse où nous nous sommes baignés avec les éléphants…

Mais comment s'est terminée cette histoire ?

FOLCO : Tu sais que je ne m'en souviens pas non plus ? Je crois que nous ne l'avons même pas mise dans un avion.

TIZIANO : Ah, si. Après, nous l'avons persuadée de rentrer chez elle.

FOLCO : Et finalement, cette jeune fille rebelle est retournée au lycée, a terminé ses études et s'est inscrite en médecine. Aujourd'hui, elle est médecin spécialiste des maladies tropicales.

TIZIANO : Je vois que tu t'en souviens bien.

Cette histoire nous enseigne une nouvelle fois à accepter les différences. Si on s'impose trop vite, si on impose ses petites règles – « Quel scandale, cette fille qui fugue ! » –, on abîme tout. Au contraire, si on lâche prise, si on a confiance, on permet à l'autre de trouver sa façon d'être… Soit dit en passant, la jeune fille n'avait fait aucune connerie. Tu sais, il y a toujours un risque, mais parfois, il faut pouvoir expérimenter, il faut pouvoir sortir des petits rails sur lesquels on nous a mis.

FOLCO : Et c'est ce qu'elle avait fait très courageusement. Combien je l'ai admirée, en secret ! Le plus drôle, c'est que lorsque nous lui avons raconté comment nous avions réussi à la trouver, elle nous a dit qu'elle n'avait jamais été sur la rive de ce fleuve, un soir, au crépuscule, en robe blanche !

LA CHANCE

TIZIANO : Inutile de jouer les enfants de chœur. Je n'ai pas été un saint. Et j'ai envie, aujourd'hui, de te parler de cette autre de mes grandes passions : le jeu.

On en revient à la question de l'argent, non ? Le casino est ce qu'il y a de mieux pour *dévaloriser* l'argent, pour donner à l'argent une valeur uniquement symbolique. Tu vas au casino, tu donnes mille dollars, et on te donne des jetons en plastique de toutes les couleurs qui ne valent rien. Et, dès que tu t'assieds à la table de jeu, ces jetons ne sont effectivement plus de l'argent. Mille dollars, bon Dieu ! Tu ne les jouerais pas, bien sûr… Mais ces jetons : boum !

FOLCO : Tu aimais le jeu. Mais pas seulement le casino, le poker aussi, n'est-ce pas ?

TIZIANO : Oui, je jouais au poker, mais c'était trop personnel. Le poker est un affrontement entre deux personnes qui essaient de se rouler l'une l'autre. Bien sûr, ce jeu me plaisait, mais ce n'était pas celui que je préférais. Mon jeu préféré, c'était le casino, parce que, au casino, on joue contre une entité anonyme.

Ce qui me fascinait, au casino, et ce à quoi j'ai consacré pas mal d'heures dans ma vie – oh, oui, pas mal d'heures –, c'était l'atmosphère, encore une fois. C'est un peu comme mon rapport à l'opium. Je n'allais évidemment pas jouer pour gagner de l'argent. Comme disait très justement la grande amie chinoise de ta mère : « Il y a deux sortes d'argent : l'argent vertical, qui vient du jeu, et l'argent horizontal, qu'on doit gagner. » Moi, j'allais jouer pour gagner de l'argent vertical.

FOLCO : En général, tu gagnais ou tu perdais ?

TIZIANO : Vu la façon dont je jouais, je finissais par égaliser les gains et les pertes. Mais ce que je gagnais, c'était le divertissement. La grande attraction du casino est entrée dans ma vie lorsque nous nous sommes installés à Hong Kong : il y avait ces milles nautiques devant nous, cette mer parsemée d'îles, que nous pouvions voir de notre maison, et, au loin, brillait le mirage de Macao, une ville séduisante, magnifique.

Macao. Toute l'aspiration occidentale à conquérir l'âme de la Chine se rassemblait dans cette ville. Les jésuites étaient passés par là. Tu te souviens, je t'y ai emmené. Je voulais que tu connaisses ces jésuites qui avaient étudié le chinois à Macao, pour pouvoir entrer en Chine ; puis, quand la Chine les avait mis dehors à coups de pied au cul, ils s'étaient réfugiés de nouveau à Macao, en rêvant à leurs paroisses perdues. Tu te souviens du vieux père Acquistapace qui finissait sa messe, le dimanche, en criant, depuis les portes de son église ouvertes sur la Chine : « Vade retro, Satana ! »

J'adorais Macao. Je viens de retrouver une lettre que j'ai écrite il y a quelques années à Saskia.

Il prend la lettre et la lit.

« Macao fait partie de ma vie. Pour moi, Macao est ce bonheur de vivre loin, le souvenir de vous, petits, sur le pousse-pousse, le long de la Praya Grande, les nuits sans sommeil passées devant les vieilles tables de jeu, ou ces nuits sereines dans la Pousada, où l'on dormait dans des lits aux sommiers défoncés, sentant l'histoire et le moisi… Qu'est-ce qu'une ville ? Des maisons, des lumières, des chemins qui se sont tracés, comme les lignes du destin dans la paume de la main, ou la mémoire des émotions qu'on a éprouvées ? L'imaginaire, peut-être, que le nom seul suscite avant même qu'on y soit allé ? Macao. Macao. »

FOLCO : C'est beau.

TIZIANO : Beau, non, pas vraiment, mais bon. Je lui écrivais parce que ça m'avait vraiment frappé.

Alors, qu'est-ce qui me plaisait tant ? Le fait de voyager, encore, ce sentiment de liberté, Folco. Acheter un billet aller, et monter, avec un billet retour dans la poche, sur l'hydroglisseur qui partait pour cette destination : chchch ! Je descendais sur l'embarcadère de Macao en même temps que tous les Chinois qui allaient essayer de regagner l'argent qu'ils avaient perdu la fois d'avant. On jouait des milliards, des usines entières ont été jouées sur les tables de Macao.

J'arrivais et je me faufilais dans une de ces bulles de savon : oui, ce qui est fascinant dans le casino, c'est que c'est une bulle de savon. On entre et on laisse le temps derrière soi. On ne sait pas s'il fait jour ou s'il fait nuit : on ne voit pas l'extérieur, il n'y a pas de fenêtres. On est constamment dans un autre temps.

Il y avait un casino que j'aimais beaucoup : c'était le plus vieux de tous, construit à la fin du XIXᵉ siècle, je crois, qui, ensuite, a été modernisé, puis détruit. Il se trouvait dans le centre du vieux Macao. On jouait à ce très vieux jeu de boutons, le *fantan*. Voilà en quoi il consiste : on répand une montagne de boutons blancs sur une table verte. Le croupier a un bol qu'il renverse au-dessus d'une partie des boutons. Puis, avec une longue baguette – tu sais, comme les baguettes pour manger le riz –, il sépare les boutons en groupes de quatre, jusqu'à ce qu'il reste sur la table un, deux, trois boutons, ou aucun. Et on parie sur le nombre de boutons qui restent. Ce qui est incroyable, c'est que, dès que le croupier soulevait le bol et étalait les boutons sur la table, les joueurs savaient déjà combien il en restait. « Trois ! » « Un ! » Ils le savaient aussitôt. C'était extraordinaire ! Mais, tu imagines, comment peut-on les compter alors qu'ils sont encore tous amoncelés ?

Ce qui était bien, dans ce casino, c'était qu'il avait deux étages. En bas, il y avait la table avec les boutons, et quelques joueurs tout autour. En haut, il y avait un type avec un panier en osier qui faisait descendre les mises de ceux qui pariaient au premier étage.

Folco : Ah bon ? Ceux d'en haut misaient sur le jeu d'en bas ?

Tiziano : Ils regardaient et ils misaient. Et il y avait un type qui faisait descendre le panier en osier et, en bas, le croupier le remplissait avec les mises, puis le renvoyait en haut.

Et tous les drames humains ! Grand Dieu, on a tout Balzac devant soi. Les jeunes maîtresses d'hommes âgés, les vieux industriels qui arrivent et parient des fortunes, comme je te le disais. Mais ce qui me fascinait, ce n'était pas tant le fait d'entrer dans le monde du jeu que la question de la chance et de la malchance. Tu t'assieds à une table de *fantan*, de baccara ou de black jack – je les aimais tous –, et tu joues, tu perds, tu gagnes, tu joues, tu perds, tu gagnes… Et puis, à un moment donné, tu commences à perdre sérieusement, très sérieusement, et il n'y a plus rien à faire. Tu doubles la mise, tu ajoutes de l'argent, mais il n'y a rien à faire. Les autres te regardent comme un pestiféré, parce que – surtout au baccara –, on joue tous ensemble en quelque sorte. Et si tu tiens bon, si tu as de l'argent, étrangement, soudain – paf ! –, tout se renverse. Et tu te remets à gagner. Tu gagnes, tu paries de nouveau et tu gagnes encore. Alors, tu es béni. Tout le monde s'assied à côté de toi, on te touche, tout le monde veut se mettre à jouer à ta place.

Je m'étais déjà dit que Papa, qui parlait souvent de la « chance » qu'il avait eue dans sa vie, avait étudié cette chance, ces vagues qui vont et qui viennent, devant les tables de jeu de Macao. Mais je n'aurais jamais imaginé que ces lieux avaient été tellement importants pour lui au point qu'il ait envie de m'en parler aujourd'hui.

TIZIANO : Tu comprends ce que je veux dire ? La chance tourne. Qu'est-ce que la chance ? Et pourtant, c'est comme ça. Il n'y a rien à faire. Il s'agit de tenir jusqu'à ce que la chance tourne de nouveau. Parfois, il est impossible de tenir car on n'a plus d'argent, mais seulement un billet de retour dans la poche.

Il m'est arrivé d'avoir épuisé tout mon argent, de sortir du casino, de remonter sur l'hydroglisseur, un peu déprimé – non pas parce que j'avais perdu de l'argent vertical, mais parce que je m'étais fait rouler par le milliardaire qui possédait le casino –, et de revenir à Hong Kong. J'appelais ta mère qui me disait :

« Ah, où es-tu ? »

« Je suis encore à Macao. Je reste un jour de plus. »

Mais, en réalité, je me faufilais dans la banque, je reprenais de l'argent, et puis – vroum ! – je reprenais l'hydroglisseur.

Il rit au point que sa voix devient très basse.

Et ta mère, de nouveau, si jamais elle m'avait dit : « Rentre tout de suite ! Mais qu'est-ce que tu fous ? » Parfois, je passais comme ça deux ou trois jours. Quatre jours, même.

FOLCO : Quand tu perdais, tu ne disais rien à personne, c'était comme si tu n'étais même pas parti. Mais quand tu gagnais…

TIZIANO : … je distribuais de l'argent à tout le monde dans la maison !

FOLCO : Un matin, nous nous sommes réveillés, Saskia et moi, et il y avait une ligne de billets de banque qui allait de nos chambres jusqu'en bas, tout au long des escaliers – un billet sur chaque marche –, et puis, dans le couloir, jusqu'à la chambre où vous dormiez. Nous avions l'impression d'être Hansel et Gretel en train de suivre les minuscules bouts de pain.

TIZIANO : Quand je gagnais, j'achetais aussitôt quelque chose. Une fois, je suis sorti du casino avec un gain de cinq mille dollars. Je les avais dans la poche, tous ces billets enroulés, des *patacas* de Macao.

J'aimais me promener dans Macao, j'adorais manger dans un endroit qui s'appelait Estrela do Mar : ce restaurant appartenait à un vieux marin portugais qui faisait du *bacalhão*, de la morue à la portugaise avec des olives. On dégustait cette spécialité en buvant du *vinho verde*. Ce jour-là, je suis allé dans ce restaurant avec mes sous dans la poche, lorsque j'ai entendu, venant d'une cour, des voix de personnes qui chantaient en travaillant. Des gens qui bavardaient et chantaient en même temps. Comme toujours, je me suis avancé, j'ai regardé, et j'ai vu qu'ils étaient en train d'ouvrir des caisses contenant des pièces de bois magnifiques, sculptées et laquées en rouge et or. J'ai tout de suite vu que c'était un lit, un de ces anciens lits à baldaquin, énormes, de Suzhou, que les pères offraient à leur fille quand elle se mariait, remplis de gages de fertilité.

Alors, j'ai dit, un peu pour plaisanter : « Mais qu'est-ce que vous faites ? »

« Ah », me dit un des types, « vous voyez, ce lit vient d'arriver, nous sommes en train de le déballer, après, nous le remonterons ».

« Vous le vendez ? »

Les types me regardèrent avec l'air de dire : « C'est qui celui-là ? »

« Combien en voulez-vous ? »

« Cinq mille dollars. »

Ce lit me semblait destiné. « Je l'achète. »

Et voilà, aujourd'hui, j'ai mon lit chinois. Il est superbe, c'est comme une pièce à lui tout seul, avec toute son atmosphère. Tu sais, la joie de posséder un aussi bel objet ? Un jour, ton fils dormira dans ce lit.

CHASSE AU TRÉSOR

TIZIANO : Les Philippines ont été mon ancre de salut lorsque nous vivions au Japon. De tous les Asiatiques, les Philippins sont les plus humains. Ils vivent dans un monde de rêve, ils ne parlent que par hyperboles.

Tu entres dans un hôtel, tu demandes : « Je voudrais une suite de qualité, s'il vous plaît. »

« *Presidential* ? »

Tu montes dans la chambre, tu veux allumer la lumière, mais il n'y a pas d'ampoule. Tu appelles la réception.

« Il n'y a pas d'ampoule, merde ! »

« Je vous envoie tout de suite le technicien. »

Et puis, écoute-moi ça, c'est génial : il n'y a que l'imagination des Philippins qui pouvait inventer une chose pareille. Le soir, au moment du crépuscule, surtout le dimanche, le long de Rojas Boulevard et au Rizal Park, il y a des stands où ils font rôtir des pattes de poulet. Et tu sais comment ils les appellent ? Adidas !

Il rit.

Une fois, je t'ai emmené avec moi aux Philippines.

FOLCO : Pourquoi as-tu voulu m'y emmener ?

TIZIANO : Je voulais que tu voies quel métier je faisais. Je ne voulais pas que tu deviennes journaliste, surtout pas ; mais je voulais que tu comprennes comment ton père – qui était toujours en vadrouille – passait son temps. Oui, il était journaliste. Mais comment, où, selon quels critères ? C'est pour ça que je t'ai emmené avec moi si souvent, toujours dans des circonstances catastrophiques, d'ailleurs.

FOLCO : Je dois dire que, cette fois-là, nous en avons vu de toutes les couleurs. Cela semble impossible qu'on ait vu autant de choses en deux ou trois semaines seulement. Nous avons rencontré les escadrons de la mort du colonel Kalida, j'ai fait semblant d'être un malade des sorciers-guérisseurs ; et, à la fin, nous sommes partis à la recherche du trésor de Yamashita.

TIZIANO : Et le coup d'État.

FOLCO : Ah oui, le coup d'État. Je l'avais oublié.

TIZIANO : Tu l'as oublié parce que, ce matin-là, tu dormais. Tu étais apathique, indifférent, tu te foutais de tout. Je ne pourrai certainement pas oublier ce matin-là, à l'aube – nous étions au Manila Hotel et, la veille, le bruit courait déjà qu'il allait se passer quelque chose de grave –, lorsque nous avons reçu le coup de fil dramatique de Sandro Tucci, un vieux photographe : « Dehors, sortez sans attendre. C'est un coup d'État. Il y a des tanks dans les rues, la ville est assiégée ! »

Bon sang ! Je suis sorti à toute allure, sans même me raser. Et toi, tu étais toujours au lit. Je te disais : « Allez, on y va ! » Mais tu dormais, tu n'en avais rien à foutre du coup d'État à Manille.

FOLCO : C'était vraiment un coup d'État ?

TIZIANO : Oui, les rues étaient désertes. Il n'y avait plus que les barrages de ceux qui s'étaient mutinés. Puis, il ne s'est plus rien passé, comme après chaque coup d'État aux Philippines. Il y en avait un toutes les deux semaines.

Après, tu t'es intéressé à certains événements, ceux dans lesquels tu te reconnaissais, naturellement. Lorsque tu as vu des jeunes de ton âge avec des M-16 qui allaient se faire tuer, et des personnages romanesques comme le colonel Kalida – personnages de romans d'horreur, en réalité –, là, tu t'es mis à t'intéresser à ce qui se passait.

Je ne me souviens pas bien des coulisses de toute cette affaire. Mais il y avait les guérilleros communistes, la NPA, qui étaient puissants dans la zone où nous nous trouvions ; et, sur l'autre front se trouvaient des militaires qui avaient créé des escadrons de la mort privés, pour éliminer les guérilleros.

FOLCO : Oui. Dans l'avion pour aller à Manille, nous avons vu à la une du journal philippin la photo d'un paramilitaire qui tenait dans la main la tête coupée d'un guérillero communiste. Nous allions au-devant d'une situation atroce ! Après, nous l'avons rencontré pour de vrai, le colonel Kalida : il organisait ses bandes armées en prenant comme modèle le personnage de Rambo, dont une grande photo trônait dans son bureau.

TIZIANO : Et il y avait ce bossu, chez Kalida, tu t'en souviens ? Il commandait une escadrille d'ignobles assassins qui tuaient tout le monde. Le Bossu ! Ah, là, j'ai vu ta curiosité s'éveiller. Parmi eux, il y avait un jeune homme, beau et très intelligent par ailleurs, qui avait fait des études et était devenu guérillero, entre autres, pour des raisons culturelles. C'était comme ça à cette époque. Là, j'ai vu que tu t'intéressais à ce qui se passait parce que tu t'identifiais à ce jeune homme, tu te comparais à lui : toi qui avais été élevé dans du coton, qui étudiais à Cambridge, et lui qui, bon sang, se levait tous les jours et, tous les jours, risquait de recevoir une balle dans la tête, ou d'en envoyer une dans la tête de quelqu'un.

FOLCO : Il m'avait dit qu'il avait tué dix-huit personnes. Il avait mon âge et il avait tué dix-huit personnes : je me souviens du chiffre exact. J'étais curieux de savoir si on pouvait lire ces actes dans ses yeux.

TIZIANO : Ça, ça t'intéressait.

FOLCO : Quelques années plus tard, le colonel Kalida a été tué dans un guet-apens tendu par des guérilleros communistes.

TIZIANO : Je ne m'en souviens pas. Ah, oui, je crois, ça s'est certainement passé comme ça. Comme je te le disais, je ne voulais pas que tu deviennes journaliste, mais je voulais que tu comprennes ce que je faisais.

FOLCO : La partie du voyage que j'ai trouvée la plus absurde, et la plus amusante, c'est lorsque nous sommes partis à la recherche du trésor de Yamashita. Comment ? Il existe encore des gens qui font la chasse au trésor ? Mais ce qu'il y avait d'intéressant, c'était que cette chasse avait un fondement historique, n'est-ce pas ?

TIZIANO : L'histoire du trésor de Yamashita est très simple. Pendant la Seconde Guerre mondiale, les Japonais attaquèrent Singapour en prenant les Anglais par surprise : ils étaient arrivés là où se trouvaient les culasses des canons britanniques, et non leurs bouches, car les Anglais pensaient que l'attaque viendrait de la mer. Mais les Japonais, qui étaient très malins, étaient arrivés à pied, par-derrière, après avoir traversé la Malaisie, et – paf ! – ils les avaient bien eus.

En Malaisie, en Thaïlande, et surtout à Singapour, il y avait de nombreuses communautés de Chinois : des Chinois riches, qui avaient toutes leurs économies en or. Vers la fin de la guerre, les commandants japonais, qui avaient pillé toutes ces communautés, rassemblèrent leur butin pour sauver leur propre empire ou, du moins, pour pouvoir continuer à faire la guerre grâce à ces fonds. Le général chargé de cette opération était le chef de toutes les troupes japonaises en Asie, Yamashita (plutôt quelqu'un de bien, paraît-il). Alors, quand les Anglais reprirent Singapour, Yamashita se réfugia aux Philippines, avec ses troupes et le fameux trésor. Il pensait qu'il pourrait ensuite retourner au Japon.

Mais les Américains revinrent aux Philippines et les Japonais furent pris au piège. Ils ne pouvaient plus repartir. Yamashita fut capturé et interrogé dans un Guantánamo de l'époque, pour qu'il dise, entre autres, où il avait caché ce foutu trésor.

FOLCO : Il n'a rien dit ?

TIZIANO : Rien. Il a été condamné à mort pour les crimes que ses troupes avaient commis, et a été pendu à un manguier – que nous sommes allés voir tous les deux –, en emportant avec lui le secret du trésor caché.

Le mythe était né.

Le premier qui est parti à sa recherche a été Marcos, le président des Philippines, dictateur et assassin qui, après la guerre, a trafiqué avec les uns et les autres. Bizarrement, des objets insolites firent leur apparition à Malacañan, la résidence du président : de vieux bouddhas dorés, etc., qui ne venaient pas des Philippines. Marcos a donc été soupçonné d'avoir trouvé le trésor. Mais il ne disait rien et l'utilisait pour ses affaires personnelles.

Puis, Reagan est arrivé au pouvoir aux États-Unis. Oliver North[1] avait besoin d'argent pour acheter les armes des « contras » du Nicaragua, et, très vite, le bruit se répandit qu'un général américain était arrivé aux Philippines avec une équipe de gens louches, dont certains se faisaient passer pour des ingénieurs des mines, à la recherche de ce fichu trésor.

---

1. Lieutenant-colonel du NSC (National Security Council) impliqué dans le scandale de l'Irangate et la vente d'armes aux « contras » du Nicaragua sous l'administration Reagan.

Ils se mirent au travail, creusèrent des trous par-ci, par-là ; ça s'est su car, aux Philippines, les gens parlent. Nous sommes arrivés juste au moment où cette bande cherchait le trésor dans plusieurs cavernes du Luzon.

Nous sommes donc partis tous les deux dans la jungle, tout contents, en sifflant de joie, à la recherche de l'endroit où ils creusaient, lorsque nous avons vu, soudain, surgir derrière les arbres un groupe de bandits, des types avec des fusils. Je t'ai dit : « Souris, Folco. » Nous nous sommes mis à rire, et nous nous sommes assis. Ils voulaient savoir qui nous étions, ce que nous faisions. C'étaient les gardes du corps de l'expédition qui creusait dans les mystérieuses cavernes.

FOLCO : Ils nous ont barré la route. Nous n'avons pas pu aller plus loin. Si bien que nous ne savons toujours pas si le trésor a été trouvé ou non.

TIZIANO : Peut-être qu'il n'existe même pas, va savoir. Mais la chasse était belle !

FOLCO : Et toutes les histoires qui tournaient autour. Tu te souviens de l'histoire de l'usine japonaise ? Une entreprise japonaise était arrivée et s'était mise à construire une usine de baguettes en bois, soi-disant. Pendant sa construction, personne ne pouvait y entrer. Mais, trois mois plus tard, lorsque l'usine fut terminée, les Japonais repartirent brutalement. Les Philippins, curieux, entrèrent pour voir ce qu'il y avait à l'intérieur : mais il n'y avait rien. Il n'y avait qu'un énorme trou dans la terre !

TIZIANO : Magnifique, cette histoire de l'usine, je l'avais oubliée. Peut-être n'ont-ils rien trouvé. Mais peut-être ont-ils trouvé quelque chose. On dit que quelqu'un a découvert le trésor, mais pas en totalité car Yamashita l'avait probablement partagé.

FOLCO : C'est amusant.

TIZIANO : Il y est toujours, vous pouvez encore aller le chercher !

FOLCO : Et toi, tu espérais vraiment pouvoir trouver le trésor ?

TIZIANO : Bien sûr que non ! Voyons, Folco, entre se faire dorer le nombril à Saint-Tropez pendant cinq jours et aller à la recherche du trésor de Yamashita, que choisis-tu ? C'est élémentaire !

LA CHUTE

TIZIANO : La révolution pacifique qui a eu lieu aux Philippines en 1986 a été un événement extraordinaire. Elle a marqué, sans aucun combat, la fin de la dictature de Marcos, qui avait été pendant de longues années l'une des plus horribles dictatures d'Asie : ce bandit avait commis des crimes épouvantables, des tas de gens avaient été tués ou étaient portés disparus. *People's Power*, le Pouvoir du Peuple ! Les rues étaient remplies de gens, les sœurs priaient ; puis, le peuple a envahi le palais de Malacañan, et les soldats de garde ont pris leurs cliques et leurs claques. Sur qui allaient-ils tirer, sur les sœurs ?

À cet instant – tu me demandais de te parler de l'Histoire –, oui, à cet instant précis, j'ai senti le souffle de l'Histoire. Le peuple envahissait le palais qui symbolisait le pouvoir et tout ce qu'il avait détesté. Les gens n'avaient rien, ils n'avaient pas d'armée. Mais lorsque Marcos a voulu envoyer ses tanks, les tanks se sont arrêtés. Ceux qui étaient dans les tanks étaient les frères de ceux qui étaient dans la rue. Ils n'allaient pas tirer, tout de même !

À ce moment-là, le peuple est entré dans le palais. Tout le monde avait les mains en l'air. Il y avait quelques lumières basses et on voyait sur les murs les ombres de toutes ces mains, des centaines, des milliers de mains.

C'était la fin de la dictature.

FOLCO : Et cette photo où l'on te voit avec plein de soutiens-gorge ?

TIZIANO : Eh bien, la révolution avait eu lieu, les portes avaient été grandes ouvertes, les gens entraient dans les appartements du président Marcos, qui venait de s'enfuir en hélicoptère. Les gens fouillaient partout, prenaient les affaires, entraient dans les salles de bain, chipaient sur son bureau des blocs-notes avec écrit dessus PRÉSIDENT DES PHILIPPINES.

Alors, moi aussi, je suis allé faire un tour dans ce grand palais. Au bout d'un moment, je suis tombé sur la chambre à coucher d'Imelda, l'épouse du président – les époux ne dormaient pas ensemble – et, là, nous avons trouvé ce trésor : des centaines de paires de chaussures, et tous ces soutiens-gorge qui débordaient des tiroirs.

Les gens les volaient. Moi, je me suis contenté de prendre cette photo en souvenir.

L'ORSIGNA

TIZIANO : Ouvre la porte.

> *J'ouvre largement la petite porte qui*
> *donne sur de grands châtaigniers.*

FOLCO : Il fait chaud.

TIZIANO : Ce n'est pas croyable comme on se sent bien ici. Tu sens ce bon feng shui ?

FOLCO : On se sent bien dans ta boîte en bois parce que tout y est rassemblé, les énergies ne se dispersent pas. Très peu de choses, peu de livres, même pas de place pour une table. De tous les beaux objets que tu as amassés, il ne reste presque plus rien. Tu n'as gardé qu'une seule statuette.

TIZIANO : J'ai fait ce que faisaient les anciens taoïstes. Après avoir accumulé tant de belles collections, je suis venu ici avec un seul objet : une copie moderne, à deux sous, d'un bronze tibétain. C'est Milarepa, le poète mystique du XIe siècle, qui écoute, une main sur l'oreille, les souffrances du monde. Je l'adore, je l'ai toujours avec moi. Je lui mets parfois une fleur, et cette petite touche de beauté enrichit ma vie. Elle me tient compagnie, je la regarde et je souris. Il ne m'en faut pas plus.

FOLCO : Il y a peu d'objets, mais tout est coloré, même les murs sont orange et violet.

TIZIANO : J'ai toujours aimé le violet. Un jour, je suis allé faire un test sur les couleurs, tu sais, une de ces cucuteries new age : ma prédilection pour le violet signifierait, d'après leur système, l'aspiration vers la spiritualité !

Il rit.

N'oublie pas que le violet est aussi la couleur du Tibet. Revois leurs maisons : misérables, sales, avec cette mauvaise odeur de beurre de yak, mais elles ont toutes un charme incroyable grâce aux couleurs choisies, aux objets, aux encadrements des fenêtres peints de toutes les couleurs.

Comme on se sent bien ici ! À Florence, il y a toujours quelqu'un qui passe, qui doit venir livrer un paquet. Ici, personne ne livre rien. Ici, je me sens mieux.

FOLCO : Comment as-tu découvert cet endroit ?

TIZIANO : C'est mon père – ton grand-père Gerardo – qui a découvert l'Orsigna. Il s'était inscrit à l'université populaire : rien à voir avec une université, c'était un club de randonnées. Le dimanche, ils prenaient le car et allaient se balader un peu partout. C'est dans les années 1920, pendant une de ces excursions – il était très jeune, et il était ouvrier –, qu'il découvrit pour la première fois cette vallée. Puis, il y est revenu pour skier… sans skis ! Il n'avait pas de skis, évidemment, mon papa : voyons, les skis étaient pour les messieurs ! Ils venaient ici, prenaient de grosses planches – tu sais, ces planches pointues des palissades –, se les attachaient aux pieds avec de la corde, puis ils prenaient deux bâtons et descendaient jusqu'en bas. C'était l'Abetone[1] des pauvres.

1. L'Abetone est la plus importante station de ski de l'Italie centrale.

C'est à ce moment-là que s'est tissé notre lien avec l'Orsigna. J'y suis arrivé lorsque j'avais cinq ans. J'étais souvent malade, j'avais les « ganglions », et la viande de cheval ne suffisait plus.

« Ce garçon a besoin de bon air, d'un air sain », avait dit le médecin.

Alors, ton grand-père a pensé à l'Orsigna. J'étais tellement excité à l'idée de partir que je n'en ai pas dormi de la nuit. Mon lit était à côté de celui de mes parents et, sur ma table de chevet, il y avait une lampe dont l'abat-jour en verre était cassé : c'était vraiment coupant. Alors – tu sais comment sont les enfants –, j'ai donné un coup dans la lampe pour l'éteindre et je me suis coupé avec l'abat-jour cassé sur toute cette longueur – regarde, j'ai encore la cicatrice –, si bien qu'à sept heures du matin, on a dû m'emmener aux urgences de l'hôpital Santa Maria Nuova où l'on m'a fait des points de suture. Et puis, de Florence, nous sommes partis avec un camion militaire.

Tu sais qu'en remontant de Pracchia vers la vallée de l'Orsigna, on arrive à un moment donné sur un pont. Près de ce pont se trouvait une petite niche avec une statue qui marquait la frontière entre les États pontificaux et le Grand-Duché de Toscane. La route s'arrêtait là. Nous sommes descendus du camion et, de là, nous avons marché le long d'un sentier muletier pour arriver finalement sur la place du village. Mon père connaissait des gens dans le village parce qu'il y était déjà allé plusieurs fois. Nous sommes donc allés chez un vieux monsieur qui s'appelait Cesare et qui était le patron de la *trattoria*. Nous avons été accueillis comme des proches et, depuis, cette relation est toujours restée.

En ce temps-là, il y avait encore beaucoup de gens à l'Orsigna. La guerre venait de se terminer et les hommes étaient bûcherons dans les montagnes de l'autre côté du fleuve. Ils faisaient des choses incroyables ! Ils attachaient un câble de fer à un arbre sur la montagne d'en face, puis ils portaient ce câble sur leurs épaules, traversaient le fleuve et l'amenaient de ce côté-ci ; ensuite, ils l'attachaient sur la place, le mettaient sous tension et, depuis l'autre versant, ils envoyaient les chargements de bois attachés à un crochet. Ces chargements arrivaient à une vitesse insensée et allaient battre contre une bâche. Parfois, ces dingues s'attachaient eux-mêmes sur le câble : je m'en souviens comme si c'était hier. Le soir, au lieu de refaire la route à pied, ils s'attachaient au câble et – vroum !!! – ils descendaient dans la vallée. Une fois, un des types ne fit pas attention au roulement entre deux chargements et finit écrasé sur la place.

C'était la vie du village.

La première fois, je suis resté un mois. Et, depuis lors, j'ai passé ici tous les étés de ma vie, exactement comme toi. J'étais un peu la victime de ma mère, qui ne me laissait aucune liberté à Florence. Alors l'Orsigna me permettait de m'évader loin d'elle. Ici, elle ne pouvait plus me tenir continuellement la main. Il suffisait de sortir et il y avait les sentiers, les montagnes, les grandes balades nocturnes pour voir le soleil se lever. Et la première chose que j'ai faite avec les tout premiers sous que j'ai gagnés, ce fut d'acheter un lopin de terre à Guidino, le poète du village, et ce lopin de terre, le voici. Nous avons suivi le plan simplissime de grand-mère Renate, et nous avons construit la première partie de la maison : une grande pièce, une chambre à coucher pour ta mère et moi, et une chambre pour les enfants qui n'étaient pas encore nés. Les pierres, nous sommes allés les chercher avec un mulet au bord du fleuve.

C'était le refuge que je cherchais, un refuge loin du monde.

Je te l'ai déjà dit, je n'ai jamais été un intellectuel. D'accord, j'étais très doué à l'école, j'apprenais des poèmes par cœur et j'étais le premier de la classe. Mais je ne comprenais pas un clou à la philosophie. Je ne me suis jamais senti à l'aise avec les intellectuels. Les idées m'intéressent, mais je m'aperçois que je n'ai jamais été extraordinairement intelligent ; au contraire, j'ai été influencé par ceux que je considérais comme plus intelligents que moi. Face à un problème, j'étais capable de le comprendre, de répondre par une, voire deux pirouettes ; mais d'autres que moi étaient capables de faire cinq ou six pirouettes. J'étais stupéfait. En grandissant, j'étais devenu un bel homme ; on m'adorait dans les cercles florentins. Piero Santi, Rosai, et même quelques grands écrivains, m'avaient pris en sympathie, parce que j'étais brillant, je sortais du lycée, je faisais des études. Mais ils me prenaient tous la tête.

Je ris.

Tu comprends ce que je veux dire ? Alors, ici, c'était ma deuxième patrie, une patrie qui a offert à ma vie – je m'en rends compte seulement maintenant – toute sa magie. Car cet endroit est mystérieux. C'est une vallée fermée qui ne va nulle part, avec un passé de grande pauvreté. Les gens vivaient dans des maisons en pierre, avec de minuscules fenêtres pour empêcher le froid d'entrer ; beaucoup de ces maisons n'avaient même pas de cheminée. L'homme qui nous a vendu ce terrain était quelqu'un d'extraordinaire. Il vivait avec sa femme – dont on disait que c'était une sorcière – dans une seule pièce aux murs noircis par la fumée.

Les gens vivaient ainsi. Ils vivaient de châtaignes, de champignons et du maïs qu'ils cultivaient. Mais ils étaient tous poètes. Tout d'abord parce que c'étaient des bergers, des gens qui restaient au sommet d'une montagne, un brin d'herbe au coin de la bouche, en train de regarder passer les troupeaux, et de penser à la vie, à Dieu, à la nature. Le dimanche, au village, ils chantaient une joute en rimes : j'adorais ça. Il y en avait un qui défendait la femme blonde, l'autre, la femme brune. « Si tu veux aimer la blonde, jamais tu n'entreras dans sa ronde. » Et l'autre lui répondait : « Mais la femme aux cheveux bruns te met dehors quand l'envie lui vient. » Des heures et des heures à chanter dans la rue et à boire du vin.

Ce sont les souvenirs de mon enfance. J'ai grandi dans ce monde, et je me rends compte aujourd'hui de l'immense valeur que cette base a eue pour moi. Pense à tous ces lieux de l'Orsigna chargés d'histoire : chaque crevasse, chaque vallée, chaque ravin, chaque torrent a son histoire magique. On se « sentait » partout dans cette vallée. Là, il y avait les sorcières, là, il y avait les ogres, il y avait là une humanité qui vivait des fruits de son imagination et non de la télévision, qui passait toutes ses veillées à raconter des histoires venues d'on ne sait où, transmises par ses grands-parents, ses arrière-grands-parents.

Il imite la voix du conteur.

C'était une nuit de sabbat. La neige tombait et le vent soufflait dans les bois. Dans la vieille maison des paysans du château, les femmes filaient près du feu. « Vous avez peur de tout », dit la plus jeune, « mais, moi, je ne crois pas aux sorcières ! » Et pour leur prouver sa bonne foi, elle sortit seule dans la nuit. Elle portait le « tablier » dans lequel elle gardait sa pelote de laine et son fuseau. Elle marcha pendant un certain temps et entra dans le bois sombre lorsque, soudain, elle sentit qu'on la tirait. Elle essaya de faire un pas, mais elle n'arrivait pas à avancer. Le lendemain matin, on la trouva raide morte. Le fuseau était tombé, s'était planté dans la neige. Lorsqu'elle s'était sentie tirée en arrière, elle avait pensé que c'était la main de la sorcière, et elle était morte de froid et de peur. Depuis ce jour-là, cet endroit s'appelle la Tombe. Il y a un endroit qui s'appelle Scaraventa[1] : un soir, un pochetron revenait du village et rentrait chez lui en jurant. Il marchait en titubant le long des sentiers, lorsqu'il fut assommé par un rocher qui le flanqua par terre.

J'étais fasciné par les histoires qu'ils racontaient, et qui mettaient de la vie dans la vallée. Là, tout était animé ; et lorsqu'on grandit dans un monde comme celui-là, on grandit dans un monde plus riche que celui dans lequel il n'y a que « les choses ».

C'est ce que je veux dire quand je dis que la vérité est derrière les faits. Oui, il y a un bois qui s'appelle la Tombe, il y avait une femme… Mais si on se met à penser, ou à ne pas penser, on commence à percevoir ce bois comme une entité vivante, avec sa propre histoire, et tout devient plus beau. Si on va en Inde ou au Tibet, chaque caillou est un dieu ; sur chaque pierre, on trouve une inscription. Et c'est ce que je dis également à propos de toute la vie. Les faits, ces maudits faits qui semblent être tout, mais qui ne sont rien, dissimulent tout. Ce qui est beau, c'est ce qui est derrière, tu ne crois pas ? Tu me diras : « Mais toutes ces histoires ne sont que des superstitions ! » Non, ce ne sont pas des superstitions, parce que chacune de ces histoires est le reflet d'une attitude humaine. Dans les grandes religions, comme l'hindouisme, il y a une multiplicité de personnages, chacun étant une représentation de Dieu, chacun étant une facette différente d'une seule réalité. Alors, pourquoi tout réduire à zéro ? C'est quelque chose qui me déplaît, oui, ça me déplaît vraiment.

1. La Dégringolade.

Je me souviens que, lorsque je suis arrivé au Tibet, j'avais été extrêmement frappé de voir que, là-bas, chaque pierre avait une histoire. Si on y va maintenant, on trouvera un supermarché. Et alors ? Ce qui m'angoisse réellement, c'est de voir combien, tout à fait intentionnellement, et le plus négligemment du monde, nous appauvrissons notre vie.

Un visage barbu et souriant se montre à la porte.

FOLCO : Regarde qui est là !

TIZIANO : Mario, tu es un amour ! Qu'as-tu apporté ?

MARIO : Des œufs, une petite salade, tendre comme tu l'aimes, et des fraises du potager, à peine cueillies.

Papa frappe dans ses mains.

Une chaleur, aujourd'hui. Cet air…

TIZIANO : Comment, cette chaleur ? C'est le paradis !

MARIO : Non, Tiziano, toi, tu es ici… Mais moi, là-bas, dans le champ en train de cueillir les fraises, regarde : je suis tout en sueur. J'étais en sueur jusqu'au cou. Tu sais, là-haut, dans le champ, le soleil tape fort. Écoute, ce panier, il faut que je le vide. Je vais chercher un petit bol pour les fraises.

FOLCO : Je vais t'aider.

MARIO : Non, j'y vais, j'y vais. Toi, reste ici.

Mario disparaît.

TIZIANO : Quelle belle personne.

Tu sais, les *rishi*, les grands sages indiens qui vivaient il y a plusieurs millénaires, n'avaient qu'un seul travail : ils restaient assis dans la nature, pour la regarder et penser au Soi. Alors, je trouve que c'est beau de finir mon voyage dans un endroit qui, à sa façon – tout à fait italienne, avec sa magie, je le répète –, a pensé à toutes ces choses. Ici aussi, tout provenait d'une véritable observation de la nature.

FOLCO : Tu sais, hier, en bêchant dans le potager avec Mario, j'ai compris qu'il était inutile de lire les philosophes allemands. Pour faire pousser des pommes de terre, il suffit de mettre une vieille pomme de terre dans le sol et de la laisser pourrir. C'est la mort de la vieille pomme de terre qui va faire naître de nouvelles pommes de terre. Le pourrissement sert d'engrais, si bien qu'à partir d'une seule pomme de terre, plein de pommes de terre vont pousser. C'est tout. Pas besoin d'en lire plus.

TIZIANO : La vieille pomme de terre s'immole, sa fin est... J'aime bien cette idée : on n'a pas besoin de lire les philosophes allemands !

FOLCO : C'est tellement évident quand on le fait. Pourquoi avoir besoin de théories sur ce genre de choses ? On l'a devant les yeux tous les jours.

TIZIANO : Si, de notre terrain, tu regardes cette merveilleuse vallée absolument intacte, tu comprendras qu'elle a été une base pour moi, qu'elle m'a aidé à atteindre ce que j'ai toujours cherché : un autre point de vue.

Pour moi, l'Orsigna, c'est tout cela. Et je suis heureux de disparaître ici, parce qu'il y a ici une âme que je sens, parce que, cette âme, je l'ai vécue. C'est mon Himalaya. Ici, en cet endroit où je suis venu lorsque j'étais enfant, j'ai senti la magie de la vie en général, et la magie de la nature. Avec l'arrivée de la modernité, la magie recule, mais elle demeure néanmoins dans les arbres, dans les forêts, dans les crépuscules lorsque le soleil glisse derrière la Pedata del Diavolo[1].

J'aimerais bien voir mes petits-enfants vivre dans un monde qui les surprendra, où, partout, ils pourront

---

1. Littéralement, l'Empreinte du Diable : partie de la montagne sans forêt, où rien ne pousse. On dit que le diable, en s'échappant de la vallée, y aurait laissé l'empreinte de son pied.

observer quelque chose avec émerveillement. Hier soir, j'ai vu la première luciole de la saison, et je suis resté là, à la regarder. Dans l'obscurité de la nuit, je la voyais faire « ti-ti-ti »… Cette joie qui m'a pris !

FOLCO : Où était-elle ?

TIZIANO : Là-bas, sur une pierre, tu sais, là où il y a cet arbuste disgracieux que nous devons tailler. Je me souviens de toutes les histoires de lucioles que mes parents me racontaient quand j'étais petit. Ils disaient que, si on en attrapait une et qu'on la mettait sous un verre, le lendemain matin, on trouvait une pièce de monnaie. C'étaient eux qui la mettaient, la pièce de monnaie, et mon monde s'enrichissait. Alors, pourquoi ne pas montrer les lucioles à mes petits-enfants pour qu'ils soient émerveillés devant la beauté du monde ?

Dans l'Himalaya, il y avait aussi des vers luisants. Tu sais, ces vers qui, la nuit, produisent une lumière verte comme celle d'un lampion. Ils sont incroyables. Ce ne serait pas une belle idée que de raconter à un enfant des contes sur les vers luisants ? Son monde s'animerait, tu ne crois pas ?

La nature s'animerait pour lui, sa vie s'enrichirait, il pourrait vivre ainsi dans plusieurs dimensions. Autre chose que la télévision et si-nous-allions-manger-une-bonne-petite-pizza ? C'est de là que sont nés tous les discours sur la violence. Chaque jour, la violence, nous nous l'infligeons nous-même. Il suffirait de dire : « Ça suffit ! », de prendre son enfant et de l'emmener, la nuit, voir les lucioles. C'est tout.

FOLCO : Où est notre erreur ? C'est difficile à dire.

TIZIANO : Ce que nous faisons est très simple : nous vivons notre vie en courant sans cesse, nos vies sont bourrées d'incitations, nous sommes sans cesse distraits par notre travail, par le téléphone, par la télévision, par les journaux, par tous ceux qui viennent nous voir. Nous courons sans cesse, sans cesse, nous ne nous arrêtons jamais. Qui s'accorde encore des espaces vides, du temps pour le silence ? Le soir, les parents donnent à manger à leurs enfants, puis ils les mettent un peu devant la télévision, et ensuite, au lit, parce qu'ils veulent voir un film, ou aller chez des amis. Ce serait tellement simple de dire : « Stop, on arrête tout. Ce soir, on va voir les lucioles ! »

Ce n'est pas si compliqué, ce n'est pas un engrenage, c'est nous qui nous mettons des bâtons dans les roues. Je comprends l'engrenage du consumérisme, qui est une machine qui nous phagocyte. Mais, dans ce cas, il n'y a aucune fatalité. C'est toi, c'est toi qui peux choisir d'aller à la pizzeria ou d'emmener ton fils voir les lucioles.

Honnêtement, Folco, ce monde est une merveille. Il n'y a rien à faire, c'est une merveille. Et si tu peux sentir que tu fais partie de cette merveille – je ne parle pas de toi, avec tes deux yeux et tes deux pieds ; non, je parle de Toi, de l'essence de ce que tu es –, si tu sens que tu es une partie de cette merveille, mais alors que veux-tu de plus, que veux-tu de plus ? Une voiture neuve ?

EN INDE

Je vais chercher Papa dans sa gompa.

FOLCO : Je suis là !

TIZIANO : Une heure pour me laver.

FOLCO : Je vais te faire ta piqûre. Tu penses vraiment avoir perdu trente kilos ?

TIZIANO : Eh oui, ça ne se voit pas ? Regarde ici, Folco, regarde ! Une cicatrice d'ici à là, et une autre en dessous. Regarde, je veux que tu voies ce corps pour que tu comprennes les métamorphoses d'un homme.

FOLCO : Ton estomac est énorme.

TIZIANO : Regarde la géométrie de mon corps : ici, c'est énorme…

FOLCO : … et sur tes bras, tu n'as plus que la peau sur les os.

TIZIANO : Regarde maintenant mes jambes. Et cette peau toute grise et toute sèche.

FOLCO : Comme la peau d'un serpent. Gangotri Baba avait la même peau que toi. Il disait qu'il avait bu trop de venin de cobra dans la jungle !

Je ris.

TIZIANO : Ils racontent ce qu'ils veulent. Mais tu comprends comment il est, mon corps ?

FOLCO : Cela t'ennuie ?

TIZIANO : Non, je ne m'identifie pas à mon corps, je ne me sens pas ce corps-là. Vraiment pas.

FOLCO : Tu as l'impression que ton corps vit sa vie ?

TIZIANO : Oui, il s'occupe de ses affaires.

FOLCO : Ce n'est plus ton corps ?

TIZIANO : Non, ce n'est plus mon corps. Je ne le sens vraiment plus comme mon corps.

FOLCO : Jusqu'à quand as-tu senti que c'était ton corps ?

TIZIANO : Eh bien, tu sais… Tu ne voudrais tout de même pas dire que toute ma vie s'est réduite à ce machin-là ?

Allez, accompagne-moi sous l'arbre et asseyons-nous. C'est merveilleux, je me sens si bien.

FOLCO : Ton esprit est tellement clair, alors que ton corps… Ça doit être étrange. Parfois, l'esprit s'en va avant le corps. Dans ton cas, c'est le contraire : ton esprit fonctionne, mais il n'arrive pas à s'identifier à ton corps, qui, lui, ne fonctionne pas.

TIZIANO : Il ne veut pas s'identifier.

FOLCO : C'était fatigant de te laver ?

TIZIANO : Une heure, Folco, une heure pour me laver les dents.

FOLCO : Les dents, les cheveux. Tu les laves tous les jours ?

TIZIANO : Oui. Et je me donne cent coups de peigne.

FOLCO : Pourquoi ? Pour qu'ils soient vigoureux ?

TIZIANO : Oui, et aussi pour éviter de me laisser trop aller. Sinon, je vais finir par me sentir comme un animal. C'est aussi pour cette raison que je ne veux plus voir personne, tu comprends ?

FOLCO : Pourtant, quand tu es habillé, on ne voit rien.

TIZIANO : Oui, mais, moi, je le sens. Tout se détraque. Tu te rends compte, je suis en train de perdre ma barbe, maintenant.

FOLCO : Mais tu en as une quantité industrielle !

TIZIANO : Folco, cette barbe de sept ans devrait m'arriver aux genoux !

FOLCO : Ça dépend. Les *sadhu* ne se coupent jamais les cheveux. Mais certains les ont jusqu'aux épaules, et d'autres ont les cheveux qui traînent par terre. Je suis sûr que mes cheveux ne traîneraient jamais par terre.

TIZIANO : Et si tu les coupes à la lune montante ?

Nous rions.

Bon, tu vas peut-être me donner cet appuie-dos. Je ne m'en sers jamais mais, parfois, il faut bien, quand j'ai mal au dos. Tu es prêt ?

FOLCO : Attends, je vais l'avancer un peu plus. C'est mieux ?

TIZIANO : Bon, Folco, allons-y. Parlons de quelque chose.

FOLCO : Tu veux commencer, ou c'est moi qui commence ?

TIZIANO : Je préfère que ce soit toi qui commences, tu le sais.

FOLCO : Bon, c'est moi qui commence. Il y a un sujet qui m'intrigue. Un jour, tu as pris une décision étrange : le jour de ton quarantième anniversaire, tu es parti en Inde. À cette époque, tu t'intéressais à la Chine, au communisme, au Vietnam et au Cambodge. Pourquoi donc ce voyage en Inde ?

TIZIANO : Je ne suis pas allé en Inde. Je vous ai tous emmenés en Inde. Pour moi, c'était important, c'était une cérémonie initiatique. Tu sais, il y a des choses dans la vie qu'on fait sans savoir très bien pourquoi on les fait. Ce n'est qu'après, quand on regarde sa vie comme un film qui défile, ou comme si on était en haut d'une montagne – j'aime bien cette image –, qu'on se retourne en arrière et qu'on voit tout le chemin qu'on a parcouru.

Nous étions en 1978, nous vivions encore à Hong Kong, nous nous apprêtions à aller en Chine. Ce que je faisais me passionnait, mais j'avais ce désir latent d'autre chose, de quelque chose d'autre que matériel. Et la politique chinoise – dans tous ses aspects, qui d'ailleurs me plaisaient –, c'était la matière.

Tu te souviens que j'avais eu deux mythes lorsque j'étais adolescent : Gandhi et Mao. Mao, je commençais franchement à en revenir. Gandhi, en revanche, restait encore un peu un mythe pour moi. Je parcourais des textes sur l'Inde, sans aller en profondeur, et je sentais qu'il y avait un souffle, un je-ne-sais-quoi que j'ai si souvent essayé de décrire par la suite : « Les amoureux de l'Inde le savent bien… » Il y avait quelque chose de différent. Oui, quand on arrive en Chine, tout est différent : ils sont jaunes, ils circulent à bicyclette, ils font tout différemment de nous. Mais, dans le fond, ils sont comme nous, ils nous ressemblent beaucoup. Les Indiens ne sont pas comme nous, absolument pas, que ce soit dans le sens positif ou dans le sens négatif. Tiens, tu te souviens quand nous avons logé dans ce bel Ashoka Hotel à Delhi : je le trouvais beau, avec ses structures en pierre rouge, comme la résidence du vice-roi que les Anglais avaient fait construire. Nous sommes sortis par la grande grille, et un sikh, avec son turban sur la tête, est venu vers toi et t'a dit : « Je vais te dire le nom de ton grand-père. »

FOLCO : J'étais soufflé. Il a ouvert une enveloppe fermée et en a sorti un bout de papier sur lequel était écrit « Gerardo ». Il y avait forcément un truc !

TIZIANO : Tu vois ? Les éléphants marchaient dans les rues. Ensuite, je vous ai emmenés voir la cité des singes abandonnée. À quelques kilomètres de Delhi se trouvait une ancienne cité, une vraie ville construite par des hommes : mais les hommes avaient été chassés par une énorme armée de singes qui s'était emparée de la cité. Nom de Dieu ! En Chine, ils les auraient déjà tous mangés, ces singes ! À côté de ce site se trouvait le village des charmeurs de serpents, le centre de charmeurs de serpents le plus important de toute l'Inde. Nous y avons passé un après-midi entier : on les regardait en train de gifler les cobras pour qu'ils se réveillent. Mais ce n'était pas ça l'essentiel. L'essentiel, c'était cet « autre » que je sentais, un « autre » encore plus autre que la Chine.

Le soir de mon anniversaire, je vous ai emmenés dîner au Moti Mahal, un restaurant dans le vieux Delhi, en plein air, dans une cour en terre battue. Sur une estrade en boue séchée, des musiciens indiens se sont mis à jouer – c'était la première fois que j'écoutais vraiment de la musique indienne – avec leurs tablas, et cet instrument, un harmonium, et il y avait une femme qui chantait merveilleusement bien. Et les sons de la musique se mêlaient au tambourinement des geckos et des grillons. Alors, je me suis levé et j'ai fait un discours. C'était le jour de mes quarante ans, j'étais à la moitié du chemin de ma vie, et j'ai dit que j'étais venu en Inde pour planter les graines de ma vie future. C'était pour cette raison que je vous avais tous emmenés en Inde, pour vous dire que c'était là que se trouvait mon avenir.

Il m'avait fallu du temps pour arriver là, seize ans, mais j'avais toujours rêvé de l'Inde. En effet, pendant le voyage d'*Un devin m'a dit*[1], on me disait souvent : « Tu vas déménager. Tu iras vivre dans un autre pays… » À Kentung, un devin m'avait annoncé : « Tu vas déménager dans l'année qui vient. » C'était impossible, impossible parce que *Der Spiegel* avait déjà un collaborateur indien à Delhi, et qu'il n'y avait pas de

1. Voir note 1, p. 301.

poste pour moi. Mais, peu de temps après, alors que je venais de terminer *Un devin m'a dit*, que j'avais écrit sur cette plage paradisiaque de Ban Phe, je suis allé à Hambourg au siège du *Spiegel*. Le rédacteur en chef m'a fait venir et m'a dit : « Terzani, nous savons que vous pensez à l'Inde depuis des années. Le poste s'est libéré. Vous voulez y aller ? »

Et paf ! J'étais en Inde.

Il me propose une tasse de thé.

Goûte ce thé, il est délicieux.

Mon arrivée s'est passée de manière curieuse. J'avais à peine posé le pied à Delhi que les journalistes du *Times of India* sont venus m'interviewer : ils voulaient savoir ce qui faisait qu'un homme qui avait mené une telle carrière journalistique – le Vietnam, la Chine, le Japon, tout de même – refusait d'être correspondant à Washington. D'ordinaire, ceux qui allaient en Inde, c'étaient des free lance, des jeunes qui voulaient faire leurs premières armes : s'ils y arrivaient, alors, ils devenaient journalistes. Moi, je faisais tout le contraire. J'avais atteint le sommet de ma carrière et j'allais en Inde.

D'ailleurs, lorsque l'ambassadeur italien a su que j'allais en Inde, il m'a regardé avec l'air de dire : « Ce n'est pourtant pas une promotion ! » Tu sais, pour cet homme qui pensait à sa carrière, c'était, comment dire, une disgrâce. Mais, moi, j'avais *choisi* l'Inde parce que je voulais y planter les racines d'une autre vie. Et c'est exactement de cette manière que ça s'est passé.

FOLCO : Il n'y avait pas de grande tradition journalistique, en Inde ?

TIZIANO : Non, il n'y en avait pas, en réalité. Mais l'Inde a été un tournant dans ma vie. Pendant plusieurs années, j'ai fait mon petit boulot, et puis j'ai perdu le fil. Enfin, j'ai perdu ce fil-là.

Tu te rends compte, l'Inde a été le seul pays où mes articles n'ont pas été publiés, à commencer par le premier que j'ai écrit là-bas. J'avais écrit un beau papier, à mes yeux, sur la recherche d'un logement à Delhi, avec tous les problèmes abracadabrantesques que cela entraîne, comme l'installation d'une ligne téléphonique, les relations avec la bureaucratie, la corruption. Je racontais toutes les péripéties que nous avions vécues en l'espace de trois ou quatre semaines, le temps de notre installation. Mon article n'a jamais été publié. Je voulais montrer que c'était une illusion de croire que l'Inde devenait une super-puissance économique en Asie. Mais, bon sang, ça ne marchait pas du tout, les Indiens ne pensent pas de cette manière !

Je sens battre mon cœur comme une grande presse : tou-toum-tou-toum-tou-toum.

Folco : Tu serais peut-être mieux sur une chaise, tu ne crois pas ?

Mais qu'attendaient-ils de toi, au *Spiegel* ?

Tiziano : Ils voulaient que je leur raconte l'Inde, tu sais, l'Inde qui s'ouvrait. Moi, j'arrivais dans l'Inde du boom, dans l'Inde de la grande expansion économique, dans l'Inde qui allait devenir le plus grand marché de l'avenir, avec la Chine. Et ils voulaient que je leur raconte tout ça. Ils auraient mieux fait de se taire ! Je n'en avais rien à foutre de l'Inde économique. Je suis allé à Bangalore, le plus grand centre des technologies informatiques, et je me suis enfui comme un voleur. Alors que le journal me suggérait d'écrire sur la modernisation de l'Inde, moi, je me promenais dans les déserts du Rajasthan pour parler d'un temple où les gens adoraient les rats.

FOLCO : Qui, là encore, n'avait pas grand-chose à voir avec la situation économique. Ils devaient s'y attendre à cela, au *Spiegel*, non ?

TIZIANO : Les rats n'avaient pas grand-chose à voir avec l'économie, mais, finalement, j'ai écrit une belle histoire qui ouvrait l'esprit du lecteur sur un autre aspect de l'Inde. C'était le grand boom en Asie, l'Asie du Sud-Est explosait, la Chine explosait, l'Inde explosait, et il existait des temples où les gens adoraient les rats ! Je racontais l'Inde depuis ce point de vue. Oui, ils adoraient les rats, qui, pour nous, sont les animaux les plus abjects qui soient, mais qui, pour eux, sont les animaux les plus merveilleux du monde, car c'est un rat qui porte le dieu éléphant, Ganesh[1]. Et moi, j'essayais d'expliquer à mon journal que ce pays aurait du mal à devenir la troisième puissance économique mondiale. Le temple des Rats me semblait contredire de la manière la plus flagrante possible cette vision moderne d'une Inde s'apprêtant à devenir une deuxième Silicon Valley.

Pourtant, la puanteur de ce temple magnifique – où vivait, entre autres, un rat blanc, celui à qui tout le monde donnait le plus à manger – était le symbole de l'Inde immortelle, de l'Inde qui avait tenté de montrer de la manière la plus *provocatrice* qui soit que l'existence de Dieu est partout. Y compris dans les rats puants.

Et moi, je m'intéressais à tous ces sujets parce que je trouvais fascinant que, dans ce pays, les premiers jeunes

---

1. Ganesh est traditionnellement représenté avec un corps d'homme gros, possédant généralement quatre bras et une tête d'éléphant à une seule défense, et son véhicule est un rat, Mûshika. Le rat symbolise parfois le dieu à lui seul. Les deux êtres se complètent : l'éléphant, massif, puissant et réfléchi, et le rat, petit, mobile et malicieux, ont ainsi tous les atouts nécessaires pour résoudre les problèmes du monde.

gens de bonne famille qui arrivaient – ces jeunes de Salomon Brothers[1] avec leur cravate, qui faisaient des prévisions sur le nombre de voitures qu'ils allaient vendre – soient confrontés au temple des Rats.

Et puis, il y avait aussi le temple de la Figue, superbe, qui se trouve – comme par hasard – sur la rive du Brahmapoutre, un « fleuve masculin ». On entre après avoir traversé une galerie souterraine, et on arrive alors à une immense figue en pierre, qu'ils humidifient sans cesse à l'aide d'un chiffon rouge. Il y avait une odeur fétide de fleurs pourries, et tout le monde allait dans ce temple pour faire des vœux de fertilité.

Je dois dire, pour dissiper tout malentendu, que nous deux – toi et moi –, nous aimons l'Inde parce qu'en Inde nous n'avons pas trouvé de réponse, mais une opportunité. Cependant, ne laissons pas croire que, pour ressentir toutes ces émotions, il faut aller en Inde ; sinon, nous risquons d'attirer toute une bande de babas cool qui finiront par s'y perdre avec un peu de drogue. Le monde est *rempli* d'opportunités, Folco : il suffit de penser à notre passé, à notre culture. Le Vieil Homme avait raison quand il disait : « Vous, vos *rishis*, vos sages, vous les avez oubliés. Vous avez pris vos *rishis* et vous en avez fait des livres que vous rangez dans des bibliothèques, que vous étudiez à l'école. Nous, non. Nous, nous les vivons. »

Et il avait raison. L'Occident a eu beaucoup de grands *rishis* qui avaient compris.

Folco : Mais ils ne vivent plus, ils ne sont plus là aujourd'hui.

Tiziano : Non, parce que la modernité les a chassés. Mais si ça continue, il se passera la même chose en Inde, tu ne crois pas ?

1. Banque d'investissement américaine.

FOLCO : Chez nous, on ne rencontre personne qui ait une si grande ouverture d'esprit sur l'univers et sur le temps, comme on en rencontre encore en Inde.

TIZIANO : Mais, Folco, si tu nais et grandis dans une ville européenne, si tu vas dans une de ces écoles occidentales où la première chose qu'on t'apprend, c'est d'être en compétition avec ton voisin pour que tu le considères comme un imbécile, et que, toi, tu sois le premier de la classe, comment veux-tu grandir avec une large ouverture d'esprit ? Si on te pousse à étudier, non pas pour comprendre la vie, mais pour avoir un métier, pour gagner de l'argent, c'est très difficile d'avoir cette ouverture d'esprit. Pourtant, même ici – tu l'as vu par toi-même –, il existe des hommes (comme ce jeune moine de San Miniato, à Florence) qui ne disent pas : « Arrête le monde, je veux descendre ! », mais qui, au contraire, font l'effort de s'arrêter, de descendre du train et de monter dans un autre train, un train qui a une tradition, splendide parfois, où ils trouvent quelques réponses.

En revanche, je refuse tout à fait de penser que l'Inde est la panacée : c'est une erreur idéologique, n'est-ce pas ? Les Indiens ne sont pas les seuls à détenir les réponses.

Je vais te raconter la plus belle histoire qui m'est arrivée en Inde. Un jour de canicule, à Delhi, ta mère et moi sommes passés devant le temple de Sai Baba Mandir où la cérémonie venait de se terminer. Les gens sortaient du temple et, dans la foule, j'aperçus un homme comme moi, un bel Indien avec une moustache, un avocat ou un ingénieur, avec un grand collier de fleurs orange autour du cou, qui passa près de nous en murmurant un mantra. Mais avec un sourire, un sourire tellement serein, tellement radieux que ta mère me dit : « Cet homme sait quelque chose que nous ne savons pas. » Nous aurions pu nous dire l'un et l'autre à peu près ces mots : « Voici le sens de notre séjour en Inde ! »

Et, pendant les années qui ont suivi, j'ai consacré tout mon temps à essayer de découvrir ce que savait cet homme.

CHARAN DAS

TIZIANO : Une des premières fois où je suis allé à Bénarès, c'était pour un reportage, je ne sais plus lequel. Étrangement, nous étions très peu dans l'avion. J'étais avec Dieter Ludwig, et il y avait un gros patapouf d'environ trente-cinq ans, visiblement américain, un routard portant une casquette et accompagné de sa femme. Au bout d'un moment, on a fini par engager la conversation.

« Où allez-vous ? »

« Nous amenons Sam à Bénarès. »

J'ai regardé autour de moi, mais je ne voyais personne.

« Qui est Sam ? »

« Ah, Sam ! Il est ici ! »

Alors, le gros patapouf me montra, cachée sous son siège, une urne contenant les cendres de Sam.

Sam était l'héritier de l'empire du Tabasco – tu sais, ce petit flacon de sauce épicée américaine –, mais comme c'était un adepte de la méditation et un amoureux de l'Inde, il avait demandé à ses deux amis de l'emmener à Bénarès après sa mort et de jeter ses cendres dans le Gange. Ses amis n'étaient jamais allés en Inde, ils ne connaissaient pas du tout le pays, et ils se demandaient comment ils s'y prendraient pour jeter Sam dans les eaux du fleuve sacré.

Le hasard voulut que nous logions tous au même hôtel. Et là, nous avons rencontré Charan Das. Charan Das était un jeune *sadhu* américain ; il était très ami avec l'ascète Katya Baba qui dirigeait un *akhara*, un *parambara* – comment dit-on déjà ? – et portait une ceinture de chasteté en bois avec des chaînes. Charan Das nous emmena tous auprès de l'ascète à qui nous exposâmes le problème de Sam, et Katya Baba vit tout de suite qu'il y avait aussi…

Folco : Quoi, du pognon ?

Tiziano : Mais bien sûr ! Alors, il a dit : « Très bien, j'accepte avec plaisir, aucun problème. Demain, à l'aube, nous ferons la cérémonie. »

Je dois dire que ce fut un moment extraordinaire. C'était une de ces matinées où le Gange est tout enveloppé de brume, puis la brume se lève et un grand soleil apparaît. Nous étions sur une barque bondée de *sadhu*, adeptes de Katya Baba avec sa grande ceinture. Puis les *sadhu* se sont mis à traficoter je ne sais quoi avec leurs petits bols et leurs petites fleurs…

La cérémonie s'est terminée avec l'ouverture de l'urne, et les cendres de l'héritier du Tabasco furent jetées dans le fleuve. Nous avons baptisé cette cérémonie : « L'assaisonnement du Gange ! »

Il rit.

Ensuite, jeter les cendres dans le Gange est devenu une mode. Même un célèbre chanteur anglais a voulu finir dans le fleuve sacré. Tous les mois, je crois, des dizaines d'Occidentaux y emmènent des membres de leur famille réduits en cendres. Et les Indiens, extrêmement tolérants, ne disent rien.

Folco : Charan Das, le *sadhu* américain, qui était-il ? Un élève de Katya Baba ?

Tiziano : Non, Charan Das était un homme libre, c'était déjà un *sadhu* avant. Quelle charmante personne ! Tout à fait charmant, ce Charan Das. Il riait tout le temps, il avait toujours un sourire aux lèvres.

FOLCO : Mais quelle vie avait-il eue avant ?

TIZIANO : Il racontait qu'il était le fils de rois du pétrole texans. Il avait été à l'université, où il avait suivi un cursus d'études indiennes. Puis, il était venu en Inde pour se spécialiser dans le hindi et le sanscrit et, au bout d'un certain temps, il avait pété les plombs et était devenu *sadhu*. Il sillonnait l'Inde avec ses deux énormes pieds tout calleux. Il parcourait l'Inde depuis quinze ans, et ses pieds étaient devenus de véritables monstruosités, comme s'ils avaient subi une mutation génétique : de gros pieds, avec les orteils écartés les uns des autres, ressemblant à des pinces. Ces callosités lui permettaient de marcher sur du verre, de l'asphalte, n'importe où. Ses cheveux étaient comme de la feutrine ; il portait d'épaisses lunettes, et riait tout le temps. Nous l'avons même invité chez nous.

FOLCO : Je m'en souviens. À cette époque, Maman n'était pas encore habituée à tous ces personnages à moitié nus que tu amenais à la maison.

TIZIANO : Nous avons vécu ensuite avec Charan Das une autre expérience inoubliable, dans la plaine de Kurushetra, au nord de Delhi, là où s'était déroulée, dans un lointain passé, la grande bataille décrite dans le *Mahabharata*. Ce jour-là était tout à fait particulier : non seulement c'était l'anniversaire de la bataille, mais c'était aussi le jour de la plus grande éclipse solaire que l'Inde avait connue depuis très longtemps, une éclipse totale au cours de laquelle le soleil devint noir.

C'est alors que j'ai vécu une nouvelle expérience indienne.

Là, Folco, j'ai vu pour la première fois de ma vie des dizaines de milliers de *sadhu* venus de toute l'Inde, assis par terre, portant chacun un trident servant à marquer son territoire. Des personnages de toutes les couleurs. Ce simple spectacle me frappa profondément.

C'était ma première année en Inde et cette société m'impressionnait.

À Delhi, tout le monde était absolument parfait dans les cocktails : « Yes, Madam. » Et puis, il y avait ces milliers et ces milliers de fous déchaînés qui n'avaient rien à voir avec ce monde-là. Ils me semblaient représenter une garantie qui empêchait l'Inde de devenir un pays comme les autres : car tant qu'il existera une société qui respecte les saints mendiants, qui s'incline à leurs pieds pour se charger de leur énergie et qui leur donne à manger, cette société ne pourra jamais devenir totalement matérialiste. C'est comme si elle possédait un vaccin. Les *sadhu* sont le souvenir permanent de ce à quoi tu aspirerais, au fond, Folco, si tu en avais le courage : renoncer à tout et à tous, prononcer les vœux de *sanyasa*[1] pour devenir un saint mendiant comme eux. Oui, bien sûr, il y en a sans doute qui veulent devenir capitalistes, il y en a beaucoup ; mais, ça, c'est tout de même un super-vaccin.

Ce qui était curieux, c'était que tout le monde disait qu'il se passait des choses mystérieuses au moment de l'éclipse ; par exemple, quand on arrivait, il fallait se jeter sous l'eau pour ne pas être frappé par les rayons du soleil qui mourait, qui devenait noir. Moi, ça me faisait rire, mais l'idée d'entrer dans cette eau, avec tous ces *sadhu* sales comme des peignes, recouverts de

---

1. Le *sanyasa* signifie littéralement « ce qui a été totalement déposé ». Le *sannyasin* est celui qui a choisi de faire le vœu de *sanyasa*, c'est-à-dire de quitter la société pour se consacrer entièrement à la vie spirituelle, une vie itinérante où il mendie la nourriture. C'est un renonçant, c'est-à-dire qu'il a renoncé à tous ses biens matériels. N'importe qui, appartenant à n'importe quelle caste, peut devenir *sannyasin*, y compris les étrangers. Les *sannyasin* sont des hors-castes.

cendres de mort, ne me disait rien. J'avais mon appareil photo et je prenais des photos.

Puis, à midi, plus ou moins, le spectacle commença : ce fut impressionnant. J'avais déjà vu d'autres éclipses, mais jamais comme celle-ci. Le soleil devint noir, l'atmosphère mortelle, méphitique. J'étais inquiet parce qu'on m'avait dit : « Si tu ne te mets pas à l'abri, il va t'arriver quelque chose ! »

Mais moi, tu sais bien, florentin comme je suis, je prenais en photo tous ceux qui plongeaient sous l'eau.

À la fin de l'éclipse, je suis allé boire un verre avec Dieter et Charan Das dans une *taba*. Comme j'avais très soif, j'ai pris une bouteille d'eau minérale. Quelle idée ! La bouteille ne s'ouvrait pas ; j'ai essayé de l'ouvrir avec mes dents, mais – paf ! – une de mes dents a sauté.

Charan Das riait.

« Tu as vu, tu n'as pas voulu écouter ! »

Ce fut une de mes premières expériences avec Charan Das.

Mais l'Inde est aussi un piège dangereux, et l'histoire de Charan Das le montre bien.

FOLCO : En quel sens ?

TIZIANO : Il est mort d'une infection aux testicules.

Tu sais, un homme occidental, avec sa vie bien réglée, arrive en Inde quand il est étudiant, puis se perd sur ce chemin indien avec lequel il ne partage aucune tradition, et auquel il n'appartient pas. Charan Das avait fini par appartenir totalement à l'Inde, il était devenu un vrai *sadhu* indien. Je l'ai vu manger les choses les plus infectes dans les chaudrons du vieux Delhi, des *pakora* qui avaient bouilli et rebouilli, qui avaient cuit et recuit.

C'est avec lui que je suis allé me promener, un soir, dans le vieux Delhi, et que j'ai vu les autres facettes de l'Inde, des facettes épouvantables. Il était tard, il faisait sombre et froid, et là, en rangs de cinq, accroupis par terre, des estropiés, des malades, des gens dont les tripes sortaient du ventre, attendaient devant ces grands chaudrons de lentilles, avec un gros bonhomme qui touillait derrière ; ils attendaient que quelqu'un passe, quelqu'un qui aurait marié sa fille, ou conclu une affaire, ou vendu ou acheté une boutique, bref, qui accepterait de leur faire une offrande de tant de roupies correspondant à tant d'assiettes – tu sais, ces assiettes hyper-écologiques, en feuilles séchées – remplies d'une louche de lentilles.

« Cinquante ! » cria le gros bonhomme. Les dix premières rangées de moribonds s'avancèrent. Ils mangèrent, s'éloignèrent, et dix autres rangées s'avancèrent. Des chaudrons fumants dignes du Moyen Âge. Et Charan Das était là, dans la queue, avec les autres, et mangeait tranquillement.

Folco : Avec les mendiants ?

Tiziano : Oui. Quand c'était son tour, on lui donnait cette feuille en guise d'assiette, et il mangeait. Puis, il a eu une infection. Un de ses disciples l'a emmené à l'hôpital de Delhi, mais on les a chassés au milieu de la nuit, comme deux chiens errants, ces deux étrangers sales qui étaient devenus des *sadhu*. Et le lendemain matin, Charan Das était mort.

Folco : De quoi est-il mort ?

Tiziano : D'une orchite, une infection des bourses. Ses couilles ont éclaté. Il avait attrapé une infection que n'importe quel médecin aurait soignée avec un antibiotique.

Folco : Quel âge avait-il ?

Tiziano : Charan Das ? Peut-être trente-cinq, trente-sept ans. Ton âge.

L'Inde, ce sont mille choses. C'est la libération et la damnation, c'est la destruction et la création. Mais l'Inde est aussi un puits sans fond dans lequel quelqu'un qui ne serait pas suffisamment préparé peut perdre le nord. Il y a beaucoup de gens qui deviennent fous en Inde. Beaucoup de jeunes deviennent fous en Inde, ou bien ils épousent la vie indienne qui les mène vers une forme de sainte folie qui est la vie de *sadhu*. Ce fut le cas de Charan Das.

FOLCO : Mais, à ton avis, sa vie a-t-elle été un désastre, ou a-t-il eu la vie qu'il voulait ?

TIZIANO : Qui peut juger la vie des autres ?

De Charan Das, je me souviendrai toujours de ce très beau, de ce merveilleux sourire. On le rencontrait qui sillonnait l'Inde…

Oui, à la fin, il a sans doute souffert. Mais, d'une certaine façon, il a été cohérent avec la vie qu'il a voulu vivre. C'était son choix. Il avait refusé de retourner aux États-Unis pour voir son père.

Ta question est très curieuse. C'est tellement impossible de juger la vie des autres ! Car si un homme meurt jeune d'une infection aux testicules, c'est peut-être – qui sait ? – que son destin s'est accompli ainsi.

Il boit la dernière goutte de thé de sa tasse.

GANDHI

TIZIANO : Quand je pense au siècle qui vient de passer ! Folco, songe à la façon dont cette civilisation occidentale, bourgeoise, à peine industrialisée, a affronté la Première Guerre mondiale. Bon sang, mais quel désastre, quel bouleversement moral total !

À la fin de la Première Guerre mondiale, l'Europe était dévastée, physiquement et psychiquement. Comment cette civilisation qui était la nôtre a-t-elle pu en arriver là ? Les tranchées, le gaz, tous ces millions de morts ? Pour rien. Ce fut une période de crise très profonde. Et c'est précisément à cette époque que Gandhi est apparu sur la scène internationale. Alors, des tas d'Européens, dont certains étaient vraiment exaltés, comme Romain Rolland, sont partis à la recherche d'une solution qui permettrait à l'Europe de renaître et à ses valeurs de revivre : non pas les valeurs européennes, mais les valeurs *humaines* qui permettraient de colmater la brèche de cet immense bouleversement moral.

C'est alors que certaines personnes sont parties en quête en Inde, avec l'espoir de trouver encore en Asie, et en Inde tout particulièrement, quelque chose de vrai et d'authentique, une source à laquelle l'Europe pourrait puiser pour réveiller son esprit anéanti.

J'étais fasciné par ces individus, partis en Inde en quête d'inspiration. Tu te rends compte, un homme comme Romain Rolland s'est mis à écrire la biographie de Vivekananda, et celle du jeune Gandhi[1] ! C'est intéressant que des hommes appartenant à cette culture française, mondaine même, se soient mis en chemin pour partir à la découverte d'un monde dont ils sentaient qu'il serait peut-être le salut de l'Europe. C'est ainsi, du moins, que ces hommes voyaient l'Inde : comme le pays qui pourrait aider l'Europe à se relever. Et Coomaraswamy disait à ce propos : « Aidez-nous à sauver l'ingénuité de l'Inde, et l'Inde vous aidera à survivre. » Ce thème, je le sentais aussi très profondément, moi qui étais en crise avec ce fichu Occident ; et c'est pour ça que ces personnages piquaient ma curiosité.

J'ai envie de te parler d'un grand homme indien qui m'a beaucoup frappé, dont j'avais commencé à survoler les œuvres bien avant d'aller en Inde : Vivekananda. Un personnage controversé, compliqué, mais un très beau personnage ; son gourou, Ramakrishna, lui avait confié la mission de transmettre le Vedanta en Occident. Alors, Vivekananda, tout d'orange vêtu, partit aux États-Unis où – par chance – il rencontra quatre bourgeoises pleines aux as qui se sont attachées à lui et lui ont fait découvrir le monde. Puis il est allé prononcer un discours lors de ce mémorable Parlement mondial des religions qui se tint en 1893 à Chicago. Il déclencha une sorte d'ouragan : il parla de l'Amérique dans un sens totalement inhabituel, une attitude qui serait très salutaire aujourd'hui. Il renversa les valeurs établies. Il expliqua le monde autrement. L'auditoire

1. Romain Rolland, *Mahatma Gandhi*, éditions Stock, 1924. Romain Rolland, *La Vie de Ramakrishna*, éditions Stock, 1929. Romain Rolland, *La Vie de Vivekananda et l'évangile universel. Essai sur la mystique et l'action de l'Inde vivante*, éditions Stock, 1930.

fut fasciné lorsqu'il parla de l'Inde et dit qu'elle pourrait être le « gourou des nations ». Nom de Dieu ! Ce pays charmeur de serpents, ce pays pauvre, pouvait devenir le gourou des nations et sauver l'humanité, la sauver de l'abîme du matérialisme ?

Si nous regardons l'histoire du siècle passé, nous constatons que l'Inde a eu de beaux personnages. Gandhi, Coomaraswamy, Ramana Maharshi… Quelle culture, vois-tu ! Un monde où un homme comme Ramana Maharshi déclara, à l'âge de seize ans : « Je suis déjà mort », et s'assit là, sur une chaise, se contentant de manger un peu de riz et de regarder sa montagne Arunachal, sans rien faire d'autre ! Cet homme était peut-être un saint, c'était peut-être quelqu'un qui avait compris quelque chose de plus que les autres.

Un des Occidentaux qui m'a le plus fasciné – un de ces Occidentaux avec un passé, une histoire, une culture, qui étaient venus *vivre* en Inde, et non pas *se perdre* en Inde, en poursuivant un aspect de la grandeur de l'Inde – a été Nicholas Roerich.

Et là – comme toujours – le hasard s'en est mêlé.

Un jour, ta mère et moi étions partis de Dharamsala avec une petite voiture. Après avoir traversé des gorges tout à fait redoutables, nous étions arrivés à Naggar, sur la rive du fleuve Kulu Manali. Là, nous sommes tombés sur une maison avec de grandes fenêtres, à l'abandon, mais charmante : elle avait appartenu à Roerich. Et, comme par hasard, elle était gardée par une Allemande, qui parlait très bien italien, d'ailleurs. Tu imagines la scène : elle nous a adorés ! Elle était un peu portée sur la boisson, alors nous lui avons offert une bouteille de vin, et tu ne peux pas t'imaginer… Ce sont des moments comme ceux-ci qui, dans ma vie, m'ont toujours énormément apporté. Je ne sais pas ce que c'est exactement – je l'appelle le *spiritus loci*, l'esprit du lieu –, mais le fait de vivre pendant deux jours dans la maison, dans le lit, dans le salon, dans le fauteuil où avait vécu Nicholas Roerich m'a procuré une petite expérience pseudo-mystique.

Il a du mal à respirer.

Ce chocolat chaud ne m'a pas réussi.

Roerich était issu d'une grande famille russe. C'était un homme porté vers le mysticisme, mais c'était aussi un homme du monde, avec de grandes qualités artistiques. Je crois qu'il s'est fait incinérer dans une petite prairie en bas de chez lui, où il avait fait mettre une pierre étrange, idée qui me plairait beaucoup d'ailleurs. C'était un endroit magique. Il y avait un cercle dans lequel on entrait, et on pouvait méditer devant cette pierre, qui était lui. Ahhh ! J'ai passé une demi-heure transporté par cette présence, par l'idée qu'avaient eue ces personnes !

C'est pour te dire le lien qui, petit à petit, était en train de se former avec ce pays, à travers des personnes auxquelles je m'identifiais d'une certaine façon, des personnes qui avaient eu une autre vie, de vrais personnages. C'étaient autant de petits pas que je faisais pour m'éloigner de ma vie normale et trouver le fil d'une autre vie.

FOLCO : La plus grande lumière de toute cette Inde nouvelle a sans doute été Gandhi, n'est-ce pas ? À un moment donné, tu t'es mis à étudier les œuvres de Gandhi à fond.

TIZIANO : Oui, ses œuvres commençaient à être publiées en Europe. Je les lisais religieusement, pour tenter d'y trouver, non pas une clé qui puisse aider l'Inde des villages, des vaches, et tout le bataclan, mais un message pour notre civilisation. Ce message, je l'ai associé – avec un mélange de légèreté et de sérieux – au jeûne, au retour à la simplicité.

Mais tu te rends compte : un homme, un avocat célèbre, qui avait étudié à Londres, et qui décida de s'identifier complètement à son peuple ! Qui s'identifia aux habitants des villages, à leur pauvreté, à leur façon de ressentir les choses, à leur façon de vivre, qui se levait à quatre heures du matin, qui nettoyait les cabinets, qui avait appris à filer, et puis qui se mettait à prier. Ah, quelle force, quelle force ! Il mangeait seulement un bol de riz par jour, et dès qu'il tombait malade, au lieu de prendre des médicaments, il jeûnait. Tu imagines un peu, cette idée qu'il a eue de résoudre les problèmes à la mesure du village, cette négation de la modernité ! Dans un discours qu'il a prononcé en 1909, Gandhi regarda tout autour de lui et dit : « Qu'est-ce que la vraie civilisation ? La civilisation naît d'un type de comportement qui montre à l'homme le sentier du devoir […], l'observance de la moralité. Atteindre la moralité signifie atteindre la maîtrise de notre mental et de nos passions. » Et il se posa cette question : était-ce une civilisation que cette civilisation anglaise, occidentale, qui mesurait le progrès au nombre de vêtements que les gens possédaient ? À la vitesse à laquelle ils se déplaçaient ? L'homme n'avait-il pas seulement besoin d'un toit et d'un morceau de tissu autour de la taille ? Des paroles extrêmement dures. Il voulait prendre le chemin des villages au lieu de suivre la voie des usines qui réduisent l'homme à l'état d'esclavage. Pourquoi détruire les villages ? Le village, c'est la communauté ; le village, c'est le partage des ressources !

Contrairement à Mao, qui avait compris ce problème et l'avait affronté, mais l'avait très mal résolu, Gandhi semblait avoir établi le programme d'une politique. C'est sur ce programme qu'il fonda le Congress Party. Folco, si tu regardes les illustrations des années 1940 et 1950, tous ces hommes avec leur béret sur la tête, maigres, propres, qui allaient aux réunions… Sapristi !

Ils étaient dignes. Ils avaient une idée. Ils travaillaient. Ils ne voulaient pas du progrès à l'occidentale. C'est à ces hommes que le discours sur la civilisation était adressé. Mais enfin, ils avaient une idée ! Il y avait cette idée de sauver un monde qui ne voulait pas céder à la société de consommation. Oui, appelons les choses par leur nom : la société de consommation ! Et la seule voie possible, c'était de ne pas consommer, c'était de jeûner.

Un homme comme moi, parti en Asie à la recherche – entre autres – d'une alternative au monde occidental, trouvait là une alternative criante. Sacré nom de Dieu, je la cherchais, et elle était là !

Folco, rends-moi un service. J'ai très soif. Donne-moi un verre de ta boisson délicieuse, là, ce jus de poire. Pose-le ici, si tu veux bien. Mélange bien, sinon il en restera dans le fond...

FOLCO : Non, il est suffisamment artificiel pour qu'il ne reste rien dans le fond.

TIZIANO : Et ne le renverse pas car je dors ici. C'est bon, ça suffit. Laisse-le peut-être par terre, sinon...

FOLCO : Tu sais où je vais le mettre ? Dans mon ventre ! Je vais en boire une gorgée.

Revenons à Gandhi : nous n'avons pas encore parlé de la non-violence.

TIZIANO : Je trouve ça bizarre que le fait de parler de non-violence soit presque devenu un anathème. C'est devenu une idée ridicule, puérile, irréalisable, utopique, à laquelle plus personne, semble-t-il, ne veut croire. À part un certain nombre de jeunes.

Et puis, il y a tous les arguments insupportables de ces grands législateurs, des savants, des sages, des politiques, qui considèrent que la non-violence ne marche pas, parce que : « Qu'aurait-on fait avec Hitler ? » En réalité, il suffit de relire Gandhi pour comprendre combien il était intelligent : il voulait rencontrer Hitler. On apprend cette chose étonnante, que Gandhi avait écrit à Hitler à plusieurs reprises, mais que les Anglais avaient intercepté ses lettres parce qu'ils ne voulaient pas qu'il entre en relation avec le Führer. Curieux, mais vrai. Gandhi disait qu'on est esclave parce qu'on obéit. Dès qu'on cesse d'obéir, on cesse d'être esclave. Il disait que les dictatures tombent lorsque les gens n'y croient plus, lorsqu'ils cessent d'obéir. Plus rien ne tient lorsqu'il y a cette volonté précise de ne pas utiliser la violence, de résister à la violence avec la non-violence : sans fuir, sans éviter la confrontation, mais en *cherchant* la confrontation.

FOLCO : Sa non-violence est une non-violence extrêmement active. Il est important de comprendre qu'il ne s'agit pas du *non*-agir, qu'il ne s'agit pas de *ne pas* faire la guerre. Il s'agit de *faire* autre chose. C'est une forme active de jeûne, de non-participation, de renoncement à ce que les autres ont à offrir pour nous affaiblir. On ne peut combattre le système des autres et, en même temps, acheter leurs objets.

TIZIANO : Tout à fait exact. Cette histoire de la non-violence est tellement mal comprise aujourd'hui. Les non-violents sont ceux qui reçoivent des baffes. Mais, pour être non-violent, il faut une formation plus difficile que pour devenir parachutiste, et ça, on n'arrive toujours pas à l'offrir aujourd'hui.

Je t'ai raconté l'histoire de Halal Khan qui avait rassemblé une armée de cent mille guerriers armés de bâtons ?

FOLCO : Une armée de non-violents ?

TIZIANO : Oui, de non-violents. Lorsque les autres arrivaient, ils posaient leurs bâtons par terre et se laissaient frapper. Mais quel exemple moral, tout de même ! Pourtant, vois-tu, on n'enseigne pas ce genre de comportements, on n'en parle même pas. Les écoles ne racontent que l'histoire des héros et des conquérants.

Alexandre le Grand : « grand » pour avoir massacré des milliers de personnes en Asie centrale ? C'était certainement un homme sympathique, un homme jeune qui partait conquérir le monde. Mais conquérir, ça veut dire quoi ? Ça veut dire tuer, s'emparer des biens des autres.

Tout ce processus devrait être remis en question. L'éducation devrait commencer par enseigner la valeur de la non-violence, qui, du reste, est liée à des tas de domaines : au fait d'être végétarien, de respecter le monde, à l'idée que cette terre, on ne nous l'a pas donnée, qu'elle appartient à tout un chacun et qu'on ne peut impunément se mettre à couper et à creuser n'importe où. Le problème, c'est que, d'après moi, tout le système est fait de telle sorte que l'homme, sans même s'en rendre compte, commence dès son plus jeune âge à se fondre dans une mentalité qui lui interdit de penser autrement. On aboutit à une situation dans laquelle on n'a même plus besoin de dictature, désormais, car il y a la dictature de l'école, de la télévision, de ce qu'on nous enseigne. Si on éteint la télévision, on devient un homme libre.

La liberté. Elle n'existe plus. Je ne cesse de le répéter : nous n'avons jamais été aussi peu libres, malgré cette énorme liberté apparente d'acheter, de baiser, de choisir entre différentes sortes de dentifrices, entre quarante mille voitures, entre tous ces téléphones portables qui font aussi des photos. Il n'y a plus la liberté d'être soi-même. Car tout est déjà prévu, tout est déjà mis sur des rails, et il n'est pas facile d'en sortir, car cela crée des conflits. Combien de gens sont rejetés par le système, sont marginalisés parce qu'ils ne rentrent pas dans le moule ? Ah, s'ils faisaient autre chose, au contraire ! Mais il n'y a rien d'autre à faire, il n'y a que cette poussée vers le marché.

Et saint François ? Et tous les autres ? Tous fous parce qu'ils ne faisaient pas ce qu'il fallait faire à leur époque ? Non, non, ils étaient différents ! Des personnes qui ont montré, par leur différence, une autre façon de faire. Réfléchis : Est-ce que saint François était quelqu'un de sympathique ?

C'est toujours la même rengaine : la liberté-é-é ! Aujourd'hui, nous avons terriblement réduit cette liberté, au point de vivre actuellement en marge de notre liberté, à cause de tout ce qui est automatique dans notre façon de penser, de réagir, de faire les choses. C'est ça, la grande tragédie de notre temps. Aujourd'hui, les écoles ne sont pas destinées à enseigner aux jeunes comment penser, elles sont destinées à enseigner aux jeunes comment survivre, à leur enseigner des choses qui vont leur permettre ensuite de décrocher un poste à la banque. Mais lorsqu'ils sortent de l'école, ils sont conditionnés. Ils répètent des schémas préétablis. Ce n'est pas facile de pouvoir s'inventer une autre voie.

L'économie est devenue le succube de l'homme. Toute notre vie est déterminée par l'économie. Je pense que la grande bataille de notre avenir sera la bataille contre l'économie qui domine nos vies, la bataille pour le retour à une forme de spiritualité – qu'on peut appeler religiosité, si l'on veut – à laquelle on puisse s'adresser. Car c'est une constante dans l'histoire de l'humanité, ce désir de savoir ce qu'on est venu faire sur Terre.

Il nous faut de nouveaux modèles de développement. Pas seulement la croissance, mais également la parcimonie. Tu vois, Folco, je dis, moi, qu'il faut se libérer des désirs. Mais, précisément à cause du système pervers de notre société de consommation, notre vie est entièrement axée autour des jeux, du sport, de la nourriture, des plaisirs. La question est de savoir comment sortir de ce cercle vicieux : petit à petit, l'oiseau fait son nid. Mais, putain, ce système nous impose des comportements qui sont complètement absurdes. On ne veut pas certaines choses, mais le système de la société de consommation nous séduit et nous convainc de désirer ces choses-là. Toute notre vie dépend de ce mécanisme. Il suffit pourtant de décider de ne pas participer à ce système en résistant, en jeûnant ; alors, c'est comme si on utilisait la non-violence contre la violence. Finalement, à quoi bon toute cette violence ? Ils ne vont tout de même pas nous les enfourner dans la gueule, leurs trucs !

Ce qu'il faut, c'est un effort spirituel profond, une réflexion profonde, un réveil profond. Ce qui, du reste, a quelque chose à voir avec la vérité, dont plus personne ne se soucie. Et là, une fois de plus, Gandhi était extraordinaire. Il cherchait la vérité, ce qui est derrière tout. « Avant, je croyais que Dieu était la vérité. Maintenant, je dirais que la vérité est Dieu. »

LA BOMBE

TIZIANO : J'ai dédié mon livre *Lettres contre la guerre*[1] à ton fils parce que j'avais envie qu'il perpétue certaines de mes idées. Tu me l'as entendu dire très souvent : il y a deux formes infimes d'immortalité. La première, ce sont les livres ; la seconde, les enfants. Avec ce livre, ces deux aspects se mariaient harmonieusement : il me semblait avoir dit des choses en quoi je croyais et, ce livre, je le transmettais au fils de mon fils pour préserver l'immortalité de ces petites idées qui pourraient, un jour, lui être utiles. Au fond, après avoir soutenu implicitement l'idée des guerres justes, des guerres qu'il faut faire, j'ai compris qu'elles ne menaient pas à l'objectif promis. Donc, la guerre est inutile. Elle est absolument inutile parce qu'elle engendre seulement plus de misère, plus de destruction, plus de mort. C'est à partir de cette réflexion que je suis arrivé à la non-violence.

Regarde la vulnérabilité de notre monde, Folco. Le 11-Septembre nous l'a montrée. Je voudrais rappeler un instant ce à quoi je crois, et qui est précisément en lien avec le 11-Septembre. Sans me vanter, juste après le 11-Septembre, j'ai lu dans une boule de cristal ! En effet, j'ai dit et écrit que cet événement était une occasion très importante, mais que, si nous ne la saisissions

1. Voir note 2, p. 157.

pas, c'était aussi l'occasion d'une régression, d'une immense « barbarisation ». Et là, honnêtement, je dois dire que ce n'est pas une joie d'être une Cassandre, comme j'ai pu en faire plusieurs fois l'expérience dans ma vie. Le 14 septembre, j'ai écrit que, si nous réagissions contre cette violence avec une violence égale ou supérieure, cela entraînerait une spirale de violence que nous ne pourrions plus jamais arrêter. D'ailleurs, ces assassins patentés que sont les politiques disent que cette guerre durera aussi longtemps que la guerre froide, qui est sans fin.

Mais comment peut-on dire une chose pareille ? Comment l'homme – je ne parle pas de l'Américain, du Colombien, de l'Italien, mais de l'Homme –, comment un homme peut-il dire : « Cette guerre est une guerre qui n'aura jamais de fin ? »

Nous avons envoyé un homme sur la Lune, nous posons des sondes sur Mars pour voir s'il y a de l'eau sur cette planète, et nous ne sommes pas capables de dire : « Mais arrêtons-nous ! Que se passe-t-il ? » Non, parce que le fait d'aller sur la Lune appartient à une autre dimension humaine : l'intelligence, l'imagination, le désir de découvrir de vastes mondes. Mais la guerre, l'homme la fait avec ses tripes. L'homme doit tuer, il doit se trouver des ennemis, les décortiquer, les tailler en pièces.

Le 11-Septembre était une occasion extraordinaire pour faire table rase : exactement comme après la Première Guerre mondiale, lorsque l'homme a été obligé de faire table rase. Quelque chose de nouveau venait de se passer et, devant un monde qui avait tellement changé, on ne pouvait plus penser comme avant, on ne pouvait plus s'appuyer sur les vieux savoirs. Et, quitte à penser différemment, il faut penser grand, il faut penser sans préjugés, sans ces réactions obsolètes, sans tout ce tas de bêtises qui aujourd'hui saoulent les jeunes, qui les déçoivent de plus en plus profondément et les laissent sans le moindre espoir.

Les hommes politiques – les pauvres – doivent répéter toujours les mêmes choses. Ils n'ont pas le temps de penser ; ils n'agissent pas, ils réagissent. Mais où est l'imagination aujourd'hui ? Où sont les deux ou trois hommes exceptionnels aujourd'hui, y a-t-il même un seul homme exceptionnel aujourd'hui ? Un homme comme Gandhi se serait posé cette question : « Si nous agissons comme nous l'avons toujours fait, nous retournerons là où nous étions avant. » C'est tellement évident !

Et c'est là que nous avons commis notre plus grande erreur. Tout le monde est en train de dire : « S'ils nous attaquent, nous les contre-attaquerons ! » La seule chose à faire quand l'ennemi arrive, c'est de le tailler en pièces. Vengeance ! Toujours ce besoin de se venger, de faire usage de la violence pour résoudre le problème de la violence. D'accord, il y a des guerres justes, des guerres humanitaires, des guerres pour aider les autres. Mais ce sont toujours des guerres, elles tuent. Et il n'y a jamais eu aucune guerre qui ait mis fin aux guerres.

Et là, je ne peux que constater que l'homme a en lui un fond d'animalité hideuse. Soit dit en passant, nous employons toujours ce mot alors qu'il est tout à fait inapproprié : aucun animal ne se comporte comme l'homme. Lorsqu'il attaque une gazelle, le lion n'est pas hors de lui, il a juste faim. Et lorsqu'il en a tué une, il s'arrête. Il rentre chez lui et en donne un morceau au chacal.

Nous rions.

Mais c'est comme ça, non ? Nous disons : « Ah, ils se comportent comme des animaux ! » Mais ce n'est pas vrai ! Il n'y a aucun animal qui se comporte de cette manière. Le requin doit se remplir de poissons. Il ouvre la bouche et en mange des milliers. Mais les poissons ne sont pas ses ennemis, ils sont sa nourriture !

L'homme est une bien étrange créature, la plus destructrice qui soit jamais apparue sur la surface de la Terre. Même les dinosaures étaient moins destructeurs que l'homme. Il n'y a que nous, il n'y a que cet hideux animal bipède doté d'une conscience qui soit à la fois capable d'une telle absurdité, et incapable de devenir meilleur. L'homme est pathétique, pathétique ! Tous ces millénaires, pour ne pas progresser d'un pouce. Le monde est couvert de violence, d'égoïsme. L'homme n'a pas fait un seul pas en avant. Spirituellement, il est resté le même, exactement le même. Il a peur de la mort, il a peur de tout, il se sent en insécurité, il ne sait pas qui il est. Il met Dieu là-haut...

Le chaton miaule, couché dans les plis
de la couverture de Papa.

FOLCO : Tout va bien, minou, tout va bien. Reste ici, ne bouge pas.

TIZIANO : Sur cette question, j'avoue que je suis peut-être un peu pessimiste. Pense à l'histoire de l'humanité et aux progrès matériels que l'homme a accomplis. Il a allongé sa durée de vie, il est allé sur la Lune. Mais, en vérité, il n'a fait aucun progrès sur la voie spirituelle. Vraiment aucun, aucun, aucun. C'est une illusion de croire que l'homme a progressé. Le seul espoir, c'est vraiment que ce pauvre crétin d'humain... Excuse-moi, mais toutes les espèces ont évolué ! Les grenouilles n'étaient pas des grenouilles ; les lézards n'étaient pas des lézards, ils ont évolué. Le singe a évolué vers l'homme. Alors, pourquoi l'homme ne pourrait-il pas évoluer à son tour, non seulement physiquement, mais également spirituellement, puisqu'il possède égale-

464

ment cette qualité-là ? C'est en cette idée que croient nos amis indiens, à commencer par Aurobindo : l'espoir que quelque chose invite l'homme à faire ce pas. De même que l'homme a évolué à partir du singe, il doit faire à présent un nouveau pas, et il doit le faire en allant vers le haut. Et moi, dans mon absurde folie, j'ai pensé que le 11-Septembre était le moment où l'homme pourrait faire ce pas.

Il rit.

FOLCO : Vraiment ? Tu as cru que le 11-Septembre pouvait être cette occasion historique ?

TIZIANO : Oui, il me semblait que c'était une bonne occasion, car ce qui s'était passé était absolument énorme, et il y avait eu une prise de conscience très profonde. Tout le monde, les Hottentots, les Esquimaux, tout le monde avait vu ça, en même temps. Tu sais, ce n'était pas l'explosion du Krakatoa prévue pour dans trois ans, comme le raconte un voyageur. On devait se demander : « Oh, mais quoi, nous sommes devenus fous ? »

En plus, avec les moyens de destruction dont l'homme dispose actuellement, il ne s'agit pas d'un combat en duel, où celui qui meurt a perdu la bataille, et sa tribu devient esclave de celui qui a gagné. Maintenant, il s'agit de l'humanité tout entière et de cette Terre sur laquelle nous vivons tous. Donc, d'un côté, lorsque je vois que l'homme n'a fait aucun progrès spirituel, je suis terriblement pessimiste ; mais, d'un autre, je suis également rempli d'optimisme et d'espoir. Oui, justement parce que la situation est arrivée à son paroxysme, quelqu'un se réveillera, quelque chose aura lieu, un nouveau prophète naîtra, et on entendra la voix de quelqu'un venu de quelque part qui dira : « Suivez-moi, jetons toutes les armes dans la mer, et recommençons tout à zéro, recommençons à aimer notre Terre, à aimer notre prochain ! » On voit déjà quelques signes de ce changement, mais, pour le moment, ils restent encore très limités, et prisonniers du système.

Ce jour-là ne pouvait-il pas être l'occasion du changement ?

Après la Première Guerre mondiale, la Seconde Guerre mondiale a éclaté. Bon sang, mais tu sais ce que ça veut dire, Folco ? Vingt millions, trente millions de morts. Des *millions* de morts ! Alignons-les pour voir combien ils sont. Les camps de concentration, les horreurs les plus inconcevables. À la fin de la Seconde Guerre mondiale, l'Europe était détruite, moralement détruite. Alors, les gens se sont vraiment dit : « Ça suffit. Ce n'est plus possible de continuer comme ça ! » Et, à partir de ce moment-là, l'Occident a créé des règles, des tribunaux, de bien belles tentatives d'ailleurs et, surtout, il a lancé un grand mouvement en faveur de la paix. En Europe, ce mouvement a eu des représentants importants, de beaux personnages, comme Albert Schweitzer, Bertrand Russell, et tant d'autres, tant d'autres, tant d'hommes qui considéraient la voie de la paix comme le seul moyen de sauver l'Europe, de lui redonner un sens, de la faire repartir.

Pendant longtemps, ce raisonnement a été pris au sérieux, car il y avait le problème des armes de destruction massive. Bertrand Russell manifestait contre la bombe atomique. Et ceux-là mêmes qui avaient inventé la bombe atomique se rangèrent contre elle. Tu comprends, *il y avait* une conscience. Étrangement, depuis plusieurs décennies, cette façon de penser a complètement disparu. Les bombes atomiques se portent bien. On fait même des bombes à neutrons, maintenant.

Folco : Désormais, tout le monde la veut, cette bombe, car c'est la seule garantie contre une agression.

TIZIANO : Bien sûr. Mais quelle serait la vraie garantie ? Qu'on élimine toutes les bombes atomiques !

FOLCO : Cela semble impossible, pourtant.

TIZIANO : *Pourquoi* cela semble impossible ?

FOLCO : Quand, quand, dis-moi quand cela s'est passé, une seule fois, au cours de l'histoire ?

TIZIANO : Mais Gandhi disait : « Pourquoi répéter l'histoire ancienne ? Inventons une histoire nouvelle ! » L'obscénité de notre capacité de destruction devrait nous faire tous réfléchir. Il ne s'agit pas de l'invention de l'arquebuse, ou d'une épée un peu plus longue qu'avant.

FOLCO : Réussirons-nous à nous inventer une autre histoire ? Comment peut-on penser autrement ?

TIZIANO : Je pensais justement à toutes ces questions ce matin même, en relisant Krishnamurti : la *connaissance* est notre plus grande limite. La connaissance, qui devrait nous aider à grandir, à changer, est une limite ; c'est un piège, car le mental est conditionné par tout ce qu'il sait, et il ne peut pas faire de culbutes, il est habitué à ce savoir qu'il connaît. Et là, il faut reconnaître que Krishnamurti dit une chose très belle : il faut *se libérer* de la connaissance[1]. Ce n'est qu'en se libérant de la connaissance qu'on peut s'ouvrir à autre chose ; sinon, on ne fait que répéter. Regarde le monde : il ne fait que se répéter. Et essaie de lui dire : « Cesse de te répéter ! » Non, tout est déjà prévu, les petits sentiers, les sentiers moyens, les gros sentiers, les carrières.

FOLCO : Aujourd'hui, nous sommes énormément sollicités, si bien que notre mental n'est jamais en paix. Le bruit de la télévision, le son de la radio dans la voiture, le téléphone qui sonne, le panneau publicitaire sur l'autobus qui passe juste devant. On n'arrive pas à avoir de pensées longues. Nos pensées sont courtes.

1. Jiddu Krishnamurti, *Se libérer du connu*, LGF, 1995.

Nos pensées sont courtes parce que nous sommes très souvent interrompus.

TIZIANO : Très juste. Nos pensées sont aussi courtes qu'une pub à la télévision. Et le silence n'existe plus.

FOLCO : Lorsque je travaillais à Calcutta, Mère Teresa m'a donné ce qu'elle appelait sa « carte de visite », où était écrite cette phrase : « Le fruit du silence est la prière. » Commencer par le silence. D'après Mère Teresa, le silence mène à la prière, la prière à la foi, la foi à l'amour, et l'amour à l'action. Mais le *début* de tout ce processus, c'est le silence. Si quelqu'un se demandait : « Par où vais-je commencer ma transformation ? », elle donnait une réponse parfaitement claire : on commence par le silence.

TIZIANO : Bien sûr. Le silence a joué un rôle immense dans toutes les pratiques religieuses. Le Christ est allé dans le désert, un autre est monté sur une montagne. En fait – je le répète –, je suis un piètre méditant. Pourtant, cette demi-heure, ces dix minutes, parfois même cette heure entière que je m'offre le matin, ces moments sont ceux de la pure joie du silence : laisser le mental se calmer et regarder ses pensées défiler comme si elles étaient à l'extérieur.

FOLCO : Le mieux, c'est de ne penser à rien et d'attendre qu'une idée claire surgisse. Car une fois qu'on a *une* idée, mais une idée claire, on peut se mettre en chemin.

TIZIANO : Une action, une véritable action, doit être le fruit d'une grande réflexion. Sinon, elle n'a aucun sens ; ce n'est qu'une distraction.

Mais revenons à l'Inde : elle aurait pu prendre une autre position à l'égard du « progrès », elle aurait pu dire : « Nous, nous ne voulons pas de cette bombe. » Aujourd'hui, qui possède la bombe atomique ? La France, l'Angleterre, les États-Unis, peut-être la Corée du Nord ; peut-être que l'Iran et Israël veulent s'en fabriquer une. Mais aussi la Chine, le Pakistan et l'Inde. Parmi les pays de l'ex-Union soviétique, seule la Russie la possède ; les autres ne l'ont pas fabriquée, même si, désormais, tout le monde possède la technologie. Si elle le voulait, l'Italie pourrait se fabriquer une bombe dès demain ; mais elle a choisi de ne pas le faire parce qu'elle bénéficie du parapluie atomique américain.

Bien sûr, maintenant, avec le terrorisme, la situation est encore plus compliquée : eux, il ne leur faut pas beaucoup de temps pour fabriquer une bombe sale. Ensuite, ils entrent dans une ville comme New York, et boum ! Alors, quelle est la solution ? Comprendre que, pour combattre le terrorisme, il est inutile de tuer les terroristes, car il en naîtra toujours de plus en plus, et qu'il faut se débarrasser de cette technologie.

FOLCO : Je ne vois vraiment pas comment on peut faire. Une technologie qui existe, que l'on peut pratiquement trouver sur Internet, on ne peut plus s'en débarrasser. On peut toujours rêver que les cinq ou six plus grands pays du monde – dont les États-Unis, la Russie et la Chine – renoncent aux armes nucléaires ; mais il y aura toujours un terroriste qui en fabriquera. Comment peut-on oublier une technologie à partir du moment où elle a été inventée ? Tu sais bien : on montre un pont à un homme, mais ce n'est pas parce qu'on le lui enlève qu'il cessera de traverser le fleuve. Il a vu le pont, il a compris comment il était fait, et il le reconstruira. Peut-être la technologie des bombes atomiques finira-t-elle seulement par se détruire elle-même.

TIZIANO : Et si tout le monde se mettait d'accord pour ne plus utiliser la bombe ?

FOLCO : Ça ne servirait à rien parce qu'il y aura *toujours* quelqu'un qui en profitera.

TIZIANO : Alors nous sommes foutus.

FOLCO : Nous avons besoin de faire exploser quelques bombes pour nous rendre compte de l'horreur qu'elles représentent.

TIZIANO : Bon sang, mais Hiroshima et Nagasaki, ça n'a pas suffi ?

FOLCO : Non, tu vois ? On dirait vraiment que ça n'a pas suffi. Au contraire.

TIZIANO : Ben, quand même, trois cent mille morts…

FOLCO : Presque oubliés. On n'y pense plus beaucoup.

TIZIANO : Alors, ça va exploser. Le monde a déjà explosé tant de fois ; il va exploser une nouvelle fois.

Longue pause. La respiration de Papa ressemble à un râle.

Il y a un autre sujet de réflexion. Le Vieil Homme en parlait : « Cette civilisation, mérite-t-elle d'être sauvée ? »

FOLCO : Ah, le Vieil Homme se posait aussi cette question ? Intéressant.

TIZIANO : Oui, elle donne à réfléchir. Car, au fond, qu'est-ce que cette civilisation ?

FOLCO : Quelle civilisation ?

TIZIANO : La nôtre, la civilisation moderne.

FOLCO : Comment la définirais-tu ?

TIZIANO : C'est la raison devenue folle, devenue folle à cause de l'économie. L'économie est devenue le critère principal de tout, il n'y a pas d'autres valeurs. Pourquoi produire toujours plus, pourquoi créer toujours plus de déchets ? Il y a quelque chose de pervers dans la façon dont l'homme se voit dans le monde. Il ne se voit pas ! Il a complètement perdu la connexion cosmique. Il se voit, là, dans sa petite sphère. Il ne voit que son petit monde à lui, il ne se voit pas en relation avec le vaste monde.

Cette question : « Notre civilisation mérite-t-elle d'être sauvée ? » est une question intéressante. C'est la question essentielle.

Folco : Qu'en penses-tu, toi ?

Tiziano : Je n'ose pas, je n'ose pas dire qu'il est impossible de sauver notre civilisation. Cela me fait penser à la *Bhagavad-Gita* : fais ce que tu dois faire ; ensuite, que le monde se sauve, ou qu'il ne se sauve pas, ce n'est plus ton affaire.

Folco : Je serais curieux d'entendre ta réponse… Mais peut-être ne veux-tu pas me la donner.

Tiziano : Mais si, parlons-en tranquillement, au contraire.

Folco : J'ai l'impression que tu n'oses pas dire comment tu vois l'avenir du monde. Est-ce que je me trompe ?

Tiziano : Non, tu ne te trompes pas.

Silence.

Je vois un grand chaos. Un grand chaos et une grande « décivilisation » de l'humanité. Tu as dû le comprendre d'après les petites histoires que je t'ai racontées, l'épisode des îles Kouriles entre autres : j'éprouve une sympathie affectueuse pour l'Homme. J'aime vraiment l'homme, l'Afghan avec son nez médiéval, avec ses haillons et sa fierté. J'aime l'homme asiatique, dur, résistant. J'aime l'homme, j'aime l'humanité, et cela me déplaît absolument de penser que l'humanité pourrait disparaître de la surface de la Terre. Tu vois, c'est sans doute parce que j'appartiens à cette humanité que j'éprouve ce sentiment très profond. Mais il y a un processus de *décivilisation* en cours, et je ne vois pas comment on pourrait revenir en arrière.

Folco : C'est pour cela, toutes ces guerres ?

Tiziano : Oh oui, bien sûr. Toutes ces violences. Qui n'ont parfois même pas besoin de prendre la forme de guerres.

Folco : Tu dis qu'il y aura de plus en plus de violence ?

TIZIANO : De plus en plus. Notamment parce que le système international s'est écroulé. Ce système de contrôle de la guerre qu'on a cherché à établir après la Seconde Guerre mondiale. Tu sais, on dit que l'homme a une nature assassine, c'est d'ailleurs ce que je pense aussi de moi, mais bon. Ensuite, il y a des règles imposées par la conscience, des codes qui nous tiennent en bride, en quelque sorte. Après la Seconde Guerre mondiale, des règles avaient été plus ou moins établies ; certaines étaient vraiment légales, d'autres assuraient plutôt l'équilibre de la terreur. Aujourd'hui, toutes ces règles ont disparu. Et, tout comme la Ligue des Nations a échoué, les Nations Unies ont échoué à leur tour. Il n'y a plus de règles. Et alors, qui freine, qui met un peu d'ordre là-dedans, qui promène la bête en laisse ?

FOLCO : J'ai remarqué en t'écoutant que tu aimes l'homme afghan, que tu aimes l'homme asiatique. Mais tu n'as pas mentionné l'homme occidental, européen, américain.

TIZIANO : Je l'aime de moins en moins. J'aime le côté primitif de l'homme, son rapport avec la nature. Car l'homme qui est proche de la nature est véritablement un homme. Pense aux civilisations urbaines : tout le monde naît dans des boîtes avec l'air conditionné, tout le monde part travailler dans des boîtes avec l'air conditionné, tout le monde va d'une boîte à l'autre, tout le monde est imbibé du poison de la télévision. Mais quel type d'hommes sont-ils, merde ? Il y a des gens, j'en suis sûr, qui ne savent même pas ce qu'est une fourmi. Que veux-tu attendre d'un homme de ce type ?

Cet homme-là – l'homme occidental – est devenu une nullité. Une nullité, un con tout à fait quelconque à qui on dit de ne pas tuer, de bien se comporter. Et puis, un jour, on lui dit : « Tiens ce fusil et tues-en cent mille ! » Et lui, ce couillon, il le fait, tout content. Allez, on ne va quand même pas dire que c'est un homme !

FOLCO : Mais alors, que lui manque-t-il ?

TIZIANO : Il a été dépouillé de son indépendance, de sa pensée.

FOLCO : J'essaie de comprendre. Dans un sens, oui, c'est vrai : quand on se promène dans une ville, les gens semblent… légers, comme s'ils étaient sans épaisseur.

TIZIANO : On ne voit pas une humanité, on voit des pantins.

FOLCO : Hum.

TIZIANO : Tout le monde est habillé pareil, tout le monde dit les mêmes choses. Ou le contraire de ces mêmes choses, c'est-à-dire encore les mêmes choses.

Je ris.

L'un est républicain, l'autre est démocrate. L'un a envie de tuer, l'autre un peu moins, un peu plus. Et puis, tout le monde se retrouve au bar, le soir. Ce ne sont pas des hommes.

FOLCO : Mais qu'est-ce qui fait que ce ne sont pas des hommes ?

TIZIANO : Mais parce qu'ils ne se demandent pas qui ils sont ! Ils ont l'impression d'être leur costume Armani, d'être leur mobylette.

FOLCO : Ils ne se demandent pas qui ils sont, où ils vont, pourquoi ils sont là ?

TIZIANO : Ils n'en ont pas l'occasion.

Mon ami T.S. Eliot le dit d'une manière si juste : « Distraits par les distractions qui les distraient. »

FOLCO : Alors, cette civilisation mérite-t-elle d'être sauvée ? Je suis curieux de savoir ce que vous avez dit, le Vieil Homme et toi, au cours de vos conversations. Qu'est-ce qui mérite d'être sauvé, et qu'est-ce qui ne le mérite pas ?

Longue pause. Papa est à bout de souffle.

Trop difficile ?

TIZIANO : Je me sens mal, Folco. Donne-moi une demi-heure, donne-moi dix minutes.

FOLCO : Oui, oui. Après, si tu veux, nous pourrons parler de sujets plus légers.

TIZIANO : Allez, reposons-nous cinq minutes.

FOLCO : D'accord.

Papa met de la musique. Je m'apprête à partir.

TIZIANO : Non, reste ici. Écoute ce morceau. Il s'appelle *L'Esprit tranquille.* C'est un Allemand qui joue avec un flûtiste tibétain. Ce serait bien de pouvoir dormir maintenant.

FOLCO : Maintenant ? Mais il est trois heures de l'après-midi ! Tu es fatigué ?

TIZIANO : Je dormirais volontiers.

FOLCO : Que fais-tu quand tu dors ? Tu rêves ?

TIZIANO : Hum… Je dors.

FOLCO : Tu penses ?

TIZIANO : Oui.

FOLCO : À quoi penses-tu ?

Papa ne répond pas.

ÛPAR ! ÛPAR !

TIZIANO : J'aimerais que tu comprennes quel est le fil de ce récit. Ce fil, c'est une *quête* qui m'a conduit à toutes ces illusions : la révolution, la politique et la science, qui devraient être capables de résoudre les problèmes, et pour lesquelles on s'engage, on écrit, on essaie de changer l'opinion des autres. Et puis, on s'aperçoit que ce sont des illusions, que cette quête n'a servi à rien.

FOLCO : Comment ? On ne peut pas conclure que tout ça n'a servi à rien.

TIZIANO : Non. Le monde de dehors n'a pas réglé ses problèmes grâce à la politique. Avant, je croyais dur comme fer au savoir. Mais, un jour, je me suis rendu compte que la transformation extérieure de la société ne faisait rien pour la transformation psychique de l'individu. Rien. Toutes ces révolutions, ces guerres, ces assassinats, ces massacres ; et après, tout redevient comme avant. On ne peut pas résoudre la violence, la peur, le désespoir et la misère. Et le monde intérieur n'avance pas. Absolument pas. Je l'ai déjà dit mille fois : pense aux progrès que l'homme a faits pendant tous ces millénaires depuis l'époque de la massue, grâce à son savoir ! Mais l'homme est-il devenu meilleur ? Non.

Et j'ai connu alors ma dernière grande illusion : l'Inde. Je suis allé en Inde pour chercher une solution, une solution extérieure en réalité, car l'Inde possède un grand capital de *ahimsa*[1] : la non-violence, Gandhi, les *rishis* ; et, en bon journaliste que j'étais, je me suis intéressé à la politique, pour découvrir finalement que leur politique était pire que celle des autres pays.

Bon Dieu ! Un pays comme l'Inde, avec une telle force morale, qui avait en 1949 un capital inimaginable ! Tu ne peux pas savoir quelle image avaient l'Inde, et Gandhi, « ce vieux fakir vêtu de haillons », qui montait les marches du pouvoir britannique, à Londres, en s'appuyant sur son bâton. Enfin, tout de même, c'était quelqu'un ! On parlait de lui dans les magazines des salons de coiffure. Mais dès qu'il est mort – paf ! –, tout a basculé. Tout, tout, tout a basculé. Ils ont voulu le développement, ils ont voulu des trains, des usines, des aciéries. Et la bombe atomique. La bombe atomique, l'Inde ! L'Inde qui possédait la bombe atomique *morale*.

Gandhi avait eu l'audace de dire qu'il ne fallait pas combattre le nazisme parce que ça ne servait à rien de le combattre avec les armes. Le nazisme serait mort naturellement si les gens s'étaient opposés à lui avec leur force morale. Folco, quelqu'un avait demandé à Gandhi si le jeûne n'était pas une grosse connerie, car on ne pouvait pas s'opposer à Hitler autrement qu'en le combattant. Mais Gandhi lui avait répondu que non, qu'il ne voulait pas qu'on fasse la guerre à Hitler. Il disait que le nazisme était une crise passagère, que Hitler se serait détruit lui-même, et qu'il était inutile que

---

1. Les *Yoga-Sûtras* de Patanjali décrivent les huit étapes du yoga classique dit « à huit membres » (« asthanga yoga »). Les « yamas » (comportements refrénés, attitudes renoncées) constituent la première de ces étapes. Le premier des « yamas » est *ahimsa*, terme qu'on traduit par « non-nuisance », « non-violence ».

des millions de personnes meurent parce qu'on voulait détruire Hitler par la violence ; et que ces personnes auraient peut-être été sauvées, au contraire, si Hitler s'était autodétruit. Mais tu te rends compte, quelle *audace* ! Je ne sais pas s'il avait raison, ou si son raisonnement ne tenait pas debout, mais il y avait quelque chose de vraiment profond dans sa position. Si on accepte la non-violence comme critère *total*, on doit la défendre jusqu'à ses conséquences les plus radicales, y compris le risque de se faire tuer.

Il s'arrête.

FOLCO : Transpercé par un rayon de soleil ?

TIZIANO : Transpercé par une douleur à l'estomac.

Alors, je me suis dit : « Comment, je pars en Inde et je découvre ces hommes qui… ? » Si tu avais été là, le jour où ils ont annoncé qu'ils avaient la bombe atomique ! Bon sang, on aurait dit qu'ils étaient arrivés sur la Lune, Apollo 13. La gloire de l'Inde !

Très bien. L'Inde a le droit d'avoir la bombe atomique, si elle le souhaite ; tu comprends, la Chine l'a, le Pakistan l'a également. Mais, nom de Dieu, tu ne crois pas que l'Inde aurait été bien plus puissante moralement si elle avait dit : « Nous pouvons la fabriquer, mais nous ne voulons pas le faire. Car la bombe détruit tout, c'est le contraire de tout ce à quoi nous croyons, le contraire de *ahimsa*. » *Ahimsa, ahimsa, ahimsa* : ne pas provoquer de douleur, ne pas provoquer de misère, ne pas nuire.

Et tout a été du même acabit. Le jour où je suis arrivé en Inde avec ta mère, Delhi était couverte de panneaux publicitaires disant : « I am back ! » Mais enfin, crois-tu que l'Inde a besoin de ces grands panneaux, payés par ces porcs, disant « I am back ! » parce que Coca-Cola est de retour ? Ce fut une terrible déception pour moi. Et puis, toutes ces gloires militaires, ces parades copiées sur celles des Anglais, tu sais, toutes ces marques de suffisance.

Je me suis mis à chercher ce qui restait de Gandhi. Je suis allé dans son ashram, et dans d'autres ; j'ai rencontré des vieux merveilleux, vraiment merveilleux. Tu sais, ces petits vieux maigres, qui ont encore une sacoche comme la mienne, avec leurs beaux gilets en *khadi*[1], en coton, tout usés. Et avec une idée en laquelle ils croyaient. Mais trois pelés, pas plus. Terminé.

Je suis parti, comme tous les jeunes, avec un désir très fort de changer le monde, de le rendre meilleur, en faisant tout ce qui me semblait pouvoir être utile au monde, c'est-à-dire des actes extérieurs. Changer de politique et donner un peu plus de travail aux gens, distribuer les richesses ; utiliser le savoir des ingénieurs pour construire un beau pont qui permettra de traverser un fleuve. Mais ensuite, on se rend compte que ce n'est pas la solution.

FOLCO : Alors, quelle est la solution ?

TIZIANO : La solution, j'ai l'impression de l'avoir trouvée. Écoute-moi. Si on réussit à devenir meilleur, à faire quelque chose de soi-même et à se rendre compte de l'inutilité de tout le reste, sans doute pourra-t-on jeter les bases d'une grande idée, qui est, selon moi, essentielle : l'évolution de l'homme vers un niveau supérieur.

Et c'est à partir de là qu'on arrive à l'Himalaya. Plus de révolutions, plus de politique. À quoi bon ?

Alors, on finit par faire tout ce qu'ont fait tous les chercheurs du passé : *ûpar ! ûpar !* Au sens figuré, mais également physiquement, on s'élève, on s'élève, on s'élève de plus en plus. On monte sur la montagne : *ûpar, ûpar, ûpar.* Et, sur ma route, j'ai eu la chance de

1. Le *khadi*, textile filé et tissé à la main, symbole de l'identité indienne.

rencontrer, d'abord le Swami, le maître de l'ashram, puis le Vieil Homme de l'Himalaya. Je suis arrivé à cet endroit hors du monde, où je ne me suis plus occupé que de moi-même, et qui, enfin, m'a donné pendant un instant le sentiment fulgurant qu'il y avait quelque chose au-delà.

FOLCO : C'est l'idéal du *sadhu* indien, de celui qui part pour se transformer lui-même. Et sa transformation, dans une lointaine grotte de glace, peut également changer le monde, d'une certaine façon. Ce phénomène, les Indiens l'expliquent dans un sens mystique : d'après eux, les pouvoirs acquis par l'ermite sont tels que ses pensées deviennent réalité, même si elles ne s'accompagnent d'aucune action.

TIZIANO : C'est le moyen d'exprimer une espérance.

FOLCO : Un jour, j'ai rencontré un *sadhu* qui m'a raconté une chose intéressante. Je ne sais pas si c'était vrai, mais cela m'a paru sensé. Il me disait que, sur cent pensées qui nous traversent l'esprit, quatre-vingt-dix-neuf nous sont déjà connues. Même les pensées se répètent. Donc, autant cesser de penser, faire taire complètement ses pensées, pour trouver ensuite, peut-être, au fond du silence, une ou deux idées, mais des idées totalement originales.

TIZIANO : Tu as parfaitement raison. On pense toujours les mêmes choses, que les autres pensent également, d'ailleurs. Mais s'arrêter pour essayer de penser *une autre chose* ?

FOLCO : Pour cela, on doit…

TIZIANO : Se retirer.

FOLCO : Oui, se retirer.

TIZIANO : Tu connais mieux que moi l'Inde et sa classification des quatre stades de la vie. Le premier stade est celui de la jeunesse, le temps de l'apprentissage ; le deuxième stade est celui où l'on rend à la société ce qu'on a reçu, c'est donc le temps où l'on travaille, où l'on est un bon mari et un bon père de famille ; le troisième stade est celui où, après avoir accompli ses obligations familiales, on se retire dans la forêt, parfois accompagné de sa femme et de quelques livres. Enfin, si on y arrive, il existe un quatrième et dernier stade : c'est le moment où l'on part, seul, à la recherche de Dieu.

FOLCO : J'ai souvent remarqué que les Indiens te considéraient comme quelqu'un qui avait réussi dans le monde, dans les aspects pratiques, matériels de la réalité : tu as réussi à t'occuper à la fois de ta famille et de ta situation économique, tu as fait ton travail correctement, etc.

TIZIANO : Tu viens d'évoquer un point très intéressant qui explique entre autres le « détachement » que je vis aujourd'hui : finalement, il me semble que, si je peux vivre ce détachement, c'est uniquement parce que j'ai assumé pleinement, et en toute conscience, ce rôle de chef de famille dont tu parles.

Je reconnais que j'ai eu énormément de chance dans ma vie. Je suis un homme extrêmement chanceux. J'ai reçu une part de chance certainement plus grande que la moyenne. J'ai réussi à jouer mon rôle comme il faut ; je peux employer des expressions comme « j'ai eu du succès dans ma vie », succès dans ma famille, dans mon mariage. J'ai vécu quarante-sept ans avec ta mère ! Personne ne s'est enfui, personne ne s'est envolé avec une danseuse brésilienne ou un pirate malais, même si les tentations… je ne peux pas dire qu'il n'y en a pas eu, au contraire, et c'est ça qui est beau. Dans mon métier, j'ai fait tout ce que j'ai pu. J'ai écrit pour l'un des plus grands journaux du monde… Bon, d'accord, j'ai écrit des livres, dont certains ont été lus par des milliers de personnes. Tout ce que j'ai fait m'a donné une base qui m'a permis de clore le chapitre de ce monde. Je dois avouer en toute sincérité que, si je devais partir aujourd'hui, et si ma famille était totalement décomposée, que personne n'avait lu mes livres et que je n'avais jamais obtenu la moindre reconnaissance pour un travail que j'ai essayé de faire correctement, alors peut-être éprouverais-je quelques regrets. Mais, ces regrets, je ne les éprouve pas.

C'est grâce à tout ce que j'ai fait que j'ai pu vivre le troisième stade de mon existence. Tu sais, j'ai eu deux grands cadeaux dans ma vie : le cancer et la retraite, qui sont arrivés au même moment. Et c'est alors que j'ai laissé le monde. Le cœur très léger, j'ai quitté le journalisme, mes amis, la société, et je suis allé vivre dans un ashram avec ce maître, le Swami[1], qui m'enseignait non seulement le sanscrit, mais également le sens de la philosophie indienne, religieuse si tu veux. Tu sais, quand on lit pour la première fois le deuxième chapitre de la *Bhagavad-Gita*, ou le neuvième ; quand on commence à se rendre compte qu'on n'a besoin de rien... Je mangeais leurs bouillies dans des auges à cochons, en chantant les vers du quinzième chapitre : « Je suis le feu vital dans le corps de tout ce qui respire. Uni aux souffles, c'est moi qui résorbe les aliments[2]. » Ahhh, je n'étais plus moi !

Je savourais ces moments, j'apprenais, j'étais dévoué à ce maître, parce que je lui devais beaucoup, même si je ne pouvais pas devenir un de ses disciples, un de ceux qui lui touchaient les pieds, le matin, pour se charger de ses énergies. Impossible ! Je restais profondément florentin. J'étais toujours entre deux eaux : incapable de retourner en arrière – car, enfin, j'avais l'impression d'avoir fait quelques pas en avant –, mais incapable de passer sur l'autre rive et de dire : « Voilà, je suis arrivé, je suis l'un des vôtres ! »

1. Swami Dayananda Saraswati.
2. La *Bhagavad-Gita*, traduction française d'Alain Porte, éditions Arléa, 2004.

Cependant, la rencontre avec le Swami – mis à part qu'il était beau, habillé tout en orange, genre ethnique – m'avait frappé. J'avais toujours couru après le temps, parce que, dans mon métier, j'avais des délais à respecter. Un jour, je suis resté pendant plusieurs heures dans la grande salle où il recevait tout le monde, pour l'observer. Des tas de gens venaient le voir : des petites dames indiennes, des employés de banque ou des directeurs, et ils lui touchaient les pieds, lui demandaient comment ils pouvaient faire avec leur enfant qui avait des problèmes à l'école, ou lui confiaient qu'ils avaient peur de mourir. « Swami-ji, Swami-ji, comment meurt-on ? Qu'y a-t-il de l'autre côté ? » D'une patience légendaire, le Swami offrait toujours un sourire, une parole à chacun d'entre eux et, à la fin, il donnait à chacun un grain de raisin. Il y avait une légèreté dans tous ces moments qui m'a énormément apporté.

Lorsque mon tour est arrivé, je me suis approché de lui et, tout à fait charmant, il m'a fait entrer dans sa petite pièce.

« Mais, excusez-moi, Swami », lui ai-je demandé, « comment faites-vous pour consacrer tant de temps à tous ces gens, bon sang ? »

Il m'a regardé fixement et a eu ce rire merveilleux qu'il avait si souvent.

« Je n'ai plus besoin de temps. Mon temps est le temps des autres. J'ai déjà atteint ce que je voulais atteindre : *moksha*[1]. Le temps, pour moi, n'a plus aucune valeur. »

J'ai été frappé, déchiré par cette phrase. Lui aussi, il savait quelque chose, comme l'homme avec le collier

---

1. *Moksha* : la délivrance, la libération. Dans la spiritualité hindoue, le but de la vie de l'homme est de se délivrer de la loi du karma (loi de rétribution des actes) et de la ronde des renaissances, le Samsara.

de fleurs orangées que nous avions vu au temple de Sai Baba Mandir.

J'ai vécu dans cet ashram pendant trois mois, et jamais je n'ai parlé de mon passé, jamais je n'ai dit quel homme j'avais été, ce que j'avais fait. Car l'identité – quelle que soit l'identité que l'on puisse désirer : l'identité physique, psychologique, celle de notre nom – est limitative : on ne peut pas être autre chose que cette identité. Si tu as été le directeur des Postes, même lorsque tu seras à la retraite, dans le train, on te demandera : « Mais, vous… ? » – « Ah, moi, j'étais le directeur des Postes ! » Et alors ? Ha, ha, ha ! Le compartiment éclatera certainement de rire. Et un autre dira : « Vous ne savez pas qui j'étais, moi ? J'étais colonel. » Ha, ha, ha !

Et puis, lentement, on part, on est fatigué, on s'éloigne, pour devenir Anam, le Sans-Nom. Quelle grande découverte que celle de ne plus avoir de nom. En réalité, Anam naît exactement comme la fleur de lotus qui s'épanouit sur un étang de boue[1], non ? Au diable, tout le reste, au diable ! Je ne suis plus ce Tiziano Terzani, je ne suis plus cet homme-là.

FOLCO : Mais, toi, Papa, qui es-tu ?

Papa se met à rire.

TIZIANO : Je l'ai un peu inventée, ma vie, tu ne crois pas ? J'ai été mille choses, certaines vraies, d'autres

1. Dans le bouddhisme, la fleur de lotus est l'emblème de Bouddha. Le lotus est la seule plante aquatique dont la fleur est au-dessus de l'eau, contrairement aux nénuphars dont la fleur flotte sur l'eau. La légèreté de la fleur au-dessus de la surface de l'eau symbolise celle du Bouddha. Le lotus puise sa substance vitale dans la boue pour s'épanouir au-dessus de l'eau. La boue représente les souffrances, les troubles et les désirs, qui sont le terreau même de notre épanouissement. Il est donc possible de transformer son karma par l'illumination, cet état où l'on atteint l'Éveil.

potentielles. J'ai été cabotin, j'ai été acteur, assassin, pédophile, adultère : j'ai été tout cela, comme tout le monde. J'ai été des tas de personnages à des moments différents. Des tas de personnages vrais, intenses. Et, chaque fois, un personnage venait en remplacer un autre, entrait dans l'autre personnage, comme font les poupées russes. Mon Dieu, tous les rôles que j'ai joués ! Combien de masques on porte, qui, au bout du compte, nous étouffent ! Et puis, un jour, je me suis dit : « Moi, ce masque-là, pfftt ! Je le jette. » Enfin, voilà, je suis Anam, un homme sans nom, sans histoire, sans passé. Car tous ces trucs ne sont que des broutilles, et le coucou, lui, s'en fiche complètement. Mais ce n'est pas par méchanceté, ce n'est pas parce qu'il me veut du mal. Au contraire, c'est peut-être aussi pour moi qu'il chante.

Tu m'as demandé qui j'étais. Eh bien, j'ai été essentiellement une multitude de masques : certains étaient vrais, d'autres faux, parce qu'ils changent au fil du temps et se transforment. Et là, je vais te dire une vérité que tous les sages ont intégrée : c'est qu'il n'y a pas de permanence. Rien n'est permanent, *rien* n'est permanent dans cette vie. Pourquoi voudrais-tu être permanent, toi ? Oh, mais quoi, tu rêves ?

FOLCO : Et maintenant, tu n'as plus l'impression de porter un masque ?

TIZIANO : Non, pas du tout, pas du tout. Et c'est cette sensation qui me donne cette grande liberté. Je me sens léger. J'ai le sentiment que plus rien ne me touche, parce que je ne suis pas ce masque, je ne suis pas ce corps, je ne suis pas mes souvenirs, je ne suis pas… Je suis une entité bien plus grande, bien plus petite, bien plus particulière. Mais je ne suis rien de tout cela. Et c'est justement parce que je ne suis rien de particulier que je peux me permettre de penser que je suis tout.

FOLCO : Si tu avais pu prendre cette pilule qui t'aurait fait vivre encore dix ans, aurais-tu voulu vivre pour connaître le quatrième stade, celui que les Indiens posent comme l'état de *sadhu*, le mendiant errant qui quitte tout, tous les êtres et toutes les choses ?

TIZIANO : Non, ça ne me ressemble pas. Je suis quelqu'un toujours à mi-chemin, je suis quelqu'un toujours entre deux eaux. Je ne peux pas devenir un *sadhu*, je ne peux pas faire ce pas ultime pour disparaître dans les montagnes, dans l'état d'éveillé. Parce que je ne suis pas un éveillé.

FOLCO : Mais pourquoi ne pas essayer ? Ils disent en fait que, sur dix mille qui essaient, il y en a peut-être un seul qui y arrive… Mais cet homme réussira peut-être à trouver quelque chose qui pourra aider les autres. Il le fait aussi pour les autres.

TIZIANO : Oui, bien sûr, bien sûr. Mais ce n'est pas pour moi. J'ai écrit des livres. Je ne pourrais jamais être prophète ou gourou, non, vraiment pas. Je viens de Monticelli, je suis un homme simple. Cela t'étonnera sans doute, parce que tu m'as toujours connu comme père, et que je t'ai fait de l'ombre tout au long de ma vie, avec ma moustache, avec ma super-efficacité, avec mes appareils photo, avec tous mes voyages. Mais je suis quelqu'un de tout à fait normal. Je ne suis ni extrêmement intelligent, ni extrêmement cultivé. Et puis, je ne suis pas un leader. Je suis une personne, malgré tout, très privée, et cela me répugne de me mettre… Je suis comme Charlie Chaplin : soudain, un drapeau rouge tombe d'un camion, et il lui court derrière parce qu'il veut le rendre à son propriétaire et, derrière lui, il y a plein de gens qui courent. Ce serait le seul cas où je pourrais moi aussi guider une foule. Non, vraiment, ce n'est pas mon rôle, ça ne l'a jamais été.

Je suis un Florentin qui a cherché autre chose, qui a grappillé de-ci, de-là, qui a vécu des tas d'expériences.

FOLCO : Il y a une question que je t'ai déjà posée bien des fois, mais j'ai envie d'y revenir, parce qu'elle concerne un des sujets auxquels je me suis le plus intéressé, personnellement. Les Indiens, dont tu respectes la culture – d'ailleurs, tu es allé en Inde parce que tu disais que c'est l'endroit où l'on peut apprendre à mourir –, les Indiens, donc, croient que, à travers la destruction du Soi, l'homme peut atteindre un état qu'ils appellent l'Illumination.

D'après toi, que peut bien être cette Illumination ?

Papa rit.

Non, mais j'aimerais vraiment le savoir. Qu'est-ce que c'est ? De quoi parlent-ils ? Comment ça se manifesterait ? Qui est éveillé ? Qu'est-ce que l'Illumination ? Oh, mais qu'est-ce que c'est ?

TIZIANO : Une illusion…

Il boit une gorgée de thé.

Mais une illusion qui te tient en bride. Et te donne un espoir.

FOLCO : C'est tout ?

TIZIANO : Combien en as-tu rencontrés, toi, des éveillés ? Moi, aucun. La moitié, un quart, un… Peut-être. Mais ça ne veut rien dire. C'est le voyage, c'est cette aspiration à une vision différente du monde.

Il y a ce pauvre moine – comment s'appelle-t-il ? – qui, dit-il, l'attend depuis un temps fou. « Si je pouvais être touché ne serait-ce qu'une seule fois ! Mais c'est arrivé à un autre que moi pendant qu'il conduisait sur l'autoroute. »

FOLCO : Non, Papa, cette sensation fulgurante de l'immensité, beaucoup de gens la vivent. Il n'y a pas de doute là-dessus. Cet instant pendant lequel on sent qu'on a tout compris, ces instants – parfois, quelques minutes seulement –, nous les avons connus, non ? Ça m'est arrivé, moi aussi, pendant que j'interviewais un lama tibétain, la caméra sous le bras. C'était comme si le monde tout autour de moi se transformait en rêve, un rêve à travers lequel je voyais pour la première fois la réalité, un vide de lumière… Quand je suis parti, mes yeux étaient remplis de larmes. Une joie débordante.

TIZIANO : La fulgurance.

FOLCO : La fulgurance.

TIZIANO : Nous l'avons ressentie tous les deux.

FOLCO : Mais, à ton avis, existe-t-il un état de l'âme, de l'esprit, de l'être, auquel on peut arriver…

TIZIANO : Après avoir fumé un joint ?

FOLCO : Non ! Y a-t-il une destination au-delà… au-delà de là où l'on est maintenant ? Y a-t-il un autre pas qu'on puisse faire, y a-t-il quelque chose d'autre qu'on puisse encore faire avec soi-même ?

TIZIANO : Moi, je crois qu'il n'y en a pas.

Une pause.

Et si j'aspirais à cela, je nierais tout ce sur quoi j'ai travaillé. Parce que ce ne serait qu'un simple désir. Je dois être tout à fait honnête : ce que j'ai trouvé est déjà énorme. Qui aurait pu croire que, malgré un tel diagnostic – un cancer sans grand espoir de guérison –, je me serais amusé jusqu'au bout ? Et maintenant, ce n'est pas suffisant ? Mais que vouloir de plus ? Que vouloir de plus, qu'on me dresse un monument sur la place ?

FOLCO : Non, surtout pas. Si tu attendais encore quelque chose, ce serait une attente intérieure.

Je réfléchis.

Finalement, je ne sais pas. Si un homme accepte la mort, tu as raison, que peut-il vouloir de plus ? Que peut-il y avoir de plus intérieur que l'acceptation de sa propre mort ?

TIZIANO : Il y a une étape encore plus complète, c'est l'interpénétration du mal avec le bien, de la mort avec la vie. Car, si tu as compris autrement qu'avec ta tête, si tu as *vraiment* réussi à intégrer ces principes contraires, alors tu as ressenti, avec ton cœur et ta force d'intuition, la quintessence de l'univers. Tu ressens cette quintessence si tu as compris que, dans le fond, il n'y a pas de différence : les Asura sont comme les Deva[1] – les démons sont comme les dieux –, ce n'est qu'en apparence qu'ils se combattent les uns les autres. Mais, finalement, ils sont une seule et même chose.

FOLCO : Il doit y avoir plusieurs niveaux de compréhension de cette sensation, non ?

TIZIANO : Oui, j'en suis sûr. Et ton lama tibétain avait certainement atteint un des niveaux les plus élevés. Mais, personnellement, je n'ai pas pu prétendre à un niveau élevé. Et je t'assure que, maintenant, ça ne me manque pas.

FOLCO : C'est vrai, ça ne te manque pas ?

TIZIANO : Non, non, je vais bien, je suis arrivé.

FOLCO : Qu'est-ce que ça veut dire ? Que le monde ne t'appelle plus ? Pourtant, de temps en temps, tu te mets encore en colère, lorsque je ne repose pas la radio à sa place, lorsque le chaton miaule. Et ça, qu'est-ce que c'est ?

TIZIANO : Ce sont les vieilles faiblesses de Tiziano Terzani qui pense encore qu'il existe un ajustement *possible* pour que les choses extérieures deviennent meilleures. Mais si l'on est objectif pendant un court

1. La mythologie védique met en scène la rivalité entre deux classes de dieux : les Deva (« dieux », au sens de célestes, brillants) et les Asura (« forces » ou « souffles » de vie), division correspondant à celle des dieux et des démons.

instant, on se rend compte que cet ajustement n'est pas possible. Ce n'est pas possible, Folco. Regarde ces cent dernières années. Alors, on se dit qu'il faut s'appuyer sur cette découverte : je ne suis pas ce corps, je ne suis pas cette identité, je ne suis pas ces livres, mais je fais partie d'un autre ensemble, qui est indifférent à tout cela. Et on se dit que, peut-être, un jour, cet autre ensemble pourra aider l'homme à trouver une voie.

FOLCO : Je me demande si l'illumination ne consiste pas précisément à réussir à regarder le monde tel qu'il est et à le considérer comme parfait.

TIZIANO : Ah, mais oui, bien sûr, bravo. Je suis absolument d'accord avec toi.

FOLCO : C'est-à-dire, partir du principe qu'il n'y a rien à changer. Que l'abjection, les tortures en Irak et l'eau qui sort trop brûlante de la douche, tout est exactement à sa place.

TIZIANO : Ta définition me touche. Elle est peut-être juste, tu as sans doute raison. Je dirais même que ta pensée me touche parce que c'est peut-être ainsi que va le monde. Car même mon aspiration à un homme meilleur, plus spirituel, est faite de désir ; et d'une chose encore plus terrible, de devenir. Alors que toi, oui, tu as raison. Comprendre que c'est parfait. Et que ça ne devient pas.

C'est.

Une idée à méditer.

Un long silence.

FOLCO : Tu n'as pas l'impression d'avoir laissé quelque chose d'inachevé ?

Papa hoche la tête.

TIZIANO : Ce que je vais t'annoncer est peut-être aussi, comment dire, un peu prétentieux. Mais c'est pourtant vrai : il n'y a plus rien qui m'intéresse. Tu sais, je lis les journaux pour avoir une compagnie, pour me distraire d'une douleur. Mais je les ai déjà lus il y a trente ans. Les mêmes histoires.

FOLCO : Donc, ce que tu es en train de faire maintenant, c'est de te détacher ? C'est cette idée ? Tu es en train de t'éloigner de tout ?

TIZIANO : Oui, hop ! Tu vois, je ne veux voir personne. Qu'est-ce qui m'intéresse ? Monsieur R. ? Mais dis-moi, si je dois vivre encore trois semaines de plus, est-ce que tu crois que je vais avoir envie d'écouter monsieur R. ? Je le fais, parce que ce sont mes dernières responsabilités avant de m'en aller, tu ne crois pas ? Mais, bon, est-ce que j'ai envie de voir N. ? Est-ce que j'ai envie de voir Q. ? Non, je ne veux voir personne. J'ai cet immense océan de paix devant moi, et le capitaine s'apprête à larguer les amarres. Et je resterais encore là, sur la rive, à pêcher des poissons ? Non, je m'en vais, je m'en vais !

Je vais être presque cruel, Folco. Pense à cela : tu as un fils, qui est mon petit-fils. Il est beau, il porte mon nom. Et Saskia vient de me donner un autre petit-fils. J'aime cette continuité. Mais c'est quelque chose à laquelle je n'attache pas une grande importance. Parce que, si cette passion, ce désir de bien-être et de bonheur que j'ai toujours éprouvé pour toi, si je me mettais maintenant à les déverser sur ton fils, en espérant qu'il aille dans une bonne université, qu'il épouse une jeune fille de bonne famille, qu'il fasse un métier qui le rende heureux, alors – mon Dieu ! –, on recommencerait tout à zéro ! Donc, pourquoi ne pas me soucier également de son propre fils et dire : « Mon arrière-petit-fils… » Pourquoi ne pas désirer également qu'il aille lui aussi à l'université ?

Tout cela est désormais en dehors de ma vision du monde.

FOLCO : Tu es prêt ?

TIZIANO : Je pourrais m'en aller demain.

FOLCO : Tu es vraiment prêt ?

TIZIANO : Tout à fait prêt. Vraiment, Folco, tu peux me croire.

FOLCO : Parce que tu as plus ou moins tout terminé ?

TIZIANO : Terminé, terminé, terminé. Et je crois que j'ai préparé également ta maman. Nous avons parlé longuement, nous avons même passé des journées émouvantes. Et ta mère, qui me connaît et qui a été tellement généreuse avec moi pendant toute sa vie, a compris aussi cela. Tout se répète, le plus souvent en pire, car la géométrie du corps a changé.

FOLCO : La dernière expérience nouvelle que tu as vécue, c'est la rencontre avec le Vieil Homme de l'Himalaya ?

TIZIANO : Oui, je peux le dire. Allez, hop ! Toujours plus loin. Je suis allé de la plaine – où tout est encore matière – jusqu'à la montagne – où j'ai vécu comme un ermite dans un petit chalet, sans eau, sans téléphone, sans électricité, hors du monde, hors de ce monde. Je lui suis très reconnaissant de m'avoir permis cela.

Tu vois, Folco, certains événements, certains mots, on les entend, mais ils ne nous disent rien. Pourtant, dans une autre situation, ce même mot – waouh ! – va changer le cours de ta vie. J'ai déjà parlé de cela à propos d'une statue. Comme tu le sais, je suis florentin, je suis né à Monticelli. Tous les jours, j'allais à l'école en tram jusqu'à Porta San Frediano, puis je continuais à pied jusqu'à Palazzo Pitti, qui est l'un des plus beaux endroits du monde. Mes années de lycée, je les ai passées dans cette véranda, tout là-haut. Les copains, les tapes dans le dos, les filles, tu imagines… Bref, on ne regarde pas les statues, on ne les regarde pas. On serait à Pétaouchnok, ce serait la même chose. Et puis, un jour, par hasard, j'ai fait tomber un truc par terre, j'ai levé la tête et j'ai vu une statue : une tête de bouc sur l'arc de Ponte Santa Trinità. Et je suis resté médusé. Et cela est encore plus vrai quand il s'agit de mots. À vingt ans, trente ans, cinquante ans, tu peux entendre quelqu'un qui te dit : « Mais cette... », et tu n'en as rien à faire. Ça rentre d'un côté et ça sort de l'autre. Pourtant, comme disent toujours nos chers Indiens : « Lorsque l'élève est prêt, le maître apparaît. »

Le 1er janvier de l'an 2000, je suis arrivé sur la crête de cette montagne et j'étais un autre. Le *spiritus loci* opérait déjà ! Et le Vieil Homme a ouvert la bouche et a dit ces mots : « La Vérité est une terre sans sentiers... » S'il avait prononcé ces mots deux ou trois ans plus tôt, je me serais dit : « Sans sentiers ! Mais je t'en foutrais, moi ! » J'aurais cherché à savoir combien mesurait la montagne.

Il prend un ton de conspirateur.

Non, j'étais prêt. Et alors, je dois te dire – je veux absolument que tu le saches –, les premiers mois ont été magiques, Folco, magiques ! Il neigeait à gros flocons, nous étions bloqués. J'habitais dans une cabane sans chauffage, je me levais la nuit à trois ou quatre heures pour méditer, comme faisait le Vieil Homme. Il y avait... Il y avait une atmosphère, Folco !

Folco : Comme s'il allait se passer quelque chose ?

Tiziano : Oui, oui ! Et il était merveilleux. Il était présent, généreux. Il avait l'impression d'avoir enfin trouvé l'élève qu'il n'avait jamais eu.

C'était magique, Folco, magique, magique, magique. J'ai gardé des souvenirs de ces soirées, de ce silence, avec la neige dehors, de ce Vieil Homme qui parlait avec une intensité, et en connaissance de cause... Puis je lui posais des questions, et il méditait dessus, la nuit, pendant trois heures. Je le revoyais le soir suivant, et il me sortait les fruits les plus incroyables de ses réflexions. Non, vraiment, il m'a été d'une grande aide. Je lui en suis très reconnaissant.

C'est la première fois que nous parlions de ces sujets qui étaient pour moi – pour nous, je crois – les plus importants de tous.

TIZIANO : Et puis, tout de même, la nature de l'Himalaya a agi en même temps que le Vieil Homme. La nature en soi.

Les discours du Vieil Homme me fascinaient, je les trouvais tous intéressants. Mais ce que je préférais, c'était monter, à l'aube, sur la crête de la montagne. Tu sais, tout en haut de la crête de l'Himalaya, devant un océan de montagnes, cette jouissance de se sentir vivant, de sentir sa chair transpercée par les ondes déferlantes du vent. Finalement, c'est cette sensation qui me procurait un sentiment de grandeur. Je me sentais tellement rempli d'immensité.

Tu sais, je ne suis pas un intellectuel. Je comprends, je m'intéresse, j'ouvre les yeux sur le monde. Mais je suis quelqu'un de physique. Ces montagnes, ces montagnes, Folco ! Un matin, sur cette ligne de crête, j'ai été surpris par une coccinelle. Je me sentais cette coccinelle, Folco ; je ne me sentais pas un éléphant, non, je me sentais cette coccinelle. Je l'ai suivie, elle avançait, puis reculait, et, au bout d'un moment, elle est arrivée en haut d'un brin d'herbe, a ouvert ses petites ailes duvetées, transparentes, et a disparu en un clin d'œil. Mais elle ne s'est pas envolée vers un autre brin d'herbe à côté, elle est partie vers l'infini ! Juste en dessous se trouvait un précipice d'une centaine de mètres, et cette petite bestiole, splendide, étincelante, avec tous ces petits points, est partie vers les montagnes. Et là, voilà, Folco, j'ai vraiment senti que ma vie était une partie de ce tout.

Un autre petit saut, et je sens que je suis le vent, que je suis la coccinelle, que ce corps, en fin de compte… Et cette sensation me permet de vivre, de vivre bien, de me préparer. Rien ne semble plus terrible. Mon cancer ne m'intéressait plus. J'étais écrasé par un événement, mais il me restait tout ce qui m'entourait : ces cèdres de l'Himalaya, là depuis des siècles, sous les intempéries, et moi, assis à leurs pieds. C'était comme si leur sève, mon sang et ma respiration n'étaient qu'une seule et même chose, et que je faisais partie de ce tout. Après avoir éprouvé l'espace d'un instant une telle sensation, à quoi bon retourner faire mon métier de journaliste, aller dîner avec monsieur R. ?

Cette nuit-là, lorsque je suis allé me coucher, j'étais en transe. Je suis comme ça, je ne suis rien d'autre. Je ne suis pas un intellectuel, je ne suis pas un bâtisseur d'empires, je ne suis pas un prophète. Je suis quelqu'un qui, à la fin de sa vie, a joui également de sa nature physique. Et, étrangement, à un moment donné, grâce à cette nature physique – et tout d'abord, grâce au Vieil Homme, indubitablement –, je suis parvenu au-delà de la matérialité. J'ai pu connaître une sensation plus vaste, qui était reliée au tout, et qui est ma grande consolation de ce jour.

Car ça ne m'a pas quitté. Ça ne m'a pas quitté.

Il est fatigué.

Après, bien sûr, il y a une partie de soi… Car – il *faut* l'admettre –, tu sais, quand on a ces douleurs horribles, à l'estomac, et puis ici, et là, le corps attend beaucoup : il demande de l'attention, il ne veut pas qu'on se distraie de lui. Mais si on y arrive, ne serait-ce qu'un instant, ou si on a la chance, grâce à une pilule ou à autre chose, de se distraire, on se sent autre. Vraiment – sur ce point, je ne te mens pas, ce ne serait pas juste de te mentir sur ce point –, je me sens vraiment bien. Je veux mourir en riant. Après, si tout devient difficile, si ça devient impossible, nous rirons moins longtemps, et au revoir tout le monde.

Ce sentiment, je le sens très profondément. C'est le résultat des trois années passées avec le Vieil Homme. Non, pas trois années, trois semaines. Tu sais, il faut une occasion. Cet homme a même été cruel, ce n'était pas nécessaire, parfois. Mais s'il y a bien quelqu'un qui a détruit Tiziano Terzani, c'est lui.

« Le jour où je réussirai à casser ton ego, sa puanteur ira jusqu'au ciel ! » disait-il.

FOLCO : Maman m'a raconté qu'un jour, elle vous a vus partir sur un sentier dans la forêt – deux petits vieux, toi, énorme, et lui, tout petit et encore plus vieux que toi –, et elle avait l'impression par moments que vous alliez en venir aux coups.

Papa rit.

TIZIANO : Là encore, c'était beau quand le Vieil Homme disait : « Abandonne tout, abandonne tout ce que tu connais, abandonne, abandonne, abandonne. Et n'aie pas peur de rester sans rien, car, à la fin, ce rien est ce qui te soutient. »

FOLCO : Donc, nous sommes soutenus par… ?

TIZIANO : Nous sommes soutenus par quelque chose d'autre que les futilités auxquelles nous tenons. Qui tient tout ce bazar ? Qui tient tout ensemble ? Il suffit que la température se modifie de quelques degrés pour que les glaciers fondent et que ce soit la fin de tout. Mais, pour l'instant, tout tient. Qui fait chanter les petits oiseaux ? Il y a cet être cosmique, et si, l'espace d'un instant, on a ce sentiment fulgurant de lui appartenir, après, on n'a plus besoin de rien. C'est à partir de là que nous démarrons.

Les premiers temps que j'ai vécus là-haut étaient magiques. J'ai été retourné comme une crêpe. Tout m'est apparu sous une autre lumière. Tout d'un coup, tout a pris un autre sens. Et moi aussi, je dois te l'avouer – ah, je m'en mords la langue ! –, j'ai eu cette fulgurance que tu as ressentie avec ton Tibétain. Un instant, tu sais, dans la nuit, pendant une méditation. Quelque chose qui… Je suis allé de l'autre côté. Et, devant ça…

Silence.

C'est peut-être une goutte, mais on dirait l'océan.

INTERLUDE

Papa n'est plus en état de se promener, mais je sais qu'il aimerait revoir les montagnes depuis leurs sommets. Lorsque nous étions petits, il nous emmenait dans une ravissante prairie ; en voiture, on peut arriver tout près de cet endroit. Au début, il me dit qu'il ne veut pas y aller ; puis il accepte l'idée avec joie. Nous faisons le dernier bout de chemin à pied, sur un sentier flanqué de vieilles pierres recouvertes de mousse. Au-dessus des montagnes, devant le ciel bleu, des troupeaux de nuages gris et noirs emmêlés les uns dans les autres se lancent dans une course effrénée. On a l'impression d'être sur un navire en train de basculer dans le vide. Papa s'assied en tailleur au milieu du pré ; et moi, je trouve un prétexte pour aller dans la forêt de sapins, et le laisser seul. Lorsque je reviens, il est toujours à la même place, immobile, le visage balayé par le vent, en train de regarder le paysage. Je l'aide à se lever, mais, avant de partir, il s'incline, ramasse un long brin d'herbe, ôte son extrémité et l'enlace pour former un nœud coulant.

TIZIANO : C'est merveilleux que tu sois là, Folco. Je te suis profondément reconnaissant de cette promenade que tu m'as fait faire aujourd'hui, c'est un vrai cadeau. Tu vois : la vie n'est qu'un cercle. Souviens-toi des promenades que je t'ai fait faire dans ces montagnes. On dormait sous la tente, la nuit, dans le froid ; on faisait un feu et on cuisinait dans des réchauds. « Folco, réveille-toi, on va voir le lever du soleil ! » Tu sais, si tu es devenu celui que tu es, c'est entre autres grâce à ce genre d'expériences. Et maintenant, c'est toi qui me portes : tu me rends la pareille, c'est la vie. Je te montre comment faire des nœuds coulants pour attraper des lézards, et, cet été, tu le montreras à ton fils. C'est beau.

De retour à la maison, Papa n'a plus assez de force pour mener notre conversation rituelle. Et moi, je sens que je n'ai presque plus aucune question à lui poser. À moins que ? Si, en le voyant regarder les nuages, une question m'était venue à l'esprit.

FOLCO : Papa, que vois-tu quand tu regardes le monde ?
TIZIANO : C'est une belle question. Je vais y réfléchir, et puis, je te donnerai ma réponse.

POUR LES JEUNES

Nous sommes assis à l'ombre de l'érable, sur des fauteuils. Il fait un temps splendide. On entend le coin-coin de deux canards qui viennent d'arriver et se promènent timidement dans le jardin. Le chaton a grandi : il veut montrer sa force en essayant de les faire fuir, mais les canards reviennent toujours pour écouter le bavardage rassurant des voix humaines.

FOLCO : Alors, c'est toi qui commences ?
TIZIANO : Eh non ! Je vais m'en aller.

Je ris.

FOLCO : Et où vas-tu ?

Il y a une question que j'ai toujours voulu poser à un vieil homme : à la fin d'une vie longue et très remplie, qu'a-t-on compris ?

TIZIANO : Mon cher Folco, c'est un piège que j'attendais depuis longtemps. C'est bien propre aux jeunes de demander aux vieux : « Mais toi, qu'as-tu donc à nous enseigner, bon sang ? » Je m'étais dépatouillé de cette question il y a des années lorsque je t'ai enseigné la seule grande leçon que j'ai tirée de ma vie et qui pouvait réellement te servir. C'était juste après mon expérience avec les Khmers rouges, lorsque je t'ai dit : si quelqu'un pointe un fusil vers toi, souris ! Sourire m'avait sauvé la vie au Cambodge, et, si tu t'en

499

souviens bien, c'est également en souriant que nous avons réussi à nous en sortir lorsque nous cherchions le trésor de Yamashita.

On peut s'en tirer avec un bon mot. Mais répondre sur le fond, c'est beaucoup plus difficile. Gandhi disait : « Ma vie est mon message. » Combien de gens pourraient en dire autant ? Un tout petit nombre seulement. Moi, je n'oserais jamais. Je me brûlerais la langue si je disais une chose pareille. Mais, moi aussi, j'ai une vision personnelle du sens de ma vie.

Si tu me demandes ce que je laisse finalement, je dirai que je laisse un livre, qui pourra peut-être aider quelqu'un à voir le monde de façon plus pénétrante, à jouir plus profondément de sa vie, à l'envisager dans un ensemble plus vaste, comme cette vastitude que je ressens aujourd'hui de manière si puissante ; je laisse quelques souvenirs à travers des personnes comme toi et Saskia. Mon rôle de père, je ne l'ai jamais considéré comme le rôle de quelqu'un qui fait « gouzi-gouzi ! » aux enfants, les emmène à la piscine et joue avec eux au ballon. Jamais. Pour moi, être père, c'était être un homme qui semait des souvenirs, qui semait des expériences, des odeurs, des images de beauté et des modèles de grandeur qui pourraient vous aider, vous, mes enfants. C'est dans cette optique également que je vous ai emmenés avec moi en voyage. Je n'ai jamais prétendu être autre chose qu'un semeur de souvenirs.

FOLCO : Mais qu'attendais-tu de nous ?

TIZIANO : Ce qu'un père veut pour ses enfants peut être extrêmement lourd. On doit leur laisser leur liberté. Tu sais, je me suis rendu compte d'un truc important : alors que je n'ai, maintenant, même plus assez de souffle pour dire mon nom, j'étais un père qui faisait de l'ombre. Mon Dieu, un mètre quatre-vingt-six, toujours au premier rang, toujours impeccable dans mes petits costumes blancs, toujours aux aguets, toujours sympathique, toujours prêt à sortir un bon mot. Et toi, face à tous ces comportements, tu te mettais en retrait. Je te donnais du fil à retordre avec mon existence, n'est-ce pas ?

Mais je suis arrivé rapidement à cette belle conclusion. Inutile de s'emmerder ; de toute manière, les justifications psychanalytiques et psychologiques ne servent à rien. Si j'avais été une couille molle, un père timoré, incapable de ne rien faire, tu me l'aurais reproché une fois adulte. « C'était une couille molle. Il ne m'a rien appris, il ne m'a donné aucun exemple dans aucun domaine ! » En revanche, si j'avais été un père fort, dur, comme je l'ai été, tu pouvais dire : « Nom d'un chien, il m'a réprimé ! »

Le fait est que j'étais tel que j'étais, que tu étais tel que tu étais, et qu'il fallait bien se débrouiller l'un avec l'autre. Ton père a des couilles ? Bien, alors, gère-le comme tu peux ! Et tu l'as bien géré, hein, toutes les conneries que tu m'as faites… Je n'oublierai jamais le jour où je me suis acheté un de mes plus beaux tapis – c'était en Chine –, un petit tapis tibétain, jaune, auquel je tenais beaucoup. Je l'avais lavé et mis à sécher. Un peu plus tard, je t'ai grondé pour je ne sais quelle connerie que tu avais faite et, cinq minutes plus tard, je t'ai vu en train de traîner le tapis dans toute la maison, avant de le jeter par la fenêtre !

Nous rions.

FOLCO : Chacun apprend à réagir comme il peut.

TIZIANO : Si tu veux savoir ce que moi, ton père, je voulais pour toi et pour Saskia, je crois pouvoir répondre aujourd'hui très sincèrement que je n'avais aucun projet précis pour vous. Ce n'est pas comme si j'avais eu un cabinet d'avocats et que je rêvais que vous fassiez des études de droit et deveniez avocats ; ou comme si j'avais embrassé une carrière de médecin et que j'avais voulu former un médecin pour qu'il reprenne ma clientèle. Tu as sans doute eu l'impression par moments que je voulais te pousser vers le journalisme, mais ce n'était pas du tout le cas. On ne naît pas pour faire du journalisme, de même qu'on ne naît pas pour devenir ingénieur ou conducteur de tram. Ce sont des métiers qu'on fait pour pouvoir vivre plus ou moins agréablement. Dans mon cas, toujours très agréablement.

Si, donc, je dois me demander ce que j'ai rêvé pour toi, je te le dirai très simplement : je voulais que tu sois un homme libre. J'y tenais vraiment énormément. Et j'avais formulé cette étrange équation, un peu idiote en fait, un peu, comment dire, machiste : comme tu étais un homme, que tu étais mon fils, je sentais que tu pouvais être un homme libre, mais que tu ne serais jamais heureux, car la liberté et le bonheur ne vont pas de pair. Pour Saskia, en revanche, qui me ressemble beaucoup plus sous de nombreux aspects, si méticuleuse et attentive à ses devoirs, je souhaitais qu'elle soit heureuse, tout en sachant qu'elle ne serait jamais libre. Car une femme se marie et a des enfants, mais elle n'est pas libre comme je l'ai été, et comme ensuite tu as pu l'être à ton tour. C'est uniquement en ces termes que je pensais à vous. Et toutes les études que je vous ai permis de faire et qui m'ont coûté les yeux de la tête, je dois dire, parfois même inutilement, ce n'était pas pour vous donner un métier, mais pour vous donner une culture.

J'ai été vraiment déconcerté par la réaction des étudiants à la cérémonie de remise de diplôme de Saskia, réaction que je considère un peu comme le signe de la perversion de notre époque : après la cérémonie dans la chapelle de son collège à Cambridge, sur cette splendide étendue d'herbe, en cet après-midi ensoleillé, aucun de ses camarades n'a choisi de devenir professeur, d'enseigner la littérature ou l'histoire, aucun d'entre eux ne désirait partir, je ne sais pas, moi, enseigner l'anglais à Tombouctou. Ils voulaient tous aller travailler dans la finance. J'ai été sidéré. Folco, n'oublie pas que j'ai fait mes études il y a trente ans, et que personne de ma génération n'a fini dans la banque. Certains ont été obligés d'aller chez Olivetti parce qu'ils n'avaient pas de fric, mais l'idée d'étudier de grandes choses dans ces belles universités pétries d'histoire, pour aller ensuite gérer de l'argent sur un ordinateur me paraissait sacrilège.

Je pensais que, pour avoir une belle vie, on n'avait pas besoin d'aller au bureau le matin, d'allumer un ordinateur et de suivre un blob qui se déplace : un navire rempli de mercure qui va vers la Corée du Nord, mais qui a été dévié, parce que, pendant le voyage, il a déjà été vendu au Burkina Faso pour le double de sa valeur. Mais est-ce une vie, cette vie-là, est-ce une vie ? Cela explique aussi un grand nombre de frustrations chez les jeunes, car, aujourd'hui, les plus intelligents font exactement ce que je viens de décrire.

FOLCO : Ils gagnent de l'argent ?

TIZIANO : Ils gagnent de l'argent de cette manière. Tu comprends, si quelqu'un gagne de l'argent en découvrant une mine, en découvrant la mine du roi Salomon après avoir examiné des cartes pendant des années, ou s'il arrive à localiser l'épave d'un galion et qu'il plonge vingt fois pour essayer de le trouver, comment dire, eh bien, qu'il gagne de l'argent ! C'est même beau, ce comportement, ça a quelque chose d'aventureux. Mais gagner de l'argent sous le néon d'une société de la finance ?

FOLCO : Je me souviens que, le jour où notre ami Giacomo – qui était un excellent apnéiste – a obtenu son diplôme, tu lui as suggéré de partir dans les mers à la recherche de vieux galions espagnols.

TIZIANO : Et à cet autre jeune, dont la mère voulait qu'il devienne avocat à Milan, j'ai dit : « Avocat, tout le monde peut l'être. Étudie plutôt l'arabe ! » Oui, je sentais qu'il y avait quelque chose de nouveau qui bougeait dans le monde arabe et que ça valait la peine de l'étudier. Je l'aurais fait si j'avais été plus jeune. Tu dois reconnaître, Folco, qu'une fois de plus, mon idée était prémonitoire. À cette époque, qui parlait des musulmans ? Ce jeune homme est parti au Caire pour étudier l'arabe, et il est aujourd'hui diplomate.

Tu vois, de nouveau, on prend quelque chose, on fait un pas et, à partir de ce pas, on avance. Il s'agit de faire les bons pas dans la bonne direction, car un pas en entraîne un autre, et ce pas nous mène vers un pas plus grand. Alors, bien sûr, on est aidé lorsqu'on démarre dans la bonne direction.

Je tenais à vous exposer à la diversité. D'ailleurs, je ne sais pas si tu te souviens du cadeau que je t'ai fait quand tu as obtenu ton diplôme de fin d'études. Je t'ai emmené pendant une semaine à Angkor pour que tu découvres les temples cachés dans la jungle : je voulais que tu sois pénétré par un modèle de grandeur humaine. Je t'ai servi de guide ; nous avons loué une escorte de soldats du nouveau régime cambodgien pour qu'ils nous protègent des bandits et des mines dont la zone était encore infestée. Tu as peint deux belles aquarelles représentant des bouddhas entourés de lianes. Et puis, je me souviens que, lorsque nous sommes rentrés à l'hôtel ce soir-là, nous avons parlé des jeunes d'aujourd'hui, qui sont mous, qui ne savent pas ce qu'ils veulent faire, qui ne trouvent pas de travail. Et je t'ai dit : « Mais bon sang, un type comme toi qui sais peindre, s'il a envie de prendre un peu de temps pour se détacher du monde, il n'a qu'à aller à Angkor Vat, apprendre à faire de belles aquarelles, peindre des temples et vendre ses aquarelles à des touristes de Hong Kong. Il aura trouvé un travail. »

Son métier, on doit se l'in-ven-ter !

Mais si on part en voyage organisé pendant trois jours, avec le guide sous le bras, le premier jour, on verra Kompongtom, le deuxième jour, le temple des Apsara et le troisième jour, Angkor Vat ; on prendra des photos, des vidéos, et puis, on reprendra ses petites affaires, et on rentrera chez soi. Et de ce voyage, il ne restera pas grand-chose, voire rien du tout. Dehors, il y a un monde ouvert à tous ceux qui veulent le découvrir. Il s'agit juste de ne pas partir avec Beau Voyage Vacances.

Au Cambodge, je t'ai même emmené auprès de Médecins sans Frontières, des jeunes comme toi, qui n'allaient pas dans un bureau pour placer de l'argent, mais partaient avec leurs bistouris pour vivre une expérience qui allait aussi leur servir personnellement. Tu imagines, devenir chirurgien de guerre, et risquer sa peau pour aider les autres dans les zones frontières ! Ça, c'était pour moi l'idéal d'une certaine jeunesse. Je ne voulais pas forcément que tu deviennes un Médecin sans Frontières, je voulais simplement te montrer qu'il y avait aussi cette possibilité.

Si tant de jeunes se sentent désespérés, c'est parce qu'ils ne regardent pas. Il y a pourtant tellement de choses à faire ! Et beaucoup de jeunes font des choses, d'ailleurs ; il y a beaucoup de bénévoles dans le monde. On ne peut pas renoncer à ses idéaux.

FOLCO : Souvent, on fait certains choix parce qu'on ne sait pas qu'il existe d'autres alternatives. On a besoin de s'inspirer de certains modèles. Dans mon cas, le modèle dont je me suis le plus inspiré a sans doute été l'expérience que j'ai vécue avec Mère Teresa auprès des mourants, à Calcutta.

TIZIANO : Mère Teresa était une femme héroïque qui faisait des miracles. Elle arrachait des tas de jeunes

Occidentaux à la banalité de leur routine et les entraînait pendant un certain temps dans une opération qui changeait leur vie. C'était ça, le miracle. Tu te souviens, il y avait beaucoup de voyageurs qui arrivaient en Inde, qui faisaient le Rajasthan, tu sais, sous la tente, avec les chameaux... Et puis, un peu par curiosité, un peu par ouï-dire, ils finissaient à Calcutta. « Tout le monde dit que c'est une sainte. Eh bien, j'ai envie de connaître une sainte, moi aussi ! » La sainte en question les regardait et leur disait : « Toi, quelle contribution peux-tu apporter ? » Ils se sentaient le dos au mur et se mettaient alors à faire quelque chose d'utile.

À tous les jeunes qui me demandent : « Mais moi, je fais quoi ? », je réponds : « Regarde ! Le monde est plein de domaines à explorer. » Le monde que j'ai découvert au Vietnam, au Cambodge, en Chine, n'existe plus. Mais il existe un autre monde, là-bas, ouvert à ceux qui voudront bien le découvrir. Folco, demande à ton ami anthropologue qui va dans les îles de Papouasie-Nouvelle-Guinée, et il te racontera des centaines d'histoires. Ou bien, pense à l'Afrique : mais qui connaît l'Afrique ?

L'autre semaine, il y avait un jeune médecin qui essayait de me faire des trous dans l'estomac. Il disait qu'il avait passé le concours d'assistant dans un hôpital des Cinq-Terres, et que, s'il le réussissait, il avait une chance d'être engagé par le professeur. J'ai été pris d'une vague de tristesse en le voyant ! Un jeune comme lui, mais pourquoi ne fait-il pas sa petite valise et ne part-il pas au Congo pendant deux ou trois ans pour réparer des jambes cassées ? Et il en apprendra, il en apprendra des choses ! Non seulement il apprendra une technique, mais sa vie là-bas deviendra autre.

FOLCO : Faut-il toujours partir aussi loin ? Il y a des expériences à vivre à deux pas de chez soi, tu ne crois pas ? Tout dépend un peu du comportement de chacun.

TIZIANO : Bon, d'accord. Mais ce comportement change réellement quand on est *face* aux situations. Si tu pars travailler dans un hôpital au Congo, sais-tu combien d'expériences tu vas pouvoir emmener avec toi après ? Il faut du courage, il faut de la détermination, il faut de l'imagination, mais les possibilités existent. On ne doit pas dire que toutes les portes sont fermées, que le monde est déjà complètement bloqué et que les postes sont déjà pris par les autres. Ce n'est pas vrai du tout !

Je pense que l'expérience la plus belle qu'un jeune puisse faire, c'est de s'inventer un travail qui corresponde à ses talents, à ses aspirations et à sa joie, mais sans cet esprit démissionnaire qui semble tellement nécessaire pour survivre. « Ah, mais moi, je ne peux pas, parce que... » Tout le monde peut. Mais tu comprends ce que je veux dire ? Il faut se l'inventer, son métier ! Et c'est possible, c'est possible, c'est possible.

Je peux dire finalement que, si j'ai eu de la chance, c'est parce que j'ai agi un peu dans ce sens. Le métier que j'ai fait n'était pas du tout le métier de journaliste : mon métier, je me le suis inventé. Mais tu vois un peu le tableau ! Un Italien qui parle allemand – bon, un allemand de cuisine – et qui devient correspondant pour un journal allemand en Asie, qui fait tout ce qu'il a envie de faire, qui va où il a envie d'aller, qui écrit ce qu'il a envie d'écrire, et qui devient photographe parce qu'il n'a pas envie de voyager avec des photographes ? Ce métier-là n'existait pas. Et puis, être journaliste, c'était pour moi une sorte de couverture, comme un type qui devient commerçant pour pouvoir être espion. Car, en vérité, oui, je faisais ce métier avec passion, mais ce n'était pas mon obsession. Mon obsession, c'était de vivre, vivre à ma façon, vivre comme j'en avais envie, vivre avec toutes ces immenses petites joies.

FOLCO : Il faut sortir de la norme.

TIZIANO : Oui, s'écarter toujours de la norme ! Tu sais, c'est le thème de prédilection du Vieil Homme et de Krishnamurti, et de tant d'autres : « La vérité est une terre sans sentiers. » C'est en cheminant qu'on trouve. Personne ne va te dire : « Regarde, le sentier qui mène à la vérité, c'est celui-là. » Ce ne serait pas la vérité. Si on reste dans le connu, on ne découvrira rien de nouveau. Comment faire ? Si on voyage sur les rails du connu, on reste dans le connu. C'est la même chose quand on cherche. Si on sait ce qu'on cherche, on ne trouvera jamais ce qu'on ne cherche pas... et qui est peut-être la seule chose qui compte, n'est-ce pas ? C'est donc un processus étrange qui demande une grande détermination, parce qu'il implique un renoncement, une absence de certitudes. C'est facile de s'abandonner au connu, tu ne crois pas ? Le train est à huit heures, la banque ouvre à neuf heures, comporte-toi bien, ne vole pas d'argent, et ainsi de suite. Mais si on sort du connu et qu'on cherche des sentiers qui n'ont pas été complètement battus, ou, comme je l'ai dit, si on se les invente, ces sentiers, on se donne la possibilité de découvrir un monde extraordinaire.

FOLCO : Dans nos sociétés, nous avons choisi de mener une vie faite de garanties et de confort. Les grandes préoccupations qui nous empêchent de sortir de nos quatre murs, ce sont l'argent et la peur des maladies. Les *sadhu* avec lesquels j'ai passé une grande partie de ma vie, ces dernières années, nous montrent, au contraire, qu'il est tout à fait possible de vivre sans rien : ils nous le montrent à leur façon, à la fois amusante et symbolique, en se baladant dans le pays nus comme des vers, pour qu'on comprenne qu'ils n'ont même pas besoin de vêtements.

TIZIANO : Parfois, il faut prendre des risques, faire d'autres choses. Il faut renoncer à un certain nombre de garanties parce que ce sont aussi des conditions.

FOLCO : Les garanties sont des conditions ?

TIZIANO : Toute garantie est une condition, non ? Si tu veux toucher ta retraite, tu dois travailler toute ta vie pour toucher ta retraite. Si tu veux bénéficier de l'assurance maladie, tu dois la payer. Mais payer une assurance-maladie, cela veut dire mettre de côté trois cents euros tous les mois. On n'est pas libre, parce qu'une garantie est une condition, c'est une limitation.

Il me semble, pourtant, qu'il existe toujours, dans toutes les situations, une voie du milieu. Il ne faut ni renoncer à tout, ni vouloir tout. Il suffit d'être au clair avec ce qu'on fait, de savoir clairement quels sont les compromis nécessaires. Il y a un piège et tu es la souris. Attention, le piège est là qui t'attend. Ton piège, c'est cette maison, cet appartement, comme celui que tu as décrit, Folco, lorsque tu es rentré de Pontassieve. Tu avais été invité chez un couple adorable mais, lorsque tu es allé chez eux, tu as eu envie de fuir. Un endroit déprimant, une cuisine comme celles qu'on achète en kit : on l'a vue dans un centre commercial, elle nous a tapé dans l'œil, et puis, on la monte chez soi, et c'est immonde. Aucune personnalité, toutes pareilles. Tu as le choix entre le rouge et le vert. Mais tu ne ferais pas mieux d'aller chez un brocanteur, et de te dénicher une vieille table sur laquelle ont mangé déjà plusieurs familles ? C'est possible !

FOLCO : Et comment la souris peut-elle échapper au piège ?

TIZIANO : Par le gandhisme, le jeûne, le renoncement au trop-plein de désirs.

FOLCO : C'est ta conclusion ?

Papa réfléchit.

TIZIANO : C'est comme si, à travers ces conversations, j'avais voulu te laisser une sorte de viatique. Au fond, il y a en moi une forme de désir – qui est un désir très humain –, le désir d'une immortalité relative, d'une continuation à travers quelqu'un qui fait le même chemin que moi, ou qui représente les valeurs en lesquelles j'ai cru. Si on a compris quelque chose, on a envie de laisser ce qu'on a compris, là, dans un paquet. Ce paquet, c'est l'histoire que je t'ai racontée.

L'une des choses auxquelles je tiens le plus, c'est que tu comprennes que ce que j'ai fait n'est pas unique. Je ne suis pas une exception. Je me suis inventé ma vie, et ce n'était pas il y a cent ans, c'était avant-hier. Chacun peut le faire, il faut juste un peu de courage, de la détermination, et le sentiment de sa propre valeur, qui ne soit pas le sentiment étriqué de la carrière et de l'argent ; qui soit au contraire le sentiment de faire partie de cette entité merveilleuse qui est ici, tout autour de nous.

J'aimerais que mon message soit un hymne à la pluralité, à la possibilité d'être celui ou celle qu'on veut être.

Alors, tu as compris ? C'est faisable, faisable pour tout le monde.

FOLCO : Qu'est-ce qui est faisable ?

TIZIANO : Faire sa vie, faire sa vie. Une vraie vie, une vie dans laquelle on est soi-même. Une vie dans laquelle on se reconnaît soi-même.

ADIEU

De son encre violette habituelle, mais d'une écriture incertaine, Papa a rédigé une courte lettre qu'il a laissée sur la table.

À ma famille,

Voici le contrat : lorsque le moment sera venu, contactez la Croix-Verte qui viendra discrètement à la maison pour faire le nécessaire. Comme vous le savez depuis longtemps, je veux être incinéré. Je souhaite que le cercueil soit le plus simple possible, l'idéal serait qu'il soit fait avec des planches. Une fois qu'on m'aura mis dans le cercueil, on me conduira dans la petite chapelle ; et puis, sans perdre de temps, sans litanies, sans chant ni petit discours, mais entouré de mon silence bien-aimé, on m'emmènera dans le four crématoire d'où je ressortirai en cendres. Mes cendres seront placées dans une urne très simple que l'on vous remettra sans doute. C'est dans cette urne que je pourrais retourner dans la terre de l'Orsigna.

Tels sont mes souhaits. Faites tout votre possible pour qu'il en soit ainsi. Merci, et riez un bon coup. Je vous embrasse.

Tiziano, anam

Tiziano : Tu as lu mes instructions ? Lapidaires, hein ?

SASKIA : Tout à fait claires.

TIZIANO : Pas de pleurnicheries, pas de pleurs. Au contraire, riez un bon coup, parce que je me suis vraiment bien amusé. Ce n'est pas beau ?

SASKIA : Si, si, je suis d'accord sur tous ces points. Mais je suis contente que tu veuilles quand même une pierre, un caillou, quelque chose, car l'idée de répandre tes cendres, je la trouve… On peut envisager de répandre une partie des cendres dans l'air, ou à l'intersection de deux fleuves ; mais c'est important qu'il y ait aussi un symbole, quelque chose qui rappelle ta mémoire.

TIZIANO : Choisissez un bel endroit. J'en ai déjà parlé avec Folco. Et puis, un jour, vous y mettrez une belle pierre avec un petit renfoncement pour que les oiseaux puissent venir boire.

Mais bon, ne soyez pas fétichistes pour autant : c'était à Papa, laissons tout ça ici. Non, la vie continue. Offrez plein d'objets qui m'ont appartenu. J'aimerais donner tellement de choses. J'ai encore un pincement au cœur quand je pense au jour où le parrain de votre mère allait mourir et insistait pour me donner une très belle grenouille en bronze qu'il avait dans sa pièce. Il me l'avait mise dans ma main et m'avait dit : « Elle est à toi ! Prends-la. » Mais je n'avais pas eu le courage de la prendre. Je la regrette encore aujourd'hui : pas tant la grenouille en elle-même, que je laisserais ici maintenant si je l'avais, que le fait d'avoir refusé ce que cet homme tenait à me donner.

Jane Perkins – tu sais, cette femme qui vit à Dharamsala – a été très maligne. Lorsqu'elle a su que j'étais malade, elle m'a écrit une lettre à Delhi dans laquelle elle me disait : « Cher Tiziano, je sais que tu ne vas pas bien, et je sais que cela te ferait plaisir de me laisser un objet auquel je tiens. Alors, pourquoi attendre que tu quittes ton corps et ne pas me le donner tout de suite ? J'aimerais bien avoir ta cafetière : comme ça, tous les matins, quand je prendrai mon petit déjeuner, je penserai à toi. »

SASKIA : Ah oui, je me souviens d'elle. Elle était sympathique.

TIZIANO : Quelles belles relations ! Votre mère a aussitôt choisi plusieurs objets : la petite table ronde de ma bibliothèque, ma belle lampe en laiton, le petit divan en rotin. Et puis, elle les a emballés et les a envoyés par l'intermédiaire de déménageurs. Jane n'en revenait pas, elle était aux anges.

Pense à la mort tibétaine, quelle beauté ! Il y a d'un côté le moribond, de l'autre tous les membres de sa famille qui pleurent. Puis arrive le lama qui les chasse tous à coups de pied au cul : « Dehors ! » Il s'adresse ensuite au mourant et lui murmure : « Détache-toi, ne reste pas attaché. Pars, pars. Maintenant, tu es libre. Pars ! »

C'est cela, la culture de la mort. Nous, nous l'avons perdue. Lorsque quelqu'un est chez lui et qu'il est malade, on appelle une ambulance qui l'emmène à l'hôpital ; lorsqu'il est à l'hôpital sur le point de mourir, on le cache derrière des rideaux. Peur de la mort. Pourquoi ? Parce qu'on sait qu'on va devoir abandonner tout ce qu'on connaît. Plus rien ne t'appartient : tes maisons, tes enfants, ton nom. « Mon Dieu, je ne serai plus Tiziano Terzani ! » Il ne reste plus rien de toutes ces choses, plus rien, plus *rien*.

Mais si, avant de mourir, tu t'approches de la mort, si tu apprends à renoncer aux désirs, à te détacher de tout, tu ne perds rien, puisque tu as déjà tout perdu, tu es déjà mort en chemin. Non, tu n'es pas mort, tu as mieux vécu. La souffrance vient de l'attachement aux choses. Bouddha le dit si bien : si tu as une chose, tu as peur de la perdre ; si tu ne l'as pas, tu veux l'avoir.

Maman passe avec un plateau.

ANGELA : Petit déjeuner ?

SASKIA : Oui, tout à l'heure.

TIZIANO : Et toi, Saskia, que voulais-tu me demander ?

SASKIA : La famille. Je me demande comment tu as fait, après t'être retiré de la vie, pour ne pas renoncer à ta famille.

TIZIANO : En deux mots, voici comment je vois les choses. Pour moi, la famille a été un événement naturel. On est humains, on est sur Terre, on fonde une famille, on se reproduit, pour perpétuer la race. Sans drame, sans en faire une question qui engage de grandes responsabilités. Et, dans ce processus de détachement loin du monde – pendant lequel on traverse une phase de renoncement à tous les désirs –, après y avoir longuement réfléchi, j'ai décidé en toute conscience de ne pas renoncer à cet ultime désir : rester avec ma famille. Parce que ça me semblait déloyal de disparaître pour regarder mon nombril. C'est pour cette raison que j'ai pris la décision de ne pas jeter à la mer ce dernier lien qui me rattachait à la société humaine, en maintenant cette relation, non seulement avec vous, mais aussi et surtout avec votre mère. Ce pas, je n'ai pas voulu le faire, et je ne le ferai pas : c'est tellement agréable d'avoir jusqu'au dernier instant cette présence souriante, cette merveilleuse présence.

C'est une décision que j'ai prise. Je l'ai prise en m'attirant notamment le mépris du Vieil Homme qui disait que, dans le fond, je n'étais pas un homme fort si je cédais à cet appel. Facile à dire !

Saskia rit.

Je sais parfaitement que, sur cette voie, le dernier bout de chemin, chacun doit le faire absolument seul, parce que c'est une expérience qu'on ne peut pas faire avec quelqu'un d'autre à ses côtés. Par contre, jusqu'à la porte d'embarquement de l'élargissement de la conscience – pour prendre une image –, j'ai envie de rester avec ta mère. Je réponds à ta question ?

Saskia : Oui.

Tiziano : Il y a aussi autre chose. Tu sais, je pense sincèrement que les extrémismes sont toujours des erreurs. Prenons le cas de l'austérité la plus totale : « Voici l'ascète ! » C'est une erreur. La voie juste est la voie du milieu. On ne peut pas vivre dans l'ascétisme le plus effréné. On raconte une histoire magnifique au sujet du Bouddha : c'est parce qu'il a senti le poids de son corps, qu'il s'est rendu compte que son corps le conditionnait, qu'il a voulu s'en détacher pendant qu'il était encore en vie. Alors, d'après la légende, il vécut dans la forêt pendant sept ans en ne mangeant qu'un grain de riz par jour. Au musée de Lahore se trouve une statue de l'époque de Gandhara représentant ce Bouddha incroyable : un Bouddha émacié, dont on voit toutes les côtes, et toutes les veines sur les côtes. Puis, le Bouddha a fini par se rendre compte qu'il avait exagéré. Son corps, précisément parce qu'il en était réduit à cet état, était devenu un obstacle à sa libération. Alors, qu'a-t-il fait ? Il s'est remis en chemin, a rencontré une femme qui lui a offert un bol de lait, et il s'est remis à manger.

La voie du milieu, toujours. Entre l'ascétisme et l'hédonisme se trouve la voie du milieu. On n'a pas besoin de dépendre du plaisir, mais on n'a pas besoin non plus d'être esclave de cette idée de grandeur que pourrait procurer l'ascétisme. Au fond, énormément de mystiques se sont perdus, sont devenus pratiquement fous dans leur détermination ascétique à vouloir rencontrer Dieu.

Dieu, on le rencontre. Dieu chemine lui aussi sur la voie du milieu.

J'ai trouvé ma voie du milieu. Je n'ai besoin de rien, je ne suis esclave de rien, pas même du désir de longévité, comme tu peux le voir. Oui, je suis avec ma famille, mais je suis en même temps détaché.

SASKIA : Chacun doit faire comme il le sent.

TIZIANO : Hum. Tu sais, le terme qu'emploie le Bouddha : « l'Illuminé », « l'Éveillé[1] », qu'est-ce que ça veut dire ? Pourquoi emploie-t-il ce terme ? Parce que nous vivons en dormant. Nous dormons tout le long de notre vie. Nous dormons avec notre conscience, avec laquelle nous n'avons aucun commerce, nous dormons avec notre esprit, que nous utilisons uniquement pour faire les comptes et rouler les clients de l'entreprise pour laquelle nous travaillons.

Et puis, quelqu'un passe et nous dit : « Réveille-toi ! »

Quel outil merveilleux que notre esprit ! Je vais te parler de la grandeur des *rishis* indiens d'il y a quatre mille ans : contrairement aux scientifiques d'aujourd'hui, qui font leurs expériences dans des laboratoires, l'expérience des *rishis* consistait à rester assis par terre pour regarder leur esprit, pour étudier leur esprit, pour étudier leur conscience, pour observer les transformations de leur conscience. Tu te rends compte : faire de son corps et de son esprit son propre laboratoire !

SASKIA : Et en Occident ?

---

1. La traduction littérale du nom de Bouddha est « l'Éveillé » ou « l'Illuminé », celui qui a atteint l'Éveil de la conscience, la « bouddhi ».

TIZIANO : Cela a existé, cela a existé ! Notre passé a connu de grands moments. Aujourd'hui, nous l'appelons le Moyen Âge, mais c'était une des époques les plus intéressantes de notre civilisation L'homme avait un rapport très fort avec le divin. Puis, la science a pris le dessus et a remplacé la religion. Et la science est très douée, la science contribue énormément à améliorer notre vie. Il pleut ? La science met un toit au-dessus de nos têtes. Nous avons faim ? Elle nous donne à manger. Mais que nous donne-t-elle d'autre ? Rien. Elle nous enlève le ciel, car, en prétendant être *tout*, elle condamne toute autre aspiration.

Je ne suis ni antimoderne ni antiscientifique. Mais, je le répète, il faut trouver un équilibre, chercher la voie du milieu. Il y a quelque chose en nous – le cœur, le sentiment amoureux, l'intuition – dont la science ne tient pas compte. La science ne veut pas entendre parler des sentiments. Donc, tu vois, plus personne ne laisse parler la voix de son cœur. Au contraire, quand on le fait, on est considéré comme des ingénus.

Regarde, il existe de grands scientifiques, des personnages importants qui font des découvertes incroyables ; mais ce n'est pas nécessairement parce qu'un scientifique remporte le prix Nobel de chimie qu'il est un maître, un éveillé. Il se peut même que ce ne soit qu'un simple couillon.

L'homme a l'illusion de connaître, et il chemine en toute certitude sur la voie de la connaissance. Mais il se rend compte que, chaque fois qu'il arrive à la limite de ce qui lui est connu, l'inconnu est immensément plus vaste que ce qu'il connaît et qu'il pourra jamais connaître. Ce serait tellement beau de pouvoir accepter l'existence de cette part de mystère, de se dire qu'il y a des choses qu'on ne comprendra jamais, et d'embrasser ce mystère. Y compris le mystère de la mort.

Oui, tu vois, on commence à mourir à partir du moment où l'on naît. Quand on est jeune, on pense que la mort appartient aux autres. Mais si, dès l'enfance, on apprenait que la mort fait partie de la vie, qu'on peut intégrer la mort dans la vie, alors la vie serait plus belle, parce qu'elle inclurait ce contraste et cette dimension. Je ne dis pas qu'on doit mourir ! Vis jusqu'à cent ans, mais vis avec la conscience que ta vie et ta mort ne sont qu'une seule et même chose.

Qui parle de la mort ? Aujourd'hui, parler de la mort est tabou, comme parler de sexe à une certaine époque. Au XIXe siècle, on ne parlait pas de sexe à table. Aujourd'hui, on en parle à table. Mais on ne veut plus rien savoir sur la mort.

Tu vois, tout ce que je dis te conduit vers quelque chose qui est ma seule vraie contribution, je crois : regarder le monde autrement. Regarde-le avec tes yeux, avec des yeux plus sensibles. Il est là, merveilleux. Nous, au contraire, nous le regardons tous de la même façon, et nous le regardons de plus en plus à travers ces maudits instruments technologiques. Nous ne regardons plus le monde tel qu'il est, et nous ne le regardons plus avec nos yeux.

Saskia, tu es une belle femme, tu es mère, tu es jeune. Arrête-toi de temps en temps. Arrête-toi, et laisse-toi prendre par ce sentiment d'émerveillement devant le monde. C'est ce que je te dis à propos de la paix ici. Ressens cette paix devant les montagnes. Reste là, pendant un quart d'heure, pour écouter le silence, pour l'écouter. Écoute le silence !

Mais qui le fait ?

Dring-dring ! Pa-pa-paaa ! Dzing-dzing ! Boum ! Et le monde passe. Des millions de fourmis magnifiques passent, des papillons, des brins d'herbe, et tu ne t'en es pas rendu compte. Un train passe sous une galerie. Et tu as perdu une occasion, l'occasion de devenir meilleure, de t'enrichir.

Mais est-ce que tu sens que ce que je dis est d'une banalité, d'une simplicité enfantines, alors qu'on dirait que je te révèle une grande découverte ?

Lorsque les gens ont un problème, au lieu de s'arrêter, au lieu de demeurer en silence pour écouter la voix de leur cœur, ils sortent, se mêlent à la foule, vont au cinéma, vont baiser un coup pour s'étourdir, pour oublier. Au lieu de s'arrêter. Jusqu'à ce qu'un jour, un jour…

SASKIA : Oui, un jour ou l'autre, une angoisse finit toujours par arriver.

TIZIANO : Elle apparaît toujours d'une façon ou d'une autre. Et on n'est pas prêt, on n'a pas les outils, on ne s'est pas préparé. Donc, dès que tu as un problème, arrête-toi, arrête-toi, arrête-toi. Écoute ton problème, et essaie de trouver la réponse *en* toi. Parce que la réponse existe. En toi, il y a quelque chose qui te rassemble, qui t'aide, il y a une petite voix. Écoute cette petite voix. Certains l'appellent « Dieu », d'autres l'appellent autrement, mais elle existe. Et c'est aussi mon… : je ne dis même pas mon espérance, je suis persuadé que c'est ainsi.

Voilà ce qu'est devenu ton père : né à Monticelli, avec mes oncles, le dimanche, on allait regarder les riches manger une glace… En ce sens, je n'ai aucun regret. Quel regret ? Mais, bon sang, j'ai réussi à le faire, ce voyage ! Ce n'était pas un grand voyage, mais c'était mon voyage. Tout le monde voyage, les fourmis voyagent, chacun fait son voyage.

À mon avis, il y a une règle essentielle à suivre : lorsque tu es à un carrefour et que tu as le choix entre une route qui monte et une route qui descend, prends celle qui monte. C'est plus facile de descendre, mais on finit par tomber dans un trou. Alors qu'en montant, il y a un espoir. C'est difficile, c'est une autre façon de voir les choses, c'est un défi, ça t'oblige à rester vigilant. Et puis, il y a une autre chose que je répète, et que, j'espère, tu comprendras : c'est qu'il faut être conscient de ce qui nous arrive. Ne rien prendre à la légère. Il faut être vigilant et se ménager des plages de solitude, de silence, de réflexion, de détachement. Et regarder.

SASKIA : Tu le faisais aussi quand tu étais jeune ?

TIZIANO : Non, pas du tout !

Saskia rit.

Mais je l'ai fait en cheminant. J'ai commencé au Japon, puis avec *Un devin m'a dit*, et, plus tard, lorsque j'ai abandonné cette chose tellement pesante qu'est l'identité.

Maman revient.

ANGELA : Le petit déjeuner est prêt.

SASKIA : Très bien. Nous avons bavardé un petit peu.

TIZIANO : Une jolie conversation. Rappelle-toi ce que je t'ai dit, Saskia, essaie de ne jamais te répéter. Et vis maintenant ! Le passé n'est qu'un souvenir, il n'existe pas. Ce sont des mémoires qu'on accumule, qu'on réordonne, qu'on falsifie. Mais, maintenant, au contraire, ne falsifie rien. Ce que tu attends du futur est une boîte remplie d'illusions, une boîte vide. Qui te dit que la boîte se remplira ? « Maintenant, je travaille ; plus tard, quand je serai à la retraite, j'irai à la pêche. » Qui sait s'il y aura encore des poissons ? La vie se passe dans le moment présent, et c'est dans le moment présent qu'on doit savoir jouir de sa vie.

Ah, Saskia, je suis heureux que tu sois venue me voir. Et souviens-toi de ceci : je serai là. Je serai là, dans l'air, là-haut. Alors, de temps en temps, si tu veux me parler, mets-toi à l'écart, ferme les yeux et cherche-moi. On se parlera. Mais pas avec le langage des mots. Dans le silence.

LE COUCOU

TIZIANO : J'ai l'impression d'avoir fait un voyage – le voyage le plus long, celui de la vie – et d'être vraiment arrivé à destination. Je suis au terminus, et je ne veux pas prendre le tram en sens inverse. Folco, quelle belle aventure que celle que nous venons de vivre, toi qui es resté ici avec moi ! Tu sais, tu aurais pu avoir un travail qui t'aurait empêché de passer trois mois à mes côtés.

FOLCO : Je serais venu uniquement les week-ends.

TIZIANO : Nous avons de la chance : tous les deux, nous avons réussi à nous inventer une façon d'être au monde. Bon, d'accord, moi, je vous dis au revoir ; il me reste désormais peu de jours à vivre sur cette Terre, en ce monde. Mais je vois que toi aussi, maintenant…

Nous avons longuement bavardé tous les deux, et je suis encore ici, en train d'attendre et de jouir de cette nature. Lorsque nous avons commencé, le coucou était là, et maintenant, le coucou n'est plus là.

> *Le coucou doit venir*
> *Le premier jour d'avril,*
> *Et si le huit avril,*
> *Il n'est pas arrivé,*
> *C'est qu'il est mort, ou bien enrhumé.*
> *Le coucou chante trois mois durant,*
> *En avril et mai, et en juin tout le temps.*

Superbe : le coucou a accompli son destin. Il a trouvé le nid d'un autre oiseau, a jeté les œufs du nid, a mis le sien à la place, puis s'est envolé. Et un nouveau petit coucou chantera au printemps prochain.

On entend des oisillons gazouiller tout autour de nous, mais on n'entend plus, en effet, la voix du coucou.

FOLCO : Il jette vraiment les œufs de l'autre oiseau, ou bien il se contente d'ajouter les siens ?

TIZIANO : Mais non, c'est vrai, il les jette ! Il les boit ou les brise, bref, il les détruit. Demande à Mario et à Brunalba, ils te raconteront. Quand vient le moment de construire un nid, le coucou s'emmerde. Il vit au milieu des arbres ; puis il se met à chercher un nid de rouge-gorge, jette les œufs par terre et met le sien à la place, car le coucou ne fait qu'un seul œuf. Lorsque la maman rouge-gorge arrive, elle ne se rend compte de rien et couve l'œuf du coucou. Le rouge-gorge est un oiseau très con, aucun autre oiseau ne ferait une chose pareille. Ce n'est que lorsque l'œuf s'ouvre que le rouge-gorge s'aperçoit que ce n'est pas le sien, que c'est un petit coucou !

Il rit longuement d'un rire faible.

C'est beau, non ? Et la nature continue. Tu meurs, mais qu'est-ce que ça peut lui faire ! Tu as mal ; c'est bon, ça va passer. Tout passe, même la douleur.

C'est là qu'on voit que la nature en soi est une grande, très grande, immense maîtresse. Arrête-toi un instant et observe les feuilles de ce bouleau qui tremblotent dans le vent, tellement mystérieusement, tellement amou-reusement, et tu comprendras que mon état, l'état de mon corps qui me crée tous ces soucis, n'a absolument aucune importance. La nature est là, majestueusement détachée : elle ne s'émeut pas, ne s'agite pas. Alors, pourquoi ne pas en tirer une leçon et apprendre à ne pas s'agiter, ne pas s'émouvoir, ne pas pleurer ?

C'est ainsi, c'est ainsi. Laissons faire sans que ce soit une tragédie. Car ce n'est pas une tragédie. Pour personne. Ça ne l'est certainement pas pour cet arbre, pour ces prairies, pour ces petites fleurs jaunes que personne ne remarque. Et pourtant, tous les jours, ces fleurs poussent et changent majestueusement.

Regarde autour de toi : ce fleuve, ces bois, cette nature splendide qui se transforme en permanence, une transformation unique qui consiste à redevenir ce qu'elle a été l'année d'avant, dans un détachement absolu à l'égard de ce qui arrive aux hommes. Les faits du jour, les bombes, Pol Pot, Mao, les États-Unis et le terrorisme, elle n'en a rien à faire ! Ce ne sont que des événements passagers, éphémères. Toutes ces civilisations extraordinaires, toutes balayées, balayées. Le Sphinx qui surgit du sable et regarde le monde, et puis, plus rien. Il en sera ainsi pour toute chose.

Mais nous sommes ici.

Ah, quelle splendeur, cette Orsigna ! C'est ma dernière station. C'est mon point d'arrivée. Après toutes mes grandes amours asiatiques – le Vietnam, le Cambodge, la Chine et l'Inde –, j'avais bien senti, au fond, que l'Orsigna serait mon dernier amour. Je me sens ici tellement chez moi, tellement bien dans cette étreinte de la nature à l'état pur, qui est la plus belle étreinte de beauté et de grandeur qu'on puisse ressentir. C'est comme si cette beauté entrait en moi, et me permettait d'atteindre une dimension qui ne m'appartient pas, mais qui est aussi mienne et dont je fais partie.

Devant une telle dimension, l'existence humaine est d'une petitesse : l'éternuement d'une fourmi. Ma mort : pfft ! Laisse-moi rire. Réfléchis un peu : en ce moment, combien d'oisillons meurent-ils, combien de fourmis sont-elles écrasées, combien d'hommes meurent-ils de maladie, de vieillesse, de violence ? Tout le monde meurt. Le dieu Krishna le dit si bien : tout ce qui naît meurt, et tout ce qui meurt naît[1]. Moi aussi, je ressens la fin comme un commencement. Le commencement est ma fin, et la fin est mon commencement. Car je suis de plus en plus persuadé que c'est une illusion typiquement occidentale de croire que le temps est une ligne droite, et que l'on avance, qu'il y a une progression. Il n'y a pas de progression. Le temps n'est pas directionnel, il n'est pas en train d'avancer sans cesse. Le temps se répète, il tourne sur lui-même. Le temps est circulaire. Je ressens cela très profondément. On le voit même dans les faits, dans la banalité des faits, dans les guerres qui se répètent.

Les Indiens ont ce sentiment très profondément ancré en eux. Toute leur mythologie repose sur un cycle continu de destruction et de création. Sur ce point, ils ont raison : il n'y a pas de création sans destruction. On comprend pourquoi leur trinité se compose de trois divinités : le dieu créateur, le dieu conservateur de l'ordre cosmique et le dieu destructeur[2]. Le destructeur passe, et – vroum ! – détruit tout sur son passage. Alors, le créateur peut recréer, le conservateur peut conserver, et le destructeur peut de nouveau détruire.

Je ne parle pas de cette mythologie pour me consoler parce que j'ai envie de revenir : je n'en ai pas du tout envie, au contraire. Je crois que l'une des rares choses que j'ai apprises, et qui sont vraiment entrées en moi lorsque je vivais seul dans mon chalet sur l'Himalaya, c'est le renoncement aux désirs, qui est la seule vraie

1. Référence à la *Bhagavad-Gita*. Voir note 2, p. 481.
2. La trinité védique (ou *Trimûrti*, terme qui signifie littéralement « trois formes » en sanscrit) se compose de Brahma le créateur, de Vishnou, qui maintient l'ordre cosmique, et de Shiva, le destructeur.

forme, la seule grande forme de liberté qui soit. Et je crois que j'y suis arrivé. Je ne désire plus rien. Je ne désire évidemment plus la longévité, désormais. Mais je ne désire pas non plus l'immortalité, cette façon de dire : « C'est fini, mais ça recommence, et cette idée me console. » Non. Ce n'est pas ce que je ressens. C'est la beauté, la beauté de ce processus : ce qui finit recommence. Ainsi va l'univers. À l'intérieur d'une graine qui tombe par hasard sur le sol, il y a déjà un arbre immense. La graine gisant sur la terre semble morte, finie. Et la vie recommence. J'aime cette beauté, cette beauté que je vois maintenant partout autour de moi, et que je vois même dans la fin de ma vie terrestre.

Je sens ma vie qui s'enfuit, mais elle ne s'enfuit pas, car elle fait partie de la même vie que la vie de ces arbres. C'est une chose merveilleuse que de se disperser dans la vie du cosmos et d'être une partie du grand tout. Ma vie n'est pas ma vie, c'est la vie de l'Être, c'est la vie cosmique dont je sens que je fais partie. Donc, je ne perds rien ; en me détachant de mon corps, je ne perds rien.

Alors, c'est la fin, mais c'est aussi le commencement.

L'image qui me vient à l'esprit presque quotidiennement lorsque je pense que je vais abandonner mon corps, c'est l'image d'un moine zen qui s'assied dans le silence de sa cellule, prend un beau pinceau, le plonge dans le récipient où il a versé l'encre de Chine, puis se rassemble devant un fragment de papier de riz, et, avec une grande concentration, dessine un cercle qui se ferme. Mais ce n'est pas un cercle dessiné avec un compas : c'est un cercle peint avec le dernier geste que la main a effectué sur cette Terre. La vie se clôt.

En vérité, ce cycle est celui que j'essaie à présent de clore.

Je crois que la vie d'ermite que j'ai menée pendant un certain temps m'a relié à ce sentiment de l'incroyable impermanence de toute chose. C'est ce qu'il y a de plus beau au monde, ce constat que tout est impermanent. Accepter ce que l'Asie a compris depuis long-temps : qu'il n'y a pas de joie sans souffrance, pas de plaisir sans douleur. Alors, on se détache, on s'éloigne, sans indifférence à l'égard des autres, qu'on est en droit d'aimer, mais sans être non plus leur esclave. Car même la vie de tous ceux qu'on aime passe, oui, elle passe.

Et ce cimetière merveilleux qu'est la Terre conti-nuera, immense. Tout est là. Du fumier et des cendres. Puis la prairie renaît. Je dois reconnaître que, lorsque je pense à tout cela, je ne suis pas du tout triste, au contraire.

Saskia sort de la maison. Elle porte dans ses bras Nicolò qui pousse de légers gémissements paisibles.

SASKIA : Fais ton petit rot, allez…

TIZIANO : C'est ce qui est beau dans la vie, non ? On naît… Regarde-le !

Il montre son dernier petit-fils.

Il n'est rien, mais, chaque jour, il devient lui-même. Il accumule des expériences, des bavardages, des mémoires, de la sagesse, si tu veux, des succès, des échecs, et tout cela forge son identité. Ainsi, il devient lentement Nicolò. Chaque jour, chaque jour, Nicolò s'accumule lui-même. C'est toute une construction.

Je regarde en arrière. Ce petit garçon, pauvre, né dans une ville, qui a essayé de s'émanciper, non pas grâce à l'argent, ni au pouvoir, qui n'a fondé aucun empire, mais qui a su se créer une identité, en essayant de deve-nir quelqu'un qui change le monde… Comment dire… Moi, je n'ai rien changé, mais c'était mon objectif.

C'est pour cela que j'ai fait des études de droit, que j'ai fait certains choix, par exemple le choix du journalisme contre celui de la banque. Cette histoire est l'histoire de mon accumulation : comment je suis devenu journaliste, voyageur, écrivain, et tout le reste. Et je trouve ça formidable que tout ce que j'ai construit : boum ! À la fin de ma vie, je ne suis plus rien, je ne veux plus être quoi que ce soit, je ne cherche pas à être quoi que ce soit. Je ne suis plus Tiziano Terzani. Vivre toute une vie pour ne devenir personne est un peu étrange.

J'ai été plein de choses, mais, maintenant que ma vie touche à sa fin, je ne suis plus personne.

Papa est resté une autre journée dehors, assis, en train de regarder la vallée, sans parler. Juillet tire à sa fin. Toute la famille est réunie depuis que mon fils est arrivé. Hier soir, Papa a observé mon fils qui jouait avec ses super-héros avant d'aller se coucher. Pendant la nuit, un orage a éclaté, le premier de la saison : la vallée était ébranlée par le tonnerre et éclairée par les éclairs. La pluie tombait à verse. Lorsque je me suis réveillé, j'ai pensé à Papa, seul dans sa gompa, et je me suis dit qu'il n'était peut-être plus là. Mais, lorsque je suis descendu dans le salon, j'ai vu qu'il était là, sur le canapé.

TIZIANO : JE VEUX PARLER !
FOLCO : Je suis là, je t'écoute.
TIZIANO : Parfait.

> *Je me prépare à toute vitesse un bol de muesli*
> *avec du lait que j'avale d'une traite.*

TIZIANO : Finis ton bol. Lorsque tu auras fini, on…

> *Sa voix est tellement faible qu'on l'entend à peine.*

ANGELA : Lorsqu'il aura fini, on partira ?
SASKIA : On parlera.
TIZIANO : On parlera.
ANGELA : Ah, oui, on parlera.
TIZIANO : Finis ton bol.

ANGELA : Il a fini.

FOLCO : J'ai fini.

Je range mon bol et m'assieds.

ANGELA : Le voici.

SASKIA : Tu veux t'asseoir ici ?

FOLCO : Non, non. Nous voilà.

TIZIANO : L'autre jour, tu m'as posé une question magnifique : Que vois-tu quand tu regardes le monde ? C'est une chose curieuse, et même la première partie… La première partie est comme ça, qui…

Sa voix est haletante, il est à bout de souffle.

Avant, moi aussi, je voyais le monde comme divisé, divisé ! Je me voyais séparé de ce que je voyais. Je me voyais en train de le regarder. Puis, il s'est passé quelque chose, et ce qui s'est passé, c'est que j'ai vu le monde comme unifié. Je ne vois plus de séparation. Avant, je voyais le monde en tranches. Je me voyais en train de le voir. Puis, il s'est passé quelque chose de très étrange, car à partir de ce moment-là, je ne voyais plus les choses séparément. Je me voyais comme une partie du grand tout. Et ça, c'est magnifique, parce que, subitement, j'ai rencontré un autre moi.

*Je ricane, mais c'est l'émotion.
J'ai du mal à croire Papa quand il dit
de telles choses. Alors, je me réfugie dans les faits.*

FOLCO : Quand et où s'est passé ce changement ?

TIZIANO : C'est la conséquence de l'Himalaya, lorsque j'ai commencé à jeter tous mes désirs. Et alors, tout était un. Tout était un. Et il y a quelque chose de beau. Lorsqu'on voit que tout est un, les choses changent incommensurablement. Oui, parce qu'alors, on regarde par terre et on s'aperçoit que tout est un, qu'il n'y a pas un seul morceau séparé. Et ce qu'il y a de beau, quand on voit que tout est un, c'est qu'on se rend compte qu'il n'y a plus de divisions. Et alors, ça veut dire que, quand on regarde une fleur, quand on regarde l'herbe, il n'y a pas de fleurs, il n'y a pas d'herbe : les fleurs et l'herbe font partie de cette glorieuse beauté qu'est la vie. Et alors, on n'a plus besoin de se demander si c'est un minéral, si c'est... si c'est...

ANGELA : Un végétal ?

TIZIANO : Oui, un végétal. Au contraire, dès qu'on commence à regarder, on s'aperçoit que tout est un. Alors, on regarde la beauté de la Terre et on voit l'unité de la Terre. Et donc, il y a une beauté qu'il faut comprendre. Sans cette beauté, on vit en étant séparé des choses. On se met à regarder, et on découvre la beauté du minéral. Mais cela n'exclut pas... le végétal. Et alors, on regarde la beauté du végétal, et on voit la beauté de toute chose. Et on voit la grande beauté de la Terre.

Donc, c'est comme si on embrassait d'abord le minéral, puis qu'on embrassait... l'animal, et qu'on embrassait ensuite l'humanité tout entière : parce qu'il n'y a pas de différence. On embrasse l'humanité. On se jette dans cette beauté. Et, en définitive, en embrassant le minéral, on embrasse, on embra... on embrasse l'humanité, parce qu'il n'y a pas de différence.

Le filet de sa voix est de plus en plus ténu. Nous sommes tous autour de lui – Maman, Saskia et moi – et nous écoutons ces paroles étranges prononcées avec une voix que nous ne connaissons pas, à peine capable de former des phrases, ponctuées de longues pauses et, par moments, d'un ton étrangement emphatique. Nous sommes au bord des larmes.

FOLCO : Il n'y a plus de conflit.

TIZIANO : Il n'y a plus de conflit.

FOLCO : Il n'y a même plus d'aspiration.

TIZIANO : Parce qu'on a appris…

FOLCO : Parce que quoi ?

ANGELA : On a appris.

TIZIANO : On a appris. On a appris.

FOLCO : Il n'y a plus de peur ?

TIZIANO : Il n'y a plus de peur. Il y a ce monde unique. Un monde dans lequel on jouit du minéral, on jouit du mat… on jouit du…

FOLCO : Du végétal, de l'animal ?

TIZIANO : Du végétal. Et on finit par jouir de l'humanité tout entière. Parce que c'est la même chose. Il n'y a pas de différence. Alors, on regarde la Terre, le tréfonds de la Terre, et c'est beau. Il n'y a pas de différence. On finit par embrasser un autre être humain.

FOLCO : Si on se place de ce point de vue, alors, qu'est-ce donc que la mort ?

TIZIANO : Ah, je te le…

Je ne l'entends pas.

FOLCO : Quoi ?

TIZIANO : C'est la peur de perdre.

SASKIA : La peur de perdre.

FOLCO : Ah, la peur de perdre.

TIZIANO : La mort, c'est la peur de perdre tout ce qu'on a. On a peur de perdre le petit bout de maison qu'on a acheté au bord de la mer.

FOLCO : Qui n'est rien ?

TIZIANO : Qui n'existe pas. Oui, car pourquoi a-t-on peur de la mort ? Ce qui nous fait peur, c'est l'idée que, subitement, on perd tout ce à quoi on pense être atta… attaché, puissamment attaché, et auquel on accorde beaucoup d'importance. Ma petite maison à la campagne. Ma motocyclette. Oui, c'est ça qu'on a peur de perdre dans la mort.

FOLCO : Et tout ça, tu acceptes de le perdre, maintenant ?

TIZIANO : Pfft !

FOLCO : Tout ça, tu vas le perdre.

TIZIANO : Pfft !

FOLCO : Pourtant, nous nous attachons vraiment à toutes ces choses.

TIZIANO : On croit que ce sont les choses les plus importantes au monde. Pfft !

Maman hésite avant de prendre la parole : elle a du mal à poser cette question à cet homme qui est son mari.

ANGELA : Et les autres ?

TIZIANO : C'est pareil.

ANGELA : Pareil…

TIZIANO : Pourquoi s'attacher aux autres ?

FOLCO : Hum.

TIZIANO : Oui, ce qui nous fait peur, c'est de perdre tout ça. Mais moi, ça ne me fait pas peur. Je l'ai déjà perdu.

FOLCO : Mais ce n'est pas… ce n'est pas… Ce n'est pas grave ?

TIZIANO : Je n'ai plus de désirs. Silence.

Longue pause. On entend voler une mouche.

FOLCO : T'as tout compris, hein !

TIZIANO : Je n'ai pas tout compris, j'ai regardé.

ANGELA : Il a regardé. Hum.

Elle essuie ses larmes.

TIZIANO : Levez-moi.

Nous l'aidons à changer de position sur le canapé.

Ça suffit, maintenant.

FOLCO : Ça va comme ça ?

SASKIA : J'ai l'impression que… qu'il veut rester debout.

Papa dit quelque chose d'inaudible.

FOLCO : Non, c'est juste qu'il n'est pas bien installé sur le canapé.

ANGELA : Il peut peut-être s'appuyer contre tes genoux.

TIZIANO : Non, maintenant, ça suffit.

FOLCO : Tu as mal. C'est sans doute l'avantage de quitter… Car le corps, à un moment donné, crée des soucis, et quand on le quitte, ces soucis disparaissent aussitôt, non ? Ces troubles n'existent plus, car ils sont liés au corps.

TIZIANO : Bravo.

FOLCO : Si quelqu'un n'a pas de trouble à l'intérieur…

TIZIANO : Bravo, Folco.

FOLCO : Ces troubles intérieurs, peut-être, peut-être qu'on les emporte avec soi, on les emporte quelque part. Bon, bref… Là, on ne sait pas.

ANGELA : Ce qu'on n'a pas compris, peut-être qu'on ne le comprendra jamais. Mais si on l'a compris, alors, on l'emporte avec soi.

FOLCO : Alors que le corps, à un moment donné, crée des… crée des troubles qui…

TIZIANO : Excellent. Mais maintenant, ça suffit. Laissez-moi me reposer. Je prendrais bien un thé, maintenant, dans le calme.

ANGELA : Jetons ce vieux thé et faisons…

FOLCO : Bois ton thé en paix.

ANGELA : Je vais aller faire le thé. Tu m'attends ici ? Je reviens dans une minute.

> *Long silence. Papa respire difficilement.*
> *On entend de nouveau une mouche voler.*

FOLCO : Je dois aller voir où sont les canards, parce que je les ai fait sortir. Aujourd'hui, nous ne sommes pas dans le jardin, donc je ne sais pas où ils sont : ils se sont peut-être promenés, ils se sont peut-être perdus.

SASKIA : Où les as-tu mis ?

FOLCO : Je les ai sortis de la cage pour qu'ils sèchent un peu, les pauvres. Un orage comme celui de la nuit d'hier, ils n'avaient jamais vu ça. Je les ai fait sortir…

SASKIA : Et le petit chat, où est-il ?

FOLCO : Le petit chat est là.

La théière siffle dans la cuisine.
Maman éteint sous le feu.

TIZIANO : Angela. Angela ! ANGELA-A-A !

ANGELA : Oui. Le thé est presque prêt. J'arrive, Tiziano, j'arrive, j'arrive.

Maman revient, s'assied et lui masse les mains.

Ça en valait la peine, n'est-ce pas, de vivre pour comprendre tout ça ?

TIZIANO : Je n'en peux plus.

Papa chuchote, il n'a plus de voix.

ANGELA : Bon, alors, on le boit, ce thé ?

TIZIANO : Emmenez-moi dans ma gompa. Levez-moi. Je veux retourner dans la gompa. Vous y arrivez ?

Nous devons le porter en le tenant sous les bras. Son corps est lourd, et cela semble quasiment impossible de refaire le trajet jusqu'au fond du jardin. Il s'allonge sur son lit. On entend son souffle, comme le souffle du vent qui va et qui vient.

TABLE

Le coucou 19

Ma jeunesse 29

Pise et Olivetti 61

New York 81

Interlude 97

Mon apprentissage 107

Au Vietnam 117

À Singapour 133

Les journalistes 139

Au Cambodge 161

L'histoire 171

Après la guerre 179

Jeux interdits 195

Interlude 211

L'arrivée en Chine 215

Les livres 227

École chinoise 237

Chine ancienne, Chine nouvelle 249

Les grillons 263

L'expulsion 273

Ma carrière 279

Photographie 283

Au Japon 291

La maison de la tortue 313

Interlude 323

Les devins 327

L'amour et l'amitié 337
Voyage dans le temps.. 349
Le pouvoir 361
L'argent... 371
Îles perdues 375
L'Organisation 389
Contes pour enfants... 395
La chance 401
Chasse au trésor 409
La chute 417
L'Orsigna 419
En Inde 431
Charan Das... 443
Gandhi... 451
La bombe... 461
Ûpar ! Ûpar ! 475
Interlude 497
Pour les jeunes 499
Adieu 511
Le coucou.. 523
◯ 531

RÉALISATION : NORD COMPO MULTIMÉDIA
IMPRESSION : CPI BRODARD ET TAUPIN À LA FLÈCHE
DÉPÔT LÉGAL : AVRIL 2010. N° 101114-5. (71601)
IMPRIMÉ EN FRANCE